HEYNE

Fantasy

Herausgegeben von Friedel Wahren

Von **MICHAEL A. STACKPOLE** erschienen in der Reihe
HEYNE SCIENCE FICTION & FANTASY:

Battletech

Band 5: En Garde · 06/4687
Band 6: Riposte · 06/4688
Band 7: Coupé · 06/4689
Band 10: Tödliches Erbe · 06/4870
Band 11: Blutiges Vermächtnis · 06/4871
Band 12: Dunkles Schicksal · 06/4872
Band 17: Natürliche Auslese · 06/5078
Band 21: Kalkuliertes Risiko · 06/5148
Band 25: Die Kriegerkaste · 06/5195
Band 30: Abgefeimte Pläne · 06/5391
Band 39: Heimatwelten · 06/6239
Band 43: Der Kriegerprinz · 06/6243

Silberaugen · 06/5629
Es war einmal ein Held · 06/5956
Zum Helden geboren · 06/9183

Düsterer Ruhm
Band 1: Zu den Waffen! · 06/9217 (in Vorb.)
Band 2: Kampf auf den Straßen · 06/9218 (in Vorb.)

Weitere Romane in Vorbereitung

MICHAEL A. STACKPOLE

ZUM HELDEN GEBOREN

Roman

Deutsche Erstausgabe

WILHELM HEYNE VERLAG
MÜNCHEN

HEYNE SCIENCE FICTION & FANTASY
Band 06/9183

Titel der Originalausgabe
A HERO BORN
Übersetzung aus dem amerikanischen Englisch von
Reinhold H. Mai
Das Umschlagbild malte Brom

Umwelthinweis:
Dieses Buch wurde auf chlor- und
säurefreiem Papier gedruckt.

Deutsche Erstausgabe 4/2002
Redaktion: Joern Rauser

Erstausgabe bei HarperPaperbacks,
A Division of HarperCollinsPublishers, New York

http://www.heyne.de
Printed in Germany 2002
Umschlaggestaltung: Nele Schütz Design, München
Technische Betreuung: M. Spinola
Satz: Schaber Satz- und Datentechnik, Wels
Druck und Bindung: Nørhaven Paperback A/S, Dänemark

ISBN 3-453-19647-3

Dieses Buch ist allen Hallenfußballern gewidmet, mit denen und gegen die ich je gespielt habe. Ohne meine wöchentlichen Ausflüge ins Chaos – mit euch – wäre ich reif für die Klapsmühle. (Und hätte keinen Schimmer davon, was es heißt, im Kampf zu stehen.)

PROLOG

Vrasha stand hoch oben auf der roten Klippe und schaute auf sein großes Projekt hinab. Das einzige Anzeichen der Verärgerung war das rhythmische, abgehackte Peitschen seines Löwenschwanzes. Davon abgesehen stand der schwarzbepelzte Chaosdämon so still wie ein Denkmal, während er seine Leute unter sich bei der Arbeit beobachtete. Er fühlte einen gewissen Stolz auf ihre Ergebenheit, aber gleichzeitig widerte ihn der gedankenlose, sklavische Gehorsam auch an, mit dem sie jeden seiner Befehle ausführten.

Obwohl dieses Vorhaben mein Tod werden könnte, hat keiner von ihnen auch nur den Versuch unternommen, mich umzustimmen.

Schwarze Lippen zogen sich in einem grauenhaften Grinsen von dunkleren, kristallinen Zähnen zurück, die in ihrer Form an winzige Dolche erinnerten. Vrasha wusste, dass die Schwarzen Schatten dort unter ihm für ihn arbeiteten, weil sie glaubten, es könnte ihm bei einem Erfolg der Mission gelingen, seinen Vater wieder zum Leben zu erwecken. Für ihn selbst war Kothvir kaum mehr als eine Erinnerung, aber für sie war er ein legendärer Anführer, dem es besser als jedem anderen gelungen war, das Chaos zu einem Ort zu machen, den die Starren nicht zu betreten wagten.

In der Ferne jenseits des Projekts wogte die schillernde Chaoswand wie ein von einer sanften Brise bewegter Vorhang. Hier auf der Klippe konnte er ihre Macht nicht wirklich spüren, aber der bloße Gedanke an die cremefarbene Wand ließ ihn ein Kitzeln auf der Haut spüren, das seinen ganzen Körper erfasst hatte, als er sich ihr näherte. Die Chaoswand war durch die Magie derer errichtet, die auf der anderen Seite lebten, und sie hielt die Kräfte des Wandels zurück wie ein Deich das Meer. Die auf der anderen Seite Geborenen konnten sie jederzeit durchqueren, aber wenn das jemand versuchte, der aus dem Chaos stammte …

»Vrasha, ich bitte dich ein letztes Mal, überlege es dir.«

Vrasha drehte sich langsam zu dem Schwarzen Schatten um. »Hast du solche Angst vor meinem Erfolg, Rindik, dass du mich anbettelst, auf dieses Unternehmen zu verzichten?«

Der größere Chaosdämon schüttelte den Kopf. Seine schwarze Mähne war – anders als die Vrashas – an beiden Seiten des Kopfes im Stil eines Kriegers abrasiert. Dadurch lagen seine dreieckigen Ohren frei, und die Art, wie sie vor und zurück zuckten zeigte Vrasha, dass Rindik äußerst erregt war. »Du weißt, dass das nicht der Grund ist, Halbbruder. Wenn du Erfolg hast, werde ich mich deinem Willen unterwerfen und dich unterstützen. Ich mag nur ein einfacher Krieger sein, aber ich respektiere deine Träume und werde es begrüßen, wenn sie Frucht tragen. Aber ich möchte nicht, dass du dein Leben unnötig wegwirfst.«

»Ich werfe mein Leben nicht weg, Rindik. Wir haben Versuche durchgeführt.«

»Und bei diesen Versuchen ist alles, was auf dieser Seite der Wand geboren war, gestorben, als du es hindurchgeschickt hast!« Rindiks einfarbig goldgelbe Augen wurden schmal. »All deine Theorien haben sich als falsch erwiesen, und trotzdem bestehst du darauf, dich selbst den Kräften auszusetzen, die alle bisherigen Beteiligten deiner Experimente umgebracht haben.«

»Du verstehst es nicht!« Vrasha deutete auf die riesige, steile Rampe, die kaum fünf Schritt vor der Chaoswand in einem noch steileren Aufwärtsbogen endete. »Wir haben die Höhe der Rampe vergrößert und den Winkel soweit verkleinert, dass ich mit beinahe doppelter Geschwindigkeit auf die Wand stoßen werde. Im Gegensatz zu den frühen, auffällig erfolglosen Versuchen wird die Kugel die Wand im Flug treffen, und das scheint den Schaden zu verringern. Das hat sich bei den Kreaturen und anderen Dämonen gezeigt, die wir hindurchgeschickt haben.«

»Ja, und sie sind trotzdem gestorben.«

Vrasha wischte den Einwand mit einer abfälligen Geste beiseite. »Es waren Sturmdämonen, die weder den Mut noch die Geistesgegenwart besaßen, Selbstmord zu begehen, als du sie gefangen hast.«

»Das mag ja alles stimmen, Bruderherz, aber sie sind bei ebendem Unternehmen gestorben, das du jetzt planst.« Rindik deutete zurück nach Nordwesten, wo bösartige grüne Blitze den blutroten Himmel durchzuckten. »Und dort rücken die anderen Tsvortu zur Vergeltung deines Missbrauchs ihrer Genossen an. Ich brauche dich und deine Klugheit, um sie zu kontrollieren. Steck einen anderen deiner Sklaven in diese neue Konstruktion. Ich möchte dich an meiner Seite wissen, wenn wir gegen sie kämpfen.«

»Rindik, du überraschst mich. Hast du mir nicht selbst erklärt, die Tsvortu hätten keine Chance, die Bharashadi jemals zu besiegen? Du selbst hast mich darauf hingewiesen, dass ihre Fähigkeit, Gewitterwolken zu steuern, ein Witz gegen die Macht der Bharashadi über den Tod ist. Ständig jammern wir Schwarzen Schatten über die Tatsache, dass der Schlüssel zum Necroleum und die Erweckung unserer seit langem toten Genossen dort jenseits der Wand liegt. Du verlangst von mir, den Sturmdämonen geschwächt gegenüberzutreten, obwohl es mir ein Leichtes wäre, uns die Macht zu holen, die sie für immer niederwerfen wird.«

Der Krieger verschränkte die Arme vor der breiten Brust, und seine rechte Hand spielte mit den Lederriemen, die vom Griff des Schwertes hingen, das er auf den Rücken geschnallt hatte. »Ich weiß, was du vorhast, und ich bin voll des Lobes für deinen Plan. Aber auch du musst zugeben, dass der Zeitpunkt für die Erweckung der im Necroleum Ruhenden zurzeit falsch gewählt wäre. Unser Vater, Kothvir, ruht dort, aber er ist unvollständig. Die anderen Zauberer erklären, dass er vervollständigt werden kann ... Du weißt, wenn das nicht geschieht, wird er nicht zurückkehren, um uns wieder anzuführen. Wie kannst du diese Aktion auch nur in Betracht ziehen, solange sie ihn uns nicht zurückbringen kann?«

Vrasha zögerte. Er erinnerte sich an eine Gelegenheit, bei der er vor dem Leichnam seines Vaters gekniet hatte, der im Necroleum thronte. Kothvir hatte mit einem gesunden Auge und einer mit einem Edelstein gefüllten Augenhöhle auf ihn herabgestarrt. Damals hatte ihn die Ironie der Tatsache getroffen, dass die Macht der Bharashadi, von den Toten zurückzukehren, so nützlich wie das fehlende Auge seines Vaters war, solange das Faustfeuerszepter außer Reichweite jenseits der Wand lag. Aus dieser Erkenntnis war sein Streben geboren worden, dieses Szepter in die Hand zu bekommen, wenn schon nicht der Macht wegen, die es ihm verleihen würde, dann doch zum Wohl seines Stammes.

»Du vergisst, Rindik, dass die *Kristallseherchronik* vorhersagt, Kothvirs Auge werde zurückkehren, sobald das entsprechende Ritual durchgeführt wird.« Vrasha legte die Hände aneinander und ließ die Krallen an den Fingerspitzen langsam aus ihren Scheiden gleiten. »Du legst das dahingehend aus, dass wir warten müssen, bis sein Auge zurückgekehrt ist, aber ich sehe es als eine Prophezeiung, deren Erfüllung ich beschleunigen kann, indem ich handle. Du weißt genau, dass Kinruquel uns niemals die Macht geben würde, falls wir versuchen sollten, die Erweckung ohne Kothvir durchzuführen.« Der Zauberer zog den mit Widerhaken versehenen Dolch, den er um den linken Oberarm geschnallt hatte. »Du und ich sind Blutsverwandte. Wir teilen ein Schicksal. Ich werde unseren Vater nicht aufgeben.« Sein Daumen strich über die schmale Sternenspur auf dem Stichblatt des Dolches. »Steh zu mir und meinem Traum.«

Die Ohren des Kriegers zuckten nach vorne. »Deine Träume rauben mir den Schlaf, Vrasha. Du bist besessen von dieser Phantasie. Du erkennst die Gefahr nicht, in die du dich bringst. Sei vernünftig, Vrasha! Du könntest geradewegs in einen Hinterhalt fliegen. Was weißt du schon über deine Verbündeten aus Wandfern.«

Vrasha gestattete sich ein leises Lachen über Rindiks Verdacht. »Sie gehören zur ›Kirche des Erwachenden Chaos‹. Sie haben sich dem Glauben verschrieben, dass Menschen nur unter dem Einfluss des Chaos ihr Möglichstes erreichen können.« Er schlug sich mit der Faust auf die Brust. »Sie behaupten sogar, wir Chaosdämonen wären ursprünglich Menschen gewesen, die viel zu lange im Chaos gelebt hätten. Ha!«

Nicht einmal Rindik gelang es, bei dieser Vorstellung ernst zu bleiben. »So närrisch ihr Glaube auch sein mag, sie könnten trotzdem auf der anderen Seite der Wand warten, um dich gefangen zu nehmen und an ihren Imperator zu verkaufen.«

»Unsinn!« Vrasha wedelte mit einer Hand in Richtung der Turmrampe und der seltsamen Kugel, die an ihrer Spitze aufgestellt war. »Sie haben Tag und Nacht gearbeitet, um das Holz herüberzuschicken, das wir brauchten, um diese Rampe und mein Reisegefährt zu bauen. Sie haben uns die Tiere besorgt, die wir benötigten, und uns über unsere früheren Erfolge auf dem Laufenden gehalten. Und trotzdem sind sie von einer bemitleidenswerten Dummheit. Sie geben vor, das Chaos anzubeten, und gleichzeitig zwingt ihr Kult seinen Mitgliedern ein Rangsystem auf, wie es typisch für Wandfern ist. Ein derartiges Verhalten beweist, was für Narren sie sind.«

»Und du vertraust ihnen?«

»Vertrauen? Ihnen vertrauen? Nie und nimmer, nicht einmal im Traum.« Vrasha zeigte nach Südosten. »Sie glauben, ich würde ein, zwei Meilen weiter dort hinab durch die Wand kommen. Dort haben wir unsere bisherigen Versuche durchgeführt, und dort haben sie das Vieh durch die Wand getrieben. Außerdem erwarten sie meine Ankunft erst in etwa einer Woche. Wenn ich heute aufbreche, bin ich lange vor ihrem Bärenabendball in Herakopolis.«

Er winkte seinem Halbbruder vorzugehen, dann steckte er den Dolch zurück und machte sich auf den Weg zu dem Steg, der die Klippe mit der Rampe verband. Unter ihm schwärmten Dutzende Bharashadi über den Turm, um seine Einzelteile miteinander zu verbinden und das Bauwerk mit zusätzlichem Holz und Tauwerk zu verstärken. Andere wanderten über die Rampenoberfläche und färbten das Holz mit Rindertalg dunkel. Wieder andere auf der oberen Plattform zogen an Flaschenzügen befestigte Kübel hoch, deren Inhalt unterwegs regelmäßig überschwappte.

Vrasha stieg vom Laufsteg auf eine Leiter, die er hastig hochkletterte. Auf der überfüllten Holzplattform angekommen, wartete er auf seinen massigeren und langsameren Halbbruder. Unter sich sah er den blutverschmierten Boden, wo ein Dutzend Schwarze Schatten Vieh schlachteten und die Kübel bis zum Rand mit dampfendem Blut und mit Krallen und zerkleinertem Fleisch füllten. Hier oben, so dicht an seiner Reisekapsel, war der Blutgeruch so stark, dass er Vasha fast überwältigte.

Er drehte sich um und beobachtete die Chadämonen, die kübelweise Fleisch und Eingeweide zu der lederverkleideten Holzkugel hinaufreichten, in die er und seine Ingenieure so viel Arbeit gesteckt hatten. Sie hatten die verschiedensten Holzproben aus Wandfern getestet und sich schließlich für Eiche entschieden. Das Holz war in dünne Planken zersägt, die dann lamellenförmig zu einem federnden, dabei aber trotzdem festen Kapselskelett verbunden worden waren. Jetzt konnte man die Kapsel von der Spitze des Turms werfen, ohne dass sie beim Aufprall auf dem Boden zerbarst.

Rindik nickte, als er die anderthalbmal so hoch wie sein Halbbruder aufragende Kugel betrachtete. »Du hast dich also entschlossen, die Kapsel mit der Haut frisch geschlachteten Viehs zu überziehen. Das hat einem der Tsvortu einen gewissen Schutz geboten?«

Vrasha nickte. »Wir haben ihn in ein, zwei Häute gewickelt und an einem Seil durch die Wand geschwungen. Wir wissen, dass er die Hinreise überlebte, denn er hatte es geschafft, eine Hand zu befreien. Als er zurückkam, umklammerte er einen Ast von der anderen Seite.«

»Aber er war tot, als er wieder zurückkam, richtig?«

»Ein unwichtiges Detail. Schließlich war er nur ein Tsvortu! Er wusste nicht, was mit ihm geschah und ist vor Angst gestorben.« Vrashas pupillenlose Augen wurden zu goldenen Schlitzen. »Ich besitze Verstand, und ich habe ein Ziel. Ich werde überleben.«

Einer der blutbesudelten Chadämonen kniete vor Vrasha nieder. »Meister, deine Reisekapsel ist bis zu dem Punkt gefüllt, an dem du einsteigen musst.«

»Die Häute halten?« Vrasha schaute an ihm vorbei zu seinem Gefährt und sah an den Nähten zwischen den Viehhäuten langsam eine dunkle Flüssigkeit durchsickern.

»Ja, Meister, sie halten. Wir sind bereit.«

Vrasha nickte, und der Chadämon stand auf und stieg an einem Gerüst zur Oberseite der Kugel hinauf. »Es wird Zeit, dass ich aufbreche, Rindik.«

Der Krieger ballte die Fäuste. »Ich kann dich nicht umstimmen?« Hinter ihm zuckte erneut ein grüner Blitz aus dem purpurroten Himmel. »Ich brauche dich hier.«

»Drüben in Wandfern werde ich dringender gebraucht.« Er packte die Querstrebe des Gerüsts und Rindik half ihm hoch. »Ich werde zurückkehren, Bruder, mit dem Faustfeuerszepter, und dann werde ich all deine Wünsche erfüllen können.«

»Lebwohl, Vrasha. Du bist das letzte Brutkind aus Kothvirs Lenden. Möge deine Legende der seinen gleichkommen.«

»Nein.« Vrasha lachte laut. »Besser. Meine Legende wird die seine noch übertreffen.«

Er drehte seinem Halbbruder den Rücken zu, marschierte über das Gerüst und erreichte die Krone der bluttriefenden Kugel. Einer der Chadämonen hielt ihm einen langen Schlauch hin, der aus dem Innern der Kugel zu einer runzlig zusammengezogenen Öffnung im Lederüberzug verlief. Vrasha hob die Schlauchöffnung an den Mund und pustete. Ein dünner Blutnebel stieg aus dem runzligen Atemloch. Der Chaosdämon atmete mehrmals ein und aus und überzeugte sich, dass er auch im Innern der Kapsel Luft bekommen würde.

Ein anderer seiner Untergebenen trat von hinten heran und bat ihn, den Kopf in den Nacken zu legen. Vrasha gehorchte und schloss die Augen. Er fühlte etwas Warmes in das Fell auf seinem Gesicht tropfen, als der Chadämon zwei Stücke Rinderfleisch auf seine Augen drückte und mit Hautstreifen festband. Vrasha versuchte die Augen zu öffnen, stellte fest, dass es nicht möglich war und nickte zufrieden.

Wie schon zahllose Male vorher geprobt, führten zwei

der Chadämonen ihren blinden Meister vor und platzierten seine Füße auf dem Rand der runden Kapselluke. Vrasha bewegte die Füße vor und zurück und maß die Größe der Öffnung ab, dann schob er sich näher und senkte die Füße in die Kugel. Das feuchte, saugende Schmatzen, mit dem sie unter die Oberfläche der Flüssigkeit drangen, ging ihm durch Mark und Bein.

Unsichtbare Hände gaben ihm Halt und steuerten seine Hände an den Rand der Öffnung. Vrasha stützte beide Handflächen fest auf das Lattenwerk, legte das ganze Körpergewicht auf die Arme und ließ sich dann langsam in die Kapsel hinab. Die dicke, klebrige Suppe im Innern saugte an seinen Beinen. Sie quoll zwischen seinen Zehen durch und durchnässte ihm den Pelz bis auf die Haut, als er sich ganz allmählich hinabließ. Die Flüssigkeit schwappte über seine Oberschenkel und Lenden, erreichte seine Brust, dann ließ er den Lukenrand los und tauchte ganz ein.

Die schleimige Brühe schlug über seinem Kopf zusammen, und augenblicklich erfasste ihn Panik. Seine Hände schlugen durch die Suppe aus Blut und Gedärmen, aber die Bewegungen ließen ihn nur noch tiefer einsinken, statt ihn hoch zur Öffnung zu tragen. Sein Kopf flog zurück, als der Atemschlauch sich spannte, dann sog er Luft in die Lungen. Er konzentrierte sich auf die Atmung, zwang sich langsam ein- und auszuatmen, während sein Verstand den Fluchtimpuls zurückdrängte.

Vrasha streckte eine Hand aus und tastete, während er versuchte, so wenig wie möglich an seine Lage zu denken, in der Blutbrühe nach dem an den Querstreben der Kapsel befestigten Gurtzeug. Er musste mit den Füßen paddeln, um etwas höher zu treiben, bevor er es fand. Er drehte sich um, ließ sich in den Ledersitz hinunter, dann befestigte er die Gurte um Brust und Beine, die ihn während der Reise sichern sollten.

Die klebrige Flüssigkeit versiegelte ihn in einem Kokon, der alle Geräusche der Außenwelt verschluckte. Nur durch den Luftschlauch konnte er noch vereinzelte Laute wahrnehmen. Ihm kam der Gedanke, dass er in einer Gebärmutter aus – und gefüllt mit – Fruchtwasser aus Wandfern eingeschlossen war, um in jenem fremdartigen Land aus ihr neugeboren zu werden. *Und durch mich werden alle Bharashadi erlöst werden.*

Zu allem bereit, was er sich als Teil dieser phantastischen Reise vorstellen konnte, bellte er einen barschen Befehl, der durch den Atemschlauch nach außen drang.

Weit entfernt hörte er einen Knall, dann geriet das Plasma in Wallung. Sein Kopf senkte sich und er griff mit beiden Händen nach den Querstreben. Er spürte, wie er langsam nach vorne in einen Salto kippte, dann überschlug er sich wieder, schneller diesmal. Die Kapsel wankte von einer Seite zur anderen, während sie den neueren Teil der Rampe hinabpolterte, dann beruhigte sie sich wieder, als sie den älteren Teil erreichte.

In ihrem Innern verglich Vrasha die Eindrücke seiner Reise nüchtern mit denen der Tage, die er in der Mitte eines riesigen Rads verbracht hatte, das seine Helfer schneller und immer schneller gedreht hatten. Er hatte sich an das Gefühl gewöhnt, vornüber zu wirbeln, bis er es ohne Schwindelgefühl ertragen konnte, und er fühlte Stolz darüber, wie weitsichtig er gewesen war. Abgesehen vom Donnern der Vibrationen war das Erlebnis hier in der Kapsel mit dem im Innern des Rads vergleichbar.

Plötzlich verlagerte sich die Kapsel nur ein wenig, und ihre Drehung wirbelte ihn schräg seitlich weiter. Die Gurte hielten ihn in der Mitte der Kapsel, aber die veränderte Zugrichtung drohte eine der Querstreben loszureißen. Immer schneller wirbelte er, und das Holz kreischte protestierend. Er fühlte geradezu, wie die Kapsel sich verzog und verformte.

Vrasha tastete rechts an der Strebe entlang bis zu der Stelle, an der sie auf eine andere Holzlatte traf, und senkte die Krallen in beide Holzstücke. *Ich werde nicht scheitern!* Die Kugel wurde fast unmerklich langsamer, und plötzlich fühlte er sich sehr viel schwerer. *Ich darf nicht scheitern!*

Ebenso jäh wie sich die Kugel um ihre Achse gedreht hatte endete das dumpfe Donnern über der Rampe. Ihm war sofort klar, dass er flog.

Einen Pulsschlag später schlug er auf die Chaoswand.

Ein Netz aus Rasiermessern zerfetzte seinen Körper. Abermillionen Tschikker nagten mit ihren Stahlzähnen an ihm. Bohrwürmer aus Feuer brannten ihre Gänge durch sein Skelett und Wespen mit Eisflügeln flogen durch die Löcher in sein Innerstes, um ihre gefrorenen Nester anzulegen, damit ihre Larven sein Knochenmark verspeisen konnten. Jedes einzelne Haar seines Fells verwandelte sich in eine Wolfszahnnadel, die seine Haut von innen durchbohrte.

Sein Hirn kochte im Schädel. Seine Augen sahen Farben, die es nicht gab, und seine Ohren hörten ebendiese Farben als die Todesschreie noch ungeborener Kreaturen. Unfähig zu denken, unfähig, etwas zu tun, verdammt dazu, wahrzunehmen, fühlte er, wie das Entsetzen ihn verschlang, der Schrecken ihn zermalmte, Hoffnungslosigkeit ihn zu Nichts zerrieb.

Ein knochenbrecherischer Schlag riss ihn halbwegs aus der nihilistischen Dunkelheit, die sich über sein Wesen legte. Im einen Augenblick wurde er von einer von allen Seiten auf ihn einstürzenden Schockwelle durchgeschüttelt, und die ganze Welt schien auf ihn herabzustürzen und ihn zu erdrücken. Im nächsten war der Druck verschwunden, und er spürte einen Augenblick der Befreiung, als die Kapsel aufwärts flog. Soweit er es aus der Leichtigkeit und der Schnelligkeit der Bewegung rückschließen konnte, war die Kugel beim ersten Aufprall geplatzt und die Flüssigkeit hinausgespritzt.

Die Kapsel drehte sich langsam und schlug hart wieder auf. Die unter Spannung stehenden Querstreben zerbrachen, und eine bohrte sich durch Vrashas rechten Oberarm. Er schrie laut auf, und noch lauter, als die Kugel erneut abprallte und das Holzstück aus der Wunde riss. Er zog die Beine an und legte die Arme um den Körper, dann wartete er auf den nächsten Aufprall.

Seine Reisekapsel krachte in den Boden, und das Lattenwerk zerbarst endgültig. Holzsplitter trafen ihn am Rücken und in die Seiten. Die Gurte zerrissen, und eine Sekunde nach seinem zertrümmerten Gefährt schlug er selbst auf den Boden auf. Er blieb benommen liegen, als es sich träge drehte und die Lederhülle sich über ihn legte.

Zunächst beunruhigte ihn die kitzelnde Schwäche seiner Glieder. Er blieb reglos liegen und zwang sich, klar zu denken. Langsam sprach er einen Zauber, in einer tiefen Stimme, die selbst im Flüstern noch in sich widerzuhallen schien. Während er die Formel sprach, hüllte ihn eine rotgoldene Aura ein, und innerhalb von Sekunden wusste er genau, welche Verletzungen er davongetragen hatte.

Abgesehen von der Wunde im rechten Arm war er unverletzt. Vrasha gestattete sich ein Lächeln und verwarf die aufkommende Besorgnis über die Anstrengung, die damit verbunden schien. Er fuhr die Krallen der linken Hand aus und durchtrennte die Riemen, die ihn noch an den Überresten des Sitzes hielten. Nachdem er sich aus den Gurten befreit hatte, zerfetzte er die Häute, die ihn zudeckten, und riss die Binde vor seinen Augen weg.

Zwischen den Trümmern des Gefährts kniend, blinzelte er das Blut aus seinen Augen und sah auf. Über ihm funkelten Sternbilder an einem schwarzen Himmel, die noch kein anderer Chaosdämon je gesehen hatte. Vergessen war der Schmerz in seinem Arm. Neue Energie strömte durch seine Adern. Er presste den rechten Arm an den Körper und zwang sich auf die Beine. Er stand blutig und zerschlagen, aber unbesiegt in einer Welt, die seinesgleichen seit ewigen Zeiten verschlossen gewesen war.

Vrasha bückte sich und hob ein Stück Holz auf – nicht länger als sein Unterarm. Mit den Krallen ritzte er die Runen für ›Ich lebe‹ hinein, dann schleuderte er es hoch und weit durch die Chaoswand.

»Ich lebe.« Er hauchte es wie einen Schutzzauber gegen alles denkbare Übel. »Ich lebe, und alles, was in Wandfern lebt, wird erfahren, was Angst ist.«

1 11111111111111

Und noch einmal!

Ich riss den Kopf nach rechts und schüttelte den Schweiß aus den Augen. Der Dolch in meiner Linken zuckte krampfartig im Takt meiner bebenden Brust. Ich hielt das Rapier ruhig und auf die Kehle meines Bruders gerichtet, aber in seinen haselnussbraunen Augen konnte ich keine Spur von Furcht erkennen. Auf den Fersen wippend wartete ich auf seine nächste Bewegung. Das Licht der Nachmittagssonne funkelte auf seinem Schwert.

Komm schon, Dalt. Ich kenne dich. Du bist größer als ich. Und du hasst es, zu warten. Er fuhr sich mit der Zunge über die Lippen und setzte eine wilde, wütende Miene auf. Schweiß tropfte ihm über Brust und Arme, die ebenso nass glänzten wie bei mir. Sein rechter Fuß schob sich über den staubigen Boden des Hofes und kündigte den Angriff an, den ich schon die ganze Zeit über erwartet hatte. Die Spitze seines Rapiers zuckte jäh nach unten, zielte auf meinen linken Oberschenkel. Er sprang vor.

Ich ließ meine Schwertspitze herabfallen, dann drehte ich mich auf dem rechten Fuß und glitt einen halben Schritt zurück. Dadurch zog ich meinen Körper aus seiner Ausfalllinie, und der Angriff scheiterte. Dalt sah meine Reaktion und versuchte, sich abzufangen. Er wirkte überrascht, als ich den rechten Arm hochriss und sein Rapier anhob. Als die Klinge auf meiner Schulterhöhe war, verkeilte ich die Stichblätter und duckte mich unter seinem Arm vor.

Zumindest hatte ich das so geplant. Ich wollte ihm sein Schwert aus der Hand drehen und anschließend mein Schwert in einem Rückhandschlag über seine ungeschützte Seite ziehen, aber er sperrte das Handgelenk und verhinderte mein Vorhaben mit seiner erstaunlichen Körperkraft. Sein rechtes Knie zuckte hinter mein linkes Bein und stieß mich auf die Knie, dann fühlte ich die kalte Liebkosung seines Dolches an meinem Hals.

»Du bist tot, Lämmchen.« Triumphierend warf Dalt den Kopf in den Nacken und lachte.

Sein Gelächter brach jäh ab, als eine ältere, größere und schlankere Version seiner selbst laut glucksend herantrat. »Und Locke hat gerade dafür gesorgt, dass du dich nie fortpflanzen wirst.« Geoff deutete nach unten auf meinen Dolch, dessen Klinge flach auf meinem Unterarm lag, den ich nur ein wenig anzuheben brauchte, um Dalt zu entmannen. »Ich würde sagen, er hätte zuletzt gelacht.«

»Aus dem Grab wäre es als ein hohles Lachen gekommen.« Unser Großvater schüttelte den Kopf und betrachtete mich und meinen Bruder mit reichlich enttäuschter Miene. »Dalt, du bist größer als Lachlan und hast eine um fast eine Handspanne größere Reichweite. Du hättest ihn niemals so nahe kommen lassen dürfen. Und du, Lachlan. Wann wirst du endlich lernen, dass du zu klein bist, um gegen einen größeren, stärkeren Gegner auf Kraft zu setzen?«

Ich protestierte. »Ich dachte, der Schweiß würde seinen Griff lockern. Er hätte nicht erwartet, dass …«

»Dalt ist genauso durch meine Schule gegangen wie du. Erlaubst du dir so schweißnasse Hände, dass ein Gegner dir die Waffe entwinden kann?«

Ich senkte den Kopf. »Nein, der Herr.«

Audin nickte ernst. »Ich weiß, du hast Heldengeschichten über deinen Vater oder deinen Onkel oder die Kühnen Lanzenreiter und ihre Taten gehört, aber sie sind alle tot! Sie haben sich dieselben Illusionen gemacht wie du. Für jeden Einzelnen von ihnen, der versucht hat, mit einem ungewöhnlichen Manöver Ruhm zu ernten, sind eine Menge Menschen gestorben. Ich habe dich Besseres gelehrt.«

»Ja, der Herr.« Ich stand auf und verließ mit glühendem Gesicht den Kampfplatz.

Es ging eine leichte Brise, die mich abkühlte und durch Großvaters dünnes weißes Haar spielte. »Dalt, du hast den Kampf gegen Lachlan gewonnen. Jetzt wirst du gegen Geoff antreten. Beweist mir, dass ihr eure Lektionen besser gelernt habt als euer kleiner Bruder.«

Ich legte das Schwert auf die Bank neben dem Wassertrog. Mein Dolch und die schweißnassen Handschuhe folgten. Ich beugte mich langsam vor, um den Muskel zu strecken, den Dalt mit seinem Knie malträtiert hatte, packte den Rand des Trogs und tauchte den Kopf unter Wasser. Das kalte Nass wusch mir den Staub von der Haut und kühlte meinen schamroten Kopf ein wenig.

Ich fühlte eine Hand auf dem Rücken und kam triefnass wieder hoch. »Ja, Großvater?«

Audins braune Augen musterten mich nachdenklich. »Lass mich raten, warum du das bei Dalt versucht hast. Du hast von Driscolls Kampf gegen den ›Riesen‹ von Port Chaos gelesen.«

Ich nickte verlegen. »Er hat den Mann am Unterarm verletzt, und das Blut und der Schweiß haben seine Schwerthand glitschig gemacht. Driscoll konnte ihm die Waffe aus der Hand drehen und ihm danach das Schwert in die Armbeuge stoßen. Es hätte gegen Dalt gelingen müssen. Ich bin besser als er.«

Der alte Mann setzte sich auf die Bank. »Du bist als Anwärter eingestuft und Dalt als Fechter. Er hat dich besiegt.«

Ich hielt mich zurück, weil wir dieses Gespräch schon früher geführt hatten. Mein Großvater war als einziger Schwertmeister in Felsenschnell – und bis vor etwa zwölf Jahren Besitzer einer eigenen Fechtschule – die höchste Autorität, was unsere Einstufung betraf. Wenn er entschieden hatte, dass ich noch nicht so weit war, um vom Anwärter zum Gesellen oder Fechter aufzusteigen, konnte nichts, was ich tat, seine Meinung ändern. *Und sicher kein Versagen bei einer Schautaktik, mit der ich meinen Bruder bloßstellen wollte.*

»Tut mir Leid, Großvater. Du hast Recht.« Ich sah zu ihm hoch und lächelte hoffnungsvoll. »Ich hätte nicht versuchen sollen, meinem Onkel nachzueifern, besonders nicht mit einer Bardengeschichte als Inspiration.«

»Fall nicht ins andere Extrem, Locke.« Der alte Mann erwiderte mein Lächeln. »Es stimmt, Blut und Schweiß des Riesen haben seinen Griff gelockert, aber das war es nicht, was seine Niederlage besiegelte. Driscoll hat, obwohl er selbst kein kleiner Mann war, seinen Nachteil erkannt und sich hinter die Deckung des Riesen gemogelt. Das hast du mit deinem Ausweichmanöver bei Dalts Ausfall auch geschafft. Du hättest ihn besiegen können, wenn du nicht versucht hättest, mich mit deinem Wagemut zu beeindrucken. Außerdem, was wärst du lieber? Ein lebendiger Anwärter, der sich vorsieht und siegt, oder ein toter Fechter, von dem die Barden erzählen?«

»Ersteres natürlich.« Ich beugte den Kopf und kratzte mir mit der Linken den Dreck von der Brust. Ich setzte mich neben Großvater auf die Bank, aber nur auf die Kante, um den blauen Fleck von Dalts Knie keinem unnötigen Druck auszusetzen. Großvater nickte den beiden anderen zu, mit ihrem Zweikampf zu beginnen. Ich wusste, wer von beiden gewinnen würde, aber etwas an ihrer Art sich zu bewegen und miteinander zu spielen schlug mich in seinen Bann.

Dalt besaß Großvaters muskulösen Leib und seine dicken Beine. Er setzte die Kraft dieser Muskeln auch gerne ein und bevorzugte Attacken, bei denen er die Waffe seines Gegners beiseite schlug, und Paraden, unter deren Härte die Hand des Angreifers taub wurde. Mehr als einmal schon hatte Dalt seinen Größenvorteil gegen mich eingesetzt, um mich zu besiegen. Aber damit hatte er mich auch gezwungen zu lernen, wie ich genau den Taktiken, die er bevorzugte, ausweichen oder begegnen konnte.

Ich hieb mit der rechten Faust auf mein Bein. *Ich hatte dich, Dalt. Ich hatte dich, und dann habe ich dir den Sieg geschenkt!*

Mir war klar, dass Dalt mit derartigen Taktiken gegen Geoff keine Chance hatte. Der ältere meiner Brüder ist lang und hager, etwa so, als hätte man mich und Dalt aufeinander gestellt und dann der Länge nach geteilt. Er war so schnell, dass er im Ausfallschritt eine Kerze auslöschen und das Schwert zurück in die Scheide stoßen konnte, bevor es dunkel wurde. Zumindest hatte ich immer diesen Eindruck, wenn ich gegen ihn antreten musste. Er war offiziell ein Krieger, aber meiner Meinung nach nur, weil er sich weigerte, nach Garikopolis zu reiten und dort ein Schwertmeister wie Großvater zu werden.

Als Geoff Dalt langsam umkreiste, wünschte ich mir, ich wäre so groß und schlank gewesen wie er. Ich hätte mein Leben gegeben, um auch nur annähernd so elegant in der Bewegung zu werden wie er. Ich beobachtete, wie er Dalt über den Hof scheuchte, und mir war klar, dass ich seine Schwertkunst niemals erreichen würde. Ich hätte ihm vielleicht davonreiten oder ihn im Schach besiegen können, aber im Zweikampf kam ihm auf unserem Hof niemand gleich.

Geoff sprang vor, und irgendwie gelang es Dalt, Geoffs Rapier zu parieren und gen Himmel zu stoßen.

Dalt drehte das Handgelenk und sperrte die Degenklingen, dann zuckten beide Dolche hoch und trafen sich klirrend an den Schwertern. Die beiden standen einander gegenüber und starrten sich eine Sekunde in die Augen, dann machte Dalt Anstalten, seine Muskelkraft gegen Geoff einzusetzen.

Geoff versetzte ihm lächelnd einen Kopfstoß. Ich zuckte zusammen, als ich etwas brechen hörte. Dalt taumelte davon, die Hände aufs Gesicht gepresst. Blut trat zwischen seinen Fingern vor, als er auf die Knie sank und nach vorne kippte. Bei seinem erstickten Fluchen spritzte Blut über den Hofboden.

Geoff ließ Dalts Waffen zu Boden fallen, dann entbot er Großvater mit erhobenem Rapier den angemessenen Gruß. »Meister Audin, ich habe meinen Gegner besiegt.«

Audin stand auf und klopfte Geoff auf die Schulter. Dann drehte der Schwertmeister sich um und spießte mich mit einem Blick auf, der mir das Blut in den Adern gefrieren ließ. »Dalt hat im Wettschwimmen verloren – und ebenso hier. Er hat jede Chance auf den Preis vertan. Geoff, die Prüfungen deiner Wahl beenden den Wettbewerb. Wofür hast du dich entschieden?«

Ich schluckte schwer. Geoffs Wahl würde keinen Unterschied mehr machen. Er würde gewinnen und nach Herakopolis aufbrechen. Statt selbst die Entscheidung zu fällen, die nach Eintreffen der Nachricht von unserer Großmutter Evadne aus der Hauptstadt notwendig geworden war, hatte Großvater entschieden, dass seine Enkel in einem Wettbewerb aus dreierlei Prüfungen gegeneinander antreten sollten. Jeder von uns hatte eine Disziplin ausgewählt und seine Wahl auf einem Stück Papier festgehalten. Dabei hatte Audin uns verboten, die Disziplin zu wählen, von der wir wussten, dass wir sie am besten beherrschten. Anschließend waren alle

Zettel in einen Beutel gesteckt worden, aus dem Audin sie zufällig ausgewählt hatte. Ein Teilnehmer, der in zwei Disziplinen scheiterte, schied aus.

Ich betrachtete es immer noch als großen Glücksfall, dass meine Disziplin als Erste gezogen worden war. Ich hatte eine Disziplin gebraucht, in der ich Dalt besiegen konnte und gegen Geoff zumindest eine Chance hatte, deshalb hatte ich mich für ein Wettschwimmen entschieden. Dalt ist ein ausgesprochen widerwilliger Schwimmer und ich kann ein ganz ordentliches Tempo vorlegen. Tatsächlich ließ ich Dalt schon auf dem ersten Stück hinter mir, aber gegen Geoff hätte ich verloren, hätte er nicht kurz vor dem Ende des Rennens einen Krampf bekommen. Er war ausgeschieden und ans Ufer gewatet, was mir unerwartet den Sieg beschert hatte.

Dalt, der offensichtlich an Wunder glaubte und sich einbildete, Geoff besiegen zu können, hatte als seine Prüfung den Schwertkampf gewählt. Ohne Zweifel hätte Audin Geoff verboten, selbst ein Fechtduell zu wählen, und vermutlich hatte er Dalt untersagt, eine Muskelprobe zu fordern. Ich hatte gehofft, Dalt wäre schlau genug gewesen, um Geoffs Paradedisziplin einen Bogen zu machen, aber andererseits war diese Wahl typisch für meinen zur Selbstüberschätzung neigenden älteren Bruder.

Ich frage mich, was er gewählt hat? Es gibt doch nichts Schöneres, als auf immer wieder neue Art beschämt zu werden. Ich grub mit dem Zeh einen Kiesel aus dem Boden. *Natürlich ist es denkbar, dass er Dalts Fehler wiederholt hat. Nein, ist es nicht. Geoff ist klüger als Dalt, er würde mich nicht in meiner stärksten Disziplin herausfordern.*

Mit funkelnden blauen Augen grinste Geoff mich an. »Ich habe Schach gewählt.«

»Schach?« Ich schüttelte den Kopf, um sicherzugehen, dass ich kein Wasser mehr in den Ohren hatte, das mir einen Streich spielen konnte. »Hast du Schach gesagt?«

Geoff nickte, dann erwiderte er Audins skeptischen Blick mit gelassener Miene. »Ich bin davon ausgegangen, dass du uns in Rangordnung aufrufen würdest. Da ich ein Krieger bin, wäre meine Wahl zuerst ausgetragen worden, und Locke hätte Dalt pulverisiert. Ich nahm an, dass Dalt dadurch verunsichert genug gewesen wäre, um ein leichter Gegner zu sein. Wie sich herausstellt, ist Dalt durch einen glücklichen Zufall schon in Lockes Prüfung gescheitert, und ich habe das gewünschte Ergebnis auch so erhalten.«

Audin erkannte die Erklärung an, aber die Falten um seine Augen machten klar, dass er sie nicht hundertprozentig glaubte. »Ein Glück, dass sich der Krampf in deinem Bein vor dem Zweikampf mit Dalt gelegt hat.«

Geoff reckte sich und blähte die Nüstern. »Schwertmeister Audin, wenn du ernsthaft glaubst, ich würde es bewusst darauf anlegen, diesen Wettbewerb zu verlieren, solltest du mich disqualifizieren. Erkläre meinen Sieg über Dalt für ungültig und lass ihn gegen Locke Schach spielen, um den Gewinner zu ermitteln.«

»Du bist wirklich deiner Mutter Sohn.« Audin lächelte stolz. »Du weißt so gut wie ich, dass Dalt keine Chance hätte. Wenn du ihn nicht besiegen kannst, wird Locke an deiner Stelle eure Großmutter am Bärenabend zum Ball des Imperators begleiten.«

»Ich werde wie immer mein Bestes geben, Schwertmeister.« Geoff verbeugte sich und kam zu mir herüber, während Audin zu Dalt ging, und sich vor ihn hockte, um sich seine Nase anzusehen. »Auf geht's, Locke. Ich werde die Fliege zu deiner Spinne geben.«

Ich schüttelte den Kopf. »Diese Spinne weiß, dass das Brummen in ihrem Netz ebenso gut von einer Spinnfalkenwespe stammen kann wie von einer Fliege.«

»In meinen Träumen.« Geoff lachte, als wir in die

Scheune zu der als Waffenkammer hergerichteten Pferdebox traten. »Diesmal möchte ich, dass du wenigstens aufs Brett siehst, während wir spielen. Wenn du mir diesen Gefallen tun könntest, Locke?«

Ich schob mein Rapier in die Halterung an der Wand. »Du hättest für deine Prüfung ›Das eigene Licht unter den Scheffel stellen‹ wählen sollen. Darin hätte dich niemand geschlagen.«

Mein großer Begleiter ließ den Dolch in eine von einem Gurt herabhängende Scheide gleiten. »Aber das habe ich nicht, und dadurch hast du jetzt die Chance, den Preis zu gewinnen, den Großmutter uns bietet.«

Ich musste grinsen. In ihrer Nachricht hatte Großmutter geschrieben, dass sie zum Bärenabendball des Imperators eingeladen war, und Audin gebeten, einen ihrer Enkel zu schicken, um sie zu begleiten. Natürlich wurde das neue Jahr im ganzen Herakischen Reich gefeiert, aber der Ball des Imperators war die größte und prunkvollste aller Feiern. Und obwohl Großvater scherzte, Evadne sei nur eingeladen worden, weil sie noch immer nicht die Höflichkeit besessen hatte zu sterben, war uns allen klar, dass sie eine wichtige Persönlichkeit der Hauptstadt sein musste, um diese Einladung zu erhalten.

Plötzlich wurde mein Mund trocken vor Angst. »Geoff, glaubst du tatsächlich, er lässt mich ziehen, wenn ich gewinne? Ich bin kaum der Richtige, um bei einer so wichtigen Gelegenheit Cardews Familie zu vertreten.«

Geoff klopfte mir auf die Schulter. »Was redest du? Du bist mehr als geeignet, uns zu repräsentieren. Großvater hat es selbst gesagt: Er hat uns härter rangenommen als Vater oder Driscoll, als sie bei ihm in der Lehre waren.«

»Aber damals hatte er seine eigene Schule, nicht nur uns drei. Außerdem sitzt er mir ständig im Nacken und macht mir Vorwürfe, dass ich versagt hätte, wenn ich dasselbe täte, was du oder Dalt in meinem Alter getan habt.« Meine Hände ballten sich zu Fäusten, als ich die Arme vor der Brust verschränkte. »Wenn man ihn hört, bin ich dermaßen unfähig, dass ich zahllose Imperiale Legionen ans Chaos verloren hätte.«

Geoffs Hand schob sich an meiner Schulter vorbei in mein langes, hellbraunes Haar. »Vergiss nicht, dass er heute noch von Albträumen geplagt wird, bei Cardew und Driscoll versagt zu haben. Er ist nur deshalb so streng mit uns, weil er nicht auch noch unser Blut an den Händen haben will. Seit dem Tod Tante Ethelins hat niemand mehr einen ausgleichenden Einfluss auf ihn, aber ich bin sicher, dass wir seine höchsten Erwartungen übertreffen. Er würde jeden von uns mit Stolz nach Herakopolis entlassen.«

»Woher willst du das wissen?«

»Er überlässt die Entscheidung diesem Wettbewerb, oder?« Geoff hob eine seiner dunklen Augenbrauen. »Er überlässt es uns, unseren Stellvertreter auszuwählen. Wäre er nicht sicher, dass jeder von uns für diese Aufgabe geeignet ist, hätte er sich die Wahl selbst vorbehalten.«

»Er wird erwartet haben, dass du gewinnst. Du ähnelst Vater mehr als Dalt oder ich. Selbst Dalt ist groß genug, um Respekt einzuflößen.« Ich hob den linken Arm und spannte mit äußerst bescheidenem Ergebnis den Bizeps. »Du hast das Aussehen und Können eines Helden. Dalt hat die Kraft eines Helden, und ich habe, tja ...«

»Du hast den Realitätssinn eines Helden. Du hast Vaters Geschick, was das Trainieren von Tieren betrifft.«

Ich schüttelte den Kopf. »O ja, zahllose Helden haben sich Ruhm damit erworben, dass ihre Rösser auf Pfiff angetrottet kommen. Es muss Hunderte von Bardenliedern über solch heroische Großtaten geben.«

»Das saß. Aber trotzdem ist es eine Kunst, die man

erst einmal beherrschen muss. Locke, du bist heute schon ein besserer Schachspieler als es unser Vater jemals war.« Er versetzte mir eine leichte Kopfnuss. »Also, spielen wir jetzt, oder gewinne ich durch Aufgabe?«

»Durch Aufgabe? Eher würde ich noch einmal gegen Dalt antreten.« Ich ging aus der Scheune vor ins Haus und nach hinten in das kleine Zimmer, das Großvater für mich hergerichtet hatte, als Mutter mich aus Herakopolis nach Felsenschnell brachte. Es war ein wirklich kleines Zimmer. Die Massen von Büchern, Schriftrollen und allen möglichen sonstigen Schätzen, die ich in meinen achtzehn Lebensjahren angesammelt hatte, ließen kaum genug Platz für das winzige Bett in der hintersten Ecke. Geoff duckte sich unter einem von der Decke hängenden verdrahteten Fledermausskelett hindurch und hob ein grünes Spielzeugpferd aus Holz von einem Stuhl, um sich zu setzen.

»Ich erinnere mich noch, wie du dieses Ding in den grünen Farbtopf getaucht hast.« Er drehte die Holzräder an der durch die Vorderhufe gezogenen Achse. »Mutter und Tante Ethelin waren gehörig wütend, als du es durchs ganze Haus gezerrt und überall parallele grüne Farbspuren hinterlassen hast.«

Ich zuckte die Schultern und wurde rot. »Ich fand es damals genau richtig so.«

Ich setzte mich ihm gegenüber und hob die Bücherstapel vom Tisch auf mein ungemachtes Bett. Auf der freigeräumten Tischplatte kam ein schwarzrotes Schachbrett und eine dünne Staubschicht überall dort zum Vorschein, wo keine Bücher gelegen hatten.

»Chaos oder Imperium?«, fragte ich. Bevor er Gelegenheit hatte zu antworten, zog ich die Schublade auf und holte die Spielsteine heraus.

»Imperium. Ich kann jeden Vorteil gebrauchen.« Geoff nahm sich die roten Steine und stellte sie auf ihre

Felder. »Der Imperator kommt auf seine eigene Farbe, richtig?«

»Richtig. Und Fialchar ist immer schwarz.« Ich reichte ihm den Imperator, während ich die in einen Kapuzenmantel gehüllte Gestalt mit dem knotigen Stock in der Skeletthand auf ihr Quadrat stellte. »Die Königin der Dunkelheit kommt neben den Fürst des Unheils, dann seine Generäle, seine Zauberer und seine Kavallerie. Die Chadämonbauern eine Reihe weiter vorne.«

Ich schob den Zugstein auf seine Seite des Bretts. »Chaos zieht als Zweiter, also gehört der Zugstein dir.«

Geoff zog den Imperatorbauer zwei Felder vor, dann schob er den Zugstein zurück. »Der neue Imperator ist dir gut gelungen.«

»Findest du wirklich?« Die aus Zedernholz geschnitzte Imperatorfigur stellte einen groß gewachsenen, schlanken jungen Mann dar, auf dessen Haupt eine Krone ruhte. »Thetys V. regiert erst seit vier Monaten, aber ich dachte mir, ich schnitze trotzdem schon eine Figur für ihn.« Ich warf einen Blick hinüber zum mit Büchern überladenen Schreibtisch. »Aber ich habe die Daclonesfigur aufgehoben.«

»Es gibt keinen Grund, das nicht zu tun, Locke.«

»Bist du dir da sicher? Du kennst doch den Reim, den Ethelin immer aufgesagt hat:

Feuer und Silber
Besiegen Kälte und Nacht,
Doch schau nicht an des Bösen Macht.
Scheint alles auch verloren,
Behalte Hoffnung und Mut
Und des Bösen Werk wird trotz alledem gut.

Ich hätte sie verbrennen sollen, damit sie niemand dazu benutzen kann, dem Imperator zu schaden.«

Geoff schüttelte den Kopf. »Die Attentäter dürften

dafür gesorgt haben, dass man dem alten Imperator kaum noch schaden kann. Was mich mehr interessiert ist, weshalb du dich immer noch an all die kleinen Redewendungen Ethelins erinnerst?«

Ich wurde rot. »Wahrscheinlich habe ich sie viel öfter zu hören bekommen als du. Und den Spruch habe ich mir immer selbst vorgesagt, wenn ich Angst vor dir oder Dalt oder Großvater oder der Dunkelheit hatte.«

»Ich verstehe. Ob es auch einen Spruch von der Art gibt, der mir helfen könnte, dieses Spiel zu gewinnen?« Er verstummte, während er sein Spiel in einer schnellen Zugserie von der Eröffnung aus entwickelte. Im Verlauf der Partie bemerkte ich, wie seine Züge zögernder wurden, und erkannte, dass mein Plan aufging, eine Öffnung auf der Imperatrixseite des Bretts zu erzwingen. Ich beobachtete, wie Geoff auf meine Finten reagierte und konnte einen seiner Generäle fesseln, um die Imperatrix gegen einen Kavallerieangriff zu verteidigen.

Geoff bewegte den gefesselten General in Vorbereitung eines Angriffs auf meine zweite Kavallerie. Er zögerte, dann schob er mir den Zugstein herüber.

Ich runzelte die Stirn. »Wenn du willst, darfst du den Zug zurücknehmen. Wenn du es nicht tust, verlierst du deine Imperatrix.«

»Und ich sage dir: sieh aufs Brett. Den Rat hätte ich besser selbst befolgt.« Der Krieger zog die Stirne kraus, dann veränderte seine Miene sich zu einem verlegenen Grinsen. »Pech gehabt.«

»Pech? Du?« Ich schüttelte den Kopf. »Du brauchst mir den Sieg nicht zu schenken, Geoff. Willst du nicht zum Bärenabendball?«

Geoff seufzte. »Erstens schenke ich dir den Sieg nicht. Ich habe einen Fehler gemacht. Ich sehe das Brett nicht so wie du. Ich habe es noch nie so gesehen und werde es wohl auch nie. Ich *muss* hinsehen, und selbst dann entgeht mir einiges. Aber um deine andere Frage zu beantworten: Nein, ich lege keinen sonderlichen Wert darauf, in die Hauptstadt zu reisen.«

Mir fiel der Mund auf. »Nicht? Stell dir nur einmal vor, was du alles zu sehen bekämst, und wem du alles begegnen würdest!« Ich deutete auf die verschiedenen roten Figuren auf dem Brett. »Du könntest dem Imperator begegnen oder seiner Mutter Dejanna, oder dem Heerfürsten Garn Drustorn, oder …«

Geoff hob die Hand und unterbrach meinen Redeschwall. »Und es könnte mir jemand Gelegenheit geben, mich einer Fechtschule anzuschließen, oder ich würde in einen Trupp Chaosreiter eingezogen oder bekäme ein Offizierspatent in einer Imperialen Kompanie.«

»Und das willst du nicht?«

»Es mag unpassend für einen Sohn Cardews klingen, so etwas zu sagen – aber nein, das will ich nicht. Ich will hierbleiben und so viel wie möglich von Großvater lernen.«

»Aber du weißt schon alles, was er dir beibringen kann. In Herakopolis könntest du bei einem Großmeister lernen.«

Geoffs Miene verhärtete sich. »Aber ich könnte nicht lernen, wie ich Audins Schule wiedereröffnen und zu neuer Größe führen kann.«

Plötzlich fühlte ich mich Geoff näher als je zuvor, und mein Respekt für ihn erreichte ungeahnte Höhen. Geoff erinnerte sich noch an unseren Vater und hatte seine Fechtausbildung an der Schule begonnen, die Audin hier in Felsenschnell geleitet hatte. Drei Jahre nach meiner Ankunft aus der Hauptstadt, als ich fünf Jahre alt war und es Zeit wurde, meine Fechtlehre in Angriff zu nehmen, hatte Großvater die Schule geschlossen und sich ganz dem Training seiner Enkel gewidmet.

Ich schluckte mühsam. »Du hast es auch in seinen Augen gesehen, nicht wahr?«

Geoff nickte ernst. »Er hat immer gehofft, Cardew und Driscoll würden nach der Zeit bei den Kühnen Lanzenreitern zurückkommen und die Fechtschule übernehmen. Als sie gefallen sind, entschied er, uns so gut auszubilden, dass wir niemals den Gefahren erliegen konnten, die sie im Chaos das Leben gekostet haben. Weil er keine anderen Schüler angenommen hat, ist seine Schule beinahe vergessen, und das ist ungerecht. Ich weiß, tief in seinem Herzen träumt er immer noch davon, dass seine Schule einmal weitergeführt werden wird, und ich will ihm diesen Traum erfüllen.«

Er verschränkte die Arme vor der Brust. »Wir zwei sind Verbündete, kleiner Bruder. Ich werde dafür sorgen, dass sich sein Traum von der Wiedereröffnung der Schule erfüllt. Ich überlasse es dir, ihm den Traum zu erfüllen, dass der Imperator noch einmal einen seiner Schüler für dessen Dienste als Chaosreiter auszeichnet. Bist du einverstanden?«

»Du bist ein guter Fechter, Geoff, und du wirst es zu einem ebensolchen Helden bringen wie Vater. Meiner Meinung nach hast du dir von uns beiden die schwierigere Aufgabe ausgesucht.« Ich senkte den Blick und sah auf meine Hände. »Tu, was du für das Beste hältst.«

»In dem Falle, Locke, kann ich davon ausgehen, dass du meine Imperatrix hinrichtest und mich in, was, fünf Zügen aus meinem Leiden erlöst?«

»Vier. Du hast die Zaubererzange übersehen.«

»Wie üblich.« Geoff streckte die Hand aus und legte den Imperator auf die Seite. »Geh, Locke, sieh dir die Hauptstadt an. Triff den Imperator und tanz zweimal mit jeder seiner Schwestern. Einmal für dich selbst, und einmal für mich. Dann komm zurück und erzähl mir davon.«

»Du wirst es nicht bedauern, wenn ich an deiner Stelle reite?«

»Schwer zu sagen. Möglicherweise.« Er griff über den Tisch und zerzauste mir das Haar. »Aber ich werde es überleben, weil ich weiß, dass du ausgezogen bist, die Abenteuer zu erleben, die ganze Legionen von Schülern inspirieren werden, zu Audins Schule zu pilgern.«

2

Ich blickte von der Klippe hinab auf die Garikstraße. In der Ferne sah ich die Staubwolke, mit der sich die Karawane ankündigte, die ich zur Hauptstadt begleiten würde. Plötzlich schien mein Magen sein Inneres nach außen stülpen zu wollen. Ich war kurz davor, zum ersten Mal mein Zuhause zu verlassen. Ich zog den Schafsfellmantel enger und sah hinüber zu Geoff und Großvater.

»Die Karawane kommt.« Ich schluckte schwer. »Geoff, wenn du willst, kannst du meinen Platz haben.«

Mein älterer Bruder schüttelte den Kopf. »Ich bin ein Garikmann, Locke, hier geboren und aufgewachsen. Ich bin nicht der Typ für einen imperialen Ball. Du schon. Du bist in Herakopolis geboren.«

»Ich bin vielleicht nicht in Garik geboren, aber ich bin hier aufgewachsen.« Ich nickte Großvater zu. »Du wirst stolz auf mich werden. Das Imperium wird sich noch an einen dritten deiner Schüler erinnern.«

Der alte Mann zog mich an sich und umarmte mich. »Ich bin stolzer auf dich, als du ahnst, Locke.« Er hielt mich mit ausgestreckten Armen fest und strich mit der Hand über den Aufnäher mit dem gekreuzten Schwert und Dolch auf der linken Brust meiner Jacke. »Auch wenn du vom Rang her erst ein Anwärter bist, steckt sehr viel mehr in dir. Das weißt du auch. Vertraue auf dich und dein Können, aber vergiss nicht, dass die Rangabzeichen der Anderen möglicherweise ebenso wenig über sie aussagen wie dieses über dich.«

»Danke, Großvater.« Ich drehte mich zu Geoff um und packte ihn mit festem Griff am Unterarm. »Zwei Tänze mit jeder Prinzessin. Einer für dich und einer für mich.«

Geoff lachte, und in der Kälte des frühen Morgens verwandelte sich sein Atem in Silber. Er griff in seinen Mantel und zog etwas heraus, das auf den ersten Blick wie eine mit Einlegarbeit verzierte Holzschachtel mit einem goldenen Schnappverschluss aussah. Als er sie mir reichte, klapperte etwas im Innern. »Es ist noch reichlich früh, ich weiß, aber hier hast du mein Bärenabendgeschenk. Nur, damit du uns hier in Felsenschnell nicht vergisst.«

Ich nahm die schmale Schachtel und öffnete sie. Im Innern fand ich ein Schachbrett, in dessen Spielfelder kleine Löcher gebohrt waren. Was so geklappert hatte, waren zweiunddreißig sorgfältig geschnitzte Schachfiguren in Rot und Schwarz. Alle hatten einen kleinen Stab an der Unterseite, mit dem man sie in die Löcher stecken konnte, sodass sie an ihrem Platz blieben. Eine kleine, an beiden Enden breiter werdende Rille bot Raum für den Zugstein.

»Geoff, das ist großartig! Jetzt kann ich unterwegs spielen, wenn ich in der Karawane einen anderen Schachspieler finde.«

»Du wirst bestimmt keine Schwierigkeiten haben, jemanden zu finden.« Geoff grinste mich an. »Wiley der Zimmermann hat es für mich gemacht, als Bezahlung dafür, dass ich seinen Söhnen ein paar Unterrichtsstunden gegeben habe. Großvater hat mir versprochen, bei ihrer Ausbildung zu helfen. Wenn sie sich gut machen, können wir vielleicht sogar die Schule wiedereröffnen.«

»Vielleicht, Geoff, vielleicht.« Großvater runzelte leicht die Stirn. »Ich werde wirklich zu alt, um Kinder zu trainieren.«

Mein Bruder und ich tauschten ein Lächeln aus, dann pfiff ich meinem Pferd. Hang hob den Kopf, dann kam der braune Wallach herüber. Ich schob das Schachset in die Satteltasche und schwang mich auf seinen Rücken. »Im Frühjahr komme ich wieder, wenn die Gebirgspässe aufgetaut sind, und erzähle euch alles. Und ich werde Bärenabendgeschenke für euch alle mitbringen.«

»Bis dann, Lachlann. Mach es gut.« Großvater hob die Hand und winkte. Obwohl ich seinen Blick auf mir spürte, schien es, als nähme er mich gar nicht richtig wahr.

Er und Geoff sahen mir nach, als ich Hang den Serpentinenweg hinablenkte und mich der Karawane anschloss. Ich zahlte dem Karawanenmeister, einem Mann namens Haskell, die fünf Golddukaten, die Großvater mir dafür gegeben hatte, und im Gegenzug erlaubte er mir, einen Platz im Zug auszusuchen. Ich winkte zu den beiden hoch, und sie winkten zurück. Dann verschwanden sie hinter der Staubwolke der Karawane.

Tief in meinem Innern hatte ich das Gefühl, meine Familie verraten zu haben, weil ich kein ernsthaftes Heimweh verspürte. Ich war schon eine Woche fort aus Felsenschnell und hatte noch nicht einmal von daheim geträumt. Ich wollte mich einsam und verlassen fühlen, aber die Karawane war voll interessanter Leute und fremdartiger Eindrücke, die alle Gedanken daran verdrängten, was hinter mir lag. Es kam mir reichlich unpassend vor, wie aufgeregt und begeistert ich war.

Tagsüber verbrachte ich die meiste Zeit damit, neben den schwerfälligen Wagen der Händler aus Garikopolis herzutraben. Sie waren schwer mit den wunderbarsten Waren beladen, von Gewürzen und Kristall bis zu feingewebten Wandteppichen und glänzenden Metallarbeiten, alles für die Hauptstadt und den Käuferansturm vor dem Bärenabend bestimmt. Als Einheimischer der Provinz Garik war ich stolz darauf, wie beliebt und begehrt die Waren meiner Landsleute waren, weit mehr als die Erzeugnisse der übrigen Regionen des Imperiums, aber ich zwang mich, den Händlern nicht alle ihre Erzählungen von früheren Jahren in der Hauptstadt abzunehmen.

Nachts, wenn die Karawane Halt machte und den Zugtieren Ruhe gönnte, zog es mich in die Gesellschaft verschiedener Bewachergruppen, die zum Schutz des Zuges angeheuert worden waren. Ein Teil der Händler hatte eigene Soldaten unter Vertrag, und zusätzlich hatte die Karawanengesellschaft eine große Anzahl von Kriegern zur Bewachung verpflichtet. Weil die Privatsoldaten besser bezahlt wurden und sich weigerten, von den Karawanenwachen Befehle anzunehmen, herrschte eine gewisse Spannung zwischen den beiden Lagern. Durch meine Ausbildung hatte ich mehr mit den Soldaten gemein als die anderen Reisenden, und die Krieger tolerierten mich, weil ich ihren Geschichten begeistert zuhörte.

Als die Karawane in den Gespensterbergen etwa eine Tagesreise westlich von der Stadt der Zauberer lagerte, sah ich zu, wie zwei der Wachen des Goldhändlers Kasir gegeneinander fochten. Die beiden Männer traten mit entblößtem Oberkörper und mit Schwertern, die in lederne Trainingshüllen eingepackt waren auf einem schmalen Streifen zwischen zwei Lagerfeuern gegeneinander an. Andere, darunter auch einige der Karawanenwachen, sahen ihnen zu, spendeten Beifall und Ratschläge, und schlossen Wetten über den Ausgang des Duells ab.

Da ich mein ganzes Leben in unserem Dorf verbracht hatte, war mir nie klar geworden, wie wichtig man draußen in der Welt Rangabzeichen nahm. Wenn wir zum Bärenabend in die Stadt ritten, legte Großvater immer eine Schärpe um, deren Abzeichen ihn als Bürger von Garik kennzeichnete, und zusätzlich eine zweite, die seinen Rang als Schwertmeister verkündete. Das schwarze Dreischenkelabzeichen von Garik war mit einem grünen Faden an der Schärpe befestigt, weil es seine Heimatprovinz war, während das Schwertmeisterabzeichen mit einem goldenen Faden angenäht war. Das zeigte, dass Audin seinen Unterhalt als Schwertmeister verdiente und Schüler annehmen konnte, falls er den Wunsch dazu verspürte, aber das wussten alle Einheimischen ohnehin.

Wir trugen bei diesen Gelegenheiten natürlich auch alle Schärpen mit unseren Rangabzeichen, aber die Einwohner von Felsenschnell kümmerten sich kaum darum. Sie hätten alle ein Garikabzeichen tragen können, so wie wir, aber es schien unnötig. In unserer kleinen Gemeinschaft kannte jeder jeden und viele empfanden die Förmlichkeit von Rangabzeichen als abweisend. Trotzdem schienen sich bei den jungen Burschen die Abzeichen zu vermehren wie Mücken im Sumpf, sobald ein hübsches Mädchen auftauchte, das es zu beeindrucken galt.

Hier in der Karawane war der Rang alles. Ich kaufte mir sehr schnell ein Garikabzeichen und nähte es über meinem Fecht-Anwärter-Aufnäher auf meine Jacke. Durch den Garikdreischenkel behandelten mich die Heraker natürlich als unterlegen, aber das störte mich nicht allzu sehr, weil ich mich daran erinnerte, was Großvater mir vor der Abreise gesagt hatte, und außerdem machte mich der Dreischenkel automatisch zu einem Freund für andere Reisende aus meiner Heimat. Mein Anwärteraufnäher allerdings trug mir jede Menge abfälliger Kommentare und bedauernder Blicke von Gesellen und Fechtern im Dienst der Händler ein.

Um diesen Zweikampf zu beobachten, schob ich mich zwischen einen von Kasirs Leuten und eine Karawanenwache in den Kreis der Zuschauer. Kasirs Mann trug das Abzeichen eines Fechters, was ihn einen Rang über die beiden Gesellen stellte, die vor uns kämpften, und durch sein Können offiziell auf eine Stufe mit Dalt. Die Karawanenwache war ein großer, schlanker Mann mit einer schwarzen Klappe über dem linken Auge und den vier kreuzförmig angeordneten Äxten eines Axtmanns. Damit war er Kasirs Mann – was das Können betraf – gleichwertig. Beide hatten ihre Abzeichen mit Goldfaden an die Gürtel genäht, aber ich wusste bereits, dass sie von ihrem Beruf als Wachmänner lebten. An den Provinzabzeichen erkannte ich, dass sie beide aus Garik stammten, und beide trugen zusätzlich noch andere Aufnäher, die ich aber nicht weiter beachtete, weil ich mich auf den Kampf konzentrierte.

Der Mann am Südende des Streifens hielt das Schwert mit einem ungewöhnlichen Griff, in dem er die Breitseite der Klinge hoch hielt und mit ihrer Spitze auf das Knie seines Gegners zielte. Dem gefiel das erkennbar gar nicht, und ich wusste aus meinen Zweikämpfen mit Geoff in einer seiner experimentellen Phasen, dass diese Haltung des Schwerts ebenso ärgerlich für den Gegner war wie einfallslos. Als der zweite Mann seine Klinge in einem zaghaften Versuch, seinen Gegner zu imitieren, sinken ließ, zuckte die Waffe des ersten Kämpfers herum und traf den Oberschenkel seines Kontrahenten.

Als der getroffene Geselle aufheulte und humpelnd zurückwich, drehte Kasirs Soldat sich zu dem Axtmann um. »Na, Roarke, glaubst du immer noch, dass Timon zu schlagen ist? Oder, um es auf den Punkt zu bringen, glaubt dein Beutel, er sei zu schlagen?«

Ich drehte mich zu Roarke um und nickte unwillkürlich – als Antwort auf die Frage. Roarke zog die linke Augenbraue über der Augenklappe hoch und grinste schief. »Es muss wohl so sein, Ferris, denn unser kleiner Anwärter hier ist der Meinung, er sei zu schlagen.«

Ferris, auf dessen kahlem Schädel der Widerschein der beiden Lagerfeuer tanzte, runzelte heftig die Stirn. »Was weiß denn dieser Wicht? Wenn du dein Gold auf seine Meinung setzt, dann nur, weil es am Gürtel eines Narren hängt.«

Roarke beugte sich zu mir herüber. »Was meinst du, Kleiner? Ist Timon zu schlagen?«

»J-ja, der Herr.« Ich stammelte, aber nicht aus Furcht, mich zu irren, sondern weil ich Roarkes Gesicht zum ersten Mal deutlich sah. Drei lange Narben zogen sich nebeneinander von der Mitte seiner Stirn unter der Augenklappe hindurch auf seine linke Wange. In seinem rechten Auge, dessen vorherrschende Farbe, wie ich jetzt sehen konnte, blau war, schimmerten die Spuren anderer Farben. Das konnte für mich nur eines bedeuten: Roarke war im Chaos gewesen, denn in seinem Auge brannten die ersten Anzeichen von Chaosfeuer.

Ferris riss mich grob herum. »Was weißt denn du Dreikäsehoch? Du bist nur ein Anwärter.«

Ich wich einen Schritt zurück und erstickte den Drang, Ferris zum Kampf zu fordern. »Ich habe gesehen, wie ein Mann besiegt wurde, der diesen Griff benutzte.« Ich wählte meine Worte mit Bedacht, weil mir klar war, dass es nicht opportun gewesen wäre zu erwähnen, dass es mir selbst einmal gelungen war, einen Treffer bei Geoff zu landen, als er diesen Griff benutzt hatte. »Bei einem niedrigen Angriff zwingt ihn dieser Griff zu einer weiten Parade. Wenn der Angreifer schnell genug über das Handgelenk kommt, hat er freie Bahn auf seinen Körper oder seine Kehle.«

Ferris' dunkle Augen wurden schmal. »Und das hast

du gesehen, ja? Dann möchtest du uns das vielleicht einmal zeigen, *Anwärter.*«

Roarkes Hände senkten sich auf meine Schultern wie Jagdfalken, die auf die Faust zurückkehrten. »Lass gut sein, Ferris. Er ist ein Anwärter und kann ohne die Erlaubnis seines Schwertmeisters niemanden herausfordern. Und weil Timon Geselle ist, kann er niemanden niedrigeren Rangs fordern. Aber der Junge hat dir den Schlüssel geliefert, mit dem du Timons Parade möglicherweise selbst durchbrechen kannst.«

Indem er Ferris' Eitelkeit ansprach, gelang es Roarke, den Zorn des Söldners abzublocken. Danach steuerte er mich mit sanftem, aber unnachgiebigem Druck fort vom Kreis der Zuschauer. Ich stolperte in die fragmentierte Dunkelheit ihrer Schatten. Hinter mir hörte ich Ferris Timon herausfordern, aber Roarkes feste Hand in meinem Nacken hinderte mich daran, mich umzudrehen und zuzusehen.

Ich versuchte sie abzuschütteln. »Danke, glaube ich, Axtmann.«

»Du hast guten Grund, dich bei mir zu bedanken, Lachlan, denn du hättest Timon besiegt, und diesen Gesellen solltest du dir nicht zum Feind wünschen.« Der größere Mann ließ mich los. »Aber wenn du der bist, von dem man spricht, ist kein Dank erforderlich. Ich schulde deiner Familie mehr als das.«

»Wie meint Ihr das? Und woher wisst Ihr, wer ich bin?«

Roarke kratzte sich seitlich unter der Augenklappe. »Deine Verwandten sind zum Treffpunkt mit der Karawane geritten. Hast du das schon vergessen? Man kennt Audin, und es haben genug Leute von seinem Unglück gehört, um die Geschichte durch die ganze Karawane zu tragen.«

Ich fühlte, wie mein Gesicht heiß wurde. »Soll das heißen, die Leute wissen, dass ich Cardews Sohn bin?«

Roarke nickte ernst. »Allerdings. Sie erzählen, du wärst zum Helden geboren und unterwegs zum Imperator, um sein General zu werden.« Er deutete auf ein Lagerfeuer am Rand des Rastplatzes. »Aber ich weiß von Haskell, dass du deine Großmutter besuchst. Nach allem, was ich über sie gehört habe, kann das schon eine Heldentat für sich werden. Gehen wir an mein Feuer, und du kannst dich stärken.«

Ich nickte, dann runzelte ich die Stirn. »Was Ihr darüber gesagt habt, dass Ihr meiner Familie etwas schuldet … Ihr kanntet meinen Vater?«

Der Einäugige sah über die rechte Schulter zurück und nickte. »Iss erst einmal was. Später können wir uns unterhalten. Heute hat Eirene Kochdienst und wir sollten zusehen, dass wir etwas bekommen, bevor nur noch Matsch übrig ist.«

Rings um uns machte sich die inzwischen alltägliche Routine des Lagers breit. In einer Talsenke zwischen zwei Bergen und Wachen an mehreren Aussichtspunkten fühlten wir uns sicher vor Banditen. Zwar war der Lagerplatz von dichtem Tannenwald eingeschlossen, in dessen Schatten sich durchaus Wegelagerer verbergen konnten, aber ich hatte einige Reisende spekulieren hören, dass unsere Karawane ohnehin viel zu groß war, um von einer einzelnen Räuberbande überfallen zu werden.

Die Möglichkeit, dass sich mehrere Banden zusammenschlossen, war schlichtweg abgetan worden, aber trotzdem stellte Haskell nachts Wachtposten auf den Bergspitzen auf.

Das Wasser für die Karawane lieferten Gebirgsbäche, und Haskell sorgte dafür, dass Latrinen gegraben wurden, damit niemand die Bäche verschmutzte. Der Wald lieferte reichlich Holz für die Feuer, und ein paar mutige Jäger wanderten los, um etwas Frischeres und Schmackhafteres als Dörrfleisch und Getreidebrei aufzutreiben. Davon abgesehen blieb das Lager kaum oder gar nicht geordnet.

Der kleine Lagerplatz, zu dem Roarke mich führte, war offensichtlich schon von anderen Karawanen benutzt worden. Ein Kreis aus rußgeschwärzten Steinen umschloss das knisternde Feuer. Unmittelbar über den flackernden Flammenzungen hing ein schwarzer Kessel von einem eisernen Dreibeinständer. Im Innern des Kessels blubberte und dampfte es. Ich hatte keine Ahnung, was dort kochte, aber als der Duft in meine Nase stieg, knurrte mir laut der Magen.

Roarke stieg über seinen Sattel und trat in den Feuerschein. »Cruach, ruhig, Junge.« Er hielt mich mit ausgestreckter Hand zurück. »Ich habe einen Hund dabei. Er mag keine Fremden, also mach keine hastigen Bewegungen, bis er sich an dich gewöhnt hat.« Er ging in die Hocke und klatschte zweimal in die Hände. »Komm, Cruach. Das ist Lachlan.«

Aus der Dunkelheit sprang ein riesiger Hund mit breitem, flachem Kopf und zottigem Fell. Im flackernden Feuerschein hatte ich den Eindruck, dass sein Fell silbern schimmerte, aber das Tier verwandelte sich zu schnell in einen dunklen Schattenriss vor den hellen Flammen, als dass ich mir sicher sein konnte. Was ich deutlich sah, waren zwei Augen voller Chaosfeuer und ein Maul riesiger Zähne.

Riesige Zähne, die mir im selben Augenblick auffielen, da mir klar wurde, dass das Tier nicht einmal ansatzweise langsamer wurde. Bevor ich zurückweichen konnte, sprang Cruach hoch und legte beide Vorderpfoten auf meine Schultern.

Völlig aus dem Gleichgewicht geworfen, fiel ich nach hinten und blieb unter dem Hund am Boden liegen. Ich fühlte die drahtigen Haare seines Kinns auf meiner Kehle, und sein alles andere als süßer Atem füllte meine Nase.

»Roarke«, quietschte ich. »Könntest du mir ein wenig zu Hilfe kommen?«

Der Axtmann lachte laut und fiel auf den Hintern, die Hände auf den Bauch gepresst. »Halt ihm die Hand hin, vorsichtig, damit er daran schnuppern kann.«

»Ich glaube, das haben wir schon hinter uns, Roarke.« Ich hob zögernd die linke Hand, bereit, sie zu opfern, falls Cruach entschied, mich als Abendessen einzustufen. Roarke grinste und klatschte in die Hände, um den Hund zurückzurufen, aber der achtete nicht auf ihn. Cruach schnupperte an meinem Gesicht, dann badete mich eine unglaublich weiche Zunge.

Ich hatte den Eindruck, dass ich doch nicht auf dem Speiseplan stand.

Ich griff nach oben, um Cruach hinter den Ohren zu kraulen. Als meine Finger auf harten Widerstand trafen, sah ich zu Roarke hinüber. »Sein Fell ist aus Stahl!«

»Tatsache. So etwas kommt vor im Chaos.« Er griff herüber und zog den Hund von meiner Brust. Cruach rutschte zur Seite und legte sich neben mich. Er hob die linke Vorderpfote und ließ sie über meine Rippen fallen.

Roarke schüttelte den Kopf. »Du hast nicht zufällig etwas Essen dabei? Etwas, von dem er glaubt, es sei für ihn bestimmt?«

»Aber sicher, ich habe eine fertig gewürzte Tarrisbüffelhälfte in der Tasche versteckt.«

»Ach, wär das schön.« Der Axtmann richtete sich auf und schaute in den Kessel. »Linsen. Schon wieder.«

»Euer Hund mag also keine Fremden, ja?« Ich kroch unter der Pfote vor und stand auf. Cruach erhob sich auf alle viere und lehnte sich schwer gegen mich. Seine Schulter war in Griffhöhe, also tätschelte ich ihn. »Habt Ihr Cruach mit ins Chaos genommen?«

Er rührte den Eintopf um und schüttelte den Kopf. »Nein, Cruach hat viel länger dort verbracht als ich, wie du unschwer an seinen Augen und dem Fell sehen kannst.« Roarke lächelte. »Er hat mich im Chaos gefunden und mir geholfen, nach Hause zu finden. Ich bin schon rund sechzehn Jahre nicht mehr dort gewesen.«

Ich zog die Stirne kraus. »Sechzehn Jahre? Die Hamptons zwei Höfe weiter hatten Hunde wie Cruach hier, und erzählten, dass sie nicht älter als zehn oder elf werden. Das macht Cruach ...«

»Ungewöhnlich.« Roarke nickte. »So etwas kommt vor im Chaos.«

»Und noch sehr viel Seltsameres.« Eine schwarzhaarige Frau, deren lange Mähne von grünen Strähnen durchzogen war, trat von der anderen Seite ins Licht. Ich bemerkte, dass die Ellbogen und Fersen ihrer ledernen Reitmontur mit knochigen Sporen für den Kampfeinsatz besetzt waren. Ihre Augen waren voller Chaosfeuer, aber die grünen Haare und leicht spitz zulaufenden Ohren hätten sie ohnedies als jemanden gekennzeichnet, der eine Menge Zeit im Chaos zugebracht hatte. »Du stopfst dem Jungen doch hoffentlich nicht das Hirn mit romantischen Chaosgeschichten voll, Roarke?« Sie musterte mich mit einem schnellen, abschätzenden Blick, unter dem ich mir für einen Augenblick wie nackt vorkam, dann schüttelte sie den Kopf. »Er ist erst Anwärter. Sei gnädig mit ihm. Lass ihn erwachsen werden, bevor du ihm vom Chaos erzählst.«

»Aber Lachlan ist auch Cardews Sohn, Eirene.« Roarke stemmte die Fäuste in die Seiten. »Das Chaos steckt ihm im Blut.«

Eirene sah mich nachdenklich an. »Das ist Cardews Junge?« Sie warf mir eine der Holzschalen zu, die sie in den Händen hielt. »Bedien dich, Lachlan.«

Ich fing die Schale im Flug auf. »Danke. Gewöhnlich nennt man mich Locke, falls es Euch nichts ausmacht.« Ich wartete, bis Roarke und Eirene sich eingeschöpft hatten, dann nahm ich mir etwas weniger als sie. Roarke reichte mir einen Holzlöffel und ich setzte mich auf den Boden, um zu essen. Cruach ließ sich neben mir nieder und legte mir den Kopf aufs Knie.

Der mit Dörrfleisch gewürzte Linseneintopf schmeckte gar nicht schlecht. »Noch einmal danke. Das ist gut.«

Eirene lächelte kurz, dann kniff sie die Augen zusammen. »Und, was treibt dich auf die Straße, Locke? Der Drang, große Schlachten im Chaos zu bestreiten?«

Roarke verzog ärgerlich das Gesicht, aber ich antwortete ihr ohne Zögern. »Meine Großmutter möchte, dass einer ihrer Enkel sie zum Bärenabendball im Imperatorenpalast begleitet.«

»Der Ball ist bestimmt nicht mehr das, was er war, als dein Vater und Onkel ihn noch besucht haben.« Eirene sah zu Roarke hinüber, und etwas Unausgesprochenes floss zwischen ihnen, das ich nicht entziffern konnte.

»Ihr scheint lange Zeit im Chaos verbracht zu haben, Eirene.« Ich stellte meine halbleere Schale Eintopf ab und achtete gut darauf, sie außerhalb Cruachs Reichweite abzusetzen. »Habt Ihr meinen Vater gekannt?«

»Nein, aber seine Geschichte ist unter den Chaosreitern gut genug bekannt.« Sie zuckte die Schultern und ich spürte, wie sich ihre Spannung ein wenig löste. »Dein Vater hat die Kühnen Lanzenreiter ins Chaos geführt, und sie sind nie zurückgekehrt. Deine Mutter hat die Hauptstadt verlassen und ist ins Haus ihres Vaters in Garik zurückgekehrt. Sie starb und überließ dich der Fürsorge deines Großvaters.« Sie schüttelte den Kopf. »Es ist besser, wenn Chaosreiter niemanden zurücklassen.«

»Wie ist es mit Euch, Roarke? Habt Ihr meinen Vater gekannt?«

Roarke zögerte einen Augenblick, dann schüttelte er den Kopf. »Bei mir ist es wie bei Eirene. Ich kenne seine Geschichte, habe ihn aber nie getroffen.«

»Aber Ihr sagtet, es wäre die Rückzahlung einer Schuld, als Ihr mich von Ferris weggezogen habt. Wovon habt Ihr dann gesprochen?«

Roarke sah Eirene an, dann lächelte er. »Draußen im Chaos ist vieles anders. Es gibt Orte, an denen die Zeit schneller verstreicht als hier, manchmal wesentlich schneller. Es gibt Stellen, an denen man bis zum Tod und darüber hinaus altert, und die Knochen zu Staub zerfallen, noch bevor sie auf den Boden prallen. Man erkennt sie an großen Flecken aus weißem Staub auf sonst normalem Gelände. Dein Vater hat einmal so eine Stelle gefunden und einen Chadämon hineingelockt. Ich habe seinen Trick benutzt, um mich aus einer ähnlich schwierigen Lage zu befreien.«

Ich nahm Roarkes Erklärung hin, wusste aber genau, dass der Chaosreiter mir etwas verschwieg. Roarke hatte gesagt, er sei seit sechzehn Jahren nicht mehr im Chaos gewesen, und ich glaubte ihm. Im Gegensatz zu Eirene zeigte sein Auge nur die ersten Ansätze von Chaosfeuer, also war er vermutlich nicht öfter als einoder zweimal im Chaos gewesen. Irgendwo dort draußen war Roarke etwas begegnet, was ihm jedes Verlangen genommen hatte, noch einmal die Bannmauer zu durchqueren. Es war eine logische Schlussfolgerung, dass er bei dieser Gelegenheit auch sein Auge verloren hatte. Deshalb konnte ich gut verstehen, dass er nicht allzu gesprächig war, was das Chaos betraf.

Ich löffelte weiter meinen Eintopf, und bemerkte plötzlich ein Rangabzeichen an Roarkes Gürtel, das mir bis dahin noch nicht aufgefallen war. Die rote Silhouette eines Kavalleriesteins auf schwarzem Grund kennzeichnete ihn als Schachspieler im Gesellenrang. Ich grinste und schluckte schnell herunter. »Ihr spielt Schach.«

Der Chaosreiter nickte. »Habe vor zwei Monaten bei meiner vorigen Reise nach Herakopolis den Gesellenrang erreicht.« Er musterte meine Jacke, dann runzelte er die Stirn, als er kein Rangabzeichen fand. »Spielst du auch oder willst du es nur lernen?«

»Ich spiele, aber nur innerhalb der Familie.« Ich lächelte. »Wenn Ihr wollt, können wir spielen. Ich habe ein Set dabei.«

Eirene stöhnte und Cruach knurrte. Roarke sah sie beide streng an, dann schenkte er mir das strahlendste Lächeln, das ich auf seinem Gesicht je gesehen habe. »Stell auf, Locke. Für die erste Partie überlasse ich dir sogar das Imperium.«

3

»Schach.« Mit einem Grinsen reichte ich Roarke das Brett. Die Bewegung öffnete meinen Mantel, und ich zog ihn hastig wieder zu, um mich vor dem schneidend kalten Gebirgswind zu schützen. »Der Trick mit dem letzten Gambit tut mir Leid, aber ich musste es Euch zumindest anbieten.«

Der Chaosreiter nahm das Brett und drehte es, um sich die Partie von meiner Seite aus anzusehen. Er stellte das Set auf dem linken Knie ab, das er um den Sattelknauf gelegt hatte. Die Haut um seine Augen spannte sich, als er zusammenzuckte, dann trieb sein dunstiger Atem wie Rauch vor seinem Gesicht empor, als er leise fluchte. »Zum Chaos mit dir, Locke. Du bist ein Zwei-Kavellerien-Spieler, der seine Abzeichen nicht trägt, nur um mich zu ärgern.«

Ich ließ Hang ein Stück hinter Roarkes Pferd zurückfallen, als der Gebirgspfad schmaler wurde. »Ich habe Euch schon einmal gesagt: Ich habe keinen Rang. In

Felsenschnell, meinem Heimatdorf, gab es keinen Meister, der mich prüfen konnte.«

Wir ritten ungefähr in der Mitte der Karawane. Wenn ich mich umsah, konnte ich den halben Handelszug auf den schneebedeckten Serpentinen sehen, die durch das Gebirge hinauf zur Stadt der Zauberer führten. Wir waren erst einen halben Tag aus dem Wald, aber seit dem Aufstieg war es erbärmlich kalt geworden. Wenn die düsteren Wolken, die aus dem Südwesten heranzogen, bis ins Gebirge kamen, ohne die Meeresfeuchtigkeit vorher abzuregnen, die sie so schwer machten, konnten wir damit rechnen, am nächsten Morgen bis zum Hals im Schnee zu stecken.

Roarke hatte versucht, mich vom Spiel abzulenken, indem er mir davon erzählte, wie die letzten Windungen des Wegs unmittelbar an den Rand des Hochgebirgtals führten, in dem die Zauberer ihre Zitadelle errichtet hatten. Der über die Jahrhunderte von Wagen, Pferden und anderen Lasttieren erzeugte Pfad grub sich in den über die Baumgrenze ragenden Granit des Bergmassivs.

Aber so sehr ich mich auch bemühte, während Roarke an seinen Zügen arbeitete, ich sah nichts, was darauf hindeutete, dass wir uns tatsächlich der Kraftquelle für die Bannmauern näherten, die uns vor dem Chaos schützten.

Für mich war alles auf dieser Reise neu und faszinierend. Felsenschnell war die größte menschliche Siedlung gewesen, die ich je bewusst gesehen hatte, aber allein in der Karawane gab es schon mehr Menschen als im ganzen Dorf *und* der Umgebung. Das Land um Großvaters Hof war weitgehend eben und sehr fruchtbar, und der Kontrast zum felsigen Boden des Vorgebirges oder den Granitmassen der Berge, auf denen sich nur Moos und Krüppelbäume halten konnten, hätte nicht größer sein können. Der daheim endlos scheinende blaue Himmel wirkte hier viel kleiner, wo die Berge in ihn aufragten.

Und all das war normal, erinnerte ich mich immer wieder. Alles, was ich gesehen hatte, das vom Chaos berührt worden war, wie zum Beispiel Cruach, war noch weit seltsamer und aufregender. Trotz Eirenes Warnung vor romantischen Phantasien über das Chaos spürte ich den Drang, mehr darüber zu erfahren. *Roarke hat gesagt, ich hätte das Chaos im Blut.* Im Verlauf der Zeit, die ich in der Gesellschaft Eirenes, Roarkes und Cruachs verbrachte, wurde mir deutlich, dass der Besuch auf dem Ball des Imperators nicht das Abenteuer meines Lebens werden würde, sondern im Vergleich zu einer Expedition ins Chaos verblassen musste. Obwohl ich wusste, dass das Chaos und der Bharashadikrieger Kothvir meinen Vater getötet hatten, fühlte ich das Verlangen, durch die Wand zu gehen.

Nachdem wir zwischen zwei Findlingen hindurchgeritten waren, wurde der Weg wieder breiter. Ich versetzte Hang einen sanften Tritt in die Seiten, und der braune Wallach beschleunigte und brachte mich wieder auf gleiche Höhe mit Roarke. Wir ritten aber nur kurz so nebeneinander her, denn Eirene ließ ihr Reittier von der Spitze der Karawane zu uns zurückfallen. Hang hatte nichts für die Kreatur übrig, auf der sie saß, und ich gestattete ihm, sich hinter Roarkes Pferd zurückzuziehen.

Eirenes Pferd, zumindest *nahm ich an,* dass es einmal ein Pferd gewesen war, hatte sichtlich lange Zeit im Chaos verbracht. Statt eines gewöhnlichen Fells war das Tier von schwarzorangefarbener Echsenhaut bedeckt, aber Mähne und Schweif waren völlig normal und von schwarzer Farbe. Seine Augen waren voller Chaosfeuer, und die beiden aus seiner Schnauze ragenden Fangzähne gaben ihm das Aussehen eines Raubtiers. Vermutlich war es das, was Hang beunruhigte.

Ich persönlich hatte keine Ahnung, was dieses Geschöpf fraß, und, um der Wahrheit die Ehre zu geben, auch keinerlei Verlangen es herauszufinden.

Es hatte ein, zwei Tage gedauert, aber inzwischen hatte ich erkannt, dass die grünen Strähnen in Eirenes Haar und die Spitzen ihrer Ohren nicht die einzigen Veränderungen waren, die das Chaos an ihr gewirkt hatte. Wenn sie lächelte, konnte ich besonders tagsüber Fangzähne sehen, die denen ihres Reittiers in nichts nachstanden. Ich kam auch schnell zu der Erkenntnis, dass die knochigen Stacheln an ihren Ellbogen und Fersen *kein* Teil der Kleidung waren.

Als ich Roarke um eine Bestätigung meiner Vermutung bat, antwortete er: »So etwas kommt vor im Chaos.« Und er setzte schnell hinzu, dass Eirene Glück gehabt hatte, weil die Veränderungen durch das Chaos keineswegs immer symmetrisch oder auch nur entfernt ansehnlich waren.

Eirene hielt ihr Reittier an und zwang uns damit, ebenfalls zu stoppen. »Roarke. Haskell möchte, dass du vorausreitest und die Magier wissen lässt, dass wir wieder einmal ihr Tal besudeln werden.« Sie klopfte ihm mit der Reitgerte aufs Knie. »Hast du gehört?«

»Das gefällt mir so an dir, Eirene, deine Überzeugung, dass ich mit den Knien höre.« Er sah geistesabwesend vom Schachbrett hoch. »Ich habe es gehört und ich gehorche. Locke, ich gebe auf. Du hast gewonnen.«

Eirene grinste. »Schon wieder?«

»Schon wieder und wie immer.« Roarke schloss das Brett und verriegelte es, bevor er es mir reichte. »Beim nächsten Mal.«

Ich grinste wie ein Wolf, der eine Schafsherde gefunden hatte. »Wenn du mich mitnimmst, können wir spielen, während die Karawane aufschließt.«

»Gute Idee.« Roarke sah zu Eirene. »Behalte Cruach im Auge. Nach dir, Locke.«

Wir erreichten die Spitze der Karawane ohne Schwierigkeiten und Haskell winkte uns weiter. Der Weg erstreckte sich ein Stück weiter aufwärts, knickte aber knapp unter dem Bergkamm ab. Wir ritten am Ufer eines von der Schneeschmelze gespeisten Sees entlang, und an den Rändern des Wassers sah ich, wie sich schon das erste Eis formte. Ich blickte in die düsteren grünen Tiefen des Sees und glaubte, dort große Schatten ihre Bahn ziehen zu sehen. Ich erzählte Roarke davon.

»Das bezweifle ich stark, Locke. Der Spukblutsee liefert der Stadt der Zauberer ihr Wasser. Alles, was sich in seinen Tiefen versteckt hätte, wäre längst getötet worden.« Er zögerte kurz, dann grinste er. »Andererseits *könnte* es tatsächlich da unten etwas geben, nur um zu verhindern, dass sich jemand an der Wasserversorgung zu schaffen macht.«

»Warum sollte irgendjemand versuchen, der Stadt der Zauberer zu schaden? Sie halten das Chaos zurück.«

»Es gibt Kräfte, die eine Herrschaft des Chaos über dieses Land befürworten.« Roarke hustete leise in die Hand. »Das Reich hat viele Feinde.«

»Aber die sind im Chaos, oder?«

»Nicht alle.« Roarke lenkte sein Pferd um einen Felsvorsprung. »Es gibt Menschen, die das Chaos einem Leben in den Bannzeilen vorziehen.«

Ich runzelte die Stirn. »Aber das ist irrwitzig. Wie können sie das Imperium hassen? Es bietet uns ein gutes Leben.«

»Tatsächlich?«

»Nicht?«

Roarke nickte. »Ich bin schon der Ansicht, so wie du. Aber es gibt auch andere Meinungen. Es ist einfach eine Tatsache, dass manchen Menschen die Ordnung widerstrebt, die das Imperium allem aufzwingt. Sie haben etwas gegen das ganze System der Rangstufen, gegen das Netz der Regeln und Vorschriften. Sie sind keine wirklichen Chaoskreaturen, aber ihre Persönlichkeit lässt sich nicht unbedingt als ordentlich beschreiben.«

Das Bild der Tuggsippe aus Felsenschnell trat vor mein Auge. »Sicher, ich kenne auch solche Leute, aber die wollen deshalb nicht gleich, dass das Chaos wieder ungehindert über die Welt schlägt.«

»Natürlich nicht, aber aus ihren Reihen rekrutieren sich diejenigen, die eben das tatsächlich wollen. Es gibt nicht viele von ihnen, aber die wenigen, die es gibt, können ausgesprochen fanatisch sein. Du musst davon gehört haben. *So* klein ist Felsenschnell auch nicht.«

Mir schauderte, und es kam nicht allein von der Kälte. »Die Kirche des Erwachenden Chaos.«

»Schwarzkircher.« Roarke nickte langsam. »Sie sind eine Gruppe, die eine Herrschaft des Chaos anstrebt. Es gibt noch andere Gruppen abtrünniger Zauberer, die sich der Kontrolle widersetzen, die der Großmeister der Magie über das magische Wissen ausübt. Nach außen hin mag die Ätherische Bruderschaft die Politik und die Einmischung in die Angelegenheiten des Reiches ablehnen, aber untereinander praktizieren ihre Mitglieder die Kunst der Manipulation mit Begeisterung.«

Allmählich verpufften die letzten Überreste meiner naiven Vorstellung einer im Widerstand gegen das Chaos vereinten Welt. »Bei dir hört sich das an, als könnten die Bannzeilen morgen zusammenbrechen.«

Eine Atemwolke schoss aus Roarkes Mund, als er auflachte. »Aber nein, Locke. Es ist nur so, dass die meisten die Gefahr durch das Chaos über- und die Bedrohung aus dem Innern unterschätzen. Zusammen balanciert es sich zu dem Gleichgewicht des Schreckens aus, an das wir uns gewöhnt haben, und du brauchst deswegen nicht gleich in Panik zu geraten. Aber der Vorteil des

Chaos ist, man hat eine ziemlich gute Chance, seine Feinde schon am Aussehen zu erkennen.«

Wir ritten um eine Biegung und kamen an einen engen Pass, durch den der Wind laut heulte und vereinzelte Schneeflocken trieben. Ein, zwei Sekunden machte mir die bittere Kälte zu schaffen, dann vergaß ich sie zunehmend. Hundert Schritt weiter, auf halber Höhe des Passes, sah ich zwei gigantische Granitstatuen. Es waren nackte menschliche Gestalten mit großen Flügeln, mit gesenktem Kopf auf ein Knie gestützt. Die linke Statue, eine bärtige männliche Figur, hatte die Hände auf den Griff eines in den Boden getriebenen Schwertes gelegt. Die weibliche Figur hielt einen Zauberstab. Als wir näher kamen, suchte ich vergebens nach irgendwelchen Meißelspuren oder Verwitterungen.

»Wie alt sind diese Statuen?«

Roarke zuckte die Achseln. »Fünfhundert Jahre ungefähr, schätze ich. Sie stammen aus der Zeit des Chaos.«

»Es muss ewig gedauert haben, sie aus dem Berg zu hauen.« Ich legte den Kopf in den Nacken und sah zum Gesicht der Frau hoch. »Sie ist größer als der höchste Baum in der Umgebung von Felsenschnell.«

»Sie sind beide riesig, und es hätte lange gedauert, sie zu hauen, aber sie sind durch Zauberei geschaffen worden.« Roarke deutete auf die Stellen, an denen die Kolosse aus dem Fels hinter ihnen wuchsen, dann lenkte er meinen Blick aufwärts. In scharfem Gegensatz zu den groben, zerklüfteten Wänden der Schlucht erblickte ich über uns einen glatten Kamin. »Einige Zauberer haben den Granit herabfließen lassen wie Wasser, und andere haben ihre Kräfte dazu benutzt, ihn zu den Standbildern zu formen, die du hier siehst. Als der Zauber abklang, der den Fels verflüssigte, erstarrte er in seiner neuen Form.«

Als wir zwischen den Standbildern hindurchritten, rieb sich Roarke das fehlende Auge, dann gab er seinem Pferd die Sporen. Ich passte Hangs Geschwindigkeit der seines Hengsts an und folgte dem Chaosreiter durch den Rest des Passes. Zwischen den beiden Wächtern spürte ich ein Kribbeln, das meinen ganzen Körper erfasste, und gleichzeitig ein seltsames Unbehagen. Es schien, als würden die Statuen mich beobachten und eingehender studieren als mein Großvater bei meiner Prüfung vom Dolchkämpfer zum Anwärter.

Die beiden Statuen markierten den höchsten Punkt des Gebirges und hinter ihnen fiel der Weg allmählich wieder ab. Er zog sich durch drei Serpentinen, bevor sich ein grünes Tal vor uns ausbreitete. Auf der letzten Hälfte der Passstrecke konnte ich das Gefühl nicht abschütteln, beobachtet zu werden, aber je näher wir der Stadt der Zauberer kamen, umso leichter fiel es mir, das zu erklären. Ich wusste, dass der schmale Pfad einen ausgezeichneten Platz für einen Hinterhalt durch weiter oben am Berg versteckte Verteidiger bot, also ging ich davon aus, dass getarnte Wachtposten uns im Auge behielten.

Roarke zog die Zügel an, als wir das Tal betraten. Am westlichen Ende des Tals stürzte ein kleiner blauer Flusslauf in einen gut dreißig Schritt tiefer gelegenen See. Von dort aus teilte er den Talkessel in zwei Hälften und bewässerte die für diese Jahreszeit ungewöhnlich grünen Felder. Von meinem Standort aus konnte ich verschiedene Personen auf den Feldern sehen, aber keine von ihnen schien einer bestimmten Aufgabe nachzugehen.

Der Weg wand sich hinab ins Tal und teilte sich kurz vor dem östlichen Ausgang. Eine Abzweigung führte nach Süden in Richtung Duaropolis, während die Hauptstrecke weiter nach Herakopolis führte. In der Nähe der Kreuzung markierten Zelte und Pavillons den Lagerplatz mindestens einer weiteren Karawane. Es war nicht zu erkennen, ob sie auch zur Hauptstadt unterwegs war oder in die andere Richtung, nach Garik. Aber anscheinend war sie auch heute erst hier eingetroffen, denn ihre Mitglieder waren noch damit beschäftigt, ihre Unterkünfte aufzustellen.

Als ich um den Granitvorsprung kam, warf ich den ersten Blick auf die Stadt der Zauberer, und mit diesem Anblick verblassten alle anderen Details des Tals zur Bedeutungslosigkeit. Gewaltige, im Sonnenlicht glänzende Obsidianmauern schlossen die Stadt völlig ein. An jedem Kardinalpunkt der kreisförmigen Zinnenmauer ragte einer von insgesamt acht Türmen in die Höhe, auf deren Spitzen bunte Wimpel flatterten. Ich kniff die Augen zusammen und zählte angestrengt die Schießscharten. Demzufolge mussten die Türme vier Stockwerke hoch sein, aber sie hatten nur ein Drittel der Höhe der Mauern, auf denen sie standen.

Im Zentrum der Stadt ragte ein einzelner schlanker Turm noch höher in den Himmel hinauf als selbst diese Wachtürme. Eine sanfte Spiralriefelung ließ den schwarzvioletten Turm mehr nach einem aus dem Boden gewachsenen Horn aussehen als nach einem von Menschenhand geschaffenen Gebäude. An seiner Spitze glitzerte und funkelte etwas wie ein eingefangener Stern. Sein Licht strahlte zunächst in hellstem Weiß und Gelb, um dann durch die verschiedensten Schattierungen von Grün und Rot zu Blau und Violett zu wechseln. Irgendwie schien mir dieses Lichtspiel vertraut, aber es dauerte einen Augenblick, bis mir klar wurde, wo ich es zuvor gesehen hatte. Dann jedoch traf mich die Einsicht mit kristallklarer Schärfe: Ich kannte es aus Eirenes Chaosfeueraugen.

Als wir weiterritten, bestätigten mir die Augen, was ich im Herzen schon gewusst hatte. Die Mauern der Zitadelle zeigten keine Spur von Nähten zwischen einzelnen Steinblöcken. Ihr glattes Äußeres war ungezeichnet von irgendwelchen Spuren der Herstellung oder Belagerung. »Das haben sie auch alles durch Zauberei erschaffen, nicht wahr?«

Roarke nickte respektvoll. »Sie haben ihre Stadt auf eine ähnliche Weise gebaut wie die Wächter des Passwegs. Aber mach dir eines klar: Obsidian ist keine Felsart, die in diesem Gebirge natürlich vorkommt. Es stammt aus der Ferne Keas, und die Stadt ist so gut wie über Nacht entstanden.«

Ich legte den restlichen Weg zur Stadt in ehrfürchtigem Schweigen zurück. Während ihre Mauern und Türme vor mir in den Himmel wuchsen, versuchte ich einen Weg zu finden, sie Geoff bei meiner Rückkehr beschreiben zu können. Es hätte einen Liedmeister gebraucht, mit bloßen Worten ein angemessenes Bild der Majestät und schieren Macht zu zeichnen, die dieses Monument ausstrahlte, das sich die Zauberer selbst gesetzt hatten. Wenn dies tatsächlich die Quelle der Macht war, mit der die Bannmauern aufrechterhalten wurden, hatte ich keine Angst, dass die in absehbarer Zeit brechen könnten.

Wir ritten zusammen zum Haupttor und ich folgte Roarkes Beispiel und saß ab. Als wir unsere Pferde zwei jungen Burschen übergaben, trat ein gerüsteter Posten aus einer Tür in der Stadtmauer und kam herüber, um uns zu begrüßen.

»Schon wieder zurück, Roarke? Ich dachte, du wolltest diesen Winter bei Haskell in Garik bleiben.«

»Haskell hat sich entschlossen, in Herak zu überwintern«, meinte Roarke mit einem Achselzucken, zog die Handschuhe aus und pustete in die Hände. »Eine Gruppe Händler wollte noch über die Gebirgspässe, bevor der Schnee sie blockiert, um das Geschäft zum Bärenabend nicht zu verpassen, und hat Haskell genug Geld geboten, sodass es sich für ihn lohnt. Außerdem wollte ich sehen, ob du deine Prahlereien wahrgemacht und es tatsächlich zum Hauptmann gebracht hast, Aneurin.«

Der rothaarige Krieger schob einen Finger unter seine zeremonielle Schärpe und hielt uns stolz einen Aufnäher entgegen. Das Abzeichen zeigte vor einem roten Hintergrund drei pfeilförmig in einem sie umschließenden Kreis angeordnete weiße Quadrate. »Kaum, dass du fort warst. Wie viele Leute hat die Karawane?«

»Fünfzig und zweihundert, mit einhundert Wagen.« Roarke sah sich zu einem Stück freiem Feld um, das etwas westlich vom Lagerplatz der anderen Karawane lag. »Die Gesellschaft ist ziemlich autark und dürfte kaum für Störungen sorgen. Einer der Metallhändler hat ein paar einfältige Söldner als Wachen dabei. Wenn ein paar eurer Kämpfer Lust haben, können sie etwas Geld mit Wetten auf Duelle machen. Wenn du uns aufs Südfeld setzt, gibt es keine Probleme.«

»Gut. Ich werde jemanden losschicken, der die Passage zwischen den Wächtern freimacht.« Aneurin sah sich zum Stadttor um. »Willst du zu Zavendir?«

Roarke nickte. »Wie immer. Ich weiß den Weg.«

»Die beiden dürfen passieren«, rief Aneurin den Posten am Tor zu. »Viel Glück, Roarke. Er hat mir zwei Bauern vorgegeben und mich trotzdem in dreißig Zügen geschlagen.«

Roarke beantwortete Aneurins Grinsen mit einem trockenen Lächeln, dann drehte er um und führte mich in die Stadt der Zauberer. Der hohe Tunnel durch die Belagerungsmauer erschien mir mindestens zwölf Schritt lang und wenigstens sechs hoch zu sein. Am Eingang bemerkte ich ein in einem düsteren Einschnitt in der Decke kaum erkennbares Fallgitter, das vermutlich den Weg blockieren sollte, falls eine feindliche Armee je versuchte, in die Stadt einzudringen. Über uns zogen sich in beunruhigend exakter Reihe zwei Zeilen

Schießscharten zu beiden Seiten der Tunnelwände entlang und in der Kuppe des Torbogens war eine lange Reihe von Mordlöchern erkennbar. Ich hatte nicht den geringsten Zweifel daran, dass es für alle Krieger, die dumm genug waren, es zu versuchen, dem Selbstmord gleichkam, das Fallgitter am Tunneleingang zu durchbrechen.

Am anderen Ende des Gangs traten wir durch eine klein wirkende, normal große Tür im linken von zwei gewaltigen Torflügeln aus Eichenholz. Als ich auf der anderen Seite zurückschaute, bemerkte ich einen massiven Holzriegel von der Breite meines Brustkorbs, der das Tor verschloss, und über ebenso wie unter ihm schwere Halterungen für weitere Riegel.

Im Schatten der Stadtmauer sah man eine kleinere, aber ebenso nahtlose Wand einheimischen Granits aus dem Boden ragen. Winzige Häuser, Geschäfte und Verkaufsstände rahmten die breite Straße ein, die zwischen den beiden Mauern verlief. Der Anblick erschien mir völlig normal, aber ich hatte das Gefühl, meine Ohren müssten mir restlos abgefroren sein. Ich sah zwar Leute beim Einkauf in diesem Basar, hörte aber nichts von dem erregten Geschrei und Gefeilsche, das am Markttag durch die Straßen von Felsenschnell hallte. Stattdessen gestikulierten nur alle – Käufer und Verkäufer gleichermaßen – auf eine derart wilde und dabei entschiedene Art, dass ich mich unwillkürlich fragte, ob hier alle einen Mondstich hatten.

»Roarke«, flüsterte ich. »Warum sind denn hier alle so leise?«

Der Chaosreiter grinste breit und antwortete mit normaler, aber gedämpfter Stimme. »Das ist die Stadt der Zauberer, mein Freund. Um Hohe Magie zu wirken, oder auch nur Niedere zu studieren, braucht es Konzentration. Die Menschen, die unmittelbar außerhalb der Stadt leben, haben eine einzigartige Methode der

Kommunikation entwickelt, um den Zauberern die Ruhe zu ermöglichen, die sie für ihre Arbeit benötigen.«

Ich blinzelte überrascht. »Und im Innern der Stadt?«

Roarke zuckte die Schultern. »Die dürfen nur Zauberadepten betreten, daher wissen nur die Zauberer selbst, was dort vor sich geht.« Um weiteren Fragen zuvorzukommen, legte er einen Finger auf seine Lippen, dann führte er mich die Straße hinab nach Westen. Nach knapp einem Zehntel des Weges um die Stadt herum bog er in einen Torbogen ein, der zurück zur Obsidianmauer führte. Ich folgte ihm dichtauf eine Treppe in der rechten Wand hoch. Wir stiegen drei Etagen hinauf zu einem runden Absatz. Am westlichsten Punkt des Kreises war einen Schritt über dem Boden eine silberne Raute in den Stein eingelassen. Als ich zu Roarke auf den Treppenabsatz getreten war, legte er die rechte Hand auf die Markierung.

Ich fühlte einen Schauer durch meinen Körper laufen, als sich in der nahtlosen Felswand ein Spalt öffnete. Er teilte die Raute von oben bis unten. Als der Spalt sich vor mir immer weiter öffnete, warf ich einen Blick zurück und sah, dass der Gang zurück zur Treppe enger wurde. Zuerst dachte ich, ein versteckter Mechanismus könnte die Seitenwände um den Absatz drehen, aber ich fand keine Nahtstelle am Übergang von Fußboden und Wand. Zudem verschwammen die Muster im Fels, als hätte ich sie durch eine Schicht fließenden Wassers betrachtet. Als die Wand die Treppe völlig verdeckte und die Raute sich auf der anderen Seite wieder schloss, wurde mir klar, dass ich soeben eine praktische Vorführung der Magie erlebt hatte, mit deren Hilfe die Stadt der Zauberer entstanden war.

Roarke schlug mir auf den Rücken. »Diese Zauberer haben einen enormen Spaß daran, die Leute mit ihrem Können zu beeindrucken. Stell dich überrascht.«

Ich hatte Mühe, ein Lachen zu unterdrücken. »Mich überrascht stellen? Erst muss mein Herz mal aufhören zu rasen wie eine Kriegstrommel.«

Roarke brachte mich in einen Raum von annehmbarer Größe, möbliert mit einem kleinen Tisch, drei Stühlen, einer Kommode und zwei Pritschen. Auf dem Tisch stand ein spielbereites Schachbrett. Der Imperatorenbauer war schon zwei Felder vorgezogen. Auf der Kommode stand ein Holzbrett mit Brot und Käse, daneben ein Zinnkrug und zwei Becher. Erst als mein Blick auf das Essen fiel und ich spürte, wie mir das Wasser im Munde zusammenlief, merkte ich, wie hungrig ich war.

Zu meiner Rechten wurde ein großer runder Teil der Wand allmählich durchsichtig und bot uns einen Blick auf die Stadt der Zauberer. Roarke strich mit der Hand über einen Silberstreifen neben dem Fenster, und mit jeder seiner Bewegungen wurde es klarer. »Hier, Locke. Das ist so ziemlich die beste Aussicht, die ein Außenstehender auf die Stadt bekommen kann.«

Ich hielt so gut es ging die Zähne zusammen, um nicht mit weit offenem Mund hinauszustarren. Das Fenster blickte aus einer weit größeren Höhe als die Zinnen der Stadtmauer hinab, obwohl ich mir ziemlich sicher war, dass wir nicht *so* hoch gestiegen waren. *Bestimmt noch mehr Zauberei.*

Die Stadt der Zauberer wirkte auf mich wie ein riesiges Rad, als dessen Nabe sich der hohe schwarze Turm im Zentrum gen Himmel drehte. Von hier aus konnte ich verschiedene Baustile ausmachen, die sich jeweils an Grenzen hielten, die das Stadtgebiet in acht gleiche Sektoren aufzuteilen schienen. Ich erinnerte mich dunkel daran, dass irgendjemand in der Karawane die Existenz von acht Schulen der Magie erwähnt hatte, also war vermutlich jeder dieser Sektoren einer anderen der Schulen vorbehalten.

»Es ist ein äußerst seltsamer Ort.« Roarke deutete auf

einen Sektor, dessen Gebäude von spartanischer Einfachheit waren. »Da drüben lernen die Zauberer Kampfsprüche. Nachts sieht man Lichtblitze und Leuchtkugeln explodieren, wenn sie üben.«

Ich versuchte, mich auf einen anderen Teil der Stadt zu konzentrieren, stellte aber fest, dass die Gebäude dort unablässig ihre Form veränderten. Ab und zu spiegelten sie die angrenzenden Stadtsektoren, dann verblassten sie oder wechselten die Farben. »Was geht da vor?«

»Tarnzauber. Das ist die Spezialität meines Bruders Zavendir. Stimmt's, Zav?«

Ich wirbelte herum, als der Zauberer sichtbar wurde. Er saß auf dem Stuhl auf der Imperiumsseite des Schachbretts. »Ich hätte wissen müssen, dass ich dich nicht täuschen kann, Roarke.« Er hob grüßend einen Weinbecher in Richtung des Chaosreiters. »Womit habe ich mich verraten?«

Roarke deutete zur Kommode. »Drei Stühle, aber nur zwei Becher, und an der Vorderseite des Krugs ist eine Weinspur zu sehen. Ganz abgesehen davon, dass du eine Wolke von Parfümduft um dich herum verbreitest.«

Zavendir zuckte die Achseln. »Als ich hörte, dass ihr zu zweit seid, hatte ich gehofft, du kämst in Begleitung der entzückenden Eirene.«

»Lügner. Hättest du erwartet, dass sie mich begleitet, stünde nur eine Pritsche hier, damit du ihr eine bequemere Unterbringung bei dir daheim anbieten könntest.«

»Du kennst mich zu gut, Bruderherz.«

Ich sah von Roarke zu Zavendir und stellte eine Ähnlichkeit in der Form ihrer Nasen fest, die tatsächlich die Möglichkeit barg, dass sie verwandt waren. Ehrlich gesagt waren sie einander ähnlicher als Dalt und ich. »Augenblick mal, Roarke. Wie habt Ihr das mit dem Wein bemerkt?«

»Wie? Ich habe mir antrainiert, aufmerksam zu sein. Wenn man im Chaos überleben will, darf einem nichts entgehen.«

»Und warum seid Ihr dann nicht zurück?«

Zavedir nahm dem Chaosreiter die Antwort ab. »Manchmal sieht man mehr, als gut ist.«

Ich wurde rot. »Verzeiht.«

»An gesunder Neugierde ist nichts Verwerfliches, Locke, solange sie nicht außer Kontrolle gerät.« Roarke löste sich vom Fenster und schob mich mit einer Hand zu dem Stuhl auf der dem Zauberer gegenüberliegenden Seite des Tisches. »Und jetzt drängt meine Neugierde mich herauszufinden, wie du dich gegen einen Spieler von Meisterrang schlägst.«

Zavendir musterte die Abzeichen auf meiner Jacke, dann sah er zu seinem Bruder hoch. »Er ist nicht einmal ein Bauer. Was soll das?«

»Betrachte es als ›Entdeckungsschach‹.« Er drückte meine Schulter. »Los, Lachlan. Zeig ihm, dass es auch eine Magie des Schachbretts gibt.«

4

»Au!« Ich lutschte an meinem Finger. Eirene sah herüber und grinste mich mit nadelspitzen Zähnen an. »Ich habe schon tote Chadämonen mit weniger Löchern gesehen.«

Ich brummelte etwas und zuckte die Schultern. Dann zeigte ich ihr meine Jacke. »Wie du siehst, bekleide ich nur einen Rang im Schwertkampf – und jetzt auch im Schach. Ich bin kein Näher.«

»Und du wirst auch kaum einer werden, solange

du versuchst, das Abzeichen an deinem Finger zu befestigen.« Roarke rührte noch einmal durch den blubbernden Eintopf, dann stand er mit knirschenden Gelenken auf. »Ich hab den letzten Rest der Gewürze verbraucht, die Zavendir mir letzte Woche mitgegeben hat, also macht das Beste draus.«

Ich füllte meine Holzschale, dann wanderte ich zurück an meinen Platz und lehnte mich mit dem Rücken an Cruach, um in aller Ruhe den dampfenden Brei aus Reis und Linsen zu löffeln. Roarke und Eirene hatten mich mehr oder weniger adoptiert. Ich hatte meine Vorräte zu den ihren gepackt und sogar einmal das Kochen übernommen. Allerdings hatten die beiden nach dieser Kostprobe entschieden, mich von *dieser* Verpflichtung zu befreien. Zum Ausgleich suchte ich Feuerholz und holte Wasser, wenn welches benötigt wurde, sodass Roarke und Eirene in aller Regel nach der Arbeit beim Ordnen des Zeltplatzes an ein fertig loderndes Lagerfeuer kommen konnten.

Tagsüber begleitete ich meistens Roarke als Kundschafter oder Vorreiter. Die sich vom Gebirge zur Herakischen Tiefebene erstreckende Hügellandschaft wirkte zwar nicht gerade gefährlich, aber in meinen Augen hätte sie auch mitten im Chaos liegen können. Roarke sprach nicht viel, aber er nahm sich die Zeit, mich auf Besonderheiten der Gegend aufmerksam zu machen und mein spärliches Wissen in Waldläuferkunde und Geographie zu erweitern.

Eirene behandelte mich auch herzlich, dabei aber doch zurückhaltend, was mir zunächst etwas zu schaffen machte. Anfangs glaubte ich, sie versuche nur trotz einer Abneigung mir gegenüber höflich zu sein. Später hatte ich Gelegenheit, ihr Verhalten anderen gegenüber mit der Art zu vergleichen, wie sie mich behandelte, und stellte fest, dass sie mir sehr viel mehr Spielraum gestattete, Fragen zu stellen und Aufgaben auf meine eigene Weise zu erledigen, als anderen Karawanenwachen. Danach sagte ich mir, dass die Vorsicht, die ihr ermöglicht hatte, so lange im Chaos zu überleben, und ihre Ansicht, dass Chaosreiter niemanden zurücklassen sollten, dazu führten, dass sie grundsätzlich niemanden an sich heranließ. Als mir das klar geworden war, gab ich ihr reichlich Freiraum, und unsere Beziehung taute etwas auf.

Roarke und andere Mitglieder der Karawanenwache setzten mich häufig als Boten ein, den sie mit einer Nachricht zu Haskell oder anderen Mitgliedern ihrer Gruppe schickten. Auf diese Weise lernte ich auch den stämmigen, dunkelhäutigen Karawanenführer näher kennen, und der Mann lobte meine Fähigkeit, Nachrichten zu behalten und Berichte klar, knapp und genau zu formulieren. Er deutete sogar an, dass ich auf der Rückreise im Frühjahr eine Chance hatte, für ihn zu arbeiten, wenn ich wollte.

Der über uns durch die kahlen Baumwipfel pfeifende Winterwind erinnerte mich ein wenig an Felsenschnell. Zu meiner Überraschung ertappte ich mich dabei, das Für und Wider eines Lebens in der Karawane statt der Rückkehr nach Hause abzuwägen. Natürlich hätte ich Geoff und Dalt und Großvater vermisst, aber trotzdem merkte ich, dass ich kein großes Verlangen verspürte, nach Felsenschnell zurückzukehren – und irgendwie schien es mir, dass in meinem Innern eine große Lücke klaffte. Die Reise mit der Karawane und die Gespräche mit Roarke hatten mir eine Welt eröffnet, die ich bis dahin nur aus Büchern gekannt hatte, und in mir das Verlangen geweckt, ferne Länder zu sehen. Felsenschnell hatte nichts zu bieten, was sich mit der Reichshauptstadt oder dem Chaos messen konnte.

Zu meinem Bedauern stellte ich fest, dass ich mich veränderte. In der Stadt der Zauberer hatte ich einen Schachmeister *besiegt!* In kaum mehr als einer Woche würde ich im Palast des Imperators zu Gast sein und den Bärenabendball besuchen. Niemand aus Felsenschnell hatte je zuvor getan, was ich bereits geschafft hatte und noch leisten würde, und war danach zu einem zufriedenen Leben in seinem Heimatdorf zurückgekehrt. Die Erkenntnis erregte und beschämte mich zugleich.

Ich fuhr mit der Hand über den Novizenaufnäher, den Zavendir mir verliehen hatte. Ich blickte auf und stellte Roarke eine Frage. »Meinst du, Zavendir war verärgert, dass ich ihn besiegt habe?«

»Wie kommst du denn darauf?« Roarke runzelte die Stirn und stellte seine Schale beiseite. »Du hast drei Partien gegen ihn gespielt. In der Ersten hat er dich besiegt, die Zweite hast du gewonnen, und die Dritte endete in einem Patt. Verärgert? Er war begeistert, endlich einen Gegner gefunden zu haben, der ihn fordern konnte, jedenfalls weit mehr als ich. Warum fragst du?«

Ich steckte einen Finger in den Brei und hielt ihn Cruach hin, der ihn ableckte. »Ich habe mich gefragt, warum Zavendir mich nur als Novizen eingestuft hat, obwohl ich ihn besiegt habe …«

»Ach so.« Roarke nahm seine Schale wieder auf. »Als Novize hast du den Rang des Bauern übersprungen. Zavendir konnte dich nicht höher einstufen. Er ist zwar ein Meister, aber nur von weißem Faden. Weil das Schachspiel für ihn lediglich ein Steckenpferd ist, für dessen Ausübung er keine Bezahlung erhält, kann er dich maximal um zwei Ränge höher stufen. Aber er hat dir zum Ausgleich den Namen eines Schachmeisters vom goldenen Faden in Herak gegeben, der dir nach ein paar Spielen den Rang gewähren kann, der dir zusteht.«

»Jetzt verstehe ich, glaube ich«, antwortete ich verlegen. »Ich bin in einem sehr kleinen Dorf aufgewachsen und habe kaum Erfahrung mit Rängen und Prüfungen.

Mein Großvater hat mich offensichtlich nur bis zum Anwärterrang geprüft, und es gab überhaupt niemanden, der in Schach Rang besaß.«

»Die Rangstufenprotokolle sind manchmal schon recht seltsam.« Roarke kratzte sich am linken Auge. »Weil ich erst spät zur Axt gekommen bin, werde ich es nie über meinen jetzigen Rang hinaus schaffen. Ich habe keine Liste von Lehrmeistern vorzuweisen.«

Eirene wies mit dem Holzlöffel in seine Richtung. »Nicht dass Rangstufen oder Aufnäher im Chaos irgendeinen Wert hätten. Da kommt es nur auf die Schärfe deiner Waffe und deine Fähigkeit an, sie zu schwingen.«

In meinen Ohren hallte Großvaters Ermahnung, mich nicht auf Abzeichen zu verlassen, sondern auf mich selbst. Als die Karawane Herakopolis immer näher kam, machte ich mir verstärkt Gedanken darüber, wer und was ich eigentlich war. Ich wusste sehr gut, dass ich ein besserer Fechter und Schachspieler war, als meine Aufnäher anzeigten, aber war das wirklich wichtig? Weil mein Vater zu einer Legende geworden war, würde vielen Menschen nichts gut genug sein, was ich leistete. Ich fragte mich, ob man mich in der Hauptstadt um meiner selbst willen anerkennen würde. Oder war ich verdammt dazu, mein Leben lang an dem gemessen zu werden, was mein Vater mir voraus gehabt hatte?

In gewisser Weise stellte ich mich bereits darauf ein. Ich hoffte inständig, dass alles, was mich in der Hauptstadt erwartete, sich als Offenbarung erwiese, aber die Nervosität über die Begegnung mit der Großmutter, an die ich mich nicht erinnern konnte, nagte an mir. In Felsenschnell hatte ich genügend Anekdoten über diesen und jenen gehört, denen mein Vater begegnet war, dass mir davor grauste, dieselben Geschichten von Leuten zu hören, die ihn gekannt hatten, als er zum Helden geworden war. Als wir die Tiefebene vor der Hauptstadt erreichten und der Zeitpunkt sich näherte, an dem ich die Karawane verlassen musste, nahm mein Widerwille noch zu.

Eifrig verschlang ich alles, was Roarke mir über das Chaos und seine Jahre als Karawanenwache berichtete. Ich verbrachte viel Zeit damit, den Geschichten zuzuhören, die an den Lagerfeuern erzählt wurden. Dabei stellte ich fest, dass viele der Bücher, die ich in Felsenschnell gelesen hatte, völlig veraltet waren, was meine Nervosität noch steigerte. Ich hatte wie besessen gebüffelt, um in der Hauptstadt nicht als Dorftrottel aus Garik zu erscheinen, und jetzt musste ich feststellen, dass all mein Wissen aus der Zeit stammte, als mein Vater vor fast vierzig Jahren zum ersten Mal diese Reise unternommen hatte.

Aber dann machte ich mir plötzlich klar, dass meinen Vater wahrscheinlich dieselben Ängste und Sorgen geplagt hatten, als er in meinem Alter in die Hauptstadt gekommen war. Ich machte mir zwar keine Illusionen, dass ich ihm irgendwie das Wasser reichen konnte, aber ich entschied, keine Bange davor zu haben, mich zu blamieren, solange ich mir selbst treu blieb. Und wenn mir doch jemand ein Dorftrottelabzeichen anheften sollte, würde das mehr über dessen Dummheit aussagen als über meine.

Nach dem Essen ging ich hinunter zu einem nahen Bach, um einen Eimer Wasser zu holen, damit wir uns vor dem Schlafengehen waschen konnten. Ein kalter Wind stach in meine Nase und Ohren, deshalb zog ich die Schultern hoch und hielt den Blick vor mich auf den sich windenden Trampelpfad gesenkt. In der Abenddämmerung erschwerten Steinbrocken und Luftwurzeln das Fortkommen. Sie stellten keine wirkliche Gefahr für Leib und Leben dar, wohl aber für meine Selbstachtung, denn ich hätte Wetten darauf abgeschlossen, dass, hätte ich mich hier lang hingelegt, das ganze Lager davon gewusst hätte, noch bevor ich zurück war.

Ich brachte den Weg zum Bach ohne Zwischenfälle hinter mich, tauchte den Eimer ein und drehte mich für den Rückweg ins Lager um, als ich sie am Fuß des Weges stehen sah. Ich nickte ihr respektvoll zu. »Guten Abend, Jungfer …«

Sie verengte die eisblauen Augen. »Wer bist du?«

Ich muss ungefähr so ausgesehen haben wie ein Fisch, der aus dem Wasser gesprungen und auf dem trockenen Ufer gelandet war, denn ich starrte sie mit offenem Mund an. Natürlich war es nicht die Frage, die mich so reagieren ließ. Es war der Ton, in dem sie gestellt war, der mich schockte. Es lag ein Unterton von Angst in den Worten.

Beinahe hätte man die Angst für angebracht halten können, denn auf den ersten Blick wirkte sie scheu und zerbrechlich. Sie war von kleinem Wuchs und leichtem Knochenbau, wirkte beinahe kindlich. Ihre Haut machte einen durchscheinenden Eindruck, der zwar nicht gerade das Skelett darunter erahnen ließ, aber so wirkte, als müsste sie beim ersten harten Schlag wie feines Porzellan zerbrechen. Ihre großen Augen verstärkten dieses Bild der Hilflosigkeit noch.

Aber das Feuer in ihnen widersprach ihm. Ihr feuerrotes Haar fiel bis über die Schultern und rahmte ein Gesicht ein, das jetzt bereits hübsch schien, seine ganze Schönheit aber sicherlich erst entfalten würde, wenn sie zur Frau erblühte. Nicht, dass man sie ernsthaft noch mit einem Kind hätte verwechseln können, aber es fiel auch schwer, sie als Frau zu bezeichnen. Sie befand sich in jenem Zwischenstadium der Heranwachsenden, einem Zustand, dem ich selbst gerade erst langsam entwuchs, und dadurch fühlte ich eine unbestimmte Gemeinsamkeit mit ihr.

Ich schloss den Mund, dann öffnete ich ihn wieder, um ihr zu antworten. »Mein Name ist Lachlan. Ich komme aus Felsenschnell in der Provinz Garik.«

Sie schüttelte heftig den Kopf, und das glatte Haar peitschte über ihren weißen Hals. »Nein, das stimmt nicht. In meinen Träumen heißt du anders.«

Ich stellte die rechte Augenbraue schräg. »In deinen Träumen?« Noch nie hatte mir jemand erklärt, mich im Traum gesehen zu haben.

»Ja, in meinen Träumen.« Sie runzelte die Stirn. Sie senkte den Blick zum Boden und legte zwei Finger der linken Hand an die Schläfe. »Ich sehe Dinge. In Träumen und Visionen. Ich habe dich als Krieger gesehen: älter, etwas fetter. Du kämpfst im Chaos gegen Dämonen.«

»Siehst du Dinge in der Vergangenheit oder in der Zukunft?«

Sie zuckte schwach mit den Schultern, als wäre der grüne Wollmantel, den sie trug, aus Cruachs Fell gewoben. »Manches ist vergangen, anderes liegt in der Zukunft, aber manchmal kann ich nicht unterscheiden, was was ist. Auch bei dir kann ich es nicht sagen.«

So sehr mir der Gedanke gefallen hätte, dass sie Visionen meiner Zukunft als Chaosreiter gehabt hatte, aus der Beschreibung wusste ich, dass sie meinen Vater sah. »Es sind Bilder aus der Vergangenheit. Du siehst meinen Vater.«

»Ach was, mach dich nicht lächerlich.« Ihre Augen zuckten hoch und ihr Blick traf mich wie ein Schlag ins Gesicht. »Denkst du, ich weiß nicht, was ich sehe?«

»Aber du hast gerade selbst gesagt …«

»Du verstehst gar nichts!« Sie wirbelte auf dem Absatz herum und marschierte wütend zum Lager zurück.

Ich hastete ihr nach, aber dann bemerkte ich, dass ich den Wassereimer vergessen hatte. Ich musste zurück und ihn holen, und obwohl ich mich nach Kräften beeilte, konnte ich sie danach nicht mehr einholen. Ich kehrte an unser Feuer zurück und hockte mich neben Roarke. »Gerade ist mir etwas Seltsames passiert.«

»Wirklich?« Er rutschte nach rechts, um Cruach Platz zu machen, der sich zwischen uns legte. »Was denn?«

»Unten am Bach ist mir dieses Mädchen begegnet. Ich glaube, sie ist in der Stadt der Zauberer zu uns gestoßen ... Will sagen, ich habe sie danach ein-, zweimal gesehen. Klein, rote Haare ...«

Roarke nickte und kraulte den Hund hinterm Ohr. »Das ist Xoayya. Sie ist tatsächlich seit der Stadt der Zauberer bei uns. Sie haben sie nach Hause geschickt.«

»Wirklich? Warum?«

»Sie ist ein Wildes Talent, eine Magikerin.« Er griente. »Was unter Kriegern eine echte Kämpfernatur genannt wird. Wenn man ein Naturtalent wie sie unter die Fittiche nimmt und mit ein wenig gezielter Ausbildung seine Ecken und Kanten abschleift, macht es sich in aller Regel mehr als ordentlich.«

Ich nickte. »Aber Zauberei lässt sich nicht so einfach trainieren, richtig?«

»Richtig.« Der Axtmann brach einen Zweig entzwei und warf die Bruchstücke ins Feuer. »Haskell hat mir erzählt, dass Xoayyas Mutter starb, als das Mädchen noch klein war. Ihr Vater war ein ziemlich wohlhabender Kaufmann, der danach in eine andere Kaufmannsfamilie eingeheiratet hat. Seine Braut hatte auch schon eine Ehe hinter sich und zwei Töchter, die etwas älter als Xoayya waren.«

»Und die haben sie schlecht behandelt ...«

»Nein, im Gegenteil. Sie haben sie regelrecht verhätschelt. Xoayya wuchs sehr beschützt auf, weil alle sie als ungeheuer empfindlich einschätzten. Als sie von ihren Visionen erzählte, hielten die anderen sie für ein wenig verrückt und taten ihr Bestes, es geheim zu halten. Irgendwann ist ihr Vater dann gestorben, und erst als die Mutter ihrer natürlichen Mutter sich eingemischt hat, kam heraus, dass sie in Wahrheit ein großes Talent für hellseherische Magie besitzt. Aber zu dem Zeitpunkt war das Mädchen schon nicht mehr auszubilden und zudem nicht sonderlich angetan von Disziplin und harter Arbeit.«

Ich runzelte die Stirn. »Das verstehe ich nicht. Ich habe auch beide Eltern verloren und mir macht harte Arbeit nichts aus.«

»Aber du bist sie auch seit jungen Jahren gewohnt. Sie nicht.« Roarke zuckte die Achseln. »Möglicherweise hat sie auch zumindest bei ihrem Vater die Art seines Todes vorausgesehen und glaubt, sie hätte es verhindern können.«

»Wäre das möglich gewesen?«

»Das sind mehrere Fragen in einer, Locke. Erst einmal müsstest du herausfinden, ob das, was sie gesehen hat, korrekt war oder tatsächlich nur ein Traum. Soweit ich das verstehe, lässt sich nicht genau feststellen, ob magische Zukunftsvisionen wahr sind oder nicht. Hellseherei gelingt umso besser, je weniger der Zeitfaktor eine Rolle spielt.« Er hob die Hand. »Und zusätzlich zu dieser Frage stellst du noch eine erheblich wichtigere zweite, nämlich die: War die Zukunft, die sie gesehen hat, die einzig mögliche Zukunft?«

Ich schüttelte den Kopf. »Das verstehe ich nicht.«

»Nehmen wir mal an, du stehst jetzt auf und holst noch mehr Wasser. Oder nehmen wir an, du überlegst es dir anders und setzt dich wieder hin. Was ist, wenn die Vorhersage ein Ereignis auf der Zeitlinie betraf, in der du jetzt aufstehst und Wasser holen gehst? Da du das jetzt aber doch nicht getan hast, heißt das, diese Zukunft existiert nicht mehr?«

»Ahhh, nun verstehe ich.« Ich nickte. »Oder zwingt mich die Tatsache, dass jemand es in einer Vision vorhergesehen hat, alles zu tun, was notwendig ist, um diese Vision wahr werden zu lassen?«

»Genau. Haben wir einen freien Willen, oder ist unsere Zukunft festgeschrieben, und wir sind nur Schauspieler in einem Stück, dessen Text wir nicht kennen?«

Ich schloss die Augen und rieb sie mir kurz. »Ich bevorzuge den freien Willen, aber gibt es nicht immer wieder Prophezeiungen, die Zukunftsvorhersagen machen?«

»Sicher, aber sieh sie dir doch mal genau an. Wenn Orakel eine Vorhersage machen, dann ist die immer äußerst vielsagend ausgedrückt. Zum Beispiel hieß es, dass deinem Vater vorbestimmt war, den Chadämon Kothvir zu töten, aber in dieser Prophezeiung wurde nicht gesagt, wie er das tun würde. Ob dein Vater ihn jetzt mit dem Schwert durchbohrt oder ihm verdorbene Austern vorgesetzt hätte, beides hätte die Prophezeiung erfüllt. Jede Menge Raum für freien Willen.«

»Faszinierend.«

»Der Konflikt zwischen freiem Willen und Vorbestimmung gehört zu den Gesprächsthemen, die einen langen Ritt wie im Fluge vergehen lassen.« Roarke schlug mir auf die Schulter. »Und, was hat sie gesagt?«

»Sie wollte wissen, wer ich sei, und warum ich in ihren Träumen erscheine. Sie sah mich im Kampf gegen das Chaos.« Ich zuckte die Schultern. »Hört sich an, als hätte sie meinen Vater gesehen, aber die Erklärung schmeckte ihr gar nicht. Sie ist beleidigt abgezogen.«

»Wie üblich bei Wilden Talenten. Sie haben keine Kontrolle über ihre Fähigkeiten. Und Hellseher haben es besonders schwer, weil sie nie sicher sein können, was sie denken. Womöglich hält sie sogar ihre Begegnung mit dir für eine Vision und schafft es nie, Wahrheit und Traum voneinander zu trennen.« Er grinste. »Aber sie ist ein süßes Ding. So schlecht kann es nicht sein, wenn sie von dir träumt.«

»Nicht mein Typ.«

»Du bist mit zwei Brüdern und einem Großvater auf einem Bauernhof aufgewachsen. Wann hast du Gelegenheit gehabt, einen Typ zu entwickeln?«

Ich setzte an, ihm von den Bärenabendfesten zu erzählen, die ich besucht hatte, aber dann überlegte ich es mir anders. »Ganz gleich, was ich sage, du verdrehst es so, dass ich als Dummkopf dastehe, habe ich Recht?«

»Irgendwie muss ich mich schließlich dafür revanchieren, dass du mich dauernd im Schach schlägst, oder?«

Am letzten Tag der Reise holte ich Roarke auf einem schneebedeckten Feld ein gutes Stück vor der Karawane ein. »An dem Abend, als wir uns getroffen haben, hast du gesagt, du kennst Geschichten über meinen Vater.«

Sein hagerer Körper wiegte sich im Rhythmus des Pferdeschritts. »Soll sein.«

»Wie ist mein Vater im Chaos gestorben?«

»Ich weiß nicht, was mit deinem Vater geschehen ist.« Roarke stieß eine Kondenswolke aus. »Ich habe *gehört,* dass er zu einer Expedition aufbrach und nicht zurückkehrte, aber andererseits habe ich auch gehört, er liege neben deiner Mutter in Felsenschnell begraben. Wenn das Chaos in eine Legende hineinspielt, kann man Wahrheit und Dichtung nicht auseinander halten.«

Mein Mund trocknete aus. »War mein Vater ein guter Chaosreiter?«

Roarke lächelte. »Das war er. Wo andere gegen die Chadämonen nur ihre Muskeln einsetzten, hat Cardew sie überlistet. Es heißt, der Kampf im Chaos sei für ihn so etwas wie ein riesiges Schachspiel gewesen. Er kannte die Standorte vieler der Gebiete, in denen die Zeit anders verläuft, hatte herausgefunden, wie genau ihr

Lauf dort variierte, und konnte diese mentale Karte zu seinem Vorteil einsetzen.«

Meine Miene hellte sich auf. »Wie hat er herausgefunden, wie groß der Unterschied im Zeitlauf war?«

Der Chaosreiter machte ein Hohlkreuz und kreiste mit den Schultern, um seine Muskeln zu lockern. »Cardew war ein Denker. Das war er wirklich. Er nahm zwei drei Schritt lange Bretter und befestigte an den Enden Sanduhren zwischen ihnen. Wenn er eine Grenzlinie fand, schob er eine Sanduhr hinüber und drehte die ganze Konstruktion um. Indem er verglich, wie viel Sand noch in der einen Uhr war, wenn die andere ausgelaufen war, konnte er den Unterschied berechnen.«

»Das war wirklich schlau!« Ich grinste stolz. »Er konnte die schnellen Zonen dazu benutzen, leicht verletzte Begleiter zu heilen, und die langsamen als Flankendeckung.«

»Der Apfel fällt nicht weit vom Stamm.« Roarke zwinkerte mir mit dem rechten Auge zu. »Ganz genauso hat er es gemacht. Einmal hatte er einen Begleiter, der tödlich verletzt war. Er brachte ihn in eine äußerst langsame Zone und schickte Reiter den ganzen Weg bis Port Chaos zurück, damit sie einen Zauberer holten, der ihn rettete.«

»Aber du weißt nicht, was aus ihm geworden ist – aus meinem Vater, meine ich?«

Roarke schüttelte den Kopf. »Nein. Cardew und Kothvir, der Anführer der Schwarzen Schatten, waren erbitterte Rivalen. Kothvir hat sogar ein Schwert angefertigt, in dessen Klinge das Bild deines Vaters ziseliert war. Man muss schon ein wirklich gefährlicher Gegner sein, damit jemand sich die Mühe macht, ein Vindictxvara zu schmieden. Und Kothvirs Rolle bei den Bharashadi endete zur selben Zeit, zu der Cardew verschwand, also hat er ihn möglicherweise doch erwischt.«

Ich hatte schon früher etwas Ähnliches gehört, aber es tat gut, es statt von einem Barden von einem Chaosreiter zu hören. »Du hast doch gesagt, es gibt Zonen im Chaos, in denen die Zeit extrem langsam verläuft?«

»Ja.«

»Dann ist es doch denkbar, dass mein Vater und mein Onkel noch leben und in einer dieser Zonen festsitzen, oder dass sie verletzt sind und sich freiwillig dorthin zurückgezogen haben?«

Der hoffnungsvolle Unterton meiner Stimme ließ Roarke zusammenzucken. »Es ist denkbar, Roarke, aber nicht gerade wahrscheinlich. Ich würde eher darauf wetten, dass Sonne und Monde kollidieren, als dass sie noch leben. Tut mir Leid, das sagen zu müssen.«

»Aber es könnte sein.« Meine Augen verengten sich zu Schlitzen. »Du hast es selbst gesagt: ›So etwas kommt vor im Chaos‹.«

»Richtig, Locke, aber ich sagte nicht, dass es jeden Tag vorkommt.« Er schüttelte den Kopf. »Wer sich im Chaos ein Wunder erhofft, sollte schon ein verdammter Glückspilz sein, oder er kann sich auf eine gewaltige Enttäuschung gefasst machen.«

Als wir über den Hügel im Westen von Herakopolis kamen, breitete sich eine Stadt vor mir aus, die selbst Roarkes schillerndste Beschreibungen übertraf. Ein paar der größeren Landgüter im Außendistrikt hatten mich schon ernsthaft beeindruckt, und ich hatte mich mit meiner Weigerung zu glauben, auch nur eines davon könnte jemand anderem als dem Imperator gehören, ziemlich lächerlich gemacht. Dass ein Mensch ein Vermögen ansammeln konnte, das es ihm gestattete, ein einzelnes Gebäude zu besitzen, das größer war als der ganze Bauernhof meines Großvaters, ließ mich mein Konzept von Reichtum grundlegend überdenken.

Und beim Anblick der Hauptstadt überdachte ich

mein Konzept von Realität. Die in einem gewaltigen Halbkreis um die Bucht von Herak gelegene Stadt bestand zum größten Teil aus weiß getünchten Häusern mit roten Ziegeldächern. Bunte Kleider flatterten an Wäscheleinen, die zwischen vielen der Häuser aufgespannt waren, in der Meeresbrise und setzten ganze Stadtviertel in Bewegung. Eine mit Wellenbrechern ausgestattete Deichmauer trennte das azurblaue Wasser der Bucht vom Ozean ab und Zyklopenmauern beschützten die Stadt vor Angriffen vom Land her.

Der Palast des Imperators lag beherrschend auf dem höchsten Hügel der Stadt. Es war ein Gebäude von monströser Größe, dessen acht Flügel jeweils von Baumeistern einer anderen Provinz errichtet worden waren. Sie hatten die Materialien ihrer Heimat verwendet und den Palast zu einem Symbol des Reiches gemacht. Die entsprechenden Fahnen flatterten über den Türmen am Ende jedes Flügels, und über dem Herzstück des Gebäudes wehte die weiße Dreischenkelfahne des Imperiums.

Nordöstlich davon sah ich eine seltsame Ansammlung von Gebäuden der unterschiedlichsten Architektur, die alle um einen Park herum errichtet waren. »Ist das die Imperiale Universität?«

»Siehst du, das Buch über die Hauptstadt, das du gelesen hast, war doch nicht so veraltet.« Roarke sah die Straße hinab zur fernen Linie der uns langsam folgenden Karawane zurück, dann drehte er sich wieder zur Stadt um. »Und da im Norden liegt das Imperatorentheater. Es ist das abgestufte runde Bauwerk mit all den Säulen. Das aus weißem Marmor.«

»Ja, ich sehe es. Und das muss die Straße der Götter sein.« Ich deutete auf eine Doppelzeile hoher Bauten, deren Türme von Sternen, Monden und Tierbildern gekrönt waren. »Und das dort ist offensichtlich der Hafen.«

»Stimmt.« Wieder sah sich Roarke zur Karawane um, dann runzelte er die Stirn. »Hör mal, Locke, ich muss zurück zur Karawane reiten und die Papiere holen, die wir am Tor vorzeigen müssen. Du solltest voraus zum Haus deiner Großmutter reiten. Weißt du, wo es liegt?«

»Wenn sich die Straßen in den letzten vierzig Jahren nicht verändert haben«, lachte ich. »Ich reite an der Kirche des Sonnenvogels vorbei. Zwei Straßen weiter biege ich erst nach Ost, dann nach Nord in die Fleischerstraße ab. Sie wohnt im vierten Haus rechts den Hang hinauf.«

Roarke nickte stolz. »Als hättest du dein ganzes Leben in der Hauptstadt verbracht.«

»Danke für die Freundschaft auf der Reise. Kommst du mich besuchen, wenn du Zeit dafür findest?«, fragte ich leise. »Und bringst du Cruach mit?«

»Der Hund findet dich wahrscheinlich von selbst, so wie du ihn verwöhnt hast.« Roarke lächelte mir beruhigend zu. »Nach dem Bärenabend. Ich nehme schwer an, dass Haskell Arbeit für dich hat, sobald er wieder eine Karawane westwärts führt, falls du nicht mit dem Schiff zurück nach Felsenschnell geschickt wirst.«

»Wenn du nicht auftauchst, finde ich dich in der Umbra.« Ich grinste über seine Überraschung, als ich die Taverne der Chaosreiter erwähnte. »Siehst du, ich erinnere mich an alles, was du mir über Herakopolis erzählt hast.«

»Freut mich zu hören, aber ich kann mich nicht entsinnen, die Umbra erwähnt zu haben.«

»Musst du aber. Gelesen habe ich nichts über sie.« Ich zuckte die Achseln. »Tschüss, Roarke. Grüße Eirene von mir. Und fröhlichen Bärenabend.«

»Gleichfalls, Jungchen. Versuch, keiner Prinzessin auf die Zehen zu steigen, wenn du in höflicher Gesellschaft tanzt.«

»Werde ich nicht, versprochen.« Ich zupfte sanft an

Hangs Zügel und machte mich auf den Weg in die Hauptstadt des Reiches. Ich war nicht der Einzige, der die Stadt betrat, und der beim Tor an der Mauer lehnende Posten schenkte mir kaum einen Blick. Indem ich darauf achtete, den höchsten Turm der Sonnenvogelkirche nicht aus den Augen zu verlieren, gelang es mir, einen Weg durch die schmalen Kopfsteinpflastergassen der Altstadt zu finden. Die Straße der Götter hingegen war eine breite Allee, in der ich gut vorankam.

Ich bog ab, wie ich es mir gemerkt hatte und fand die Fleischerstraße dank des Bachs aus Blut, der den Rinnstein entlangfloss. Ich machte mich auf den Weg den Hang hinauf und zählte die Häuser. Dann runzelte ich die Stirn und zählte sie noch einmal. *Großvater hat gesagt, es ist das vierte Haus, aber das kann nicht sein. Das ist so … riesig!*

Audin hatte von der Mutter meines Vaters immer äußerst nüchtern gesprochen, auch wenn er regelmäßig seine Zweifel darüber äußerte, dass eine Frau aus Garik in Herakopolis jemals glücklich werden konnte. Ich kannte die Geschichte des Mädchens aus Felsenschnell, das einen Kaufmann aus der Reichshauptstadt geheiratet hatte, auswendig, aber danach, wie Großvater sie erzählt hatte, war ich immer davon ausgegangen, dass Evadnes Mann vor seinem Tod einen Verkaufsstand auf dem Basar gehabt hatte, an dem er Kupferkessel verkaufte.

Von der ungeheuren Größe des dreistöckigen Gebäudes wie vor den Kopf geschlagen, stieg ich ab und ließ Hangs Zügel zu Boden gleiten. Dieses Bauwerk gehörte zweifellos jemand Bedeutenderem als der Witwe eines Marktschreiers. Es war von einer Mauer umgeben, hinter der das Erdgeschoss nicht zu sehen war, aber die Baumwipfel und von innen über die Mauerkrone wachsenden Efeuranken bewiesen, dass es einen hübschen Garten besaß. Ich hörte Wasser in einen Teich plätschern, also gab es darüber hinaus einen Springbrunnen. Die Fenster hatten Glasscheiben, ganz ähnlich dem Bürgermeisterhaus von Felsenschnell, aber die blaugoldenen Brokatvorhänge hinter ihnen waren weit prächtiger als alles, was der Bürgermeister sich je hatte leisten können.

Nicht einmal die Geschichten, die Tante Ethelin von diesem Haus erzählt hatte, waren seiner Pracht gerecht geworden. Ich drehte mich um und zählte ein letztes Mal nach. Es war das vierte Haus, aber trotzdem konnte ich ein ungutes Gefühl nicht abschütteln, als ich die Hand nach der Kordel der Besucherglocke am Tor ausstreckte. Sie tönte laut und kräftig, wie eine Alarmglocke, und fast wäre ich weggerannt, weil ich überzeugt war, hier falsch zu sein.

Wahrscheinlich wäre ich tatsächlich umgedreht, aber nur Sekunden, nachdem die Glocke verklungen war, hörte ich eine Tür schlagen. Ich sah einen alten Mann in Begleitung von zwei Hunden, die ein wenig kleiner waren als Cruach, die mit Kieseln bestreute Auffahrt zum schmiedeeisernen Tor heraufkommen. Ich lächelte ihn an, aber es hätte den Honig eines ganzen Bienenstocks gebraucht, die mürrische Miene dieses Burschen aufzuhellen.

Der Mann packte zwei der Eisenstangen des Tors. »Und wer bist du?«

»Ich bin Lachlan. Ich bin aus Felsenschnell gekommen, um meine Großmutter Evadne zu besuchen und sie zum Ball des Imperators zu begleiten.« Ich reckte mich und wünschte mir, ich hätte den Staub der Reise von den Stiefeln gewischt. »Sie hat nach mir geschickt.«

»Tatsächlich?« Der Mann kratzte sich das Stoppelkinn. »Und wer hat dich hierher geschickt?«

Ich runzelte die Stirn. »Mein Großvater, Audin, Schwertmeister von Felsenschnell. Er hat einen Wettkampf zwischen meinen Brüdern und mir um die Ehre ausgerichtet, ihrer Einladung zu folgen.«

Die Aufnäher auf dem Ärmel des Mannes kennzeichneten ihn als einheimischen Heraker und Evadnes Gärtner. »Du behauptest also, einer von Cardews Söhnen zu sein, oder bist du Driscolls Welpe?«

»Cardews, der Herr«, antwortete ich höflich und erkannte erst danach, dass er mich verspottete.

»Schon der fünfte diese Woche. Bloss weil sie ein gutes Herz hat, behaupten sämtliche Waisen, Cardews oder Driscolls Bastard zu sein.« Der Mann trat einen Schritt zurück und winkte ab. »Verschwinde, oder ich hetze die Hunde auf dich. Bis zum Bärenabend ist es noch eine ganze Woche, und du wirst meine Herrin nicht heute schon um milde Gaben anbetteln.« Er drehte um und marschierte zurück zum Haus.

Wütend und beleidigt riss ich einmal hart an der Schnur und die Glocke brachte den Gärtner jäh zum Stehen. »Heraker, ich werde hier stehen bleiben und alle zehn Herzschläge diese Glocke betätigen, bis du deiner Herrin mitteilst, dass ich hier bin. Ich bin Lachlan – und ich bin auf ihren Wunsch hier.«

»Verschwinde, du Bettler, hau ab! Ich denke nicht daran, sie deinetwegen zu belästigen.« Er drehte mir den Rücken zu und wanderte zurück zum Haus, wobei er leise mit den Hunden sprach.

Wütend genug, um Feuer zu spucken, drehte ich mich um und pfiff Hang. Der Wallach trottete herüber und ich stieg auf. Als ich mich zu einem letzten Blick auf das Haus umdrehte, bevor ich zur Karawane zurückritt, sah ich den Mann zurück ans Tor hetzen. Die Hunde waren ihm schon vorausgelaufen, aber ich empfand keine Freude darüber, wie sie mit wedelndem Schwanz zu mir hochblickten.

Ich nahm an, dass er die Hunde zurückholen wollte, aber er hob die Arme. »Wartet, wartet, junger Meister.«

Obwohl ich alles andere als in Stimmung dafür war, antwortete ich ihm mit der für die Festtagszeit angemessenen Freundlichkeit. »Was ist, guter Mann?«

»Diesen Pfiff würde ich überall wiedererkennen – und die Hunde auch. Der ist von Audin zu Eurem Vater und von ihm zu Euch vererbt.« Der alte Mann sah mich mit verkniffenen Augen an. »So sicher die Sonne im Osten aufgeht, Ihr seid Cardews Sohn.«

Er öffnete das Tor und schwang es weit auf. »Willkommen in Herakopolis, Meister Lachlan. Ich bin sicher, Ihr werdet Euren Aufenthalt genießen.«

5

Der Mann bat mich abzusteigen. Ich tat ihm den Gefallen und er griff Hangs Zügel. »Ich werde Euer Ross der Pflege des Stallburschen anvertrauen, Meister Lachlan.« Er zwinkerte mir zu und an dem Funkeln in seinen Augen erkannte ich, dass er mich dank meiner Abstammung voll anerkannt hatte. Aber die Förmlichkeit, mit der er mich anredete, war mir unangenehm.

»Nenn mich Locke, das tun alle.« Einer der Hunde schob seinen Kopf unter meine rechte Hand und ich kraulte ihn hinterm Ohr.

Der Mann nickte andeutungsweise mit dem grauhaarigen Kopf, dann schüttelte er ihn heftig. »Das mag sich in der garikschen Wildnis so verhalten, Meister Lachlan, aber nicht hier in der Reichshauptstadt. Wir wissen, was sich gehört. Ich weiß Eure Freundlichkeit zu schätzen, aber Eure Großmutter ist eine große Dame in dieser Stadt, und ich werde mich ihr gegenüber nicht respektlos zeigen, indem ich Euch wie meinesgleichen anspreche.«

»Danke …« Ich zögerte, weil ich seinen Namen nicht wusste.

»Nob, der Herr, einfach nur Nob.« Er strahlte mich an. »Andrew ist der Stallbursche, und meine Enkel gehen ihm zur Hand. James kümmert sich um das Haus, bis auf den Teil, in dem meine Frau, Rose, das Kommando führt. Wir sind alle schon seit Jahren hier in Diensten bei Eurer Frau Großmutter, bis auf meine Enkel.«

Ich zog meine Satteltaschen vom Rücken des Braunen und hängte sie mir über die rechte Schulter. »Dann hast du sicher meinen Vater gekannt?«

»Bin ihm bei zahlreichen Gelegenheiten begegnet, der Herr. Und soweit diese müden alten Augen das feststellen können, seid Ihr ihm wie aus dem Gesicht geschnitten, Meister Lachlan.« Nob musterte mich von oben bis unten, Kopf bis Fuß, und nickte stolz. »Habe das Schachspielen von ihm gelernt. Ich bin nie für eine Einstufung geprüft worden und er hat mich immer besiegt, aber er hat mir gesagt, dass ich mich verbesserte.«

»Wenn ich Lust auf eine Partie habe, komme ich vorbei.«

»Das wäre schön, der Herr. Ihr werdet mich gehörig abfrühstücken, da bin ich sicher, aber ich kann Euch ein paar Tricks zeigen, die ich gelernt habe, seit Euer Vater, nun, seit ich das letzte Mal gegen ihn gespielt habe.«

Ich klopfte Nob auf die Schulter und nickte ihm zu. »Ich kann es kaum erwarten.« Ich ließ ihn mit Hang in Richtung der Stallungen hinter dem Haus abziehen und wanderte schnurstracks zum Seiteneingang des Hauses. Eigentlich war mir klar, dass ich durch den Haupteingang hätte gehen sollen, um meine Ankunft gebührend anzukündigen, aber das Haus erschien mir zu vertraut für derartige Formalitäten.

Ich trampelte zweimal auf den Stufen, um den Staub von den Stiefeln zu schütteln, dann hob ich den Riegel und ging in die Küche. Der süße Duft von Kuchen und frisch gebackenem Brot schlug mir entgegen. Ich schloss hastig die Tür, um die Kälte auszusperren und genoss die Wärme der Backöfen.

Ohne aufzusehen zuckte die ältere Frau, die am Tisch in der Mitte des Raums Teig knetete, den Kopf in Richtung der Wasserpumpe hinter sich. »Nob, du nichtsnutziger Tagedieb, ich habe dir doch gesagt, du sollst nicht rumtrödeln. Ich brauche Wasser und hab keine Lust, es selbst zu pumpen.«

Ich ließ die Satteltaschen zu Boden sinken. »Nob kümmert sich um mein Pferd. Ich pumpe dir dein Wasser.«

Als sie meine Stimme hörte, flog ihr Kopf hoch, und ihr Mund fiel auf. Sie hatte pralle rote Wangen und ihr Haar war vom selben Eisengrau wie das Nobs. Sie starrte mich aus grauen Augen an, deren Blick so ruhig war wie ein Fels. »Ihr seid es! Vergebt mir, Edelachtbarer. Wir haben Euch erwartet, aber …«

Ich hob die Arme. »Da ist nichts zu vergeben. Ich bin Lachlan.« Mit drei langen Schritten hatte ich den Raum durchquert und den hölzernen Wassereimer gepackt. Ich hängte ihn mit dem Halteseil an den kleinen Haken unter den Ausguss der Pumpe. »Dein Backwerk duftet hinreißend, Rose.«

»O Meister Lachlan. Ich wollte nicht, dass Ihr das Wasser holt. Lasst mich.«

Ich winkte ihren Einwand mit einer schnellen Geste beiseite. »Unsinn, gute Frau. Ich pumpe dir dein Wasser. Nach einem Monat Wasserholen an kalten Gebirgsbächen habe ich schon angefangen zu glauben, Pumpen gäbe es nur im Märchen.«

Sie wischte sich die Hände an der Schürze ab und griff nach dem Eimer. »Danke, ich mache den Rest, Meister Lachlan.«

Ich hob ihn vom Haken und hielt ihn außer Reichweite. »Wohin willst du ihn haben?«

Sie deutete auf den Tisch, und ich trug ihn an die Stelle, auf die sie zeigte, obwohl ich genau wusste, dass er dort nicht lange stehen würde. Es war mir unangenehm, wie unterwürfig sie und Nob mich behandelten, aber gleichzeitig verspürte ich einen gewissen Stolz. Ich hielt mich ganz und gar nicht für etwas Besseres als die beiden, sondern fasste ihr Verhalten so auf, wie Nob es erklärt hatte, als Ausdruck ihrer Hingabe an meine Großmutter. Außerdem konnte ich mir gut vorstellen, dass mein Vater sie ähnlich gefoppt hatte, als er hier lebte.

Ein hagerer Mann in durchaus eleganter Kleidung erschien in der Küchentür. Weder sein Hemd noch die Hose waren aus grobem Leinen, und Letztere wurde an den Knien von Knöpfen zusammengehalten. Er trug weiße Strümpfe und glänzende schwarze Schuhe mit einer großen Silberschnalle. Seine Weste und Hose waren von der gleichen Farbe wie die Schuhe, und ihre Knöpfe ebenfalls aus Silber, während sein Hemd strahlend weiß war.

Das musste James sein, und ich spürte sofort, dass er mich besser kannte als ich mich selbst. Es war ein unbehagliches Gefühl, das aber fast augenblicklich wieder verklang. »James, schön dich wieder ... ich meine, dich kennen zu lernen. Ich habe in den Geschichten, die meine Tante Ethelin von ihren Besuchen hier erzählte, von dir gehört.«

Der Mann verneigte sich und eine einzelne Strähne seines dünnen Haars fiel ihm über die Stirn. »Meister Lachlan, wir sind hoch erfreut, dass Ihr uns mit Eurem Besuch beehrt.« Er warf einen Blick auf meine Satteltaschen, als er sich wieder aufrichtete. »Ich werde Eure Sachen in Euer Zimmer bringen lassen. Ihr wohnt in der Suite Eures Vaters. Eure Großmutter ist ...«

Ich lächelte. »Sie ist in ihrem Wintergarten.« Ohne auf eine Bestätigung zu warten, trat ich um die Pumpe und stieg die Dienstbotentreppe hinauf. Ich ging bis ins oberste Stockwerk, dann verließ ich das Treppenhaus und wandte mich nach rechts. Ich ging den Gang zur Rückseite des Hauses hinab.

Ich erinnere mich daran, wie Großvater Audin den Wintergarten als ungeheure Geldverschwendung bezeichnet hat. Die Achse des Hauses verlief von Norden nach Süden, und meine Großmutter hatte eine Veranda mit Wänden und einer Decke aus Glas einschließen lassen. Tante Ethelin hatte berichtet, dass man von dort den Palast und dahinter das Theater sehen konnte. Audin hielt es für einen weiteren Beweis dafür, dass Evadne seit dem Umzug in die Hauptstadt verweichlicht war.

Ich blieb in der Tür stehen und räusperte mich. »Großmutter, hier bin ich.«

Sie wirkte älter, als ich sie mir vorgestellt hatte. Sie war immer noch groß, aber das Alter hatte ihre Vitalität aufgesogen. Ihre Beine waren unter einer Decke versteckt, und der Sessel, in dem sie saß, ließ sie kleiner wirken, als sie war. Pergamentartige Haut spannte sich über den feinen Knochen ihrer Hände und des Gesichts. Auf ihrem Schoß lag aufgeschlagen ein Buch und ich hatte den Eindruck, dass es eine Anstrengung für sie sein musste, die Seiten umzublättern.

Dann hob sie den Kopf und ich sah das Feuer in ihren blauen Augen, ein Feuer, das tief in meinem Inneren etwas anrührte. Unter seinem Einfluss hatte ich keine Mühe, in meinem Geist die Jahre zurückzuspulen und ihr die Jugend wiederzugeben. Frisches Gold kehrte in das weiße Haar zurück, und eine pralle Gestalt legte sich auf höchst verführerische Weise um ihr Skelett. Ihre Gesten waren zart, aber kräftig, und ihr Lachen wie vollmundiger Wein für die Ohren.

Ihre Unterlippe bebte. »Du bist es, nicht wahr? Cardew, du bist zurückgekommen.«

Ich zwang den Kloß hinab, der mir in die Kehle stieg, und durchquerte das Zimmer. Ich ging vor ihr auf die Knie und nahm ihre kalten Hände in meine. »Ich bin Lachlan, Großmutter. Ich bin Cardews Sohn.«

Sie blinzelte eine Träne weg, dann lächelte sie mich an. Sie zog eine Hand unter meiner vor und tätschelte meine Hände. »Ich weiß, Kind. Ich bin nur eine alte Frau, die ein wenig die Augen ausgeruht hat und gerade aufgewacht ist.« Sie nahm meine Arme und zog mich hoch. »Steh auf, Lachlan, lass dich ansehen.«

Ich erhob mich, und auf ihre auffordernde Geste hin drehte ich mich langsam, sodass sie mich betrachten konnte. Als ich mich wieder zu ihr umdrehte, lächelte sie. »Habe ich die Prüfung bestanden?«

Sie nickte. »Du bist hagerer, als es dein Vater war, als er nach Herakopolis kam. Audin hat dich hart rangenommen. Der arme Mann hat sich immer Vorwürfe gemacht, weil er glaubt, dein Vater sei im Chaos gescheitert, weil er Cardew zu wenig Fechtunterricht gegeben hat.«

Ich grinste. »Er hat gewusst, dass du das sagst. Er hat mir aufgetragen, dich darauf hinzuweisen, dass ich nur als Anwärter eingestuft bin.«

»Tatsächlich, genau wie dein Vater.« Ihre hellen Augen wurden schmal. »Und du bist, aus gutem Grund, staubig und schmutzig, was dich deinem Vater noch ähnlicher macht. Du kannst lesen?«

Ich nickte stolz. »Ich habe alle Bücher gelesen, die Audin besaß, und die meines Vaters mindestens zweimal. Ich habe auch alle Bücher gelesen, die du mir geschickt hast.« Ich sah hinaus auf die Stadt. »Es hat sich einiges verändert, seit die meisten davon geschrieben wurden, aber sie haben mir trotzdem einen Eindruck vom Imperium vermittelt.«

»Hast du die Tagebücher deines Vaters gelesen?«

»Nein. Audin hat sie mir nicht gegeben, aber er hat uns allen beigebracht, eines zu führen.«

»Gut.« Sie sah an mir vorbei zur Tür. »Wo ist James?«

»Er bringt meine Sachen in mein Zimmer, glaube ich.« Ich grinste. »Er hat mir gesagt, wo du bist, und hier bin ich.«

»Du hast den Weg allein gefunden?« Sie sah mich fragend an.

Ich lächelte verlegen. »Dieses Zimmer ist dazu gedacht, das Sonnenlicht einzufangen, deshalb musste es im obersten Stock liegen, und es musste am Nordende liegen, um den ganzen Tag Sonnenlicht zu bekommen.« Während ich ihr die logischen Überlegungen auslegte, mit deren Hilfe ich den Raum gefunden hatte, rasten meine Gedanken. Mir war klar, dass hier etwas nicht stimmte. Die Erklärung, die ich ihr lieferte, war zwar vollkommen korrekt und stichhaltig, aber bis zu diesem Augenblick und ihrer Frage hatte ich sie nicht angestellt. Ich hatte einfach gewusst, wo der Wintergarten lag, und war dorthin gegangen. »Außerdem war Tante Ethelin bei ihrem Besuch tief beeindruckt davon und hat regelmäßig erwähnt, wie großartig der Wintergarten sei.«

»Du hast einen schnellen Verstand, Lachlan, und ein gutes Gedächtnis. Das ist gut.« Ich hörte ein Rascheln von Stoff hinter mir und drehte mich um, als Großmutter sagte: »Ja, Marija, was ist?«

Da James, Rose und Nob schon ewige Zeiten bei meiner Großmutter in Dienst standen, erwartete ich, in der Tür eine weitere Bedienstete ähnlichen Jahrgangs zu sehen. Dementsprechend überrascht war ich, als sich Marija als ausgesprochen junge Frau entpuppte, deren lockig schwarzes Haar über die Schultern ihres blauen Kleides fiel. Hätte ich nicht am Türrahmen gesehen, dass sie ein wenig kleiner als ich selbst war, hätte ich sie für größer gehalten, denn sie war von derselben statuesken Schönheit, die meine Großmutter in früheren Jahren ausgezeichnet hatte.

Das schelmische Blitzen in ihren haselnussbraunen Augen zeigte mir, dass sie sich über die Wirkung freute, die sie auf mich hatte. Dann wanderte ihr Blick an mir vorbei zu Großmutter. »Herrin Evadne, es wird Zeit für Eure nachmittägliche Medizin.«

Meine Großmutter hob die Arme. »Lachlans Anblick war Stärkung genug für mich, meine Liebe. Ich denke, heute kann ich darauf verzichten.«

Marija ging hinüber zur Kommode und holte eine kleine Flasche hinter einer der Türen hervor. »Das mag gut sein, Herrin, aber ich bin sicher, Meister Lachlan wird mir zustimmen, dass die sicherste Art, Eure Gesundheit aufrechtzuerhalten, darin besteht, regelmäßig Eure Medizin zu nehmen.« Sie goss ein wenig von einer grünlichen Flüssigkeit in einen kleinen Silberbecher und füllte ihn mit Wasser aus einer Kanne auf. »Ihr wollt doch heute Abend nicht einnicken und mit dem Gesicht in die Suppe kippen, oder doch?«

»Das wäre ein Anblick, was?« Obwohl Großmutter offensichtlich wenig Verlangen nach der Medizin hatte, nahm sie den Becher von Marija an und leerte ihn in einem langen Zug. Sie verzog das Gesicht und schüttelte sich. »Dieses Zeug mag dafür sorgen, dass mein Herz weiterschlägt, aber manchmal frage ich mich, ob es nicht einfacher wäre, einzuschlafen und nicht mehr aufzuwachen.«

Ich sah, wie Marija unauffällig in den Becher lugte, um sich zu überzeugen, dass er tatsächlich leer war, dann lächelte sie. »Möglicherweise wäre das einfacher, Herrin, aber nicht annähernd so aufregend. Wärt Ihr tot, könntet Ihr Euren Enkel nicht sehen.«

»Einen Enkel, der sich allmählich besser den Staub und Schmutz der Straße vom Körper kratzen sollte.

Wenn die Damen mich entschuldigen.« Ich verneigte mich vor beiden Frauen und trat geradewegs zur Tür. Bevor ich den Wintergarten verließ, drehte ich mich allerdings noch einmal um und grinste Marija zu. »Freut mich, dich kennen gelernt zu haben. Ich bin froh, dass jemand hier ist und dafür sorgt, dass die Enkel eine Großmutter haben, die sie besuchen können.«

»Das Vergnügen ist in beiderlei Hinsicht ganz auf meiner Seite, Meister Lachlan.«

Ich verließ den Wintergarten und begab mich wieder zur Frontseite des Hauses. Als ich die breite Treppe zum ersten Stock betrat, kam mir James entgegen. Ich war keineswegs überrascht, ihn zu sehen. Er blieb auf halber Höhe des Hauptkorridors an einer Tür stehen, die vermutlich in meine Suite führte. »Ich muss mich entschuldigen, dass ich dich einfach so stehen gelassen habe, James.«

Der ältliche Diener schüttelte den Kopf. »Euer Vater, Euer Onkel, Meister Driscoll und selbst Euer Cousin, Meister Christoforos, haben mir reichlich Gelegenheit gegeben, mich an die Neigung Eurer Familie zur Impulsivität zu gewöhnen. Herrin Evadne ist der Überzeugung, dass sie es sei, die Euch allen diese Eigenschaft vererbt hat.«

»Ich kann ihr nicht widersprechen, James.« Ich trat in die Suite und blieb kaum anderthalb Schritte hinter der Tür zum Vorzimmer wie angewurzelt stehen. Ein kalter Schauer lief über meinen Körper, als habe ich ein uralte Grabkammer geöffnet und im Innern einen Jahrtausende alten Schatzhort entdeckt. Der Raum vermittelte mir das Gefühl, ebenso lange nicht mehr benutzt worden zu sein. Und er schien ebenso geheiligt.

Die Wände waren in einem Goldregenton gehalten, der reicher und wärmer wirkte als einfaches Gelb. Dabei war die Farbe unter der Unmasse von Gegenständen kaum auszumachen, die an den Wänden hingen.

Mir genau gegenüber hingen zwischen zwei Fenstern zwei gekreuzte Breitschwerter unter einem zerbeulten Brustharnisch und Helm. Darunter stand ein kleiner Tisch mit zwei Stühlen und einer Öllampe, die James mit einem Kienspan anzündete.

An der Wand zu meiner Linken waren Schwerter und Dolche in einem Spiralmuster angeordnet, das die gesamte Wandfläche bedeckte. Der Durchgang zum Schlafzimmer in der rechten Wand wurde von zwei kompletten Rüstungen flankiert. Hinter den Rüstungsständern hingen Wandteppiche mit Kampfszenen, die sich angesichts der rotvioletten Ränder wohl im Chaos zugetragen haben mussten. Ich drehte mich um und stellte fest, dass die Eingangswand des Zimmers mit Beilen, Bogen, Köchern voller Pfeile und einigen Schilden bedeckt war, die deutliche Spuren heftiger Kämpfe trugen. Mehrere regalartige Schwertständer waren am Fuß der Wand aufgereiht und erinnerten mich an einen ähnlichen Aufbau daheim in Felsenschnell.

James lächelte, als er die Überraschung auf meinem Gesicht sah. »Ja, Meister Lachlan, Euer Vater hat diesen Raum so eingerichtet. Jedes dieser Teile gehörte ihm oder war Beute aus seinen Kämpfen im Chaos. Wir benutzen den Raum kaum, deshalb riecht es etwas muffig.«

Ich näherte mich der Wand mit den Schwertern und Dolchen. Zwei der Messer hatten bösartige Widerhaken und trugen das geisterhafte Abbild eines Mannes auf den Klingen. »Vindictxvara. Es stimmt also, was Roarke mir über das Chaos erzählt hat: dass Chadämonen Waffen mit dem Bild ihrer Feinde schmieden. Wurden diese gemacht, um meinen Vater zu töten?«

»Meister Cardew fand, dass die Künstler bessere Arbeit hätten leisten und ein größeres Medium hätten wählen sollen, wäre es ihnen ernst damit gewesen, ihn erledigen zu wollen.«

Ich streckte die Hand nach einer der Waffen aus, dann durchzuckte mich ein Schaudern, und ich ließ den Arm sinken. Roarke hatte erwähnt, dass Kothvir ein Schwert mit dem Bild meines Vaters geschmiedet hatte. *Hat der Dämon von der Prahlerei meines Vaters gehört und seinen Wunsch erfüllt, oder hielt er ihn nur für eine entsprechend größere Bedrohung?*

James ging voraus ins Schlafzimmer. »Hier werdet Ihr nächtigen, Meister Lachlan.«

Das Schlafzimmer war im selben Goldregenton gehalten, aber hier war er sehr viel sichtbarer und ließ den Raum größer erscheinen, als er tatsächlich war. Das große Bett, dessen Kopfteil an der Frontwand des Hauses lag, nahm den größten Teil des Zimmers ein. Rechts von der Tür stand eine große Kommode und dahinter ein kleiner Tisch mit einem Krug und einer Schüssel. Links war ein mit Büchern gefülltes Regal in die Wand eingelassen. Ich drehte mich um und las die Titel.

Der Diener musterte mich mit zusammengekniffenen Augen, dann trat er zu einem zugezogenen Fenster hinter dem Tisch mit dem Wasserkrug. »Ihr seid schlanker, als es Euer Vater in Eurem Alter war. Ich glaube, wir haben noch ein paar seiner Sachen hier, die Euch passen werden, zumindest, bis wir eine neue Garderobe für Euch haben anfertigen lassen.« Er blähte leicht die Nüstern. »Ich habe mir erlaubt, Eure Kleidung aus den Satteltaschen zu holen und weitgehend verbrennen zu lassen.«

»*So* schmutzig war sie nicht.« Immerhin hatte ich den größten Teil erst zwei Wochen vorher in der Stadt der Zauberer gewaschen. *Hier in der Hauptstadt ist man anscheinend äußerst penibel.* »Ich habe meiner Großmutter erklärt, dass ich ein Bad brauche.«

»Nob hat unten in der Küche Wasser für ein Bad gepumpt, und inzwischen dürfte es sogar schon warm genug sein, dass Ihr nicht erfrieren werdet. Während Ihr

Euch unten frisch macht, werde ich angemessene Kleidung für Euch aussuchen.« Er warf einen Blick auf meine abgenutzten Reitstiefel. »Lasst die hier. Ich werde sie Nob geben, damit er sie poliert. Wir können nicht zulassen, dass Ihr heute Abend so damit herumlauft.«

Ich runzelte die Stirn. »Ich gebe gerne zu, dass meine Kleidung abgetragen ist und vermutlich auch nicht der Mode des Reiches entspricht, aber ich würde sie auch nicht als unangemessen bezeichnen. Geht hier irgendetwas vor, dessen ich mir nicht bewusst bin?«

James setzte ein breites Lächeln auf. »Mein lieber Junge, heute beginnt die letzte Woche des Jahres. Ab heute Abend findet eine Abfolge von Festen und Empfängen statt, die mit dem Ball des Imperators am Bärenabend ihren Höhepunkt findet.«

»Ich weiß. Deshalb bin ich hier.«

»Ja. Nun, was Ihr nicht wisst, ist, dass Eure Großmutter heute Abend eine Feier für einige wichtige Persönlichkeiten gibt, einschließlich des Heerfürsten des Imperiums.« Er breitete die Hände aus, wie um anzudeuten, dass alle weiteren Worte überflüssig waren.

»Und du kannst nicht zulassen, dass ich wie eine Landpomeranze herumlaufe.«

»Ich sehe, Ihr versteht, Meister Lachlan.«

»Ich lege mich ganz in deine Hände.«

Der alte Diener lächelte. »Gut. Lasst Eure Stiefel hier und geht Euch baden. Danach werden wir einen Herrn aus Euch machen.«

6

Als ich so vor dem Spiegel stand, der an der Innenseite der Tür hing, in Kleidern, die für meinen Vater geschneidert worden waren, erkannte ich zum ersten Mal selbst, was andere mir versichert hatten, so lange ich mich zurückerinnern konnte. Auf gewisse Weise glich ich tatsächlich meinem Vater, wenn ich den Kopf hob und ein wenig nach rechts drehte. Aber nur gerade so. James stand hinter mir und ich lächelte, als ich sein Spiegelbild ernst nicken sah. Wäre es eine Geschworenenverhandlung gewesen, hätte man mich verurteilt.

In Wahrheit war meine Verwirrung so seltsam nicht. Mein Vater war im Chaos verschwunden, als ich noch ein kleines Kind gewesen war. Ich hatte ihn nie bewusst zu Gesicht bekommen, daher stammte meine Vorstellung von seinem Aussehen aus einer Vielzahl unterschiedlichster Quellen. Manche davon, wie das steinerne Standbild als Teil des Mahnmals für meine Mutter, waren von Menschen angefertigt worden, die Cardew persönlich gekannt hatten. Andere, von anonymen Holzschnitten bis zu einer kleinen Bronzefigur, stammten von Künstlern, die sich auf Erzählungen und nicht zuletzt ihre eigene Phantasie gestützt hatten.

Mein Bild von Cardew beruhte vor allem andern auf der Statue, die über dem Grab meiner Mutter wachte: Ein im wörtlichsten Sinne überlebensgroßer Mann mit dem ruhigen Blick eines Falken und einem Bart, der seine Kinnlinie nachzeichnete, ohne dabei die Kantigkeit der Züge im Geringsten abzuschwächen. Mit wuchtig ausladendem Brustkorb und muskulösen Schenkeln stand er kampfbereit auf dem Sockel und wartete auf meine Mutter. Ich hatte mir allerdings immer vorgestellt, dass er in Wahrheit darauf wartete, zusammen mit seinen Söhnen in die Schlacht zu reiten.

Im Gegensatz zu meinen Brüdern dachte ich häufig an ihn als Cardew, den Helden, nicht als Cardew, meinen Vater. Eine Weile hatte ich mich deswegen wie ein Außenseiter gefühlt, bis ich Geoff davon erzählt hatte. Wie üblich hatte er meine Ängste lachend vertrieben und mir sehr einleuchtend den Grund dafür erklärt. Weil ich keine Erinnerung an meinen Vater hatte, stammten meine sämtlichen Erfahrungen ihn betreffend aus den Geschichten, die ich von den Dorfbewohnern und Tante Ethelin gehört hatte. In diesen Erzählungen legte niemand Wert auf sein Familienleben – abgesehen von der Tatsache, dass er seine Frau geliebt hatte. Die Geschichten, in denen er weiterlebte, waren Heldenlegenden voller Chaos, Zauberei und Kampfgetümmel.

»Bedenke, dass jeder Held im Vergleich zu den Geschichten, die man über ihn erzählt, ziemlich absinkt, Locke«, hatte Geoff gemeint. »Das Einzige, was du nicht vergessen darfst, ist, dass er tatsächlich gelebt und uns geliebt hat. Wenn er so in unserer Erinnerung weiterleben könnte, wäre er sicher froh.«

Ich hatte keinen Zweifel, dass mein Bruder mit seiner Einschätzung Recht hatte … Und beim Verschwinden unseres Vaters war er acht gewesen, sodass er sich gut an ihn erinnern konnte. Trotzdem hatten Geoffs beruhigende Worte wenig dazu beitragen können, die Last zu erleichtern, die wir von Cardew geerbt hatten. Wir waren die Söhne eines *Helden,* und Großvater schien unsere Ausbildung von Beginn an darauf angelegt zu haben, uns auf dieses Erbe vorzubereiten.

Aber bin ich dem gewachsen?

James räusperte sich leise. »Hemd und Hose sind annehmbar, wenn auch etwas groß. Hier, probiert diese Jacke an.«

James mochte meine Bekleidung für angemessen halten, aber ich fand sie ausgesprochen lästig. Die schwarze Hose reichte mir fast bis ans Brustbein und wurde von zwei Trägern gehalten. Natürlich trug ich der Mode wegen trotzdem zusätzlich einen schmalen Ledergürtel mit silberner Schnalle, der sie um die Taille eng einschnürte. Das Hemd war aus beinahe schillernder grüner Seide geschneidert, die mir sehr gefiel. Aber James hatte mich gezwungen, den Kragen fest um meinen Hals zu schließen – und natürlich war genau das die einzige Stelle, an der die Sachen meines Vaters mir nicht zu weit waren. Unter dem Kragen lag ein vorne überkreuzender Streifen aus steifem schwarzem Stoff, der von einer silbernen Nadel gehalten wurde. Der einzige Sinn, den ich darin erkennen konnte, war die Tatsache, dass die Silbernadel als Verzierung einen dreieckigen Malachit trug, dessen Farbe zum Hemd passte.

Die schwarze Jacke, die James mir reichte, passte mehr oder weniger. Die Ärmel reichten mir bis zu den Ellbogen und endeten in drei Rabenfedern, die an meinen Unterarmen herabbaumelten. Die Jacke selbst endete an der Taille und wurde vorne locker von einer zwischen zwei Knöpfen hängenden Silberkette gehalten. Während ich die Hemdsärmel auf bequeme Länge zupfte, befestigte James die Kette und trat danach erfreut zurück. »Ja, ausgezeichnet.«

»Die Leinwand bedankt sich beim Künstler.« Ich grinste ihn an, dann bewegte ich die Arme vor und zurück, um auszuprobieren, wie viel Bewegungsfreiheit die Jacke mir gab. Sie spannte sich an den Schultern, wenn ich die Arme verschränkte, und ich hätte sie im Rücken zum Aufplatzen bringen können, verzichtete aber darauf, sie zu sehr zu belasten. Ich fand meinen Aufzug zwar keineswegs bequem, war mir aber sehr bewusst, dass die Garderobe meiner Suite noch sehr viel peinlichere Kostüme beherbergte. Und ich sah keinen Grund, das Schicksal herauszufordern.

Während ich die Arme bewegte, ballte ich die Fäuste. Ich verspürte ein seltsames Gefühl im rechten Ringfinger. Ein, zwei Sekunden empfand ich einen seltsamen Eindruck des Verlusts, so, als fehle noch etwas. Es war, als vermisse ich ein Gewicht, das ich an dieser Hand erwartet hatte.

»Ein Ring, James.« Ich runzelte die Stirn, als der Eindruck verblasste. »In diesem Aufzug fühle ich mich, als müsste ich einen Ring oder so etwas tragen.«

James sah mich mit leerem Blick an. »Meister Cardew hielt nicht viel von Schmuck, Meister Lachlan.«

»Aber soweit ich weiß sind Großvater, Mutter und Tante Ethelin einmal alle gemeinsam zu einer Zeremonie hierher nach Herakopolis gekommen, bei der Imperator Daclones ihn zum Ritter des Imperiums machte. Irgendjemand, wahrscheinlich Tante Ethelin, hat mir erzählt, dass Cardew zu diesem Anlass einen Ring trug.«

Der ältliche Diener zuckte die Achseln. »Ich entsinne mich des Ringes, aber ich weiß nicht, was aus ihm geworden ist. Ich könnte versuchen, einen passenden Ersatz aufzutreiben, auch wenn ich nicht sicher bin, wo ich um diese Zeit noch etwas finden sollte.«

Ich schüttelte den Kopf. »Macht nichts. Der Ring meines Vaters würde von Rechts wegen ohnehin Geoff zustehen, und ich habe auch noch nie einen getragen. Ich weiß gar nicht, wie ich überhaupt auf den Gedanken gekommen bin.« Das Bild im Spiegel verschmolz vor meinem inneren Auge mit dem Standbild meines Vaters, und ich sah den Ring, den der Bildhauer an seiner Hand abgebildet hatte. *Das muss es sein.*

»Wie Ihr wünscht, der Herr.« James musterte mich von oben bis unten. »Wäre sonst noch etwas?«

Ich löste mich vom Spiegel, öffnete die Tür und

schaute hinaus in die Waffenkammer. »Bist du sicher, dass dieser Gürtel einen der Dolche trägt?«

»Warum sollte er das müssen, Meister Lachlan?« James schüttelte den Kopf. »Im Gegensatz zu den Wochen Eurer Reise braucht Ihr für den Empfang heute Abend Euer Besteck nicht mitzubringen. Und was Ihr auch über die Politik hier in der Hauptstadt gehört haben mögt, es ist reichlich unwahrscheinlich, dass ein Kampf ausbricht.«

Ich schmunzelte bei der Vorstellung, einige der Karawanenreisenden auf einer Feier zu sehen, die eine Kleidung wie die meine erforderte. »Das ist es nicht, James. Es ist nur, dass ich keine Schärpe mit meinen Rangabzeichen habe, also dachte ich mir, es müsste reichen, wenn ich einen Dolch trage, um zu zeigen, dass ich Rang in dieser Disziplin besitze.«

James rollte mit den Augen. »Was bringt man Euch in den Provinzen bei?«

»Häh?«

»Meister Lachlan, da die Feier im Haus Eurer Großmutter stattfindet, seid Ihr einer der Gastgeber. Daher werden Eure Rangabzeichen auf einem Banner im Eingang präsentiert. Für die Empfänge in der übrigen Woche werden wir Euch angemessene Rangabzeichen besorgen, um den Konventionen Genüge zu tun.«

Ich neigte meinen Kopf. »Ich sehe, dass mein gesellschaftlicher Erfolg in deinen Händen gut aufgehoben ist. Ich überlasse das ganz dir.«

»Es wird mir ein Vergnügen sein, Euch in dieser Eigenschaft zu dienen, solange ich dazu in der Lage bin, der Herr.« James winkte mich zur Tür. »Eure Gäste warten.«

In den Provinzen handhaben wir die Feiern zum Bärenabend etwas anders, als es in der Hauptstadt … oder wahrscheinlich in irgendeiner der größeren Städte des

Reiches üblich war. In Felsenschnell bringt jeder Essen und Getränke entsprechend einer Liste mit, die von einem Kreis alter Witwen aufgestellt wurde. Von niemandem wird verlangt, mehr zu bringen, als er sich leisten kann, und die Mitbringsel sind grundsätzlich so ausgewählt, dass der Spender stolz darauf sein kann. Da der Bärenabend mitten im Winter liegt, werden viele davon schon nach der Ernte vorbereitet und sind dann eine Erinnerung an das vergangene Jahr.

Unsere Feier dauert nur eine Nacht, am tatsächlichen Vorabend des Bärenmonds. Wir machen ein riesiges Feuer in der Stadthalle, und alle sind mit ihren besten Sachen herausgeputzt. In der Regel haben die Leute innerhalb der Familie schon die Geschenke ausgetauscht, bevor sie zur Feier kommen, aber auf der Gemeindefeier beschenkt man seine Nachbarn, und es wird besonderer Wert auf das Austauschen der Geschenke zwischen Einwohnern gelegt, die sich im vergangenen Jahr fremd oder sogar zu Feinden geworden sind.

Schließlich ist allgemein bekannt, dass es ein böses Vorzeichen ist, ein neues Jahr mit Hassgefühlen zu beginnen. Das Austauschen von Geschenken macht es leichter, erlittenes Unrecht zu vergeben, und außerdem macht es die langen, dunklen Winternächte etwas fröhlicher. Das Essen, die Getränke, das Singen und Tanzen erinnern alle an die wärmeren, fröhlicheren Zeiten des Jahres, und das tut ein Übriges.

In der Hauptstadt beginnen die Feiern eine ganze Woche vor dem eigentlichen Festtag. Während die Feier in Felsenschnell in der Stadthalle abgehalten wird, begnügte meine Großmutter sich mit dem Ballsaal ihres Hauses – der ohnehin erheblich größer war als die Stadthalle von Felsenschnell, soweit ich das beurteilen konnte.

Eine Zeile von Tischen bildete eine mit Köstlichkeiten überladene Insel mitten im Raum, während kleinere runde Tische an den Ecken des Saals polierte Silberkelche und Krüge mit Wein trugen.

Die ersten Gäste trafen ein, zwei Stunden nach Sonnenuntergang, und alle wirkten in Feierstimmung und ehrlich erfreut über die Einladung. An der Tür wurden sie von einem der vier Enkel Nobs empfangen, der Mäntel und Umhänge ebenso in Empfang nahm wie die Geschenke für meine Großmutter. Meistenteils handelte es sich um Kleinigkeiten, um den gesellschaftlichen Regeln zu genügen, aber echte Freunde des Hauses brachten kostbarere Gaben mit als die bloßen Bekannten, und diese wurden mit äußerster Sorgfalt behandelt.

Anschließend führte James die Gäste zur Empfangsreihe und stellte sie meiner Großmutter vor. Er sprach gerade laut genug, dass ich den Namen verstehen konnte, wofür ich ihm sehr dankbar war. Ich schaffte es, mir die Namen gerade so lange zu merken, bis die Gäste sich von meiner Großmutter in ihrem Sessel an Marija vorbei zu mir vorgearbeitet hatten. Sobald sie vorbei waren und den Rest der Reihe abgingen, an anderen Freunden der Familie vorbei bis schließlich zum Imperialen Heerfürsten, vergaß ich sie völlig und konzentrierte mich auf den nächsten Gast.

Im Hintergrund allerdings waren Nobs drei restliche Enkel vollauf beschäftigt. Sobald James einen Gast ankündigte, suchten sie ein ganzes Zimmer mit kleinen Holzschachteln ab, die mit bunten Bändern verschnürt waren. Sobald sie die richtige Schachtel gefunden hatten, stellten sie diese auf den Tisch am Ende der Reihe, damit die Gäste nach Abschluss der Vorstellungen ihr Bärenabendgeschenk vorfanden.

Viele der Männer, die ich an diesem Abend traf, teilten mir mit, dass sie meinen Vater gekannt hatten oder mit ihm ins Chaos geritten waren. Sie packten meinen Unterarm mit festem Griff, so wie Großvater es uns beigebracht hatte, und ich erwiderte die Geste mit ernstem Blick. Die meisten Damen gestatteten mir einen Handkuss, mit der erwähnenswerten Ausnahme derer, die meiner Großmutter im Alter am nächsten kamen und unsere Familie gut kannten. Die umarmten mich und küssten mich auf die Wangen. Dabei flüsterten sie mir häufig zu, dass sie Großmutter schon lange nicht mehr so glücklich gesehen hatten, wie seit meiner Ankunft in der Hauptstadt.

Ich nahm das als ausgesprochen höfliche Lüge entgegen. Dann versuchte ich die Gefühle zu rechtfertigen, die meine Großmutter für mich hegen mochte, und beging den Fauxpas, Marija den Gästen vorzustellen. Mir erschien das nur korrekt, da sie schließlich schräg hinter Großmutters Sessel stand, aber anscheinend gehört sich so etwas nicht. Schließlich war sie eine Dienstbotin. Doch die meisten Gäste erwiesen sich als höflich genug, ihr ein frohes Fest zu wünschen. James korrigierte mich nach einer Weile, und ich spürte mich rot werden – doch Marijas warmes Lächeln nahm meiner Verlegenheit den Stachel.

Von allen Gästen des Abends kannte ich nur eine, und ich war gehörig überrascht, sie zu sehen. Xoayyas immergrünes Kleid harmonisierte hervorragend mit ihrem roten Haar. Die eng anliegende Korsage und deren tiefes Dekolletée betonten ihren Busen. Sie war ganz zweifellos kein Kind mehr, aber ihr fehlte doch noch die volle Selbstsicherheit einiger der anderen jungen Damen ihres Alters, die schon vor ihr eingetroffen waren. Das konservative Makeup brachte etwas mehr Farbe in ihr Gesicht und betonte die großen blauen Augen.

Ich küsste ihre Hand. »Ich hatte nicht erwartet, Euch hier zu begegnen, Herrin Xoayya.«

Ihr Blick schwankte zwischen Überraschung und Abgelenktheit, als ich sie ansprach. »Meine Großmutter ist eine gute Freundin der Euren, Meister Lachlan. Sind wir uns schon einmal begegnet?«

Ich zögerte, dann nickte ich. »Auf der Reise von der Stadt der Zauberer nach Herakopolis.«

»Ich erinnere mich, glaube ich.« Sie schenkte mir ein Lächeln. »Vielleicht tanzen wir später?«

»Ich hätte nicht gedacht ...«

»Aber Ihr werdet.« In ihrer Stimme lag eine Gewissheit, die ich bis dahin nicht an ihr gekannt hatte.

»Aber ...« wollte ich protestieren, doch sie entzog mir ihre Hand und bewegte sich weiter die Empfangsreihe entlang. Ich warf Marija einen schnellen Blick zu, und sah sie hinter vorgehaltener Hand kichern, aber ich hatte keine Gelegenheit, sie zu fragen, was so amüsant war, weil bereits der nächste Gast meine Aufmerksamkeit beanspruchte.

Als etwa die Hälfte der Gäste eingetroffen war, kam es zu einem höchst außergewöhnlichen Ereignis. Die Tür öffnete sich, und ein großer junger Mann schleuderte Nobs Enkel Carl seinen Umhang zu. Darunter trug er eine Militäruniform, aber keine von den eleganten Paradeuniformen, die ich bis dahin vor mir hatte vorbeiziehen sehen. Obwohl der Heerfürst ebenfalls mehr praktisch als formell gekleidet war, gellten bei der Ankunft dieses herrischen Burschen Alarmglocken in meinem Kopf.

Er war mindestens einen Kopf größer als ich, und das braune Haar, die Augen und noch etwas anderes an ihm, das ich nicht genau beschreiben konnte, erinnerten mich an meinen Bruder Dalt. Doch der gefühlsbetonte Ausdruck und der lange, dünne Schnurrbart ließen ihn sehr viel lebendiger und lebhafter wirken, als ich Dalt jemals gesehen hatte. Während mein Bruder in seiner brütenden Art das Leben zu betrachten aufzugehen schien, genoss dieser Geselle sein Leben ganz offenkundig mit einem Feuer, das zu löschen eine gewaltige Anstrengung erfordert hätte.

Als er sich den Weg durch die Schlange der hinter James Wartenden bahnte, hielt ich ihn für einen einheimischen Soldaten, der sich entschlossen hatte, uneingeladen mitzufeiern. Ich wollte ihn schon aufhalten, aber das seltsame Grinsen auf Carls Gesicht und die Art, wie James die anderen Gäste zurückhielt, ließen mich abwarten. Und ich war froh darüber, als ich die Freude in den Augen meiner Großmutter sah, während der Soldat vor ihr das Knie beugte.

»Verzeih mir, dass ich unangemeldet erscheine.«

Sie fasste sein Gesicht mit beiden Händen. »Am Bärenabend ist jeder willkommen, nicht, dass du hier nicht jederzeit willkommen wärst.« Sie streichelte ihm über den Kopf und zupfte spielerisch an den Strähnen, die ihm im Nacken über den Kragen hingen. »Ich hatte gehofft, dass du kommst.« Großmutter sah zu mir herüber und winkte mich zu sich. »Lachlan, begrüße deinen Vetter Christoforos.«

Der Mann stand wieder auf. Jetzt überragte er mich deutlich. »Kit. Willkommen, Lachlan.«

»Locke.« Ich packte seinen Arm knapp unter dem Ellbogen und drückte ihn. »Frohes Fest.«

»Gleichfalls.«

Als wir uns wieder lösten, lenkte James Kit an einen Platz neben mir in der Empfangsreihe. Mein Vetter gehorchte nickend, dann schüttelte er sich. »Ich hätte noch eine Stunde warten sollen, um dieser Tortur zu entgehen.«

Ich muss entsetzt ausgesehen haben. »Eine Stunde noch?«

Er zwinkerte mir zu. »Ganz so lange wahrscheinlich nicht.« Dann fügte er mit etwas lauterer Stimme hinzu: »Natürlich würde mir die Zeit viel, viel zu schnell vergehen, stünde ich neben der liebreizenden Marija.«

Marija schenkte ihm ein Antwortlächeln wie eine

Katze der Maus. »Vielleicht zu schnell für Euch, Meister Christoforos.«

Kit riss die Hand an die Brust. »Das schmerzt.«

»Ich bin sicher, Ihr werdet es überleben, Edelachtbarer.« Marija lächelte mir zu und setzte hinzu: »Bis jetzt hat er das noch immer.«

Die Prozession der zu begrüßenden Gäste beendete ihre Plauderei. Ein alter Soldat tippte an Kits Kompanieabzeichen und bemerkte, dass er auch Mitglied in der Reitergarde des Imperators gewesen war. »Ich dachte, sie wären auf ihrem Winterfeldzug oben an der Menal-Chaosgrenze.«

»Das sind wir auch, aber trotzdem erwartet die Hauptstadt Berichte und hat Befehle zu übermitteln, deshalb bin ich im Dienste des Imperators hier.« Kit salutierte und dankte dem Mann für sein Erscheinen auf dem Fest. »Ich werde Oberst Grimands von unserer Begegnung berichten.«

Kits Reaktion auf den Soldaten unterschied sich so grundlegend von seinem lockeren Wortwechsel mit Marija, dass ich mir augenblicklich sicher war. Er hatte den Mann belogen. Ich wartete, bis der Soldat in ein Gespräch mit dem Heerfürsten vertieft war, dann flüsterte ich mit einem auf meinen Zügen zementiertem Lächeln: »Du bist nicht wirklich als Bote zurück in die Hauptstadt geschickt worden, oder?«

Kits Lächeln verlor für einen Augenblick seinen Glanz, dann sah er zu mir herab. »Militärische Geheimnisse eignen sich nicht für Partygespräche, Locke.« Er sah sich um. »Wäre es Verfolgungswahn oder gesunder Menschenverstand, anzunehmen, dass mindestens eine Person auf dieser Feier jemanden kennt, der Mitglied der Schwarzen Kirche sein könnte?«

Ich zuckte die Schultern. »Nach allem, was ich von diesen Leuten weiß, könnten sie alle …« Als er langsam nickte, verstummte ich. »Mit dem ersten Stoß getroffen.«

Kit lachte laut auf. »Es ist lange her, dass ich den Spruch gehört habe. Ich habe gesehen, wie sich deine Lippen bewegen, aber gehört habe ich Audin. Wie ... amüsant.«

Ich fand den Tonfall, in dem Kit von Audin sprach, irritierend, aber mir fiel keine passende Antwort ein, also schwieg ich. Ich stellte mich wieder zahllosen Gästen vor, die ich Sekunden später bereits vergessen hatte. Als sich schließlich das letzte Paar die Reihe entlangbewegte, stampfte ich ein paarmal auf, um meinen eingeschlafenen Füßen wieder Leben einzuhauchen, und drehte mich zur Seite, um das Gespräch wieder aufzunehmen – aber Kit war verschwunden. Ich sah mich nach Marija um, aber sie war bereits abgezogen, um den fahrbaren Korbstuhl zu holen, den Großmutter zur Fortbewegung benutzte, und Großmutter selbst war in ein Gespräch mit zwei älteren Damen vertieft.

Einen Augenblick lang fühlte ich mich allein gelassen, dann grollte mein Magen. Mir kam der Gedanke, dass ich als Mitgastgeber der Feier verpflichtet war, mich davon zu überzeugen, dass die angebotenen Speisen genießbar waren, und nahm Kurs auf den nächstgelegenen Tisch. Zu meiner unangenehmen Überraschung entdeckte ich dort allerdings rötlichweiße Gebilde, die auf einem Bett aus Eis in einer Art Schale lagen und nach den Hinterleibern ausgesprochen fetter Insekten aussahen. Die Gäste schienen sie mit ausgesprochenem Genuss zu verzehren – aber ich hatte keine Erfahrung mit Meeresfrüchten, und es schien, als müsse man es zumindest zum Anwärter in irgendeiner besonderen kulinarischen Disziplin gebracht haben, um auch nur an deren Fleisch heranzukommen.

»Tsoerits sind die Mühe wert.«

Ich drehte mich um und stellte fest, dass Xoayya neben mir stand. »Ich habe noch nie eines gesehen. Ich wüsste nicht einmal, wo ich anfangen sollte. Und ich bin mir keineswegs sicher, ob es mir schmecken würde.«

»Vermutlich schon. Tsoerits sind bemerkenswerte Kreaturen. Sie hören niemals auf zu wachsen. Wenn ihr Panzer ihnen zu eng wird, streifen sie ihn ab und lassen sich einen neuen wachsen. In einem Leben werden sie mehrmals wiedergeboren.« Sie lächelte, und ihr Blick wirkte unbestimmt. »Möglicherweise eine Allegorie für unser Leben.«

Ich schüttelte den Kopf. »Ich verstehe nicht, worauf Ihr hinauswollt.«

»Nicht?« Sie deutete in den Eingangsbereich, wo die Rangbanner meiner Familie hingen. »Diese Banner beschreiben uns und zwängen uns zugleich ein, so wie der Panzer des Tsoerit ihn beschreibt und einzwängt. Sie sagen aus, wer man ist, und sind die Ränge und Disziplinen nicht opportun oder zu niedrig, ist man von bestimmten Aspekten ausgeschlossen. Im Laufe unserer Entwicklung lernen wir dazu und verbessern uns in unseren Disziplinen, und wir streifen diese alten Ränge und Banner ab und legen uns neue Symbole zu, die uns erklären.«

»Dass sich das Leben durch verschiedene Stadien bewegt, ist ein Allgemeinplatz, Herrin. Der Mensch durchlebt Säuglingsalter, Kindheit, Jugend, Erwachsenendasein und schließlich Greisentum.«

»Vergesst den Tod nicht.«

»Ich betrachte den Tod nicht als Lebensstadium. Er beendet das Leben.«

»Aber dieses Ende wird zu einem neuen Anfang, wenn unsere Seelen in einen neuen Leib gekleidet ins Leben zurückkehren.«

Ich nickte. »Natürlich, und so gesehen ist der Tod wohl tatsächlich ein Lebensstadium. Was ich sagen will, ist jedoch, dass Ihr mit Eurer Beobachtung nur das Offensichtliche feststellt.«

Ihre Miene hellte sich auf. »Tatsächlich? Welchen Sinn hat es für den Tsoerit, sich durch all diese Stadien des Lebens zu bewegen?«

»Sinn?« Ich schüttelte den Kopf. »Keine Ahnung. Sich fortzupflanzen?«

»Für manche vielleicht.« Sie deutete mit zartem Finger auf die gekühlten Tsoeritkadaver. »Der Sinn für diese hier war, gegessen zu werden. Vom Augenblick ihrer Geburt an war ihnen bestimmt, jetzt und hier unseren Hunger zu stillen.«

»Das ist nicht notwendigerweise der Fall.«

»Aber sie sind jetzt hier, oder nicht?«

Ich erkannte, dass wir uns über den Streit zwischen freiem Willen und Vorbestimmung unterhielten. Ich glaubte zwar nicht, dass ein Tsoerit über genügend Verstand verfügte, um wirklich freien Willen zu besitzen, konnte mir aber auch nicht vorstellen, dass der einzige Sinn, den die Existenz dieser Kreaturen hatte, darin bestand, eine Lücke in der Vision zu füllen, die irgendeine Magikerin von dieser Feier hatte. »Ihr benutzt einen Zirkelschluss. Ihr behauptet, nur weil sie hier *sind*, wäre es ihnen vorbestimmt gewesen, hier zu sein.«

»Und das glaubt Ihr nicht?«

»Nein.«

»Warum seid *Ihr* dann hier?« Sie breitete die Arme aus. »Seid Ihr nicht hier, weil es vorbestimmt war, dass Ihr hier sein würdet?«

Ich schüttelte den Kopf. »Ganz und gar nicht. Ich bin hier, weil ich bei dem Wettkampf um die Ehre, hier zu erscheinen, gegen meine Brüder gesiegt habe.«

»Ist das der einzige Grund?«

»Ich weiß nicht.« Ich zuckte die Schultern. »Ich wüsste keinen anderen.«

»Ihr werdet einen finden.« Wieder lag diese eherne Gewissheit in ihrer Stimme, die ich ausgesprochen gespenstisch fand. Die Tatsache, dass ihr Blick geradewegs durch mich hindurchging, während sie es sagte, half auch nicht gerade.

»Und wie könnte dieser Grund aussehen?«

Xoayya lachte. »Ich weiß es nicht. Ich weiß nur, dass es einen gibt. Das Problem mit dem zweiten Gesicht ist, dass ich nicht alles oder auch nur das *meiste* sehe. Ich erhasche nur ab und zu einen kurzen Blick.«

»Zum Beispiel?«

»Zum Beispiel, dass meine Großmutter nach mir sucht.« Xoayya legte mir eine sanfte Hand auf die Schulter. »Du hast noch viel zu lernen, Locke, aber du wirst es durchstehen. Danach werden wir tanzen.« Sie lachte leichthin, dann verschwand sie in der Menge.

Jetzt fühlte ich mich nicht nur allein gelassen, sondern war dazu noch verwirrt. Ich erinnerte mich an meine Pflichten als Gastgeber der Feier. Dementsprechend sah ich mich nach unserem Ehrengast um, dem Heerfürsten des Imperiums. Aber trotz seiner beachtlichen Körpergröße gelang es mir nicht, ihn in der Menge ausfindig zu machen. Ich schob mich durch sie hindurch, um einen anderen Aussichtspunkt zu suchen, von dem aus ich meine Suche fortsetzen konnte. Aber auch von dort aus konnte ich ihn nicht entdecken. Ich bemerkte allerdings Kit, der den Ballsaal verließ und im Innern des Hauses verschwand.

Wahrscheinlich sucht er passendere Kleidung. Jetzt war ich völlig verloren und entschied, nach James zu suchen, um mir neue Anweisungen zu holen. Ich schaffte es bis in den Flur vor dem Ballsaal, konnte aber nicht einmal einen von Nobs Enkeln entdecken, geschweige denn James. Ich blieb stehen und kratzte mich am Kopf, als ich über mir Schritte hörte. Das Geräusch verstummte und ich runzelte die Stirn.

Wer auch immer sich über mir bewegte, er hatte gerade meine Suite betreten.

Ich rannte zur nächsten Treppe und stürmte nach

oben, mit jedem Schritt zwei Stufen nehmend. In meinem Verstand klickte es, und meine Gedanken verliefen in den taktischen Schemata, die Großvater mir über Jahre eingedrillt hatte. Ein Schritt ins Innere des Zimmers, und ich konnte eines der Schwerter aus dem Ständer unmittelbar neben der Tür ziehen. Ich musste grinsen, als mir dieser Schachzug einfiel. Cardew hatte die Waffen wohl überlegt rechts von der Tür aufgebaut. Sie dienten nicht allein der Zierde.

Wer auch immer in meinem Zimmer war, hatte die Lampe auf dem Tisch der Tür gegenüber angezündet und diese nur halb geschlossen. Ich stieß sie mit der Linken auf und drehte mit der Rechten ein Rapier aus der Halterung. »Ich weiß nicht, wer Ihr seid, aber es zeugt von schlechten Manieren, auf einer Bärenabendfeier Eure Gastgeberin zu bestehlen.« Ich schloss die Tür hinter mir, um eine Flucht zu verhindern und richtete die Klinge auf die beiden Männer, die vor der Dolchspirale an der linken Wand standen.

Was auch immer ich sonst hatte sagen wollen, verflog augenblicklich. Die Gesichter halb im Schatten der flackernden Öllampe verborgen, betrachteten Kit und Garn Drustorn mich mit einem Ausdruck, der meine Drohung abprallen ließ. In den Händen hielt Kit einen Dolch, von dem selbst ich im schummrigen Lampenschein erkennen konnte, dass er nicht aus dem Imperium stammte.

»Man könnte es als Grobheit auslegen, nachdem wir uns gerade erst begegnet sind, Cousin, aber ich werde dich augenblicklich durchbohren, wenn du die nächste Frage nicht zu meiner Zufriedenheit beantworten kannst.« Mein Rapier senkte sich auf die Mitte seines Brustkorbs. »Du kommst nicht geradewegs aus dem Chaos. Wie also kommt ein Kundschafter des Imperiums dann in den Besitz eines Bharashadidolchs, und wo auf dieser Seite der Bannmauern hast du ihn gefunden?«

7

»Wie und wo ich ihn fand, ist eine Mitteilung, die ohne Zweifel einen Mord wert ist.« Kit bewegte reichlich unbehaglich die Schultern. »Aber ungeachtet deiner Drohung ist die Antwort auf diese Fragen keine Mitteilung der Art, die man mit jemandem bespricht, der sich nur zum Bärenabendball in der Hauptstadt aufhält.« Er warf dem Heerfürsten einen Blick zu, der um die Bestätigung seiner Einschätzung bat.

Drustorn war noch größer als Kit, und obwohl sie vermutlich gleich schwer waren, hatte ich stark den Eindruck, dass der drahtige Heerfürst meinen Vetter in jeder Art Zweikampf leicht besiegen konnte. Seine Augen waren noch vollständiger von Chaosfeuer gefüllt als die Eirenes, aber ich sah keine Anzeichen der sonstigen Veränderungen, denen ein Mensch im Chaos in der Regel unterliegt. Natürlich kannte ich die Geschichten von Garn Drustorn und seinen berühmten Chaosrächern, aber ich hatte durch die Legenden, die über meinen Vater im Umlauf waren, genug Erfahrung, um nicht alles zu glauben, was ich hörte.

»In diesem Fall bin ich der Meinung, dass es nicht schaden kann, wenn Locke mitanhören darf, was Ihr mir zu berichten habt.« Drustorn war fast zwölf Jahre älter als Kit, aber nicht einmal doppelt so alt wie ich. Trotzdem hatte seine Stimme eine ruhige Kraft, die mir ein gutes Gefühl vermittelte und Kits Bedenken zu zerstreuen schien. »Locke, nehmt bitte das Schwert fort. Nachdem Ihr mir berichtet habt, was Ihr über diese Waffe wisst, Leutnant Christoforos, möchte ich erfahren, woher Locke wusste, dass der Dolch von den Bharashadi stammt.«

Kit setzte sich auf einen der Stühle, und Drustorn

winkte mich zu dem anderen, nachdem ich die Tür geschlossen und verriegelt hatte. Er selbst blieb stehen und verschränkte die Arme vor der Brust. »Leutnant?«

»Vor etwa drei Wochen leitete ich in Menal eine kleine Streife, die eine Ruine erkunden sollte, die ursprünglich im Chaos lag, aber Teil des Imperiums ist, seit die Provinz befreit wurde. Es hatte Meldungen über Umtriebe der Kirche des Erwachenden Chaos in diesem Gebiet gegeben. Wir wussten natürlich alle, dass die Meldungen falsch waren, weil die Schwarze Kirche vor allem an den Grenzen tätig ist, nicht irgendwo mitten im Agrarland.«

Der Heerfürst nickte. »Ich weiß, der Aberglaube hat ein zähes Leben. Also seid Ihr ausgeritten, um es nachzuprüfen, und habt einen Zauberer mitgenommen.«

»Eine Ælfin von Bannmeisterrang, jawohl, der Herr. Wir erreichten die Ruine und suchten sie gründlich ab, ohne etwas zu finden. Taci, die Bannmeisterin, setzte einen Zauber ein, den sie als einem Sieb ähnlich beschrieb. Sie erklärte mir, dass Chaosmagie gewisse Nebenwirkungen enthalte, deren Überreste ihr Zauber ausfindig machen konnte. Sie setzte sogar genug Energie ein, dass ich den Zauber als eine himmelblau schillernde Kugel erkennen konnte, die sich zu einem leuchtenden Spinnennetz abflachte. Das Netz weitete sich über die ganze Ruine und ihre Grenzen hinaus aus, dann verblasste es. Sie teilte mir mit, dass sie nichts gefunden hatte, und so schlugen wir in der Ruine unser Nachtlager auf. Auf der Ebene schneite es bereits, und Wolfsrudel kamen auf der Jagd aus den Bergen herab. Wir hielten es für vernünftiger, eine Begegnung mit den Gespenstern zu riskieren, die den Einheimischen einen Schrecken eingejagt hatten, als im Freien zu erfrieren oder von Wölfen überfallen zu werden. Die Ruine bot uns und den Reittieren genug Schutz vor dem Wetter, und ihr Brunnen lieferte uns zudem Trinkwasser.«

»Ich hätte es genauso gemacht«, stellte ich fest. Nach Kits Beschreibung konnte ich den Wind und die Wölfe heulen hören, die im knochenfahlen Licht eines vollen Liebendenmonds über die schneebedeckten Felder hetzten. Ich grinste, als ich mir vorstellte, nur mit Cruach als Begleiter allein auf diesen Feldern zu kampieren, und wusste sofort, dass es die Wölfe sein würden, die Grund hatten, sich vor uns zu fürchten, und nicht andersrum.

»Das zeigt, dass du ein gewisses Maß an Verstand besitzt, Locke.« Kit drehte den Dolch in seinen Händen und konzentrierte sich ganz auf die Waffe. »In jener Nacht schreckte Taci plötzlich mit einem Schrei hoch. Selbst als ich sie erreicht hatte, war sie sich noch nicht völlig darüber im Klaren, wo sie war. Sie schien unter Schock zu stehen, Edelachtbarer, zumindest nach meiner Einschätzung. Ich ließ meine Leute das Feuer anstochern, und wir machten ihr etwas Vusopehtee. Wir mussten sie zwingen, ihn zu trinken, aber dann zeigte er Wirkung, und sie kam allmählich wieder zu sich. Nachdem ich mich vergewissert hatte, dass sie nicht verletzt war, fragte ich sie, was geschehen war. Sie war sich nicht sicher. Sie meinte, ihre Hände seien taub, so wie man sich fühlt, wenn man mit dem Schwert gegen eine Felswand geschlagen hat. Natürlich konnte ihr im Schlaf nichts dergleichen passiert sein, also nahmen wir an, dass ihr Schock magischer Natur sein könnte.«

Der Heerfürst nickte. »Eine logische Schlussfolgerung.«

»Ja, der Herr. Taci überlegte, ob sie von einem Gegner angegriffen worden sein könnte, verwarf diese Idee aber wieder, weil sie keinen echten Schaden erlitten hatte. Ihre Überlegungen brachten sie zu dem Schluss, dass ihr Schock etwas mit dem Zauber zu tun haben musste, denn sie am Abend zuvor gesprochen hatte. Durch die zusätzliche Energie, die sie aufgebracht hatte, damit ich den Effekt sehen konnte, war der Zauber über eine weit größere Entfernung tätig geblieben. Wie groß diese Entfernung war, konnte sie nicht mit Sicherheit sagen. Aber was ihr den Schock versetzt hatte, war die schiere Gefahr und Macht der Chaosmagie, die der Zauber entdeckt hatte. Da sie darauf in keinster Weise vorbereitet gewesen war, hatte sie die Wirkung überwältigt.«

Ich kniff die Augen zusammen. »Also gab es doch Chaoserwacher in der Gegend.«

»Das dachte ich zunächst auch, Locke, aber Taci meinte, was sie gespürt hatte, sei grundverschieden von deren Art gewesen. Sie deutete in die Richtung, in der sie den Chaoszauber gespürt hatte, und ich ließ mehrere meiner Männer aus Ruinensteinen einen Pfeil legen, der geradewegs in diese Richtung wies. Dann ritten Taci und ich etwa eine Drittelmeile nach Westen, und sie sprach erneut einen ihrer Suchzauber. Diesmal engte sie ihn so ein, dass er nur einen Winkel von neunzig Grad abdeckte. Sie beschränkte sich auf einen unsichtbaren Zauber, und eine Minute später hatte sie eine neue Richtung dafür. Ich trug alles auf meinem Messblatt der Region ein und konnte auf diese Weise feststellen, dass die Magie, die Taci gefunden hatte, von einer Stelle vier Meilen südlich ausging, am Rande der Wälder. Da dieser Teil Menals nur dünn besiedelt ist, hatte ich große Bedenken, mitten in der Nacht gegen etwas von solcher Macht vorzugehen. Schließlich waren wir nur eine Kundschafterstreife mit einer einzelnen Zauberin. Ich befahl den anderen, sich wieder schlafenzulegen, damit wir am folgenden Tag erfrischt losreiten konnten. Angesichts dessen, was wir dann fanden, bin ich mir nicht mehr sicher, ob das die richtige Entscheidung war.«

Garn Drustorn schüttelte den Kopf. »Ihr seid hier und erstattet Bericht. Das ist erheblich wertvoller für uns, als von dem Problem zu erfahren, nachdem ihr euch eine Woche nicht gemeldet hättet und eine zweite Streife eure Leichen entdeckt hätte.«

»Das habe ich mir auch gedacht, der Herr, aber möglicherweise wäre es dieses Risiko wert gewesen.« Kit seufzte schwer. »Taci wusste durch ihren Zauber, dass wir den Kernpunkt der Magie erreicht hatten. Ich erkannte es an dem, was ich sah. Der Schnee, der in dieser Gegend etwa kniehoch lag, war in einem dreieckigen Bereich von etwa drei Schritt Seitenlänge bis zum Boden weggeschmolzen. Über diese ganze kleine Waldlichtung verstreut lagen tote Wölfe. Manche waren völlig verkohlt, ohne den geringsten Rest von Fell, andere wirkten, als hätte man sie stundenlang über dem Feuer gedreht.«

Der Heerfürst runzelte die Stirn. »Und nirgends war eine Kochstelle zu sehen.«

»Nein, der Herr.« Kits Miene verhärtete sich, als er weitererzählte. »Ich bin da draußen in Menal stationiert und hege wahrlich keine Sympathien für Wölfe, aber dieses Rudel ist einen schrecklichen Tod gestorben. Wir konnten nicht sagen, ob es ihnen gelungen war zu verletzen, was sie angegriffen hatten, aber sie hatten es fast einen ganzen Tag verfolgt. Sie hatten ihre Beute wohl dort angegriffen, weil die Stelle sich nicht sonderlich zur Verteidigung eignete: Mit magischer Hilfe war sie allerdings vollkommen. Von dort aus haben wir die Verfolgung aufgenommen, und einmal habe ich es, glaube ich, zu Gesicht bekommen. Es hat uns überrascht, indem es versuchte, auf seiner Fährte zurückzulaufen. Es näherte sich eines Abends gegen den Wind unserem Lager und die Pferde wurden unruhig. Wir jagten ihm nach und ich glaube, ich habe es mit einem Pfeil erwischt. Linke Schulter, aber sicher bin ich mir da nicht. Es rannte, es war Nacht, und es war ein gutes Stück entfernt. Aber ich habe Blutspuren entdeckt.«

Ich starrte ihn mit offenem Mund an. »Du hast es mitten in der Nacht mit einem Distanzschuss getroffen? Wie groß war es?«

»Mehr oder weniger so groß wie ein Mensch.« Kit warf dem Heerfürsten einen schiefen Blick zu, dann nickte er. »Das Ding ähnelte stark den Bilderbuchillustrationen von Löwen aus der Zeit vor dem Chaos. Es hatte eine Mähne und einen langen Schwanz mit einem Haarbüschel am Ende. Die Mähne schien sich am Rückgrat entlangzuziehen, aber das war schwer zu sagen, weil das ganze Ding schwarz war, mit Ausnahme vielleicht der Augen. Ich sah einen Schimmer von Gold in seinen Augen, aber das kann auch nur Einbildung oder eine Spiegelung des Lagerfeuers gewesen sein.«

»Ich schätze schon, dass Ihr tatsächlich goldene Augen gesehen habt. Ihr seid Euch natürlich darüber im Klaren, Leutnant, dass Eure Beschreibung auf einen Bharashadi-Chadämon passt.« Drustorn streckte die rechte Hand aus, und Kit reichte ihm den schlanken, mit Widerhaken versehenen Dolch. »Ihr spracht von Blutspuren.«

»Ja, der Herr. Bei mehr als einer Gelegenheit. An der Stelle, an der ich es mit dem Pfeil traf, fand ich Blut im Schnee. Es sah dunkelviolett aus. Hansen, einer meiner Leute, meinte, dass er Blut von dieser Farbe bei einem Chapanther gesehen hatte, der in Tarris zur Strecke gebracht wurde. Später fanden wir noch mehr an einer Stelle, wo ein Bär mit der Kreatur gekämpft hatte. Der Bär war tot, und seine Haut war abgezogen worden. Anscheinend hatte die Kreatur in der Höhle des Bären Unterschlupf gesucht.«

»Es hat einen Bär getötet?« Ich schüttelte den Kopf. »Hat es Zauberei eingesetzt?«

»Nein. Taci konnte keine Spuren von Zauberei entdecken, und die Spuren auf dem Bärenkadaver zeigten, dass er mit Dolch und Krallen getötet worden war.«

Ich blinzelte. »Wenn es mannsgroß war und das geschafft hat, muss es verteufelt stark sein.«

Drustorn nickte. »Chaosdämonen sind oft immens stark.«

Kit zuckte zusammen. »Das stimmt, aber kann es ein Chaosdämon gewesen sein?«

Kits Frage lenkte meine Aufmerksamkeit auf das Problem mit dem er und der Heerfürst rangen. Jedermann wusste, dass die im Chaos geborenen Kreaturen die Bannmauern nicht lebend durchdringen konnten. Es war einfach nicht möglich, ohne dass sie dabei starben. Das wussten wir alle. Es war die eine tiefe Gewissheit unserer Existenz im Imperium. Es war eine Tatsache, die niemand anzweifelte.

Eine andere Tatsache, die niemand anzweifelte, war, dass eine unglaubliche Zahl von Chaoskreaturen ins Reich eingebrochen waren, als es die Provinzen Menal und Tarris erobert hatte. Die Aktivierung der Bannstationen, durch die diese neuen Provinzen gewonnen worden waren, hatte die Bannmauern von einem Augenblick zum nächsten versetzt, und dabei unzählige Geschöpfe des Chaos in den neuen Gebieten freigesetzt. In dem Jahrhundert seit der Errichtung von Tarris waren viele dieser Kreaturen getötet worden, aber manche der Chaosgeschöpfe hatten eine lebensfähige Bevölkerung hervorgebracht, die den Büchern zufolge noch zur Zeit meines Vaters weiter gewachsen war.

Aber zumindest soweit ich wusste, war keines dieser Geschöpfe in der Lage, Magie anzuwenden. Die Kreatur, die Kit verfolgt hatte, war eindeutig der Zauberei fähig gewesen, doch es war denkbar, dass seine Zauberkräfte angeboren waren und nicht das Ergebnis bewusster Sprüche. Zum Beispiel kann ein Zauber den feurigen Atem eines Drachen imitieren, aber echter Drachenodem ist kein Zauberspruch. Noch während ich mir diese Erklärung überlegte, erkannte ich jedoch bereits, dass sie in Widerspruch zu den Fakten stand.

»Wo hast du den Dolch gefunden?«, fragte ich. »Du hast gesagt, dass der Bär Spuren eines Dolchs aufwies, aber kannst du dir sicher sein, dass es dieser hier war? Könnte jemand anderes ihm die Messerwunden später beigebracht haben?«

»Mit anderen Worten, woher weiß ich, dass dieser Dolch von der Kreatur stammt?«

»Richtig.«

»Gute Frage.« Kit nickte mir anerkennend zu. »Wir haben keine anderen Spuren in der Nähe des Bären gefunden, also gehe ich davon aus, dass dessen Wunden ihm von der Kreatur beigebracht wurden. Der Kadaver war frisch, aber ich hatte den Dolch noch nicht, als wir ihn fanden, um die Klinge mit den Verletzungen zu vergleichen, deshalb weiß ich nicht, ob diese Waffe gegen den Bären benutzt wurde.«

Der Heerfürst nickte. »So etwas lässt sich selbst in den günstigsten Fällen nur schwer feststellen.«

»So ist es, der Herr, obwohl Taci meinte, manche Zauberer wüssten einen Spruch dafür. Was den Dolch betrifft, nun, es ist immer noch ein gewisses Rätsel, wer ihn benutzt hat. Wir verfolgten die Kreatur nach Süden, und zwei Tage später fanden wir bei einer Waldhütte weitere Spuren ihrer Anwesenheit. Wir fanden einen auf dem Bauch liegenden Toten. Am frühen Morgen hatte es gerade genug geschneit, um eine dünne Schicht Pulverschnee zu verteilen, und da sie auch den Leichnam bedeckte, können wir davon ausgehen, dass der Mann im Laufe der Nacht ums Leben kam. Als ich ihn umdrehte, fand ich den Dolch in seiner Brust. Es gab reichlich Kampfspuren in der Umgebung, aber kein violettes Blut. Ich kann nicht sagen, ob er erstochen wurde oder ob man ihn nur niedergeschlagen hat und er dabei in das Messer fiel.«

»Und der Mann war in früheren Zeiten selbst Chaosreiter gewesen, sehe ich das richtig, Leutnant? Deshalb können Sie nicht mit Sicherheit sagen, ob es sich bei dem Dolch um eine Waffe handelt, die er selbst aus dem Chaos mitgebracht hat, oder ob die Kreatur sie in seiner Leiche zurückließ.«

»Genau das ist die große Frage, Heerfürst.« Kit seufzte schwer. »Die Kreatur lief manchmal aufrecht, manchmal auf allen vieren. Sie unternahm einige geschickte Versuche, uns abzuschütteln, und brachte uns mit einigen äußerst dummen Manövern wieder auf die Spur. Abgesehen von Haken, mit denen sie uns auf eine falsche Fährte zu locken versuchte oder Umwegen, um schwieriges Gelände zu umgehen, bewegte sie sich immer in südlicher Richtung.« Er zupfte an seinem Uniformhemd. »Wir haben sie bis auf eine Meile vor der Hauptstadt verfolgt und dann ihre Spur verloren.«

Als mir die Bedeutung dessen deutlich wurde, was Kit da berichtet hatte, musste ich ebenfalls schlucken. Ich sah drei mögliche Lösungen für das Problem. Erstens konnte irgendeine seltsame Chaoskreatur, die bis jetzt noch niemand in Tarris oder Menal zu Gesicht bekommen hatte, ihr übliches Revier verlassen und von ihren Verfolgern unbeabsichtigt nach Süden gehetzt werden. Die zweite Möglichkeit war im Grunde nicht mehr als eine Variante dieser Erklärung, dass nämlich eine kleine Gruppe Chadämonen die Annexion von Tarris vorausgeahnt und sich in der Wildnis der Provinz verborgen gehalten hatte. Seitdem hatten die Dämonen sich bedeckt gehalten und waren erst jetzt aufgetaucht, um uns Ärger zu machen. Es war sogar denkbar, dass Chadämonen, die innerhalb der Bannmauern geboren wurden, in der Lage waren, sie auf Wunsch zu durchqueren, so wie es alle anderen Bewohner dieser Seite auch konnten.

Diese zweite Möglichkeit war an und für sich schon

ausgesprochen übel, aber im Vergleich zur dritten war sie nachgerade harmlos. Diese dritte Antwort war nach allem, was ich über die Bannmauern wusste, schlichtweg unmöglich. Allerdings war mein Wissen in dieser Hinsicht schmerzhaft begrenzt. Schlicht und einfach lautete sie, dass es einem Chaosdämon, offenbar einem Mitglied des Stamms der Schwarzen Schatten, gelungen war, die Bannmauern zu durchdringen. Das Erschreckendste an dieser Erklärung war natürlich, dass, was einem Dämon gelang, auch anderen möglich sein würde. Das war also ganz eindeutig die schlimmstmögliche Situation, und so unmöglich sie mir auch erschien, ich hielt es für notwendig, sie zumindest zu bedenken.

Mir fröstelte. »Könnte ein Chaosdämon es geschafft haben, durch die Bannmauern zu gelangen?«

»Unmöglich.« Kit verschränkte die Arme vor der Brust. »Selbst Audin hätte dir beibringen müssen, dass so etwas unmöglich ist.«

Der Heerfürst schmunzelte. »Ich halte ›unmöglich‹ in dieser Situation für einen übertriebenen Ausdruck, Leutnant. Im Grunde bedeutet er nur, dass es bis jetzt noch niemandem gelungen ist, etwas Bestimmtes zu erreichen. So mächtig die Bannmauern auch sind, sie bleiben nichts weiter als Zauberei. Für jeden Zauber existiert ein Gegenzauber. Die Bannmauern sind deshalb so stark, weil sie von einer großen Zahl von Bannmeistern aufrechterhalten werden, und weil ihre Magie in einem äußerst komplexen Muster gewoben ist. Aber das bedeutet keineswegs, dass es nicht möglich wäre, sie zu durchbrechen.«

Kits Miene verdüsterte sich. »Wie?«

»Ich bin kein Bannmeister, Leutnant, deshalb bin ich mir nicht sicher, ob ich Euch darauf eine vollständige Antwort liefern kann.« Drustorn schüttelte den Kopf. »Aber nur als Beispiel wissen wir, dass eine große Zahl magischer Artefakte gewaltiger Macht verloren gingen, als das Chaos über die Welt hereinbrach, und bisher konnten wir nur einen Bruchteil davon wieder in unsere Gewalt bringen. Ohne Zweifel wurden auch zahllose Zauberfestungen auf dieselbe Weise überrannt, und wir haben keine Ahnung, was oder selbst wer in ihnen lauern mag. Seit den Tagen des Bruchs hat niemand mehr etwas von den mächtigsten aller Zauberer gehört, den Zwölf, die das Siegel der Wirklichkeit schufen. Dies könnte ihr Werk sein.«

Ich runzelte die Stirn. »Aber hätte nicht jemand die Nebenwirkungen der Zauberei bemerken müssen, wenn die Bannmauern auf magische Weise durchbrochen worden sind? Wenn Kits Bekannte Taci einen Zauberspruch beherrscht, der ihr gestattet, derlei zu entdecken, kann ich mir nicht vorstellen, dass die Zauberer, deren Aufgabe es ist, die Mauern aufrechtzuerhalten, keinen ähnlichen Spruch haben sollten, um sie vor Angriffen auf die Mauern zu warnen.«

»Ein guter Einwand, Locke, aber es muss keine Chaosmagie gewesen sein, die das Loch aufgerissen hat.«

Ich nickte dem Heerführer zu. »Oder vielleicht war es auch gar keine Magie.«

»Sondern?«

Ich zuckte die Schultern. »Vielleicht gibt es im Chaos irgendetwas, das Magie aufsaugt, so wie ein Verband Blut. Wenn es der Mauer genug Zauberkraft entzöge, könnte es damit etwas von der anderen Seite ermöglichen durchzubrechen.«

Mein Cousin schüttelte den Kopf. »Die Vorstellung gefällt mir ganz und gar nicht.«

»Mir auch nicht, aber wir ergehen uns hier in Mutmaßungen, die weit über das hinausgehen, was sich anhand der Beweise aufrechterhalten lässt, die Ihr uns mitgebracht habt, Leutnant. Aber eines sagen sie uns sehr wohl: Eine reichlich gefährliche Kreatur chaotischen Ursprungs hält sich in unmittelbarer Nähe von Herakopolis auf. Das darf man nicht auf die leichte Schulter nehmen.« Der Heerfürst sah mich an, dann drehte er den Dolch und hielt ihn mir mit dem Heft entgegen. »Also, Lachlan, woran hast du erkannt, dass diese Waffe von den Bharashadi hergestellt wurde?«

Ich nahm die Waffe und wog sie in der Hand, um festzustellen, wie schwer und wie gut ausbalanciert sie war, so wie Audin es mich gelehrt hatte. Der schwere Griff lag hervorragend in der Hand, und ich hatte keine Sorge, er könnte mir entgleiten. Das Stichblatt schien kräftig genug, um damit eine gegnerische Waffe zu parieren, und war an seiner Außenkante mit einer wogenden Linie aus ziselierten Sternen verziert. Die breite Klinge hatte einen langen, rautenförmigen Querschnitt, der sie im mittleren Bereich verstärkte. Im hinteren Drittel der unteren und im vorderen Drittel der oberen Schneide schnitt jeweils ein bösartiger Widerhaken in den Korpus der Klinge. Wenn man dieses Messer in den Leib eines Gegners stieß und auch nur ansatzweise drehte, sorgten die beiden Haken beim Herausziehen des Dolches für zusätzliche Verletzungen, die es nahezu unmöglich machten, die Wunde auf magische Weise zu heilen.

Ich starrte das Messer an und versuchte, Drustorns Frage zu beantworten. »Ich bin mir nicht sicher, der Herr. Ich weiß, dass Audin, mein Großvater und Fechtmeister, die Schwarzen Schatten seit meiner Kindheit häufig erwähnt hat. Auch die Geschichten über Cardew betonten seinen Hass auf deren Anführer Kothvir. Ich muss einfach angenommen haben, dass dieser Dolch von den Bharashadi stammt, als ich sah, wie ähnlich er denen hier an der Wand ist. Ich habe geraten. Habe ich mich geirrt?«

»Ich vermute, wenn ich einen von euch aufforderte, Chadämonstämme aufzuzählen, wären die Schwarzen

Schatten der erste Name, der über eure Lippen käme, sodass ihr selbst mit blindem Raten auf die Antwort gekommen wärt. In diesem Falle zu Recht.« Drustorn ging zur Wand und hob die beiden anderen Bharashadi-Dolche aus den Halterungen. »Ihr seid euch bewusst, dass diese beiden ganz besondere Stücke sind?«

Kit und ich nickten beide. »Es sind Vindictxvara. Mein Onkel Cardew brachte sie aus dem Chaos mit.«

»Richtig«, setzte ich hinzu. »Sie tragen beide Bilder meines Vaters. Sie waren dazu gedacht, ihn zu töten.«

»So ist es, aber das ist noch nicht alles. Die Form der Stichblätter und das Sternenmuster an deren Rand zeigen, dass beide Messer für einen Chadämonen geschmiedet wurden, der zu Kothvirs Sippe gehörte.«

Ich sah auf den Dolch in meiner Hand und erkannte, dass das Sternenmuster das gleiche war. »Dieses hier trägt dasselbe Muster. Möglicherweise hatte der Mann, dessen Leiche Kit fand, unsere Väter und die Kühnen Lanzenreiter auf einer Expedition begleitet. Dabei könnte er ihn erbeutet haben.«

»Das ist die wahrscheinlichste Antwort, Locke.« Die Augen des Heerfürsten wurden schmal. »Aber wenn es nicht so war, ist unser Problem noch erheblich ernster, als wir geglaubt haben. Sollten wir es tatsächlich mit einem Chaosdämon zu tun haben, der wirklich einen Weg gefunden hat, die Bannmauern zu durchbrechen, so macht ihn seine Abkunft zu einem gefährlicheren Gegner als wir uns auszumalen getraut hätten.«

8

Ich sah zu dem Heerfürsten auf. »Stimmt es, dass Kothvir meinen Vater getötet hat?«

Drustorn schien im schummrigen Licht der Öllampe mehr Schatten als Mensch, als er mit den Schultern zuckte. »Ich weiß es nicht mit Sicherheit, aber er hat häufig genug versucht, Cardew umzubringen.« Er schob die Dolche wieder in die Wandhalterungen. »Seine Versuche waren nicht gerade erfolgreich, aber er ließ nicht locker. Ich habe sagen hören, dass Kothvir ein Vindictxvara geschmiedet haben soll, mit dem er Cardew endlich töten wollte.«

»Wisst Ihr, warum Kothvir Cardew so gehasst hat?« Als Kind hatte ich zahlreiche Geschichten gehört, die versuchten, ihre Feindschaft zu erklären, von schlüpfrigen Balladen bis zu absurder Metaphysik. Aber keine dieser Erklärungen stellte mich zufrieden. Eine so tiefe und gnadenlose Feindschaft musste auf mehr beruhen als einem Streich oder einer Beleidigung.

Zum ersten Mal, seit ich ihn kennen gelernt hatte, hörte ich Drustorn lachen. Es war ein warmes, volles Lachen, das zu hören mir gut tat. »Also, ich habe es selbst erst erfahren, nachdem Euer Vater verschwunden war, aber ich finde, es passt. Der Sonnenvogel weiß, dass Cardew Kothvir reichlich Gründe geliefert hat, seinen Tod zu wünschen. Die Kühnen Lanzenreiter waren Chaosreiter von beachtlicher Leistung, und sie hatten ein besonderes Vergnügen daran, die Bharashadi anzugreifen. Wohin immer sich Kothvir auch wandte, um seinen Traum zu verwirklichen und das gesamte Chaos zu unterwerfen – gefolgt von der Vernichtung des Imperiums –, Eure Väter und ihre Truppen machten ihm einen Strich durch die Rechnung.«

Ich runzelte die Stirn. »Die Chaosdämonen bekriegen sich untereinander?«

»Aber sicher. Sie hegen kaum weniger Feindschaft gegen einander als gegen uns. Es ist alles andere als einfach, im Chaos zu überleben, und es hilft enorm, wenn man sich in das Gebiet eines Nachbarn ausdehnen und dessen Vorräte plündern kann. Es herrscht ständig Krieg zwischen den Chaosdämonen, und das ist der Schlüssel zu Kothvirs Wut.« Der Heerfürst legte die Fingerspitzen aneinander. »Irgendwie gelang es Cardew, einen Waffenstillstand mit Fialchar zu schließen, der den Fürst des Unheils davon abhielt, die Truppen Eures Vaters anzugreifen, während sie im Chaos unterwegs waren. Zu Kothvirs Traum, alle Chadämonen zu vereinigen gehörte auch der Tod des Fürsten des Unheils, sodass dieser Waffenstillstand Fialchar ebenso nützte wie Eurem Vater. Kothvir war klar, dass er seine Pläne nie würde verwirklichen können, solange es ihm nicht gelang Euren Vater auszuschalten, und die Jahre der Enttäuschung ließen ihn verbittern und ganz in seinem Zorn aufgehen.«

»Herrscht Fürst Unheil über das Chaos?«

»Nein, Locke, auch wenn er diese Frage wahrscheinlich anders beantworten würde. Er betrachtet es ganz sicher als sein Reich.« Kit trommelte mit den Fingern auf dem Tisch. »Die Politik im Chaos ist kaum besser organisiert als hier im Imperium. Aber Fürst Unheil hat sich das Recht vorbehalten, das Imperium zu vernichten, und er durchkreuzt die Pläne aller, die versuchen, ihm dieses Recht streitig zu machen.«

»Gute Antwort, Leutnant.« Drustorn kehrte zurück in den Lichtkegel der Lampe. »Wahrscheinlich könnte Fialchar das Chaos beherrschen, aber es wäre zu langweilig für ihn, sich um all die Details zu kümmern, die damit verbunden wären. Seine Aufmerksamkeit ist ganz auf die Tatsache konzentriert, dass die Bannmauern das Imperium vor dem Chaos beschützen. Sein Ziel ist, das Imperium zu zerschlagen, auf welche Weise auch immer, und er verfügt über genug Macht, um ernsthafte Schritte in diese Richtung zu unternehmen.«

Mir schauderte, dann wurde ich rot. »Tut mir Leid, aber als Kind habe ich gelernt, mich vor Fialchar zu fürchten.«

»Viele Mütter benutzen ihn, um ihren Kindern Angst zu machen, aber nur, weil sie sich nicht klar darüber sind, wie gefährlich er wirklich ist«, lächelte Drustorn. »Nach allem, was ich weiß, und ich war noch sehr jung, als Cardew und Driscoll die Kühnen Lanzenreiter in den Kampf führten, sorgte Cardews Waffenstillstand mit Fialchar dafür, dass Fürst Unheil sich in seinen Plänen sehr zurückhielt. Das waren gute Zeiten für das Reich.«

Ich nickte. »Auf dem Weg hierher hat Roarke, eine der Karawanenwachen, eine Prophezeiung über meinen Vater und Kothvir erwähnt. Worum ging es dabei?«

»Es gibt ein großes Chadämonbuch der Prophezeiungen, die so genannte *Kristallseherchronik.* Darin wird Kothvirs Tod von Cardews Hand vorhergesagt. Die genauen Einzelheiten der Prophezeiung kenne ich nicht, vor allem deshalb nicht, weil wir nur durch recht unzuverlässige Quellen überhaupt von der *Chronik* wissen. Jedenfalls ist das die Erklärung, die ich vom Fürst der Schatten erhielt, als ich deswegen nachfragte.«

Während Garn Drustorn Herr über alle Flotten und Armeen des Reiches war, kontrollierte der Fürst der Schatten die Spione, Spionageabwehr und Gendarmerie des Imperiums. Etwas in der Stimme des Heerfürsten – als er mir antwortete – sagte mir, dass diese Information vermutlich von einem Schwarzkirchler stammte und ohne Zweifel durch Magie oder Folter bestätigt worden war.

Drustorn sah zu Kit. »Leutnant. Ich muss Euch und

Euren Leuten mein Lob dafür aussprechen, wie Ihr diese Kreatur verfolgt habt. Ich erwarte bis morgen einen vollständigen schriftlichen Bericht, und Ihr werdet den Dolch den Hofmagiern zur Untersuchung übergeben.«

»Jawohl, Edelachtbarer.« Kit stand auf und salutierte. Drustorn erwiderte den Gruß mit forscher Geste. Ich reichte meinem Vetter den Dolch. »Ich werde das Messer heute Abend in meinem Zimmer aufbewahren und es morgen den Magiern aushändigen.«

»Sehr gut.« Der Mann sah mich an, und ich erschauderte unter seinem irisierenden Blick. »Ich bin beeindruckt von dem flinken Geist, der Euch veranlasste, uns hier zu stellen, und von Eurer Analyse der Situation, Lachlan. Nach allem, was ich von Eurem Vater gehört habe, wäre er stolz auf Euch.«

Das brachte ein Lächeln auf mein Gesicht. »Danke, der Herr.«

»Jetzt schlage ich vor, dass Ihr in den Ballsaal zurückkehrt. Falls irgendjemand fragt, können wir uns vermutlich damit herausreden, dass ich darum gebeten habe, mir die Waffensammlung ansehen zu dürfen, die Euer Vater aus dem Chaos mitgebracht hat. Klingt das glaubhaft?« Kit und ich nickten beide zustimmend, und der Heerfürst grinste. »Ausgezeichnet. Können wir dann?«

Kit verschwand in sein Zimmer, um den Dolch zu verstecken und sich dem feierlichen Anlass entsprechend umzuziehen. Ich versuchte krampfhaft, mir eine kluge Bemerkung für Garn Drustorn einfallen zu lassen, aber es gab nicht allzu viel, was ein Dörfler aus Garik dem Imperialen Heerfürsten zu sagen gehabt hätte. Und da Großvater mich häufig genug ermahnt hatte, dass es besser war, den Mund zu halten und für einen Dummkopf gehalten zu werden, als den Mund aufzumachen und jeden Zweifel auszuräumen, sagte ich auf dem Weg zurück zur Feier gar nichts.

Am Eingang des Ballsaals packte der Heerfürst meinen Unterarm. »Es war äußerst freundlich von Euch, mir die Waffen zu zeigen, die Euer Vater im Chaos gesammelt hat. Ich muss mich entschuldigen, dass ich Euch aus so selbstsüchtigen Motiven Euren Gästen entführt habe.«

»Es war mir ein Vergnügen, der Herr. Mein Vater wäre stolz auf Euer Interesse an seinen Leistungen.« Ich lächelte zu ihm auf und versuchte, trotz unseres Geheimnisses ein offenes, ehrliches Gesicht aufzusetzen. Ich ließ den Blick durch den Saal gleiten, um zu sehen, ob irgendjemand uns beobachtete oder zuhörte, aber niemand schien irgendein Interesse an uns zu haben.

Drustorn nickte, ließ meinen Arm los und verschwand in der Menge. Ich wollte ihm folgen, damit wir zusammen gesehen wurden und deutlich wurde, dass er in mir mehr als einen jungen Provinzler sah, aber natürlich hätte man genau das von einem jungen Provinzler erwartet. Also unterdrückte ich meine Begeisterung, um mich dem Vertrauen würdig zu zeigen, das er mir bereits erwiesen hatte, und benahm mich, als sei überhaupt nichts Besonderes vorgefallen.

Es fiel mir nicht leicht. Oben in meiner Suite hatte ich Hinweise auf ein Ereignis bekommen, das katastrophale Auswirkungen auf alle Bewohner des Reiches haben konnte, bis hin zum letzten Säugling. Wir alle waren ebenso fest davon überzeugt, dass die Bannmauern das Chaos abhalten konnten, wie davon, dass morgens die Sonne aufging. Ohne diese Gewissheit würde sich niemand je wieder sicher fühlen können. Es würde keinen Augenblick der Ruhe mehr geben, wenn jederzeit ein Angriff über uns hereinbrechen konnte, Tag oder Nacht, Winter wie Sommer. Wir alle wären uns bewusst, dass der eine schicksalhafte Augenblick, in dem unsere Wachsamkeit nachließ, der Moment sein würde, in dem wir unser eigenes Todesurteil unterschrieben.

Ich erinnerte mich an die Nächte auf dem Bauernhof, in denen ich den Spruch gegen das Böse aufgesagt hatte, den ich von meiner Tante gelernt hatte. Damals hatte ich Angst vor dem Heulen des Winds und den tanzenden Mondschatten auf den Wänden meines Zimmers gehabt. Ich hatte Angst vor Gespenstern, eine Angst, die ich mit den Jahren überwinden konnte. Aber hätte ich damals gewusst, dass es eine Möglichkeit gab, die Bannmauern zu überwinden, hätte ich die Angst niemals abschütteln können. Sie hätte mich ständig in ihren Krallen gehabt und mich von innen heraus verzehrt.

Aber wir haben keinen Beweis dafür, dass die Bannmauern tatsächlich versagt haben, beruhigte ich mich. *Solange dieser Beweis nicht erbracht ist, könnte die bloße Andeutung schon genügen, eine Panik auszulösen.*

Eine mögliche Erklärung für das, was Kit gesehen hatte, war, dass es sich um ein ausgefeiltes Täuschungsmanöver der Schwarzkirchler handelte, mit dem sie den Eindruck erwecken wollten, die Bannmauern hätten versagt. Die daraus entstehende Panik hätte ihrer Sache gute Dienste geleistet. Sie würden eine Menge Leute überreden können, sich ihnen anzuschließen, um der Vergeltung der Chaosdämonen zu entgehen, wenn diese das Reich zerschlugen. Möglicherweise würde es ihnen sogar gelingen, stark genug zu werden, um den Imperator zu stürzen und der Sippe Kothvirs das Imperium kampflos auszuliefern.

Die Chancen, dass es soweit kommen konnte, waren vermutlich gering, aber ich entschloss mich, Kit davon zu erzählen, damit er es in seinem Bericht erwähnen konnte. Fast hätte ich mich sofort auf den Weg zu seinem Zimmer gemacht, aber dann wurde mir klar, dass es hätte verdächtig aussehen können, wenn ich den Ballsaal so schnell ein zweites Mal verließ, und ich überlegte es mir anders. Ich bahnte mir lächelnd einen Weg durch die Gäste tiefer in den Saal und versuchte so auszusehen, als liefe alles seinen alltäglichen Gang.

In der Nordostecke des Raums hatte ein Streichquartett zu spielen begonnen. Daraus, in welche Richtung sie sich gedreht hatten, und aus den Blicken, die einzelne Zuschauer in die andere Seite des Saals warfen, schloss ich, dass ich meine Großmutter dort finde würde. Die in der Saalmitte tanzenden Paare blockierten so zwar ihren Blick auf die Musiker, aber sicher hatte James eine Möglichkeit für Großmutter arrangiert, ihre Musikwünsche deutlich zu machen.

Ich stellte mir vor, wie Kit durch den Schnee die Chaoskreatur verfolgt hatte, und versuchte, mich ebenso geschmeidig durch die feiernde Menge in Richtung meiner Großmutter zu bewegen. Evadne war umringt von ihren Freundinnen. Sie lachten und kicherten – und deuteten immer wieder auf einzelne Gäste in der Menge, die vermutlich irgendeinen furchtbaren Fauxpas begangen hatten. Was mich betraf, in meinen Augen waren sämtliche Anwesenden aufs lächerlichste herausstaffiert, wobei ich mich selbst in keinster Weise ausschloss, und die Gespräche waren ohne Zweifel von schlimmeren Übertreibungen durchsetzt, als man sie an jedem Markttag im Basar zu hören bekam.

In der Nähe der Wand, nah genug, um zur Stelle zu sein, wenn sie benötigt wurde, bemerkte ich Marija. Sie lächelte. Mehr Ermunterung brauchte ich nicht, mich zu ihr zu gesellen. »Die Musiker sind ziemlich gut, nicht wahr?«

»Das sind sie, Meister Lachlan.« Sie beobachtete einen Augenblick lang die Tänzer, und ihre braunen Augen folgten jeder Bewegung, dann drehte sie sich zu mir um. »Und, Meister Lachlan, warum seid Ihr nicht auf dem Tanzboden und verschafft einem armen Mädchen das Erlebnis seines Lebens?«

Ich blinzelte kurz, dann runzelte ich die Stirn. »Erstens heiße ich Locke. Lachlan werde ich nur genannt, wenn jemand Wert auf Förmlichkeit legt oder ich etwas ausgefressen habe.«

»Nun gut, Meister Locke, warum tanzt Ihr nicht?« Ihre Stimme bekam einen spielerischen Klang. »Ihr schient vorhin durchaus angetan von Xoayya. Ich habe gehört, wie Ihr ihr einen Tanz verspracht.«

»Ich, angetan von Xoayya? Aber nein.« Ich schüttelte den Kopf. »Außerdem hat sie mir gesagt, ich würde mit ihr tanzen. Ich habe sie nicht darum gebeten. Ich habe nicht vor, überhaupt mit irgendjemandem zu tanzen.«

»Ihr wollt die Herzen all der Jungfern brechen, die Ihr heute Abend trefft?«

Ich drehte mich unwillkürlich um, um zu sehen, ob sie jemand anderen meinte, aber außer mir stand niemand da. »Ich habe nicht den blassesten Schimmer, wovon du redest. Ich breche niemandem das Herz.«

»Was, Ihr wäret überrascht?« Ihr Grinsen wurde wölfisch. »Ihr habt es noch immer nicht begriffen, oder?«

»Nicht einmal annähernd. Ist das irgendein herakischer Witz?«

»Nein, aber ich hätte es für offensichtlich genug gehalten – selbst für einen Gariker.« Marija seufzte wehmütig. »Herrin Evadne ist ziemlich wohlhabend, und beide ihrer Söhne waren recht berühmt, bevor sie im Chaos blieben. Ihre Enkel, zumindest die beiden, die ich kenne, sehen ausgesprochen gut aus und wären ein beachtlicher Fang für jedes der ärmeren Adelshäuser des Imperiums. Jede der jungen Damen, denen Ihr heute Abend vorgestellt wurdet, wäre froh, wenn Ihr sie zum Tanz auffordern würdet. Ihre Eltern wären geradezu begeistert.«

Ich schaute hinüber zu den Frauen auf und an der

Tanzfläche. Ich erinnerte mich, dass ich in der Empfangsreihe einer ganzen Menge junger Damen vorgestellt worden war, aber ich hatte ihre Namen alle wieder vergessen, kaum dass ich sie gehört hatte. Viele der Mädchen waren tatsächlich sehr hübsch und trugen traumhafte Abendkleider, die ihre Schönheit noch unterstrichen, aber trotzdem fehlte ihnen etwas.

Keines von ihnen, Marija ausgenommen, lachte so wie die Mädchen auf unseren Bärenabendfeiern daheim. Hinter ihrem Lächeln schien keine echte Freude zu stecken. Die Kulisse und die Art, wie sie sich gaben und auftraten wirkten künstlich auf mich. Hinter ihren hübschen Larven hätten sich ebenso gut Chadämonengesichter verbergen können.

»Nichts für mich, fürchte ich.« Ich zuckte die Achseln. »Daheim …«

Marija wirkte einen Augenblick überrascht. »Ihr habt eine Frau daheim in Garik?« Ich hörte eine gewisse Belustigung aus der Frage heraus. »Oh, die Herzen zerbröseln bereits zu Staub, und mit ihnen der Traum mehr als eines verarmten Elternteils.«

»Nein, das ist es nicht.« Ich sah sie streng an. »Außerdem habe ich noch zwei ältere Brüder, und dann ist da auch noch Kit, um die Herzen zu kitten und die Träume zu retten.«

Marija lachte und blinzelte mir zu. »Ah, jetzt verstehe ich, Meister Lachlan. Ihr wollt diese niederen Adligen an Eure Brüder und Kit abschieben. Brillant. Und dann gewinnt Ihr beim Bärenabendball eine der Schwestern des Imperators für Euch. Welche soll es werden, Nassia oder Erlat?«

»Deine Schönheit wird nur noch von deinem Witz übertroffen, Marija.« Ich verschränkte die Arme und schüttelte den Kopf. »Eine Prinzessin, für mich? Ha!«

Sie schaute mich fragend an. »Seid Ihr nicht etwas jung für die Imperatorswitwe?«

Ich schüttelte den Kopf und wollte das Gespräch beenden, aber dann erkannte ich, dass mein Schweigen nur falsch ausgelegt werden würde. Ich verzog das Gesicht. »Das Problem ist ein ganz anderes. Ich kann nicht tanzen.«

»Ihr könnt nicht tanzen?« Jetzt war es an Marija, überrascht zu sein. »Aber selbst in Garik muss man am Bärenabend tanzen. Man *muss* tanzen, das ist Tradition.«

»Ja, sicher, das kann ich auch, aber hier ist es anders.« Ich deutete hinüber zu den Musikern. »Das da sind echte Musiker, nicht Ferran Tugg aus dem Tal und sein Bruder Burton mit ihren Fiedeln. Und die Tänze: Stellenweise wirken sie vertraut, aber die Musik ist anders. Ich würde hier herumhüpfen wie ein Frosch.«

Was auch immer sie darauf hatte antworten wollen, es erstarb, als ihre Miene sich verhärtete. Ich folgte ihrem Blick und sah Kit wie einen Falken auf uns herabstürzen. »Ah, Marija, da bist du.« Er streckte die Hand nach ihr aus. »Komm zu mir, mein Schäfchen, und ich werde dir auf dem Tanzparkett ein unvergessliches Erlebnis gewähren.«

»Ich das Schaf und Ihr mein Schäfer?« Marija schüttelte den Kopf. »Wie gerne hätte ich das erlebt, Meister Christoforos, aber …« Sie packte meine Hand. »Euer Vetter ist Euch zuvorgekommen.«

Kit entging die Überraschung auf meinem Gesicht ganz offensichtlich nicht, aber er lächelte höflich und gestand Marija den Sieg zu. Er drehte sich um und suchte sich eine andere Tanzpartnerin. Marija folgte ihm und wollte mich mitziehen, aber ich widersetzte mich. »Ich habe dir doch schon gesagt, dass ich da draußen wie ein Frosch wirken würde.«

Sie kam zurück und hauchte mir einen Kuss auf die Lippen. »Ich bin keine Prinzessin, deshalb macht Euch das nicht zum Prinzen, aber es sollte reichen, einen

Frosch in einen Tänzer zu verwandeln. Kommt mit, beobachtet Kit und lasst Euch von der Musik leiten. Seid locker – schließlich ist das hier eine Feier.«

Marija hatte Recht. Unter ihrer Leitung schlug ich mich auf der Tanzfläche doch recht wacker. Natürlich ähnelten meine Bemühungen verglichen mit Kits unfehlbarer Eleganz stark denen einer fest im Boden steckenden Vogelscheuche, aber ich hatte meinen Spaß. Nach ein paar Runden gab Marija schließlich nach und gestattete Kit, sie in den Malstrom der tanzenden Paare zu entführen. Ihr Tanz war eine Augenweide, aber aus ihren Mienen schloss ich, dass ihre Wortgefechte unvermindert weitergingen.

Ihnen zuzusehen hätte mir als Unterhaltung schon genügt, aber Xoayya stürzte sich mit raschelnden Röcken auf mich und verlangte von mir, mein Versprechen eines Tanzes einzulösen. Ich hatte keine andere Wahl – worüber ich allerdings auch keineswegs betrübt war – und führte sie auf die Tanzfläche. Die Musiker stimmten ein langsames Stück an, das von uns verlangte, uns in völliger Übereinstimmung zu bewegen, und Xoayya erwies sich als fähige und geschmeidige Partnerin.

Wie bei einem solchen engen Tanz, eine Hand an der Schmalseite ihres Rückens, zu erwarten, erfuhr ich dabei Dinge über sie, die mir bis dahin verborgen geblieben waren … und die ich nicht erwartet hätte. Trotz ihres zierlichen Körpers barg sie eine beachtliche Kraft in Armen und Rücken. Sie bewegte sich in volendetem Gleichklang mit der Musik und ahnte jede Bewegung unfehlbar voraus. Letzteres hätte sich leicht durch ihre hellseherischen Kräfte erklären lassen, aber sie wirkte wacher und gesammelter als sonst.

Sie besaß ein wundervolles Lächeln. »Ich liebe es zu tanzen. Ich lasse mich von der Musik einfangen und davontragen.«

Ich nickte. »Ihr wirkt hier draußen tatsächlich anders.«

Die Freude in ihren Augen verblasste für eine halbe Sekunde. »Ich kann mich auf die Musik konzentrieren, und das scheint einige der Visionen abzuhalten.«

»Ich verstehe nicht.«

Wir wirbelten im Kreis und flogen an Kit und Marija vorbei, bevor sie antwortete. »In der Stadt der Zauberer hat man versucht, mir beizubringen, wie ich meinen Geist leeren kann, um die Visionen zu ermöglichen, aber das ist nicht mein Problem. Sie kommen, ganz gleich was ich tue, häufig im Schlaf, weil mein Geist dann weniger abgelenkt ist.«

Ich schenkte ihr ein schnelles Lächeln. »Das ergibt Sinn. Ein Flüstern überhört man schnell, wenn ringsum gebrüllt wird.«

»Ja, aber das Flüstern ist unablässig, außer wenn mich Musik oder etwas anderes davon ablenkt. Wenn ich der Musik lausche, gehört mein Geist mir selbst.« Sie setzte ein tapferes Lächeln auf, aber an den Rändern bröckelte die Fassade. »War ich gemein zu Euch, als wir uns auf der Reise begegnet sind?«

Ich zog den Kopf zurück. »Gemein? Nein. Abrupt vielleicht, aber nicht gemein.«

»Gut. Ich will nicht gemein sein, aber es kommt vor. Ich bin so gewöhnt daran, zu bekommen, was ich will, dass ich gelegentlich keinen Gedanken an andere verschwende.«

»Es kann auch nicht leicht sein, dass ständig Augenblicke aus anderer Leute Leben vor deinen Augen vorbeiziehen.«

»Nein. Es ist sehr verwirrend. Und beängstigend.«

Die Musik endete. Ich nahm ihre Hand, trat etwas zurück und verbeugte mich. Ich wollte sie freigeben, aber sie hielt meine Hand fest. »Noch einen Tanz, Locke, bitte? Hilf mir, ein wenig länger ich selbst zu sein.«

»Es wäre mir eine Freude, Xoayya, aber mit mir zu tanzen ist nicht die einzige Möglichkeit, dieses Ziel zu erreichen.« Ich zog sie wieder an mich, als die Musik erneut einsetzte. »Es scheint mir, dass du in der Lage sein müsstest, Musik oder andere Mittel einzusetzen, um die Visionen im Griff zu halten.«

»Jetzt verstehe ich dich nicht.«

»Kein Wunder, ich weiß selbst nicht so recht, wovon ich rede. Aber ich mache mir Gedanken darüber, was man dir in der Stadt der Zauberer gesagt hat. Wenn die Visionen über einen offenen Geist kommen, solltest du deinen Verstand vielleicht bewusst beschäftigen.« Ich schmunzelte vorsichtig. »In Garik kennen wir eine Melodie, deren bekanntester Name ›Das Geburtstagslied‹ ist. Sie hat eine Strophe für jedes Lebensjahr eines Menschen, und wenn man jemanden mag, singt man nur die letzte Strophe. Will man sich einen Spaß mit ihm machen, singt man sie alle.«

Xoayya erwiderte das Lächeln zaghaft. »Ja, dieses Lied kennen wir hier in Herak auch.« Sie summte ein paar Takte. »Ich hasse es, weil sich die Melodie in meinen Gedanken festsetzt und ich sie nicht wieder los werde.«

»Genau.«

Sie strahlte mich an. »Ich glaube, das könnte gelingen, allerdings ist diese Melodie eine schlimmere Folter als es die Visionen sind.«

»Zugegeben. Aber es gibt noch andere Melodien, oder du könntest Rechenaufgaben lösen oder Gedichte auswendig lernen.«

»Das hört sich nach einer Menge Arbeit an.«

»Ist es das nicht wert, Herrin im eigenen Kopf zu sein?«

»Doch, ist es.« Als die Musik aufhörte, hob sie sich auf die Zehenspitzen und küsste mich auf die Wange. »Ich glaube fast, Meister Locke, Ihr habt mir das beste

Bärenabendgeschenk von allen gemacht. Ich werde einen Weg finden, mich zu revanchieren.«

»Wenn es Euch für das kommende Jahr und darüber hinaus Freude bereitet, ist mir das Bezahlung genug.« Ich gab sie mit einem Handkuss an Kit weiter.

Marija sah lächelnd zu mir herüber. »Es war wohl doch nicht so schwierig mit ihr zu tanzen, wie Ihr befürchtet habt?«

»Ganz und gar nicht, Marija, ganz und gar nicht.« Ich zwinkerte ihr zu. »Natürlich waren wir nichts im Vergleich zu Kit und dir.«

»Ha!« Marija deutete mit einer Kopfbewegung zu meinem Vetter und Xoayya. »Er wird seine Freude daran haben, mit ihr zu tanzen. Seine Füße brauchen die Erholung.«

Die Feier dauerte bis spät in die Nacht, und Kit und ich mussten uns die Gastgeberpflichten teilen, nachdem Marija Großmutter in ihre Gemächer brachte, und das, obwohl ich noch erschöpft von der Reise in die Hauptstadt war. Zu meinem Glück verabschiedeten sich die ersten Besucher schon bald nach Großmutters Abgang. Die meisten der späten Gäste waren in Kits Alter, und ich hatte keine Bedenken, sie mit ihm allein zu lassen, als die Müdigkeit mich überwältigte.

Ich schlief ein, kaum dass mein Kopf auf die Kissen fiel, aber Kits Bericht verfolgte mich bis in meine Träume. Es fiel mir ganz und gar nicht schwer, mir einen schwarzpelzigen Löwenmann vorzustellen, der durch die Straßen von Herakopolis schlich. Ich sah seine lange, üppig-buschige schwarze Mähne, die sein Gesicht wie eine Kapuze im Schatten verbarg. Von irgendwo fiel kurz ein Lichtschein auf ihn und ließ zwei Augen aufleuchten, die nichts als kalte, goldene Kugeln waren. Eine seiner Hände zuckte vor und ein rötlicher Widerschein schlug über seine Augen. Dann hörte ich einen fernen Schrei.

Ich saß kerzengerade im Bett. Ich wusste, es war ein Traum gewesen. Es musste ein Traum gewesen sein. Aber noch während ich mir über den Unterschied zwischen Traum und Wirklichkeit klar wurde, fand ich einen Kern von Wahrheit darin. Der Schwarze Schatten, den ich gesehen hatte, trug seine Mähne voll, nicht gestutzt wie die Bharashadi-Krieger. Das bedeutete, er war ein Zauberer.

In meinem Innersten hegte ich keinen Zweifel daran, dass Kit einen Chadämonen-Zauberer durch das halbe Imperium verfolgt hatte. Ich verdrängte für den Augenblick die Gedanken an Chadämonen, die es irgendwie durch die Bannmauern geschafft hatten. Ich fragte mich, weshalb er diese gefährliche Reise auf sich genommen hatte. Er schien um nichts besser dafür geeignet, durch das Imperium zu wandern, als ich, ein Reisender ohne jede Erfahrung im Chaos, für ein Abenteuer in seiner Heimat geeignet gewesen wäre. Die meisten Menschen wären davon ausgegangen, dass der Chadämon gekommen war, um Blut zu vergießen und Verwüstung um sich zu verbreiten, aber dafür hatte sich diese Kreatur bereits als zu klug erwiesen. Seine Unerfahrenheit mochte ihn zu den Fehlern verleitet haben, durch die Kit ihm hatte folgen können, aber seine Versuche, die Verfolger abzuschütteln, und sein Wunsch, unbemerkt zu bleiben, bewiesen seine Intelligenz.

Falls er die Vernichtungsorgie unter den Wölfen angerichtet hatte, die Kit beschrieben hatte, was hätte ihn davon abhalten sollen, die gleichen Zauberkräfte gegen Kits Streife einzusetzen? Die einzige Antwort, die mir einfiel, war, dass dieser Chadämon eben deshalb auf einen weiteren Einsatz seiner Macht verzichtete, weil er genau wusste, dass er damit auf seine Existenz aufmerksam gemacht hätte. Also war er mit einem ganz bestimmten Ziel auf diese Seite der Mauer gekommen, und seine Mission war noch nicht erfüllt.

Sicher gab es tausend mögliche Antworten auf die Frage, warum er sich hier im Imperium befand, und die Warnung des Heerfürsten, dass wir es möglicherweise mit einem Mitglied der Sippe Kothvirs zu tun hatten, machte mich doppelt vorsichtig. Aber ich wusste, dass die meisten Menschen, die sich ins Chaos wagten, das aus einem von drei Gründen taten: Habgier, Abenteuerlust und Rache.

Nach allem, was ich vom Chaos gehört hatte, war mir deutlich, dass es bereits Abenteuer genug für jeden Chadämon war, dort zu überleben. Was die Rache betraf, wusste ich, dass Chadämonen Waffen mit dem Bild ihrer Feinde schmiedeten, aber es war mir neu, dass die Jagd auf ihre Feinde für sie zu einer blinden Besessenheit wurde. In mindestens zwei Erzählungen über meinen Vater, die ich kannte, hatte Kothvir ihn in Ruhe gelassen, als Cardew gegen die Sturmdämonen und die Teufel in Motley kämpfte.

Die Geschichten von den Reichtümern, die verloren gingen, als das Chaos die Welt überrannte, sind ohne Zahl, und mit jeder Nacherzählung werden sie weiter ausgeschmückt. Aber es hat auch Expeditionen ins Chaos gegeben, um Artefakte großer Macht oder erhabenen Alters zurückzuholen. Selbst in Felsenschnell hatte ich Gerüchte über geheime Missionen im Chaos auf Weisung des Großmeisters der Magie in der Stadt der Zauberer gehört. Könnte es sein, dass dieser Chadämon die Gefahren des Imperiums auf sich nahm, um etwas zurückzuholen, was er brauchte?

Falls dem so war, was konnte das sein? Ich legte mich wieder hin und zwang mich, die Augen zu schließen. Wenn er mächtig genug gewesen war, durch die Bannlinien zu brechen, und es auf ein besonderes Ziel abgesehen hatte, gab es dann überhaupt eine denkbare Möglichkeit, ihn aufzuhalten?

9

Ich fiel wieder in Schlaf, und als ich erwachte, hatte ich Probleme, die Traumeindrücke abzuschütteln. Unter gewöhnlichen Umständen, zu denen für mich auch die Notwendigkeit gezählt hatte, mit der Karawane früh aufzubrechen, war ich vor Sonnenaufgang auf den Beinen und so hellwach wie eine Katze, der jemand auf den Schwanz getreten hatte. Aber an diesem Morgen war die Sonne schon mindestens eine Stunde vor mir aufgestanden, und ich hätte mich leichter aus Treibsand befreien können als aus der Umarmung meines Betts.

Die Nachwirkungen meines Traums erwiesen sich als höchst ernüchternd. Einerseits erschienen sie mir richtig und wahr, andererseits besaß ich für nichts davon irgendeinen Beweis. Plötzlich hatte ich einen verstörenden Einblick in Xoayyas Probleme, mit ihrer Gabe zurechtzukommen. Und sie wusste, dass es sich um eine besondere Gabe handelte, und dass ihre Visionen einen gewissen Wert besaßen. Ich hatte keine derartige Gewissheit.

Schlussfolgerungen, die mitten in der Nacht unwiderlegbar erschienen waren, brachen im Licht des Tages in sich zusammen. Ich war überzeugt gewesen, dass meine Entdeckung des Chadämonen als Schwarzer-Schatten-Zauberer auf Grund seiner Mähne eine Bestätigung seiner Existenz sei. Tatsache war, dass ich seit früher Kindheit den Unterschied zwischen Bharashadi-Kriegern und Zauberern kannte. Da eine beachtliche Wahrscheinlichkeit bestand, dass die Kreatur gezaubert hatte, schien es völlig normal, dass ich sie in meinem Traum mit der entsprechenden Haarpracht ausstattete.

Wie bei unserer Diskussion am Abend zuvor stellten sich erneut verschiedene Fragen. Wegen meines Traums oder dieser Einzelheiten in Kits Bericht Alarm zu schlagen, wäre pure Idiotie gewesen. Kit hätte sich meinen Traum zwar zweifelsohne angehört, schon um mich nicht vor den Kopf zu stoßen, aber in seinem Bericht sicher nicht erwähnt. Und wenn doch, hätte er die Rüge, die er sich damit bei seinen Vorgesetzten eingehandelt hätte, vollauf verdient gehabt. Entscheidungen sollten auf der Grundlage von Fakten getroffen werden, nicht basierend auf den wilden Träumereien eines Provinzlers.

Ich erwog, Xoayya zu besuchen und ihren Rat einzuholen, den Wahrheitsgehalt meines Traums betreffend, verwarf diese Vorgehensweise jedoch wieder. Sie hatte schon genug Schwierigkeiten, Wahrheit und Traum auseinander zu halten. Außerdem hätte ich ihr, damit sie meinen Traum beurteilen konnte, mehr offenbaren müssen, als ich guten Gewissens verantworten konnte. Schlimmer noch, falls sich meinetwegen Chadämonenbilder in ihre Träume verirren sollten, könnte sie Alarm schlagen und die Panik auslösen, an deren Vermeidung uns allen gelegen war.

Ich zog hastig eine blaue Wollhose und einen wollenen Pullover mit grünschwarzem Karomuster über. Dann stieg ich in die Stiefel, die dank Nobs Polierarbeit beinahe wieder so aussahen, als seien sie gerade erst aus der Schusterwerkstatt gekommen, und machte mich auf den Weg in die warme Küche.

Rose stand am Feuer und rührte in einem schwarzen Kessel mit dickem Haferbrei. Nob stand mit einer leeren Schüssel neben ihr, und sie hielt ihn mit strengem Blick auf Abstand. Als sie den Kopf zu mir herumdrehte und mich anlächelte, zog er schnell den Finger durch den Brei und steckte ihn sich in den Mund. Er zwinkerte mir zu und ich grinste, als Rose mich begrüßte. »Einen schönen guten Morgen, Meister Lachlan.«

»Gleichfalls, Rose. Nob, die Stiefel sind wunderbar. Was bin ich dir schuldig?«

Der weißhaarige Alte schüttelte den Kopf. »Ihr schuldet mir nichts, Meister Lachlan. Es ist mir eine Freude, das für Euch zu tun. Falls Ihr später Lust auf ein Spielchen habt …«

Ich nickte kräftig. »Das würde mir gefallen, Nob.«

»Bevor du Zeit zum Spielen hast, ist vom Tag nichts mehr übrig, Nob«, drohte Rose ihm mit dem Kochlöffel. »Du musst noch die Kutsche für den Bärenabend fertig streichen, und danach wirst du mit Carl die Runde machen und die Geschenke der Herrin verteilen.« Sie drehte sich wieder zu mir um. »Lasst Euch von diesem alten Narren nicht die Zeit stehlen. Er hat mehr als genug Entschuldigungen, nicht arbeiten zu müssen. Ihr seid noch jung und zum ersten Mal in der Hauptstadt. Ihr werdet Euch umsehen wollen. Wenn Ihr ins Esszimmer geht, bringe ich Euch sofort das Frühstück.«

Ich ging zu einem der Schränke und holte mir eine Holzschüssel. »Gib mir einfach etwas Brei und einen Löffel, das reicht schon.« Rose wirkte leicht enttäuscht, aber ich drückte mit der Rechten beruhigend ihre Schulter. »Bei meinem Großvater koche ich in der Regel das Frühstück, deshalb ist das schon Luxus für mich. Wenn ich noch in einen besonderen Raum ginge, hätte ich zu viel Angst, etwas zu essen. Ich wüsste gar nicht, was ich tun sollte.«

»Ich entsinne mich, ganz etwas Ähnliches über Eure Tanzkünste gehört zu haben, Meister Lachlan. Und trotzdem habt Ihr Euch auf dem Tanzparkett als durchaus behende erwiesen.«

Ich drehte mich zu Marija um und hob den Löffel wie einen Dolch zur Parade. »Stimmt schon, aber auf dem Tanzparkett hatte ich eine gute Lehrerin, und ich brauchte keine Instrumente wie Messer oder Löffel zu benutzen.«

Rose füllte meine Schüssel mit Haferbrei und goss etwas Milch aus einem Steingutkrug darüber. Dann sah sie hinüber zu Marija. »Möchtest du jetzt auch frühstücken, Kleines?«

Dunkle Locken strichen über ihre Schultern, als sie den Kopf schüttelte. »Noch nicht. Das muss warten, bis ich zurück bin und Herrin Evadne ihr Tablett hoch bringe.« Obwohl sie schon warm angezogen war, mit einem Wollrock und einem langen Pullover im Karomuster, griff sie zusätzlich nach einem schweren schwarzen Mantel, der an einem Haken hinter dem Herd hing.

Ich schluckte hastig den ersten dampfenden Löffel voll Brei hinunter und strich mir einen Tropfen Milch von den Lippen. »Du gehst aus?«

»Ja, Meister Lachlan. Ich muss zur Apotheke, um noch etwas vom Stärkungsmittel Eurer Großmutter zu besorgen. Sie will einige der Feiern vor dem Ball des Imperators besuchen, daher werden wir mehr benötigen als üblich.«

»Ich verstehe.«

Rose sah zu ihrem Mann hinüber. »Nob wird dich begleiten, Jungfer Marija. Die Bewegung wird seinen Knochen gut tun.«

Nob verzog das Gesicht und ich rettete ihn. »Falls es dir nichts ausmacht, Nob, wäre ich gerne bereit, Marija Gesellschaft zu leisten. Das gäbe mir eine Gelegenheit, mir die Hauptstadt anzusehen. Natürlich nur, wenn du nichts dagegen hast, Marija.«

»Aber Meister Lachlan, es wäre mir ein Vergnügen, Euch Herakopolis zu zeigen.«

»Gut.« Ich sah mich nach einer Möglichkeit um, meine Schale abzustellen, aber Nob reagierte sofort und nahm sie mir aus der Hand.

»Überlassen Sie das ruhig mir, E'lachtbaren, ich kümmere mich drum.«

Rose wirkte alles andere als erfreut. »Nob, du widerlicher alter Bock! Hol Meister Lachlan wenigstens einen Mantel.«

»Bleib sitzen, Nob. Ich habe ohnehin etwas in meinem Zimmer vergessen. Ich gehe selbst.« Ich schoss aus der Küche und rannte die Treppe hinauf. In der Suite führte mein Weg mich schnurstraks an den Schrank. Ich fand eine Reihe von Mänteln und entschied mich für einen dunkelgrünen mit Kapuze. Ich schloss ihn mit einer silbernen Schnalle am Hals und machte mich auf den Rückweg.

Ich bin mir wirklich nicht sicher, warum mir der Gedanke kam, aber etwa in der Mitte meines Wohnzimmers überlegte ich mir, dass es genau die Art Fehler wäre, die ein Tölpel vom Lande begehen würde, unbewaffnet durch die Hauptstadt zu spazieren. Ich zog den Gürtel mit meinem Dolch aus und sah mir die Schwerter an, die neben der Tür aufgereiht waren.

Als ein von einem Fechtmeister aufgezogener Gariker erkannte ich die verschiedenen Schwertarten, die den Ständer füllten und glaubte sogar, ein Muster in ihrer Anordnung zu erkennen. Ganz links, am weitesten von der Tür entfernt, erkannte ich die schweren, gekurvten Klingen der Säbel und Krummsäbel. Klingen dieser Art eigneten sich gut für kraftvolle Schmetterhiebe, am besten aus dem Sattel im dichten Kampfgetümmel. Weil ich nur Anwärter war, hatte ich keine praktische Erfahrung in ihrer Anwendung – aber ich hatte aufmerksam zugehört, während Audin meinen Brüdern Unterricht erteilt hatte.

In der Mitte folgten die schwereren geraden Klingen: Breitschwerter, Langschwerter und Bidenhänder. Die Griffe der kleineren Waffen waren noch recht kurz, aber sie wurden immer dicker und länger, bis sie für die schwersten groß genug waren, um das Schwert mit beiden Händen zu führen. Auch diese Schwerter eigneten sich vor allem für Schmetterhiebe, vor allem gegen

Feinde in Metallrüstung, aber ihre spitzen Enden ermöglichten auch einen begrenzten Duelleinsatz.

In nächster Nähe der Tür allerdings fand ich die Schwerter, die für mich und den Einsatz in der Stadt am besten geeignet waren. Die Rapiere mit den schlanken Klingen aus gehärtetem Stahl reichten in der Länge von einem bis zu etwas mehr als anderthalb Schritt. Bei meiner geringen Körpergröße hätten die kürzeren Klingen mich zu verwundbar für Gegner mit größerer Reichweite gemacht. Andererseits wäre der längste der Degen zwar möglicherweise in der Lage gewesen, diesen Vorteil eines Angreifers zu neutralisieren, mir zugleich aber in meiner Hand zu unbeholfen für den Sieg über einen erfahrenen Gegner erschienen.

Ich griff nach einem mittellangen Rapier mit geschwungenem Heft und zog es aus seiner Scheide. Die Waffe lag gut in der Hand und zischte durch die Luft, als ich ein paar Probeschläge machte. Der Griff war schwer genug, sodass ich sie mit Leichtigkeit kontrollieren konnte, und trotzdem hatte die Klinge noch genug Wucht, um ein leichtes Lederwams aufzuschlitzen.

Das war die richtige Waffe für mich. Als ich die Lederscheide wieder aufzog und die Klinge die leere Hülle füllen sah wie eine Schlangenhaut, lief mir ein kalter Schauer das Rückgrat hinab. Ich hatte dasselbe Schwert gewählt, das ich am Abend zuvor benutzt hatte. Es hatte seinen Platz unmittelbar neben der Tür und war ganz offensichtlich dort untergebracht, um schnell griffbereit zu sein.

Es schien, dass mein Vater tatsächlich über die bemerkenswerte Voraussicht verfügt hatte, die ihm alle Geschichten attestierten.

Ich zog den Gürtel durch die Schlaufen der Schwertscheide und legte ihn wieder um. Das Rapier lag wunderbar an meiner linken Seite, und ich übte, mit einer schnellen Schulterbewegung den Mantel zu öffnen, sodass ich es mit der Rechten ziehen konnte. Meine Hand fiel wie von selbst auf den Schwertgriff und ich grinste. Ich war kein Bauerntölpel, dem irgendwelche Schläger ungestraft dumm kommen konnten.

Als ich wieder in der Küche ankam, hatte Nob meine Schüssel Brei geleert, und Rose zeterte, weil er jetzt auch noch ›seine‹ Portion wollte. Marija und ich verdrückten uns hastig, um dem Ehestreit zu entkommen, obwohl ich den Eindruck hatte, dass es sich für die beiden mehr um ein Spiel als um eine echte Auseinandersetzung handelte. Ich erwähnte es Marija gegenüber.

»Ah, Ihr habt es bemerkt. Es stimmt, sie lieben einander heiß und innig, aber es scheint ihnen großen Spaß zu machen, sich so anzufauchen. Im Haus herrscht Rose mit eiserner Faust, aber bei allem, was sich außerhalb seiner Mauern abspielt, überlässt sie Nob die Führung.«

»Ganz ähnlich deinen kleinen Auseinandersetzungen mit Kit.«

Marijas Augen funkelten, als ihr Kopf herumschoss. »Meister Christoforos und ich sind kein Liebespaar, Meister Lachlan!«

»Locke, oder ich fange an, dich Jungfer Marija zu nennen.« Der Atem kondensierte vor meinem Mund zu weißem Dunst, als wir aus dem Vorgarten meiner Großmutter auf die Straße traten. »Sollte ich dein Verhalten Kit gegenüber am Benehmen von Rose und Nob messen, müsste ich schließen, dass ihr seit Jahren ein Paar seid.«

»So mag es scheinen, aber ich halte unsere Streitereien mehr für die Sticheleien, wie sie unter Geschwistern üblich sind. Ich weiß es allerdings nicht sicher. Führt Ihr keine Wortgefechte mit Euren Brüdern?«

Ich musste lächeln, als ich an die beiden dachte, dann

schüttelte ich den Kopf. »Nicht so oft. Dalt ist kein großer Redner und Geoff ist so gewitzt, dass ich von vornherein als der Verlierer feststünde. Aber aus deinen Worten entnehme ich, dass du Kit schon lange kennst – und keine eigenen Geschwister hast. Wie lange kennst du Kit schon?«

Sie wandte sich ab und schaute die Straße hinauf. »Seit ich denken kann. Ich lebe schon fast zwanzig Jahre im Haus Eurer Großmutter. Ich war sogar schon dort, als Ihr zum ersten Mal kamt.«

»Aber da musst du ...«

»Ein kleines Kind gewesen sein. Stimmt, das war ich auch.« Sie lächelte. »Mein Vater, Seoirse, war ein Leutnant Eures Vaters. Er hatte bei den Kühnen Lanzenreitern gedient und sich als klug und findig erwiesen. Cardew, Driscoll und mein Vater kamen blendend miteinander aus. Genaugenommen haben Euer Vater und Onkel ihn praktisch als den jüngeren Bruder adoptiert, den sie nie besaßen. Und als ich dann auftauchte, nun, meine Mutter hat mir oft von der wunderbaren Feier erzählt, die Euer Vater zu meiner Namensgebung veranstaltete.«

Ich schmunzelte, als ich das Lachen in ihrer Stimme hörte. »Ohne Zweifel würde die Feier gestern Abend im Vergleich dazu verblassen.«

»So wie meine Mutter es erzählte, würde selbst der Ball des Imperators im Vergleich mit diesem Gelage wie ein Umtrunk unter Freunden wirken. Irgendwann im Laufe des Abends hat Euer Vater mich betrachtet und erklärt, ich sei das schönste Kind, das er je gesehen hätte, und sollte seine Frau vor ihm sterben, würde er mich finden und zu seiner neuen Braut machen.« Sie senkte den Blick. »Meine Mutter, sie ruhe im Schoß der Götter, war furchtbar stolz darauf.«

»Ich habe heute Morgen bereits erkannt, dass mein Vater über beträchtliche Voraussicht verfügte, aber jetzt muss ich ihm hellseherische Fähigkeiten zugestehen, die sich mit denen Xoayyas messen könnten.«

Marija nickte, als wir auf die Fleischerstraße kamen. Sie hielt sich in der Mitte der Straße, um den zugefrorenen Pfützen auszuweichen. Ich folgte ihr dichtauf, um sie aufzufangen, falls sie ausrutschte, aber sie brachte den am stärksten vereisten Abschnitt ohne Unfall hinter sich und wechselte dann zu einem hölzernen Bürgersteig an der Ostseite der Straße.

Die meisten Häuser in diesem Stadtviertel waren aus Holz. Angesichts der architektonischen Unterschiede zwischen ihnen und dem Domizil meiner Großmutter entschied ich, dass sie erheblich jünger waren. Vermutlich hatte man diese zweistöckigen Holzkästen errichtet, um Häuser zu ersetzen, die bei irgendeiner Katastrophe vernichtet worden waren. Die Gebäude erschienen mir fremd, so, als wären sie hier fehl am Platze.

Ich ging wieder neben Marija, und ein Gefühl drohenden Unheils verkrampfte meine Eingeweide. »Seoirse hat meinen Vater und Onkel bei deren letzter Expedition ins Chaos begleitet, habe ich Recht?«

Sie nickte wortlos. »Meine Mutter war am Boden zerstört, als die Kühnen Lanzenreiter nicht wiederkamen. Wir waren völlig mittellos zurückgeblieben. Eure Großmutter wollte uns bei sich aufnehmen, aber Mutter weigerte sich, Almosen anzunehmen. Daraufhin hat Eure Großmutter sie als Pflegerin für Christoforos ins Haus geholt, dessen Mutter drei Jahre zuvor im Kindbett gestorben war.«

»Ihr seid also zusammen aufgewachsen?« Ich musste brüllen, damit sie mich hörte, weil in diesem Augenblick ein Blockwagen vorbeirumpelte und mehrere streunende Hunde laut die Pferde anbellten.

»Wir waren wie Katz und Hund. Wir haben unsere Streitereien nur deshalb zu der zivilisierten Variante verfeinert, die Ihr gesehen habt, weil meine Mutter es als respektlos von mir empfand, mich mit Kit zu prügeln.« Marija lächelte, und ihre rosigen Wangen wurden vor Verlegenheit noch etwas glänzender. »Ich glaube, sie hat gehofft, Kit und ich würden uns verlieben und irgendwann heiraten.«

»Warum nicht?«

»Was, und eine gute Freundschaft ruinieren? Trotz allem, was Ihr gesehen habt, können Kit und ich einander alles anvertrauen, und wehe dem, der sich einen von uns zum Feind macht, denn der bekommt es mit uns beiden zu tun.« Ich lachte, und ihr wütender Blick spießte mich auf wie ein Jagdspeer ein Kaninchen. »Was?«

»Nichts, ich finde nur, du weißt genau, was es bedeutet, einen Bruder zu haben. Dalt und ich kommen überhaupt nicht miteinander aus, aber ich erinnere mich, wie ein paar der Küferjungs mal Lust auf eine Prügelei bekamen und sich mich zum Opfer aussuchten. Sie umzingelten mich und machten sich einen Spaß daraus zu sehen, wer mir den härtesten Schlag versetzen konnte, als plötzlich Dalt auftauchte. Er hat die ganze Bande so was von vermöbelt.«

Ihre Miene wurde sanfter. »Ihr habt großes Glück, einen Bruder wie Dalt zu haben.«

»Das dachte ich in dem Augenblick auch, aber dann hat er mir noch ein paar Maulschellen verpasst, weil ich dumm genug gewesen war, mich in die Enge treiben zu lassen.«

Die Fleischerstraße zog sich einen sanften Hang hinauf und bog dann nach rechts ab und ging in die Juweliersgasse über.

Auch hier waren die meisten Häuser aus Holz, aber sie hatten alle ein solide gemauertes Erdgeschoss, was sie mir vertrauter erscheinen ließ. Marija blieb vor einem winzigen Gebäude mit einem hohen Steinbogen über einem engen Eingang stehen. Vom Schlussstein hing ein Mörser mit Stößel, der das Haus als Apotheke auswies.

Wir quetschten uns an zwei alten Frauen vorbei ins Innere, die in so viel Stoff eingemummelt waren, dass sie dick wie Trolle wirkten. Sie wechselten den neuesten Tratsch aus, aber da ich keine Namen erkannte, hörte ich nicht weiter hin. Zum einen hatte ich keine wirkliche Neigung zum Tratsch, zum anderen gab es in diesem Laden mehr als genug zu sehen, um meine Aufmerksamkeit ein Leben lang zu fesseln.

Die Wände zogen sich an beiden Seiten die vollen zwei Stockwerke hoch und waren mit zahllosen hölzernen Laden bedeckt. Leitern, die an der Ober- und Unterkante in gusseisernen Schienen liefen, boten Zugang zu den oberen Schubladenzeilen. Von den wuchtigen Tragebalken unter dem Kuppeldach hingen getrocknete Pflanzen, Knochen und einzelne mysteriöse Gerätschaften, deren Zweck sich mir nicht erschloss – und füllten den Mittelbereich des Verkaufsraums. Am Boden nahmen neben drei Fässern mit eingelegtem Gemüse an der hinteren Wand zwei hohe Schränke mit genug Läden, um sie zu einer Art verkleinerter Version der Regalwände zu machen, bis auf einen schmalen Durchgang zu einer Theke in einer Ecke des Raums den gesamten Platz in Beschlag.

»Guten Morgen, Liebedelreizende Marija«, begrüßte sie der stämmige Mann hinter der Theke freundlich. »Lasst mich raten: Ihr wollt mehr Stärkungselixier für die Liebedelreizende Evadne.«

»So ist es, Guter Mann Birger.« Marija drehte sich zu mir um. »Außerdem möchte ich Euch Meister Lachlan vorstellen, einen der Enkel Liebedelreizender Evadnes aus Garik.«

Der Apotheker streckte mir den muskulösen rechten Arm entgegen und ich packte fest zu. »Erfreut, Eure Bekanntschaft zu machen, Guter Mann. Bitte, nennt mich Locke.«

»Ebenfalls, Meister Locke.« Sein Grinsen zwang die Wangen so weit auseinander, dass sie seine Ohren halb verdeckten. »Ich werde gleich etwas von dem Mittel für Euch bereiten.«

An dem Rangaufnäher auf der Brustpartie seines gelben Hemds erkannte ich ihn als Chemiker. Damit war er in seinem Beruf etwa das, was Großvater als Fechtmeister für den Schwertkampf gewesen ist. Er ging von einer Lade zur nächsten, holte hier eine Prise heraus, dort große Brocken. Alle Zutaten legte er auf einem weißen Marmortisch neben einem Mörser und Stößel aus einem grauen Stein ab, den ich nicht erkannte.

»Ich habe gesehen, wie Großmutter dieses Mittel nimmt, und es scheint ihr gut zu tun, aber ich frage mich, was ihr fehlt?«

Die gerötete Miene des Apothekers verdüsterte sich ein wenig. »Sie hat die Krankheit, die uns alle besiegen wird, wenn wir nicht abtreten wie Euer Vater.« Er schüttelte den Kopf. »Sie ist alt, und ihr Herz ist nicht mehr so stark wie früher. Dieses Mittel lindert einige Schmerzen, löst die Gelenke und erleichtert dem Herzen die Arbeit.«

Ich runzelte die Stirn. »Wenn ihr Problem das Herz ist, könnte dann nicht ein Zauberer seine Künste dazu benutzen, es wieder stark zu machen?«

Birger drehte sich von seinem Arbeitstisch zu mir herum und stützte beide Hände auf die Theke. Er sah mich ernst an, aber ich spürte keine Wut in ihm. Vielmehr erinnerte er mich an Audin, der mich über einen Punkt der Fechtkunst aufklärte, den ich offensichtlich missverstanden hatte.

»Zauberei, mein Junge, hat ihre Grenzen. Und dasselbe gilt für Euer Verständnis der Zauberei. Es sei denn,

Ihr habt Zeit auf deren Studium verwendet und verbergt Eure Rangabzeichen vor mir.«

Ich schüttelte den Kopf und bemerkte zu meinem Entsetzen, dass Marija die Situation amüsant zu finden schien.

»Wenn Ihr in einem Kampf verletzt würdet, und danach zu einem Magier ginget, der Eure Wunde mit einem Zauberspruch schlösse, würdet Ihr glauben, Ihr wärt geheilt, habe ich Recht? Natürlich würdet Ihr das denken. Aber das wäre ein Irrtum. Das Erste, was Ihr über Zauberei lernen müsst, ist, dass nahezu alles, was durch Zauberei erreicht wurde, auch wieder durch Zauberei ungeschehen gemacht werden kann, und manchmal kostet das nur einen Bruchteil der Energie, die für den ursprünglichen Zauberspruch notwendig war. Wenn eine Wunde magisch geheilt wird, schließt der Zauber sie in Wahrheit nur so lange, wie der Körper braucht, um sich selbst zu heilen. Möglicherweise beschleunigt es darüber hinaus noch den Heilungsprozess, aber würde der Zauber aufgehoben, wärt Ihr in derselben Lage wie vor dem Augenblick, in dem er über Eure Wunde gesprochen wurde.«

»Abzüglich der Heilwirkung, die mein Körper bis dahin geleistet hätte?«

»Kluger Kopf. Im Falle Eurer Großmutter gibt es keine Mittel gegen das Alter. Der Körper kann dessen Auswirkungen nicht rückgängig machen. Natürlich könnten auch Zauber die Wirkung zeitigen, die dieses Elixir tut, aber seine Kombination von Kräutern und Wirkstoffen ist in ihren Effekten zu komplex, um sie ohne weiteres durch einen Zauberspruch zu erzielen.«

Er kehrte zum Arbeitstisch zurück und gab die Bestandteile der Mixtur sorgfältig aufeinander abgestimmt in den Mörser. Er gab etwas Wasser dazu, dann murmelte er leise etwas vor sich hin, während er den Stößel nahm und ihn in die Mixtur presste. Er malmte und knetete die Ingredienzien zu einem ständig mit Wasser weiter verdünnten Sirup.

Während er zugange war, sah ich den gräulichen Mörser die Farbe verändern. Er wurde langsam heller, als entzöge ihm das Elixier die Farbe. Ich erkannte sofort, dass Birger bei der Herstellung des Mittels Magie benutzte, verzichtete aber darauf, ihn zu unterbrechen, während er unter beständigem Murmeln das Mittel fertig mischte. Erst als er den Stößel am Rand des Mörsers abklopfte und nach Flasche und Trichter griff, stellte ich noch eine Frage.

»Ihr habt gesagt, Zauberei könnte meiner Großmutter nicht helfen, aber Ihr benutztet Zauberei, um ihre Medizin herzustellen. Wie das, besonders, da Ihr keinen Rang im Gebrauch von Magie habt?«

»Ich bin nicht ausgebildet in den magischen Künsten, aber der Zauberer, der diesen Mörser und Stößel hergestellt hat, war das sehr wohl. Indem ich genaue Instruktionen spreche, während ich arbeite, kann ich mit deren Hilfe die Arbeit von Wochen auf Minuten verkürzen. Um zum Beispiel dieses Stärkungsmittel ohne Zauberei herzustellen, müsste ich die Zutaten lange Zeit einsetzen und mehrmals destillieren. Und um auch gleich die Frage zu beantworten, die Ihr Euch jetzt in Gedanken stellt: Nein, ein Gegenzauber würde das Mittel nicht wieder in seine Bestandteile auflösen. Bestenfalls hätte ein während der Zubereitung gesprochener Gegenzauber die Herstellung unterbrechen können. Aber was zerstoßen war, wäre zerstoßen geblieben, und was durchnässt worden war, würde immer noch triefen.« Der Chemiker goss das Medikament in die Flasche und verschloss sie mit einem Korken. »Bitte sehr, Jungfer Marija.«

Marija nahm die Flasche und legte einen Golddukaten auf die Theke, aber Birger winkte ab. »Nein, nein, für diese Dosis braucht die Liebedelreizende Evadne nicht zu bezahlen. Richtet ihr aus, dass es mein Bärenabendgeschenk an sie ist.« Marija verzog das Gesicht, aber Birger stemmte die Fäuste in die breiten Hüften und war erkennbar nicht gewillt, sich auf eine Auseinandersetzung einzulassen.

»Dann wünsche ich Euch und Eurer Familie ein gesegnetes Fest, Guter Mann Birger.«

»Gleichfalls, Liebedelreizende.« Birger schaute an mir vorbei zu den beiden Frauen an der Tür. »Triona, hör auf zu tratschen wie ein Fischweib und begrüße Meister Locke, den Enkel der Liebedelreizenden Evadne.«

Die mir am nächsten Stehende drehte sich um und knurrte Birger an. »Wir tratschen nicht, mein liebster Gatte, wir unterhalten uns darüber, was in der Altstadt vorgefallen ist. Erinnerst du dich, dass es immer geheißen hat, der Kahle Ugo, der Bäcker, wäre Mitglied in der Schwarzen Kirche?« Triona schob herausfordernd das Kinn vor und starrte Birger an, und ich fühlte mich zwischen den beiden überhaupt nicht wohl.

»Unbewiesenes Geschwätz. Lügen, die Jurik ausgestreut hat, weil Ugo mehr Kunden hatte.«

»Ach ja? Und wie kommt es dann, dass die Gendarmerie heute Morgen die Türen seines Ladens aufbrechen musste, weil er zwei Tage nicht geöffnet hatte und ein übler Gestank aus dem Innern drang? Als sie sich den Weg ins Innere bahnten, so wird erzählt, haben sie eine Falltür gefunden, die in einen geheimen Keller führte. Dort haben sie Schwarzkirchlerutensilien gefunden, und Ugos ganze Familie. Tot.«

»Tot?«, fragte ich leise.

Triona nickte, und ihre dunklen Augen funkelten wie Sterne. »Schlimmer als tot, Meister Locke. Aufgeschlitzt von einem Ungeheuer, das sie ausgeweidet hat wie ein Fischer seinen Fang. Und nicht nur das, Junge, es hat den größten Teil seines Fangs auch verspeist.«

10

Trotz der Feststimmung zum Jahresende schlug die Nachricht von den Morden in der Altstadt die meisten Bewohner der Hauptstadt in ihren Bann. Im Verlauf der nächsten Woche hörte ich die Geschichte immer wieder, und dabei wurde sie beständig weiter ausgeschmückt, bis es schließlich hieß, eine ganze Gemeinde Schwarzkirchler sei umgekommen, als sie Fialchar von seinem Thron im Chaos beschworen hätten, ohne sich vorher zu überlegen, ob ihm das recht wäre. Auch die Todesart des Kahlen Ugo und seiner Familie veränderte sich je nach Erzähler. Die Beschreibungen reichten von Skeletten mit Haut wie Pergament bis hin zu knochenlosen Pfützen aus verflüssigtem Fleisch, die ihre Entdecker um den Gnadenstoß anbettelten.

Innerhalb kürzester Zeit wurde der ganze Zwischenfall in ein so dichtes Netz aus offensichtlichen Hirngespinsten verwoben, dass man ihn für eine Erfindung hätte halten können. Hätte Trionas Beschreibung kein Bild vor meinen Augen gezeichnet, in das ein Bharashadi-Zauberer sich nahtlos einfügte, hätte ich mich sicher geweigert, auch nur ein Wort zu glauben. Kit, der seine eigene Version der Geschichte gehört hatte, sprach nicht groß darüber, erzählte mir aber genug, um meinen wilden Phantasien zusätzliche Nahrung zu liefern.

Obwohl die Geschichte meinen Traum zu bestätigen schien, blieb ich bei meiner Entscheidung, ihn für mich zu behalten. Kit und seine Leute hatten die Kreatur Richtung Stadt verfolgt und waren allem Anschein nach jetzt damit beschäftigt, in der Hauptstadt nach Spuren ihrer Anwesenheit zu suchen, und dabei wollte ich sie nicht stören. Außerdem wusste Kit bereits, dass sie über Zauberkräfte verfügte, und er hatte genug Hinweise auf ihre Fähigkeiten gesehen, um den Tod des Kahlen Ugo mit ihr in Verbindung zu bringen, falls die Fakten das rechtfertigten. Alles, was ich anzubieten hatte, war ein böser Traum, der sich in Fetzen von Geschichten hüllte, die ich als Kind gehört hatte.

Sicher arbeitete der Heerfürst bereits an Maßnahmen für den schlimmsten Fall: dass es sich bei der Kreatur um einen Zauberer handelte, der eine Mission hier in der Hauptstadt verfolgte. So sehr ich mich allerdings auch anstrengte, Hinweise auf diese Maßnahmen zu finden, ich entdeckte keine Hinweise auf besondere Vorkehrungen oder Wachsamkeit. Andererseits war ich noch nie zuvor in Herakopolis gewesen und hatte daher überhaupt keinen Vergleichsmaßstab, an dem ich hätte feststellen können, ob besondere Vorkehrungen getroffen wurden oder nicht.

Die Feiertage nahmen in der Hauptstadt nicht nur eine erheblich längere Zeit in Anspruch als in Felsenschnell, sie schienen auch erheblich großartiger. Während wir in dem Dorf, in dem ich mein ganzes bisheriges Leben verbracht hatte, in Vorbereitung der einzigen Bärenabendfeier Geschenke für Verwandtschaft und enge Freunde vorbereitet hatten, schienen Feste und Empfänge hier ein ebenso unvermeidlicher Teil der Jahreszeit wie Eis und Schnee. Als die Tage kürzer und die Nächte immer länger wurden, ergriff eine immer hektischer werdende Unruhe die gesamte Stadt, und auch ich wurde davon mitgerissen.

James brachte mich am Nachmittag des Tages, an dem ich Marija begleitet hatte, zu einem Schneider. In dessen Geschäft wurden mir alle denkbaren Maße abgenommen, und man präsentierte mir zahllose Stoffmuster aus allen Enden des Reiches. Da in der Einladung zum Ball des Imperators Weiß und Silber als vorherrschende Farben vorgegeben waren, mit einer freien zusätzlichen Farbe als Akzent, erhielten die Muster, Formen und Stoffe eine besondere Bedeutung, was die angemessene Selbstdarstellung betraf.

Der Schneider steuerte mich mit einem nasalen: »Der Palast ist geheizt, E'lachtbarer« von allen schweren Stoffen fort. Wir einigten uns schließlich auf ein Hemd aus silberner Seide mit einer Steppjacke aus Baumwolle und Hosen aus demselben Stoff, die ich in die Stiefel stecken konnte. Der Schneider schlug als Akzent ein zu meinen Augen passendes grünes Band vor, das er als Farbstreifen an der Außenseite der Jackenärmel und Hosenbeine befestigen würde.

Ich war mit seiner Farbwahl einverstanden, bat ihn aber, das Band in Stoffstreifen zu zerschneiden, die wie Fransen an der Unterseite der Ärmel und am Rücken der Jacke befestigt werden konnten. In Felsenschnell hatte niemand das Geld oder die Zeit, sich Kleidung nur für den Bärenabend zuzulegen, also wurde die vorhandene Kleidung auf diese Weise geschmückt.

Der Schneider murmelte etwas vor sich hin, von dem ich nur ein Wort verstand: ›putzig‹. Mit den Golddukaten, die James ihm für die Arbeit zahlte, schien er allerdings kein Problem zu haben. Danach nahm James mich zu einem Schuster mit, wo wir ein Paar Stiefel aus weißem Leder kauften. Ich protestierte zwar, dass meine braunen Stiefel in bestem Zustand seien, aber James wies nur darauf hin, dass sie die falsche Farbe für den Ball hatten, und damit war die Debatte beendet.

Der Rest der Woche verschwamm zu einer Art Wirbel. Ich besuchte jeden Abend eine andere Feier mit Großmutter und Marija. Ich traf mehr Menschen, als ich auf der ganzen Welt erwartet hätte, und viele von ihnen hatten Töchter, Nichten oder Schwestern, denen ich ebenfalls vorgestellt wurde. Ich wäre lieber in Marijas Gesellschaft geblieben, aber ihr Status als Bedienstete schloss sie von den Feierlichkeiten aus. Was auf dem Fest meiner Großmutter annehmbar gewesen war, hätte bei diesen Gelegenheiten einen Skandal hervorgerufen.

Durch die Feiern wurde mir das ganze Wesen des Imperiums so klar wie nie zuvor. Herakopolis war größer und prunkvoller als jede andere Stadt, die ich je gesehen hatte, aber es waren die Häuser seiner Einwohner, die wir zu diesen Empfängen besuchten, die diesen Eindruck nachdrücklich betonten. Wir besuchten Feste in Häusern, gegen die das Großmutters wie eine Hütte anmutete. Ich hatte Tsoerits für exotisch gehalten, aber auf anderen Feiern waren sie so gewöhnlich wie Hühnereier. Ich probierte Obst, von dessen Existenz ich nichts geahnt hatte, trank Weine der verschiedensten Geschmäcker und Farben und wurde gegen meine besseren Instinkte dazu verleitet, alle möglichen anderen Genüsse auszuprobieren.

Xoayya besuchte die meisten dieser Feiern ebenfalls, und nachdem Marija ausfiel, übernahm sie es, mich mit den Schönheiten der Hauptstadt bekannt zu machen. Sie schien zu wissen, woher alle möglichen Dinge stammten und wo sie gekauft worden waren, und kannte – nicht zu vergessen – auch allerlei Einzelheiten über unsere Gastgeber, die man mehr oder weniger als Klatsch zusammenfassen konnte, von denen ich aber stark vermutete, dass sie durch Visionen davon erfahren hatte.

»Ich möchte Euch für Euren Vorschlag mit dem Lied danken, Locke.« Sie sah mich über den Rand eines Kristallkelchs an, in dem ein blauer Wein glänzte, der nur einen Hauch dunkler war als ihre Augen. »Es hilft.«

Ich lächelte. »Ihr bekommt keine unerbetenen Visionen mehr?«

»Doch.« Sie senkte den Blick. »Aber Unwichtiges scheint ausgesiebt zu werden. Was noch durchdringt, erscheint stärker und tiefer.«

»Ist das gut oder schlecht?«

»Ich weiß es nicht.« Als sie wieder aufsah, las ich Furcht in ihrem Blick. »Ich hatte eine Vision ... einen Traum ... der uns betrifft.« Sie legte die Hand auf meine Brust. »Sie war nicht sexuell ... Zumindest denke ich nicht, dass es so war. Aber sie war äußerst stark. Es bestand eine Verbindung zwischen uns und einer anderen Kreatur.«

Ich versuchte, die Stimme nüchtern zu halten, so gut es ging. »Was für einer Kreatur?«

»Einer dunklen und entschieden bösartigen.« Sie senkte die Stimme. »Ihr habt von dem Gemetzel gehört, nehme ich an? Was immer dafür verantwortlich war, es ist das, was uns verbindet. Es hat etwas mit unser beider Schicksal zu tun. Durch dieses Ding werden wir erkennen, warum wir hier sind.«

»Woher wisst Ihr das?« Ich runzelte die Stirn. »Ich weiß, dass es eine Vision war, aber Ihr legt ein enormes Gewicht darauf. Habt Ihr gesehen, was aus uns wird oder ...?«

»Ich weiß nicht, was mit uns geschehen wird, und ich habe auch nichts gesehen, woran ich erkennen könnte, was geschehen wird. Aber ich weiß, dass etwas geschehen wird, weil ich dasselbe Gefühl habe wie vor meines Vaters Tod. Manche Visionen, die wertlosen, huschen vorbei wie eine zufällig aufgeschnappte Bemerkung oder etwas, das man für einen Augenblick aus dem Fenster einer eilenden Kutsche sieht. Ihre Kürze ist ein Zeichen dafür, wie unbedeutend sie sind.« Sie setzte das Weinglas auf eine Kommode und legte die Handflächen aneinander. »Das Gefühl, das ich bei dieser Verbindung habe, ist äußerst stark. Es ist wie eine Meeresströmung. Wir werden mitgerissen, ohne etwas dagegen tun zu können. Unser Schicksal ist mit dem dieses Wesens verwoben.«

Ich schüttelte langsam den Kopf. »Ich zweifle nicht

daran, was Ihr gerade gesagt habt, Xoayya, wirklich nicht.«

Wütende Falten erschienen auf ihrer Stirn. »Was Ihr gerade gesagt habt, beweist schon, dass Ihr mir nicht glaubt.«

»Das ist nicht wahr. Ich bin sicher, dass Ihr alles, was Ihr erlebt habt, vollständig und korrekt wiedergebt.« Ich zuckte die Schultern. »Ich finde nur die Schlussfolgerung bezüglich unseres unvermeidlichen Schicksals keineswegs überzeugend. Wir wissen nicht einmal, wer oder was diese Morde begangen hat, geschweige denn, dass es sich um eine düstere Kreatur handelte, die uns beide verbindet.«

Sie packte meinen rechten Arm mit beiden Händen. »Ihr kennt die Kreatur, von der ich rede. Versucht nicht, es zu bestreiten.«

Ich hüstelte verlegen in die linke Hand. »Xoayya, ich hatte einen Traum, aber der war aus Gerüchten und Kindermärchen zusammengestückelt. Mir erschien er real, aber ich weiß, es war nur ein Traum.«

»Woher wisst Ihr das?«

Ich zögerte, dann zuckte ich die Achseln. »Ich weiß es einfach.«

Ihre Stimme wurde frostig. »Ich verstehe.« Sie kniff die blauen Augen zusammen. »Was, wenn ich Euch beweisen könnte, dass der Traum wahr war?«

»Wie wollt Ihr das tun?«

Xoayya sah sich nach beiden Seiten um, um sicherzugehen, dass niemand uns beobachtete, bevor sie antwortete: »Meine Großmutter wusste deshalb, wann es Zeit wurde, zu meiner Rettung zu kommen, weil sie selbst eine machtvolle Hellseherin ist. Davon wissen die wenigsten – nicht einmal Eure Großmutter ahnt es. Meine Großmutter gab die Zauberei auf, als sie meinen Großvater kennen lernte und die beiden heirateten, daher gibt es nur wenige außerhalb unserer

Familie, die ihr Geheimnis kennen. Sie könnte Euch davon überzeugen, dass Euer Traum der Wahrheit entspricht.«

»Ihr wollt, dass ich mit ihr rede?«

»Mehr als das. Ich möchte, dass Ihr sie besucht und Euch von ihr die Zukunft lesen lasst. Sie wird Euch Dinge über Euch sagen können, die niemand außer Ihr selbst wissen könnte.«

Ich schüttelte den Kopf. »Kein Interesse.«

»Das wird sich ändern.«

»Ich bezweifle es.«

Xoayya lächelte siegessicher. »O doch, Ihr werdet sie besuchen. Ich habe es gesehen.«

»Mag sein.« Ich zog ihre rechte Hand von meinem Arm. »Habt Ihr auch vorhergesehen, dass ich Euch jetzt zum Tanz auffordere?«

Ihr Lächeln wurde breiter. »Ich habe gesehen, dass Ihr versuchen würdet, mich abzulenken.«

»Hatte ich Erfolg?«

»Wir werden sehen.«

Ich hatte Erfolg, aber nur für ein paar Minuten. Wie sich herausstellte, genügte das jedoch, denn meine Großmutter wurde wie auf vielen dieser Feiern schnell müde, und wir waren gezwungen, uns recht früh am Abend zu verabschieden. Wieder daheim konnte ich häufig noch eine schnelle Partie Schach mit Nob einschieben und trotzdem genug Schlaf ergattern, um früh aus den Federn zu kommen und die Übungen zu absolvieren, die Audin mir seit frühesten Kindheitstagen aufgezwungen hatte.

In mancher Hinsicht hätte ich das Training gerne vergessen, mit dem Großvater mich jeden neuen Tag hatte beginnen lassen. Zum ersten Mal seiner Aufsicht entronnen und allein unterwegs, wollte ich rebellieren und beweisen, dass ich besser war, als er glaubte, und seine Übungen nicht brauchte. Schließlich war ich hier in der

Hauptstadt, und er saß in Felsenschnell fest. Was konnte er schon wissen, was hier gut für mich war?

Aber in Wahrheit war die Hauptstadt mir dermaßen fremd, dass ich etwas brauchte, woran ich mich festhalten konnte. Also stand ich auf, noch bevor die Sonne über dem Horizont auftauchte, zwang mich aus meinem warmen Bett und ging in die Waffenkammer. Dort absolvierte ich mit Gänsehaut das Programm aus Dehnungen, Beugen, Liegestützen und Balanceübungen. Dann nahm ich mein bevorzugtes Rapier, ging verschiedene Paraden durch und brachte mich mit Schattengefechten zum Schwitzen.

Eines Morgens, als ich gerade einen imaginären Gegner mit einem schnellen Ausfallschritt durchbohrt hatte, hörte ich die Tür sich öffnen und jemanden Beifall klatschen. Ich wirbelte herum und sah Kit am Rahmen lehnen. »Audins Training hat tiefe Wurzeln bei dir geschlagen, Locke.«

Ich wischte mir mit dem linken Arm über die Stirn. »So ist es. Das hört sich an, als hättest du etwas dagegen.« Ich zeigte mit dem Rapier auf sein Rangabzeichen aus fünf zu einem Pentragram geformten Pfeilen. »Was weißt du von ihm oder seinen Methoden? Du hast offensichtlich unter jemand anderem studiert, denn Audin würde keinen Bogen anfassen, selbst wenn sein Leben davon abhinge.«

Kit grinste füchsisch. »Ihr Gariker seid Narren, dass ihr einem Gegner erlaubt, nahe genug zu kommen, um ihn mit dem Schwert erledigen zu können.«

»Und ihr Heraker seid Feiglinge, dass ihr euch nicht traut, den Atem des Gegners auf eurem Gesicht zu spüren, wenn ihr ihn tötet.« Ich schob das Rapier in die Scheide. »Provinzlerspott passt nicht zu uns, würde ich meinen, Cousin. Darüber sollten wir hinaus sein.«

Der schlaksige Scout lachte. »Wir brauchen gar keine Beleidigungen auszutauschen, Locke. Wir sind keine

Feinde. Aber um deine Frage zu beantworten: Genau wie mein Vater vor mir, wurde ich nach Garik geschickt, um bei Audin zu lernen. Ich habe einen Monat seiner groben Behandlung über mich ergehen lassen, während ich einen Dolch nicht einmal berührt habe, dann entschied ich, dass ich weder mit ihm noch mit seinen Künsten irgendetwas zu tun haben wollte. Ich lief fort und überzeugte einen Karawanenführer, dass ich entführt worden war. Ich erzählte ihm, dass meine Großmutter ihm eine reiche Belohnung zahlen würde, wenn er mich zurück nach Herakopolis brachte.«

Ich runzelte die Stirn, als eine dunkle Erinnerung in meinem Geist aufstieg. »Du warst also der Schüler, der abgehauen ist. Ich habe oft genug von dir hören müssen, wenn ich nicht gehorchen wollte. Ich habe gehört, dass du von Wölfen zerrissen worden bist, von Banditen ermordet oder in der Wildnis erfroren. Ganz gleich, welche Fähigkeit ich nicht meistern konnte, irgendwie stand sie immer mit dem Unheil in Verbindung, das dich das Leben gekostet hat.«

»Besser das, als mit dem Tod unserer Väter im Chaos geschunden zu werden. Audin hat mich ständig gefragt, ob ich genauso enden wollte wie mein Vater. So penetrant, dass ich mich entschloss, überhaupt nicht wie er zu werden. Und das schloss das Training bei einem Mann ein, dessen Ausbildung es offensichtlich nicht geschafft hatte, meinen Vater zu beschützen. Ich entschied mich, einen Schützenmeister zu finden, der mir beibrachte, meine Feinde aus weiter Entfernung zu töten.«

Ich grinste. »Und ich möchte wetten, dass du unter seiner Anleitung mindestens einen Monat keinen Bogen auch nur angefasst hast.«

Kit schüttelte den Kopf. »Da irrst du dich. Herluf nahm mich hinaus auf seinen Schießstand und versenkte über fünfzig Schritt einen Pfeil im Ziel. Dann gab er mir eine Kordel und deutete zum Wald hinter seiner Hütte. ›Zieh los, Junge, und baue dir einen Bogen. Komm zurück, wenn du ihn und drei Pfeile dazu fertig hast.‹« Er ging durch das Zimmer und setzte sich auf einen der Stühle. »Ich tat wie geheißen und kam mit einem kümmerlichen Stück Holz und drei Rohrhalmen zurück. Herluf lud mich ein, auf das Ziel zu schießen, und selbst wenn die Pfeile gerade geflogen wären, wären sie nicht einmal in dessen Nähe gekommen. Dann drehte mein Schützenmeister sich zu mir um und meinte: ›So, jetzt weißt du, dass du gar nichts weißt. Wenn ich mit dir fertig bin, wirst du alles wissen.‹«

»Hat er dir einen neuen Bogen gegeben?«

»Nein, ich habe über ein Jahr mit meinem Kinderspielzeug gearbeitet. Ich hatte ihn immer dabei. Es kam so weit, dass mir etwas fehlte, wenn ich ihn nicht in der Linken spürte. Irgendwann schickte Herluf mich wieder in den Wald, um ein Stück Holz für einen Bogen zu holen, und diesmal traf ich eine bessere Wahl, aber es war immer noch nicht gut genug. Schließlich, als er mich das dritte Mal losschickte, war ich schlauer und fragte ihn bei der Auswahl um Rat. Und an dem Punkt begann meine wirkliche Ausbildung.«

Ich steckte das Rapier zurück in den Ständer. »Und jetzt bist du ein Scout, genau wie dein Vater.«

Kit nickte enttäuscht. »Muss wohl erblich sein. Wie der Vater, so der Sohn.«

Wie der Vater, so der Sohn. Das wird nicht leicht für dich, Lachlan.

Mein Vetter musste meine Gedanken erraten haben. »Ich würde mir an deiner Stelle deswegen keine Gedanken machen, Locke. Es mag schwierig sein, in die Fußstapfen unserer Väter zu treten, aber sie hatten zwei Jahrzehnte, ihre Legende aufzubauen. Wir sollten wenigstens die Hälfte der Zeit bekommen, an unserer zu feilen.«

Es behagte mir nicht, von James Geld für Bärenabendgeschenke anzunehmen, aber er erklärte, meine Großmutter habe darauf bestanden, und nach einem kurzen Rundgang durch den Basar in der Nähe des Hafens war mir klar, dass ich mir von dem Geld, das ich nach der Reise in die Hauptstadt noch besaß, genau genommen gar nichts leisten konnte. Aber auch so gab ich den Waren, die von Händlern aus Garik angeboten wurden, den Vorzug vor denen aus anderen Teilen des Reiches. Die verlangten Preise waren hoch, aber es gelang mir, sie in einen Bereich herabzufeilschen, in dem ich sie nur noch empörend fand, nicht mehr völlig unverzeihlich.

Ich kaufte meiner Großmutter ein aus guter Garikwolle gestricktes Umschlagtuch, das sie sicher wärmen würde. Für Marija erstand ich einen grünen Schal mit einem Muster aus blauen und roten Blumen, und für Kit eine Gürtelschnalle aus Onyx und Koralle mit Pfeilmotiv. Rose kaufte ich eine Haarbürste und James einen kleinen Gedichtband, der mir irgendwie zu ihm zu passen schien. Für Nob fand ich einen Hartholzdübel, den ich zu einem neuen Imperator für sein Schachset schnitzen wollte. Schließlich besorgte ich mir noch etwas roten Stoff und blaues Band, um meine Geschenke zu verpacken.

Wieder daheim packte ich meine Geschenke ein und legte sie für den nächsten Tag ins Regal. James hatte meine Kleider für den Ball schon bereitgelegt und ich zog mich schnell um. Das Seidenhemd lag kalt auf der Haut, wurde aber schnell warm. Jacke und Hose saßen vollkommen, und mit den bunten Fransen war ich auch zufrieden. Ich stellte allerdings fest, dass der Schneider das Band zusätzlich auch als Litze an Ärmel und Beine genäht hatte.

Ich zog die neuen Stiefel an und fühlte sofort die Druckstellen an der Ferse und über dem Widerrist, entschied aber, dass ich diese Unbequemlichkeit zumindest einen Abend lang ertragen konnte. Ich schob die Dolchscheide auf den Gürtel und legte ihn um, dann holte ich die schmale Waffe aus dem Waffengurt und steckte sie in die Schmuckscheide. Mir war klar, dass es bereits eine Ehre war, in der Gegenwart des Imperators auch nur einen zeremoniellen Dolch tragen zu dürfen, aber trotzdem war mir unbehaglich dabei zumute, die Suite ohne das Rapier meines Vaters zu verlassen.

Ich traf Kit unten in der Halle und bewunderte seine Uniform. Die silberne Jacke und Reithose waren in regulärem Uniformschnitt gehalten, ebenso wie das weiße Hemd mit dem Stehkragen, das er darunter trug. Als Akzentfarbe hatte er Schwarz gewählt, umgesetzt durch kniehohe Stiefel und ein breites schwarzes Band um seine Kehle, das von einer mit einer Perle verzierten Kragennadel gehalten wurde. Ein silberner Umhang und ein hoher, weißer Wollhut vervollständigten die Uniform und gaben ihm die Erscheinung eines schneidigen Kavalleriehelden.

»Jetzt sehe ich, warum du glaubst, nur zehn Jahre zu brauchen, um so legendär wie dein Vater zu werden, Kit. Die Haltung und das heldenhafte Profil hast du schon.«

Er lächelte und drehte sich zum Ende des Flurs um. »Ich musste zumindest *versuchen,* eine Figur zu machen, die der Aufgabe angemessen ist, die beiden schönsten Damen der Hauptstadt zu begleiten.«

Unsere Großmutter kam langsam, nur auf einen Gehstock gestützt, aber mit erhabener Eleganz den Gang herauf. Ihr silbernes Kleid betonte ihre Größe und schlanke Figur, überdeckte jedoch zugleich die Zerbrechlichkeit ihres Alters. Es war mit Kreisen, Dreiecken und anderen geometrischen Figuren besetzt, in die auch ihre Rangabzeichen eingearbeitet waren. Eine weiße Bluse reichte ihr bis zur Kehle, aber der weiche, breite Kragen und die ausladenden Manschetten sahen unter dem Kleid hervor. Ihr weißes Haar war im Nacken zu einem Knoten gebunden und wurde von einer Spange aus Silber und Saphiren gehalten. Die blauen Edelsteine schmückten auch die Knöpfe ihrer Bluse, und ein einzelner Stein an einem silbernen Ring schmiegte sich an ihren linken Ringfinger.

Hinter ihr kam Marija, und als ich sie sah, stockte mir der Atem. Ihr tief dekolletiertes Kleid war so strahlend weiß, dass man sie fast für den Geist einer Braut hätte halten können. Die Korsage lag eng an ihrem Leib, und die versteifte Vorderpartie reichte bis über ihre Taille hinab. Von dort breitete sich der Rock glockenförmig bis zum Boden aus, und die beiden Enden der einfachen Silberkette, die sie wie einen Gürtel umgelegt hatte, folgten ihm. Das Kleid wurde von silbernen Spitzen und Satinbändern verziert, um den Eindruck zu vervollständigen und es den Vorgaben der Einladung anzupassen.

Ihre Akzentfarbe manifestierte sich in dem Tigeraugenanhänger zwischen ihren Brüsten und den dazu passenden Ohrringen. Das schwarze Haar trug sie zu einem aufwändigen Zopf geflochten, der es in ihrem Nacken festhielt, sodass es die Ohrringe nicht verdecken konnte. Der goldbraune Glanz des Schmucks passte zum haselbraunen Leuchten ihrer Augen. Sie lächelte freudig, als sie sah, welche Wirkung sie auf uns hatte.

Kit drehte sich und bot Großmutter den Arm, während er mich mit einer Handbewegung zur Garderobe schickte. Ich fand einen grauen Wollmantel und ein Paar dicke Fäustlinge für Großmutter und ein ähnliches Ensemble für Marija. Ich half beiden Frauen in ihre Wintersachen, dann begleiteten Kit und ich Großmutter durch die von James aufgehaltene Haustür und zur Kutsche, die Nob schon bereitgestellt hatte.

Wir halfen Großmutter in die Kutsche, wo Marija sich neben sie setzte und eine Decke über beider Beine ausbreitete. Carl brachte Hang herüber, zusammen mit einem schwarzen Hengst, der Kit mit einem dampfenden Schnauben begrüßte. Ich schwang mich in den Sattel, dann folgten wir der Kutsche aus dem Tor und zum Palast.

Der Palast des Imperators lag auf dem höchsten Hügel der Stadt. Ein magisches Leuchten erhellte ihn wie am Mittag eines wolkenlosen Tages und machte es unmöglich, ihn zu verfehlen. Obwohl jeder der acht Flügel von Architekten und Bautrupps aus einem anderen Teil des Reiches errichtet war, verschmolz das fahlblaue Zauberlicht alle Gebäudeteile zu einem Ganzen und einte den Palast ebenso, wie der Imperator die Nation einte.

Das soll aber keineswegs heißen, dass der Rest der Stadt dunkel gewesen wäre. An den Kreuzungen brannten Freudenfeuer und Lampions leuchteten in den Fenstern. Auf den Straßen tummelten sich erheblich mehr Menschen, als es eine Stunde nach Sonnenuntergang an einem eisigen Abend üblich gewesen wäre. Auf unserem Weg durch die Stadt wurden wir regelmäßig von Passanten mit Glückwünschen begrüßt, die wir natürlich erwiderten. In dieser einen Nacht waren alle Menschen der Stadt in ihren Hoffnungen für das kommende Jahr vereint, alle Provinzfeindschaften und kleinlichen Streitigkeiten waren vergessen. Ich kannte dieses Phänomen schon aus Felsenschnell und hatte es immer als wundervoll empfunden. Hier, in dieser gewaltigen Metropole im Herzen des Imperiums schien es mir unglaublich.

Nob steuerte die Kutsche durch das Tor und bis unmittelbar vor die Freitreppe, während Kit und ich in der Nähe einer Gruppe von Soldaten abstiegen, die als Stallburschen eingeteilt waren. Ein paar von ihnen gehörten zu Kits Kompanie und spotteten über seinen Aufzug, aber er reagierte mit einem übertrieben hochnäsigen Abwinken, das lautes Gelächter auslöste. Wir gingen zum Palastgebäude und zum roten Teppich, der die Treppe hinabreichte, wo wir hinter Großmutter und Marija zum Eingang hinaufstiegen.

Als wir die Türen zum Palast erreichten, sprach Großmutter mit einem unmittelbar hinter der Eingangstür wartenden Offizier. Er sah auf einer Namensliste nach, dann lächelte er sie an. Er sah hinüber zu zwei anderen Soldaten, die ein Stück abseits der Tür warteten, dann blickte er mich an.

»Lachlan aus Felsenschnell?«, fragte einer der Männer.

»Ja.« Ich zog den Mantel aus und legte ihn über den Arm. »Ich bin Lachlan.«

»Ihr kommt mit uns.«

Großmutter und Kit wirkten überrascht. Kit stellte sich zwischen mich und den Gardisten. »Was soll das, Feldwebel?«

»Bitte um Vergebung, der Leutnant, aber das geht Euch nichts an.« Der stämmige Soldat pflanzte in stummer Herausforderung die Fäuste in die Hüften. »Ich habe Befehl, Lachlan aus Felsenschnell zum Imperator zu bringen, wenn er eintrifft, und Bärenabend oder nicht, kein armseliger Scout wird mich daran hindern, meinen Befehl auszuführen.«

11

Kit neigte höflich den Kopf und trat beiseite. Er nahm mir den Mantel ab und reichte ihn dem Dienstboten, der bereits Großmutters und Marijas Mäntel in Empfang genommen hatte. Während sie zum Nordflügel des Palasts verschwanden, formierten der Feldwebel und der Rekrut sich vor und hinter mir. Als meine Begleiter um eine Gangbiegung verschwanden, folgte ich meiner Eskorte durch den kreisförmigen Empfangssaal in die Tiefen des Palastes.

Der Empfangssaal mit seiner hohen Kuppel und dem schwarzweiß geschachtelten Marmorboden blieb zurück und wir gingen durch einen hohen Korridor mit Bogendach. Gewaltige Granitsäulen stützten das Dach und grenzten runde Seitennischen ab. Jede von ihnen beherbergte die Statue eines früheren Imperators oder einer Imperatrix. Alle waren aus Stein gehauen und überlebensgroß, so wie das Standbild meines Vaters. Obwohl ich mich zwischen all diesen Denkmälern klein und unbedeutend fühlte, empfand ich zugleich eine seltsame Genugtuung bei der Vorstellung, dass mein Vater ihnen an Größe gleichkam.

Der Feldwebel führte mich weiter durch den Palast und schien unseren Weg völlig zufällig zu wählen. Es wäre übertrieben zu behaupten, dass ein Korridor prächtiger war als der vorige, besonders, nachdem wir unseren Weg in einem Flur voller Imperatorenstatuen begonnen hatten – aber die Gänge waren tatsächlich allesamt beeindruckend. Irgendwie war mir klar, dass der Imperatorenpalast natürlich nur mit dem Besten ausstaffiert war, was das Imperium zu bieten hatte. Aber die Fülle dieser Schätze mit eigenen Augen zu sehen war atemberaubend.

Elfenbein, Gold, Silber und Juwelen verzierten Sessel und Sofas aller Art. Ich sah einen Miniaturbaum aus Gold, dessen Äste von Schneeflocken bedeckt waren, die einzeln aus hauchdünnen Perlenscheiben geschnitzt waren. Ich sah aus einem einzigen Opal geschnitzte Tassen und eine in Jet und Gold ausgeführte Kampfmaske, die das Gesicht eines Bharashadi-Kriegers darstellte. Rüstungen und Waffen aus edlen Metallen und verziert mit feinster Filigranarbeit füllten Wandnischen und bewachten Türen.

Und erst die Wandgemälde: Sie waren überall und von phantastischer Qualität. Wände und Decken gleichermaßen waren von ihnen bedeckt. Überall prangten historische Szenen der jüngeren ebenso wie antiker Zeit. Einen Teil davon erkannte ich, zum Beispiel die Darstellung des vermissten Prinzen, Jhesti, der den Fürsten des Unheils am Bart zog. Doch der Rest war mir vollkommen fremd. In Felsenschnell hatte ich gelernt, dass Herakopolis die Mitte des Imperiums war, aber hier im Palast erhielt ich den unwiderlegbaren Beweis dafür.

Großvater wäre außer sich vor Wut über mich gewesen, weil ich nicht darauf achtete, welchen Weg wir gingen und mir keine Markierungen einprägte, mit deren Hilfe ich ihn hätte zurückverfolgen können. Wären die Soldaten plötzlich verschwunden, hätte ich endlos durch die Gänge irren können ... und für meine Sorglosigkeit verdient gehabt zu sterben. Aber selbst dieser grausige Gedanke konnte mich nicht dazu bringen, mich zu konzentrieren, weil dieses Labyrinth so prachtvoll war, dass ich, wäre ich bis zu meinem Ende hier herumgeirrt, auf jeden Fall nicht an Langeweile eingegangen wäre.

Vermutlich gab es aber einen weiteren Grund dafür, dass ich für nichts anderes Augen hatte als die Kunstwerke und wunderbare Architektur, die mich umgab.

Ich wollte mich nicht mit der nagenden Frage beschäftigen, warum der Imperator mich sehen wollte. Ausgerechnet mich? Ich war ein Niemand, aus einem kleinen Dorf irgendwo in Garik. Auf der Reise in die Hauptstadt hatte ich viel gesehen, aber ich hatte nichts getan, was die Aufmerksamkeit einer Wache am Stadttor gerechtfertigt hätte, geschweige denn die des Imperators höchstpersönlich.

Der Feldwebel führte mich in einen Saal, der groß genug war, um das ganze Haus meines Großvaters aufzunehmen. »Wartet hier. Macht nichts kaputt.«

Ich sah ihn wütend an. »Ich bin kein Barbar. Ich komme aus Garik.«

»Ihr seid zu Besuch aus Garik, also macht nichts kaputt. Der Imperator wird sich mit Euch beschäftigen, wenn es ihm behagt.« Er und sein Begleiter verschwanden und schlossen die Türen mit einem lauten Knall hinter sich.

Ich war zu überwältigt, um irgendetwas anderes zu tun als zu staunen. Rechts von mir sah ich eine weitere goldbesetzte Doppeltür, die vermutlich zum Imperator führte. Die Wände des zwei Stockwerke hohen Saals waren mit Bildern bedeckt, die epische Schlachten gegen die Chaosdämonen nach dem Bersten des Siegels der Wirklichkeit darstellten. Genau den Türen gegenüber, durch die ich eingetreten war, durchbrachen zwei Fenster das Wandgemälde und teilten es in das Triptychon eines Feldzugs gegen Chaosdämonen auf, die in Flammen gebadet schienen, ohne von ihnen verzehrt zu werden.

Die Einrichtung wirkte solide und passte überhaupt nicht zum Prunk des übrigen Palastes, erschien mir aber für einen derart martialisch dekorierten Saal durchaus angebracht. Tisch und Stühle wirkten robust und ungepolstert, auch wenn sie kunstvoller aussahen als das, was ein Bauer sich aus ein paar Stücken Restholz zusammengezimmert hätte. Zwei kleinere Tische standen neben einer langen Bank unter den Fenstern, und zwei hohe Schränke flankierten die tiefer in den Palast führenden Türen.

Auf dem Tisch in der Mitte des Raums stand ein kleiner Holzkasten. Im Gegensatz zu seiner Umgebung wirkte er beinahe zerbrechlich. Der Deckel trug das Dreischenkelwappen des Imperators als Perlmuttintarsie. Ich sah keinen Verschluss. Trotzdem war ich nicht versucht, ihn zu öffnen.

Niemand sollte denken, Gariker hätten kein Benehmen.

Die Türen zum Imperator öffneten sich in den Saal. Augenblicklich fiel ich auf ein Knie und beugte den Kopf. Ich sah Garn Drustorn eintreten, dann drehte er sich um und lächelte dem Imperator zu, der ihm folgte. Der Heerfürst sah zu mir herüber. »Hoheit, es ist mir ein Vergnügen, Euch Lachlan, Sohn des Cardew, vorzustellen.«

»Erhebe dich, Lachlan.«

Ich gehorchte dem Imperator. Als ich den Kopf hob und ihn zu Gesicht bekam, hatte ich Mühe, meine Überraschung zu verbergen. Obwohl er eine Faustbreite größer war als ich, waren wir beide von derselben schlanken Statur. Mit seinem schwarzen Haar und den braunen Augen hätte er Marijas Bruder sein können. Er war wohl proportioniert, sichtlich bei bester Gesundheit und ganz eindeutig kaum älter als ich selbst. Es war diese Jugend, die mich erstaunte.

Natürlich kannte ich sein Alter, so wie jeder im Imperium, der seit dem Tod Daclones' einen Atemzug getan hatte, aber bis jetzt hatte ich mir nie wirklich klar gemacht, was es bedeutete. Der Imperatorentitel hatte ihn in meinen Gedanken um Jahre älter gemacht, und obwohl ich seine Schachfigur geschnitzt und versucht hatte, ihn dabei möglichst genau zu treffen, hatte ich mich dabei doch hauptsächlich auf meine Phantasie und sein Profil auf einer Silberkrone gestützt. Ich hatte ihn mindestens zehn Jahre älter gemacht.

Plötzlich erkannte ich, dass ich ihn bis zu diesem Augenblick mehr als ein Standbild oder ein Symbol gesehen hatte denn als einen lebenden Menschen.

»Ich stehe zu Euren Diensten, Eure Imperiale Majestät«, murmelte ich. Ich hörte die Nervosität in meiner Stimme und sah mit brennenden Wangen zu Boden. »Es ist mir eine Ehre, Euch kennen zu lernen.«

»Die Ehre ist meinerseits, Lachlan.«

»Nein, Hoheit. Ich bin ein Niemand, aber Ihr seid der Imperator.«

»Ich bin der Imperator, weil mein Vater es war.« Der junge Mann lächelte. »Für den Zufall meiner Geburt verehrt zu werden, ist ziemlich lächerlich.«

Ich zuckte unbehaglich die Schultern. »So mag es erscheinen, Hoheit, aber es bringt auch Lasten mit sich, der Sohn Eures Vaters zu sein. Diese Lasten anzunehmen verdient Achtung, und diese Achtung erbiete ich Euch.«

Thetys nickte dem Heerfürsten zu. »Dein Bericht über ihn war korrekt, Garn.«

»Er und ebenso sein Vetter sind höflich und klug … wie es schon ihre Väter waren.«

»Das habe ich auch gehört.« Der Imperator sah mich an, dann deutete er auf das Kästchen auf dem Tisch. »Lachlan, öffne die Schachtel und nimm heraus, was du darin findest.«

Dankbar für die Gelegenheit, etwas anderes zu tun, als darüber nachzudenken, wie ich mich der Einschätzung des Heerfürsten würdig erweisen konnte, trat ich hinüber an den Tisch. Ich hob vorsichtig den Deckel von der Schachtel und legte ihn beiseite. Im Innern sah ich einen auf schwarzem Satin ruhenden silbernen Ring. Eine schwarze Linie verlief um die Kanten des

Rings und half, das schildförmige Wappen einzurahmen. In dem Augenblick, da ich ihn aus dem Kästchen hob und das Licht auf die Symbole traf, erkannte ich das Wappen. Es war das der Kühnen Lanzenreiter, der Kompanie, die mein Vater ins Chaos geführt hatte.

Ich drehte mich zum Imperator um. »Es ist ein Ring, Sire.« Ich wurde wieder rot, als mir klar wurde, dass er das auch selbst sehen konnte. »Er ist alt.«

»Das ist er wirklich.« Thetys verschränkte die Hände im Rücken. »Mein Vater gab diesen Ring vor über zwanzig Jahren deinem Vater. Es ist mir eine Freude, ihn heute dir zu geben, sodass er wieder an der Hand seines rechtmäßigen Besitzers glänzen kann. Zieh ihn an.«

Ich zögerte. »Verzeiht mir, Hoheit, aber wenn Euer Vater diesen Ring meinem Vater überreicht hat, steht es mir nicht zu, ihn zu tragen. Ich habe zwei Brüder, die beide älter sind als ich. Er ginge erst an Geoff und dann an Dalt, bevor er mein würde.«

Der Imperator gestattete sich die Andeutung eines Schmunzelns. »Tu mir heute Abend den Gefallen, Lachlan. Ich wünsche, dass zum Jahreswechsel jemand von Cardews Blut diesen Ring trägt. Wenn du nach Felsenschnell zurückkehrst, kannst du ihn an deine Brüder weitergeben, falls du das willst, aber heute Abend gehört er dir. Ist dir das recht?«

»Nun, Geoff bekäme ihn als Erster, und ich glaube nicht, dass er etwas dagegen hätte, wenn ich ihn heute Abend für ihn trage.« Ich schob den Ring auf den Ringfinger der rechten Hand. Die Kälte des Metalls drang mir bis ins Mark, aber das Gewicht des Silbers war angenehm. Obwohl der Ring etwas zu groß für meine Hand war, erschien mir sein Gewicht ganz entsprechend. Er füllte die geisterhafte Lücke, die ich an meinem ersten Tag in Herakopolis gespürt hatte.

»Im Angedenken an meinen Vater nehme ich Euer Geschenk an. Ich kann Euch nicht genug dafür danken,

Hoheit.« Ich schloss die linke Hand zur Faust und ein kalter Schauder lief mir das Rückgrat hinab. Zum ersten Mal in meinem Leben hatte ich etwas Einzigartiges aus dem Besitz meines Vaters in den Händen – und es fühlte sich richtig an. Hier war etwas, das ihm viel bedeutet hatte, und ich teilte es mit ihm. Es war nicht erst über Geoff und dann über Dalt an mich weitergereicht worden. Ich fühlte eine unmittelbare Verbindung zu meinem Vater, und die Tiefe dieser Verbindung erschreckte mich.

Ich sah hoch und in die ruhigen Augen des Imperators. »Ich hoffe, dass ich Euch eines Tages ebenso dienen kann, wie mein Vater dem Euren gedient und sich diesen Ring verdient hat.«

»Ich habe keinen Zweifel daran, Lachlan, dass du mir von ebensolchem Nutzen sein wirst.« Er verschränkte die Arme und neigte den Kopf zur Seite. »Die Kühnen Lanzenreiter sind mit deinem Vater im Chaos untergegangen. Vielleicht werden wir sie um dich, deine Brüder und deinen Vetter neu aufbauen.«

Ich lächelte. »Geoff ist ein weiser und geschickter Kämpfer. Mein Bruder Dalt steht ihm kaum nach. Kit ist ein ebenso guter Scout, wie es sein Vater war.«

»Gut. Wir sollten nur die Besten für die Kühnen Lanzenreiter rekrutieren.« Der Imperator sah sich zu seinem Heerfürsten um. »Garn, bitte bring Lachlan in den Ballsaal.« Er drehte sich wieder zu mir um. »Ich würde mich euch sofort anschließen, aber wenn wir das neue Jahr unter guten Vorzeichen begrüßen wollen, müssen Tradition und Zeremonie beachtet werden. Ich bin sicher, das verstehst du.«

»Ja, Sire.« Ich neigte den Kopf und verkniff es mir anzumerken, wie katastrophal die Ernte in dem Jahr ausgefallen war, in dem Ferran Tugg sich geweigert hatte, zum zeremoniellen Tanz aufzuspielen, weil er gewusst hatte, dass sein Bruder Burton Runa aus Dreiulmen auffordern würde. Ferran hatte ihr den ganzen Herbst und Winter nachgestellt und Angst gehabt, Burton könnte sie in jener Nacht für sich gewinnen. Großvater hatte erzählt, dass er in seinem ganzen Leben noch nie eine solche Dürre und eine derartige Heuschreckenplage erlebt hätte.

Der Imperator zog sich in den angrenzenden Raum zurück, und der Heerfürst führte mich durch das Labyrinth der Palastgänge zurück zum Ballsaal. »Ich hoffe, Ihr genießt die Zeit hier in Herakopolis, Lachlan?«

»Ja, der Herr.« Es drängte mich, ihn nach dem Mord am Kahlen Ugo zu fragen, aber ich war mir nicht sicher, ob ich den Jahreswechsel ausgerechnet mit diesem Gesprächsthema begrüßen wollte. »Ich habe eine Menge Dinge gesehen und verspeist, von deren Existenz ich nicht einmal geahnt habe.«

»Zur Zeit findet sich in und um die Hauptstadt vieles, was neu und ungewöhnlich ist. Manches davon sind lediglich Gerüchte, das ist Euch sicher klar. Man kann sich nur auf einen Bruchteil davon verlassen, aber die Wahrheit herauszufiltern erfordert Durchhaltevermögen.« Das schillernde Licht in seinen Augen schien für einen Augenblick aufzuflackern. »Die Wahrheit ist schwer zu fassen, aber wir werden sie bald genug festgenagelt haben.«

Ich glaubte zu wissen, was er damit sagen wollte, ohne es auszusprechen, aber ich konnte mir nicht sicher sein. »Ich halte nicht viel von Tratsch, der Herr, deshalb habe ich zu Dingen, die ich nicht erklären kann, auch nichts gesagt.«

»Nichts anderes habe ich erwartet. Wenn ich etwas erfahre, das ich mit Euch teilen kann, werde ich das tun.«

»Ich danke, der Herr.« Ich lächelte über das Geheimnis, das wir teilten, und fühlte mich nicht unwesentlich erleichtert, dass ich nicht viel mehr darüber wusste.

»Da wären wir, Lachlan. Viel Spaß auf dem Ball.« Der Heerfürst deutete auf einen kurzen Gang hinab, der an einer offenen Doppeltür endete. Ich verabschiedete mich mit einem Nicken und schloss mich den anderen Gästen an, die auf dem Weg zum Ballsaal waren. Obwohl ich bereits durch einen großen Teil des Palastes gekommen war, war ich immer noch nicht auf das vorbereitet, was mich hinter den Türen erwartete.

War der Saal, in dem ich dem Imperator begegnet war, groß genug gewesen, um Großvaters Haus darin aufzubauen, hätte der imperiale Ballsaal ganz Felsenschnell Platz geboten. Ich betrat ihn durch einen Eingang in der Südwestecke. Das brachte mich zum Kopf einer weitgeschwungenen Freitreppe, die sich nach Norden und Osten ausbreitete. Abgesehen von den Säulen, auf denen die Decke ruhte, bestand die gesamte Ostwand des Saals aus Glas. Auf Bodenhöhe sah ich ebenfalls aus Glas gefertigte Türen, die hinaus in die schneebedeckten Gärten führten. Hinter ihnen blinkten die Lichter der Stadt und glitzerte das Mondlicht auf dem Ozean.

Riesige Wandteppiche mit Szenen verschiedener Heldensagen bedeckten die übrigen Wände. Die Treppe, auf der ich stand, hatte eine Entsprechung in der Nordwestecke des Saals, allerdings sah ich an ihrem Kopf keine Tür. Dort oben auf der Empore versammelten sich zahlreiche Musiker, und ich hörte die übliche Dissonanz eines Instrumente stimmenden Orchesters.

Eine dritte Treppe, gerade, aber breiter als die beiden anderen, führte geradewegs von einer Empore in der Mitte der Westwand herab in den Saal. An ihrem Kopfende waren zwei bronzene Türflügel nahtlos in die Wand eingelassen, und auf beiden prangte in kräftigem Relief das Dreischenkelwappen des Imperators. Auf der Empore standen ein großer Sessel und vier kleinere.

Von dort aus würden der Imperator und seine Familie die Feierlichkeiten verfolgen.

Der weiße Marmorboden war übersät mit Menschen, aber trotzdem war das in schwarzem Stein in der Mitte der Tanzfläche in den Boden eingearbeitete imperiale Wappen noch zu erkennen. An den Nord- und Südseiten des Saals erblickte ich Tische mit genug Speisen und Getränken, um die ganze Stadt eine Woche lang zu verköstigen. Kristalleuchter verbreiteten magische Helligkeit und ihre Spiegelung auf der Ostwand zauberte neue Sternbilder auf den Nachthimmel hinter dem Glas.

Von meinem Standort aus konnte ich Kit deutlich sehen, und hinter einem Kreis junger Damen und Mitoffiziere, den er um sich geschart hatte, saßen meine Großmutter und Marija. Ich hatte keine Probleme, sie zu erreichen und hielt ihnen die rechte Hand entgegen. »Schaut mal. Seht euch an, was der Imperator mir gegeben hat.«

Großmutter fasste meine Hand mit eiskalten Fingern. »Sie haben dir den Ring zurückgegeben.« Sie lächelte eine Sekunde, ihre Lippen zitterten kurz, dann zog sie meine Hand näher und drückte einen sanften Kuss auf den Silberring. »Cardew hat sich furchtbaren Schrecken gestellt, um diese Ehre zu gewinnen, aber er hat die Verantwortung, die sie repräsentiert, gerne auf sich genommen. Vergiss das niemals und verrate sie nie.«

»Niemals.« Ich nickte ernst. »Nie werde ich meinen Vater entehren.« Ich neigte mich zu Großmutter herab und küsste sie auf die Stirn.

Sie tätschelte mir mit ledriger Hand die Wange. »Keine Mutter hätte sich je einen besseren Sohn wünschen können.«

Der Klang von stahlbeschlagenem Holz auf Stein drang durch das Gemurmel der Menge, und alles drehte sich zu der Empore an der westlichen Wand um. Die Bronzetüren waren geöffnet und ein Minister in voller

Livrée stand neben ihnen. Wieder schlug er mit seinem Amtsstab auf den Boden und ein metallischer Glockenton hallte durch den Saal. »Seine Allererhabenste Majestät, Imperator Thetys V. und seine Mutter, die Imperatrix Dejanna.«

Der Imperator und die Imperatrix traten durch die Türen und wandten sich zu ihren auf der Empore wartenden Thronsesseln, ihre rechte Hand locker auf seinem angewinkelten linken Arm ruhend. Thetys trug ein gefüttertes silbernes Wams über einem blauen Hemd. Weiße Kniehosen, Strümpfe und Halbschuhe vervollständigten seine Kleidung. Statt einer Krone trug er einen einfachen silbernen Stirnreif mit einem einzelnen Saphir in der Mitte der Stirn. Es schien beinahe, als hätten er und meine Großmutter ihre Kleidung aufeinander abgestimmt.

Seine Mutter, eine Frau von zierlicher Statur, trug ein traditionelles Ballkleid aus silbernem und weißem Satin, unter dessen Überrock ein Reifrock verborgen war, der die Röcke ausladender machte und ihre Taille besonders schmal erscheinen ließ. Als Akzentfarbe hatte sie Violett gewählt und brachte dies durch ein Amethystkollier und ein entsprechendes Diadem zur Geltung. Sie gab den Arm ihres Sohnes frei, als sie die Sessel erreichten und begab sich zu ihrem Platz links neben ihm.

Zum dritten Mal schlug der Amtsstab des Hofkämmerers auf den Boden. »Reichsprinz Lan und die Prinzessinnen Nassia und Eriat«, verkündete er.

Prinz Lan kam mir von der Körpergröße her näher als sein Bruder und war vom selben stämmigen Körperbau, den auch mein Vater gehabt haben sollte. Seine Kleidung ähnelte der seines Bruders, nur sein Hemd war eine Spur heller. Er trug keine Krone und lächelte, als er seine beiden Schwestern heraus auf die Empore begleitete.

Nassia und Eriat waren eineiige Zwillinge, hatten aber ihr Möglichstes getan, sich voneinander abzuheben. Nassia an Lans rechter Seite trug wie ihre Mutter das schwarze Haar schulterlang. Sie hatte ein Kleid aus weißem Satin gewählt und es mit silbernen und grünen Akzenten verziert. Eriat hingegen trug ein silbernes Kleid, mit roten und weißen Bändern geschmückt, eine Verzierung, die bis in ihr langes, rabenschwarzes Haar reichte, in das ebenfalls Bänder dieser Farben eingewoben waren.

Sie waren so hübsch, dass ich mir überlegte, ob ich nicht sogar mit jeder dreimal tanzen sollte: Einmal für Geoff, und zweimal für mich selbst.

Nachdem seine Familie ihre Plätze eingenommen hatte, trat der Imperator vor. »Ich begrüße euch alle hier und danke euch, dass ihr der Einladung so freundlich nachgekommen seid, mir und meiner Familie in dieser feierlichen Nacht Gesellschaft zu leisten. Dies ist der erste Bärenabend meiner Regierung, und ich hoffe inständig, dass es eine Feier wird, die niemand je vergisst.« Er warf einen kurzen Blick zurück zum Kämmerer, der ihn angekündigt hatte, dann lächelte er seiner Zuhörerschaft zu. »Meine Ratgeber drängen mich, diese Gelegenheit zu einer ausführlichen Ansprache über meine Pläne für das kommende Jahr zu benutzen, aber als mein Geschenk an euch werde ich darauf verzichten. Ich vertraue darauf, dass ihr euch in Erwiderung heute Abend nach Herzen amüsieren werdet.«

Thetys bot seiner Mutter die Hand und führte sie die Stufen hinab zur Tanzfläche. Auf ihrer Empore stimmten die Musiker die Einleitung des Zeremoniellen Tanzes an. Den Rücken zum Thron, führte er seine Mutter in einer halbkreisförmigen Bewegung nach vorne, bis sie ihm gegenüberstand, und alle Damen im Saal bildeten raschelnd einen Kreis um die Tanzfläche.

Ich wollte Großmutter aufhelfen, aber sie winkte ab

und schob Marija mit sanfter Hand in Richtung Tanzboden, damit sie als ihre Vertretung agierte. Großmutter lächelte mich warmherzig an. »Tanz mit Marija, Lachlan. Tanzt für euch selbst und für mich mit.«

Die anwesenden Männer, abgesehen von denen, die wie Großmutter durch ihre Gebrechen am Tanzen gehindert wurden, formten einen zweiten Kreis um die Damen. Ich sah Garn Drustorn gegenüber der Herzogin Nallia von Jask, während deren Gatte, der Großherzog, in einer Ecke saß und sein linkes Bein rieb. Kit wählte sich eine bemerkenswert zierliche Partnerin aus, die, wenn ich ihre Rangabzeichen richtig deutete, Priesterin der Kirche von den Freuden war. Ich nahm Marija gegenüber Aufstellung und grinste wie ein Idiot.

Der Kämmerer schlug mit seinem Stab auf den Boden. Im Gleichklang mit den übrigen Männern verbeugte ich mich tief vor meiner Partnerin. Zum nächsten Signal des Ministers richtete ich mich wieder auf, und Marija knickste. Als sie und die anderen Damen wieder hochkamen, hob er den Stab für den letzten Schlag, mit dem der Tanz begann.

»Lasst die Feier beginnen!«, rief er und senkte den Stab.

Falls er überhaupt ein Geräusch machte, als er den Boden berührte, hörte ich zumindest nichts davon. Ein Donnerschlag krachte mitten auf der Tanzfläche, als ein mitternachtsschwarzer Blitz mit blutroten Glanzlichtern einschlug. Der Schlag ging mir durch Mark und Bein und die Druckwelle warf Marija in meine Arme. Ich fing sie auf und schwang sie hinter mich, um sie mit meinem Körper gegen das Etwas abzuschirmen, das in der Mitte des Imperialen Wappens Gestalt annahm.

Schatten flossen an ihm herab wie ein bösartiger Nebel. Zunächst schien es nicht größer als ein Zwerg und von der massigen Statur eines Baumstumpfes, aber dann wuchs es in die Höhe. Der über ihm schwankende

Kronleuchter warf seinen langen Schatten über den ganzen Kreis, und ich fühlte ein Brennen, als die Dunkelheit mich berührte. Die Luft schmeckte bitter, und der Gestank von Angstschweiß füllte den Saal.

Als es meine Größe erreicht hatte, ein Vorgang, der kaum messbare Zeit in Anspruch nahm und trotzdem eine Ewigkeit zu dauernd schien, richtete es sich auf und erwies sich als groß genug, um selbst die Statuen zu überragen, die ich auf meinem Weg durch den Palast gesehen hatte. Die Kreatur trug einen Kapuzenmantel, der mehr aus Schimmel und Moos als aus irgendeinem Stoff zu bestehen schien, den ich kannte, und starrte dem Imperator geradewegs ins Gesicht. Seine Kapuze fiel nach hinten und offenbarte einen kahlen Schädel, über dem sich dünn fleckige silberweiße Haut spannte.

»Verzeiht die Manier meines Erscheinens«, sirrte die Monstrosität mit einer grillenartigen Stimme. »Aber ich konnte es mir nicht entgehen lassen, den ersten und letzten Bärenabendball zu besuchen, dem du je vorstehen wirst!«

12

Der Imperator hatte seine Mutter ebenso schützend hinter sich gezogen, wie ich es mit Marija getan hatte. »Wie ist es möglich …?« Obwohl sein Gesicht bleich geworden war, verriet seine Haltung keinerlei Furcht, und auch in seiner Stimme konnte ich keine entdecken. »Verschwinde, du bist nicht willkommen.«

»Aber, aber. Imperatorchen. Heut ist eine Nacht der Gastfreundschaft und guten Wünsche.« Die grotesk menschenähnliche Gestalt schüttelte bedauernd den

Kopf. »Wenn du dich nicht von diesem Hass befreist, wird das kommende Jahr des Greifen wahrlich furchtbar werden.«

»Wie passend, dass du dich gerade jetzt zeigst, am Ende des Jahrs des Skorpions, gerade dort, wo man seinen Stachel erwartet.«

Die metallische Haut der Kreatur quietschte, als ihre Lippen sich zu einem raubtierhaften Lächeln öffneten. »Wortspiele sind deiner unwürdig, Imperiale Majestät. Hebe dir dein Gift für andere Ziele auf. Ich habe ein Geschenk für dich.«

Der Imperator winkte jedes Angebot eines Geschenks von dieser hageren Verkörperung des Verderbens ab. »Auf meinen Einladungen wurde ausdrücklich gebeten, von Geschenken abzusehen.«

»Aber da ich nicht eingeladen wurde, bin ich daran nicht gebunden.« Die Kreatur warf den Kopf wie zu einem Lachen in den Nacken, doch was aus seinem Mund drang, war das feuchte Knistern an Leichenfleisch nagender Maden. »Was ich dir schenke, Fürstenknäblein, ist ein Jahr. In einem Jahr werde ich hierher zurückkehren, und du wirst mir deine Krone aushändigen.«

Thetys verschränkte die Arme vor der Brust. »So, du hast dein Geschenk abgeliefert. Jetzt verschwinde.«

Die Haut um die Augen der Kreatur spannte sich. »Was für ein erbärmlicher Gastgeber du bist, Thetys der Letzte. Du willst mich fortschicken, ohne dass ich auch nur einmal getanzt habe? So etwas ist undenkbar, und ich werde es nicht zulassen. Ich werde nicht gestatten, dass man dich für unhöflich hält.«

Das Monstrum hob beide Arme über den Kopf, und die Ärmel seines Mantels rutschten auf die Schultern herab. Der linke Arm wirkte nahezu vollkommen, nur schien er aus einem sehr dunkelgrünen, aber trotzdem transparenten Material zu bestehen. Die Art, in der das

Licht der Kronleuchter ihn durchdrang, erinnerte mich daran, wie die Welt verschwimmt, wenn man sie von unter der Wasseroberfläche eines Sees betrachtet.

Der andere Arm hätte in einer Gruft vor sich hin rotten sollen. Schwarze Haut hing in Fetzen herab und gab den Blick auf rötlichbraune Muskeln und das vergilbte Elfenbein alter Knochen frei. Insekten wimmelten darauf herum wie Ameisen auf einem Ast. Eine zähe dunkle Flüssigkeit tropfte am Ellbogen herab, verflüchtigte sich aber, bevor sie den Boden erreichte.

Es öffnete die Hände und rief ein Wort, das ich nicht verstand. Es bildete sich aus einer Ansammlung von Zisch- und Knacklauten und verursachte dasselbe üble Gefühl in meiner Magengrube wie das Geräusch, mit dem ich zwei Jahre zuvor Dalts Knochen hatte brechen hören. Schatten wirbelten aus allen Winkeln des Saals heran und verdichteten sich zu einem Stab aus Onyx, an dessen Ende eine Kugel aus Rauchquarz saß.

Die Kreatur sah zu den Musikern hinüber und gackerte: »Spielt für mich, damit ich tanzen kann.«

Sämtliche Musiker legten ihre Instrumente weg.

Der ungeladene Gast ließ die rechte Hand zur Mitte des Stabs herabsinken, dann drehte er ihn einmal, und die Kugel leuchtete auf. Er peitschte ihn in Richtung der Musiker, und die Kugel flammte blutrot auf. Ich sah ihr Licht sich in den Augen der Musikanten widerspiegeln, dann kratzte sich einer von ihnen mit beiden Händen das Gesicht auf. Andere fielen in Ohnmacht und einer der Männer stolperte blindlings vorwärts, fiel polternd die Treppe hinunter und schlug sich auf den Stufen den Schädel ein.

In eine rotgoldene Aura gehüllt, schwebten die Instrumente empor. Langsam und leise stimmten sie eine Melodie aus kreischenden Tönen und dissonanten Akkorden an. Jede einzelne Note schmerzte in den Ohren wie unsichtbare Dornen oder lautlose Stechinsekten.

Das Monster schloss für einen Augenblick die Augen und bewegte seinen Stab im Takt der Musik, dann nickte es. »Mit einem Stück von dieser Vielschichtigkeit wären deine Leute ganz eindeutig überfordert gewesen. Das ist ein weiteres Geschenk an dich.«

Es öffnete die Hand, mit der es den Stab hielt und ließ die Kugel nach vorne kippen. Unmittelbar, bevor das untere Ende durch seine Leichenhand rutschen konnte, schloss es die Faust wieder und wirbelte den Stab in einer allumfassenden Geste um sich herum. Beim ersten Vorbeizucken fühlte ich Müdigkeit von meinen Gliedern Besitz ergreifen. Beim zweiten spannten sich meine Muskeln wie Saiten, die von der Kreatur gestimmt wurden. Ein drittes Mal zischte der Stab vorbei und sie spannten sich noch stärker. Meine Hände verkrampften sich, die Zehen bogen sich ein. Bei der letzten Umdrehung spannte sich jeder Muskel meines Körpers zum Bersten und mein Rückgrat krümmte sich nach hinten wie ein gespannter Bogen.

Marija streckte die Hand nach mir aus, aber schon die leiseste Berührung sandte sengende Schmerzen durch meinen Körper. Ich keuchte laut auf und sah das Entsetzen in ihren Augen. Ich wollte sprechen, konnte aber kaum ein Flüstern zustande bringen. Nur indem ich meine Schmerzen durch die Stimme schickte, gelang mir ein einziges, ersticktes Wort.

»Renn!«

Bevor sie gehorchen konnte, gestikulierte der Zauberer mit flüssiger linker Hand. Aberdutzende feiner goldener Lichtfäden schossen aus seinen Fingern und berührten alle Frauen in der Mitte der Stirn. Ich sah Marijas dunkle Augen glasig werden. Ihr Kopf fiel nach vorne und ich bäumte mich gegen die Kräfte an, die mich gefangen hielten, um sie aufzufangen und verhindern zu können, dass sie zu Boden stürzte.

Sie stürzte nicht. Das Monster packte die Lichtfäden

mit der linken Hand wie ein Bündel Leinen, dann schwenkte es seinen Stab wieder im Takt der schrecklichen Melodie, die durch den Saal gellte. Marijas Kopf zuckte hoch, als der unerwünschte Gast mit der silbernen Haut an den Fäden zog, und ein Impuls rotglühender Macht rann den Faden entlang geradewegs in ihr Hirn.

Im Gleichschritt mit den anderen Frauen bewegte Marija sich auf die Parkettfläche und tanzte im Takt der Musik. Zunächst schritten die Damen noch leicht und formell, wahrten unbewusst die vorgeschriebene Form des zeremoniellen Tanzes. Ihre Mienen waren leer, und obwohl viele von ihnen von hübschem Äußeren waren, stahl ihnen das Fehlen jeder Lebendigkeit, was immer sie an Schönheit besaßen.

Das Tempo der Musik wurde schneller und ich spürte, wie auch mein Puls sich mit beschleunigte. Ein, zwei Sekunden konnte ich einer Streichermelodie folgen, dann brach ein Horn durch und zog mich zu einer blechernen Abfolge von Noten mit. Gleich darauf stahlen Holzbläser meine Aufmerksamkeit, nur um mich jäh wieder den Streichern zu überlassen. Gleichzeitig hämmerten ununterbrochen die Schlaginstrumente eine Botschaft, die ich nicht mit dem Verstand erfasste, die aber eine wachsende Wirkung auf meinen Körper hatte.

Die Schmerzen, die mich peinigten, verblassten, als andere Emotionen durch meinen Leib tosten. Meine Muskeln lockerten sich etwas und erfüllten mich mit einem Gefühl der Erleichterung, das die Musik in Dankbarkeit für die Gnade des Monsters umzudeuten versuchte. Ich konnte mich bremsen, bevor ich in diese Falle tappte, aber trotzdem empfand ich ein Gefühl von Kameradschaft mit jenem seltsamen Wesen im Zentrum des Saals. Die Frauen tanzten für es, aber es teilte sie mit mir.

Durch seine Macht tanzten die Frauen für *uns.*

Und wie sie tanzten. Mit der Geschwindigkeit des Tanzes nahm auch die Lüsternheit ihrer Bewegungen zu. Schlanke Hände liebkosten schwungvolle Hälse und streichelten langsam abwärts. Volle Busen drohten, Seide und Satin bersten zu lassen, als die Frauen den Stoff der Kleider über ihren flachen Bäuchen stramm zogen. Finger gruben sich in Röcke und hoben sie an, um Beine in feinsten Strümpfen in ihrer ganzen köstlichen Länge zu präsentieren. Frauen warfen den Kopf wild zur Seite, schüttelten Kämme und Spangen ab, lösten das Haar in Explosionen gedankenloser Geilheit.

Ich fühlte die Lust in mir erwachen. Jede Frau, die in den schmalen Kegel meines Sichtfelds wirbelte, verdrängte ihre Vorgängerin als das Objekt meiner Begierde. Große Frauen, kleine Frauen, dicke Frauen, dünne Frauen, alte Frauen, junge Mädchen – Kinder noch –, alle zuckten vorbei und verwandelten sich in die Verkörperung all meines fleischlichen Verlangens. Allein die Muskelstarre durch die Magie des Monsters mitten im Geschehen hielt mich davon ab, mich auf sie zu stürzen, aber seltsamerweise nahm ich es ihm nicht übel, denn die Musik versicherte mir, dass die Vorfreude den kommenden Genuss nur noch steigerte.

Eine neue Melodie wob sich durch das dämonische Konzert und brachte eine Note der Vorsicht in meine Gedanken. Mein Blickfeld weitete sich und ich sah den lüsternen Ausdruck auf den Gesichtern der anderen Männer. Ich erkannte augenblicklich, dass sie es auf die Frauen abgesehen hatten, die ich in dieser Nacht besitzen wollte. Wilde Blutgier erfasste mich und meine Finger juckten mit dem Drang, sich um den Hals des ersten Mannes zu schließen, den meine Hände zu fassen bekamen.

Es spielte keine Rolle, dass der erste Mann, den ich sah, Kit war.

Die Wut nagte an dem Zauber, den die Kreatur gewoben hatte. Meine Hände ballten sich zu Fäusten und ich spürte das warme Gewicht des Rings an meinem Finger. *Ja, der Ring. Wenn ich mit dem Ring zuschlage, hinterlässt er bestimmt eine Narbe. Ein Abdruck des Wappens!*

Ich schaute auf meine Hand, befingerte den Ring. Sein Gewicht und das Gefühl, dass er an meine Hand gehörte, verschafften mir einen Augenblick der Einsicht. Er befreite mich von Fialchars Einfluss und öffnete der Vernunft einen Weg zurück in meine Gedanken. *Nein, nein. Kit ist nicht mein Feind – das Monster ist es! Dagegen muss ich ankämpfen.*

Ich widersetzte mich dem Zauber, der mich immer noch gefangen hielt. Meine Fäuste wanden sich in der Hoffnung, dass ihre Freiheit sich auf den Rest des Körpers ausbreiten würde. Als nichts geschah, knurrte ich wütend und konzentrierte mich darauf freizubrechen, aber ohne Erfolg. Was immer er getan hatte, war zu stark für mich. Ich mochte seiner mentalen Sklaverei entkommen sein, aber meinen Körper hatte er weiter in der Gewalt.

Plötzlich fiel mir der Schutzreim gegen das Böse ein, den ich vor so langen Jahren gelernt hatte, und ich konzentrierte mich auf die Worte. *Wenn es je einen Augenblick gegeben hat, für den er gedacht war, dann für den jetzigen!* Langsam und bedächtig sprach ich die Worte aus. Ich zwang Lippen und Zunge, jeden Buchstaben genau zu formen, damit die Worte Gestalt annahmen, selbst wenn meine Lungen nicht genug Luft lieferten, um sie auszusprechen.

»Feuer und Silber besiegen Kälte und Nacht, doch schau nicht an des Bösen Macht.« Wärme breitete sich über mich aus, als hätte ich in den Armen meiner Tante oder meiner Mutter Zuflucht gefunden. Meine Arme beugten sich an den Ellbogen, um die Umarmung zu erwidern, und meine Zehen streckten sich. »Scheint auch alles verloren, behalte Hoffnung und Mut«, stieß ich aus, als ich die Kontrolle über meinen Rücken zurückerhielt. Ich konnte meine Beine wieder fühlen und sank augenblicklich in eine breitbeinige Kampfhaltung. »Und des Bösen Werk wird trotz allem gut!«

Mit dem letzten Wort des Reims verschwand Fialchars Gewalt über mich. Ich warf mich vor und packte Marija mit dem linken Arm an der Taille. Die rechte Hand legte sich um den magischen Faden – und obwohl ein sengender Schmerz sie durchzuckte, riss ich sie senkrecht herab. Die goldene Lichtspur teilte sich an meinem Ring und peitschte umher wie eine verletzte Schlange, zerfetzte dabei ihrerseits einige weitere Fäden. Marija brach in meinen Armen zusammen und die anderen – aus der Gewalt der Kreatur befreiten – Frauen fielen wirbelnd zu Boden.

Die Musik brach so plötzlich ab, dass ich hätte glauben können, ich sei plötzlich taub geworden, hätte das Krachen der zu Boden stürzenden Instrumente nicht das Gegenteil bewiesen. Ringsum taumelten die anderen Männer durch den Saal, die Schultern eingefallen, die Glieder unkontrolliert zuckend. Die meisten sanken langsam in die Knie, während Fürst Unheil hoch über ihnen allen aufragte.

Die Kreatur drehte sich langsam zu mir um, ohne dass sein Mantel den geringsten Hinweis darauf erlaubte, wie. Als er seine Drehung vollendete und ich sein Gesicht nicht länger nur im Profil sah, wuchs meine Bewunderung für den Imperator beträchtlich. Der brandige Blick dieses Dings war furchtbar genug, einen Menschen von innen heraus verwesen zu lassen.

»Du wagst …« setzte es wütend an, dann schloss er mit einem hörbaren Klacken den Mund. Es legte die Stirn in Falten und ich taumelte nach hinten, als sein Blick mich mit beinahe körperlicher Gewalt traf. »Wie kannst du jetzt hier sein? Das ist unmöglich!«

Es drehte sich wieder zum Imperator um, der über seiner Mutter kniete. »Taschenspielereien werden dich und deinen Thron nicht retten. Er wird mir gehören und du wirst ihn mir übergeben. Ich habe dir aufgespielt und in einem Jahr wirst du mich mit deinem Reich bezahlen.«

Es hob seinen Stab mit beiden Händen über den Kopf, dann schlug er den Schaft mit Gewalt in den Boden. Das Donnerkrachen des Aufschlags warf mich um, aber ich drehte mich im Fallen und konnte Marija mit meinem Körper auffangen. Als ich wieder aufblickte, sah ich nur noch eine schnell verblassende Säule aus ölig schwarzem Rauch und eine kleine grünliche Flamme, die im Zentrum des Imperialen Wappens brannte.

Kit sank auf ein Knie und legte Marija neben mich auf den Boden. »Ist sie verletzt?«

»Ich glaube nicht. Nur bewusstlos.« Ich starrte auf die grüne Flamme. »So etwas hätte ich heute Nacht nicht erwartet.«

Kit schauderte. »Ein denkwürdiger, aber wenig verheißungsvoller Auftakt für das neue Jahr.« Er kaute kurz auf der Unterlippe. »Ich bin mir nicht sicher, und ich weiß auch nicht, wie er hierher gekommen ist, aber ich glaube, das war Fialchar – Fürst Unheil.«

»Keine Frage.« Ich schüttelte den Kopf. »Das war er.«

»Woher weißt du das?«

Ich zuckte die Schultern. »Wer sonst hätte es sein können?«

Kit zögerte einen Augenblick, dann nickte er. »Da hast du Recht. Er muss es gewesen sein. Und wenn er das Imperium betreten kann …«

Ich beendete den Satz für ihn. »Dann wird auch ein ganzes Jahr Vorwarnung nicht genug sein, ihn aufzuhalten.«

15

Marijas haselnussbraune Augen öffneten sich flatternd, und die geweiteten Pupillen kehrten zu ihrer üblichen Größe zurück. Sie sah mich an, setzte an, etwas zu sagen, dann wurde sie rot und schaute zur Seite. Sie hob die Hand zum Mund, um ein Schluchzen zu unterdrücken.

Ich fasste ihre andere Hand mit beiden Händen und hielt sie fest. »Was du durchgemacht hast, was *wir* durchgemacht haben, war schrecklich. Was wir gedacht haben, was in uns vorgegangen ist, geschah ohne unser Zutun. Fialchar hat es uns eingeflüstert.«

Marija schluckte schwer. »Du kannst ja nicht wissen …«

Ich nickte und beruhigte sie mit leiser Stimme. »Ich will es mir gar nicht vorstellen, denn ich weiß, was er mich denken ließ – über dich und alle anderen. Ich war bereit, Kit umzubringen …«

»Und ich, Locke zu töten.« Kit schenkte ihr die leise Andeutung eines Lächelns. »Das Verderben hatte heute Gelegenheit, uns in Versuchung zu führen, aber diese Versuchung ist machtlos, solange wir ihr widerstehen. Was auch immer du zu denken oder zu tun geglaubt hast, es zählt nicht, es sei denn, du entscheidest dich, ihm zu folgen.«

Marija schloss für einen Augenblick die Augen. »Was Ihr sagt, ergibt Sinn, Meister Christoforos, aber wie kann ich diese Gedanken aus meinem Kopf vertreiben?«

Ich tätschelte ihre Hand. »Finde neue Gedanken, die sie verdrängen. Genau das tue ich auch.« Ich zwinkerte Kit zu. »Im Augenblick halte ich Rachephantasien für das Beste, meinen Geist zu füllen.«

»Meiner platzt fast vor ihnen.«

Marija nickte und öffnete wieder die Augen. »Ihr habt Recht. Und ich muss an die Arbeit.«

Kit und ich halfen ihr in eine sitzende Haltung auf. »Wie fühlst du dich, Marija?«

»Mir geht es g-gut, Locke.« Sie schaffte ein schwaches Lächeln. »Bitte, helft mir auf.«

Kit und ich standen auf, dann halfen wir ihr auf die Beine. Sie brachte pflichtbewusst ihre Röcke in Ordnung, dann sah sie hinüber zum Platz meiner Großmutter. Durch die um uns herum wogende Menge konnte keiner von uns sie sehen, aber Marija warf sich augenblicklich in den Menschenstrom und verschwand in Richtung ihres letzten bekannten Aufenthalts. Ich wollte ihr folgen, aber Kit hielt mich auf. »Augenblick, Locke.«

»Was?«

»Wir beide haben angenommen, der Bäcker und seine Familie wären durch das Ding umgekommen, das ich in der Wildnis gesehen habe, aber ich erinnere mich, dass du irgendwann eine ›Beschwörung‹ erwähnt hast. Was war das noch?«

Ich runzelte die Stirn und schloss die Augen, als ich versuchte, mich zu erinnern. »Triona, die Frau des Apothekers, sagte etwas über eine Chaoskreatur, die sie beschworen hatten.« Ich öffnete die Augen wieder und sah Kit besorgt an. »Glaubst du, Fialchar ist durch diese Beschwörung ins Imperium gelangt? Hätte ein solcher Zauber unbemerkt bleiben können? Und wenn diese Leute ihn beschworen haben, warum sollte er sie töten?«

Kit zuckte die Schultern. »Was, wenn ihr Tod ein Teil der Beschwörung war? Wir haben keinen Beweis dafür, dass sie erst *danach* gestorben sind. Was die Möglichkeit betrifft, einen Zauber zu entdecken oder verborgen zu halten, darüber weiß ich nichts.«

»Was hast du dann gejagt?«

Bevor Kit antworten konnte, bahnte Garn Drustorn sich einen Weg durch die Menge. »Der Imperator möchte Euch sprechen, Lachlan. Ihr solltet auch gleich mitkommen, Leutnant. Er wird Euren Rat in dieser Sache ebenfalls zu schätzen wissen.«

Wir drängten uns durch die Menge und bewegten uns so geradlinig wie möglich zur Thronempore und ihren Türen. Klein wie ich bin, sah ich nicht viel mehr als Kits Rücken, aber ich bemerkte zwei Männer mit dem Blütenabzeichen der Heilzauberei, die unmittelbar an mir vorbei in Richtung der Musiker rannten.

Als ich die Treppe erreicht hatte, drehte ich mich in dem vergeblichen Versuch noch einmal um, Marija und meine Großmutter zu finden. Die Szenerie unter mir wirkte äußerst unpassend. Manche Gäste lagen flach auf dem Bauch, andere knieten und schluchzten leise in die Arme anderer Opfer. Die Haltung aller dort im Saal, ihre Bewegungen und die zu mir heraufdringenden Geräusche passten zu der Katastrophe, die sie durchlitten hatten, aber ihre fröhlich-festliche Kleidung verhöhnte sie. In ihren Ballkostümen wirkten sie wie Schauspieler in der theatralischen Inszenierung einer Tragödie.

Das schiere Leid, das Fialchar mit seinem Auftritt angerichtet hatte, unterstrich die Gefährlichkeit dieses Feindes. Seine Ankunft und alles, was er danach getan hatte, war beinahe beiläufig gewesen, aber die Auswirkungen waren furchtbar und von tief greifender Wirkung. Er hatte die zur Feier einer der wichtigsten Nächte des Jahres hier zusammengekommenen Menschen zu einem kläglichen, schmerzgebeutelten, heulenden Mob zurechtgestutzt … Alles nur, um sich einen Spaß zu machen.

Diese völlige Gleichgültigkeit den Konsequenzen seines Handelns gegenüber hätte mich nicht überraschen dürfen, nach allem, was ich von ihm wusste. Fialchar war es gewesen, der vor langem eine Debatte in der Gemeinschaft der Zauberer über die Möglichkeit entfacht hatte, ein magisches Artefakt zu schaffen, das in sich das Gefüge der Realität barg. Die Debatte hatte die magische Bruderschaft in zwei sich gegenüberstehende Lager gespalten. Fialchar hatte ein Dutzend seiner Brüder, die es für möglich hielten, diese Aufgabe zu bewältigen, überzeugt, sich insgeheim an die Erschaffung dieses Artefakts zu machen, nur um den anderen zu beweisen, dass es möglich war.

Sie hatten es getan und auf einer Einberufung der Zauberer ihr Werk voller Begeisterung präsentiert. Die Zwölf hatten sich um ihre Schöpfung versammelt, von Stolz auf ihre Leistung erfüllt. Die Arbeit daran hatte sie zwölf Jahre gekostet, aber schließlich war es doch gelungen. Sie hatten das Siegel der Wirklichkeit erschaffen.

Dann war Fialchar auf dieser Einberufung zwischen sie getreten und hatte das Siegel zerschlagen. Augenblicklich war das Chaos losgebrochen und hatte das gesamte Reich überschwemmt. Zauberer in allen Teilen des Imperiums hatten sofort erste Bannmauern errichtet, um das Chaos zurückzudrängen, aber selbst nach Jahrhunderten war es nicht gelungen, mehr als einen winzigen Bruchteil des Imperiums zurückzuerobern.

Fialchar hatte nie irgendeine Erklärung dazu abgegeben, warum er das Siegel der Wirklichkeit zerschmettert hatte. Es gibt Stimmen, die behaupten, dass es von Beginn an sein Plan gewesen sei, und er genau deshalb erst die Diskussion ausgelöst hatte, die zur Erschaffung des Siegels führte. Ich war bereit, diese Erklärung anzunehmen, aber nachdem ich ihn hier erlebt hatte, erschien es mir ebenso glaubhaft, dass er das Siegel aus einem plötzlichen Wunsch heraus zerschlagen hatte.

Eine weitere beiläufige Geste mit furchtbaren Folgen.

Kit und ich folgten dem Heerführer durch die Türen, und ich hörte sie hinter uns zufallen. Bei der Tür auf der gegenüberliegenden Seite des Zimmers sah ich Thetys mit seinem Bruder Lan. Der Imperator erwiderte Kits Salut hastig, dann bat er uns, ihm tiefer in den Palast zu folgen. »Verzeiht, dass ich nicht warten kann, bis wir angekommen sind, aber wir stehen vor einem Problem, das noch um einiges größer ist als Fialchars Anwesenheit hier im Reich.«

Ich riss die Augen auf. »Was könnte schlimmer sein als das Auftauchen des Zauberers, der das Siegel der Wirklichkeit zerstört hat, hier im Imperium?«

Lan antwortete mir, während sein Bruder einen Schlüssel in einem kleinen Loch in einem Wandgemälde umdrehte. »Ihr habt den Stab gesehen, den Fialchar dabei hatte? Ihr habt seine Macht gefühlt?«

»Ja.« Ich nickte.

»Das war Emeterios Stab. Er gehörte ursprünglich einem der zwölf Zauberer, die mitgeholfen haben, das Siegel der Wirklichkeit überhaupt erst zu erschaffen. Als Fialchar das Siegel zertrümmerte, wurden die zwölf Zauberer, die er dazu verleitet hatte, es herzustellen, von der Chaosflut verschlungen.« Im Verlauf der Erklärung wurde Lans Ton nachdenklich. »Wir haben lange angenommen, sie wären alle gestorben und ihre Werkzeuge zerstört worden, aber immer wieder tauchten Berichte auf, die darauf hinzuweisen schienen, dass einer oder mehrere von ihnen oder zumindest ihre Artefakte in irgendeiner Form noch im Chaos existieren.«

Der Imperator zog den Schlüssel zurück, und ein Teil der Wand öffnete sich. Dahinter wurde ein dunkler Gang sichtbar. Lan ging mir in den engen, grob gemauerten Tunnel voraus und warnte mich vor den Stufen, als wir eine Wendeltreppe hinab in die Tiefen des Palasts stiegen. Flache kreisrunde Scheiben an der Decke des Gangs lieferten eine schwache Beleuchtung, deren

Lichtkegel aber nicht über den des heute Nacht nur viertelvollen Liebendenmonds hinausging. Ich hielt das Gleichgewicht, indem ich die Finger an beiden Wänden entlanggleiten ließ, was ohne Schwierigkeiten möglich war. Hätte ich unter der Angst vor dem Eingeschlossensein gelitten, die Dalt plagte, wäre ich in diesem staubigen, vertrockneten Rattenloch wahnsinnig geworden.

Hinter mir hörte ich die Stimme des Imperators. »Fialchar weiß, dass wir im Besitz des einzigen Gegenstandes sind, der mächtig genug ist, Emeterios Stab zu zerstören, auch wenn er dabei selbst vernichtet würde: Das Faustfeuerszepter. Wir bewahren es in einem sicheren Verlies hier im Palast auf. Das Verlies wird von genug magischen Sicherungen beschützt, um ihn daran zu hindern, auf dieselbe Weise einzudringen, durch die er den Ball gestört hat. Zumindest hoffe ich das.«

Wir blieben auf einem breiten Absatz stehen. Der Tunnel setzte sich nach rechts fort, aber Lan ging nicht sonderlich weit hinein. Er blieb unter einer der Mondleuchten stehen, ließ sich auf ein Knie hinab und zählte Ziegel in der linken Wand. Als er den gefunden hatte, nach dem er suchte, strich er mit der flachen Hand darüber, und ich sah die Umrisse des Steins sanft aufleuchten. Lan blickte zu seinem Bruder hoch und schüttelte den Kopf.

Der Imperator lächelte unsicher. »Manche meiner Vorgänger fanden es nützlich, einen Zugang zur Imperialen Schatzkammer zu haben, von dem der Imperiale Schatzmeister nichts weiß. Mein Bruder hat sich gerade vergewissert, dass dieser Eingang heute Nacht nicht geöffnet wurde.«

Lan nickte. »Im Augenblick haben wir nichts zu befürchten.«

Der Heerfürst verzog das Gesicht. »Ich weiß, dass andere die Kammer durch den Haupteingang betreten werden, sobald sie die Schutzzauber abgeschaltet haben, aber ich finde, wir sollten uns vorher vergewissern, dass im Innern alles in Ordnung ist.«

»Das meine ich auch.« Ich öffnete die Hände. »Falls Fialchar sich entschließt zurückzukommen, wird ein kleiner Reim ihn nicht aufhalten. Wenn das Faustfeuerszepter dazu in der Lage ist, halte ich es für eine glänzende Idee, es in den Händen zu halten. Und da er jeden Augenblick wieder auftauchen kann, sollten wir es so schnell wie möglich zur Verfügung haben.«

Thetys nickte. »Einer der besten Ratschläge, die ich in letzter Zeit gehört habe.« Die dunklen Augen des Imperators wurden schmal. »Der Grund für meine Entscheidung, dich mit hierher zu nehmen, Lachlan, war die Tatsache, dass du es geschafft hast, Fialchars Zauber zu brechen. Außerdem schien er nicht erfreut, dich zu sehen. Ich hoffe, dass sich daran nichts geändert hat. Wie hast du seine Magie besiegt?«

Ich zuckte die Achseln. »Ehrlich, ich weiß es selbst nicht. Den Reim, den ich erwähnt habe, habe ich als Kind gelernt. ›Feuer und Silber/besiegen Kälte und Nacht,/doch schau nicht an des Bösen Macht./Scheint auch alles verloren,/behalte Hoffnung und Mut,/und des Bösen Werk wird trotz allem gut.‹ Ich habe damit die Schrecken der Nacht vertrieben.«

»Wir wollen hoffen, dass er nichts von der Wirkung verloren hat, die er vorhin zeigte.« Der Imperator zog einen Krummdolch aus dem Gürtel, und auch wir anderen zückten unsere Klingen. »Weißt du, was Fürst Unheil mit dem gemeint hat, was er zu dir sagte?«

»Nein, Sire.« Ich schüttelte den Kopf und klopfte unwillkürlich mit dem Daumen gegen den Silberring. Ich hob die Hand. »Möglicherweise hat er den Ring erkannt, oder irgendwelche Spuren, die mein Vater darauf hinterlassen hat. Was auch immer der Grund war, ich bin froh, dass es ihn verstört hat.«

Lan sah seinen Bruder an. »Fertig?«

»Ja.«

Der Prinz drückte auf den Stein, den er zuvor gefunden hatte, und murmelte einen Zauber. Ein Teil der Wand wurde erst tiefschwarz, dann löste er sich auf wie ein Schatten im Licht. Truhen voller Goldmünzen, die an der Wand aufgestapelt gewesen waren, stürzten in einer Flut klimpernden Metalls in den Flur. Fackellicht aus dem Innern der Kammer blitzte auf noch sehr viel mehr Münzen und glühte in den Juwelen, die Kronen, Schwerter und Hunderte anderer Schätze bedeckten. Im Innern der rechteckigen Kammer sah ich mehr Schätze, als ich je für möglich gehalten hätte. Mir war klar, dass in jeder selbst der kleineren Truhen sich genug Gold gefunden hätte, um mir ein ungewöhnliches langes Leben in Luxus und Komfort zu ermöglichen.

Im Grunde hätte selbst die kleinste Truhe, die die Banditen zum Loch in der gegenüberliegen Wand schleppten, mir für zwei Leben gereicht.

Es lässt sich kaum sagen, wer überraschter von der Situation war, wir, oder das Dutzend menschlicher Diebe, die wir in der Imperialen Schatzkammer überraschten. Die herabstürzenden Goldtruhen hatten einen Mann verschüttet und einen anderen von den Füßen gerissen. Die meisten andern blieben konsterniert stehen, die Arme voller Beute, die sie zum Ausgang schaffen wollten. Dann krachten auch diese Truhen zu Boden und verstreuten ihren glitzernden Inhalt ringsum. Zwei der Banditen hasteten Richtung Mauerloch, aber die anderen sahen, dass wir allein waren und zückten ihre Messer.

Kit und Garn Drustorn stürzten sich in den Kampf. Ich kniete mich hin und hob einen Golddukaten auf. Ich legte den rechten Zeigefinger um den Rand der Münze und zog den Arm nach hinten. Dann riss ich ihn parallel zu meiner Hüfte vor und warf. Der Dukaten schnitt durch das Halbdunkel und traf einen der Diebe mitten im Gesicht. Sein Kopf flog zurück, und seine Füße verloren auf dem Teppich aus Gold den Halt. Als er zu Boden fiel, kippte eine Schmuckrüstung um und begrub ihn unter sich.

Ein in dunkle Kleidung gehüllter und nach Abwässern stinkender Dieb stürzte sich mit einem Widerhakendolch auf mich. Ich blockte den Angriff ab, indem ich seinen Unterarm mit meiner Linken zur Seite stieß. Ich schloss die Faust um sein Handgelenk, zog seinen Arm nach oben und bohrte meinen abwärts aus der Faust ragenden Dolch in seine Achselhöhle. Helles Arterienblut spritzte aus der Wunde, als ich die Klinge zurückzog und ihm mit dem Handrücken einen Schlag ins Gesicht versetzte.

Als er davontaumelte, drehte ich die Waffe, sodass sie nun auf der Daumenseite aus meiner Faust ragte. Der nächste Dieb stürmte auf mich zu und schien mich umrennen zu wollen. Er stieß die rechte Hand vor und versuchte, mir den Bauch aufzuschlitzen, aber ich wich nach links aus, und sein Messer zuckte vorbei. Ich grub die linke Hand in sein nasses Haar und riss seinen Kopf nach hinten, dann schnitt ich ihm die Kehle durch.

Er fiel gurgelnd und um sich schlagend zu Boden, aber ich beachtete seine Todeszuckungen nicht, denn ich hatte etwas weit Wichtigeres tiefer im Innern der Kammer entdeckt. Dort bewegte es sich. Etwas, das ich von Anfang an gesehen, aber zunächst als Einbildung oder bestenfalls goldene Lichtreflexe eines in den Schatten verborgenen Meisterwerks abgetan hatte. Als es sich aus der Dunkelheit löste, in der es sich verborgen gehalten hatte, erkannte ich die schwarze Mähne und den Quastenschwanz. Das bösartige Leuchten seiner Augen berührte mich und erfüllte mich mit eisiger Kälte.

Ich sah kein Anzeichen dafür, dass die Kreatur mich

erkannte, als unsere Blicke sich trafen, aber sie war sich deutlich bewusst, dass sie Publikum hatte. Der Chadämon hob die linke Hand und zeigte mir ein goldenes Szepter von knapp einem Schritt Länge. Rubine und Smaragde wechselten sich in einem Kreis um das Handgelenk der Hand ab, die an der Spitze des Stabes prangte und eine makellose schwarze Perle von der Größe eines Apfels hielt.

Seine Beute fest umklammernd, bleckte der Bharashadi-Zauberer in einer wortlosen Herausforderung die grauen Nadelzähne. Dann sprang er zur Mauerbresche und war verschwunden.

Ich habe gehört, wie andere Krieger das Gefühl beschreiben, wenn Verzweiflung, Sorge oder Druck sie überwältigen. Sie drücken sich aus, als hätte irgendetwas sie ›gepackt‹ und ihnen ermöglicht, sich kopfüber in einen verzweifelten Kampf zu stürzen, ganz ähnlich den Erklärungen dafür, was im Kopf eines Wahnsinnigen vorgehen muss, bevor er einen selbstmörderischen Angriff startet.

Von mir nahm in dieser Lage nichts Besitz. Ich wusste einfach nur, dass es eine Katastrophe sein würde, die kein Zauber reparieren konnte, wenn dieser Chadämon mit seiner Beute entkam. Zwei Diebe standen zwischen mir und dem Loch in der Mauer. Sie waren Hindernisse, die aus dem Weg geräumt werden *mussten.* Ich sah sie nicht als Menschen oder Mitbürger des Imperiums, sondern als die Art Gegner, auf die Großvater mich in meiner Jugend mit tagtäglichen Übungen vorbereitet hatte.

Ich brach reflexartig zwischen ihnen durch, ohne einen bewussten Gedanken. Ihre Bewegungen und meine Reaktionen darauf waren mir so lange und gründlich eingehämmert worden, dass mein Körper selbstständig reagierte. Ich betrachtete den Kampf nicht als distanzierter Zuschauer, sondern wie ein General, der den

Schlachtverlauf verfolgt, taktische Erwägungen anstellt und zur nächsten Aktion vorausschaut.

Gleitschritt vor und Drehung nach rechts. Lass den Ausfallangriff des Diebs zwischen dem linken Arm und dem Körper ins Leere stoßen, dann bring den Arm nach unten auf seinen Unterarm. Dolchstoß durch die Unterseite des Kinns. Ignoriere das Kratzen der Bartstoppeln und das aus seinem Mund rinnende Blut. Bring seinen Körper herum und block damit den Angriff seines Kameraden ab.

Meine Hand öffnete sich und gab den Dolch frei. Der tote Bandit flog davon und traf seinen Partner in Kniehöhe. Der Mann stolperte auf mich zu und mein rechtes Knie zuckte nach oben und brach ihm das Nasenbein. Er stöhnte laut auf, dann sackte er schlaff zu Boden. Ein schneller Tritt gegen die Schläfe, um sicherzugehen, dass er am Boden blieb, dann war der Weg zur Mauerbresche frei.

Ich rannte los und versuchte, in der Dunkelheit auf der anderen Seite etwas zu erkennen. Plötzlich fiel mir auf, dass ich unbewaffnet war, und ich zog ein juwelenbesetztes zwergisches Kurzschwert aus einer halb unter anderen Schätzen begrabenen Scheide. Es war länger und schwerer als mein Dolch und die geeignete Waffe für die Art von Gemetzel, das ich auf mich zukommen sah.

Der Gestank, der die Schatzkammer verpestete, ließ keinen Zweifel daran, dass das Loch in der Mauer in die Kanalisation führte. Ich hatte die Vision eines düsteren Tunnels mit schmalen Gehstegen zu beiden Seiten eines Wasserstroms, denn so beschrieb eines der Bücher meines Vaters die Wunder der Hauptstadtkanalisation. Es war mir klar, dass die Kanäle unter dem Palast Abwässer und Niederschläge ableiteten, aber ich hatte mir nie viel Gedanken darüber gemacht, was es für die Kanalisation bedeutete, dass der Palast auf einem Hügel lag. Ebensowenig wie ich die Auswirkungen des Winters und der damit verbundenen Temperaturen auf die dunklen Kanalgänge bedacht hatte.

Das Erste, was mich auf der anderen Seite der Schatzkammerwand erwartete, war Eis. Mein rechtes Bein rutschte schwungvoll nach vorne weg, ich flog durch den Tunnel und knallte gegen die Wand auf der anderen Seite. Ich prallte ab, und die Luft um mich herum füllte sich mit den Splittern der Eiszapfen, die bis dahin an der Bogendecke gehangen hatten. Ich versuchte, mit den Füßen Halt zu finden, aber die spiegelglatte Eisschicht auf dem Laufsteg der anderen Tunnelseite machte das unmöglich. Meine wild strampelnden Beine schossen in Richtung Decke und ich landete auf dem Rücken im Abwasserkanal.

Eis ist schon glatt genug, aber nasses Eis ist noch rutschiger, und ich war in keinster Weise darauf vorbereitet, das neue Jahr auf einem nassen, eisigen Abhang zu begrüßen, auf einen vor mir im Dunkel lauernden Feind zurutschend. Die Kälte drang schneller in meine Knochen durch, als nach einem guten Geschäft der Steuereintreiber erscheint. Vom Sturz benommen, war ich unfähig, meine Rutschpartie zu beenden. Ich griff das Zwergenschwert fester, gab aber jede Hoffnung auf, es irgendwie dazu verwenden zu können, meine immer schneller werdende Fahrt zu bremsen.

Ich versuchte, mich mit den Stiefelabsätzen zu stoppen, aber kaum hatten sie das Eis berührt, da schleuderten sie schon eine Wolke von Eissplittern auf, die über mein Gesicht peitschten wie ein Hagelsturm. Mein rechter Absatz blieb eine halbe Sekunde länger unten als der linke, und ich drehte mich zu allem Unglück auch noch nach links. Dann prallte meine Schulter gegen den Steinrand des Kanals, und ich rutschte zurück in die andere Richtung. Hastig schlug ich den rechten Absatz wieder aufs Eis und sicherte meine Fahrt, musste dafür aber einen weiteren Eishagel in mein ungeschütztes Gesicht in Kauf nehmen.

Ich schoss mit beängstigender Geschwindigkeit durch den in einer sanften Kurve zum Meer geneigten Abwasserkanal. Ich spürte, dass es rasant abwärts ging, aber ich konnte nur raten, wie nahe ich der Ebene war, auf der die Tunnel unter dem Rest der Hauptstadt verliefen. Dadurch spannte ich mich schon an, gute drei Herzschläge bevor ich in einen träge strömenden, mit Eisschollen bedeckten Fluss platschte.

Ich versank wie ein von einer Klippe ins Wasser geworfener Stein, fand aber festen Grund unter den Füßen, als mein Schwung verbraucht war, und schoss zurück an die Oberfläche. Ich peitschte den Kopf herum, um das Wasser aus meinen Augen zu schütteln und schrie unter der schmerzhaften Kälte des Wassers auf. Meine Stimme hallte den Haupttunnel entlang und schockte die dort auf mich wartenden Gegner gerade genug, um mir eine Chance gegen sie zu lassen.

Meine Rutschpartie hatte mich schnurstracks an den beiden Dieben vorbeigetragen, die aus der Schatzkammer geflohen waren, als wir erschienen. Sie standen wie Wachtposten zu beiden Seiten des Kanals, eine Fackel in der einen Hand und ein Messer in der anderen. Hüfttief in Eiswasser waren sie weder sonderlich flink noch allzu treffsicher im Angriff, während ich eine derartige Panik empfand, dass sie ausgereicht hätte, ganze Imperiale Legionen zu inspirieren.

Ich warf mich nach rechts, peitschte mit den Schenkeln durch das trübe Wasser und schlug nach dem nächsten Gegner. Die Zwergenklinge schlug durch seinen Körper, als genieße sie die eisige Umgebung. Als sie seinen Körper wieder verließ, stürzte er ins Wasser. Seine Fackel erlosch, und ich hechtete nach vorne.

Ich hatte kein sonderliches Verlangen danach, noch einmal unterzutauchen, aber es war mir lieber als die

Aussicht, eine Fackel in den Rücken gestoßen zu bekommen. Ich rollte mich auf den Rücken und kam wieder hoch, als der zweite Dieb auf mich zu wankte. Er schlug erneut in einem flachen Bogen mit der Fackel nach mir und ließ die Dolchhand dabei zur Seite fallen.

Ich parierte den Fackelhieb mit einem kräftigen Schwerthieb, dann riss ich die Klinge frei, drehte sie und zog sie quer über seinen Leib. Er sprang zurück, um dem Angriff zu entgehen, aber durch das hüfthohe Wasser gebremst, kam er nicht weit genug, um meiner Rückhand zu entkommen. Das Kurzschwert traf ihn an der rechten Schläfe. Seine Lederkappe verhinderte, dass es ihm den Schädel spaltete, aber ich hörte ein lautes Krachen, dann rollten seine Augen nach oben. Er grunzte halb überrascht auf und setzte sich hin. Er versank langsam im Abwasser, kam noch einmal hoch wie ein Klumpen Eis, dann verschwand er unter der Oberfläche, und nur ein paar Luftblasen markierten sein Grab.

Bevor seine linke Hand versank, befreite ich die Fackel aus seinem Griff und wirbelte herum. Da! Am äußersten Rand des schwachen Lichtkegels sah ich den Chadämon. Ich hob die Fackel in die Höhe, um ihn besser sehen zu können.

An der triefenden Mähne sah ich, dass es ihm auf dem Weg den Kanal herunter nicht besser ergangen war als mir, aber seine langen Beine hatten ihn ein gutes Stück von der Einmündung des Palasttunnels fortgetragen. Selbst auf diese Entfernung gelang es ihm nicht, seine elendige Miene zu verbergen. Er mochte das eisige Wasser um nichts lieber als ich, und ich befand mich keine hundert Meilen von meiner Heimat in den Schatten unter einer feindlichen Festung.

Ich ging auf ihn zu. »Ich kann dich nicht entkommen lassen, Bharashadi!«

Der Chadämon sah ängstlich über die Schulter zu

mir zurück, dann drehte er sich um und stellte sich. In diesem Augenblick begriff ich, dass ich völlig allein war. Der Chadämon schien denselben Gedanken zu haben, denn sein Kopf kam mit neuem Mut hoch, die goldenen Augen verengten sich, und seine Lippen zogen sich zu einem wilden Grinsen zurück.

Ich steckte in ernsten Schwierigkeiten.

Mit derselben beiläufigen, verächtlichen Bewegung, die ich in meinem Traum gesehen hatte, schnappte der Bharashadi die freie Hand in meine Richtung. Ein rotglühender Funke sprang aus seinen Fingern empor und zuckte auf mich zu wie die Münze, die ich nach dem Dieb geworfen hatte. Der zunächst winzige Zauberfunke wurde rasch schneller und erleuchtete bald den ganzen Tunnel. Er verwandelte sich in ein grellrotes Dreieck aus Licht, mit einem kreisrunden Loch in seiner Mitte, das knisternd heranraste. Ich fühlte die Gluthitze von dem Augenblick an, in dem der Zauber auf mich zuwirbelte, und wusste, dass nichts, was mein Großvater mich gelehrt hatte, in dieser Lage helfen konnte.

Ich tat das Einzige, was mir einfiel. Ich parierte den Zauber mit meinem Kurzschwert.

Die Klinge zerschellte wie Glas. Das Dreieck wirbelte kaum abgeschwächt durch meinen Unterarm und verwandelte den Ärmel in eine lodernde Fackel. Ich schrie auf, als es sich in meine rechte Schulter brannte. Taube Finger ließen den Schwertgriff fallen, aber ich hörte ihn nicht im Wasser aufschlagen, denn da hatte bereits nachtschwarze Agonie mein Bewusstsein verschlungen.

14

Ich wachte spuckend und schnaubend wieder auf, sobald das eisige Wasser in meine Nase drang. Bei dem panischen Bemühen, wieder an die Oberfläche zu gelangen, schaffte ich es, die Fackel zu löschen, sodass ich in völliger Dunkelheit auftauchte. Das Echo meines Kampfes mit den Fluten verschluckte alle Hinweise darauf, in welche Richtung der Chadämon floh.

Falls er das überhaupt versuchte.

Ich duckte mich bis zum Hals zurück ins Wasser, für den Fall, dass der Chaosdämon noch in der Nähe war und auf eine Gelegenheit wartete, mir den Todesstoß zu versetzen. Ich wurde von umhertreibenden Eisschollen getroffen und drehte mich als Reaktion auf sie mal hierhin, mal dorthin. Durch die Dunkelheit hatte ich keine Möglichkeit, eine Spur des Bharashadis zu entdecken. Ich versuchte, in die Richtung zu blicken, von der ich hoffte, dass es diejenige war, in der ich ihn zuletzt gesehen hatte, aber in Wahrheit hatte ich keinerlei Möglichkeit festzustellen, ob ich damit richtig lag oder nicht.

Ich bereitete mich innerlich darauf vor, wieder unterzutauchen, sobald ich einen neuen roten Lichtfunken sah. Es schien eine gute Idee, mich verborgen zu halten, aber dann machte ich mir klar, dass die Kälte mich erheblich schneller erledigen würde als der Chadämon. Wenn er es darauf anlegte, mich zu finden, brauchte er nur dem Klappern meiner Zähne zu folgen. Ich entschied, dass einer seiner Zauber genau das war, was ich jetzt brauchte, um mich aufzuwärmen, stand auf und hob meinen Körper aus den Abwässern.

Mein rechter Arm hing schlaff herab und war taub, bis auf die Stelle, an der jemand geschmolzenes Eisen in den Knochen gegossen hatte. Vorsichtig tastete ich mit dem Fingern der linken Hand nach der Wunde am Handgelenk, aber durch die Kälte waren sie ebenfalls taub. Trotzdem konnte ich spüren, wie sie sich in den Brandlöchern verfingen, die der Zauber in meiner Jacke hinterlassen hatte, als sie sich über den Arm bewegten. Dem Gewicht an meinem rechten Ellbogen und der Kälte nach zu schließen, die in meinen Oberarm schnitt, nahm ich an, dass der Stoff auch an der Schulter weggebrannt war und die durchnässten Stoffreste von meinem Ellbogen hingen.

Lange würde ich hier nicht überleben können, nicht mit dreckigem Kanalwasser in der Nase und schnell taub werdendem Körper. Es spielte keine Rolle, dass ich meine Wunden nicht sehen konnte. Mein Arm war nicht abgeschnitten, aber er nutzte mir so viel, als wäre er nicht mehr vorhanden. Es war gut möglich, dass ich blutete, aber ich hatte keine Möglichkeit, es festzustellen, und das machte mir Angst. Mir wurde klar, dass mein Überleben mehr von meiner Fähigkeit abhing, Wärme und Hilfe zu finden, als von irgendetwas, das ich sonst zustande bringen konnte.

So leise wie möglich watete ich zurück durch das eisige Abwasser, dorthin, wo ich den Zustrom aus dem Palast plätschern hörte. Ich kletterte aus dem Kanal auf einen schmalen Laufsteg. Ich wollte mich anlehnen, aber dazu hätte ich die rechte Schulter benutzen müssen, und das hielt ich für keine so gute Idee. Langsam setzte ich einen Fuß vor den anderen und arbeitete mich die Treppe hinauf, die als Laufsteg den Palasttunnel begleitete. Ich lernte schnell, alle zwölf Stufen den Kopf einzuziehen, um den Mauerbögen auszuweichen, die den Tunnel in regelmäßigen Abständen stützten. Ich konnte gerne darauf verzichten, mit den Schultern einen Hagel von Eiszapfen aufzufangen.

Ich konzentrierte mich ganz auf eine einzige Tätigkeit: das Gehen. Es war zugleich überraschend und erschreckend für mich, wie schwierig eine so einfache und lebenswichtige Fähigkeit plötzlich geworden war. Ich konnte nicht feststellen, wie weit den Tunnel hinauf ich schon war, oder wie viel Weg noch vor mir lag, aber ich wusste, ich würde das Loch in der Wand der Schatzkammer sehen, wenn ich am Ziel war. Mir kam zwar der Gedanke, dass der Imperator augenblicklich nach einem Zauberer geschickt haben konnte, um es wieder zu schließen, aber ich glaubte nicht daran, dass er das getan hätte, ohne vorher eine Suchmannschaft nach mir auszuschicken. Ich klammerte mich an diese Hoffnung, denn wenn er die Mauer magisch hatte reparieren lassen, war ich tot, und auf diese Weise wollte ich das neue Jahr am allerwenigsten begrüßen.

Vier Bögen vom Mauerloch entfernt kamen mir Kit und der Heerfürst entgegen. »Seid Ihr das, Locke?«

»J ... ja, Edelachtbarer.«

Drustorn rief den Tunnel hinauf: »Wir haben ihn.«

Der Ausdruck auf Kits Gesicht, als ich in den Lichtkegel seiner Fackel trat, zeigte mir, dass ich mindestens so schlimm aussah, wie ich mich fühlte. Das Licht der Fackel schien das Brennen in meinem Arm noch zu verschlimmern, und die Schmerzen ließen meine Finger zucken und sich verkrampfen. Zumindest zeigte mir das, dass ich sie nicht verloren hatte, und ich fühlte das Gewicht des Rings wieder.

»Locke! Womit hast du dich da unten angelegt?«

»Mit dem Ding, das deine Wölfe getötet hat. Ein Chadämon. Hier in Herakopolis.« Ich streckte die linke Hand aus, schlug ein paar herabfallende Eiszapfen beiseite und stützte mich am Mauerbogen ab. »Er hat etwas mitgehen lassen. Er ist entkommen. Es tut mir Leid.« Meine Knie gaben nach.

Der Heerfürst fing mich mit überraschender Leichtigkeit auf und legte sich meinen linken Arm über die

Schultern. »Ruhig, Locke, ruhig. Ihr braucht Euch nichts vorzuwerfen. Unsere Truppen durchkämmen die ganze Stadt – und sie haben Zauberer dabei. Wir finden ihn.« Er sah zu Kit hin. »Geht wieder hoch und besorgt eine Trage und ein paar Helfer.«

»Ja, der Herr.« Kit zwinkerte mir zu. »Bin gleich wieder da.«

Ich versuchte, die Geste zu erwidern, aber meine Lider verweigerten den Dienst. »Danke.«

Garn Drustorn legte seinen rechten Arm um mich und grub die Hand über meiner rechten Hüfte in den Saum der Hose. »Stützt Euch auf mich. Es ist nicht mehr weit.«

»Tut mir Leid, dass ich so nass bin.« Ich verzog das Gesicht, als wir uns wieder in Bewegung setzten und der Heerfürst sich unter dem Bogen wegduckte. »Hätte den Dämon erwischt, wenn die zwei anderen Diebe nicht gewesen wären. Sie haben mich aufgehalten.«

»Keine Diebe, Locke, Schwarzkirchler. Drei oder vier leben noch.« Er grunzte, als ich ausrutschte, und zog mich höher. »Erstaunlicherweise hat selbst einer von deinen überlebt.«

Ich wollte ihn fragen, was er damit meinte, aber ich bekam keine Gelegenheit dazu, denn wir hatten das Loch erreicht und kletterten hindurch in die Schatzkammer. Der Imperator und sein Bruder betrachteten mich mit einem gelinden Ausdruck des Entsetzens im Blick, und ich wusste, dass es nicht allein an meinem Aussehen liegen konnte. Als ich mir die Zeit nahm, meine Umgebung zu betrachten, und aus den kurzen Augenblickaufnahmen, die ich im flackernden Schattenspiel erhaschen konnte, ein Bild zusammensetzte, verstand ich die Bemerkung des Heerfürsten und das ungläubige Starren der beiden.

Die drei Männer, die ich getötet hatte, lagen seltsam verkrümmt, wo sie zu Boden gegangen waren. Der

Erste lag auf der Seite, die linke Hand in die rechte Armbeuge gerammt, aber der Fackelschein warf goldene Glanzlichter über die nasse Glätte seiner ganzen rechten Seite. Der zweite Mann war nach hinten über eine Schatztruhe gefallen. Die weit zur Seite gestreckten Arme und der im Nacken hängende Kopf betonten die dunkle Wunde in seiner Kehle. Der dritte Mann lag auf dem Bauch, und sein – auf dem Heft des wie ein stählerner Bart aus seinem Kinn ragenden Dolches – ruhender Kopf war furchtbar weit nach hinten gebogen.

Mein Mund wurde trocken. *O Großvater, sieh dir an, was du getan hast. Du hast mich zum Fechter ausgebildet, aber ich bin ein Metzger geworden.*

Als ich die Toten betrachtete, rangen zwei Seelen in meiner Brust. Ich war mit Heldengeschichten über meinen Vater, meinen Onkel und andere groß geworden, die sich mit ihren Siegen über die Feinde des Imperiums Ruhm erworben hatten. Die Geschichtenerzähler konnten in ihren Gedichten und Liedern prächtige, mitreißende Bilder epischer Schlachten malen, aber keines davon zeigte die dunkle Seite des Tötens. Die Tatsache, dass diese Männer Freunde, Geliebte, Kinder und eine Familie gehabt haben mochten, die sie betrauern würden, hatte kaum eine Bedeutung im Vergleich mit dem, was ich aus ihnen gemacht hatte.

Andererseits wusste ich, dass ich ihre Seelen nur dem Totenvogel weitergereicht hatte. In seinem Reich würden sie unter dem Reinigenden Hammer gesäubert werden, bis der Sonnenvogel sie zurück in die Welt trug. Ich hatte ihrem Leben weniger ein Ende bereitet, als sie auf eine Reise geschickt, die ihnen ein besseres Schicksal eröffnete. Was ich getan hatte, war in Wahrheit keine Tragödie, sondern eine Fortsetzung des Lebens.

Schmerz klopfte in meinem rechten Arm, und mir

wurde klar, dass beide Sichtweisen die Gewichte an den Enden einer Balancestange waren. Ich suchte nach dem Schwerpunkt, auf dem die Stange ruhte, und erkannte, dass die letztere Ansicht dem Leben jeden Wert nahm, während die erstere es so heiligte, dass der eigene Tod besser schien als eine Tat, die den Tod anderer verhindern konnte. Pazifismus um seiner selbst willen im Angesicht der Tyrannei war das Äußerste an Selbstsucht und Hochmut und ebenso verachtenswert wie sinnloses Blutvergießen oder die Aufforderung dazu.

Diese Männer waren auf einer Mission gewesen, die aller Wahrscheinlichkeit nach Tod und Schrecken über das Imperium bringen würde. Sie hatten mich angegriffen und ich hatte mich verteidigt. Sie waren Mitglieder der Kirche des Erwachenden Chaos, hatten sich bewusst gegen das Imperium verschworen und waren mit einem Bann belegt, der ihren sicheren Tod bedeutete, wenn sie in Gefangenschaft gerieten. Ich hatte mehr als genug moralische, rechtliche und ethische Gründe gehabt, sie zu töten. Es gefiel mir trotzdem nicht, was ich getan hatte, und das Unbehagen, das es in mir auslöste, beruhigte mich. Aber ich wusste, dass sich manche Knoten anders nicht lösen ließen.

Zu meiner Rechten hatten sich die riesigen Bronzetore der Schatzkammer geöffnet, und das Licht aus der Marmorhalle auf der anderen Seite fiel in den Raum. Der Hofkämmerer hielt an der Tür Wacht, und seine düstere Miene ließ keinen Zweifel daran, wie sehr ihm missfiel, was er sah. Mehrere Trupps Soldaten marschierten unter seinem zornigen Blick herein und eskortierten die verwundeten Schwarzkirchler in die Verließe des Palasts.

Eine andere Soldatengruppe kam mit einer Trage und setzte sie neben mir ab. Ich wollte abwinken, aber mein rechter Arm bewegte sich nicht, und zum ersten Mal wurde mir von den Schmerzen schummrig vor

Augen. Der Heerfürst setzte mich vorsichtig auf das weiße Tuch, und plötzlich sah ich ihn doppelt.

Dann sank mein Kopf nach hinten auf den Stoff und ich sah gar nichts mehr.

Als ich wieder erwachte, spürte ich das Kitzeln eines Zaubers. Ein alter Mann mit kahlem Schädel und faltigem Gesicht richtete sich langsam über mir auf und lächelte dem Imperator zu. »Er ist wieder unter uns, Majestät, wie versprochen.«

»Ich hatte keinen Zweifel daran, Sava. Ich habe mich nur gefragt, wie lange Lockes Rückkehr dauern würde.« In Thetys Stimme lag eine Note freundlichen Sarkasmus'.

»Die Eile ist keine Zofe der Effizienz, Hoheit.«

»Aber die Trägheit ist es auch nicht, Sava.«

Ihr Wortgefecht gab mir Gelegenheit, mich zu sammeln. Mir war nicht kalt. Im Gegenteil, das hochlodernde Feuer im Kamin zu meiner Linken ließ mich schwitzen. Ich wälzte mich herum und zog mich auf der Liege in eine sitzende Stellung hoch, dann versuchte ich ein Lächeln. Es schien zu gelingen, genau wie der Rest meines Körpers, einschließlich des bandagierten rechten Arms. Eine gewaltige Verbesserung der Situation gegenüber, an die ich mich von vor meiner Ohnmacht erinnerte.

Der Imperator lächelte mich freundlich an. »Ich war ernsthaft besorgt, als du in der Schatzkammer zusammengebrochen bist. Aber Sava versichert mir, dass du völlig wiederhergestellt wirst.«

Ich sah zu dem alten Mann hinüber und stellte fest, dass er die Rangabzeichen eines Vollmagiers trug, sowie die Abzeichen der Heilenden und Konstruktiven Schule der Magie. »Danke für Eure Hilfe.« Ich grinste und bewegte die Finger der rechten Hand. »Ich habe keine Schmerzen.«

»Was nicht bedeutet, dass Ihr schon geheilt seid.« Sava verschränkte die Hände. »Ihr hattet gewaltiges Glück, junger Mann.«

»Das würdet Ihr nicht sagen, wärt Ihr da unten in der Kanalisation gewesen, Meister Sava.«

»Doch, Meister Lachlan, das würde ich, weil ich mich auf dem Gebiet der Zauberei auskenne.« Der Magier hob die untere Hälfte meines Jackenärmels von einem Tisch mit spindeldürren Beinen. »Wenn irgendjemand hier in der Hauptstadt heute Abend noch mehr Glück besitzt als ihr, wird vor dem Morgen mehr als ein Spieler bankrott sein.«

Wie ich schon unten in der Kanalisation erraten hatte, war der Ärmel verkohlt, aber ich war nicht darauf vorbereitet, wie braunverbrannt das noch vorhandene Gewebe war. Der Zauber, der mich getroffen hatte, musste eine unglaubliche Hitze entwickelt haben, denn er hatte es geschafft, triefnassen Stoff zu verbrennen. Ich bewegte vorsichtig den rechten Arm und versuchte, nicht daran zu denken, wie er ausgesehen haben musste, bevor Sava seine Zauber gewirkt hatte.

»Es war wohl ziemlich schlimm, was?«

»Ich habe schon verzehrfertige Spanferkel am Spieß gesehen, die weniger gründlich geröstet waren.« Ein trockenes Grinsen verzog die Lippen des Alten. »Der Zauber, der gegen Euch eingesetzt wurde, war äußerst stark und hätte sich von Rechts wegen geradewegs durch Euch hindurchbrennen müssen. Ich bin nicht wirklich bewandert in Gefechtszauberei und sicher auch nicht in den Varianten der Schwarzen Kirche, aber ich würde vermuten, dass Euer Gegner einen Energiefokus einsetzte. Was habt Ihr gesehen?«

Aus Savas Hinweis auf die Schwarze Kirche schloss ich, dass man ihm nichts davon gesagt hatte, dass ich einen Chadämon verfolgt hatte. Ich kam zu dem Schluss, dass der Imperator der Ansicht war, der Zauberer brauche nicht alle Einzelheiten zu wissen, und ich respektierte Thetys Entscheidung. »Er gestikulierte mit der rechten Hand. Ich sah einen Funken, der zu einem roten Dreieck von gut fünfzehn Fingern Seitenlänge wuchs. Es wirbelte durch die Luft auf mich zu. Ich parierte es mit einem Kurzschwert, aber die Klinge zerbarst. Dann traf der Zauber mich. Das Dreieck strahlte bereits auf dem Weg Hitze ab, und als es mich traf, brannte es furchtbar.«

Der Zauberer nickte langsam. »Wie ich es vermutet habe. Er hat die Energie des Zaubers in eine physische Manifestation gebündelt, in das Dreieck, das Ihr gesehen habt. Das war sein Fehler. Das vom Wasser gekühlte Schwert und Eure von kaltem Wasser getränkte Kleidung haben genug der Energie abgesogen, um die Wirkung auf Euch zu dämpfen. Die Tatsache, dass Ihr den Spruch parieren konntet, deutet darauf hin, dass er hastig gesprochen war und nicht seine volle mögliche Stärke besaß. Ihr habt besonderes Glück gehabt, dass er faul war.«

Ich hob die Hand und berührte den Verband an meiner Schulter. »Was habt Ihr getan? Ich nehme an, Eure Magie ist der Grund, dass ich keinen Schmerz fühle.«

»Stimmt. Die Verbrennungen waren ernst, aber heilbar. Es hatten sich Blasen gebildet, und alle Verbrennungen schienen tief genug, um zu nässen, aber es war kaum verkohltes Gewebe zu entfernen.« Er rieb sich das Kinn. »Ich setzte einen Zauber ein, um die Verletzungen zu sterilisieren und zu säubern, dann einen zweiten, um sie zu betäuben. Außerdem habe ich den Heilprozess beschleunigt und die Wahrscheinlichkeit einer Narbenbildung eingeschränkt. Ihr werdet die Verbände regelmäßig wechseln und die Wunden mit Salbe bestreichen müssen, um den Heilprozess zu begleiten. In zwei Wochen müsste Euer Arm voll ausgeheilt sein.«

Ich schenkte Sava ein strahlendes Lächeln. »Noch einmal danke.«

»Es war mir ein Vergnügen, Meister Lachlan. Aber gestattet mir eine Warnung.«

»Ja?«

»Verfallt nicht dem Irrtum, Euch für unverwundbar durch Zauberei zu halten, nur weil Ihr diesen Angriff überlebt habt. Von Rechts wegen müsstet Ihr tot sein.« Die Stimme des alten Mannes wurde hart, und ich hörte Verbitterung aus ihr heraus. »Der Gegner, auf den Ihr getroffen seid, hat seinen Spruch dort unten schlampig ausgeführt. Hätte er sich ein oder zwei Sekunden mehr Zeit genommen, hätte er den Spruch auf Euch fokussieren und das Dreieck vergessen können. Er hätte Euch von innen heraus geröstet, und der letzte Akt Eures Daseins hätte darin bestanden, Feuer zu spucken. Ihr habt es hier nicht mit einem Pferd zu tun, das Euch abgeworfen hat, oder mit einem Duellanten, der den ersten Schnitt erzielte. Er hätte Euch unwiderruflich töten können, und solltet Ihr ihm wiederbegegnen, könnte er das immer noch nachholen.«

Ich begegnete seinem strengen Blick. »Ich habe es gehört und werde Euren Rat beherzigen. Vielleicht wäre es besser gewesen, mir die Schmerzen zu lassen – als Erinnerung an Eure Worte.«

Er schüttelte den Kopf. »Man hat mir versichert, dass Ihr weise genug seid, eine derartige Erinnerung nicht zu benötigen.« Er verbeugte sich vor mir und dem Imperator, dann zog er sich aus dem kleinen Salon zurück, der sich in ein temporäres Krankenzimmer verwandelt hatte.

Der Imperator zog einen Lehnstuhl über den Rand des auf dem weißen Marmorboden funkelnden Feuerscheins und setzte sich mir gegenüber. »Leutnant Christoforos sagte, du willst unten in der Kanalisation einen Chadämon gesehen haben. Der Heerfürst und der Leutnant selbst waren zu abgelenkt, um deine Beobachtung zu bestätigen, und ich muss zugeben, außer den Schwarzkirchlern auch wenig gesehen zu haben. Mein Bruder bemerkte etwas Schwarzes durch das Mauerloch hasten, erhaschte aber nur einen flüchtigen Blick darauf. Bist du sicher, dass das, was du deinem Vetter erzählt hast, korrekt war?«

Ich nickte ernst und zog die Decke mit der linken Hand an meine Brust. »So sicher, wie ich mir bin, dass Ihr der Imperator seid, so sicher bin ich mir, einen Chadämon gesehen zu haben. Einen Bharashadi-Zauberer, um genau zu sein. Ich gebe Euch mein Wort darauf.«

»Ich zweifle nicht an dir, Locke. Ich will nur herausfinden, wie schwer wiegend die Katastrophe ist, vor der wir stehen. Er hatte das Faustfeuerszepter?«

»Es ist nicht mehr in der Schatzkammer?« Ich schüttelte den Kopf. »Das war eine blödsinnige Frage. Ihr hättet euch nicht nach dem Szepter erkundigt, wenn es noch dort wäre. Ist es ein goldenes Szepter mit einer Faust, die eine schwarze Perle an einem Ende hält?«

Thetys nickte stumm.

»Dann hatte er es.« Ich schlug mit der linken Faust auf die Liege. »Ich hätte es wissen können und einen Weg finden müssen, ihn aufzuhalten.«

»Du hast getan, was in deiner Macht stand. Mehr hätte niemand tun können.« Thetys lehnte sich vor, und das Kaminfeuer ließ den Saphir in seinem Stirnreif funkeln, als er die Ellbogen auf die Knie stützte. Sein Blick ging durch mich hindurch, als er hastig überschlug, was ich ihm berichtet hatte und was es bedeutete.

Die bloße Vorstellung, dass eine Chaoskreatur im Besitz eines Gegenstandes war, der Fialchar aufhalten konnte, entsetzte mich mindestens so wie der Gedanke, jemand könnte einem blutrünstigen Hund die Leine abnehmen und ihn auf schutzlose Kinder hetzen. Ich erkannte langsam die Gefahr für meine Großmutter und

Marija und andere, die ich liebte. Dem Imperator drohte dieselbe Gefahr, eine Nation zu vernichten, die von ihm Führung und Schutz erwartete.

Das ist eine Last, unter der ich völlig zusammenbrechen würde.

Schließlich sah er mich wieder an. »Nicht gerade ein vielversprechender Anfang für ein neues Jahr, was?«

»Nein, Hoheit.«

»Aber hier herumzusitzen hilft uns auch nicht. Garn und Christoforos haben die Zauberin gefunden, die draußen in Menal die Chaosmagie entdeckt hat. Sie sind mit ihr unten in der Kanalisation, um herauszufinden, ob der Zauber, der dich getroffen hat, von derselben Kreatur stammt. Mein Bruder versammelt die Berater, denen ich die ganze Tragweite dieses Problems anvertrauen kann. Wir werden einen Krisenrat abhalten, um festzustellen, was wir tun können und müssen, um die Situation zu retten. Du und dein Vetter, ihr werdet daran teilnehmen.«

Ich schüttelte den Kopf. »Majestät, Christoforos ist eine gute Wahl, denn er ist klug und hat praktische Erfahrung. Ich bin nur ein Gariker, der in Euren Beratungen ebenso fehl am Platze wäre wie ich mich hier in Herakopolis fühle.«

»Ich weiß deine Bescheidenheit zu schätzen, Locke, aber ich brauche deine Intelligenz. Garn hat mir erzählt, wie du die Herkunft des Vindictxvara erkannt hast, das dein Cousin fand, und du hast in deiner Überzeugung, in der Kanalisation einen Chadämon gesehen zu haben, nicht nachgelassen, obwohl wir alle wissen, wie unmöglich das ist.« Thetys sah hinüber zu der Tür, durch die Sava uns verlassen hatte. »Er glaubt, dass du von einem Schwarzkirchler angegriffen wurdest, weil er niemals die Möglichkeit annehmen würde, dass ein Chadämon die Bannmauern durchbrochen haben könnte. Diese Weigerung, bestimmte Alternativen auch nur anzudenken, wird uns sicher zu schaffen machen, und in dieser Lage kann es nur helfen, jemanden dabei zu haben, dessen Geist nicht von festgefahrenen Ansichten blockiert wird.«

»Das kann ich akzeptieren, Hoheit, aber …«

»Komm gar nicht erst auf den Gedanken, dich weigern zu wollen, Locke. Ich gebe dir hiermit den Befehl, uns in der Auseinandersetzung zu zwingen, unsere Annahmen unter Beweis zu stellen. Ich meine damit nicht, dass wir an allem und jedem zweifeln sollen, aber unsere Schlussfolgerungen müssen auf einer soliden Grundlage ruhen. Wenn wir unsere Pläne auf Überzeugungen stützen, die wir nicht beweisen können, wird keiner von ihnen Erfolg haben.« Er nickte kurz. »Das bedeutet natürlich, dass wir eine Menge Arbeit vor uns haben und dich mit vielem bekannt machen müssen.«

Er stand langsam auf und kratzte sich den Hals. »Ich habe mich darum gekümmert, dass deine Großmutter und ihre Zofe ohne Zwischenfälle nach Hause gekommen sind. Es geht ihnen gut und man hat ihnen versichert, dass du und Christoforos auf meinen Wunsch hiergeblieben seid. Wenn du dich dazu in der Lage fühlst, würde ich dir gerne ein Projekt zeigen, an dem in der Amtszeit meines Vaters begonnen wurde. Ich versichere dir, es ist von großer Bedeutung, und ich möchte deine Meinung darüber hören.«

Ich legte mir das Laken um den Körper und schwang die Beine über den Rand der Liege. »Wie Ihr selbst festgestellt habt, Hoheit, bin ich Euer Diener.«

»Ausgezeichnet. Folge mir.«

Thetys ging mir aus dem kleinen Zimmer voraus, und kaum trat ich mit bloßen Füßen auf den Flur, als mich auch schon die Kälte ansprang. Der Imperator schickte einen Dienstboten los, mir passende Kleidung zu besorgen, und wir machten uns auf den Weg in den von Gariks größten Baumeistern erschaffenen Palastflügel. Möglicherweise bildete ich mir das nur ein, aber diese Gariker Sektion des Gebäudes wirkte auf mich freundlicher und weniger abweisend als der Rest.

Wir stiegen eine breite Treppe hinab, dann gingen wir um eine Ecke in einen dunklen Korridor und erreichten ein metallenes Tor ähnlich der Gittertür im Innern der Schatzkammer. Der Imperator legte die Hand auf das Metall und murmelte etwas. Ich sah ihn sich kurz schütteln, dann öffnete sich das Tor und gab den Blick auf eine sehr steile Treppe frei.

»Ist das Schloss ein Saugzauber?«

Thetys nickte. »Es ist schwieriger zu öffnen als konventionelle Schlösser, und sollte ein Spion es mit dem falschen Kennwort versuchen, die Wirkung wäre furchtbar.«

Viel Ahnung hatte ich nicht von Magie, aber ich wusste um Saugzauber. Jeder Zauberspruch erfordert Energie, und alle lebenden Wesen besitzen wohl, was nötig ist, um Magie möglich zu machen. Aber nur Zauberer nehmen sich die Zeit und besitzen die Selbstdisziplin, die beide nötig sind, um tatsächlich zu zaubern. Ein Saugzauber stellt eine Zwischenform dar, die es jemandem, der selbst keine magische Schulung durchlaufen hat, ermöglicht, ein verzaubertes Artefakt zu wecken.

Genau wie der Mörser und Stößel, mit denen Birger das Stärkungsmittel für Großmutter hergestellt hatte, war das Schloss mit einem Saugzauber belegt, der dem Imperator die benötigte Kraft entzog, um das Tor zu öffnen. Aus seiner Bemerkung über Spione schloss ich, dass der Zauber in diesem Fall recht komplex war, und bei Verwenden des falschen Kennworts dem Spion die Energie für einen tödlichen Schutzzauber entzog. Die Art des Effekts wurde von der Formel bestimmt, die die Person, die das Schloss berührte, aussprach.

»Ich hätte gedacht, dass auch die Schatzkammer solche gefährlichen Sicherungen zum Schutz gegen Diebe besessen haben muss.«

»Ja, deine Überlegungen laufen in denselben Bahnen wie meine.« Der Imperator schüttelte den Kopf. »Die gegen Diebe eingesetzten Zauber werden regelmäßig geändert, damit sich kein Dieb sicher sein kann, die richtigen Gegenzauber zu kennen. Anscheinend ist der Zauberer, der die letzten dieser Sprüche über die Schatzkammer gelegt hat, überredet worden, den Dieben zu offenbaren, welcher Art sie waren, sodass diese sie neutralisieren konnten. Wir wissen nicht, ob er selbst zur Schwarzen Kirche gehörte. Er wird vermisst.«

Mir lief es eiskalt den Rücken hinunter. Wenn Schwarzkirchler bis in den Palaststab vordringen konnten ... Der bloße Gedanke wäre mir vor den Ereignissen dieses Abends als völlig unmöglich erschienen. Die Schwarze Kirche war mir immer als ziemlich unbedeutende Bedrohung erschienen, aber inzwischen sah ich sie als weit größere Gefahr für das Imperium, als ich bisher angenommen hatte.

Wir stiegen schweigend die dunkle Treppe hinab und wanderten anschließend einen engen, ebenso unbeleuchteten Gang hinab. Ich fühlte die Hand des Imperators auf meiner Brust und hielt an. Er murmelte wieder etwas, und ein Teil der Wand schwang nach innen. Von der anderen Seite wusch rotes Licht über ihn, und er winkte mich weiter.

Ich trat auf einen hölzernen Laufsteg knapp fünf Schritt über dem Boden des Raums hinter der Tür hinaus. Mondscheiben ähnlich denen in dem Gang zur Schatzkammer bedeckten Decke und Wände und spendeten dem Raum Licht. Alle Scheiben waren voll und rot. Offenbar waren sie an die Phasen des Attentätermonds gekoppelt.

Unter mir breitete sich eine Landschaft wie ein ohne Sinn und Zweck zusammengestückelter Flickenteppich von einer Wand zur anderen aus, in der Gletschereisbänder durch knochentrockene Wüsteneien und dichte Dschungelgebiete schnitten. Ich sah zahllose Miniaturruinen auf zerklüfteten Berggipfeln oder tief in engen Schluchten. Ich hörte etwas plätschern und sah in der Ferne eine dunkle, flache Wasserfläche, die mit seltsamen Inseln übersät war.

An dünnen Drähten hing sogar eine aus dem Boden gerissene Burg über der Landschaft in der Luft. Fahnen mit fremdartigen Symbolen steckten überall auf dieser plastischen Karte. Reihenweise drängten sich winzige Figuren um diese Fahnen, und eine dicht am Rand stehende Gruppe war völlig schwarz bemalt und scharte sich um eine Fahne mit einer goldenen Kugel.

Ich wusste augenblicklich, was das sein *musste,* aber ich konnte es nicht glauben. »Das … das ist eine topographische Nachbildung des Chaos, nicht wahr, Hoheit?«

»So ist es, Locke. Dein Vater und Onkel haben meinem Großvater den Vorschlag gemacht, sie anzulegen, und alle Expeditionen, die wir ins Chaos entsandt haben, lieferten weitere Kenntnisse, mit denen wir sie verbessert und erweitert haben. Wir haben die Zonen variabler Zeit eingetragen und kennen die Herrschaftsgrenzen aller Chadämonenstämme. Alles ist sehr genau und exakt maßstabsgetreu, und das hat Kommandeuren wie deinem Vater ermöglicht, jenseits der Bannmauern erfolgreich Krieg zu führen.«

Ich deutete zu der schwebenden Festung. »Und was ist das?«

»Das, Locke, ist Kastell Shmertz.« Er lehnte sich auf das Geländer des Laufstegs. »Dort lebt Fürst Unheil, und dorthin müssen wir, um ihn zu vernichten.«

15

Vom Boden der Halle aus betrachtet war der Kartenaufbau noch unglaublicher. Seine Gestalter hatten eine äußerst realistische und detailgenaue Darstellung erschaffen. Obwohl ich noch nie im Chaos gewesen war, fiel es mir schwer, bei der Begutachtung des Modells zu irgendeinem anderen Schluss zu kommen. Teilweise war es ein Spiegelbild geographischer Geländemerkmale, die ich auf der Reise in die Hauptstadt gesehen hatte. Da diese mir besonders lebensecht erschienen, musste ich annehmen, dass der Rest der Karte ebenso genau war, und das machte sie zu einer erstaunlichen Leistung.

Ein als Bannmeister in der Konstruktiven und Hellseherischen Magie gekennzeichneter Zauberer begrüßte den Imperator, als wir uns das Modell vom dem der Türe zugewandten Rand aus ansahen. »Hoheit, ich bin geehrt wie immer, Euch zu sehen, auch wenn ich die Umstände bedaure, die diese Zusammenkunft nötig machen.« Der Mann war mittleren Alters und der Ansatz seines generell dünner werdenden roten Haars befand sich erkennbar auf dem Rückzug. »Ich habe das Seherzimmer vorbereitet. Die anderen, die Euer Bruder zusammengerufen hat, warten bereits.«

»Ausgezeichnet, Bannmeister Illtyd.«

Der Zauberer zog ein kleines, flaches, sechseckiges Stück klaren Quarzkristalls aus einer Tasche in den Falten seiner blauen Samtrobe. Er schnippte es mit einer lockeren Handbewegung auf die Karte, und ich erwartete, dass es hart aufschlug, das Gelände umpflügte und die kleinen Bharashadifiguren in alle Winde verstreute. Aber zu meiner Überraschung blieb es etwa einen halben Finger über der Oberfläche in der Luft stehen, und weil es über einem Berghang gelandet war, neigte es sich sogar etwas, um parallel zum Boden zu bleiben.

Illtyd wackelte mit den Fingern, und die Scheibe legte sich gerade. »Wenn ich mehr Zeit habe, die Konstruktion zu vollenden, werde ich einen Zauber entwickeln, der die Kontroll-, Flug- und Sympathetikzauber kombiniert, damit ich nicht jeden einzeln neu sprechen muss, wenn er verbraucht ist.«

Die Bemerkung sagte mir überhaupt nichts, aber ich lächelte höflich, so, als hätte ich jedes Wort verstanden. Er ging in Richtung einer Tür unter der Treppe, die wir herabgekommen waren. Der Imperator folgte ihm und ich bildete das Schlusslicht. Ich ärgerte mich, denn mir war klar, dass ich den Bannmeister hätte fragen sollen, wozu das Stück Quarz diente. So oder so war ich in ein äußerst ernstes Geschäft verwickelt, und bei dem Konflikt zwischen Höflichkeit und Informationsbedürfnis hätte ich Letzterem immer den Vorzug geben sollen.

Ich entschied, den Bannmeister noch um eine Erklärung zu bitten, aber als wir den nächsten Raum betraten, änderte sich meine Fragestellung. Ein Kreis aus Stühlen warf vom Mittelpunkt des Zimmers aus lange Schatten auf die Wände, wie die Speichen eines Rades. Genau in der Mitte des Raums sah ich den größten Quarzkristall, der mir je unter die Augen gekommen war. Er reichte im wahrsten Sinne des Wortes vom Boden bis zur Decke, wie eine den Palast abstützende Säule. Er war zu einer Sechseckform geschliffen, deren Seiten mindestens einen Schritt breit waren und spendete die Beleuchtung für den Raum. Aber das war nicht sein Hauptzweck.

Zu meiner beträchtlichen Überraschung – und das war es, was mich veranlasste, meine Frage an den Bannmeister anders zu stellen – zeigte die Kristallsäule eine Ansicht der Modellandschaft. Alle Geländemerkmale schienen lebensgroß. Indem ich in den Kristall blickte, konnte ich mir die Gegend ansehen, geradeso, als stünde ich mitten im Chaos.

Illyd lächelte, als ich ihn erstaunt anstarrte. »Das kleine Stück Quarz steht mit diesem Stein in Verbindung, Bannmeister?«

Er nickte ernst. »Die Scheibe wurde sogar aus dem gleichen Stück geschnitten, was es sehr vereinfacht, die beiden zu verbinden, genauso, wie es das Gesetz der Übertragbarkeit vermuten lässt. Die Scheibe wird sich wie befohlen über die Landschaft bewegen, und was sie dabei sieht, wird hier dargestellt.«

Ich schüttelte den Kopf. »Unglaublich. Das Einzige, was noch besser sein könnte, wäre, diese Scheiben im echten Chaos einzusetzen, damit wir sehen können, was dort tatsächlich geschieht.«

»Bei der Umsetzung dieses Gedankens, Meister Lachlan, stellen sich zwei Probleme«, bemerkte eine der anderen Personen im Seherzimmer. Ich schaute an dem Kristall vorbei und erkannte Erzherzog Ijegron von Jask vom Beginn des Abends wieder. »Wir haben schon versucht, diese Art der Zauberei einzusetzen, aber die Bannmauern haben die Bilder gestört. Sie flimmerten wie Fata Morganas, wodurch sie kaum zu gebrauchen waren. Außerdem kam es zu einem Konflikt zwischen der magischen Energie, die notwendig war, die Scheiben über eine so große Entfernung einzusetzen, und der zur Aufrechterhaltung der Mauern notwendigen Energie. Um ein akkurates Bild dessen zu erhalten, was jenseits der Bannmauern vor sich ging, mussten wir die Mauern beschädigen.«

Ich schüttelte den Kopf. »Das ist nicht gut.«

»Trefflich ausgedrückt.« Der ältere Mann lachte. »Aber der wichtigste Punkt ist der, dass die Verbindung zwischen den Kristallen jedem, der einen der beiden in seinen Besitz bekommt, gestattet zu sehen, was sich um den anderen herum abspielt. Ich erinnere mich noch, wie ich mich hier in diesem Raum plötzlich von Angesicht zu Angesicht Kothvir persönlich gegenübersah.«

Ein echsenartiger Baron von der Insel Shar legte Ijegron die Hand auf die Schulter. »Ssssso issst esss. Dasss war die grössssste Gefahr bei der Aufssssstellung diessser magissschen Fensssster im Chaosssss. Aber die ssscheinbar unüberwindbaren Probleme wurden ein Opfer von Logik und harter Arbeit. Euer Vater fand eine einfache Lössssung für ssssie. Er entssschlosssss sssssssichhh, Sssssscoutssss zzzzzzu Erkundunngern inssss Chaosssss zzzzzzu sssschicken, die esssss unsssss ermöglichhhhhten, dassss Modell zu bauen, dasssss Ihr durchhhhhhh diessssse Sssssssäule sssseht.«

Die gespaltene Zunge des Barons zuckte aus seinem Mund und zog sich wieder zurück. Es kostete mich Mühe, ihn nicht anzustarren, aber ich hatte noch nie zuvor einen Reptiaden gesehen. Aus meiner Lektüre wusste ich, dass diese Echsenmenschen bei dem Versuch im Chaos entdeckt worden waren, einen Teil der Inseln zurückzuerobern. Zunächst hatte man sie ihrer schuppigen graugrünen Haut und der vierfingrigen Hände wegen für Chaoskreaturen gehalten, aber das war nicht von langer Dauer gewesen. Ælfen und Zwerge hatten zu bedenken gegeben, dass die Inselbewohner offensichtlich vom Chaos besser an ihre unwirtliche Heimat angepasst worden waren, so wie das Chaos auch manche Menschen in Zwerge verwandelt hatte, die unter den Bergen wohnten, und andere in Ælfen, die in den Imperialen Wäldern prächtig gediehen.

»Baron Sali'uz hat Recht.« Der Zwergenherzog Kozor Goll aus Besdan kam um den Kristall herum und schob die Daumen hinter seinen breiten Ledergürtel. »Euer Vater hat mich sogar auf eine Expedition mitgenommen, weil er einen Höhlenkomplex im Chaos erforschen wollte. Wir haben diese Höhlen so präzise vermessen, dass ich sie besser kenne als meine eigene Festung.«

Der Anblick des Zwergs überraschte mich nicht, weil ich in Felsenschnell schon andere seiner Art getroffen hatte. Zwei zwergische Erzschürfer arbeiteten in der Nähe des Dorfes und kamen gelegentlich, um Vorräte zu kaufen. Genau wie diese beiden war auch der Herzog einen halben Schritt kleiner als ich, und seine dunkelbraunen Augen schienen fast nur aus Pupillen zu bestehen. Sein braunes Haar und der Vollbart waren von grauen Strähnen durchzogen, aber ich konnte ihn mir ebenso wenig als alt vorstellen, wie mir das bei einem Felsen gelungen wäre. Natürlich wusste ich, dass Steine uralt sind, aber der Zahn der Zeit hatte an dem Zwergenherzog weniger Spuren hinterlassen als an Großherzog Ijegron.

Der Imperator winkte die Adligen zu ihren Plätzen und sie nahmen zu beiden Seiten des Großherzogs Platz. »Bitte, Edelachtbare, lasst uns beginnen. Wie ihr bereits von meinem Bruder erfahren habt, hat uns heute Nacht mehr als nur das Erscheinen Fialchars getroffen. Als wir das Faustfeuerszepter aus der Imperialen Schatzkammer holen wollten, um uns für Fialchars Rückkehr zu wappnen, überraschten wir eine Bande von Dieben. Wir konnten sie verjagen, wobei wir einige töteten und andere gefangen nahmen. Die Übeltäter scheinen Anhänger der Schwarzen Kirche zu sein, aber sie waren in Begleitung. Dieser Dieb konnte mit dem Faustfeuerszepter entkommen, was in sich bereits eine Katastrophe ist. Aber schlimmer noch, der Dieb wurde als ein Bharashadi-Zauberer erkannt.«

Ijegron wurde bleich. »Ein Schwarzer Schatten, *hier?* Das ist unmöglich.«

Thetys schüttelte den Kopf und nickte in meine Richtung. »Locke hat ihn gesehen und mit ihm gekämpft. Er ist sich sicher und ich glaube ihm.«

Die dunkle Schuppenhaut von Baron Sali'uz' Gesicht war fast so elfenbeinweiß wie an seiner Kehle. »Lachlan hat vorher nochhh nie einen Ssschwarzen Ssschatten gesssehen. Könnte er sssssichhh geirrt haben?«

Ich zuckte die Schultern. »Dieser Bharashadi entsprach jeder Beschreibung der Schwarzen Schatten, die ich je gehört habe. Natürlich besteht die Möglichkeit, dass ich mich geirrt habe, aber wenn er kein Schwarzer Schatten war, habe ich nicht die leiseste Ahnung, was er sonst gewesen sein könnte.«

»Wenn Cardews Sohn einen Schwarzen Schatten gesehen hat, bin ich bereit, diese Identifikation zu akzeptieren.« Kozor Goll zupfte sich den Bart. »Es ist gar nicht gut, dass er uns das Szepter gestohlen hat, und auch nicht, dass die Schwarzen Schatten Lord Unheils Befehle befolgen. Ein Bündnis dieser beiden Gegner wirkt äußerst erschreckend.«

Thetys zuckte vielsagend die Achseln. »Leider ist das aber die Lage, vor der wir stehen. Während Fialchar uns auf dem Ball abgelenkt hat, waren seine Agenten damit beschäftigt, das Faustfeuerszepter zu stehlen. Er hat uns das größte Artefakt aus der Zeit vor dem Bruch vorgeführt, und zugleich haben wir dessen Bezwinger, das Szepter, verloren.«

Die Gesellschaft, in der ich mich befand, schüchterte mich gehörig ein, aber wenn ich nicht verstand, worüber geredet wurde, konnte ich niemandem von Nutzen sein.

Auf die Gefahr hin, mir eine Rüge einzuhandeln, musste ich versuchen, mir über bestimmte Dinge Klarheit zu verschaffen. »Verzeiht mir, Hoheit, Edelachtbare, aber Ihr sprecht vom Faustfeuerszepter und von Emeterios Stab, als wären sie ...« Ich zerbrach mir den Kopf, um einen passenden Vergleich zu finden, und schließlich hatte ich Erfolg. »... als wären sie, was mein Vater und Kothvir angeblich waren.«

Der Imperator nickte. »Bannmeister Illtyd, vielleicht kannst du es erläutern.«

Der Zauberer wandte sich bei seiner Erklärung an alle Anwesenden im Seherzimmer, auch wenn seine Aufmerksamkeit vor allem auf mich gerichtet war. »Diese beiden Artefakte stehen auf ähnliche Weise miteinander in Verbindung wie die Scheibe und dieser Quarz. Sie stammen aus demselben Grundmaterial. Ihr müsst wissen, dass es im Reich der Magie möglich ist, einen Gegenstand mit Einschränkungen zu belegen, um ein Artefakt von großer Machtfülle oder einen mächtigen Zauberspruch zu erschaffen. Wollte ich zum Beispiel einen Zauber entwickeln, der einen hochlodernden Scheiterhaufen erzeugt, würde dessen Einsatz mir eine gewaltige Energiemenge abverlangen, mehr, als ich mir möglicherweise leisten könnte. Aber wenn ich die Größe des Feuers begrenze oder den Zauber so einschränke, dass er nur zu einer bestimmten Jahreszeit gesprochen werden kann oder das Feuer nur eine Stunde existiert, senke ich die für seinen Einsatz erforderliche Energie ganz erheblich.«

Ich strengte mich an zu verstehen, was er mir sagen wollte. Dazu übertrug ich seine Beispiele auf das Schachbrett. Wenn ich mich beim Schach auf den Einsatz meiner Kavallerie oder meiner Zauberer beschränke, konnte ich die Zeit vermindern, die ich benötigte, um mir einen Zug zu überlegen. Das hätte zwar meine strategischen Möglichkeiten verringert und mein Spiel geschwächt, aber bei einer unter Zeitdruck stattfindenden Partie meine Siegesmöglichkeiten gewaltig gesteigert.

Ich erinnerte mich daran, was Sava mir über den Bharashadi-Zauber erzählt hatte, der mich getroffen hatte. »So wie der Chadämon, der mich angriff, seinen Zauber begrenzt hat, indem er ihm einen physischen Fokus gab. Dadurch haben die Kälte meines Schwerts und des Wassers mir geholfen, den Zauber zu parieren.

In diesem Fall wurde der Zauber von seinen Beschränkungen entscheidend geschwächt.«

Illtyd stimmte mir zu. »Ganz genau, Meister Lachlan. Im Falle des Stabes ging es Emeterio darum, ein Artefakt gewaltiger Macht herzustellen. Die Methode, die er dazu wählte, bestand in einem Bündnis mit einem anderen Zauberer, Quirc, der einer philosophischen Schule angehörte, die der Emeterios ganz entgegengesetzt gegenüberstand. Die beiden kamen überein, beide einen magischen Talisman zu erschaffen, der von dem jeweils anderen vernichtet werden konnte. Dadurch wurde ein Gleichgewicht der Macht zwischen diesen beiden geschaffen, das auf die Artefakte überging, die sie erschufen. In dem von ihnen gemeinsam ausgearbeiteten und zelebrierten Ritual führten sie eine so genannte Entschaffung aus. Aus dem Fundus von Materialien, den sie gemeinsam angelegt hatten, zogen sie Licht aus der Dunkelheit, Inneres aus dem Äußeren, Tiefe aus der Höhe. Das Material von Stab und Szepter wurde auf magische Weise in Formen aufgeteilt, die einander vernichten und die Werke des jeweils anderen neutralisieren konnten.«

Eine gleichzeitige Schöpfung und Entweihung. Mir schauderte. »Und jetzt sind beide Hälften dieser Entschaffung in Fialchars Hand?«

»Falls es uns nicht gelingt, den Bharashadi am Erreichen des Chaos zu hindern.« Ich drehte mich um, als Garn Drustorn den Raum betrat. Er setzte sich neben den Zwergenherzog. »Wir haben die Bannmeisterin Taci gefunden, und sie hat bestätigt, dass, was immer unten in der Kanalisation gezaubert hat, dasselbe war, was Leutnant Christoforos und seine Streife durch halb Menal gehetzt haben. Nachdem Locke es als Bharashadi-Zauberer erkannte, müssen wir zur Kenntnis nehmen, dass die Chaosdämonen einen Weg gefunden haben, die Bannmauern zu durchbrechen.«

Der Bannmeister runzelte die Stirn. »Eine einfachere

Erklärung wäre, dass eine Familie Schwarzer Schatten seit oder vielleicht sogar schon vor der Befreiung von Tarri im Imperium lebt.«

»Und es geschafft hat, unentdeckt zu bleiben, und das, während sie Chaosmagie erlernten?« Der Großherzog schüttelte den Kopf. »Fürst Unheil hat uns heute erst bewiesen, dass er fähig ist, hier in der Hauptstadt zu erscheinen, wann immer es ihm beliebt. Wenn er dazu in der Lage ist, sollten auch andere Chaoskreaturen das können.«

»Ich muss darauf hinweisen, Hoheit, dass Fialchar vor dem Bruch geboren wurde. Die Chaosflut mag ihn verändert haben, aber sie kann sich nicht dem Mauerbann gegen alles unterworfen haben, was im Chaos geboren ist.« Illtyd breitete hilflos die Hände aus. »Ich würde meine Erklärung für die wahrscheinlichere halten wollen, so schrecklich und schwer das auch hinzunehmen ist. Das einzige wirkliche Problem dabei ist der Punkt, den der Großherzog angesprochen hat. Die Chaostöne der Zauber, die Taci bemerkt hat, wären nicht so deutlich gewesen, wenn die Kreatur, die sie eingesetzt hat, *nicht* aus dem Chaos stammte. Sollte eine im Imperium geborene Kreatur in der Lage sein, so mächtige Chaosmagie zu erlernen, hieße das, dass gefährliche Lücken in den über dem Imperium liegenden Schutzzaubern existieren, die augenblicklich gefunden und repariert werden müssen.«

»Vielleichhht hat Fürssst Unheil den Zzzzzauberer, den Lachlan gesssehen hat, herüberteleportiert, um die Machhht dessss Sssssstabessss zu tesssten«, meinte der Reptiadenbaron.

Ijegron beugte sich vor und stützte die Ellbogen auf die Knie. »Dieses Idee gründet sich auf einer Annahme, die mir zu schaffen macht.«

Ich runzelte die Stirn. »Ihr glaubt nicht, dass Fialchar und der Schwarze Schatten zusammenarbeiten?«

»Wir haben überhaupt keinen Beweis für irgendeine Allianz zwischen ihnen. Das Auftauchen eines Bharashadi-Zauberers im Palast zur selben Zeit, zu der Fürst Unheil sich selbst zum Ball eingeladen hat, mag eine Verbindung nahe legen, aber aus einer bloßen Gleichzeitigkeit auf einen Kausalzusammenhang zu schließen ist ein Irrtum, über den wir alle längst hinaus sein sollten.«

Der Imperiale Heerfürst nickte. »Ein ausgezeichneter Einwand.«

Ijegron lächelte. »Danke, Garn. Ich bin überzeugt, dass Fürst Unheils Erscheinen hier allein darauf abzielte, sein neues Spielzeug zur Schau zu stellen. Er weiß, dass wir im Besitz des Faustfeuerszepters sind, und durch den Besitz von Emeterios Stab hat er das Szepter als Bedrohung wirksam ausgeschaltet. Wenn er von dem Plan gewusst hätte, es zu stehlen, wozu hätte er dann hier erscheinen und uns offenbaren sollen, dass er Emeterios Stab besitze, bevor er sicher sein konnte, dass der Diebstahl erfolgreich war? Er ist vielleicht alt und vom Chaos gezeichnet, aber er ist nicht dumm.«

Herzog Goff nickte zustimmend. »Ich muss mich für meine voreiligen Schlüsse entschuldigen. Soweit ich mich entsinne, waren Fialchar und die Bharashadi einander im Verlauf der Geschichte niemals freundlich gesonnen. Cardew hat Fialchar, glaube ich, sogar dazu überreden können, auf Angriffe gegen die Kühnen Lanzenreiter zu verzichten, während sie im Kampf gegen die Schwarzen Schatten standen. Vielleicht haben die Schwarzen Schatten davon erfahren, dass Fialchar den Stab in die Hände bekommen hat, und sind die mit einem Diebstahl des Faustfeuerszepters verbundene Gefahr eingegangen, weil sie es für nötig erachteten, sich ein Gegengewicht zu verschaffen.«

Ich schüttelte den Kopf. »Ich muss wieder um Verzeihung bitten, aber auch das ist eine Schlussfolgerung, für die es keine Grundlage gibt. Bannmeister Illtyd hat festgestellt, dass das Faustfeuerszepter an sich bereits ein Artefakt von gewaltiger Macht ist. Wenn es mit der Machtdemonstration vergleichbar sein sollte, die Fürst Unheil auf dem Ball gegeben hat, muss es zu Unglaublichem fähig sein. Für uns ist es das Gegenmittel für alles, was Fürst Unheil mit Emeterios Stab anrichten könnte, aber wie würden die Bharashadi es sehen? Welchen Zweck könnte ein Bharashadi-Zauberer mit seinem Diebstahl verfolgen?«

Der Imperator wurde aschfahl. Im Chor mit dem Heerfürsten flüsterte er: »Das Necroleum.«

»Was?«

Thetys atmete tief durch, und langsam kehrte Farbe in sein Gesicht zurück. »Wie viel weißt du wirklich über Chaosdämonen, Lachlan?«

Ich wurde rot. »Mit jeder Sekunde wird mir klar, dass es weniger ist, als ich noch einen Augenblick zuvor geglaubt habe.«

Dieses Eingeständnis ließ die Andeutung eines Lächelns über die Miene des Imperators huschen und die anderen kurz glucksen. »Es wird Zeit, dass du mehr erfährst. Alle Chadämonen besitzen besondere Fähigkeiten, von denen es heißt, sie hätten sie von ihren Schutzgöttern erhalten. Die Sturmdämonen beispielsweise können das Wetter in ihrer Umgebung beeinflussen und ihre Gegner mit Blitzen oder Eisregen überschütten. Flammdämonen lodern in einem unstillbaren Feuer, das sie selbst jedoch nicht verzehrt. Die Liste der bekannten Stämme und Fähigkeiten ist gewaltig und so bizarr, wie man es von Chaoskreaturen erwarten darf.«

»Ich habe so etwas Ähnliches von meinem Großvater gehört, aber dabei war nichts über die Schwarzen Schatten.« Ich nickte. »Ich nehme an, dieses Necroleum steht mit der besonderen Fähigkeit der Bharashadi in Verbindung?«

Thetys zuckte steif die Achseln. »Wir wissen nur gerüchteweise davon, und auch das nur aus sehr unsicherer Quelle. Wir haben ein paar Informationen aus dem Bericht über die Worte eines fiebrigen Chaosreiters erhalten, allerdings haben die Anstrengungen anderer Reiter diesem Bericht einiges an Gewicht verleihen können.«

Der Imperator setzte sich und bedeutete mir mit einer Handbewegung, auch Platz zu nehmen. »Die Übereinkunft der Bharashadi mit ihrem Gott hat strikte Grenzen, ganz ähnlich denen, die du vorhin kennen gelernt hast – die Zauber betreffend. Wenn Schwarzer Schatten im Kampf fällt, wird er, soweit das irgendwie möglich ist, zu einem verborgenen Ort namens Necroleum gebracht. Dort kümmert sich eine ganze Kaste von Begräbnishelfern um ihn. Wurde er aufgeschlitzt, nähen sie ihn wieder zusammen. Gebrochene Knochen werden so gut wie möglich wieder zusammengesetzt. Abgeschlagene Gliedmaßen werden wieder angenäht. Am Ende dieser Bemühungen, wenn sein Körper wieder hergestellt ist, wird er in die tiefsten Höhlen des Necroleums gebracht, um auf seine Wiedererweckung zu warten.«

Mir schauderte. Die bloße Vorstellung eines stinkenden Höhlenlochs tief unter der Erde und voller modriger Bharashadileichen in unterschiedlichen Stadien der Wiederherstellung genügte, mir eine Gänsehaut zu verursachen. Und die Vorstellung, dass sie wiedererweckt werden könnten, half auch nicht gerade. »Für die Wiedererweckung müssen die Leichen komplett sein?«

»Soweit wir das wissen, ja.« Der Imperator nickte ernst. »Wenn einer unserer Soldaten zum Beispiel einen Skalp mitgebracht hat, ist der betreffende Bharashadi unvollständig und fällt damit außerhalb der Vereinbarung mit seinem Gott.«

»Sofern er den Skalp nicht zurückerhält?«

»Ich nehme es an.« Thetys rieb sich beunruhigt die Hände. »Durch ein vom Gott der Bharashadis festgelegtes Ritual, zu dem eines aus einer Reihe von Artefakten benötigt wird, die sicher hinter den Bannmauern liegen, ist es möglich, die kompletten Bharashadi-Krieger von den Toten aufzuwecken.«

Der Heerfürst nickte und übernahm die weitere Erklärung. »Unter Berücksichtigung der Fortpflanzungs- und Todesraten der Bharashadi schätzen wir, dass sie über einhunderttausend Krieger im Wartezustand haben. Die Bharashadi sind furchtlose Kämpfer, weil sie wissen, dass sie eines Tages wiedererweckt werden, wenn sie fallen. Sie glauben, dass ihr Rang in der zukünftigen Gesellschaft davon abhängt, wie tapfer sie sich vor ihrem Tod geschlagen haben. Der größte ihrer Anführer wird ihr oberster Heerführer werden, und derzeit wäre der führende Anwärter auf diese Position Kothvir.«

Hunderttausend Schwarze Schatten, angeführt vom Todfeind meines Vaters! Ich starrte den Heerfürsten an. »Und Ihr glaubt, das Faustfeuerszepter reicht aus, diese Wiedererweckung auszulösen?«

»Das *und* möglicherweise noch dazu, einen Teil der Bannmauern einzureißen und ihnen eine Invasion des Imperiums zu ermöglichen.« Garn Drustorn sah die versammelten Adligen an. »Wir werden natürlich ein Heer sammeln und ausziehen, um die Bharashadi im Chaos zu stellen. Wenn wir Glück haben, können wir möglicherweise noch andere Chadämonenstämme dazu bringen, die Schwarzen Schatten ebenfalls anzugreifen.«

Großherzog Ijegrons Stuhl knirschte, als er sich zurücklehnte. »Ich möchte doch hoffen, dass wir auf mehr als nur Glück zählen können, wenn es darum geht, andere Chadämonenstämme für unsere Sache zu gewinnen.«

Kozor Goll schüttelte den Kopf. »Es mag in ihrem eigenen Interesse liegen, sich den Schwarzen Schatten entgegenzustellen, aber die Kraft, die Bannmauern zum Einsturz zu bringen, könnte ausreichen, um es Kothvir möglich zu machen, sie zu einer geschlossenen Streitmacht zu vereinen, die über uns herfällt. Wir werden uns vermutlich auf niemanden sonst stützen können, was es besonders wichtig macht, die Schlacht im Chaos zu führen.«

»Einen Augenblick.« Ich hob die Arme und schaute auf die Quarzsäule, in der sich eine Vision des Chaos abzeichnete. »Es wird Zeit kosten, ein Heer auszuheben, das groß genug ist, das Imperium zu verteidigen, besonders jetzt im Winter. Ihr besitzt das Modell. Warum nutzt Ihr es nicht zur Planung eines kurzen Überfalls auf das Necroleum, um es zu vernichten, bevor der Bharashadi-Zauberer die Dämonen aufwecken kann?«

Der Imperator lächelte dünn. »Es wäre schön, wenn das so einfach getan wie gesagt wäre. Das Hauptproblem dabei besteht in der Tatsache, dass niemand weiß, wo sich das Necroleum befindet.«

Ich zeigte auf den Kristall. »Gut, das Modell zeigt uns vielleicht nicht, wo es ist, aber es kann uns zeigen, wo es nicht ist. Das grenzt den Suchbereich ein. Durch einen Eliminationsprozess werden wir es früher oder später entdecken und können es angreifen.«

»Zugegeben, und genau so werden wir es machen müssen, aber das ist der leichteste Teil der ganzen Operation.« Thetys beugte sich vor. »Vergiss nicht: Das einzige Artefakt, das in der Lage ist, das Szepter zu vernichten, befindet sich in der Hand Fürst Unheils.«

»Ich weiß, aber so sehr Fürst Unheil das Imperium auch hassen und seine Vernichtung anstreben mag, ich bin sicher, er wird nicht zulassen, dass die Bharashadi ihm dieses Vorrecht streitig machen und uns erobern.« Ich öffnete die Hände. »Es mag hoffnungslos klingen und nach einer zum Scheitern verurteilten Mission, aber den Versuch ist es wert.«

»Ich stimme dir zu, Lachlan. Das ist es.« Er hob den Kopf. »Genau deshalb sammelt dein Vetter bereits seine Patrouille. In einer Woche wirst du mit ihm und allen Begleitern, die ihr dafür auswählt, ins Chaos reiten, um Emeterios Stab in euren Besitz zu bringen, das Necroleum zu finden und es zu zerstören.«

16

Ich hatte die schockierende Erklärung des Imperators noch nicht verdaut, als die Meldung eintraf, dass der Dienstbote, den er losgeschickt hatte, mir Kleidung zu besorgen, etwas gefunden hatte. Der Zaubergeselle, der Illtyd diese Mitteilung überbrachte, erhielt den Auftrag, mich aus dem Seherzimmer an einen Ort zu bringen, an dem ich mich ungestört anziehen konnte. Ich folgte ihm bis zum Kopf der hinabführenden Treppe. Dort erklärte er mir den Rest des Wegs.

Es war ein Glück, dass ich so kurz nach Erhalt der Mission Gelegenheit hatte, den Raum zu verlassen. Ich brauchte die Zeit für mich allein, um nachzudenken. Außerdem erleichterte meine Abwesenheit es den anderen, dem Imperator ihre Zweifel über die Weisheit seiner Wahl mitzuteilen. Ich konnte mir nicht vorstellen, dass Ratgeber, die den Namen verdienten, an dieser Entscheidung des Imperators keinen Zweifel hegten.

Ich jedenfalls hatte erhebliche Zweifel.

Mein ganzes Leben hatte ich Heldengeschichten über meinen Vater und seinen Bruder gehört. Ich hatte mich selbst immer an Geoff und Dalt gemessen und feststellen müssen, dass ich ihnen körperlich nicht gewachsen war. Beide meiner Brüder passten eher in eine Heldengeschichte als ich, und ich entwickelte eine verzweifelte Furcht, niemals eine Chance zu bekommen, mich als würdiger Erbe unseres Vaters zu beweisen. Daheim war ich immer der kleine Bruder gewesen, aber hier in der Hauptstadt war ich ein Mann. Hier und angesichts dieser mir so plötzlich auferlegten Aufgabe wusste ich, dass ich zumindest die Chance erhalten würde, es zu schaffen.

Aber die eigentliche Frage musste lauten, wie groß diese Erfolgschance wirklich war. Der Imperator musste jemanden hinter dem Bharashadi-Zauberer herschicken, und wenn er diesen Auftrag einer kleinen Gruppe ausgewählter Personen übertrug, würden diese sicherlich weniger Aufmerksamkeit erregen als beispielsweise ein ganzes Bataillon Lanzenreiter. Außerdem wurden die regulären Armeeinheiten für den Heertross gegen die Schwarzen Schatten benötigt. Eine ganze Einheit auf eine derartige Wahnsinnsmission zu verschwenden, wäre sicherlich keine gute Idee gewesen.

Mein Mund trocknete aus, als ich mir darüber klar wurde, dass meine Begleiter und ich ganz entschieden verzichtbar waren. Falls wir Erfolg hatten, würde man uns feiern und uns Loblieder singen. Falls nicht, würden die Schwarzen Schatten ihre Krieger wiedererwecken, und nicht an einen von uns würde in den Annalen des Krieges erinnert werden, der daraufhin losbräche. Unsere Expedition war so geartet, dass der Imperator nicht auf sie verzichten und sie zugleich locker riskieren konnte.

Die Kühnen Lanzenreiter hatten ihren Anfang als kleine Gruppe von Kriegern gehabt, und waren später zu einer Kompanie und schließlich einem vollen Regiment angewachsen. Ich hegte keinen Zweifel daran, dass die ersten Expeditionen meines Vaters von ganz ähnlicher Natur gewesen waren wie die, vor der ich jetzt stand. Die Barden wollten mir einreden, dass mein Vater über feindliche Übermachten gelacht und sich jeder Herausforderung mit einem trotzigen Brüllen und selbstsicheren Lachen gestellt hatte.

Mir drehte sich bei der Aussicht auf eine Niederlage der Magen um. *Aber ich habe nicht vor zu versagen.* Mein Vater hätte die Erfolgschancen dieser Mission sicher realistisch eingeschätzt, aber ich glaubte nicht, dass er Zweifeln oder den geringen Erfolgsaussichten gestattet hätte, seinen Anstrengungen entgegenzuwirken. Ich entschied, es genauso zu halten – meinen Begleitern und dem Ruf meines Vaters zuliebe.

Ich gestattete mir keine Illusionen über die Natur der Mission. Kit und ich würden fähige Mitstreiter brauchen. Wir brauchten formidable Kämpfer, die das Chaos gut kannten. Wir würden auf uns selbst gestellt sein. Im Chaos nach Nahrung zu suchen, würde selbst im günstigsten Fall riskant werden, wenn nicht sogar ausgesprochen gefährlich, falls wir uns dabei unwissentlich selbst vergifteten. Geheimhaltung würde der Schlüssel für unser Überleben sein, und um tatsächlich einen Erfolg zu erringen, würden wir einen flinken Geist und eine Menge Glück brauchen.

Als ich meine in militärischem Schnitt gehaltene waldgrüne Kleidung fertig angelegt hatte, erschien Thetys und nickte anerkennend. »Gut, das steht dir besser als ein Laken. Wie geht es deinem Arm?«

»Ganz gut, Hoheit. Es schmerzte etwas, das Hemd überzuziehen, aber davon abgesehen kann ich nicht weiter klagen. Er juckt allerdings.«

»Ich fühle mit dir.« Er reichte mir einen kleinen Kasten, der etwa doppelt so groß war wie die Schachtel, in der ich den Ring meines Vaters gefunden hatte. Ich nahm ihn und stellte fest, dass er ziemlich schwer war. »Das sind Imperiale Medaillen. Du erhältst fünf davon, genau wie dein Vetter. Ihr werdet jeweils eine davon den Personen geben, die euch ins Chaos begleiten sollen. Die Medaillen weisen sie meinen Waffenschmieden gegenüber als Teil eurer Expedition aus, und man wird sie einem Vorstoß ins Chaos entsprechend ausstatten.«

Ich öffnete den Kasten und holte eine der Bronzescheiben heraus. Auf einer Seite des Metalls prangte das Imperiale Dreischenkelwappen, auf der anderen sah ich einen Bannturm an der Grenze zum Chaos. Die Medaille fühlte sich schwer und groß an, ein angemessenes Symbol für die Unterstützung durch das Reich, die sie repräsentierte. Das kühle Metall in meiner Hand hatte etwas Beruhigendes.

»Ich verstehe, Sire, aber wollt Ihr meine Auswahl nicht überprüfen?« Ich runzelte die Stirn und presste die Lippen aufeinander. »Dies ist eine Mission von äußerster Wichtigkeit, und Ihr vertraut sie mir und meinem Cousin an, als wären wir unsere Väter. Ich fühle mich geehrt, dass Ihr mir und Christoforos vertraut. Kit kennt hier genug Leute und weiß, wen er als Begleiter ins Chaos auswählen kann, aber ich kenne niemanden. Wie könnt Ihr darauf vertrauen, dass ich in der Lage bin, eine weise Wahl zu treffen, wenn ich mir dessen selbst nicht sicher sein kann?«

Der Imperator musterte mich lang und streng. Ich sah ein Dutzend verschiedener Gefühle über seine Miene zucken, aber schließlich lächelte er. »Du hast natürlich Recht, dass ich eine Menge Vertrauen in euch investiere, aber mir bleibt keine andere Wahl. Wenn deine Mission gelingt, werden die Bharashadi keine Gefahr für das Imperium werden. Falls nicht, verliere ich zwölf Leute und muss mich auf eine Invasion aus dem Chaos vorbereiten, die unser aller Ende werden könnte. Du darfst mir glauben, dass ich für den Erfolg eurer Mission beten werde, aber ich bin mir zugleich bewusst, dass ich euch wahrscheinlich auf der Suche nach einem unerreichbaren Ziel in den Tod schicke.«

Ich nickte. »Ich danke Euch, Hoheit, dass Ihr mich an Euren Gedanken teilhaben lasst.«

»Menschen in den Tod zu schicken ist nicht leicht, und darf es auch niemals werden.« Seine dunklen Augen wurden schmal. »Natürlich hast du dir eure Erfolgschancen in dieser Angelegenheit bereits selbst ausgerechnet, also war meine Eröffnung keine Überraschung für dich.«

»Nicht wirklich.«

»Ich sage es unter den gegebenen Umständen nicht gerne, aber das ist gut so.« Er deutete auf meine rechte Hand. »Als ich dir den Ring gab, meintest du, du würdest auf eine Gelegenheit hoffen, dir diese Ehre zu verdienen. Ich hatte diese Hoffnung ebenfalls, hätte mir aber niemals träumen lassen, dass sie derartig gefährlich ausfallen oder sich so bald zeigen würde. Und ja, ich würde liebend gerne zu deiner Auswahl an Begleitern Veto sagen, aber das kann ich nicht.«

»Aber Hoheit, niemand würde sich Eurer Bitte widersetzen, sich uns anzuschließen.«

»Dessen bin ich mir durchaus bewusst, und genau da liegt das Problem. Man hat mir erklärt, dass eine Truppe, die ins Chaos aufbricht – wo ich selbst nie gewesen bin –, auf Grund ihrer Fähigkeiten und des Vertrauens in einander ausgewählt werden muss. Ich glaube daran – *ich muss daran glauben* –, dass du und Christoforos die richtige Wahl für eure Begleitung treffen werdet. Und diese Personen müssen wissen, dass ihre Chance, lebend zurückzukehren, hauchdünn und brüchig wie ein morscher Zweig ist.«

Ich nickte ruhig. »Und sie müssen sich entschieden haben, uns trotz der schlechten Überlebenschancen zu begleiten, und zwar aus ihren ganz eigenen Beweggründen, nicht aus dem Gefühl heraus, es tun zu müssen, weil Ihr das so wünscht.«

»So ist es.« Ein trockenes Grinsen trat auf die Züge des Imperators. »Auch wenn ich dir und deinem Vetter keine derartige Freiheit gelassen habe, euch zu weigern.«

Ich lachte. »Wir werden in die Fußstapfen Jhestis, des Verlorenen Prinzen, treten. Wir werden Fürst Unheil in seinem Bau eine Nase drehen müssen, ihm seinen neuerrungenen Zauberstab abnehmen und dann alle Bharashadi besiegen, einschließlich der, die schon in den vergangenen fünfhundert Jahren gefallen sind. Der Stoff, aus dem Legenden sind, genau wie beim Verlorenen Prinzen. Wie könnte irgendein vernünftiger Mensch da nein sagen?«

»Du wirst nicht viele vernünftige Menschen finden, die bereit sind, euch zu begleiten, Lachlan.« Der Imperator schüttelte zögernd den Kopf. »Angesichts der Natur eurer Mission würde ich vorschlagen, dass du sie von vornherein aus einer Gruppe rekrutierst, die sich bereits als hinlänglich verrückt erwiesen hat.«

»Ja, Sire. Aus den Chaosreitern.« Ich schmunzelte und erinnerte mich an mein Versprechen, Roarke zu besuchen. »Wenn Ihr mich entschuldigt, schätze ich, dass ich meine Werberanstrengungen im Umbra beginnen werde.«

Nach allem, was ich darüber gehört und gelesen hatte, wusste ich, dass das Hafenviertel der Hauptstadt in der besseren Gesellschaft – der Gesetzlosigkeit wegen, die dort herrschte – als eine Chaosenklave angesehen wurde. Selbst in den frühen Morgenstunden des ersten Bärentags ging es recht wild zu. Trupps betrunkener Matrosen auf Landurlaub wankten durch die Gassen. Wenn sie zusammenstießen, brach in den meisten Fällen eine Prügelei aus, aber niemand schien sich davon die Stimmung verderben zu lassen, dass er zusammengeschlagen wurde.

Trotz der zügellosen Fröhlichkeit, mit der die Bewohner des Hafens das neue Jahr begrüßten, brach das wilde Treiben recht plötzlich ab, als ich die Südseite des Viertels erreichte. Hier begann die für Chaosreiter reservierte Zone, und selbst die Stockbesoffenen schienen sie zu meiden. Je näher ich ihrem Gebiet kam, desto leichter fiel es, den Straßenprügeleien auszuweichen, und die seltsame Stille dort machte es leicht zu sehen, warum die Chaosreiter es die Zuflucht nannten.

Genauso, wie die Natur seiner Bewohner es leicht ersichtlich machte, warum die meisten anderen es die Quarantäne nannten.

Da es in der Altstadt liegt, finden sich in einem großen Teil des Hafenviertels keine gepflasterten Straßen. Dementsprechend schlammig waren die Gassen, insbesondere, nachdem der Schnee, der sie bedeckte, von Wagenrädern und Pferdehufen zerwühlt war. Nachts fielen die Temperaturen und der Verkehr nahm ab, mit dem Ergebnis, dass der Schlamm gefror und die Straßen der Zuflucht sich in einen eisigen Katalog der seltsamen Kreaturen verwandelten, die sie benutzt hatten. Ich sah mehr als eine Spur von Tieren, deren Gewicht nach der Tiefe des Abdrucks zu schließen, dem eines Pferdes entsprochen haben musste, obwohl die Form der Spur auf etwas gänzlich anderes hindeutete.

Wie im Rest der Altstadt waren auch die Häuser der Zuflucht weitgehend aus Holz, aber eine ansehnliche Zahl war auch aus Lehm oder Stein gebaut. Ein paar besaßen Aushängeschilder, die verschiedene Geschäfte kennzeichneten, aber die meisten waren einfach nur dunkel. Die Gassen verliefen hierhin und dorthin, teilten sich immer wieder auf und wurden spürbar enger, je tiefer ich in diesen Teil der Stadt vordrang.

Obwohl ich mir wie ein Narr vorkam, der frühmorgens über einen Friedhof ging, fühlte ich hier keine Angst. Ich war mir sicher, dass mich Menschen und Dinge erwarteten, die ich noch nie zuvor gesehen hatte, wenn Roarke und Eirene auch nur im Mindesten typisch für Chaosreiter waren. Aber so seltsam und erschreckend diese Leute auch waren, sie hatten sich ins Chaos gewagt und ich konnte nicht anders, als ihnen dafür Respekt zu zollen, erst recht, wenn ich hier Begleiter für die Mission des Imperators rekrutieren wollte.

Tief in der Zuflucht, versteckt in einem regelrechten Irrgarten aus engen Gässchen, fand ich das Umbra. Meine Beine schienen den Weg zu kennen, als wäre ich ihn schon tausendfach gegangen. Ich stieg die knarzenden Holzstufen zum Eingang mit derselben Unbeschwertheit hinab, mit der ich in das Haus meiner Großmutter ging. Ich zog das dicke Fell beiseite, das den Eingang abdeckte und trat hindurch auf einen schmalen Treppenabsatz. Zu meiner Rechten führten Stufen nach unten, während eine andere Treppe gerade voraus eine halbe Etage höher führte. Ich sah hinab und bemerkte zwischen den Stufen weitere Treppen, die mindestens ein Stockwerk unter die Straßenebene reichten.

Qualmwolken trieben durch den Raum und den gelben Lichtschein der dicken Kerzen, die auf den Tischen und in den wachsverschmierten Wandhalterungen brannten. Die schummrige Beleuchtung machte es schwierig, über den unmittelbaren Bereich des Eingangs hinaus etwas zu erkennen, aber was ich an Gästen sah, schien in allen Formen, Größen und Farben vorhanden zu sein, eine Mischung, in der locker alle Rassen des Imperiums und sämtliche Provinzen vertreten waren. Ein gedämpftes Raunen, das ab und zu von einem lauten Brüllen unterstrichen wurde, erfüllte alle Etagen, und der Gestank erinnerte mich an einen schon viel zu lange nicht mehr ausgemisteten Stall.

Eine riesige Kreatur stierte von der oberen Etage auf mich herab. Ich nahm an, dass es ein Mensch war, auch wenn sein Kopf schräg auf dem Hals saß, als habe jemand versucht, ihn so zu verdrehen, dass die Ohren an der Ober- und Unterseite saßen. In seinen Augen, die gefährlich dicht beieinander lagen, glühte das Chaosfeuer. Er hielt die linke Hand in der Weste versteckt, während er mit der anderen das Treppengeländer festhielt. »Was willst du denn hier, Küken? Du bist doch noch nie aus dem Nest gekommen. Deine Sorte ist hier unerwünscht. Verschwinde.«

Ich lächelte das Geschöpf höflich an. »Ich bin gekommen, um …«

»Bist du taub?« Er kam einen Schritt auf mich zu und ich sah, dass sein linkes Knie sich nicht richtig beugte. »Es gibt genug andere Orte, an denen du gaffen kannst, Bursche. Verschwinde auf deinen eigenen zwei Beinen, bevor ich dich rausschmeiße.« Er kam noch einen Schritt näher und sein linkes Knie beugte sich ganz eindeutig nach hinten. »Los, raus!«

Rechts von mir sprang ein silbriger Koloss von der unteren Etage auf den Treppenabsatz und stellte sich zwischen mich und den Chaosreiter. Ein dumpfes Knurren drang aus Cruachs Kehle, dann bellte er einmal kurz und scharf. Der Hund schob den Kopf unter meine linke Hand, und ich kratzte ihn hinter dem rechten Ohr.

Ein weites, äußerst schräges Grinsen erschien in der unteren Gesichtshälfte des Manngeschöpfs. »Du kennst also Roarke? Er ist da unten. Aber sieh zu, dass du deine Geschäfte hier schnell erledigst.«

»Danke, der Herr. Ein frohes Fest, der Herr.«

Er knurrte nur zur Antwort, zog sich aber hastig zurück, als Cruachs Ohren sich aufstellten und der Hund seinen Kopf zur Treppe drehte, die nach oben führte. Ich klopfte Cruach herzlich auf die Schulter, dann kraulte ich ihn unter dem Kinn. »Und dir auch ein frohes Fest, Cruach. Wo steckt Roarke?«

Cruach war ein kluger Hund, der den Namen seines Herrn schon oft genug gehört hatte. Er drehte um und trottete die Stufen zur ersten Ebene unter Straßenniveau hinab. Er drehte sich kurz nach mir um, dann wanderte er tiefer in den Raum. Obwohl er sich geradewegs in das Meer der zufällig aufgestellten Tische stürzte, blieb sein hoher silberner Rücken so sichtbar wie ein Geisterschiff, das durch eine Insellandschaft segelte.

Ich folgte ihm, so gut ich konnte, auch wenn sich mir immer wieder jemand in den Weg schob, um mich zu behindern. Mehr als einmal hörte ich Bemerkungen wie ›Küken‹ und ›Jungfrau‹, und das aus Kehlen, die sich kaum für menschliche Sprache eigneten. Viele der Chaosreiter schienen wenig mehr als unter dicken Mänteln versteckte verwachsene Gestalten zu sein, und häufig starrten mich zwei oder mehr mit Chaosfeuer leuchtende Augen aus einer dunklen Kapuze an. Die Worte, Blicke und Taten zeigten mir deutlich, dass ich hier unerwünscht war, und dass die meisten von ihnen mich am liebsten fliehen gesehen hätten.

Aber auch wenn ich keine Erfahrung mit dem Chaos hatte, hatte mein Bruder Dalt mir doch schon vor langen Jahren ausgetrieben, mich von Feindseligkeiten einschüchtern zu lassen. Ich hielt den Kopf hoch erhoben und arbeitete mich durch die Menge, so gut es ging. Ich vermied es, die anderen Gäste zu berühren, soweit das möglich war, und schob mich höflich an den notdürftig eingerichteten Barrikaden vorbei, die auf meinem Weg auftauchten.

Ohne mich allzu lange aufhalten zu lassen, schaffte ich es bis zu einem weit hinten gelegenen Tisch, an dem Roarke mich mit seinem wie immer breiten Grinsen erwartete. »Willkommen im Umbra, Locke.« Er lehnte sich auf seinem Stuhl zurück und seine Bewegungen waren deutlich von der Flüssigkeit unter dem Schaum geschmiert, der über den Rand seines Trinkkruges stand. »Du bist doch nach Herakopolis gekommen, um den Ball des Imperators zu besuchen. Deinem Aufzug nach zu schließen, hast du ihn entweder verpasst, oder auf meiner Einladung stand die falsche Kleidungsvorgabe.«

»Ein wenig von beidem, schätze ich.« Ich ließ mich auf eine Bank nieder, dann nickte ich Eirene zu, die sich mir gegenüber setzte. »Frohes Neues Jahr, Eirene.«

»Gleichfalls, Locke.« Sie stellte einen Krug vor mir ab und nahm einen Schluck aus seinem Zwilling. »Stimmt es, was heute Abend auf dem Ball passiert sein soll?«

Ich fasste den dampfenden Krug mit beiden Händen und versuchte, ein Schaudern zu unterdrücken. »Kommt darauf an, was man erzählt. Es war auf jeden Fall ein Bärenabendball, denn ich *nie* vergessen werde.« Der Inhalt des Kruges roch nach heißem, gewürztem Cidre, aber ich nippte erst einmal nur vorsichtig daran, für den Fall, dass es in Wahrheit etwas ganz anderes war.

Roarke lachte. »Danach, was hier unten angekommen ist, sind Fürst Unheil und eine Horde von Bharashadi mitten im Ballsaal aufgetaucht und haben sämtliche Adligen dort massakriert. Es heißt auch, sie hätten den Palast angezündet, aber da habe ich meine Zweifel, denn ich kann keinen Feuerschein sehen.«

Ich beugte mich vor und senkte die Stimme. »Fialchar ist aufgetaucht, und er hatte Emeterios Stab dabei.«

Eirene schob sich eine grünsträhnige Haarlocke hinter das spitze Ohr. »Emeterios Stab? Sagt mir nichts.«

Roarke winkte ab. »Ein ziemlich kräftiges Zauberteil, aber das ist noch nicht die ganze Geschichte, oder, Locke?«

»Nein, nicht einmal annähernd.« Ich hielt meine Stimme gedämpft. »Gleichzeitig konnten ein Bharashadi-Zauberer und ein paar Schwarzkirchler das Faustfeuerszepter aus der Imperialen Schatzkammer unter dem Palast stehlen.«

Eirenes Miene gefror, und sie trank von ihrem Cidre, um ihr Gesicht zu verbergen. Roarke runzelte die Stirn, als wolle er sich zwingen, nüchtern zu werden. »Das kann nicht sein, Locke. Kein Bharashadi-Zauberer ist in der Lage, auf diese Seite der Bannmauern zu kommen.«

Ich knöpfte die Manschette meines Hemdsärmels auf und schob ihn zurück, um dem Chaosreiter den Verband zu zeigen. »Er hat versucht, mich mit einem Zauberspruch umzubringen, und es war reines Glück, dass ich überlebt habe. Ich habe ihn gesehen, Roarke. Zugegeben, ich sah Schwarze Schatten vorher nur im Traum, aber der hier entsprach in jeder Einzelheit den Beschreibungen, die ich von ihnen kenne.«

»Das ist das erste Mal, dass ich jemanden höre, der es nur als Traum bezeichnet, wenn er im Schlaf Schwarze Schatten sieht.« Eirene schüttelte den Kopf. »Vernünftige Menschen bezeichnen sowas als Albtraum.«

Ich nickte. »Da hast du Recht, Eirene. Ich befürchte, den werde ich noch in reichlich Albträumen zu Gesicht bekommen.« Ich holte die Imperialen Medaillen aus dem Beutel an meinem Gürtel und legte beiden eine hin. »Der Imperator erwartet, dass die Schwarzen Schatten mit dem Szepter eine Invasion des Imperiums versuchen werden. Er will, dass eine Expedition ins Chaos aufbricht, um die Invasion zu verhindern, oder sie zumindest lange genug aufzuhalten, damit der Heerfürst eine Armee zu ihrer Abwehr aufstellen kann.«

Eirene starrte die Medaille an, als läge eine zum Biss bereite Giftschlange vor ihr auf dem Tisch. »Eine Imperiale Expedition? Wie viele sind wir?«

Ich verzog schmerzhaft das Gesicht. »Zwölf, meinen Vetter und mich mitgezählt. Er ist ein Scout in der Reitergarde des Imperators. Er wird seine Patrouille mitnehmen, und ich soll noch fünf Teilnehmer rekrutieren. Mit Cruach könnten wir dreizehn sein.«

Roarke hob den Finger. »Es ist keine gute Idee, bei deinem Vorhaben die Zahl Dreizehn zu erwähnen, Locke. Fialchar war der dreizehnte Zauberer, der mit dem Siegel der Realität zu tun hatte, und er hat es zerschlagen. Deswegen gilt die Dreizehn nicht gerade als Glückszahl.«

»Entschuldigung.«

»Aberglaube macht mir keine Sorgen.« Eirene schob die Medaille zurück in meine Richtung. »Ein Dutzend Leute, die ins Chaos ziehen, um eine Bharashadi-Invasion zu stoppen? Für den Fall, dass dir irgendjemand diese Kenntnisse vorenthalten hat, Locke: Das ist genau die Art von Mission, die deinen Vater umgebracht hat, und die Kühnen Lanzenreiter waren ein Dutzend Dutzende.« Eirene sah hinüber zu Roarke. »Und was ihn betrifft, er würde selbst besoffen nicht zurück ins Chaos gehen. Es hat ihn das letzte Mal zu viel gekostet.«

Ich sah Roarke an und fürchtete mich davor, dass er Eirenes Feststellung bestätigen würde. Er wirkte geschockt und war sichtlich fahl. Cruach zwängte seinen Kopf zwischen Roarkes rechte Hand und seinen Leib, aber der Mann ließ den Arm reglos über die Seite des Hundes hängen. »Roarke?«

Er schluckte. »Es geht um das Necroleum, hab ich Recht?«

»Ja. Woher weißt du davon?«

Er schüttelte den Kopf. »Ich weiß einfach davon.«

Ich behielt ihn besorgt ihm Auge. Der Imperator hatte erwähnt, dass man aus den Fieberphantasien eines Chaosreiters vom Necroleum erfahren hatte. Einen Augenblick lang fragte ich mich, ob Roarke dieser Reiter gewesen war. »Wenn du vom Necroleum weißt, weißt du auch, wie wichtig das ist. Mit dem Faustfeuerszepter ist es möglich, alle Bharashadi wiederzuerwecken. Wenn das geschieht …«

»Ich kann es mir vorstellen, Locke.« Roarke hob die Medaille auf, die ich vor ihm auf den Tisch gelegt hatte, und drehte sie zwischen Daumen und Zeigefinger. »Es ist lange her, dass ich so etwas in der Hand hatte.« Er schloss die Faust darum. »Ich bin dabei.«

Eirene zuckte zurück. »Roarke, bist du von Sinnen? Du hast gesagt, du würdest nie zurück gehen.«

»Nein, Eirene. Ich habe gesagt, ich gehe nur zurück, wenn das Ziel es wert ist, dafür das Augenlicht zu verlieren. Wenn die Bharashadi es mit dem Faustfeuerszepter zum Necroleum schaffen, werden *alle* zu Chaosreitern, ob sie wollen oder nicht. Ich schätze, das ist die Mission, auf die ich gewartet habe.« Er schob ihre Medaille über den Tisch. »Komm schon, Eirene. Du bist zu verdammt hübsch, um alt und runzlig werden zu wollen, und zu verdammt trotzig, um im Imperium zu sterben.«

Sie hob die Medaille auf und wog sie in der rechten Hand. »Na schön, Roarke, ich komme mit, aber nur, damit ich die Wahrheit hinter den Prahlereien kenne, die du von dir geben wirst, wenn wir zurückkommen. *Falls* wir zurückkommen.«

Der einäugige Chaosreiter strahlte sie an. »Das ist die Eirene, die ich kenne.«

Ich fasste Roarkes rechtes Handgelenk. »Der Imperator möchte, dass wir Fürst Unheil davon überzeugen, uns Emeterios Stab zu überlassen, damit wir die Bharashadi daran hindern, ihre Toten aufzuwecken.«

Eirene spuckte Cidre. »Mit einem Dutzend?«

Roarke rümpfte die Nase. »Thetys ist vorsichtiger als sein Vater. Daclones hätte nur zehn ausgeschickt … vielleicht sogar nur acht, wenn er gewusst hätte, dass

Cruach mitkommt. Wie viele dieser Medaillen hast du noch, Locke?«

»Drei.« Ich streckte die Hand aus, und er nahm sich zwei davon.

»Behalt die Letzte. Wir werden jemanden von der Kirche des Sonnenvogels dabei haben wollen, und die sind immer gerne bereit, wenn es darum geht, dem Imperator einen Gefallen zu tun. Vielleicht finden wir sogar zwei.«

»Das wäre eine große Hilfe.«

»Allerdings. Und jetzt wollen wir uns mal eine größere Hilfe suchen.« Roarke stand auf und schob die kleinen und die Zeigefinger in den Mund. Dann stieß er einen dermaßen lauten Pfiff aus, dass ich mir die Ohren zuhielt und Cruach aufjaulte. Der Lärm im Umbra erstarb jäh, und außer einem irgendwo unter uns an- und abschwellenden irren Lachen herrschte Stille.

Roarke warf eine der Medaillen in die Höhe und fing sie wieder auf. Er sah hoch und lächelte, als er feststellte, dass ihm die Aufmerksamkeit aller Anwesenden gehörte. »Ich habe Neuigkeiten, die vermutlich den Rest des Jahres nachwirken werden, also hört gut zu. Wie es scheint, hatte der Imperator heute Abend einen Besuch von Fürst Scheußlich höchstpersönlich. Fialchar hat den Ball gestört und war den Edelachtbaren und Liebedelreizenden gegenüber äußerst ungalant. Thetys möchte, dass eine Delegation aus unseren Reihen sich auf den Weg macht und Fialchar erklärt, wie man sich auf einem Imperatorenball zu benehmen hat.«

Roarke lächelte verschmitzt und reagierte nicht auf die beleidigenden Antworten aus dem Publikum. »Der schwierige Teil dieser Mission ist, dass der Imperator irgendwie auch die Bharashadi verärgert hat, und es ist damit zu rechnen, dass sie uns die Durchreise etwas unbequem machen. Ich würde mir deswegen aber keine großen Sorgen machen, denn das hier ist Lachlan, Cardews Sohn. Sein Vetter, Driscolls Sohn, befindet sich bei der Reitergarde des Imperators und wird seine Patrouille mitbringen. Eigentlich würde ich das ja allein erledigen, wisst ihr, aber es ist bequemer, jemanden dabei zu haben, der Feuerholz hackt oder sich um den gelegentlichen Chadämon kümmert, der um die Ecke gebracht werden will.«

Gelächter und weitere bissige Kommentare stiegen aus der Menge auf. Die allgemeine Feindseligkeit, die ich zuvor gespürt hatte, war abgeklungen, seit Roarke mich vorgestellt hatte. Ein, zwei Leute nickten mir zu, und ich hörte den Namen meines Vaters flüsternd und krächzend die Runde machen. Ich wurde meiner Herkunft wegen nicht offen willkommen geheißen, aber in den Augen vieler hier beseitigte sie doch die anfängliche Ablehnung, sodass ich zumindest neutral betrachtet wurde, und das ließ mich grinsen.

Roarke schnippte eine der beiden Medaillen in Richtung einer riesigen Gestalt, die drei Tische entfernt saß. Eine Hand zuckte hoch und fing die Medaille auf, und es hörte sich an, wie wenn Metall auf Stein trifft. Der Chaosreiter stand langsam auf, konnte sich aber nicht völlig aufrichten, weil die Decke im Weg war. Ich erkannte sofort, dass er ein Reptiad wie Baron Sali'uz war, aber das Licht glänzte auf seinen Schuppen, als wäre seine Haut aus Glimmer.

»Nagrendra, ich möchte dich dabei haben. Kannst du dir eine bessere Art vorstellen, das Jahr einzuläuten?«

»Wenn es dich ins Chaos lockt, Roarke, wird es ssicher ein Abenteuer.« Der Reptiad nickte langsam. »Ich werde Lord Unheil meine Aufwartung machen und nachssehen, ob Jhesti ihm noch den Bart gelassen hat.«

Roarke warf die andere Medaille einem weiteren Chaosreiter zu, aber ein anderer sprang von seinem Stuhl auf und fing sie ab. Der ursprünglich vorgesehene Empfänger packte den Störenfried am Handgelenk, aber der riss sich frei und schlug Roarkes ursprünglichem Ziel den Ellbogen ins Gesicht. Ich hörte ein lautes Krachen, dann ein Stöhnen und das Geräusch eines zu Boden rutschenden Körpers.

Roarke starrte den Mann, der die Medaille gefangen hatte, ärgerlich an, als er zu uns herüberkam. Er hielt die Metallscheibe wie einen Talisman vor sich. Chaosfeuer füllte seine Augen, die mich aus dem Höhlen des Wolfsschädels anstarrten, der seine Kapuze bildete.

»Ich bin Tyrchon.« Er knallte die Medaille auf den Tisch und sah mir in die Augen. »Ich habe Euren Vater gebeten, mich auf die Mission mitzunehmen, die seine Letzte wurde. Er sagte mir, ich sei noch zu jung zum Sterben.« Der Mann verschränkte muskulöse Arme vor dem breiten Brustkorb. »Ich finde, ich bin seitdem genug gealtert.« Er knurrte die Worte halb, auf eine Weise, die Cruach den Kopf heben ließ.

Es fiel mir nicht schwer, ihn mir sehr viel jünger und fordernder vorzustellen. Ich konnte meinen lächelnden Vater vor mir sehen, der ihn wieder fortschickte, weil sein Vorhaben zu gefährlich für einen so jungen und unerfahrenen Kämpfer war. Tyrchon hatte seine Chance bei meinem Vater verpasst, und sah es als Glücksfall an, dass er bei mir eine zweite Gelegenheit bekam.

Ich sah zu Roarke. »Was meinst du?«

Er zuckte die Schultern. »Dir hat der Imperator die Medaillen gegeben, nicht mir.«

Tyrchon sah Roarke an. »Ich war auf vielen Expeditionen ins Chaos. Ich habe viel Zeit dort verbracht. Ich habe reichlich Chadämonen erschlagen. Bharashadi, Tsvortu, Drasacor, Hobmotli. Ich habe im Chaos viel gefunden und es zurückgebracht.«

Roarke gähnte. »Abgesehen von Locke hier befindet sich keiner in diesem Lokal, der nicht dasselbe sagen könnte.«

Tyrchon nickte langsam. »Gut gekontert. Aber wenn

ich euch begleite, wird der Feind uns nicht überraschen. Er mag sich verstecken, aber nicht vor mir.«

Eirene sah zu ihm hoch. »Eine kühne Behauptung. Beweise es.«

»Mit Freuden.« Tyrchon breitete die Arme aus und schloss alle Anwesenden ein. »Frag irgendjemanden hier, was er im Chaos von mir gesehen hat.«

Roarke sah sich um. »Kann irgendwer diese Behauptungen bestätigen?«

Völlige Stille beantwortete seine Frage.

Ich runzelte die Stirn und legte die Hand auf die Medaille. »Es scheint, Tyrchon, dass deine Behauptungen sich nicht belegen lassen.«

Roarke grinste und tippte mir auf die Schulter. »Nicht so hastig, Locke.«

»Aber niemand konnte seine Worte bestätigen.«

»Genau, was bedeutet: Er betritt das Chaos allein.«

Eirene nickte. »Und dazu muss man entweder sehr gut sein, oder man ist ganz schnell sehr tot.«

Tyrchon verschränkte wieder die Arme. »Und ich bin nicht tot.«

Ich hielt ihm die Medaille entgegen. »Wir wollen sehen, dass es so bleibt. Es wäre mir eine Ehre, dich dabeizuhaben.«

Ich hätte schwören können, dass die Ohren seiner Kapuze zuckten, als er die Münze aus meiner Hand nahm. »Ich werde meine Belange regeln gehen. Wir sehen uns morgen wieder.«

Er drehte sich um und ich stellte fest, dass das Wolfsfell sich nicht frei bewegte. Ich starrte ihm nach, dann drehte ich mich zu Roarke um. »Der Umhang, die Kapuze. Sind die ein *Teil* von ihm?«

»So etwas kommt vor im Chaos, Locke.« Er grinste mich breit an. »Überleg dir gut, was du anziehst, du könntest es *lange* tragen.«

17

Jhesti, der Verlorene Prinz. Gavin Wahnhand. Roter Elch. Mira Grauswolf. Mein Vater. Mein Onkel. Die Liste der Reichshelden war lang – und ihre Taten beeindruckend. Ich hatte immer davon geträumt, einen Platz in dieser erhabenen Gesellschaft zu erringen, aber niemals erwartet, schon in so jungen Jahren die Gelegenheit dazu zu erhalten. Ich hatte mich insgeheim nach dem Tag gesehnt, an dem man sich an Cardew als meinen Vater erinnern würde, statt mich ständig als seinen Sohn zu beschreiben. Aber hätte irgendjemand auch nur angedeutet, dass ich an einer Expedition ins Chaos teilnehmen würde, noch bevor ich zwanzig war, hätte ich ihn für verrückt gehalten.

Und ich musste selbst verrückt sein, mich darauf einzulassen, aber das erschien mir nur angemessen, denn dieses ganze Unternehmen war verrückt. Ein Chaosdämon in der Hauptstadt, Fürst Unheil, der den Bärenabendball störte, nichts davon ergab einen Sinn. Mehr noch, all das war ein gezielter Affront gegen die Grundfesten der Wirklichkeit, mit der ich aufgewachsen war. *Kann ich überhaupt verrückt sein, wenn der Maßstab für Realität und Vernunft so gründlich zertrümmert ist?*

Auf der Rückkehr in Großmutters Haus sah ich die Sonne über dem Meer aufgehen und mit ihren ersten rosigen Strahlen die dünnen Wolken färben: Das zumindest wirkte normal genug, aber ich hatte den starken Verdacht, dass dies für die kommende Woche mein letzter Kontakt mit der Normalität sein würde. Ich klammerte mich daran fest, nahm diesen Sonnenaufgang als ein Omen, dass nicht alles aus dem Lot geraten war, und es möglich sein könnte, die Schäden zu beheben.

Wenn nicht, würden die Wolken bald rot vom Widerschein der von marodierenden Schwarzen Schatten in Brand gesteckten Reichsstädte sein.

Nur wenige ausgewählte Einzelpersonen wussten von der Anwesenheit eines Chaosdämons in der Hauptstadt, und ich vertraute Eirene und Roarke ebenso, wie der Imperator mir vertraute. Wir alle gingen davon aus, dass der Bharashadi sich, sofern er die Hauptstadt nicht unmittelbar nach der Entdeckung seines Raubzugs verlassen hatte, immer noch hier aufhielt und bei Mitgliedern der Schwarzen Kirche versteckte. Das bekanntzumachen hätte aber eine Panik ausgelöst, die vermutlich zu Aufständen und der Lynchung aller Hauptstadtbewohner geführt hätte, die auch nur entfernt im Verdacht standen, Verbindung zur Schwarzen Kirche zu haben. Also mussten die Nachforschungen nach seinem Aufenthaltsort mit äußerster Vorsicht durchgeführt werden.

Das Erscheinen Fürst Unheils auf dem Bärenabendball verschaffte dem Imperator einen Vorwand, die Stadt abzuriegeln. Dazu bediente er sich eines Gerüchts, demzufolge nicht wirklich Fürst Unheil den Ball gestört hätte, sondern ein abtrünniger Zauberer, der im Chaos bei ihm in die Lehre gegangen war. Die Herolde verkündeten, der Besuch sei Teil eines Plans gewesen, das Imperium zu entmutigen. Der Imperator kündigte an, die Übeltäter zur Strecke bringen und zur Rechenschaft ziehen zu wollen.

Es wurden augenblicklich härteste Sicherheitsmaßnahmen verhängt. Die Stadttore wurden geschlossen, und ein Betreten oder Verlassen der Hauptstadt war nur noch nach eingehender Überprüfung durch Imperiale Soldaten und Zauberer gestattet. Schwer bewaffnete Patrouillen strömten in die Umgegend aus, um das Land nach dem Dämon abzusuchen und eine Blockade zu errichten, die er kaum würde durchbrechen können, falls er sich noch in der Stadt versteckte. Auch der gesamte Schiffsverkehr unterlag einer Blockade, und die Imperiale Flotte erhielt Order, jedes Schiff zu versenken, das eine Durchsuchung verweigerte.

Als mein Kopf auf das Kissen sank, stieß ich ein stummes Stoßgebet aus, dass die Streifen den Bharashadi-Zauberer finden und vernichten konnten, bevor er das Chaos erreichte. Das hätte alles sehr viel einfacher gemacht, selbst wenn ich dadurch auf eine spätere Gelegenheit warten musste, ein Held zu werden. Angesichts der Art unserer Mission zog ich die Notwendigkeit, mich in Geduld zu üben, einem Tod im Chaos ganz erheblich vor.

James kam kurz nach Mittag in mein Zimmer und weckte mich. Ein Imperialer Bote war mit der Aufforderung eingetroffen, in einer Stunde vor dem Imperator zu erscheinen. Ich wusch mich hastig und zog die Kleider über, die der Imperator mir am Vorabend geliehen hatte. Ich war schon bereit, mich auf den Weg zu machen, als mir einfiel, dass ich meine Großmutter nicht mehr gesehen hatte, seit ich Marija vor dem Auftauchen Lord Unheils auf die Tanzfläche geführt hatte, und ich wollte sichergehen, dass die Aufregungen der letzten Nacht ihrer Gesundheit keinen Schaden zugefügt hatten.

Ich ging hinauf in den Wintergarten. Sie döste vor sich hin, wie an dem Tag meiner Ankunft. Sie saß im warmen Sonnenlicht, eine Decke über den Beinen, eine angefangene Stickerei auf dem Schoß und mit einem leisen Lächeln auf dem Gesicht.

Ich wollte eintreten und sie vorsichtig aufwecken, aber dann stoppte ich. Sie wirkte so zufrieden und glücklich, dass ich mich entschied, sie nicht zu stören. Sie hatte ihre Söhne oft genug in den Kampf verabschiedet, und von der letzten solchen Expedition waren sie nicht zurückgekehrt. Jetzt gingen deren Söhne, ihre Enkel, auf eine Mission ähnlich der, die ihre Söhne das Leben gekostet hatte. Sie jetzt aufzuwecken, um ihr diese Nachricht zu geben, wäre unverzeihlich gewesen, und ich zog mich leise zurück.

Besser, sie freut sich, dass ich beim Imperator Gnade gefunden habe, als dass sie sich Sorgen darüber macht, was ich für ihn tun muss.

Mein Weg führte mich bis hinunter in die Küche, wo ich Rose drei ofenwarme Kekse vom Tablett nahm und ihr als Dankeschön einen Kuss auf die Wange drückte. Ich sah mich nach Marija um, um mich zu vergewissern, dass sie sich von den Ereignissen auf dem Ball erholt hatte, fand sie aber nirgends. Draußen teilte Nob mir mit, dass sie zum Markt gegangen war und er ihr Carl als Geleitschutz mitgegeben hatte. Ich bedankte mich bei ihm und warf Striapach, der größeren der beiden Wolfshündinnen an seiner Leine, den Rest eines Kekses zu.

Auf der Straße angekommen wandte ich mich auf kürzestem Weg zum Palast. Ich hatte überrascht gemerkt, wie sich bei Nobs Mitteilung, dass sein Enkel Marija zum Markt begleitete, mein Magen verkrampft hatte. Mir war schon vorher klar gewesen, dass sie mir gefiel, aber diese Reaktion deutet darauf hin, dass meine Gefühle für sie tiefer gingen als ich geahnt hatte. Soweit ich mich erinnern konnte, war ich noch nie zuvor *eifersüchtig* auf jemanden gewesen ... Nicht, dass Eifersucht irgendein Anlass war, stolz zu sein.

Irgendwie ging alles viel zu schnell. Schon *eines* der Ereignisse, die mir bisher zugestoßen waren, hätte völlig ausgereicht, den Ausflug in die Hauptstadt zu einem Abenteuer zu machen. Ich war dem Imperator begegnet. Ich hatte Fialchar gegenübergestanden. Ich hatte ein Mädchen gefunden, das ich gern hatte. Ich hatte die Mission erhalten, für das Imperium ins Chaos zu reisen.

Auf einem kurzen Ausflug hatte ich mehr erreicht als andere in einem ganzen Leben. Aber bei all der Aufregung erschien es mir irgendwie das Wichtigste von allem, dass ich Marija getroffen hatte. Das war ganz eindeutig etwas, worüber es sich nachzudenken lohnte, aber leider ließ die Mission, für die man mich ausgewählt hatte, mir herzlich wenig Zeit dazu.

Im Palast wurde ich sofort in den Kartenraum gebracht. Es überraschte mich nicht, dass Kit, der Heerfürst, der Imperator und Bannmeister Illtyd mich bereits erwarteten. Auf einem Tisch in der Nähe der Tür zum Seherzimmer sah ich einen angebrochenen Brotlaib, einen Weinkrug, etwas Obst, Käse und mehrere halb volle Becher.

»Guten Morgen, Locke«, begrüßte Kit mich. Er sah aus, als habe er kaum Schlaf gefunden, wirkte dabei aber immer noch weniger verhärmt als Thetys oder Garn Drustorn.

»Morgen, Kit. Großmutter scheint die Nacht gut überstanden zu haben.« Ich senkte die Stimme. »Gibt es etwas Neues?«

»Ein wenig.« Er klopfte sich ein paar Brotkrümel vom Hemd. »Wir haben versucht, das Faustfeuerszepter mit Suchzaubern zu lokalisieren, aber ohne jeden Erfolg.«

»Wie das?« Ich sah zu Bannmeister Illtyd. »Müsste ein so machtvolles Artefakt auf magische Weise nicht leicht zu finden sein?«

»Unter gewöhnlichen Umständen schon, aber wie es scheint, kennt unser Dieb sich aus.« Der Bannmeister rieb sich verschlafen die Augen. »Wir nehmen an, dass er das Szepter in seine Einzelteile zerlegt hat. So zerlegt kann er es zwar nicht einsetzen, aber wenn er so mächtig ist, wie Ihr und Euer Cousin andeuten, braucht er es auch nicht, bis er die Bannmauern erreicht und versucht, ins Chaos zurückzukehren.«

Ich runzelte die Stirn. »Verzeiht meine Begriffsstutzigkeit, aber Zauberei verwirrt mich. Warum sollte es schwieriger sein, das Szepter zu finden, wenn es in mehrere Einzelteile zerlegt ist?«

Der Zauberer lächelte. »Eure Frage ist nicht leicht zu beantworten. Was macht denn einen Stuhl zu einem Stuhl?«

Ich zögerte etwas, weil ich eine Fangfrage vermutete. »Er hat vier Beine, eine Sitzfläche und eine Rückenlehne.«

»Aber wenn er nur drei Beine hätte, so angeordnet, dass er trotzdem sicher stünde, wäre es immer noch ein Stuhl?«

»Ich schätze schon.«

»Aber Ihr könntet immer noch den Unterschied zwischen ihm und einem dreibeinigen Hocker erkennen?«

»Sicher.«

»Woran?«

»Na …« Die Falten auf meiner Stirn wurden tiefer. »Ich denke, er hat einfach eine bestimmte Stuhlartigkeit.«

Der Bannmeister nickte. »Ganz genau. Und ebenso ist es mit allen anderen Dingen, von Steinen über Personen bis zu magischen Artefakten. Diese inhärente Qualität, die jede Sache beschreibt, ist es, mit deren Hilfe sie auf magische Weise identifiziert wird. Durch das Zerlegen des Szepters wird diese Qualität reduziert, so weit, dass wir es schließlich nicht mehr finden können. Sobald der Chadämon es wieder zusammensetzt, wissen wir davon, aber bis dahin haben wir keine Möglichkeit, es zu entdecken.«

»Ich verstehe … glaube ich.« Ich zuckte die Schultern und ließ die Frage ruhen, als ein anderer Zauberer Illtyd beiseite zog, um irgendetwas mit ihm zu besprechen. Ein paar andere Leute bewegten sich durch die Kammer und platzierten Ständer mit farbigen Fähnchen auf der Miniaturlandschaft, um verschiedene Zonen zu markieren. Der weitaus größte Teil war von weißen Fähnchen umschlossen.

Der Heerfürst nickte mir zu. »Kurz vor Eurer Ankunft hat Bannmeister Illtyd uns erklärt, dass unsere Kenntnisse über die verschiedenen Gebiete im Chaos in etwa der Farbe der Fahnen entspricht, die sie abgrenzen. Je dunkler die Fähnchen, desto aktueller und sicherer sind die Mitteilungen.«

»Weiß bedeutet also, dass wir praktisch gar nichts wissen?«

»Das wäre übertrieben, Meister Locke.« Illtyd war zurück und deutete mit der rechten Hand über die Karte. »Alle geographischen Einzelheiten, die Ihr hier seht, sind exakt nach den Angaben der Erkundungsteams ausgearbeitet. Der Grad dieser Kenntnisse ist ausgezeichnet, aber das Wissen darum, wie die Steine auf einer Ebene verteilt sind, sagt uns nichts darüber, was unter diesen Steinen lebt. Wir wissen, wie die Berge aussehen, aber wir haben kaum eine Vorstellung davon, was sich in ihrem Innern befinden mag.«

Kit beugte sich herüber und betrachtete die Karte mit verkniffenen Augen. »Wir können und sollten bei der Suche nach diesem Necroleum von bestimmten Annahmen ausgehen. Als Erstes würde ich meinen, dass es sich auf einem Territorium befinden muss, das unter der Herrschaft der Bharashadi steht. Wenn es für sie von solcher Bedeutung ist, kann ich nicht glauben, dass sie es nicht bestens beschützen.«

Thetys nickte zustimmend. »Angesichts der Folgen, die das Auftauchen tausender Bharashadi-Krieger für das Machtgleichgewicht im Chaos bedeuten würde, habe ich auch erhebliche Zweifel, dass andere Chadämonen darauf verzichten würden, es restlos zu zerstören. Ich nehme zudem an, dass wir unsere Suche auf das Bharashadi-Gebiet begrenzen können.«

Auch nach dieser Annahme blieb ein gewaltiger Bereich des Chaos für unsere Suche übrig. »Ich würde meinen, es dürfte sich in einem Gebiet befinden, das ausgezeichnete Verteidigungsmöglichkeiten bietet. Ich bezweifle, dass es in irgendwelchen Ruinen oder an anderen Geländemarken liegt, von denen wir aus Büchern oder Karten etwas wissen könnten, die aus der Zeit vor dem Einbruch des Chaos stammen.« Ich deutete auf ein von weißen Fähnchen eingeschlossenes Gebiet aus labyrinthartigen Schluchten und Flusstälern. »Ich möchte wetten, es befindet sich irgendwo dort.«

Illtyd deutete mit offener Hand zu dem kleinen Zimmer, in dem wir den Adligen am Abend zuvor die Lage erläutert hatten. »Vermutlich eignet sich dieses Gebiet so gut wie jedes andere als Ausgangspunkt der Suche. Ich werde meine Assistenten die Untersuchungsberichte, Karten und Tagebücher aller Expeditionen in dieses Gebiet heraussuchen lassen. Wollen wir hoffen, dass wir auf irgendeinen Hinweis stoßen, der Euch bei Eurer Expedition hilfreich sein kann.«

Die nächsten sechs Stunden verbrachten wir damit, einen Berg von Material zu sichten, dessen Zuverlässigkeit und Präsentation enorm variierte. Eine Menge schien sich auf Gespräche mit Chaosreitern nach deren Rückkehr zu gründen. Viele der Berichte waren von Übertreibungen durchsetzt, aber sie enthielten auch einen Schatz an Neuigkeiten. Ich saugte die Fakten und Einzelheiten aus den Texten, die ich erhalten hatte, in mich auf, in der Hoffnung, dass sie mir im Chaos hilfreich sein konnten.

Trotz der stundenlangen Anstrengung konnten wir nur ein Viertel des Gebiets abdecken, das wir uns zu erforschen vorgenommen hatten. Ich entdeckte vieles, was mich erstaunte und verwunderte, aber kaum etwas von Nutzen für die vor uns liegende Aufgabe. Es war interessant, Geschichten über legendäre Kreaturen wie den Smaragdhengst oder den Anblick des Kastells Shmertz zu lesen, nützte unserer Mission aber herzlich wenig. Was in einem Dokumentensatz als vielversprechende Spur auftauchte, stellte sich im nächsten als Sackgasse heraus. Ich erwarb zwar einen guten grundlegenden Eindruck des Gebiets, aber das Einzige, was ich wirklich aus der stundenlangen Arbeit herauszog, war ein sehr viel klarerer Eindruck der unmöglichen Gewaltigkeit unserer Aufgabe.

Illtyd setzte mehrere seiner Assistenten daran, einen Führer durch die Schluchten und Täler auszuarbeiten, über die wir nachlasen. Eine Frau kombinierte alle Karten und Skizzen, die wir fanden, zu einer Gesamtansicht der Region, die Begrenzungen für variable Zeitzonen enthielt, sichere Wasserstellen, alte Ruinen, in denen wir Unterschlupf finden konnten und bekannte Hinterhalte. Jedes Geländemerkmal wurde mit einer Nummer gekennzeichnet, die mit einem Eintrag im Führer korrespondierte, und Illtyd versicherte uns, dass wir mehrere Kopien zur Verwendung vor und während der Mission erhalten würden.

Als es Nachmittag wurde, erhielt ich die Erlaubnis, mich zu verabschieden und mich am Tempel des Sonnenvogels mit Roarke zu treffen. Der Imperator fand seinen Vorschlag, ein Mitglied der Kirche mitzunehmen, ebenfalls gut, was ich als ein gutes Zeichen auslegte. Ich verließ den Palast und machte mich in den Tempeldistrikt auf, wo ich Roarke auf der breiten Treppe zum Sonnenvogeltempel fand.

»Da bist du ja, Locke.« Der Einäugige grinste und begrüßte mich mit einem Schlag auf die Schulter. »Ich habe schon mit einem der Priester gesprochen, und ich schätze, wir werden unsere Hilfe bekommen.«

»Gut.« Ich sah mich um und runzelte die Stirn. »Wo ist Cruach?«

Roarke lachte. »Ich war bei deiner Großmutter, um dich abzuholen. Als ich hörte, dass du schon fort warst, habe ich Cruach bei Nob gelassen. Ich hole ihn später wieder ab. Komm.«

Der riesige Granittempel erinnerte mich mehr an eine Festung als an einen Ort der Götterverehrung. An seiner Frontseite stützten einige Säulen einen Fries, der den Sonnenvogel im Kampf gegen die Dämonen der Nacht zeigte, aber die Strenge des übrigen Gebäudes verspottete den Prunk der anderen Tempel entlang der Straße. In der Decke des dunklen Tunnels, der durch das bewachte Eingangstor führte, waren Mordlöcher erkennbar, und wenn die Eisentore an beiden Enden geschlossen und verriegelt waren, hätte man eine Armee hier gefangen halten können. Nirgends im Innern des Tunnels sah ich irgendwelche prächtigen Wandmalereien oder Wandteppiche, die den Sonnenvogel oder die Leistungen seiner Gläubigen feierten.

»Ein ziemlich abweisender Ort, findest du nicht?«

Roarke zuckte die Achseln. »Die Sonnenvogler geben ihr Gold vor allem für Waffen und Übungen aus. Und angesichts dessen, was wir auf unserer Expedition brauchen, bin ich nicht traurig darüber.«

Am anderen Ende öffnete sich der Tunnel in einen riesigen Innenhof, der in der Mitte von einem erhöhten Laufsteg, der sich von der Vorderseite zum hinteren Teil des Gebäudes erstreckte, in zwei Hälften geteilt wurde. An der Außenseite gestattete ein breiter Marmorsäulengang gut drei Schritt über dem zentralen Übungsplatz, sich durch den Tempel zu bewegen, ohne die Novizen, Brüder und Schwestern zu stören, die auf dem Hof von Ausbildern und Priestern gedrillt wurden.

Der Laufsteg, der den Eingang mit dem Inneren

Heiligtum verband, führte geradewegs über das Übungsgelände und bot mir einen Ausblick aus der Vogelperspektive auf die Ausbildungsmethoden der Sonnenvogelkirche. Kader aus einem Dutzend Mitgliedern absolvierten verschiedene Konditions- und Gefechtsübungen. Alles in allem erinnerte mich der Anblick stark an das Training unter meinem Großvater, allerdings in erleichterter Ausführung.

Roarke deutete auf ein paar der über den äußeren Säulengang zugänglichen Räume. »Zusätzlich zu der Ausbildung hat die Kirche auch Wissen über die Rehabilitation verwundeter Krieger gesammelt. Sie kümmert sich um alt gewordene Krieger, und eine Abteilung ihrer Brüder widmet sich der Abfassung von Geschichtswerken.«

Am anderen Ende der Brücke wartete ein Mann auf uns. Er lächelte Roarke zu und begrüßte mich mit einem Kopfnicken. »Ich bin Valarius. Ich werde Euch zum Bischof führen.« An seinem Rangabzeichen aus sieben kleinen gleichseitigen Dreiecken erkannte ich, dass er ein Priester war. »Wenn Ihr mir folgen möchtet.«

Valarius ging uns in einen sehr viel prächtiger ausgestatteten Teil des Tempels voraus. Hier fand ich die Wandgemälde und Standbilder, die ich in einem Tempel erwartet hatte, aber sie waren weit martialischer gehalten, als ich sie in anderen Kirchenhäusern gesehen hatte. Während andere Tempel in den Korridoren ein Dutzend kleiner Nischenschreine mit einer Statue aufwiesen, die einen anderen Aspekt der dort angebeteten Gottheit darstellte, waren die Nischen im Sonnenvogeltempel der Verehrung von Helden gewidmet. Zum Teil enthielten sie kunstvoll ausgeführte Statuen, aber auch Rüstungen oder Waffen. Was das betraf, hätte der Vorraum meiner Suite als Sonnenvogelschrein durchgehen können, allerdings schienen die Waffen und Rüstungen hier mehr zur Betrachtung geeignet als zum tatsächlichen Gebrauch.

Valarius brachte uns in einen Saal, in dessen Mitte ein kleiner, abgeschlossener Bereich in den Boden abgesenkt war, fast wie eine Arena. Ich erkannte das Konstruktionsprinzip. Es diente als Duellbereich oder zur Prüfung von Kampfschülern vor der Anerkennung für einen höheren Rang. Ich hatte einen derartigen Kampfzirkel noch nie an einem solchen Ort gesehen, aber Großvater hatte ihn mir bei verschiedenen Gelegenheiten detailliert beschrieben. Üblicherweise als Beispiel dafür, wo ich mich besser nicht blicken lassen sollte, wenn ich mir den idiotischen Fehler nicht endlich abgewöhnte, den er mir gerade zum wiederholten Mal auszutreiben versuchte.

»Die Herren«, erklärte Valarius und deutete zu der Person, die uns im Innern des Kampfzirkels erwartete. »Bischof Osane.«

Der Bischof, zu dem Valarius uns gebracht hatte, entsprach ganz und gar nicht meiner Vorstellung von einem heiligen Mann. Das lag zumindest anfänglich vor allem daran, dass es sich um eine heilige *Frau* handelte, die dazu noch recht jung war. Ich hatte einen Mann mit langem Bart und tief zerfurchtem Gesicht erwartet, nicht eine große, kräftig gebaute Frau, die mit solcher Geschwindigkeit eine Serie von Angriffs- und Paradepositionen abarbeitete, dass das Auge kaum mitkam. Ohne Zweifel hatte sie Championrang – mit dem Bastardschwert, das sie benutzte.

Osane trug Stiefel, einen Lendenschurz und ein gepolstertes Lederwams. Sie zog die Waffe durch einen Hieb, der einen Ochsen zweigeteilt hätte, dann legte sie das Schwert beiseite. Sie rieb sich mit dem rechten Ärmel den Schweiß von der Stirn. Sie hatte das hellbraune Haar im Nacken mit einem Tuch zusammengebunden und das Licht der Öllampen warf goldene

Glanzlichter darauf. In ihren Augen bemerkte ich eine Spur von Chaosfeuer, aber kaum genug für mehr als einen Ausflug hinter die Mauer.

»Danke, Valarius.« Osane stieg langsam die Stufen zu uns herauf. Sie betrachtete mich eingehend und ihr ruhiger Blick bereitete mir Unbehagen. Ich fühlte mich, als würde mich ein Raubtier abschätzen.

Sie sah zu Roarke. »Nach dem, was Ihr Valarius erzählt habt und was er mir weitergegeben hat, ist diese Expedition ins Chaos, die Ihr plant, der reinste Irrsinn. Ein Dutzend Personen sollen Fürst Fialchar überreden, Emeterios Stab herauszurücken? Ich weiß, dass mehr dahinterstecken muss, aber ich kann mir keine Wahrheit vorstellen, die dieser Fiktion ebenbürtig sein könnte.«

»Das ist wohl wahr, Heiligkeit.« Roarke sah mich an. »Ich habe Lachlan gesagt, dass die Kirche des Sonnenvogels an diesem Unternehmen kein Interesse haben wird und sich sicher nicht beteiligt. Aber er ist halt ein zuversichtlicher junger Bursche …«

Ich riss überrascht die Augen auf und strafte ihn damit Lügen. Aber irgendwie hatte ich den Eindruck, dass er die Bischöfin ohnehin nicht getäuscht und sie meine konsternierte Reaktion vorhergesehen hatte. Ich schüttelte den Kopf und sie lachte.

»Oh, ich habe von Euch gehört, Roarke, und weiß, dass das ganz allein auf Eurem Mist gewachsen ist.« Osane kniff die silbernen Augen zusammen. »Ich weiß genug von Euch, um zu wissen, dass nur etwas ganz Besonderes Euch veranlassen könnte, zurück ins Chaos zu gehen. Das hat mich gezwungen abzuschätzen, was ich noch nicht weiß, und ich bin zu der Entscheidung gekommen, dass es in unserem besten Interesse ist, Euch zu helfen.«

Ich unterdrückte ein Grinsen über die Worte des Bischofs. Vor etwa hundert Jahren hatte die Kirche des

Sonnenvogels entgegen eines Imperialen Verbots die Bannmauern vorgeschoben, um Tarris aus dem Chaos zu befreien. Diese Tat hatte eine Unmasse von Chaoskreaturen im Reich freigesetzt und seither bemühte die Kirche sich, diese Scharte auszuwetzen. Osane würde uns helfen, weil sie annahm, dass die Teilnahme der Kirche an unserer Mission helfen konnte, den Ruf der Kirche wiederherzustellen.

Ohne Zweifel würde ein Erfolg unseres Auftrags die Kirche auf diesem Weg ein gewaltiges Stück weiterbringen. Und er konnte der Karriere des Kirchenmitglieds, das uns begleitete, sicher nicht schaden. Die Kirche des Sonnenvogels betrachtete den Kampf gegen das Chaos als heilige Aufgabe und eine Mission wie diese würde ihr sicher als göttlicher Auftrag erscheinen, wenn nicht sogar als göttliche Verpflichtung.

Osane schloss eine Sekunde lang die Augen und murmelte ein Gebet. »Ich habe die Angelegenheit mit meinen Vorgesetzten besprochen. Es ist offenkundig, dass dies ein Unternehmen von Bedeutung ist, und wir sollten zu seinem Erfolg beitragen.«

Roarke nickte. »Genau das haben wir uns auch dabei gedacht, mit der Bitte um eine Begleitung an die Kirche heranzutreten.«

»Es freut mich, dass Ihr unseren Überlegungen beipflichtet, Roarke.« Sie öffnete die Augen. »Es ist entschieden. Ich werde mich Eurer Gruppe anschließen.«

Roarke wirkte schockiert. »Ihr, Heiligkeit?«

»Habt Ihr daran etwas auszusetzen?« Osane beobachtete Roarke genau. »Dachtet Ihr, wir könnten diese Mission jemandem von geringer Erfahrung oder Fähigkeit anvertrauen?«

»Äh, nein, bloß, ich, äh …« Roarke zuckte die Achseln. »Ich hatte nicht erwartet, dass die Kirche ein so wertvolles Mitglied des Klerus auf eine so riskante Expedition schickt.«

Sie lächelte. Offensichtlich gefiel es ihr, Roarke zum Stottern gebracht zu haben. »Begnügen wir uns damit, Roarke, dass ich mich im Chaos mehr zu Hause fühle als hier. Meine Unruhe ist einigen meiner Vorgesetzten ein Dorn im Auge. Wir sind in gegenseitigem Einvernehmen übereingekommen, dass ich die Kirche in dieser Angelegenheit vertreten werde.«

»Ich verstehe.« Roarke streckte den Arm aus und sie packte ihn mit der rechten Hand. »Freut uns, Euch dabei zu haben, Bischof Osane. Locke, gib ihr die Medaille.«

Ich reichte sie ihr, und Osane wog sie in der Hand. »Der Imperator soll mehr bekommen, als er bezahlt.«

Außerhalb des Tempels hielt ich Roarke an. »Was hat sie gemeint, als sie sagte, sie fühle sich im Chaos mehr zu Hause als hier?«

Der Chaosreiter zuckte die Achseln. »Viele von uns, die sich aus dem sicheren Schoß hinausgewagt haben, verspüren ein Unbehagen hier auf dieser Seite der Bannmauern. Anscheinend gehört auch sie dazu.«

»Aber sie hat so gut wie kein Chaosfeuer in den Augen. Wie oft kann sie drüben gewesen sein?«

Roarke grinste. »Weit öfter als ich, Locke. Das schwache Chaosfeuer hat mehr mit dem Schutz ihres Gottes zu tun als mit dem Mangel an Erfahrung. Abgesehen von Nagrendra hat sie wahrscheinlich mehr Zeit im Chaos verbracht als irgendjemand in unserer Gruppe.«

»Aber wenn der Sonnenvogel sie davor beschützen kann, vom Chaos verändert zu werden, bedeutet das doch, dass er eine gewaltige Macht über das Chaos besitzt. Warum vertreibt er es nicht einfach?«

»Locke, hast du jemals eine Fliege gefangen und in ein Spinnennetz geworfen?«

Ich nickte. »Klar.«

»Warum?«

»Um zu sehen, was passiert.« Ich verschränkte die Arme und senkte den Kopf. Die Grausamkeit meiner Handlung war mir peinlich. »Ich brauchte was zu tun. Ich war noch ein Kind.«

»Locke«, der einäugige Chaosreiter klopfte mir auf den Kopf. »Den Göttern wird auch langweilig, und wer sagt uns denn, dass sie alle erwachsen sind?«

18

Roarke und ich trennten uns. Er machte sich auf den Weg zurück zum Umbra, während ich in den Palast zurückkehrte. Dass Bischof Osane sich unserer Gruppe angeschlossen hatte, hob meine Stimmung unsere Mission betreffend erheblich. Mir war klar, dass unsere Überlebenschancen noch immer gering waren, und die Erfolgschancen noch winziger. Doch jetzt hatte ich den Eindruck, dass sie zumindest ohne magische Unterstützung wahrnehmbar geworden waren.

Ich war selbst überrascht, wie wenig Angst mir dieser Auftrag machte. Natürlich schützte mich meine Ignoranz. Außerdem verboten mir die außerordentliche Dringlichkeit unserer Mission und die Wichtigkeit eines Erfolgs, mir irgendwelche Furcht einzugestehen. Ich konnte es mir einfach nicht leisten, Angst zu haben, also hatte ich auch keine. Aber so gut das im Augenblick auch zu gelingen schien, ich freute mich nicht gerade auf das, was mir noch bevorstand.

Völlig darin versunken, was ich beim Studium der Chaoskarte zu beachten haben würde, trat ich um eine Ecke und prallte voll mit einer Frau zusammen, die mir entgegenkam. Sie stürzte. Ich beugte mich sofort hinunter, um ihr wieder aufzuhelfen, und stellte fest, dass ich sie kannte. »Xoayya, das ist eine Überraschung.«

Sie ließ sich von mir auf die Füße helfen. »Das kann man wohl sagen.«

Ich lächelte. »Soll das heißen, Ihr habt unsere Begegnung hier nicht vorausgesehen?«

»Doch, das habe ich, aber nicht unseren Zusammenstoß.« Sie schloss ihren grünen Samtmantel und zog die mit Pelz besetzte Kapuze wieder über das kupferrote Haar. »Ich muss mit Euch sprechen. Ich muss Euch etwas fragen.«

»Fragt ruhig.«

Sie sah mich mit einem Blick solcher Tiefe an, dass ich fast zurückschreckte. »Ihr müsst mich mit ins Chaos nehmen.«

»Was?« Ihre Forderung schockierte mich. Ich konnte mir nicht vorstellen, woher sie von unserer Expedition gehört haben konnte. Dass sie zu den Besuchern des Umbra gehörte, glaubte ich nicht, ebenso wenig, dass sie Kontakt mit irgendjemanden hatte, für den das zutraf. Ganz davon abgesehen konnte ich mir nicht vorstellen, dass sie im Chaos auch nur eine Sekunde überlebt hätte. »Unmöglich.«

»Sagt das nicht, Locke.« Sie packte meinen rechten Arm mit beiden Händen. »Ich muss mit. Es ist mein Schicksal.«

Ihr Griff schmerzte. »Ich kann Euch nicht mitnehmen. Die Gruppe ist voll. Alle Imperialen Medaillen sind verteilt.«

Xoayya schüttelte den Kopf. »Das weiß ich, Locke. Ich habe gesehen, wie Ihr sie ausgegeben hat. Roarke und Eirene werden Euch begleiten, genau wie Nagrendra, Tyrchon und diese Sonnenvogelbischöfin. Aber die Medaillen, die Ihr ihnen gabt, berechtigen sie nur, Vorräte und Ausrüstung aus den Lagern des Imperiums zu erhalten. Ich werde meine Reise selbst bezahlen.«

»Das wird eine Kampfmission, Xoayya, kein botanischer Ausflug.« Ich riss meinen Arm aus ihrem Griff, um ihr zu zeigen, wie schwach sie war. »Wir werden um unser Leben kämpfen müssen.«

»Ich weiß.«

»Dann wisst Ihr auch, dass Ihr bei uns fehl am Platze seid.«

Ihre blauen Augen wurden zu schmalen Schlitzen. »Was ich *weiß*, Locke, ist, dass du mich brauchen wirst. Es stimmt, ich kann nicht kämpfen wie ein Soldat, aber ich bin *nicht* unnütz. Ich beherrsche gewisse Heilzauber, und wenn ihr kämpfen müsst, werdet ihr diese Fähigkeiten gebrauchen können.«

Ich schüttelte den Kopf. »Aber im Gegenzug müssten wir Euch vor einem Angriff beschützen. Ihr könnt uns nicht begleiten.«

Sie senkte den Kopf und ihr Tonfall verwandelte sich von einer Forderung zu einem Flehen. »Aber ich *muss* mit. Es ist mein Schicksal.«

Ich hob die rechte Augenbraue. »Du hast dich in unserer Gesellschaft *gesehen?*«

Sie zögerte und ich spürte, wie sie mit sich rang, ob sie lügen sollte oder nicht. »Nein, *ich* habe es nicht gesehen, aber es hat diese Visionen gegeben. Visionen über mich selbst, über wichtige Aspekte, habe ich nur selten, oder sie sind in Analogien gehüllt, die ich nicht klar entziffern kann.«

»Aber du hast gewusst, dass wir uns hier begegnen.«

Sie schüttelte den Kopf. »Nein. Ich habe gewusst, dass Ihr zum Palast zurückkehrt, und diese Straße ist der kürzeste Weg vom Tempel des Sonnenvogels.«

»Also wisst Ihr nicht wirklich, ob es Teil Eures Schicksals ist, ins Chaos zu reisen oder mich hier zu treffen, nicht wahr?«

»Es ist aber so, Locke, es ist wirklich so.«

»Das behauptet Ihr zwar, aber ich finde es nicht überzeugend.«

Wieder packte sie meinen Arm, diesmal sanfter. »Ich *kann* es beweisen.«

»Wie?«

»Kommt mit zum Haus meiner Großmutter.« Xoayyas Miene hellte sich auf, und ihre Stimme wurde sicherer. »Sie hat mein Talent entdeckt und mich gelehrt, es zu benutzen. Sie war es, die mich im Chaos gesehen hat, zusammen mit Euch und Kit. Sie wird Euch überzeugen, dass ich euch begleiten muss.«

Eigentlich wollte ich ablehnen. In Xoayyas Vorstellung genügte die Tatsache, dass jemand sie im Chaos gesehen hatte, um sie zu überzeugen, dass wir sie mitnehmen mussten, weil sie an die unabdingbare Wahrheit von Visionen glaubte. Ich teilte diesen Glauben aber nicht, deshalb waren das, was ihre Großmutter und sie gesehen hatten, nicht mehr als von Gerüchten genährte Tagträume. Die Tatsache, dass sie von Bischof Osane früh genug gewusst hatte, um hier auf mich zu warten, und das bedeutete, eher als ich, gab dem Wahrheitsgehalt zumindest mancher ihrer Visionen zusätzliches Gewicht.

Was mich dann schließlich doch dazu brachte, ihre Großmutter aufzusuchen, war die Hoffnung, mit der alten Dame ein vernünftiges Wort reden und ihren Einfluss nutzen zu können, um Xoayya im Imperium zu halten. Man brauchte kein besonderes Talent, um zu erkennen, dass unsere Expedition eine ungeheure Belastung für Xoayya sein würde und mit hoher Wahrscheinlichkeit ihren Tod zur Folge haben konnte. Ich fühlte mich zwar für alle Mitglieder der Expedition verantwortlich, und wünschte sicher niemandem von ihnen eine Verletzung oder gar den Tod, aber es war eine Tatsache, dass sie alle eine bewusste und auf Fakten gestützte Entscheidung getroffen hatten, ins Chaos aufzubrechen. Xoayya stützte ihre Entscheidung auf Visionen, die möglicherweise von nichts weiter herrührten als einem verdorbenen Magen, und das ist einfach kein annehmbarer Grund, sein Leben in Gefahr zu bringen.

Ich nickte. »Geht voraus.«

Xoayya nahm meine Hand und führte mich durch Herakopolis. Wir verließen den Palasthügeldistrikt und entfernten uns vom Haus meiner Großmutter. Wir kamen am offenen Markt vorbei und bogen nach Norden ab, sodass wir in den wohlhabenderen Vierteln der Stadt blieben. Im östlichen Hügelbezirk stiegen wir eine steile Straße zu einem schmalen, zwischen Gebäuden ähnlicher Konstruktion eingezwängten Haus empor. Wahrscheinlich war der Wohnraum dieser Häuser ebenso großzügig bemessen wie im Haus meiner Großmutter, aber wo ihr Haus in die Breite gebaut war, waren diese Häuser in die Höhe gebaut.

Xoayya führte mich durch das schmiedeeiserne Tor und um die weite, zum Haupteingang führende Freitreppe herum zu den darunter in den Keller führenden Stufen. In den meisten Häusern wäre das der Weg zu den Dienstbotenquartieren gewesen, aber auch das Wenige, was ich von ihrer Großmutter wusste, reichte aus, um jeden Zweifel daran zu zerstreuen, dass ihr das ganze Haus gehörte.

Als Xoayya mich in den schummrigen, modrigen Keller führte, überraschte mich die Ähnlichkeit mit der Suite im Haus meiner Großmutter, in der ich wohnte. Nicht, dass die Ähnlichkeit sofort ins Auge gefallen wäre, im Gegenteil.

Der Eindruck stützte sich mehr auf ein Gefühl als auf objektive Hinweise. In gewisser Weise war dieser Keller das Gegenteil zum Raum meines Vaters. Er war unordentlich und überfüllt, dunkel und roch nach

Staub und Schimmel. Ich zweifelte, dass sich dieser Ort in den letzten zwanzig Jahren nennenswert verändert hatte, und darin glich er der Suite meines Vaters, aber der Zahn der Zeit war an allem spürbar, was er enthielt.

Was mir den Vergleich mit den Räumen meines Vaters aufdrängte, war die riesige Sammlung von Artefakten und Kadavern, die nur aus dem Chaos stammen konnten. Fauchende Chapantherköpfe, zum Teil mit gewaltigen Hirschgeweihen, machten die dunkleren Winkel des Zimmers unsicher, und ihr Fell bedeckte den Boden. Mehr als eine ausgestopfte Chaoskreatur war in Angriffspose aufgestellt. Die Ausstellung war beeindruckend genug, der Angst, die ich bisher nicht beachtet hatte, ein Fundament zu liefern.

Zugleich stärkten sie meine Entschlossenheit, Xoayya auf keinen Fall ins Chaos zu lassen. Ein auf den Hinterbeinen stehender Skunkbär ragte mit weit geöffneten weißen Tatzen über ihr auf, bereit, Xoayya zu erdrücken und zu zerfetzen, und ein Fackelfalke im Sturzflug stieß ihr die messerscharfen Krallen entgegen. Die unschuldige Art, mit der sie inmitten dieser mörderischen Szenerie ihre Kapuze nach hinten warf und den Mantel löste, machte mir noch deutlicher, wie ungeeignet sie für unsere Expedition war.

Wir gingen weiter durch den Raum, an einem schwarzen Löwen vorbei, der einem Bharashadi ähnlich genug war, um mir einen Schreck einzujagen. Dann sah ich Xoayyas Großmutter an einem Tisch sitzen. Sie trug eine weiße Robe und hatte das weiße Haar im Nacken zu einem Zopfkranz gebunden. Das unterstrich die Strenge ihres Gesichts, die ohnehin schon dadurch deutlich zu Tage trat, dass es ausschließlich vom Licht einer melonengroßen Kristallkugel beleuchtet wurde, die in der Mitte des Tischs stand.

Ich erinnerte mich dunkel, ihr auf dem Empfang

meiner Großmutter vorgestellt worden zu sein und verbeugte mich. »Ich grüße Euch, Madam Jasra.«

»Gleichfalls, Lachlan.« Sie winkte mich näher. »Ich weiß, warum Ihr hier seid.«

»Gut.« Ich konnte mir ein Lächeln nicht verkneifen. »Vielleicht wisst Ihr auch, wie unser Gespräch hier endet.«

»Oh, ich denke schon, und dieses Ende beginnt damit, dass Ihr den spöttischen Unterton in Eurer Stimme verliert.«

Das saß. »Ich bitte um Entschuldigung. Ich habe keinen Spott beabsichtigt.«

Die schwache Andeutung eines Lächelns spielte um die Mundwinkel der alten Dame. »Wenn du das glauben willst, soll es so sein.« Sie sah zu Xoayya. »Auch wenn unser Gespräch dich betrifft, hast du keine Rolle darin. Geh und bereite unserem Gast etwas Tee und ein paar Kekse. Ich lasse dich wissen, wenn es Zeit ist, sie aufzutragen.«

»Ja, Großmutter.« Xoayya neigte den Kopf und wanderte in Richtung einer Tür davon, die vermutlich zu einem Treppenhaus führte.

Dann widmete sich Jasra wieder mir. »Bevor wir anfangen, möchte ich mich bei Euch für den Vorschlag bedanken, dass Xoayya ihre Gedanken mithilfe von Musik unter Kontrolle bringt. Euch ist gelungen, was weder ich noch andere geschafft haben. Was Ihr getan habt, wird ihr und Euch noch gute Dienste leisten.«

Ich nickte und nahm ihr gegenüber Platz. »Es freut mich, dass ich ihr behilflich sein konnte. Sie ist etwas ganz Besonderes und ich möchte sie nicht leiden sehen.«

»Und deshalb wollt Ihr nicht, dass sie Euch ins Chaos begleitet.«

»Es kann nichts Gutes daraus erwachsen, wenn sie sich uns anschließt.«

Jazar starrte mich an und ihre vom Chaos erfüllten Augen waren dunkle Schlitze. »Ihr habt Recht. Es wird nichts Gutes daraus erwachsen, dass sie mit Euch ins Chaos reist, aber das ändert nichts an der Notwendigkeit.«

Mir blieb der Mund offen. »Ihr stimmt mir zu, dass ihr etwas zustoßen wird, und trotzdem wollt Ihr, dass sie mitkommt? Was für eine Großmutter seid Ihr?«

»Eine, die sich dem Schicksal nicht in den Weg stellt.« Sie schob das Kinn vor. »Dieselbe Art Großmutter wie Evadne, da sie keinem ihrer Enkel die Expedition ins Chaos verbieten wird.«

»Nein, nein. Es besteht ein gewaltiger Unterschied zwischen Kits und meiner Expedition und Xoayyas Mitreise. Kit und ich sind ausgebildete Kämpfer, was uns im Chaos eine gewaltige Hilfe sein wird. Außerdem sind wir körperlich stärker. Ich habe Xoayya von der Stadt der Zauberer nach Herakopolis begleitet, und sie ist für eine Reise dieser Art noch nicht bereit.«

Jasra stützte die Ellbogen auf den Tisch und legte die Fingerspitzen aufeinander. Schattenlinien zogen sich über ihr Gesicht und vertieften die Dunkelheit um ihre Augen. »Ich weiß ebenso wie sie, dass dies eine äußerst anstrengende Reise werden wird, voller Entbehrungen und Gefahr. Sie weiß aber auch ebenso wie ich, dass sie diese Reise unternehmen muss.«

»Nicht mit mir.«

»O doch, Locke.« Jasra klopfte mit den Zeigefingern auf die Kristallkugel. »Ich habe es gesehen, deshalb weiß ich bereits, dass sie dort sein wird. Ich weiß, dass Ihr sie mitnehmen werdet.«

Ich legte beide Hände flach auf den Tisch. »Nein. Ich glaube nicht daran, dass irgendetwas, das Ihr gesehen habt, deswegen unbedingt wahr werden muss. Ich glaube, dass wir alle Entscheidungen treffen, die unsere Zukunft beeinflussen. Wenn das nicht stimmt, wenn das Leben nur ein vorherbestimmtes Drama ist, das sich im Verlauf der Zeit entfaltet, hat es überhaupt keinen Sinn.«

»Vielleicht ist das Leben nur eine Unterhaltung für die Götter.«

»Wenn dem so wäre, würde es sie langweilen.« Ich erinnerte mich an Roarkes Bemerkung über die Götter und baute darauf auf. »Ich glaube kaum, dass sie eine Geschichte sonderlich unterhaltsam fänden, deren Ende sie bereits kennen.«

»Ach, es hat also keinen Wert für dich, eine Ballade ein zweites oder drittes Mal zu hören?«

»Dieses Argument sticht hier nicht. Sich dieselbe Ballade immer wieder anzuhören, fördert ein Gefühl der Vertrautheit und kann Erinnerungen an andere Gelegenheiten wecken, zu denen man sie gehört hat.« Ich tippte auf den Tisch. »Außerdem würde Eure Andeutung, dass alle Ereignisse dem Schicksal unterworfen sind, bedeuten, dass nicht einmal die Götter in ihren Handlungen frei sind. Wäre dem nicht so, könnten sie das Schicksal anderer beeinflussen. Und wenn die Götter das tun können, lässt sich unmöglich sagen, dass es anderen unmöglich ist.«

»Ein interessantes Argument. Ich kenne es natürlich, aber es bleibt trotzdem interessant.« Sie streckte die linke Hand aus. »Gebt mir Eure Hand.«

Ich wollte ihr gehorchen, dann zögerte ich. »Wozu?«

»Ich dachte mir, ich könnte Euch etwas über Euer Schicksal erzählen.«

Ich zog die Hand zurück. »Nein, danke.«

Sie sah mich fragend an. »Ihr steht vor einer gefährlichen Expedition ins Chaos und wollt keinen Hinweis darauf, was Euch bevorsteht?«

»Wozu? Wenn Ihr eine Katastrophe seht und Euer Argument der Vorbestimmung Hand und Fuß hat, kann ich nichts tun, um es zu verhindern und bin gezwungen, trotz Eurer Warnung ins Unheil zu reiten.« Ich schüttelte den Kopf. »Falls ich andererseits etwas unternehmen kann, um die Zukunft zu ändern, und ich diese Möglichkeit nutze, ist Eure Vorhersage falsch. Demnach kann ich Eurer Vision niemals vertrauen, und der Versuch, eine Übereinstimmung zwischen dem zu finden, was Ihr für die Wahrheit haltet und dem, was ich im Chaos sehe, würde mich nur ablenken. Auf Ablenkungen kann ich verzichten.«

Jazra nickte langsam. »Folgen wir Eurer Argumentation zu ihrem logischen Ende. Falls Ihr Recht habt, müssten für jeden von uns eine Vielzahl möglicher Zukünfte existieren. Die Zukunft, die wir tatsächlich durchleben, wird durch eine Myriade von Entscheidungen bestimmt, manche größer, manche kleiner. Die Visionen, die ich habe oder die Xoayya hat, würden nur eine jener möglichen Zukünfte zeigen. Je nachdem, was Ihr tut, erweisen unsere Visionen sich als wahr oder falsch.«

»So ist es.«

»Und ich nehme an, dass Ihr mir zugesteht, dass sich viele dieser möglichen Zukünfte nur in unbedeutenden Einzelheiten unterscheiden. Zum Beispiel, ob Ihr ein rotes oder ein blaues Hemd tragt, wäre im Vergleich mit Eurer Expedition ein reichlich unwichtiges Detail.«

Ich spürte, dass sie mir eine Falle stellte, aber die Logik ihrer Argumentation war durchaus klar. »Ihr wollt darauf hinaus, dass Ereignisse und Zukünfte variieren, aber entlang bestimmter Routen verlaufen, in gemeinsame Richtungen?«

»Und dass diese Routen das Ergebnis wichtiger oder bedeutsamer Entscheidungen sind, ja.« Wieder legte sie die Fingerkuppen aneinander. »Diesen Punkt gesteht Ihr mir zu?«

»Wenn Ihr zugesteht, dass es mehr als eine Zukunft gibt, sicher.«

»Und ich, als Seherin, sollte in der Lage sein, Szenen aus diesen verschiedenen Zukünften zu sehen.«

Ich nickte langsam. »Und dass Xoayya mich ins Chaos begleitet, ist nur eine von einer Vielzahl möglicher Zukünfte für sie.«

Jasras Gesichtsausdruck wurde weicher, nicht aus Freude darüber, dass ich ihre Argumentation bejaht hatte, sondern weil eine Welle des Bedauerns oder Schmerzes sie erfasste und ihren Zügen einen Teil ihrer Härte stahl. »Eben das macht mir Sorgen, Lachlan. Es ist etwas, das ich Xoayya nicht erzählt habe. Dein Argument ist interessant, und obwohl ich es keineswegs für überzeugend halte, klammere ich mich in Augenblicken wie diesem daran. Ich würde liebend gerne daran glauben, dass es für uns alle eine Vielzahl möglicher Zukünfte gibt, und ich gebe sogar zu, dass ich manchmal einen Blick auf verschiedene Zukunftsmöglichkeiten mancher Menschen erhascht habe. Sie sind fern und verschwommen, als ob die Stärke der Vision von der Wahrscheinlichkeit ihrer Verwirklichung abhängt.« Sie blickte auf ihre Hände, dann faltete sie sie und legte sie an ihre Brust. »Für Xoayya sehe ich nur eine Zukunft. Ich sehe sie im Chaos, und ich weiß, dass Sie Euch sucht. Davon abgesehen existiert *nichts.*«

Beim letzten Wort brach ihre Stimme. »Nichts?« Mir lief es kalt den Rücken hinab. »Ihr wollt mir erzählen, dass Xoayya keine andere Zukunft hat als die Reise ins Chaos? Wenn sie nicht mitreist, stirbt sie?«

»Wie würdet Ihr das Fehlen jeder anderen Zukunft deuten?«

Ich sah hinunter auf die Kristallkugel und suchte in deren Tiefen nach einer Eingabe. Irgendwie war es mir möglich gewesen, die Tatsache hinzunehmen, dass die Expedition zu meinem Tod und dem meiner Begleiter führen konnte. Es schien eine gewisse Gerechtigkeit darin zu liegen, dass wir zwar ein großes Risiko eingingen, aber dass der Gewinn, wenn wir Erfolg hatten, entsprechend groß sein würde, und wir unser Schicksal selbst in der Hand haben würden. Was wir auf dieser Expedition taten, würde unsere Zukunft bestimmen. Dieses Gefühl der Kontrolle trug die Möglichkeit in sich, dass wir gewinnen konnten, und diese Möglichkeit allein genügte, das Problem handhabbar zu machen.

Xoayyas Lage war schlimmer, weil ihr Tod passiv wäre. Indem ich entschied, sie nicht mitzunehmen, würde ich sie töten. Sie hatte keine Möglichkeit zu beeinflussen, was mit ihr geschah, keine Möglichkeit, gegen ihr Schicksal anzukämpfen, weil die Entscheidung darüber nicht in ihrer Hand lag. Indem ich sie zurückließ, würde ich sie umbringen.

Ich erkannte, dass es Xoayyas Großmutter gelungen war, ihre Forderung in gleicher Weise auf ihre Argumentation der Vorbestimmung und meine Argumentation des Freien Willens zu stützen. Es fiel mir nicht schwer zu glauben, dass eine einzige Entscheidung einen Menschen in eine Lage bringen konnte, die seinen Tod bedeutete. Genau das war das Hauptargument für den Freien Willen, weil es auch die Möglichkeit enthielt, dieser Lage zu entgehen. Falls ich der Hellseherei nicht grundsätzlich *jeden* Wahrheitsanspruch absprechen wollte, und das wäre schlichtweg dumm gewesen, denn sie war einer der Hauptstudienzweige der Magie im Imperium, musste ich akzeptieren, dass es Xoayyas Tod bedeuten würde, wenn sie uns nicht begleitete.

Ich sah hoch und begegnete Jazras ruhigem Blick. »Was seht Ihr für den Fall, dass ich mich bereit erkläre, sie mitzunehmen?«

»Einen Orkan von Bildern, aus denen ich keinen Sinn ziehen kann.« Die alte Frau legte die gefalteten Hände auf den Tisch. »Wenn Ihr mit Eurem Standpunkt Recht habt, existiert eine Legion von Zukünften für sie, die noch darauf wartet, welche Entscheidungen sie trifft. Wenn ich Recht habe, erfordert das, was ich sehe, die Deutung durch jemanden, der weiser und stärker ist, als ich es bin. Ich bin schon damit zufrieden, dass sie leben wird.«

»Das ist zumindest etwas.«

Jasra streckte den Arm aus und fasste mein rechtes Handgelenk. »Hört zu, Lachlan: Ihr Schicksal ist mit dem Euren verwoben. Ich habe Euch nicht als Liebespaar gesehen, sondern in der Regel als Freunde, aber es war kein Zufall, der Euch zusammengebracht hat.«

Ich löste meine Hand mit sanfter Gewalt aus ihrem Griff. »Ich werde tun, was ich kann, um sie im Chaos zu beschützen. Das brauche ich nicht zu betonen.«

Wieder wollte sie nach meiner Hand greifen, stoppte sich aber selbst. »Ich möchte Euch vieles über Euch selbst mitteilen … Nicht Euretwegen, sondern zu Xoayyas Schutz. Aber ich werde aus Respekt vor Euren Wünschen darauf verzichten.«

»Danke. Ich habe schon genug, worum ich mir Sorgen machen muss, auch ohne das Wissen um Zukünfte, die vielleicht gar nicht wahr werden.«

Sie lächelte. »Vor dreißig Jahren hat Euer Vater mir dasselbe gesagt, als ich anbot, seine Zukunft vorherzusagen. Es ist beruhigend zu wissen, dass der Sohn dieselben Stärken hat wie der Vater. In dieser Angelegenheit möchte ich mich lieber auf Eure Kraft verlassen als auf Visionen.«

19

In den nächsten vier Tagen verbrachte ich sehr viel Zeit im Palast und studierte das Modell des Chaos. Ich verschlang Berichte, Karten und Tagebücher, verglich immer wieder das, was ich las, mit anderen Quellen und der Modellandschaft im größeren Raum. Ich arbeitete hart und schlief sogar nach einem besonders schweren Schneefall eine Nacht im Palast, statt den Weg zu Großmutters Haus auf mich zu nehmen.

Ich arbeitete so sehr an der Geographie des Chaos, dass ich halb erwartete, meine Augen würden sich mit Chaosfeuer füllen. Schließlich kannte ich die Berge und Täler dort besser als Großvaters Hof und Felsenschnell.

Ich träumte von großen Expeditionen in das Land hinter den Bannmauern, und nach dem Aufwachen stellte ich fest, dass meine Träume das Land und seine Eigenschaften ausgezeichnet beschrieben. Nach nicht einmal einer Woche hatte ich das Gefühl, genug über das Chaos gelernt zu haben, um zur Not auch ohne Karten meinen Weg zu finden und es wahrscheinlich sogar nach Hause zu schaffen.

Wenn die Staatsgeschäfte ihn nicht beanspruchten und er sich dem Führen der Nation widmen musste, leistete der Imperator uns Gesellschaft. Unsere Debatten waren äußerst abwechslungsreich, drehten sich aber alle um die Expedition zur Vernichtung des Necroleums. Nachdem wir unsere Wahl der Personen abgeschlossen hatten, die uns auf dieser Mission begleiten würden, sah Thetys die Aufstellungen durch und zeichnete sie ab.

»Mir scheint, du und Kit habt eine weise Auswahl

getroffen, aber es wundert mich, dass du diese Xoayya mitnehmen willst, Locke.«

»Ich weiß, ihre Wahl ist nicht leicht zu verstehen, Hoheit, aber es gibt mehrere Gründe, aus denen ich ihre Begleitung für ratsam halte. Der erste und wichtigste davon ist die Tatsache, dass sie eine Hellseherin ist, sodass sie uns vor möglichen Gefahren warnen kann. Ich habe keine Zweifel an Kits Scouts oder daran, dass Tyrchon Schwierigkeiten erkennen kann und wird, aber Xoayya ist eine zusätzliche Hilfe.«

Der Imperator setzte ein trockenes Lächeln auf. »Freut mich, dass du mehr Zutrauen in deine Seherin hast als ich in die meinen. Keiner von denen, die ich kenne, hat das Auftauchen Fürst Unheils auf dem Ball gesehen.«

»Ich stimme Euch zu, Hoheit, dass man ihre Vorhersagen mit Vorsicht genießen muss, aber zusätzlich besitzt Xoayya ein gewisses magisches Training in den Heilkünsten. Dies wird sicherlich eine Mission, auf der wir solche Unterstützung benötigen werden.« Ich senkte den Blick. »Ich habe noch andere Gründe, aus denen ich sie dabeihaben möchte. Bitte fragt nicht weiter ...«

Thetys runzelte die Stirn. »Ihr seid kein Liebespaar, oder doch?«

»Glaubt Ihr ernsthaft, ich würde jemanden, den ich liebe, mit ins Chaos nehmen?«

»Nein, nein, das habe ich nicht angenommen, Locke, aber ich musste danach fragen.« Sein Blick wechselte von mir zu Kit und wieder zurück. »Dies wird keine leichte Mission werden, also muss euch beiden der Gedanke gekommen sein, ihn etwas angenehmer zu machen. Ich habe eine Menge Geschichten von großen Expeditionen ins Chaos gehört, bei denen Adlige Gespielinnen und Musikanten, Köche und Schneider mitnahmen, um ein halbwegs gewöhnliches Leben führen zu können.«

Kit schüttelte den Kopf. »Diese Geschichten sind sehr populär in den entfernteren Imperialen Außenposten, Hoheit, aber ich bin mir nicht sicher, wie viel Wahrheit darin steckt. Doch davon ganz abgesehen hat Locke seine Gründe, Xoayya mitzunehmen. Und sie will mit, was der entscheidende Punkt ist. Außerdem kann es nicht schaden, eine zusätzliche Person dabeizuhaben.«

Der Imperator sah ihn stirnrunzelnd an. »Soll heißen?«

Kit versteifte sich. »Ohne respektlos sein zu wollen, Hoheit, es würde mich keineswegs überraschen, wenn bekannt wäre, dass Ihr Reichsmedaillen für ein Dutzend Personen ausgegeben habt, mit denen sie eine Expedition ausrüsten können. Es ist ein Vorteil, eine weitere Person dabei zu haben, die in diesen Berichten nicht erscheint. Es verschafft uns unseren Feinden gegenüber einen Vorteil, und dafür bin ich ausgesprochen dankbar.«

Ich bedankte mich mit einem stummen Nicken bei Kit für seine Hilfe. Als ich ihm mitgeteilt hatte, dass Xoayya uns begleiten würde, hatte er es kategorisch abgelehnt.

Er hatte mir hart zugesetzt, ihre Aufnahme zu begründen, und ich hatte ihm alle logischen Begründungen gegeben, die mir einfielen. Aber sie hatten ihm nicht genügt. Schließlich hatte ich ihn einweihen müssen, dass Xoayya sterben würde, falls sie uns nicht begleitete. Er hatte geantwortet, das sei der beste Grund, den er sich vorstellen konnte – und ihrer Begleitung zugestimmt.

Der Imperator bemerkte meine Geste und schmunzelte. »Hier spielen noch andere Gründe mit. Versucht gar nicht, es abzustreiten. Mein Vater, und der seine vor ihm, wussten nie genau, was eure Väter auf ihren Reisen ins Chaos planten, aber sie vertrauten ihnen. Es scheint Tradition zu sein, dass unsere Familien dieses

Vertrauen füreinander aufbringen, und ich sehe keinen Grund, damit zu brechen.«

* * *

Vier Tage nach Beginn unserer Vorbereitungen erschien der Imperator und brachte Kit und mir Neuigkeiten von einem Versuch, die Hafenblockade zu durchbrechen. »Mehrere kleine schnelle Boote versuchten mitten in der Nacht unter dem Schutz eines Gewitters durchzubrechen. Wir haben zwei versenkt und andere zurückgetrieben, aber es ist denkbar, dass ein Teil durchkam. Wir müssen davon ausgehen, dass der Chadämon die Hauptstadt verlassen hat.«

Kit rieb sich den Schlaf aus den Augen. »Noch eine Woche, und wir hätten die Position gehabt.«

Ich schüttelte den Kopf. »Ich glaube nicht, dass wir so viel Zeit haben.« Ich zögerte, dann brachte ich einen Punkt zur Sprache, der mir schon länger Sorgen machte. »Bei all den Studien, die wir hier an einem Projekt durchgeführt haben, für das mein Vater vor dreißig oder vierzig Jahren den Anstoß gegeben haben soll, habe ich bis jetzt noch nicht einen Bericht aus seiner Hand gesehen. Wie kommt das?«

Illtyd blickte in Richtung des Heerfürsten, aber es war der Imperator, der mir antwortete. »Das habe ich zu verantworten. Ich ging davon aus, möglicherweise überhastet und irrtümlich, dass du den Berichten deines Vaters mehr Gewicht beimessen könntest als angemessen. Garn hat sie bearbeitet. Die Kenntnisse, die sie enthalten, standen euch also zur Verfügung, aber ohne die mögliche Ablenkung durch das Wissen, dass sie von deinem Vater stammen.«

Ich hatte keinen Anlass anzunehmen, dass er mich belog, aber ganz vertraute ich seiner Antwort auch nicht. »Ich verstehe, was Ihr getan habt, aber es könnte sich als ein Fehler erweisen, Hoheit.« Ich sah zum Heerfürsten hinüber. »Ich glaube, dass der Schlüssel zur Lage des Necroleums in den Berichten meines Vaters liegen könnte.«

Drustorns schillernder Blick begegnete dem meinen geradeheraus. »Wie das?«

»Wenn mein Vater der *Kristallseherchronik* geglaubt hat, dass es ihm bestimmt war, Kothvir zu töten, und er Gerüchte über das Necroleum gehört hatte, liegt es nahe, dass er versuchen würde, es zu finden. Das hätte ihm die Möglichkeit gegeben sicherzustellen, dass Kothvir tot blieb.« Ich deutete auf den Kristall in Mitte des Zimmers. »Zeigt mir, wohin die letzte Expedition meines Vaters ging.«

Illtyd schüttelte unruhig den Kopf. »Das kann ich nicht. Wir haben keine Unterlagen über diese Expedition, da es keine Überlebenden gab.«

»Dann zeigt mir, wo mein Vater starb.«

Wieder protestierte der Zauberer. »Ich weiß nicht, wo das war.«

Ich hob die rechte Hand und klopfte mit dem Daumennagel auf den silbernen Ring. »Dann zeigt mir, wo der hier gefunden wurde, denn ...« Ich wollte sagen, dass der Ring nicht weit von der Leiche meines Vaters gelegen haben konnte, aber dann wurde mir klar, dass er leicht gestohlen und an Dutzende Chadämonenstämme weitergereicht worden sein konnte, um zu beweisen, dass Cardew tot war.

Der Imperator nickte, und unter Illtyds Befehl schoss die Kristallinse über die Modellandschaft. Sie blieb über einem alten Herrenhaus tief im Schluchtenlabyrinth stehen. »Eine Chaosreiterexpedition fand ihn dort, als sie eine Kreatur aufschlitzten, um sie auszunehmen und fürs Abendessen zuzubereiten. Sie fanden den Ring in ihrem Magen. Wo das Nagetier sie gefunden hatte, weiß ich nicht.«

Ich starrte auf das riesige Quartzsechseck. »Zurück nach Osten, gut. Jetzt nach Norden, langsam.« Auf meine Anweisung bewegte der Zauberer den Kristall im Sturzflug in eines der Täler. Er drang durch einen engen, kurvenreichen Riss in den roten Fels ein und musste sich schließlich auf die Seite kippen, um weiterzukommen.

»Ihr könnt jetzt anhalten.« Ich sah zu Kit und fühlte einen Schauder durch meinen Körper fahren. »Hier sind unsere Väter gestorben.«

»Was?« Kit starrte mich ungläubig an. »Das kannst du nicht wissen. Ihre Leichen sind nie gefunden worden. Niemand hat die Expedition überlebt.«

»Das weiß ich, aber es spielt keine Rolle. Ich fühle es.« Ich deutete auf den winzigen Spalt im Fels. »Hier werden wir das Necroleum und das Faustfeuerszepter finden.«

Der Zauberer starrte mich neugierig an. »Ihr stützt diese Entscheidung auf ein Gefühl?«

Ich drehte den Ring um meinen Finger. »So ist es. Ich wünschte, ich hätte eine handfestere Grundlage, auf der ich arbeiten könnte, aber das muss genügen. Die Bharashadi waren schon damals eine Bedrohung, eine Gefahr, die auszulöschen unsere Väter alles taten, was in ihrer Macht stand. Ich muss davon ausgehen, dass ihre letzte und gefährlichste Mission darin bestand, das Necroleum zu vernichten, und das bedeutet, dass es sich in diesem Gebiet befinden muss.«

»Seine Argumentation enthält eine bestechende Logik.« Der Heerfürst verschränkte die Arme vor der Brust. »Ich kann mir dieses Gebiet als das Ziel meiner Invasion des Chaos vorstellen, falls es ihnen nicht gelingt, das Necroleum zu zerstören.«

Ich wandte mich von Illtyd zum Imperator um. »In Anbetracht der Tatsache, dass jemand die Blockade durchbrochen haben könnte, meine ich, dass wir augenblicklich ins Chaos aufbrechen sollten. Wir müssen Kastell Shmertz erreichen und uns Emeterios Stab holen, um die Bharashadi aufhalten zu können. Wenn wir Glück haben, könnte das Szepter sogar noch in Herakopolis sein. Wie stehen die Chancen, dass der Dieb einfach mit dem Schiff ins Chaos fährt und den Rest des Landwegs dort zurücklegt?«

Der Heerfürst grinste zynisch. »Wir sind nicht die Einzigen, denen die Bharashadi ein Dorn im Auge sind. Die anderen Chaosstämme hassen sie mit tiefer Inbrunst. Es wäre nicht leicht für unseren Dieb, durch deren Territorium zu reisen. Ich würde davon ausgehen, dass er noch im Imperium an Land geht und auf dieser Seite der Bannmauern bleibt, bis er das Gebiet erreicht, an dem das Territorium der Schwarzen Schatten an die Grenze stößt. Ich möchte auch darauf hinweisen, dass er beinahe sicher nicht allein unterwegs ist.«

»In der Schatzkammer hatte er Komplizen, deshalb stimme ich dieser Einschätzung zu.« Ich ging zu der Wandkarte hinüber, die der Heerfürst betrachtete. »Demnach würde er voraussichtlich hier in Menal an Land gehen und geradewegs auf die Bannlinie zuhalten. Wenn wir sofort aufbrechen und Kurs auf die Grenze zwischen Bharashadi und Tsvortu nehmen, können wir ihnen den Weg abschneiden, bevor sie es hinüber schaffen. Gleichzeitig bringt uns das in die Nähe des Blutgipfels, von dem aus wir Kastell Shmertz erblicken müssten.«

Kit nickte. »Das wäre ein Plan.«

Ich grinste. »Können deine Leute morgen früh bereit sein, ihn auszuführen?«

»Sie werden alle gestiefelt und gespornt sein.« Kit unterdrückte ein Gähnen. »Sie haben sich ihre Ausrüstung für die Expedition schon abgeholt. Ich schätze, ich sollte mir meine jetzt auch besorgen, und danach werde ich versuchen, etwas Schlaf nachzuholen.« Er schlug auf einen der Gebietsführer, die Illtyds Leute zusammengestellt hatten. »Das wird mich ohnehin bis in meine Träume verfolgen.«

»Ich werde mich auch bereit machen. Wir sehen uns morgen, kurz vor Mittag.« Ich drückte den Unterarm des Heerfürsten. »Ich hoffe, ich werde Euch melden können, dass wir die Armee, die Ihr aushebt, nicht brauchen, um das Imperium zu verteidigen, wenn wir uns das nächste Mal sehen.«

Ich kehrte am Nachmittag ins Haus meiner Großmutter zurück und teilte James mit, dass ich am folgenden Morgen ins Chaos aufbrechen würde. Er hatte seit dem Abend des Balls mit dieser Ankündigung gerechnet, aber ich glaube, er hatte etwas mehr Vorwarnzeit erwartet. Er machte sich auf der Stelle an seine Erledigungen und beruhigte mich mit der Mitteilung: »Macht Euch keine Sorgen, Meister Lachlan. Es mag Jahre her sein, seit ich Euren Vater für eine Expedition ausgestattet habe, aber ich erinnere mich noch gut, was zu tun ist.«

Ich hatte mir schon eher in der Woche die Ausrüstung, die ich zu benötigen glaubte, aus den Imperialen Waffenkammern besorgt. Was mich betraf, lief das auf eine Schuppenbandpanzerrüstung, Bein- und Armschienen, Handschuhe, Helm und Gesichtsmaske hinaus. Mir war klar, dass mein Großvater eine schwerere Rüstung gewählt hätte, mehr so etwas in der Art von Plattenpanzer mit Kettenpanzerverbindungsstücken. Schuppenbandpanzer aber waren leichter, und für jemanden von meiner geringen Körpergröße wäre es ein Fehler gewesen, den Vorteil aufzugeben, den mir meine Schnelligkeit verschaffte. In einer schwereren Rüstung hätte ich wohl mehr Schaden einstecken können, aber ich teilte lieber aus, als Schläge einzukassieren.

Vermutlich gehörte es zu James' Plan, dass Nob mich zu einer Schachpartie einlud, um die Zeit bis zum Abendessen totzuschlagen. Nob murrte, dass er bis zu meiner Rückkehr nicht einen guten Mitspieler gefunden hätte und erklärte mir, wie froh er war, dass Cruach aus dem Haus war und seine Hündinnen in Ruhe lassen würde. Während des Spiels sprach er mich zweimal mit Cardew an und ich konnte mir leicht vorstellen, dass er meinen Vater vor dessen Expeditionen ebenso abgelenkt hatte.

Ich war froh über seine Bemühungen und ließ mich willig darauf an. So aufgeregt ich auch war, dass es endlich losging, so deutlich sah ich auch, dass die Wartezeit nahezu unerträglich werden würde, wenn ich nichts fand, um mich zu beschäftigen. Vorfreude und Angst hätten mich hin und hergerissen und halb wahnsinnig gemacht.

Aber vor allem machte es mir den unausgesprochenen Pakt deutlich, der zwischen den Bürgern des Imperiums und denen bestand, die sie vor dem Chaos schützten. Die große Mehrheit der Reichsbürger konnte sich ebenso wenig vorstellen, den schützenden Schoß zu verlassen, wie sie ernsthaft einen Selbstmord erwogen hätten. Für viele von ihnen war es ein und dasselbe. Sie waren es zufrieden, die Verantwortung für den Kampf gegen das Chaos anderen zu überlassen, und wir waren bereit, diese Verantwortung zu bejahen.

Aber im Gegenzug hatten sie die Pflicht, dafür zu sorgen, dass unsere Opfer sich lohnten. Es lag an ihnen, dafür zu sorgen, dass das Imperium die Mühe wert blieb, es zu beschützen. Ihr Teil des Geschäfts bestand darin, all das zu tun, was wir erhaltenswert genug fanden, um dafür in den Kampf zu ziehen. Taten sie das nicht, würden wir auf beiden Seiten der Bannzeilen Chaos vorfinden und keinen Anlass mehr haben, für die Rettung unserer Heimat zu kämpfen.

Wahrscheinlich ist das der Grund dafür, dass die Schwarze Kirche so befremdend wirkt. Ihre Anhänger glauben, dass der Mensch seine wahren Möglichkeiten erst unter dem Einfluss des Chaos entwickelt, und dementsprechend preisen sie die Chaosreiter für das, was aus ihnen wird, obwohl diese Hochachtung alles entehrt, was die Chaosreiter tatsächlich tun. Die Tatsache, dass die Schwarzkirchler möglicherweise daran arbeiten konnten, das Chaos wieder über die Welt zu bringen, machte sie zu einer Gefahr und erklärte, warum sie vogelfrei waren und getötet wurden, wo immer man sie fand.

Indem er mir von seinen Hunden erzählte und Schach mit mir spielte, erlaubte Nob mir einen scharfen Blick auf den Alltag des Imperiums. Dieser Alltag war es, den ich aufgeben würde, indem ich ein Chaosreiter wurde. Obwohl ich mit Heldengeschichten groß geworden war, konnte ich Nob, seine Söhne und seine Enkel um ihr alltägliches Leben beneiden. Sie heirateten, bekamen Kinder und waren das Fundament des Imperiums.

Ohne sie hätte es nichts gegeben, wofür ich hätte kämpfen können.

Nob und ich spielten zwei Partien. In der ersten brachten mich meine Träumereien beinahe um den Sieg. Der alte Gärtner legte den Zugstein an meine Seite des Bretts und wies mich darauf hin, wenn ich nicht reagierte. Im Verlauf des Spiels setzte er ihn immer unsanfter ab, bis er ihn irgendwann mit einer derartigen Wucht auf den Tisch hämmerte, dass die Figuren auf ihren Feldern hüpften.

»Ihr seid genau wie Euer Vater, damit Ihr's wisst! Den hab ich geschlagen, weil er mich nicht beachtet hat.«

Ich lachte und zwang mich zur Konzentration auf das Brett. Sechzehn Züge später hatte ich Nob, aber die

Partie war sehr viel knapper ausgegangen als sonst. Nob verlangte augenblicklich Revanche und nahm Chaos. Er schob die Steine schnell durch eine Serie von Zügen, die vermutlich irgendeine Gildenverteidigung darstellten.

Auf diese Weise entwickelte er zügig die Mitte des Bretts, brachte sich dabei aber in eine schwache Position, weil sein ganzes Spiel an Zaubererscheren hing. Diese Strategie setzte die Generäle sehr wirksam in langen diagonalen Fesseln und Schlägen ein.

Ich konzentrierte meinen Angriff auf die Imperatorenseite und überwältigte ihn. Ich holte mir einen General mit vorwärtsdrängenden Bauern, dann schaffte ich meine Zauberer nach vorne, um ein paar Figuren zu tauschen. Nach einem ungünstigen Wechsel, bei dem ich die Steine fast heftig bewegte, war ich einen General im Vorzug und konnte seine Verteidigung aufbrechen. Er sah das Unvermeidliche kommen, und als Rose zum Essen rief, kippte er Fialchar um.

Ich konnte nur hoffen, dass es ein Omen für unsere Expedition war.

Das Abendessen war eine eigentümliche Angelegenheit. Rose hatte eine Mahlzeit zubereitet, die allerlei Zutaten enthielt, die ich nicht kannte, und nach deren Namen ich auch nicht zu fragen wagte. Ich erkannte Kartoffeln und Fleischstücke, war mir aber nicht sicher, von welchem Tier sie stammten, weil sie wie der Rest des Essens von einer scharfen roten Soße überdeckt waren. Ich nahm an, dass die Mahlzeit aus einer Vielzahl von Zutaten zusammengestellt war, die mich geistig und körperlich für die Anstrengungen meiner Reise ins Chaos stärken sollten. Das wenige, das Großmutter darüber sagte, ließ mich zu dem Schluss kommen, dass es sich um eine traditionelle Speise für die handelte, die ins Chaos aufbrachen, sie aber nach dem Ende meines Vaters und Onkels hier nur noch selten aufgetragen worden war.

Rose schien leicht verärgert, dass Kit nicht da war, um mit zu essen, aber dann entschied sie, dass dadurch umso mehr für mich vorhanden sei. Ich dankte ihr, aß so viel mir schmeckte und darüber hinaus, und nahm mir in Gedanken vor, es Kit bei Gelegenheit heimzuzahlen. Nicht, dass es sonderlich schlecht geschmeckt hätte, nur ungewohnt, und manche der Zutaten schienen einfach nicht den richtigen Biss zu haben.

Nur Großmutter, Marija und ich nahmen die Mahlzeit zusammen ein, obwohl ein Platz für Kit gedeckt war. Großmutter sagte nicht allzu viel und ihre spürbare Besorgnis erstickte jedes Gespräch nach ein paar Wortwechseln. Ich wusste, dass sie versuchte, tapfer zu sein und ihre Angst zu verbergen, aber es gelang ihr nicht. Das drückte ihre Stimmung und unweigerlich auch die unsere.

Marija war an diesem Abend eine kaum bessere Gesellschaft. Ihre deutliche Sorge um meine Großmutter lenkte sie ab, aber ich spürte, dass ihr noch etwas anderes zu schaffen machte. Sie entschuldigte sich mehrmals, wenn ich sie um das Salz oder die Butter bat, als ob sie das Gefühl hatte, meine Bitte vorausgeahnt haben zu müssen. Sie bat mich auch um meine Meinung zu verschiedenen Themen und beichtete mir dann, dass ihre Ansichten darüber sich in den gleichen Bahnen bewegten wie meine.

Nach dem Essen bat Großmutter Marija, ihr das Stärkungsmittel in den Wintergarten zu bringen, weil sie noch eine Weile die Sterne betrachten wollte, bevor sie zu Bett ging. Ich ließ ihr Zeit, nach oben zu gehen und es sich bequem zu machen, bevor ich hinaufging, um mit ihr zu reden. Als ich in der Tür erschien, lächelte Marija mir zu und glitt dann an mir vorbei, um uns allein zu lassen.

Großmutter wirkte in ihrem großen Sessel ungeheuer klein und müde. In der ganzen Zeit, die ich in der Hauptstadt war, hatte ich sie noch nie so schwach und zerbrechlich erlebt. Die Decke lag über ihren Beinen, und hätte sie nicht regelmäßig geblinzelt, während sie die Sterne betrachtete, hätte ich sie für tot halten können. »Dein Vater pflegte, hier herauf zu kommen und mit mir zu reden, bevor er auf seine Abenteuer auszog, weißt du.«

»Das wusste ich nicht.« Die Melancholie in ihrer Stimme drohte, mir das Herz zu brechen, und ich schenkte ihr ein tapferes Lächeln. »Ich komme wieder. Ich werde nicht im Chaos sterben.«

»Mach keine Versprechen, die du nicht halten kannst, Kind.« Ich hörte eine Spur von Verratensein in ihrer Stimme, spürte aber, dass sie mehr an die Adresse der Götter gerichtet war als an meinen Vater. »Dein Vater hat dasselbe gesagt, bevor er damals ging. Er hat es jedes Mal gesagt, aber einmal hat er sich geirrt.«

Ich sah auf meine Füße. »Ich weiß, ich bin für die Aufgabe kaum geeignet, die der Imperator mir gestellt hat, aber ich werde sie erledigen, und ich werde zurückkommen.«

Evadne hob den Kopf und schüttelte ihn müde. »Lachlan, du wirst tun, was du tun musst. Wenn du wiederkehrst, und ich hoffe von ganzem Herzen und ganzer Seele, dass du zurückkehrst, werde ich dich willkommen heißen, wie ich deinen Vater begrüßt habe, wenn er zu mir zurückkam.«

»Dann fang schon einmal an, die größte Feier zu planen, die diese Stadt je gesehen hat.« Ich unterstrich das Feuer in meiner Stimme mit einem breiten Grinsen. »Ich komme wieder. Du hast mein Ehrenwort.«

»Bitte, Lachlan, mach mir keine Versprechungen. Ich will nicht, dass du im entscheidenden Augenblick zögerst, nur weil du gesagt hast, dass du wiederkommen wirst. Die Mission, zu der du aufbrichst, wie es dein

Vater vor dir getan hat, ist wichtiger als das Versprechen einer alten Frau gegenüber. Dein Vater hat das verstanden, und ich habe ihn deswegen um nichts weniger geliebt.« Sie sah mich an und lächelte sanft. »Wärst du ein wenig dicker, dann wärst du das Ebenbild deines Vaters, als er zum ersten Mal ins Chaos aufbrach. Audin hat dich hart rangenommen. Härter als er deinen Vater je trainiert hat, glaube ich. Und er hat dich darauf vorbereitet, was dich im Chaos erwartet. Könnte er dich jetzt sehen, wäre Cardew stolz auf dich.«

Ich zog den Ring vom Finger, den der Imperator mir gegeben hatte, und hielt ihn ihr hin. »Ich weiß, mein Vater wollte zu dir zurückkommen, aber er hat es nicht geschafft. Hier, der hat ihm gehört. Er würde wollen, dass du ihn bekommst.«

Sie weigerte sich, mein Geschenk anzunehmen. »Dein Vater hat diesen Ring immer als Glücksbringer angesehen. Ich vertraue darauf, dass alles Unglück, das daran hängt, schon lange aufgebraucht ist. Er hat ihn mir in der Nacht vor dem letzten Aufbruch angeboten, und ich habe ihn nicht angenommen. Meine Erinnerung an ihn – und meine Erinnerung an dich – genügen mir. Jetzt geh, ruh dich aus. Ich habe meine Krieger immer gut ausgeruht und mit wachem Verstand ins Chaos geschickt.«

Auf ihre Bitte hin zog ich mich zurück und ging in meine Suite, aber an Schlaf war für mich nicht zu denken. Ich hatte mich von Anfang an entschieden, das Rapier meines Vaters mitzunehmen, aber Roarke hatte mich darauf hingewiesen, dass Degenduelle nicht gerade Teil der chadämonischen Kampfdoktrin waren. Nachdem ich ihn näher ausgefragt hatte, war ich zu dem Schluss gekommen, dass wir die meisten Kämpfe zu Pferd bestreiten würden und mir mit einem guten, schweren Säbel für harte Schmetterhiebe am besten gedient war.

Der Schwertständer in meiner Suite bot mir eine überreiche Auswahl. Ich ließ die gekrümmten Schwerter beiseite, weil ich mich mit einer einschneidigen Klinge nicht anfreunden konnte. Ich wusste zwar, dass solche Waffen sich im Reiterkampf einem geraden Schwert als überlegen erweisen konnten, aber die zweite Schneide lieferte mir eine zusätzliche Einsatzmöglichkeit.

Die gekreuzten Langschwerter an der Wand fielen von vornherein aus, weil sie größer waren als ich. Hätte ich eines von ihnen heben können, so hätte es im Kampf eine großartige Waffe abgegeben, aber ich hätte sie nicht einmal blankziehen können. Ich brauchte ein Schwert, das ich auch benutzen konnte, sonst würde dessen ganze Gefährlichkeit auch bloße Drohung bleiben. Diese Bedingung machte eine Reihe anderer großer Schwerter im Raum wertlos, und das mangelnde Gewicht eliminierte die meisten Duellwaffen. Aus dem verbliebenen Mittelbereich wählte ich ein am Stichblatt fast handbreites Langschwert von etwa eineinviertel Schritt Länge aus. Das Heft bot genug Platz für meine beiden Hände, aber die Waffe war so gut ausbalanciert, dass ich sie mit einer Hand führen konnte, wenn ich das wollte. Das Schwert ließ sich gut ziehen, wenn ich es um die Hüfte trug, und ich entschied, es nötigenfalls sogar auf dem Rücken zu tragen.

Ich schnallte es um, nur um diese Theorie auf die Probe zu stellen, denn ich konnte mir nicht leisten, im Kampfgetümmel festzustellen, dass ich mich geirrt hatte. In einer einzigen flüssigen Bewegung zog ich die Klinge aus der Scheide auf meinem Rücken und brachte sie in Paradeposition. In diesem Augenblick kam Marija durch die halboffene Tür und das Schwert richtete sich auf ihre Kehle. Sie sprang nach hinten und ich senkte die Waffe augenblicklich. »Verzeih mir, Marija.«

Sie starrte mich mit weit aufgerissenen Augen an

und stützte sich mit einer Hand an der Wand hinter ihrem Rücken ab. Ihre Wangen röteten sich, als sie die rechte Hand an die Kehle riss. Sie blinzelte mehrmals, dann atmete sie wieder.

»Nein, verzeiht mir, Meister Lachlan. Ich sah das Licht durch die Tür und dachte mir, Ihr seid noch wach.« Allmählich normalisierte sich ihre Gesichtsfarbe. »Eure Großmutter schläft, aber ich musste ihr versprechen, sie aufzuwecken, damit sie Euch ziehen sähe. Ihr verlasst uns kurz nach Sonnenaufgang?«

Ich nahm die Scheide ab und steckte das Schwert zurück. »Am frühen Morgen.«

»Sehr gut.« Sie lächelte und wandte sich zum Gehen.

»Warte, Marija.«

»Ja.«

»Ich, äh, wollte mich bei dir dafür bedanken, wie gut du für meine Großmutter sorgst.« Ich zögerte eine Sekunde, dann sprach ich weiter. »Es tut mir Leid, dass ich nach so kurzer Zeit hier schon wieder fort muss.«

Marija nickte. »Eure Großmutter liebt Euch sehr. Sie sieht Euren Vater in Euch. Sie weiß, dass Ihr ein Held wie er sein werdet und wünscht Euch nur ein besseres Leben.«

»Ich werde sie vermissen.« Ich sah in Marijas dunkle Augen. »Und dich werde ich auch vermissen, sehr sogar.«

»Bitte, Meister Lachlan, sagt so etwas nicht.« Sie wurde rot und senkte den Blick.

»Warum nicht?« Ich stellte das Schwert am Tisch ab und verschränkte die Arme über der Brust. »Du bist klug und witzig, schön und elegant. Ich habe die Zeit, die ich hier verbrachte, vor allem dann genossen, wenn ich sie in deiner Gesellschaft verbringen durfte, und das durfte ich verdammt selten. Du faszinierst mich, und du gefällst mir ungemein. Ich werde dich vermissen.«

»So etwas solltet Ihr nicht sagen, weil ich nicht die Frau für jemanden wie Euch bin.« Sie schüttelte den Kopf, sah aber nicht zu mir auf. »Ihr seid zu Großem bestimmt, und ich freue mich für Euch, aber das bedeutet auch, dass es bessere Partien für Euch gibt. Eure Großmutter ist eine wohlhabende Frau, und nach ihrem Tod, der nicht mehr lange auf sich warten lassen wird, befürchte ich, wird dieser Reichtum an Euch, Eure Brüder und Euren Vetter fallen. Schon heute planen zahlreiche Väter und Mütter, wie sie eine ihrer Töchter zu Eurer Braut machen können.«

»Und was, wenn ich das gar nicht will?«

»Dann bedeutet das immer noch nicht, dass Ihr mich wollt.« Sie lächelte mich an, dann seufzte sie. »Es gibt so vieles, was Ihr über mich nicht wisst …«

Ich runzelte die Stirn. »Was könnte ich noch wissen müssen, das ich noch nicht weiß? Ich weiß, dass du dich weit besser um meine Großmutter kümmerst als ihre Blutsverwandten. Ich weiß, dass du eine fähige Heilerin bist.« Ich lachte. »Und du selbst hast mir erzählt, dass mein Vater geschworen hat, dich zu ehelichen, sollte seine Frau vor ihm das Zeitliche segnen, also ist klar, dass er dich als angemessene Partie anerkennen würde! Was sollte ich mehr wissen müssen?«

Sie atmete langsam aus. »Vielleicht, dass ich sah, wie meine Mutter litt, als mein Vater im Chaos blieb. Sie hat mich wieder und wieder gewarnt, mich nie in einen Chaosreiter zu verlieben, weil das Chaos ihn eines Tages umbringen wird.«

»Ich verstehe.« Ich rieb mir mit der rechten Hand das Kinn. »Vielleicht solltest du dich einmal fragen, ob deine Mutter dich vor Fuhrmännern gewarnt hätte, wenn dein Vater von einem Lastkarren überfahren worden wäre.«

»Darüber, Locke, habe ich mir in letzter Zeit häufiger Gedanken gemacht.« Ihre dunklen Augen blitzten.

»Lebt wohl, Meister Lachlan. Sollte ich mich irgendwann in einen Chaosreiter verlieben, würde er Euch wohl sehr ähnlich sein.«

20

Ich fand, wir waren eine stolze Truppe. Ich musste lächeln, als wir uns zwanzig Meilen nördlich von Herakopolis versammelten. Die Pferde stampften mit den Hufen und schnaubten laut. In der kalten Winterluft stiegen weiße Dampfwolken aus ihren Nüstern auf. Vielleicht fragten sie sich, warum wir alle unter dem leeren Winterhimmel mitten auf einer – die weite schneebedeckte Ebene schneidenden – Straße angehalten hatten. Ich sah recht deutlich, dass diese Frage durch die Köpfe einiger Mitglieder unserer Gruppe ging, und spürte eine fast sofort entstandene Spannung zwischen den Chaosreitern und den Soldaten unter Kits Befehl.

Roarke und Eirene hatten mich am Haus meiner Großmutter abgeholt, noch bevor die Sonne ganz über dem Horizont aufgetaucht war. Rose hatte uns gezwungen zu warten, bis sie mehrere kleine Brotlaibe in eine Tasche gepackt hatte, dann legte sie noch andere Dinge wie Äpfel und kleine Gewürzsäckchen dazu, mit denen wir, so ihre Erklärung, das Essen unterwegs genießbarer machen konnten. Roarke sah ihr andächtig zu, während Eirene den Eindruck erweckte, dass es ihr nicht schnell genug gehen konnte.

Nob brachte Hang aus dem Stall, und noch ein zweites Pferd dazu. Dann belud er zusammen mit Carl das Lastpferd mit den Vorräten, die Rose für uns gepackt hatte, einer Tasche mit meiner Rüstung, einer zweiten mit Kleidern zum Wechseln und einer Bettrolle. Roarke betrachtete den Berg von Ausrüstung auf Ablachs Rücken, dann schüttelte er den Kopf. »Wie, kein Dienstbote?«

Ich zwinkerte ihm zu. »Dafür kommst du doch mit, oder?« Ich schwang mich in den Sattel. Dann schaute ich nach oben und sah meine Großmutter an einem der Fenster stehen. Ich winkte und sie hob zur Antwort die Hand.

»Sie bittet Euch, vorsichtig zu sein, Locke.« Ich sah hinunter zu Marija, die ein dickes Umlegetuch um ihre Schultern geschlungen hatte, das sie mit einer Hand festhielt. Sie war auf den Hof gekommen, um mich zu verabschieden.

»Und du?«

»Sehr vorsichtig.« Sie streckte die Hand aus und berührte mein rechtes Bein. »Ich bin nicht meine Mutter. Ich glaube dir, wenn du mir sagst, dass du zurückkommst.«

Ich beugte mich zu ihr herab und küsste sie auf den Mund. »Ich bin nicht mein Vater. Ich werde wiederkommen.«

Roarke, der ein noch höher als Ablach beladenes Packpferd am Zaum führte, setzte sich in Bewegung zum Tor hinaus auf die Straße. Cruach trottete neben ihm her. Eirene beobachtete die auf dem Pferderücken wankende Last, und ich schloss aus ihrem Gesichtsausdruck, dass ihr eigenes Gepäck sich auch darunter befand. Sie verließ den Hof als Zweite. Ich übernahm die Schlussposition und drehte mich noch einmal im Sattel, um den Daheimbleibenden ein letztes Mal zuzuwinken. Meine Großmutter stand nicht mehr am Fenster, aber Nob, Rose und Marija winkten mir herzlich hinterher.

Auf dem Weg durch die Stadt trafen wir Xoayya. Sie

ritt einen grauen Wallach und führte zwei andere Pferde mit. Beide waren mit Vorräten und Kleidern bepackt, aber keines der beiden war sonderlich schwer belastet, vor allem, weil die Seherin weder Waffen noch eine Rüstung dabei hatte.

»Guten Morgen, Locke.« Sie strahlte mich geradezu an. »Und auch einen wunderschönen Morgen, Roarke und Eirene!«

»Freut mich zu sehen, dass Ihr so gut aufgelegt seid, Herrin Xoayya.« Roarke zwinkerte seiner Begleiterin zu. »Ihr Mädchen werdet bestimmt eine Menge zu schwatzen haben auf unserem Weg.«

In Eirenes Augen loderte das Chaosfeuer. »Mach die Reise nicht länger als nötig, Roarke.«

Xoayya zuckte die Schultern. »Ich bin sicher, wir kommen gut miteinander aus, besonders, wenn Eirene erst den Sattelgurt fester geschnallt hat, nachdem wir zu den anderen stoßen.«

Die rutschte unbehaglich auf dem Sattel herum, und Roarke grölte vor Lachen. »Ich bin's nicht, der dir diese Reise lang erscheinen lassen wird, Eirene.«

»Hier herumzustehen wird sie sicher nicht kürzer machen«, knurrte ich. »Die anderen warten bestimmt schon.«

Wir verließen die Stadt durchs Nordtor. Die Wachen durchsuchten uns gründlich, ließen uns aber passieren, nachdem sie nichts Außergewöhnliches gefunden hatten. Einmal außerhalb der Stadt ritten wir die Straße nach Norden hinab, und nach drei Meilen holte Osane uns ein. Nicht viel später stießen auch Tyrchon und Nagrendra zu uns, und meine Hälfte der Truppe war vollzählig.

Der weiße Charge, auf dem Osane ritt, war das größte Ross, das ich je gesehen hatte, jedenfalls bis Nagrendra auftauchte. Die Sonnenvogelbischöfin trug einen funkelnden, golden angehauchten Kettenpanzer unter einem weißen Wappenrock, auf dem über ihrem Herzen eine goldene Sonne prangte. Auf dem linken Ärmel trug sie die Rangabzeichen der Waffen, an denen sie ausgebildet war, und ich stellte fest, dass sie so ziemlich alle Waffen beherrschte, die man sich nur vorstellen konnte. Ihr Bastardschwert hing an der linken Schulter ihres Pferds in einer Sattelscheide, gegenüber von Bogen und Sattelköcher.

Nagrendras riesiger brauner Kaltblüter hatte Strümpfe aus langem weißem Fell an den Fesseln. Das breitschultrige und ungewöhnlich hohe Pferd galoppierte mit einem solchen Elan die Straße hinab, dass ich mir kaum vorstellen konnte, irgendjemand von weniger massivem Körperbau als der Reptiad hätte es unter Kontrolle halten können. Es trug eine gepanzerte Kopfschiene, aus deren Stirn ein langes, gewundenes Horn ragte, und ich hegte keinen Zweifel daran, dass das Tier nur auf eine Gelegenheit wartete, es einzusetzen.

Nagrendra war in einen dicken, waldgrünen Wollmantel gehüllt und wirkte ganz und gar nicht wie ein Mitglied unserer Gesellschaft. Von seinem Sattel hingen keine Waffen, und er trug keinen Panzer. Ich hätte ihn deswegen für einen Narren gehalten, hätte ich nicht gewusst, dass er ein Zauberer und dadurch alles andere als schutzlos war.

Tyrchon wirkte im Licht des Tages noch erschreckender als im Umbra. Ich hatte keinen Zweifel mehr daran, dass sein Kopf von der Oberlippe aufwärts völlig mit dem Wolfsschädel verwachsen war. Dessen Nüstern bebten, wenn er etwas roch, und ein Blick auf Cruach, der ganz genauso witterte, bewies mir, dass der Eindruck keineswegs trog. Wenn er etwas hörte, stellten sich die Wolfsohren auf, und wenn er die Augen zusammenkniff, spannte sich das Fell im Gesicht des Wolfskopfes.

Er trug ein Kettenhemd über einem Lederwams, zusammen mit Arm- und Beinschienen und Kettenpanzerhandschuhen. Ein wuchtiges Schwert hing von seinem Sattel, aber während des Ritts trug er einen langen Speer mit rasiermesserscharfer blattförmiger Spitze und einem kurzen Querstück. Ich bemerkte auch mehrere über seinen Körper verteilte Dolche, zum Beispiel in den Stiefelschäften und an seinen Oberarmen.

Er ritt einen dunkelbraunen Wallach und führte ein zweites, helleres Lastpferd hinter sich mit. Auf dessen Rücken waren zwei deutlich verschiedene Taschensets zu sehen, und ich schloss darauf, dass Tyrchon und Nagrendra sich ebenso ein Lastpferd teilten wie Roarke und Eirene. In den Augen beider Pferde brannte Chaosfeuer, ebenso wie in denen aller anderen Tiere in unserer Gruppe, mit Ausnahme meiner beiden Pferde, denen Xoayyas und dem Ross, auf dem Nagrendra saß.

Roarke machte eine entsprechende Bemerkung, als der Reptiad sich neben ihm einordnete. »Ich dachte, du hättest für Expeditionen ein anderes Pferd.«

Der Zauberer nickte. »Seilide. Bei meinem letzten Ausflug ins Chaos folgte sie dem Ruf des Smaragdhengsts. Ich habe sie nicht gerne an ihn verloren. Es war ein *langer* Marsch zurück zum Grenzlager. Das ist Nathair. Ich denke, er wird dem Ruf widerstehen können.«

»Dem Ruf?«, fragte ich.

»Du musst schon einmal vom Smaragdhengst gehört haben, Locke. Er ist eine Legende im Chaos«, erklärte Roarke. »Ich habe ihn noch nie gesehen, aber er führt eine gewaltige Herde von Pferden an, die Chaosreiter im Chaos zurückgelassen haben. Gelegentlich ›ruft‹ er andere Pferde in seine Herde. Je stärker ein Ross schon vom Chaos verändert wurde, desto größer ist die Wahrscheinlichkeit, dass es seinem Ruf folgt. Zumindest scheint das der entscheidende Faktor dabei zu sein. Die meisten unserer Reittiere sind noch ziemlich gewöhnlich, sodass es keine Probleme geben dürfte, aber er hat schon viele Expeditionen in den letzten zehn Jahren terrorisiert. Ich habe von einer Expedition gehört, die eigens dazu aufbrach, ihn aus dem Weg zu räumen, aber scheiterte, als die meisten ihrer Rösser sich ihm anschlossen.«

Xoayya fuhr sich mit den Fingern durch das rote Haar. »Ich weiß, das Chaos ist schrecklich und voller Gefahren, aber es hat Aspekte, die äußerst romantisch und erregend sind. Ich würde den Smaragdhengst gerne einmal sehen.«

Eirene runzelte die Stirn, als sie diese Bemerkung hörte, und tätschelte den schuppenbedeckten Hals ihres Pferdes. »Der Smaragdhengst ist eine der Gefahren des Chaos, Xoayya. Er erscheint nur, wenn Chaosreiter in großer Gefahr schweben. Wenn an dieser Kreatur irgendetwas romantisch ist, dann nur vom Standpunkt des Chaos aus.«

Xoayya verzog das Gesicht. »Wie zynisch.«

»Nein, lebendig.« Eirene bleckte ihre Fangzähne. »Sobald du glaubst, irgendetwas im Chaos kann oder wird dich nicht umbringen, machst du dir etwas vor, und du bezahlst den Preis für deinen Irrtum.«

Wir hatten uns bewusst dafür entschieden, die Hauptstadt in kleinen Grüppchen zu verlassen und uns unterwegs zu treffen, um bei möglichen Beobachtern der Schwarzen Kirche keinen Verdacht zu erregen. Roarke hielt meine Vorsicht für unnötig, weil die durch die ganze Stadt und ihre Umgebung streifenden Armeepatrouillen die meisten Spione beschäftigt genug halten würden.

Vermutlich hielten auch die anderen Chaosreiter und Bischof Osane meine Vorsichtsmaßnahmen für übertrieben, aber sie wussten zu schätzen, dass ich vorausgedacht und versucht hatte, unnötige Schwierigkeiten zu vermeiden.

Kit hatte seine Streife schon sehr früh am Morgen, lange vor Sonnenaufgang, aus der Stadt geführt, sodass sie uns bereits erwartete. Abgesehen davon, dass sie dieselben leichten Kettenbandrüstungen trugen, wie ich sie für mich ausgesucht hatte, unterschieden sie sich in nichts von den übrigen Soldaten, die ich in der Hauptstadt gesehen hatte. Alle fünf Krieger hatten Schwerter in der Sattelscheide stecken und trugen zusätzlich einen Bogen und Köcher. Die goldblonde Ælfin hielt einen Stock, der im Kampf gut als Keule hätte durchgehen können, den sie aber vermutlich als Hilfe beim Einsatz von Zaubersprüchen benutzte.

Sie hatten ihre Ausrüstung auf sechs Packpferde verteilt und zusätzlich eine Kette Ersatzpferde mit. Die meisten der Soldaten waren von Kits Alter oder jünger. Sie wirkten reichlich ungeduldig, und es war ihnen deutlich anzusehen, dass ihnen meine Gruppe nicht gefiel. Andererseits wirkten meine Begleiter von den Soldaten auch nicht sonderlich beeindruckt. Nur ein Einziger von ihnen, ein schon ergrauter Feldwebel, zeigte auch nur eine Spur von Chaosfeuer in den Augen, der Rest sah aus wie junge Burschen, die sich für die Armee verpflichtet hatten, weil ihnen der Schnitt der Uniform gefiel.

Kit und ich wechselten amüsierte Blicke. Ich wusste, dass er nur Leute ausgewählt hatte, denen er vertraute, und dasselbe konnte ich von meinen Begleitern sagen. Wir hatten uns über eine mögliche Rivalität zwischen unseren beiden Gruppen unterhalten und waren überein gekommen, die Spannung so schnell wie möglich zu lösen. Aber bevor wir Gelegenheit dazu hatten, trieb Roarke sein Pferd nach vorn und reichte Kit den Arm.

»Leutnant, ich bin Roarke. Sieht aus, als ob Ihr hier

den höchsten Rang habt, also überlasse ich Euch die Führung. Falls Ihr hier oder auf der anderen Seite einen Rat braucht, werden ich oder jeder andere von uns Euch gerne aushelfen.«

Kit fasste seinen Arm fest, dann stellte er uns seine Leute vor. Die ælfische Zauberin hieß Taci, und ich erinnerte mich aus Kits Bericht an meinem ersten Abend in Herakopolis an sie. Der Name des Feldwebels war Aleix, die beiden anderen Männer hießen Hansen und Urien. Die einzige Soldatin der Truppe trug den Namen Donla.

Aleix zählte durch und verzog das Gesicht. »Ich zähle dreizehn Köpfe in unserer Truppe. Ich weiß nicht, ob mir das gefällt.«

Roarke nickte dem Mann kräftig zu. »Alles Teil des Plans, Feldwebel. Aber es ist gut, dass es Euch auffällt.«

Der Mann zog verwirrt die Stirne kraus. »Das verstehe ich jetzt nicht.«

Der einäugige Chaosreiter grinste. »Wenn Ihr ein Schwarzkirchler wärt, würdet Ihr dann etwa erwarten, dass irgendjemand mit dreizehn Mann ins Chaos aufbricht?«

»Nein.«

»Also werden sie uns nicht als Gefahr ansehen, oder?«

Hansen hatte einen Einwand. »Alles schön und gut, aber wir sind immer noch dreizehn in der Gruppe. Das ist ein böses Omen.«

Ich beruhigte ihn. »Zugegeben, aber Ihr habt Cruach nicht gezählt.«

»Den Hund?«

Kit nickte ernst. »Cruach war schon öfter im Chaos als irgendwer sonst hier. Er ist Teil der Truppe, und ihr wisst ja, wie es heißt. Wäre beim Bruch noch ein Vierzehnter dabei gewesen, hätte er Fialchar aufhalten können. Da wir unterwegs sind, um uns mit ihm und den Chaosdämonen anzulegen, sollten wir zu vierzehnt sein.«

Hansen verzog das Gesicht. »Was ist mit ihr da, dem Mädchen? Die ist der Reise doch gar nicht gewachsen.«

Bevor Xoayya etwas zu ihrer Verteidigung sagen konnte, schwang sich Eirene zurück in den Sattel. »Sie ist unsere Vorwarnung. Wenn sie euch anmahnt, einen Sattelgurt zu überprüfen, tut das. Sie wird sich ihren Platz in der Truppe verdienen, da habe ich keine Zweifel.«

Ich sah mich um. »Sonst noch Probleme?«

Kit schaute seine Leute an, dann schüttelte er den Kopf. »Ich denke, von hier an kommen wir miteinander aus.« Er stieß den Daumen nach Norden. »Wenn wir an unserem Ziel ankommen, erwartet uns schon mehr als genug Ärger.«

Alles lachte höflich über diese Bemerkung, dann machten wir uns auf den Weg. Allmählich vermischten sich die beiden Gruppen. Wie es schien, hatte Roarke Kits Soldaten beruhigt, indem er ihn als Anführer anerkannt hatte. Die Chaosreiter betrachteten die Soldaten weiterhin amüsiert oder desinteressiert, aber im Laufe der Zeit machten sie sich mit ihnen bekannt und verzichteten darauf, Streit anzuzetteln.

Die Reise nach Norden zum Chaos zog sich auf der Karte über nicht ganz neunhundert Meilen. Selbst mit den Ersatzpferden sorgten der Winter und der damit verbundene Mangel an Gras für die Pferde dafür, dass wir unser Ziel selbst im günstigsten Fall erst nach einem Monat erreichen konnten. Wir hätten theoretisch schneller ankommen können, wenn wir unsere Rösser bis aufs Blut angetrieben hätten, aber das kam nicht infrage, denn wir hatten ja noch eine weitere Strecke auf der anderen Seite der Bannmauern vor uns. Außerdem waren die Bedingungen im Chaos voraussichtlich noch unwirtlicher als hier selbst im Winter.

Auf dem ersten Drittel der Strecke ritten wir von Herakopolis in beinahe gerader Linie nach Norden. Es dauerte insgesamt zehn Tage und wir erreichten in guter Verfassung die Reichsfestung im Vorgebirge der Bluthunde. Dort füllten wir unsere Vorräte auf und fragten nach Botschaften, die man uns auf magischem Wege aus der Hauptstadt nachgeschickt hatte.

Es war wichtig, Neuigkeiten mit der Hauptstadt austauschen zu können, aber trotzdem versuchten wir nicht, mit Herakopolis in Verbindung zu bleiben, solange wir unterwegs waren. Taci oder Nagrendra hätten das leicht tun können, aber jeder Einsatz von Magie hätte unseren Feinden die Möglichkeit gegeben, uns zu entdecken und unsere Position festzustellen. Es war besser, wenn die Nachrichten aus der Hauptstadt ebenso wie unsere Antworten im gewöhnlichen Nachrichtenverkehr mit den Außenposten des Imperiums verborgen blieben.

Als wir ankamen, lag nichts aus Herakopolis für uns vor, aber am nächsten Morgen traf eine kurze Mitteilung ein. Sie enthielt eine Meldung, dass ein Schiff, dem es gelungen war, die Hafenblockade zu durchbrechen, an einem Punkt an der Tarrisküste gefunden worden war, der ziemlich genau im Osten unseres jetzigen Aufenthaltsortes lag. Das Schiff war beschädigt, aber es gab keinen Hinweis darauf, dass sich der Bharashadi oder das Faustfeuerszepter an Bord befunden hatten. Allerdings gab es auch keinen Hinweis darauf, dass nicht. Falls der Chadämon sich von dort auf den Weg gemacht hatte, hätte er in Anbetracht des Küstenverlaufs und der seinen Weg blockierenden Bluthundberge seinen Vorsprung auf dem Weg in seine Heimat verspielt.

Wir ruhten uns zwei volle Tage in der Festung aus,

dann setzten wir unseren Weg durch Menal fort. Die direkte Strecke zum Chaos wäre zwar der kürzeste Weg gewesen, aber die Pferde hätten ihn nicht überlebt. Wir konnten unmöglich genug Getreide als Futter mitnehmen – und die Menalebene bot zwar ein ausgezeichnetes Fortkommen, aber kaum Wasser. Unsere Reisestrecke wurde uns von den verfügbaren Nahrungsmöglichkeiten diktiert, und das zwang uns, in verschiedenen Orten und Außenposten Halt zu machen.

In mancherlei Hinsicht machte es mir gar nichts aus, über Nacht in irgendeinem Dorf anzuhalten. Es schonte unsere Vorräte, wenn wir die Pferde in einem Stall unterbringen konnten, und ein loderndes Kaminfeuer in einer Taverne ist eine Wohltat auf einer Winterreise. Viele der Bewohner scheuten vor den Chaosreitern zurück, aber je näher wir dem Chaos kamen, desto größer wurde die Zahl derer, die sie akzeptierten, und mancher suchte sogar ihre Nähe.

Tagsüber, während wir unterwegs waren, neigte Eirene dazu, sich an die Spitze zu setzen und weit vorauszureiten. Eine der Veränderungen, die das Chaos an ihrem Pferd bewirkt hatte, war eine schier unglaubliche Steigerung seiner Ausdauer. Es machte den Eindruck, dass es sie bereitwillig und ohne irgendwelches Murren bis zum Horizont und zurück getragen hätte, solange es Wasser und Futter bekam.

Tyrchon verbrachte einen Großteil seiner Zeit als Nachhut oder Flankenschutz, um nachzusehen, was auf der anderen Seite eines Bergzugs lauerte, dem wir folgten. In den wenigen Nächten, in denen wir auf freiem Gelände kampierten, hielt er sich von uns fern. Wolfsrudel, die uns tagsüber verfolgt hatten, verschwanden in der Nacht, und ich war mir ziemlich sicher, dass das Heulen in der Nähe unseres Lagers aus der Kehle unseres Begleiters stammte.

Cruach bekam die Reise ausgezeichnet und schien abgesehen von einem gelegentlichen Knurren in Tyrchons Richtung jeden zu mögen. Er jagte sich sein Futter selbst und brachte eine recht breite Palette von Beutetieren zur Strecke, von Hasen und Schnepfen bis zu Nagern aller Größen. Für mich persönlich war der beste Aspekt, dass Cruach an meiner Seite schlief, wodurch meine Nächte erheblich wärmer waren als die meiner Kameraden.

Trotz der offensichtlichen Härten schien Xoayya auf der Reise aufzublühen. Sie teilte sich ihre Reisezeit zwischen Eirene und Nagrendra auf. Ich weiß nicht, was sie und Eirene besprachen, aber ich spürte, dass die Chaosreiterin ihr Grenzen setzte und von ihr verlangte, sich an feste Verhaltensregeln zu halten, sonst ritt Eirene einfach davon. Sie zwang Xoayya Disziplin auf, deren Nichteinhaltung durch Isolation bestraft wurde.

Der Reptiad diskutierte mit Xoayya über Zauberei. Ihre Gespräche führten die beiden schnell in theoretische Bereiche dieser Kunst, die mein Verständnis überstiegen. Nagrendra schien in der Lage, Xoayya einfache, handfeste und relevante Beispiele für seine Argumente zu liefern und so eine Beziehung zwischen Theorie und Praxis herzustellen. Ich weiß nicht, ob er ihr irgendwelche Zaubersprüche beibrachte, aber mit jedem Tag, an dem wir dem Chaos näher kamen, verstärkte sich meine Hoffnung, dass es so war und es sich dabei um Kampfzauber gehandelt hatte.

Etwa 250 Meilen von der Chaosgrenze entfernt – in Menal – machten wir in Imperiumsland einen letzten größeren Halt. Der Ort hatte sich um einen Reichsaußenposten entwickelt und eine Stadt wiederbevölkert, die in ihrer Zeit im Chaos zu einer Geisterstadt verfallen war. Da wir von den Bluthundbergen bis hierher zwölf Tage gebraucht hatten, entschieden wir, zwei Tage zu bleiben und ein paar neue Reittiere zu erstehen.

Imperiumsland war die Heimat der Reitergarde des Imperators, und Kit und seine Leute nutzten die Gelegenheit, die Bekanntschaft mit ihrer alten Einheit aufzufrischen. Die Chaosreiter und ich zogen uns in den Teil der Stadt zurück, die in etwa der Zuflucht in Herakopolis entsprach, während Bischof Osane den Sonnenvogeltempel im Zentrum der Stadt besuchte. Wir fanden keine Taverne wie das Umbra, aber es gab verschiedene Herbergen, die bereit waren, uns für einen vernünftigen Preis unterzubringen.

Nach dem wenigen, das Kit mir unterwegs von Imperiumsland erzählt hatte, hatte ich eine etwas verschlafenere Atmosphäre erwartet, als uns tatsächlich empfing. Eine große Menge Menschen beiderlei Geschlechts, zum Teil Chaosreiter, zum Teil nicht, war in die Stadt gekommen, und während unseres Aufenthalts wurden es immer mehr. Manche sahen aus wie Flüchtlinge, die in überladenen Planwagen mit Kind und Kegel eintrafen, während andere mir mehr nach Söldnern auf der Suche nach einer Anstellung aussahen.

Als ich Kit in seiner Kaserne besuchte, bestätigte er meine Vermutung. »Während wir unterwegs waren, hat Garn Drustorn damit begonnen, seine Armee auszuheben. Oberst Grimands hat Reiter in alle Dörfer in diesem Distrikt geschickt, um Männer und Frauen für den Vorstoß ins Chaos anzuwerben. Wie üblich bei einer Mobilmachung sind manche Leute in Panik geraten und haben ihre Höfe verlassen, um sich in der nächsten Stadt in Sicherheit zu bringen. Sie scheinen zu vergessen, dass die Chaoskräfte die Bannmauern nicht durchbrechen können.«

»Bis jetzt nicht.«

Kit zuckte zusammen. »Du könntest Recht haben, aber noch haben wir keinen handfesten Beweis, dass der Bharashadi, den du gesehen hast, aus dem Chaos kam. Es könnte immer noch sein, dass irgendwo in den Bluthunden oder den Wäldern Menals eine Sippe überlebt hat. Wir wissen nur, dass ein Bharashadi das Faustfeuerszepter gestohlen hat und es vermutlich ins Chaos bringen will. Darüber hinaus gibt es keinen Beweis dafür, dass er die Fähigkeit hat, die Bannzeilen zu überschreiten.«

»In Ordnung, das gestehe ich dir zu, Kit. Aber wärst du bereit, darauf zu wetten, dass er es nicht kann?«

Er zögerte und ich spürte Resignation über die Lage, in der wir uns befanden, und zugleich ein fürchterliches Verlangen danach, sie zu verleugnen. Wenn ich Recht hatte, und wir versagten in unserer Mission, würde Imperiumsland untergehen. All seine Freunde und ihre Familien würden sterben.

»Ob ich darauf zu wetten bereit bin, wer von uns beiden Recht hat, tut nichts zur Sache. Ohne einen unwiderlegaren Beweis wäre es ein Verbrechen anzunehmen, dass die Chaosdämonen die Bannmauern durchbrechen können, und das bekanntzugeben. Es würde eine Panik auslösen, wie es sie nicht mehr gegeben hat, seit das Siegel der Wirklichkeit zerbrochen wurde.« Er schüttelte müde den Kopf. »Die Menschen würden nach Imperiumsland strömen, um sich in Sicherheit zu bringen, die Nahrungsvorräte würden schwinden und die Preise in die Höhe schießen. Selbst *wenn* die Bannmauern in Gefahr wären und ihr Einsturz bevorstünde, wären diese Leute auf ihren eigenen Höfen besser aufgehoben.«

Er hatte unbestreitbar Recht. Das hatten wir schon in Herakopolis erkannt, aber hier an der Grenze erschien die Gefahr viel unmittelbarer. »Eine Feststellung, die insbesondere deswegen wahr ist, weil jede Bharashadi-Streitmacht, die hier einbricht, aller Wahrscheinlichkeit nach als Erstes Imperiumsland zerstören würde.«

»Ich weiß und ich wünschte, ich wüsste es nicht.« Kit stand auf, als jemand an die Tür klopfte. »Herein.«

Hansen öffnete die Tür und zog seine Wollmütze vom Kopf. »Tyrchon möchte Euch sprechen, der Herr. Euren Vetter auch.«

»Hast du ihn mitgebracht? Er soll hereinkommen.« Kit holte einen Stuhl, der neben der Tür stand und stellte ihn mitten ins Zimmer. »Tyrchon, willkommen.«

Der Chaosreiter nickte, dann wartete er, bis Hansen die Tür geschlossen hatte. Er legte die Hände auf die Stuhllehne, setzte sich aber nicht. »Ich mag Städte nicht so sehr, deswegen habe ich mich etwas außerhalb umgesehen.« Seine Augen verengten sich und er lächelte. »Ich habe hier und da ein paar Verbündete und ich habe von einem Angriff auf ein Wolfsrudel gehört. Ich glaube, es war derselbe, von dem ihr in der ersten Nacht hinter Träufelbach erzählt habt.«

Kit nickte langsam. »In Ordnung.«

»Also, was auch immer das getan hat, es hatte einen ganz bestimmten Geruch. Da draußen habe ich die Spur von fünfzehn Pferden mit Reitern gefunden. Sie hatten je zwei Ersatzpferde dabei und sind vor etwa sechs Stunden vorbeigekommen. Sie haben einen sehr großen Bogen um Imperiumsland geschlagen ... und jeden Kontakt mit Gruppen vermieden, die in die Stadt unterwegs waren. Ich hätte sie selbst nicht entdeckt, wenn meine Verbündeten mich nicht in die richtige Richtung geschickt hätten.«

Mir lief ein kalter Schauder das Rückgrat hinab. »Und?«

»Und der, den sie ›Rudelmörder‹ nennen, befindet sich bei dieser Gruppe.«

Ich starrte ihn einen Augenblick an und verarbeitete, was ich gehört hatte. Ich sah zu Kit. »Ist dir klar, was das bedeutet?«

Mein Vetter nickte ernst. »Es gibt gar keinen Zweifel.

Die Leute, hinter denen wir her sind, haben die Hauptstadt nach uns verlassen und schinden ihre Pferde zu Tode, um so schnell wie möglich heimzukommen.«

21

Eine Stunde später hatten wir unsere ganze Gruppe zusammen und waren auf dem Weg nach Norden. Oberst Grimands erklärte sich bereit, uns eine vierte Kette Pferde zu überlassen, und gab uns drei seiner Reiter mit. In dem Versuch, die Reiter zu stellen, deren Spur Tyrchon entdeckt hatte, trieben wir die neuen Pferde zwei Stunden lang hart an, dann gaben wir sie zurück an die Reiter aus Imperiumsland, stiegen auf unsere eigenen Rösser um und ritten weiter.

Vier Stunden Ritt in gemäßigterem Tempo später hielten wir an und drängten uns um Tyrchon, der im Schnee kniete und die Spuren betrachtete. Mit einem Finger fuhr er den Rand der Spuren ab. »Seht ihr, die Sonne hat den Rand angeschmolzen. Ich würde sagen, die Spuren sind fünf Stunden alt, also haben wir so gut wie keinen Boden wettgemacht. Ihre Schritte sind länger. Sie werden eher noch schneller als langsamer.«

Ich runzelte die Stirn. »Aber bei den früheren Spuren hast du erklärt, dass ihre Pferde zu Tode erschöpft wären. Wie kann das sein? Wir folgen dieser Spur seit vier Stunden, und wir haben keinen Hinweis darauf gefunden, dass sie umgesattelt hätten.«

Nagrendra hockte sich neben den Schnee und starrte die Spuren an. Er strich mit einer vierfingrigen Hand über seine Augen, und seine grüne Haut spiegelte einen bläulichweißen Lichtblitz, der über seine Handfläche zuckte. »Zauberei. Sie haben ihre Pferde mit einem Zauberspruch schneller gemacht.«

»Zauberei?«

Nagrendra drückte mir die rechte Hand auf die Augen, und für einen Augenblick war ich durch den Blitz auf seiner Handfläche geblendet. Als meine Sicht wieder klar wurde, sah ich einen rotgoldenen Nebel über den Hufspuren langsam verblassen. Es war, als wären die Reiter über eine trockene Straße galoppiert und hätten eine Staubwolke in der Luft hinterlassen.

»Ich verstehe. Zauberei. Können wir einen Zauberspruch einsetzen, um sie einzuholen?«

Nagrendras ›Ja‹ traf mit Tacis nachdrücklichem ›Nein!‹ zusammen.

Ich blickte den Reptiad an. »Warum ›Ja‹?«

Der hünenhafte Echsenmann zuckte die Schultern. »Es ist kein allzu schwieriger Spruch, der im Chaos recht häufig angewendet wird, um Reiter aus einer Gefahrenzone zu bringen. Er könnte uns helfen, sie zu stellen.«

Ich drehte mich zu der Ælfin um. »Warum ›Nein‹?«

Tacis Miene verhärtete sich. »Der Spruch ist gut geeignet für Notfälle, aber nicht für den längeren Einsatz. Tyrchon, siehst du abgesehen von den längeren Schritten irgendeinen Hinweis darauf, dass die Pferde in guter Kondition sind, oder sind sie immer noch müde?«

Tyrchon grinste. »Müde. Und ihre Reiter sind meiner Meinung nach auch nicht allzu wach.«

Die Zauberin nickte. »Der Spruch beschleunigt sie, um die Reise zu erleichtern. Aber er zehrt auch an ihren Kräften. Die Pferde können schneller galoppieren, aber sie benutzen dabei immer noch ihre Muskeln, ihre Atmung und ihren Kreislauf. Wenn die Wirkung abklingt, werden die Tiere in sehr viel schlechterer Verfassung sein als nach einem Galopp über dieselbe Strecke ohne Zauberwirkung.«

Nagrendra schüttelte den Kopf. »Wenn sie diese Geschwindigkeit beibehalten, können sie uns locker abhängen.«

»Aber diese Geschwindigkeit können sie nicht beibehalten, Nagrendra. Genau darum geht es mir.« Taci schüttelte den Kopf. »Es sind noch mehr als zweihundert Meilen bis zu den Bannmauern, und wenn sie tatsächlich dorthin unterwegs sind, können wir vor ihnen dort sein. Es liegen zwei bewohnte Dörfer auf der Strecke, die sie umgehen müssen, während wir geradewegs hindurchreiten können.«

»Und was, wenn sie in die Täler reiten, sich neue Pferde stehlen und weitergaloppieren?« Hansen nickte Nagrendra zu. »Ich will dir nicht widersprechen, Taci, aber dieses Rennen sollten wir besser nicht verlieren.«

Ich hob die Hände. »Möglicherweise gibt es noch eine andere Lösung. Tyrchon, deine Verbündeten empfinden keine Sympathie für Rudelmörder, oder?«

»Nicht die geringste.«

»Gut. Warum bittest du sie nicht, Rudelmörder und seinen Leuten zuzusetzen. Nichts, was sie in Gefahr brächte, angegriffen zu werden, nur gerade so viel, dass unsere Beute nicht zur Ruhe kommt. Es wäre gut, wenn sie die Reiter von allen Siedlungen fernhalten könnten, sodass sie keine Gelegenheit haben, sich neue Reittiere zu beschaffen.«

Tyrchon grinste. »Es wird ihnen ein Vergnügen sein.«

Roarke nickte begeistert: »Großartig. Dadurch können wir in kürzeren Etappen wettmachen, was sie uns an Geschwindigkeit voraushaben. Vergesst nicht, dass sie nur bis zu den Bannmauern kommen müssen, während uns noch eine lange und schwere Reise auf der anderen Seite bevorsteht. Wenn wir sie schon fast eingeholt haben, macht es Sinn, Zauberei zu Hilfe zu nehmen, aber nicht vorher.«

»So sehe ich das auch«, meinte Kit und schwang sich in den Sattel. »Los gehts.«

Tacis Vorhersage erwies sich als grausig genau. Auf der Suche nach einem geeigneten Lagerplatz für die Nacht entdeckten wir über ein Dutzend halberfrorene und beinahe tote Pferde. Sie waren zurückgelassen worden, als ihre Reiter auf ihre Ersatztiere umgestiegen waren. Urien verbrachte den größten Teil des Abends mit dem Versuch, wenigstens eines der Rösser zu retten, aber es war vergebens.

Ich hatte noch nie so erschütternd entkräftete Pferde gesehen. Ihre Haut war von gefrorenem Schweiß bedeckt. Mähnen und Schweife waren matt und vereist. Schwärende Wunden bedeckten ihre Rücken, und ihre Seiten bluteten aus den Einstichen der Sporen. Sie waren nur noch Haut und Knochen – und ihr Tod eine Erlösung.

Die Spuren an der Stelle des Pferdewechsels erzählten eine deutliche Geschichte. Tyrchon deutete auf ein paar besonders breite Fußabdrücke, die er Rudelmörder zuordnete. Verglichen mit den Spuren der anderen war der Bharashadi in gutem Zustand. »An der Schärfe seiner Fußabdrücke erkennt man, dass er nicht müde ist und sich ohne Schwierigkeiten bewegt. Er hebt die Füße aus dem Schnee, wenn er geht, und ist nicht einmal gestolpert.«

Tyrchon ging neben einer anderen Spur in die Knie. »Die anderen schlurfen und sind mehrmals gefallen. Der hier hatte Mühe, seinen Sattel von einem Pferd auf das andere zu heben, ohne ihn fallenzulassen.«

Alles, was Audin mir über das Fährtenlesen beigebracht hatte, bestätigte Tyrchons Deutung der Spuren im Schnee. Fährtenmörders Begleiter waren erschöpft. Einerseits sah ich es nur als gerechte Strafe für die Schwarzkirchler an, von dem Chaosdämon so geschunden zu werden, und zugleich freute ich mich, dass sie in diesem Zustand keine ernst zu nehmenden Gegner bedeuten würden, wenn wir sie stellten. Andererseits taten sie mir aber zugleich auch Leid. Ihr falscher Glaube zwang ihnen eine derartige Prüfung auf, und an deren Ende erwartete sie aller Wahrscheinlichkeit nach der Tod.

Wir verloren keine Zeit. Eine Hälfte unserer Truppe versorgte die Pferde, während die anderen ein Feuer anzündeten und eine warme Mahlzeit zubereiteten. Außerdem schmolzen wir Schnee zum Tränken der Pferde und fütterten sie mit dem Getreide, das wir zu diesem Zweck dabei hatten. Nach dem Essen teilten wir die Wachen ein, und jeder von uns gönnte sich vier Stunden Schlaf, bevor wir uns wieder auf den Weg machten.

Kurz nach Morgengrauen fanden wir die Stelle, an der unsere Beute übernachtet hatte. Eines der Pferde war geschlachtet worden, aber aus dem Gemetzel und den Überresten wurde deutlich, dass keiner von ihnen viel davon gegessen hatte. Die übrigen Tiere hatten kaum Futter bekommen und waren zu weit entfernt vom Feuer angebunden worden, um seine Wärme zu spüren. An der Hitze des Feuerholzes schätzte Tyrchon ab, dass wir zwei Stunden Vorsprung aufgeholt hatten. Aber er bezweifelte, dass wir ihnen viel näher kommen würden.

Ich stimmte ihm zu, als wir später am selben Tag fünf weitere tote Tiere und einen der Reiter fanden. Er hatte ein klaffendes Loch in der Brust, das seinen Körper glatt durchbohrte. Die Brandränder seines Hemds erinnerten mich an die verbrannten Überreste meines Ärmels, daher wusste ich auch ohne Tyrchons Bestätigung, dass Rudelmörders Geruch an dem hing, der ihn getötet hatte.

»Taci, Kit hat mir von einem Zauber erzählt, mit dem du den Ort gefunden hast, an dem der Bharashadi die Wölfe tötete. Er gab dir eine Richtung und eine Zeitschätzung, richtig?«

Sie nickte. »Ich habe ihn schon auf sehr geringer Stufe eingesetzt. Sie sind uns immer noch vier Stunden voraus.«

Ich deutete auf den Leichnam. »Wie stark war der Spruch? Wird es seine Fähigkeit, die Pferde zu beschleunigen, beeinträchtigen, dass er ihn eingesetzt hat?«

»Stark, und er hat ihn im Zorn geschleudert.« Die Ælfin schürzte die Lippen. »Es könnte ihn zwingen, sich länger auszuruhen oder einen Spruch mit kürzerer Dauer zu benutzen.«

Aleix hockte sich neben mich und deutete auf die Knie des Toten. »Seht Ihr, wie durchgewetzt seine Hosen hier und da oben am Hintern sind? Abgesehen vom Mantel war er auf einen so langen Ritt nicht vorbereitet, schon gar nicht durch den Schnee. Ich wette, er hat sich bereits seit Tagen ständig beschwert und gedroht, sich in die nächste Ortschaft abzusetzen, wenn sie nicht anhalten. Sie haben angehalten, und er ist gestorben.«

Xoayyas Mantel breitete sich über dem Schnee aus, als sie beim Kopf des Ermordeten in die Knie ging. Sie streckte eine behandschuhte Hand aus und schloss ihm die Augen. »Es hat ihn nicht sehr überrascht, als dieser Rudelmörder ihn angriff. Dieser Mann hat niemandem vertraut und auch bei anderen kein Vertrauen geweckt.«

»Dieser Mangel an Vertrauen hat ihn umgebracht, und es dürfte Rudelmörders restliche Begleiter nicht gerade fröhlicher gemacht haben.« Ich schüttelte den Kopf. Dann sah ich zu der Ælfin hoch. »Taci, gibt es irgendwelche Anzeichen dafür, dass der Bharashadi für diesen Spruch das Faustfeuerszepter benutzt hat?«

Sie zögerte und kaute auf ihrer Unterlippe, als sie überlegte. »Ich habe nichts als reines Chaos und Hass gespürt. Ich habe versucht, das Szepter zu lokalisieren, aber ohne Erfolg.« Sie warf Nagrendra einen kurzen Blick mit einer stummen Bitte um Bestätigung zu, und der Reptiad nickte.

»Na, wenigstens hat er es bis jetzt nicht benutzt, aber so dicht an den Bannmauern müssen wir davon ausgehen, dass er sich bereitmacht, es wieder zusammenzusetzen.« Ich lächelte bitter. »Wollen wir hoffen, dass er es nicht für uns aufspart.«

Wir trieben die Pferde an und erreichten den Rand des Tales, durch das die Bannzeile verlief. Ich sah die schillernde, wogende Wand aus Licht schon über eine Meile, bevor wir sie erreichten, machte mir aber nicht klar, wie hoch sie tatsächlich war, bis wir näherkamen. Beim ersten Anblick nahm ich an, sie würde etwa eine halbe Meile aufragen und dann abbrechen. Als ich mich ihr näherte, erkannte ich jedoch, dass sie sehr viel höher war, und es schien, als ob sie nahtlos in den Himmel überginge.

Ich bekam keine Gelegenheit, darüber nachzudenken, welche Bedeutung das haben mochte. Als wir ins Tal hinabschauten, entdeckten wir die Reiter, die wir verfolgt hatten, unmittelbar vor der Mauer. Zwischen ihnen stand der schwarzbepelzte Bharashadi, dem ich in der Kanalisation begegnet war, und er hielt das Faustfeuerszepter in den Tatzen. Während ich ihn noch beobachtete, schraubte er die goldene Faust mit der schwarzen Perle auf den Schaft.

Der Schwarze Schatten bellte seinen Schwarzkirchlerbegleitern einen Befehl zu, und sie zogen sich zurück auf die Pferde. Mit blankgezogenem Schwert oder angelegtem Bogen ritten sie uns entgegen. Hinter ihnen wirbelte der Bharashadi-Zauberer das Szepter, ganz ähnlich wie Fialchar es mit Emeterios Stab getan hatte. Über ihm formte sich ein leuchtender, rotgoldener Kreis.

Ohne einen bewussten Gedanken riss ich das Schwert aus der Scheide und trieb Hang vorwärts. Hinter mir hörte ich noch andere aus unserer Truppe die Waffen ziehen, und Kit rief irgendetwas, aber ich hörte nicht, ob es eine Warnung oder eine Ermunterung war. Ich hatte nur einen Gedanken: Ich musste den Bharashadi aufhalten.

Die schwarzen Pfeile der Scouts senkten sich in einem tödlichen Regen über mich hinweg. Zwei Pferde stürzten getroffen zu Boden und warfen ihre Reiter hart in den knietiefen Schnee. Ein anderer kippte von zwei Pfeilen durchbohrt aus dem Sattel, und ein vierter wurde verwundet. Er rutschte ebenfalls aus dem Sattel, blieb aber mit einem Fuß im Steigbügel hängen und wurde von seinem Reittier mitgeschleift.

Tyrchon donnerte an mir vorbei, die Ohren flach angelegt. Er senkte den Speer und durchbohrte einen der Schwarzkirchler im gestreckten Galopp. Die Querstange verhinderte, dass der Mann an dem Spieß entlangglitt und rammte ihn vom Pferd. Tyrchon warf den Speer zusammen mit seinem ersten Opfer beiseite und zog das Schwert.

Der Bharashadi senkte das Szepter und wirbelte es geradewegs in meine Richtung. Der hohle Lichtkreis rotierte wie wild, als er auf mich zujagte. Er hatte einen Durchmesser von zwei Schritt, mit einem sechs Finger breiten Rand von der Dicke einer einzelnen Schneeflocke. Die Luft knisterte, wo er sie durchtrennte, und er näherte sich in einem Winkel, in dem er sich geradewegs durch Hang und mich hindurchbrennen musste.

Ich riss die Zügel zurück und nach links. Das Gebiss schnitt brutal in Hangs Maul. Das Tier schrie auf und stürzte. Ich strampelte aus den Steigbügeln und ließ mich von meinem Schwung aus dem Sattel reißen. Mir war klar, dass ich so weder sauber noch weich aufkommen konnte, aber ich wollte nur weg von Hang und dem Zauberkreis.

Über mir zuckte ein bläulichweißer Feuerball durch die Luft und schlug in den lodernden Kreis ein. Beide explodierten, und die Wucht der Detonation trieb mich hart in den Boden. Der Donnerschlag raubte mir das Gehör und ich spürte Blut aus meiner Nase rinnen. Eine Hitzewelle schlug über mich hinweg und verdampfte den Schnee, auf dem ich lag. Ich drückte die linke Hand auf den Boden, um mich wieder aufzurichten. Ich fühlte nassen, grasigen Boden, und als ich hinuntersah, stellte ich fest, dass ich mich auf einem kreisrunden, in Dampf gehüllten Stück Wiese befand, auf dem nicht einmal mehr eine Spur von Schnee zu finden war.

Als der Nebel sich lichtete, warf sich ein Schwarzkirchler auf mich. Es war offensichtlich, dass er mit dem Schwert nicht umgehen konnte, denn er hielt seinen Säbel mit beiden Händen und hatte ihn zu einem senkrechten Hieb über den Kopf erhoben. Ich trat beiseite und zog mein Schwert in einem waagerechten Schlag über seinen Leib. Er kippte vornüber in eine Schmelzwasserpfütze.

Tyrchon, von der Explosion aus dem Sattel geworfen oder vielleicht auch aus freien Stücken abgesessen, ich wusste es nicht, erledigte einen weiteren Schwarzkirchler. Roarke preschte zu Pferd durch die Formation der Kultisten und spaltete einem von ihnen mit seiner Axt den Schädel. Osane, Eirene und die Scouts deckten die Schwarzkirchler mit einer weiteren Pfeilsalve ein, während unsere beiden Zauberer um den Kampf herumritten und sich auf den Bharashadi konzentrierten.

Xoayya war möglicherweise die Gescheiteste unter uns. Sie blieb zurück und tat gar nichts.

Ein Kultist trieb sein Pferd auf mich zu und stieß ihm die Sporen in die Seiten, um mich niederzureiten. Das völlig verschwitzte Tier schien nicht sonderlich interessiert daran, seinem Reiter zu gehorchen, obwohl es ihn bis in den geschmolzenen Kreis trug. Dann scheute es, worüber sein Reiter, obwohl er es laut beschimpfte, froh sein konnte, denn in diesem Augenblick schossen zwei Pfeile durch die Stelle, an der er sich befunden hätte, wäre sein Reittier auch nur einen Schritt weitergelaufen.

Mein Großvater hatte mir eingedrillt, dass es praktisch einem Selbstmord gleichkäme, zu Fuß gegen einen berittenen Schwertkämpfer anzutreten. Ich sprang vor und packte die Trense des Pferdes unmittelbar am Gebiss, dann duckte ich mich hastig zur Seite, als der Kultist mit dem Säbel nach mir schlug. Er zog den Arm zu einem zweiten Schlag zurück, diesmal auf der Seite, auf die ich ausgewichen war, also wechselte ich die Seiten. Wieder schlug er vorbei und gab seinem Pferd erneut die Sporen.

Ich wich hastig zurück, stolperte aber über den Mann, den ich zuvor getötet hatte. Als ich stürzte, verlor ich das Pferdegeschirr aus meinem Griff, und das Pferd scheute vor mir. Dadurch hatte sein Reiter eine weitere Gelegenheit, nach mir zu schlagen, aber zu meinem Glück war ich außer Reichweite.

Er richtete sich auf und wollte absteigen, aber er bekam keine Gelegenheit, die Bewegung zu beenden. Ein silberner Blitz zuckte auf der anderen Seite des Pferdes auf und schleuderte ihn aus dem Sattel. Die blitzenden Reißzähne in den Hals des Kultisten geschlagen, stieß Cruach ihn vom Pferd und landete dicht neben mir. Der Hund schüttelte den Mann einmal, dann ließ er ihn fallen. Der Schwarzkirchler blieb mit gebrochenem Genick im Gras liegen.

Als ich wieder aufstand, sah ich den Bharashadi das

Faustfeuerszepter in die Bannmauer stoßen. Das opalisierende Licht der Wand glitt langsam über die Perle und verschluckte den Schaft. Der Schwarze Schatten schrie auf, als es seine Hand berührte und zuckte zurück, als hätte ihn eine Schlange gebissen. Dann zog er die Schultern hoch und sein Schwanz zuckte. Er versteifte sich und ging in Position, als wäre er ein Jäger und wartete darauf, mit dem Ahlspieß den Angriff eines Wildebers abzufangen.

Vom Schaft des Szepters aus pulsierte ein rotes Licht. Es glitt über den Chaosdämon und es schien, als sei er in Blut gebadet. Das cremig opalene Licht der Bannmauer verschluckte ihn weiter, nahm dabei aber eine rosige Färbung an. Er richtete sich auf und drehte sich beinahe gelangweilt zu uns um. Mit beiden Händen hob er das Szepter über seinen Kopf und die blutrote Lichtkugel um ihn herum weitete sich aus.

Durch den Freiraum zwischen ihm und dem Rand der Kugel erhaschte ich meinen ersten Ausblick ins Chaos. Der Ausschnitt war zu klein und durch die Kugel zu verzerrt, als dass ich irgendeines der Geländemerkmale hätte erkennen können, die ich so lange und eingehend studiert hatte. Aber ich bemerkte, dass sich hinter ihm etwas bewegte, auch wenn ich nicht sehen konnte, was es war.

Xoayya allerdings konnte es. »Bogenschützen! Bharashadi-Bogenschützen! Runter!«

Ein Schauer von Pfeilen, deren Spitzen mit bösartigen Widerhaken versehen waren, schlug durch die Bannmauer. Die Bogenschützen feuerten blind, und ihre Geschosse unterschieden nicht zwischen Freund und Feind. Pferde stürzten unter dem Angriff ebenso wie Reiter, dann ergriff die Flucht, wer noch dazu in der Lage war. Ein zweiter Pfeilhagel drang an der entfernten Seite des Gefechts durch die Wand und tötete zwei weitere Pferde und einen Kultisten.

Unsere Bogenschützen erwiderten den Angriff. Von meinem Standpunkt aus glaubte ich, zwei Bharashadi-Krieger zu Boden gehen zu sehen, aber ich konnte es nicht überprüfen, weil der Zauberer jetzt ganz durch die Bannmauer trat. Die magische Wand senkte sich wie ein Vorhang über ihn, doch sein hämisches Gelächter hallte laut in unseren Ohren.

* * *

Wir zogen uns hastig bis an den Rand des Tals zurück. Das lieferte uns fast fünfhundert Schritt Schussfeld, falls die Bharashadi sich entschlossen, durch die Mauer zu brechen und uns anzugreifen. Da es erheblich schwieriger war, den schneebedeckten Abhang zu stürmen, als ihn hinabzupreschen, hätten die Chadämonen jede Attacke teuer bezahlen müssen.

Die Hälfte der vierzehn Kultisten, die uns angegriffen hatten, war tot. Vier waren verwundet und drei hatten sich unverletzt ergeben. Wir erbeuteten auch zwanzig Pferde, aber sie waren in so schlechter Verfassung, dass sie weit länger brauchen würden, um auch nur annähernd wieder zu gebrauchen zu sein, als wir uns leisten konnten, uns um sie zu kümmern. Trotzdem bettelte Urien Kit um die Erlaubnis, nach ihnen zu sehen, und wir erklärten uns bereit, sie von dem Getreide zu füttern, das wir für unsere Tiere mitgenommen hatten.

Roarke erwies sich als äußerst geschickt darin, Informationen von den gefangenen Schwarzkirchlern zu erhalten. Er deutete auf Nagrendra und erklärte: »Euer Geist ist ein Apfel, und was wir von euch wissen wollen, ist Cidre. Wenn nötig kennt er einen Zauberspruch, der uns euer Wissen schneller beschafft als jede Apfelpresse. Von eurem Geist wird danach noch so viel übrig sein wie von einem Apfel nach dem Auspressen, aber das stört mich wenig. Also, wie hättet ihr's gern? Geben wir dem Reptiad die Gelegenheit, sich zu amüsieren, die wir ihm bis jetzt verweigert haben, oder enttäuscht ihr den armen Jungen, indem ihr uns freiwillig erzählt, was ihr wisst?«

Leider konnte auch Roarkes erfolgreichste Verhörtaktik nichts dagegen ausrichten, dass die Kultisten kaum etwas zu berichten hatten, das wir noch nicht wussten. Das Faustfeuerszepter war in seine Einzelteile zerlegt und im Gepäck mehrerer Reiter versteckt worden. Ein Spion in der Imperialen Garde hatte den Kultisten den Dienstplan der Streifen zugespielt, und bei der ersten Gelegenheit, als die Wache am Nordtor komplett aus Schwarzkirchlern bestand, war der Bharashadi aus der Hauptstadt geschmuggelt worden. Sie waren über eine Woche nach unserer Abreise aufgebrochen und hatten unterwegs noch zwei Sets Pferde über die hinaus verbraucht, die wir gefunden hatten.

Kit und ich berieten uns mit Taci und Roarke, denn es standen ernste Entscheidungen an. Die Schwarzkirchler hatten sich Verbrechen schuldig gemacht, für die ihnen die Todesstrafe sicher war, und Kit konnte diese Strafe augenblicklich durchführen, ohne seine Autorität zu überschreiten – aber es gefiel mir nicht, sie einfach hinzurichten. »Sie wissen von Personen in der Hauptstadt, die der Schwarzen Kirche angehören. Sie wissen, wer bei diesem Diebstahl mitgeholfen hat und angesichts der Tatsache, dass sie von den Bharashadi-Bogenschützen angegriffen worden sind, einer ihrer Kameraden von ihnen getötet wurde, und der Art und Weise, wie die Familie dieses Bäckers in Herakopolis umgekommen ist, halte ich es für denkbar, dass man sie dazu bewegen könnte, ihre Mitverschwörer zu verraten.«

»Schön und gut, Locke, es gibt Gründe, sie am Leben zu lassen. Aber wenn wir das tun, müssen wir sie entweder mitnehmen oder zurück nach Imperiumsland schicken.« Kit wärmte sich über dem Lagerfeuer, das wir entzündet hatten, die Hände. »Wir haben weder die Vorräte noch die Leute für Ersteres. Wenn wir sie zurück nach Imperiumsland schicken, müssen wir ihnen jemanden mitgeben, und ich möchte keinen Mann verlieren. Wir hatten Glück, dass wir nur eines von Roarkes Pferden an die Pfeile der Bharashadi verloren haben.«

»Es lag mehr daran, wie der Schwarze Schatten sie misshandelt hat, als an unserem Glück, dass wir so glimpflich davongekommen sind, Leutnant.« Roarke zupfte mit der Linken die Augenklappe zurecht. »Aber ich frage mich, ob wir uns nicht erlauben könnten, Urien mit den Pferden zurückzuschicken und ihm auch gleich noch die Gefangenen mitzugeben. Er ist ein guter Scout, zugegeben, aber es hat ihn verflucht mitgenommen, wie der Bharashadi die Pferde geschunden hat, um hierher zu kommen. Wenn er schon so auf das reagiert, was er bis jetzt gesehen hat, wird ihn das, was uns auf der anderen Seite der Bannmauern erwartet, noch sehr viel schlimmer treffen.«

Taci stimmte ihm zu. »Die Misshandlung der Pferde hat Urien tatsächlich gewaltig mitgenommen. Außerdem sollten wir wirklich eine Meldung zurück in die Hauptstadt schicken, und er könnte sie mit nach Imperiumsland nehmen.« Die Ælfin sah sich zu Nagrendra und Xoayya um, die sich ein Stück abseits unterhielten. »Außerdem ist jetzt die richtige Zeit, Xoayya zurückzuschicken.«

Ich runzelte die Stirn. »Warum das?«

»Sie hat gestern nichts zum Kampf beigetragen.« Tacis Züge wurden hart. »Wären die Schwarzkirchler nicht entkräftet und unterernährt gewesen, hätte sie zu Tode kommen können. Wir wissen, dass nichts, dem wir auf der anderen Seite begegnen werden, so leicht zu töten sein wird. Sie ist eine Belastung, die wir nicht brauchen und die uns nur Probleme einbringen wird.«

Ich hob die rechte Augenbraue. »Und nachdem Urien wegfällt, ist sie das dreizehnte Mitglied unserer Gruppe, richtig?«

Die Ælfin wurde rot. »Wir ziehen ins Chaos. Da sollten wir jedes unnötige Risiko vermeiden.«

Roarke runzelte die Stirn. »Wenn wir Urien hierlassen, sind wir nur ein Dutzend.«

Taci deutete auf Cruach. »Was ist mit dem Hund?«

Roarke lachte. »Nur ein Idiot würde einen Hund mitzählen. Vergiss deinen Aberglauben. Falls du es vergessen hast, Xoayya hat uns vor den Pfeilen gewarnt. Sie ist Teil der Gruppe, und das ist das. Richtig, Leutnant?«

»Urien bleibt, Xoayya kommt mit, und so sehr ich Cruach auch mag, er zählt nicht. Der Plan gelingt.« Kit sah hinüber zu dem größeren Feuer. »Ich werde es Urien sagen. Ihr anderen solltet besser schlafen. Morgen reiten wir ins Chaos.«

Wir wollten beim Blutgipfel ins Chaos eindringen, so wie wir es von Beginn an geplant hatten. Der lag einen halben Tagesritt im Osten, aber das störte keinen von uns. Ein Vorstoß hier hätte die Gefahr mit sich gebracht, geradewegs in die Waffen der Bharashadi zu reiten, mit denen wir schon Pfeilsalven ausgetauscht hatten.

Wir ließen Urien bei den Gefangenen und ihren Pferden und suchten uns eine Stelle, die uns nach dem Durchqueren der Wand – so nahe, wie wir das sagen konnten – ins Vorgebirge des Blutgipfels bringen würde. Wir ritten in das Tal hinunter und tränkten die Pferde an dem auf unserer Seite der Bannmauern verlaufenden Gebirgsbach. Dann überprüften wir zweimal unsere Ausrüstung und vor allem den Sitz unserer

Rüstungen. Mit gezogenen Waffen trabten wir auf die Bannmauer zu.

Xoayya brachte ihr Pferd links neben mich. Einzelne rote Haarsträhnen wehten unter der Kapuze ihres Mantels hervor. Das opalene Licht der Wand erhellte ihr Gesicht und ließ sie mehr wie eine Geistererscheinung als einen lebenden Menschen aussehen. Aber ihr breites Lächeln vertrieb diesen Gedanken auf der Stelle, denn nichts, was bereits aus dem Leben geschieden war, hätte jemals so begeistert wirken können.

»Xoayya, du solltest dich wirklich hinten halten. Wir haben keine Ahnung, was uns auf der anderen Seite erwartet.«

Sie schüttelte den Kopf. »Das spielt keine Rolle, Locke. Was immer auf der anderen Seite ist, was immer mir geschieht, ist mein Schicksal. Selbst wenn ich auf der anderen Seite tot umfalle, wird das geschehen, weil es so kommen muss. Ich weiß nicht, ob es einen guten oder einen schlechten Grund dafür gibt, aber ich bin bereit, es zu hinzunehmen.«

Die offenherzige Unschuld ihrer Erklärung überraschte mich und machte mir ein wenig Angst. »Ich verstehe, was du meinst, aber ich würde es trotzdem vorziehen, wenn du dich hinten hältst. Warte, bis ein paar von uns durch die Mauer geritten sind, bevor du uns folgst. Ich möchte dein Blut nicht an meinen Händen haben.«

Sie hielt ihren Wallach an. »Wie du wünschst, Locke. Aber ich sage dir, was auch immer mit mir geschieht, du kannst es weder kontrollieren noch ändern oder verhindern. Unsere Meinungen zu diesem Thema gehen auseinander, aber ich will nicht, dass du dir Vorwürfe über mein Schicksal machst.«

»Danke, Xoayya. Ich werde dafür sorgen, dass dir nichts zustößt, deswegen ich Schuldgefühle haben müsste.«

Ich drehte mich wieder der Wand zu, als Hang die magische Barriere gerade erreichte. Er trabte darauf zu, als wäre sie nichts als Morgennebel. Ich versteifte mich, als ihre roten, violetten und weißen Lichter über meinen Leib tanzten. Ich fühlte am ganzen Körper ein Kitzeln, gefolgt von Wärme – eine so wohlige Wärme, dass ich kurz mit dem Gedanken spielte, anzuhalten und nicht weiterzureiten.

Aber natürlich ritt ich doch weiter und wurde mit Eiseskälte belohnt. Sie traf mich wie ein Schlag ins Gesicht, als wir auf der anderen Seite aus der Wand traten – und war eine deutliche Warnung vor den Gefahren des Chaos. *Das ist eine Grabeskälte. Gut möglich, dass sie ein Vorgeschmack ist.*

Trotz dieser düsteren Gedanken spottete etwas in meinem Innern. *Das ist also das Chaos. Ich fühle mich, als käme ich nach Hause!*

Bevor ich meine Umgebung studieren oder den Grund für das Gefühl der Vertrautheit ergründen konnte, das mich erfasst hatte, ertönte zu meiner Linken ein unmenschlicher Aufschrei. Ich wirbelte Hang herum und erwartete einen Bharashadi-Hinterhalt. Augenblicklich befürchtete ich, Xoayya wäre mir durch die Wand gefolgt und würde schon von einem Schwarzen Schatten zerfetzt.

Was ich sah, war nicht annähernd so schrecklich, aber trotzdem ließ es mir das Blut in den Adern gefrieren.

Der Aufschrei war von Roarke gekommen. Er krallte die Hände in seinen Kopf, als wolle er verhindern, dass er explodierte. Der Aufschrei brach jäh ab, als er ganz durch die Wand war. Dann sackte Roarke nach vorne über den Hals seines Pferds, rutschte aus dem Sattel und fiel zu Boden.

22

Ich sprang von Hangs Rücken und ging neben Roarke in die Knie. Ich fühlte seinen Atem auf meiner Hand, und fühlte einen starken, gleichmäßigen Pulsschlag in der Halsschlagader. »Er lebt.« Ich sah ihn an und zog ihm die Kapuze seines Kettenhemds vom Kopf. »Er blutet weder aus der Nase noch aus den Ohren. Was ist mit ihm passiert?«

Tyrchon kniete sich auf der anderen Seite neben ihn, während Hansen Roarkes Pferd beiseite führte. »Die Bannmauern haben auf jeden eine andere Wirkung. Wenn ihm das zugestoßen ist, als er das erste Mal rüberkam, würde es erklären, warum Roarke kein Verlangen hatte, die Reise zu wiederholen. Heben wir ihn zurück aufs Pferd und schaffen ihn nach Erster Halt. Wenn er bis dahin überlebt, können wir uns überlegen, was wir mit ihm machen.«

Das gefiel mir gar nicht. »Hältst du es für sicher, ihn zu bewegen?«

Kit kam herüber und hockte sich neben mich. »Hältst du es für sicherer, ihn hierzulassen?«

Taci sah zu uns beiden herab. »Ich spüre keine Nachwirkung irgendwelcher Zauber, also war es kein magischer Hinterhalt. Ich möchte hier im freien Gelände keine Diagnosezauber anwenden, aber wenn ihr darauf besteht, kann ich es versuchen.«

Ich schüttelte den Kopf. »Nein, wir wollen es den anderen nicht zu einfach machen, uns aufzuspüren.«

»Und sie werden uns aufspüren, wenn wir uns nicht in Bewegung setzen.« Kit stand auf. »Alle anderen sind in guter Verfassung durchgekommen. Wir wissen, dass die Bharashadi in der Nähe sind, also müssen wir hier weg. Es gibt keine Garantie, dass Roarke die Reise überlebt, aber wenn wir hier darauf warten, dass er sich erholt, wird es keiner von uns überleben.«

»Du hast natürlich Recht.« Ich rieb mir mit beiden Händen übers Gesicht. »Sehen wir zu, dass wir hier wegkommen.«

Ich packte einen von Roarkes Armen und Tyrchon nahm den anderen. Hätte Nagrendra nicht seine Beine genommen, hätten wir Roarke nie über den Sattel gelegt bekommen. Nachdem das erledigt war, band Tyrchon ihn fest, und Hansen führte sein Pferd am Zügel mit. Er blieb zur Sicherheit in der Mitte unserer Formation. Xoayya ritt auf der anderen Seite neben Roarke und überprüfte von Zeit zu Zeit seinen Puls.

Ohne Zweifel färbte Roarkes unerklärliches Problem meine Sicht des Chaos, und wahrscheinlich war das auch gut so. Auf dem ganzen Weg hatte ich mich darauf gefreut, dem sicheren Schoß zu entfliehen. Ich wollte mir die Auszeichnung verdienen, das Chaos gesehen zu haben. Ich wollte mir die Anerkennung und Kameradschaft der anderen Chaosreiter verdienen. Ich verlangte mit der Unbedingtheit danach, mit der ein Säufer nach Alkohol verlangte. Im Umbra war ich ein Außenseiter gewesen, und ich hatte es gehasst.

Hier im Chaos verstand ich, warum sich die Reiter von den anderen Bewohnern des Imperiums absonderten. Wir ritten aus dem winterlichen Tiefland in eine warme, trockene Gebirgslandschaft aus rotem Fels. Im Imperium herrschten Grün- und Blautöne vor, aber nicht hier. Hier war die Landschaft von Rot, Braun und Violett geprägt. Aus grünen Wäldern wurden Berghänge mit versteinerten Bäumen und Unterholz aus blutroten Gräsern mit gezahnten Blättern oder stachelbesetzten violetten Kakteen.

Jeder Schritt unserer Pferde wirbelte rostroten Staub auf. Felsen übersäten die Landschaft wie Wachposten, die unser Eindringen verhindern sollten, von faustgroßen Steinen bis hoch zu Findlingen von der Größe eines Magierturms.

Der Anblick brachte mich auf den Gedanken, dass das Chaos genau so aussah, wie das Imperium sich möglicherweise dargestellt hätte, wenn man das Land bis auf den Fels abgetragen hätte.

Trotz all der Zeit, die ich damit verbracht hatte, die Modellandschaft zu studieren, war hier alles neu und fremd für mich. Ich hätte mich völlig darin verlieren und von einem Wunder zum nächsten wandern können, aber der Anblick Roarkes, der leblos über dem Rücken seines Pferdes hing, zerschlug jeden Hauch von Romantik. Das Chaos mochte ein Ort für Helden sein, aber nur, weil es sie in einem gnadenlosen Schmelzfeuer erschuf. Hier in dieser abweisenden Landschaft waren wir die Eindringlinge. Alles, was uns hier auf der Chaosseite der Wand begegnete, würde versuchen uns zu vernichten.

Geradeso wie wir alles zu vernichten suchten, was aus dem Chaos ins Imperium kam.

Zwei Stunden nach dem Durchqueren der Bannmauern erreichten wir Erster Halt. Wie das Gebäude ursprünglich einmal ausgesehen hatte oder wieder erscheinen mochte, wenn die Bannmauern weit genug vorgeschoben wurden, konnte ich mir nur mühsam vorstellen. In seinem gegenwärtigen Zustand wirkte es auf mich wie eine kleine Festung, die von feindlichen Belagerern zertrümmert worden war. Der an der Seite des Blutgipfels zu einem halbrunden Plateau aus dem Fels gearbeitete Bau hatte ursprünglich zwei Türme an der Nord- und Südecke besessen. Da es gebaut worden war, lange bevor der Berg seinen neuen Namen erhalten hatte, überraschte es mich nicht, dass der Südturm eingefallen war und die Spitze des Nordturms schon vor einiger Zeit einem Feuer zum Opfer gefallen zu sein schien. Das steinerne Hauptgebäude erhob sich zwei Stockwerke über das Plateau, aber der nördliche Gebäudeflügel war verfallen. Dahinter sah ich einen großen Trümmerhaufen, der möglicherweise einmal Stallungen dargestellt hatte.

Eirene ritt auf den Platz vor dem Haus, der wahrscheinlich ursprünglich einmal ein gepflasterter Burghof gewesen war, dann drehte sie ihr Reittier und sah hinaus nach Westen. »Es scheint alles in Ordnung, aber achtet auf mögliche Fallen der Bharashadi für die Tsvortu oder andersherum.« Sie grinste. »Und dann besteht noch die Möglichkeit, dass andere Reiter welche für beide aufgestellt haben.«

Kit trabte an ihre Seite. »Hansen, bring Roarke nach drinnen. Aleix, Xoayya, Donla, ihr helft ihm. Taci und Nagrendra, seht zu, was ihr für ihn tun könnt.« Er sah hinüber zu dem wolfsköpfigen Chaosreiter. »Tyrchon, wenn du die Gegend auskundschaften möchtest, lass dich nicht aufhalten. Heiligkeit, wenn Ihr im Nordturm Wache halten würdet, wäre ich Euch verbunden.«

»Wie Ihr wünscht, Leutnant«, antwortete Osane und ritt in Richtung Turm davon.

Tyrchon reichte mir die Zügel seines Pferdes, dann glitt er aus dem Sattel und rannte den Weg entlang zurück, auf dem wir gekommen waren. Es dauerte nicht lange, und er war außer Sicht. Ich folgte den anderen und lenkte Hang durch den Haupteingang geradewegs in das Haus, dann durch einen Bogengang auf einen viereckigen Innenhof mit einem Springbrunnen. Die Pferdehufe klapperten laut auf dem Kopfsteinpflaster, und der Lärm hallte von der Bergwand und den Innenmauern zurück. Wenn ich hochblickte, sah ich den Blutgipfel über uns aufragen.

Der östliche Teil des Gebäudes lag im Innern des Berges, und ein riesiger Torbogen führte geradewegs in das rote Felsmassiv. Der Innenhof war im Erdgeschoss und ersten Stock von einem überdachten Säulengang umgeben, der aber nach dem Einsturz des Nordflügels an der betreffenden Seite alles andere als Vertrauen erweckend wirkte. Trotzdem ließen die verblasste Bemalung und die Überreste von Mosaikfliesen in mir die Vermutung aufsteigen, dass dieses Gebäude eine wahre Pracht gewesen sein musste, bevor das Chaos über die Welt hereingebrochen war.

Eirene band ihr Pferd an eine der Säulen, auf denen der obere Säulengang ruhte. »Ich bin zum ersten Mal hier, aber es soll hervorragend zu verteidigen sein. Im schlimmsten Fall können wir uns in den Berg zurückziehen und sie am Durchgang abwehren.«

Kit sah zu der düsteren Öffnung in der Felswand. »Es gibt keinen anderen Ausgang?«

»Jedenfalls keinen Durchschlupf, von dem ich gehört hätte, aber wir sollten selbst nachsehen, um auf Nummer Sicher zu gehen.« Sie nahm ihrem Pferd den Sattel ab und legte ihn auf die niedrige Mauer, die den ganzen Innenhof einschloss. »Wir haben Wasser und ein freies Schussfeld vor dem Haus. Wir können hier eine Weile durchhalten. Und wenn nicht …« Sie sah sich um und zuckte die Achseln. »Ich kann mir hässlichere Plätze zum Sterben vorstellen.«

Hansen brachte Roarke in ein Zimmer im Südflügel, gleich am Innenhof. Taci und Nagrendra machten es ihm so bequem wie möglich und bemühten sich darum herauszufinden, was mit ihm los war, während Kit, Eirene und ich die Pferde versorgten. Nachdem ich fertig war, ging ich hinüber. Ich klopfte an die geschlossene Tür und wartete geduldig, bis ich die Aufforderung hörte einzutreten. Ich wollte keine Zauberer bei der Arbeit stören.

Xoayya öffnete die Tür und ließ mich ein. Roarke lag in einer Ecke des kleinen, dunklen Zimmers auf einem notdürftigen Feldbett. Cruach lag neben ihm und ließ Taci mit bemerkenswerter Toleranz seinen Herrn bearbeiten. Nagrendra stand am Fußende des Betts und sah aus wie ein Standbild. Nur das Zucken seiner gespaltenen Zunge und ein gelegentliches Nicken in Antwort auf Tacis Bemerkungen oder Fragen zeigte, dass Leben in ihm steckte.

Xoayya schüttelte den Kopf. »Sie haben ihre Diagnosezauber abgeschwächt, um eine Entdeckung zu vermeiden. Sie glauben nicht, dass das Auswirkungen auf ihre Leistung hat, aber sie können nicht feststellen, was ihm fehlt.«

Taci trat vom Bett zurück. »Roarke ist bewusstlos und schläft, aber die Lebensenergie seines Körper ist unglaublich vermindert.« Sein Zustand schien ihr völlig unerklärlich zu sein.

»Den Karten zufolge, die ich gesehen habe, ist der Raum keine ›langsame Zone‹.« Ich sah zu Nagrendra. »Hast du eine Idee?«

»Nein.« Der Reptiad zuckte die glimmerschuppigen Schultern. »Vielleicht hat er irgendeine Krankheit, die nur im Chaos existiert, aber ich habe noch nie von etwas Derartigem gehört. Außerdem haben die Diagnosezauber, die Taci und ich einsetzten, keine Krankheit angezeigt. Soweit ich das feststellen kann, ist er gesund und auf dem Wege der Besserung.«

»Das ist gut.«

Xoayya nickte. »Es scheint seltsam, wenn ich es ausspreche, aber für mein Gefühl … nun, ich würde sagen, Roarke *wartet.*«

Ich runzelte die Stirn. »Wartet?«

Taci klopfte sich nachdenklich mit dem Stab ans Bein. »Roarkes Körper reagiert, als befände er sich in Stase. Alles arbeitet, aber auf niedrigerem Niveau. Sein Zustand ist nicht abnormal, eher subnormal. Wäre es die Folge eines Zaubers, könnten wir ihn vielleicht verändern. Wäre es ein organisches Problem, könnten wir es vielleicht heilen. Aber da wir nicht in der Lage sind, die Ursache festzustellen, wissen wir auch nicht, wie wir es behandeln sollen.«

»Ich verstehe. Roarke wartet.« Mir schauderte. »Worauf wartet er?«

Tyrchon kam ins Krankenzimmer. »Wenn er auf die Schwarzen Schatten wartet, hat er noch etwa einen Tag.«

»Das ist wichtig. Gehen wir Kit suchen.« Ich warf Roarke einen letzten Blick zu. »Geben wir ihm eine Chance, sich in Ruhe zu erholen.«

»Allzu viel Ruhe wird es hier nicht geben.« Tyrchon ging uns voraus auf den Innenhof, in dessen Zentrum Kit und Eirene sich unterhielten. Ich folgte ihm auf den Fersen, und die anderen schlossen sich uns an. Xoayya bildete das Schlusslicht und zog die Tür des Krankenzimmers zu, nachdem wir es alle verlassen hatten.

Tyrchon teilte Kit das Ergebnis seiner Erkundungen mit.

»Ein Tag, bis sie angreifen? Wie viele?« Kit hob den Kopf, und sein Gesichtsausdruck veränderte sich, als er wieder den Befehl übernahm. »Worauf müssen wir uns einstellen?«

Tyrchon schnupperte zweimal, dann hockte er sich auf den Boden. »Nachdem der Zauberer gesehen hat, wie leicht wir mit seinen Leuten und den Zauberern fertig geworden sind, würde ich schätzen, dass sie zu rund hundert angreifen. Wahrscheinlich alles Krieger, aber sie könnten ein oder zwei Zauberer dabei haben.«

»Glaubst du, dass Rudelmörder einer davon sein wird?«

Tyrchon zuckte die Achseln. »Weiß ich nicht, aber ich bezweifle es. Er ist zu wichtig, um ihn bei einer solchen Operation in Gefahr zu bringen. Die Schwarzen Schatten werden erst versuchen, uns zu verunsichern, und dann zum Sturmangriff mit Schwertern und Äxten übergehen. Machen sie auf irgendwen von euch Jagd?«

Eirene und Nagrendra schüttelten den Kopf.

Ich tat dasselbe. »Ich bin zum ersten Mal im Chaos. Genau wie Xoayya.«

»Das schließt nicht aus, dass jemand Jagd auf euch macht, aber es ist sehr unwahrscheinlich.« Tyrchon schnupperte wieder. »Wie steht es mit Roarke und der Bischöfin?«

Kit schüttelte den Kopf. »Unbekannt.«

»Roarke könnte sich vor langer Zeit mit den Bharashadi angelegt haben.« Eirene grub mit der Stiefelspitze einen Pflasterstein aus dem Boden. »Hast du Sorgen wegen möglicher Vindictxvara?«

»Sorgen, nein. Bedenken, ja.« Der Wolfskrieger stand auf. »Ich glaube nicht, dass irgendeiner der Schwarzen Schatten es auf mich abgesehen hat, aber möglich ist es. Wenn ihr ein Schwert mit meinem Bild darauf seht, gehört der betreffende Bharashadi mir.«

Aleix, der alte Feldwebel, lachte. »Ich werde versuchen, daran zu denken, während ich sie mit Pfeilen spicke.«

»Tu das, Heraker. Wenn du es kannst.« Tyrchons Stimme wurde zu einem dumpfen Knurren. »Wollt ihr wissen, was ihr morgen Nacht sehen werdet? Schließt die Augen. Alle, los.«

Ich gehorchte und bekam einen harten Schlag an den Kopf. An den erschreckten Rufen der anderen erkannte ich, dass Tyrchon sie ebenfalls geschlagen hatte, während sie blind waren. Als ich die Augen wieder öffnete, sah ich Kit, der Aleix am Hemd zurückhielt, um zu verhindern, dass er sich auf Tyrchon stürzte.

Die Lippen des Wolfskriegers öffneten sich langsam zu einem Lächeln. »Das werdet ihr sehen, wenn sie uns angreifen: Gar nichts. Die Bharashadi haben sich den Namen Schwarze Schatten durch ihre Fähigkeit verdient, unbemerkt zu bleiben. Hier werdet ihr sie nachts nicht zu Gesicht bekommen, bis sie zuschlagen. Ich hoffe, ihr Heraker bekommt die Chance, so viele von ihnen zu federn, wie wir wollt, aber es wäre besser, ihr würdet auch eure Schwerter schärfen.«

Eirene nickte. »Tyrchon hat Recht, aber das hier ist eine gute Verteidigungsstellung.«

»Falls ich einen Vorschlag machen dürfte, Leutnant?« Nagrendra beugte den Kopf in Kits Richtung.

»Ich bitte darum, Nagrendra.«

»Wir sollten das Gebäude erkunden. Wir gehen die Zimmer in kleinen Gruppen ab und stellen fest, ob noch Fallen wirksam sind oder repariert werden können. Wenn jeweils ein Reiter dabei ist, können Eure Leute diesen Ort schnell kennen lernen. Danach könnt Ihr und Tyrchon unsere Verteidigung planen.«

»Ein guter Plan, soweit ich das beurteilen kann.« Kit verschränkte die Arme. »Hansen und Donla, ihr begleitet Tyrchon. Taci, hol den Bischof. Locke, du und Xoayya geht mit Nagrendra. Aleix, du bleibst hier bei den Pferden.«

»Jawohl, der Herr.«

Ich folgte dem Reptiadenzauberer und Xoayya durch das Haus auf den vorderen Burghof. Die Zimmer zwischen der Außenwand und dem Innenhof waren leer geräumt, aber unter der roten Staubschicht auf dem Boden waren gelegentlich noch Bodenmosaike zu erkennen. Jetzt enthielten die Zimmer nur noch Müll, abgeblätterte Farbe und Holzreste. In der hereinbrechenden Dunkelheit glaubte ich Skelette in den Schatten lauern zu sehen, aber ich verspürte keinen echten Bedarf nachzusehen, ob ich Recht hatte.

Auf dem Platz angekommen, wurden Nagrendras opalene Augen schmal. »Locke, schreite sechs Schritt ab.«

Ich ging acht gleichmäßige Schritte weiter. »Das müsste reichen.«

»Gute, gleichlange Schritte. Ausgezeichnet.« Er drehte sich zu Xoayya um und gab ihr dieselbe Anordnung. Sie lächelte verlegen, als sie etwa sechs Finger hinter mir zum Stehen kam, aber Nagrendra schien das nicht zu stören. »Gut genug für unseren Bedarf. Xoayya, geh zwölf Schritt weiter. Locke, fang am Nordturm noch einmal an und schreite drei Schritt ab, geradewegs auf sie zu.«

Er stand in der Mitte des Hofs, während wir seine Anweisungen befolgten. Als ich meine vier Schritte vom Turm zurückgelegt hatte, kam er herüber und kniete sich hin. Er fegte den Staub von einem der quadratischen Pflastersteine, dann forderte er von mir, einen in der Nähe liegenden Stein zu holen. Ich reichte ihn ihm. Der Reptiad hob den Stein über seinen Kopf und brachte ihn krachend auf den Pflasterstein herab, sodass bei diesem an einer Ecke ein dreieckiges Stück abbrach.

Er zog einen Dolch und kratzte die Ziffer Eins in den Stein. Dann überraschte er mich, indem er sich mit der Klinge in den rechten Daumen stach. Blut trat aus der Wunde und er drückte seinen Daumen erst auf das dreieckige Bruchstück und dann auf den Stein, von dem er es abgebrochen hatte. »Noch sechs Schritt, Locke.«

Ich ging weiter auf Xoayya zu, und Nagrendra wiederholte die Prozedur. »Was tust du da?«

»Locke, bitte.« Xoayya sah mich an wie einen Volltrottel. »Das ist doch offensichtlich!«

»Geduld, Frau.« Der Reptiad klappte in einer groben Imitation eines Grinsens den Unterkiefer herab. »Er kennt sich mit Zauberei noch weniger aus als du.«

»Ich weiß etwa genug, um einen Fingerhut damit zu füllen und noch genug Platz für das Imperium übrig zu haben.« Ich lächelte Xoayya an. »Und wie mein Großvater zu sagen pflegt: Der erste Schritt zur Weisheit ist, sich einzugestehen, wie viel man nicht weiß.«

Nagrendra nickte, und die untergehende Sonne warf rote Glanzlichter auf seine steinigen Schuppen. »Ein weiser Mann, dein Großvater. Die Magie kennt verschiedene Gesetze. Eines davon ist das Gesetz der Übertragbarkeit. Dieses Gesetz besagt, dass ein Teil eines Ganzen mit dem Ganzen in Verbindung steht, allein dadurch, dass es aus dem Ganzen stammt. Jedes dieser Steinfragmente steht auf unsichtbare und unfassbare Weise mit dem Stein in Verbindung, von dem es gekommen ist. Durch mein Blut verbinde ich sie mit mir. Noch sechs Schritt bitte.«

Ich nickte langsam und ging zu Xoayya. »Gut, jetzt weiß ich, was du tust. Und warum tust du es?«

»Weil ich Bharashadi töten will.« Er sah zu mir hoch, und eine durchsichtige Membran zuckte über sein Auge hoch und fiel wieder zurück. »Jedes dieser Bruchstücke wird ein Fokus für meine Zaubersprüche, ähnlich einem Zauberstab oder Tacis Stock. Wenn ich einen Zauberspruch spreche, während ich einen davon in der Hand halte, ist praktisch garantiert, dass er an der Stelle wirksam wird, von der ich den Stein geholt habe.«

»Und die Zauber, die du einsetzen willst, wirken über ein Gebiet von sechs Schritt Durchmesser?«

Nagrendra grinste zu mir hoch. »Du kapierst schnell, aber von jemandem mit deiner Herkunft hätte ich auch nichts anderes erwartet. Ja, ich denke, die Bharashadi werden feststellen, dass dieser Burghof für sie ein verflucht gefährliches Pflaster ist.«

Xoayya zwirbelte eine Strähne ihres roten Haars um den Finger. »Was könnte einen Zauberspruch daran hindern, dort wirksam zu werden, wo du es willst?«

Ich zwinkerte ihr zu. »Ich dachte, all dieses Zauberzeug wäre offensichtlich?«

»Der Sinn schon.« Sie lächelte mir überlegen zu. »Aber Technik ist nicht meine Stärke.«

»Das liegt daran, dass du kaum eine formelle Ausbildung hast. Sonst wüsstest du, dass es eine Menge Faktoren gibt, die einen Zauberspruch stören können. Ablenkung durch eine Verletzung oder Angst. Alles, was bei einem Kampf die Konzentration stören könnte, kann auch mir Probleme machen.« Er verschmierte sein Blut auf einem weiteren Stein. »Außerdem können Gegenzauber jeden Spruch, den ich einsetze, neutralisieren. Und noch sechs Schritt, Locke.«

Ich schritt die Strecke ab, dann kaute ich auf meiner Unterlippe. »Du hast den Gegenzauber geschleudert, der Rudelmörder daran gehindert hat, mich mit seinem Zauber zu erledigen, richtig?«

Der Zauberer nickte ernst. »Ich habe die Stärke seines Spruches völlig falsch eingeschätzt. Zum Glück hatte er einen physischen Fokus für seinen Zauber gewählt. Du konntest ihm ausweichen und ich konnte ihn ablenken. Die beiden Zauber haben sich gegenseitig verzehrt, aber die Restwirkung seines Spruches hat noch immer ausgereicht, den Schnee zu schmelzen und einige Leute vom Pferd zu stoßen.«

»Trotzdem, danke.« Ich grinste. »Eigentlich komisch, dass dein Zauber so verschwommen und erratisch war, und seiner so scharf und exakt. Soll keine Beleidigung sein.«

»Ich habe es auch nicht so empfunden, aber ich finde es auch nicht amüsant. Es liegt an der Natur der Magie.« Nagrendra hockte sich auf die Fersen. »Chaoszauberei verlangt eine derartige Genauigkeit, weil dies eine Umgebung von sich ständig ändernden Wahrscheinlichkeiten ist. Deshalb ist es nötig, dem Chaos Ordnung aufzuzwingen, um den gewünschten Effekt zu erhalten. Im Imperium hingegen müssen wir, um irgendeine magische Wirkung zu erhalten, die von den Bannmauern erzwungene Ordnung aufbrechen. Anders ausgedrückt: Im Chaos geborene Kreaturen müssen Bannzauberdisziplinen einsetzen, um die gewünschte Wirkung zu erzielen, und Zauberer des Imperiums müssen das Chaos beschwören, damit unsere Magie glückt.«

»Und welche Art von Magie man einsetzt, hängt davon ab, welche Ausbildung man bekommen hat und wo man geboren wurde?«, fragte ich.

»Mehr oder weniger.« Er hob die Hand und zeigte mir die Glimmerschuppen seiner Haut. »Ich habe genug Zeit im Chaos verbracht, um die Magie der Chaoszauberer einsetzen zu können, wenn ich bei einem in die Lehre ginge. Auf diese Art erlernen die Schwarzkirchler ihre Sprüche. Da ich aber im Gegensatz zu ihnen kein Interesse an der Vernichtung des Imperiums habe, verspüre ich auch keinen Bedarf, die Künste des Feindes zu erlernen.«

Xoayya kicherte unruhig. »Und ich nehme auch nicht an, dass es hier draußen so viele Gelegenheiten gibt, beim Feind in die Lehre zu gehen.«

»Ein gutes Argument, meine Liebe.« Der Reptiad stand auf und streckte die Arme aus. »Ihr habt möglicherweise auch schon bemerkt, dass meine Zauber eine bläuliche oder weiße Färbung haben, während die Zauber des Bharashadi eher rot oder golden sind. Auch diese Farbe ist ein Anzeichen dafür, ob ein Zauber chaotisch oder imperial ist. Das Allerletzte, was ihr irgendwo im Dunkeln sehen wollt, ist der Glanz goldener Augen und ein roter Funken.«

Ich erinnerte mich an meine Begegnung mit Rudelmörder in der Kanalisation unter dem Palast und rieb mir nickend die rechte Schulter.

Mit der hereinbrechenden Nacht beschleunigten wir unsere Bemühungen. Nagrendra baute eine zweite Verteidigungslinie viereinhalb Schritt vor der Gebäudefront aus, deren einzelne Stellungen nur drei Schritt auseinander lagen. Außerdem besorgte er sich Steinsplitter von der Schwelle und allen Fensterrahmen der Fassade. Er markierte sie und gab sie an Xoayya weiter, die sie Taci bringen sollte. »Sie weiß, wozu.«

Xoayya nickte langsam, dann schüttelte sie den Kopf, als müsse sie nach einem Schlag auf den Schädel erst wieder klar werden. »Und danach, was soll ich dann tun?« Ihre Frage kam langsam und zögernd.

Ich sah sie an. »Stimmt etwas nicht?«

Sie schüttelte den Kopf. »Nein. Nicht wirklich. Es ist nur, dass ich fragmenthafte Visionen habe. An diesem Ort ist mehr, als es den Anschein hat.«

Nagrendras Unterkiefer senkte sich zu einem Lächeln. »Du hast nicht nur eine hellseherische Gabe, sondern auch ein Talent zur Untertreibung.«

Xoayya sah ihn verärgert an. »Ich habe das Gefühl, dass es hier Tunnel und Gänge gibt.«

»Durch die Schwarze Schatten kommen werden?« Ich behielt sie genau im Auge. »Wir müssen uns gegen einen derartigen Überraschungsangriff wappnen.«

Sie schüttelte den Kopf. »Ich spüre keine Gefahr, nur die Kraft ihrer Existenz. Ich könnte auch die Vergangenheit oder die Zukunft sehen, nicht allein unsere Gegenwart.« Sie zwang sich zu einem grimmigen Lächeln. »Wenn es gestattet ist, möchte ich mich ein wenig umsehen, nachdem ich Taci diese Steine gebracht habe.«

Nagrendra und ich nickten. Als sie sich auf den Weg machte, sammelte ich die anderen Steine ein, die der Reptiad vorbereitet hatte. Er ließ sie auf den höchsten Punkt des Nordturms bringen, einen ausgezeichneten Aussichtspunkt, der von dicken Steinmauern geschützt war. Er machte sich schnell an die Arbeit, und wenig später konnte ich Xoayya am Fuß des Turms in den Trümmern graben hören.

Das verkohlte Holz und die rußgeschwärzten Steine im Obergeschoss des Turms zeugten noch von der Wirkung des Feuers, das sein Dach verzehrt hatte. Der knarzende Holzboden erweckte in mir kein sonderliches Vertrauen, aber Nagrendra begnügte sich damit, einen Bogen um erkennbar verbrannte Stellen zu machen und kümmerte sich nicht um das Ächzen der Bohlen. Ich folgte ihm. Für einen Boden, der sein Gewicht tragen konnte, war ich mit Sicherheit leicht genug, und ich versuchte, den Gedanken daran zu verdrängen, dass unser vereintes Gewicht ihn zum Einsturz bringen könnte.

Trotz des unsicheren Zustands war die Spitze des Turms für unsere Zwecke bestens geeignet. Von hier oben hatten wir eine spektakuläre Aussicht über den äußeren Burghof und einen Teil des außerhalb liegenden Geländes. Wir bemerkten dort draußen nichts, was auf eine Annäherung der Bharashadi hindeutete, aber nach Tyrchons Warnung über ihre Schleichfähigkeiten überraschte mich das nicht. Sie waren dort draußen und sie bereiteten sich darauf vor, uns einen harten Kampf zu liefern.

Nagrendra kauerte sich an eines der Fenster auf der Nordseite des Turms. Er legte die Steine für die erste Verteidigungslinie sechs Schritt vor dem Haus auf ein niedriges Sims. Er richtete sie in numerischer Reihenfolge so ein, dass sie sich an jeweils einer Ecke berührten. Die vier Steine aus der zweiten Verteidigungslinie platzierte er in einer kleinen Nische rechts vom Fenster. »Das war einmal ein Schrein für die Erdmutter. Ich glaube nicht, dass sie etwas dagegen hat, wenn ich ihn dafür zweckentfremde.«

Ich sah ihm zu, wie er die dreieckigen Steinsplitter sortierte. Diesmal legte er sie so ab, dass sie einander nicht berührten. »Wird das reichen, die Bharashadi aufzuhalten?«

Er schüttelte den Kopf. »Nein, nicht über die erste Nacht hinaus. Die Bharashadi legen keinerlei Wert auf persönliche Sicherheit. Wahrscheinlich hat das mit diesem Necroleum zu tun, dessentwegen wir hier sind. Wenn sie wirklich davon überzeugt sind, dass sie wiedererweckt werden und dass ihr Rang nach dem Tode von der Tapferkeit abhängt, die sie vor dem Tod zeigen, werden sie uns ohne jeden Gedanken an ihr Überleben angreifen. Ich würde sogar sagen, wenn sie wissen, dass die Wiedererweckung kurz bevorsteht, werden sie noch wildentschlossener sein als gewöhnlich.«

»Warum glauben Tyrchon und du, dass sie erst morgen zuschlagen?« Ich stellte mich auf die Zehenspitzen und sah hinaus in die Nacht. »Sie waren nicht weiter entfernt als wir, und wir haben nur einen halben Tag gebraucht, hierher zu kommen.«

»Das stimmt nicht.« Nagrendra zeichnete einen Halbkreis in den Staub auf dem verwitterten Holzboden. »Wir konnten geradeaus durch den Bogen hierher ziehen. Die Bharashadi müssen außen um den Bogen herum und du solltest wissen, dass das Gelände auf diesem Weg reichlich unzugänglich ist. In der ersten Nacht werden sie mit hundert Kriegern angreifen. In der zweiten Nacht werden es mehr werden. Und so weiter, bis wir entkommen oder vernichtet sind.«

Ich ging zu einem anderen Fenster – einem, das jemand vergrößert hatte, indem er an der Unterseite Mauersteine entfernt hatte – und starrte in die Ferne. Tagsüber hätte dieser Aussichtspunkt mir einen ungehinderten Blick über die Landschaft nach Westen geboten, aber jetzt in der Nacht sah ich wenig, fast gar nichts. Die Sterne am Himmel funkelten kaum und leuchteten violett und grün statt rot und weiß, wie ich es erwartet hätte. »Kein Mond im Chaos?«

Der Reptiad schüttelte den Kopf. »Doch, es gibt einen. Er ist schwarz. Er muss bald aufgehen. Du erkennst ihn an den Sternen, die er verschluckt.«

Weit in der Ferne sah ich ein geisterhaftes grünes Licht zwischen Bergen und Felsen auf und ab wippen. Trotz der Hindernisse erkannte ich, dass es sich schnell bewegte und auf uns zukam. Außerdem fing ich das leise Trommeln von Hufen auf.

»Ich habe das Gefühl, ihr irrt euch in der Zeit, die bis zum Angriff verging. Reiter.«

Nagrendra schob mich beiseite und schaute hinaus. »Nein, verdammt! Nicht schon wieder!« Er lief zur anderen Seite des Turms und legte die Hände an den Mund. »Eirene, schließ das Vieh weg, auf dem du reitest! Der Smaragdhengst kommt!«

Ich trat wieder ans Fenster und sah den Lichtschein näherkommen. Das Donnern galoppierender Pferde hallte von den Felswänden wider, als der Smaragdhengst seine Herde den Pfad heraufführte, über den wir Erster Halt erreicht hatten. Das grüne Leuchten verschwand kurz, dann kehrte es zurück, als die legendäre Kreatur auf den Hof trottete.

Ich habe noch nie ein prächtigeres Tier gesehen. Das aus leuchtend grünem Kristall vollkommen geformte Streitross stellte sich auf dem Burghof auf die Hinterbeine und schlug mit den Vorderhufen aus. Seine Muskeln bewegten sich mit flüssiger Eleganz in seinem durchscheinenden Körper. Die Mähne und der Schweif wehten wie feinstes Haar, obwohl sie aus Stein waren. Er landete auf allen vieren, erstarrte eine Sekunde und wurde zu einer Edelsteinskulptur, dann blähten sich seine Nüstern und er wieherte laut und herausfordernd.

Hinter ihm erschien ein Heerzug von Tieren, jedes so einzigartig wie der Smaragdhengst selbst. Ich konnte deutlich erkennen, dass es alle einmal Pferde gewesen waren, aber das Chaos hatte sie auf eine Myriade unterschiedlicher Weisen verändert. Manche wirkten wie Zombiekreaturen, während andere an voll bewegliche hölzerne Schaukelpferde erinnerten. Ich sah Tiere mit Exoskeletten, die an die Rüstungen denken ließen, in die ihre Besitzer sie einmal gesteckt hatten, und eines, das sich in die Pferdeversion eines Stachelschweins verändert hatte.

Wieder stellte der Smaragdhengst sich auf und wieherte. Ich hörte, wie unsere Pferde ihm aus dem Innern des Hauses antworteten, dann brüllte Eirene wütend auf. Während ich hinabschaute, flog ihr Reittier durch eines der leeren Fenster in der Fassade ins Freie. Es wurde langsamer, als es sich dem Smaragdhengst näherte, dann wich es aus, da er versuchte, es zu beißen, und nahm seinen Platz in der Herde ein.

Eirene kam auf den Hof gerannt, das Schwert in der Hand. Der Smaragdhengst drehte sich zu ihr um, stürmte auf sie zu, blieb plötzlich stehen und bäumte sich auf. Seine Hufe zuckten vor ihrem Gesicht vorbei, dann sank er wieder herab und donnerte nach Westen davon. Seine Herde folgte ihm in wildem Galopp den Weg entlang nach Norden und tiefer ins Chaos.

Unter mir sank Eirene auf die Knie und schlug die Hände vors Gesicht. Kit kam heraus und kniete sich neben sie. Ich drehte mich um und schaute zu Nagrendra. »Dein Tier hat der Smaragdhengst auch gestohlen?«

Er nickte langsam. »Die große Stute mit der Kettenpanzerhaut, das war Seilide.«

Trotz des Bedauerns in seiner Stimme und dem offensichtlichen Schmerz, der Eirene in den Krallen hatte, war es mir unmöglich, den Smaragdhengst als böse zu betrachten.

Ich spürte den Drang, ihm zu pfeifen, wie ich es bei Hang zu tun gewohnt war, und aufzusitzen. *Auf einem so wunderbaren Geschöpf wäre ich unbesiegbar.* Aber noch während ich davon träumte, den Smaragdhengst unter meine Kontrolle zu bringen, war mir klar, dass er nur von dem beherrscht werden konnte, dem er sich freiwillig unterwarf.

Ich sah Nagrendra an. »Wünschst du dir, du hättest sie zurück?«

»Um ihr dann die Freiheit zu verweigern?« Er schüttelte langsam den Kopf. »Vielleicht wirst du das verstehen, wenn du erst so lange ein Chaosreiter bist wie ich. Ich bedaure nicht, dass ich sie verloren habe. Ich bedaure, dass ich sie nicht begleiten kann.«

25

Eirene und ich ritten am frühen Morgen los. Wir folgten der Route, die der Smaragdhengst mit seiner Herde eingeschlagen hatte, aber es ging uns nicht darum, ihn zu verfolgen. Seine Herde war fort – und Eirenes Pferd mit ihr. Sie hatte für diesen Ritt eines von Xoayyas Tieren ausgeliehen und schien sich darauf eingestellt zu haben, es für den Rest der Expedition benutzen zu müssen.

Der Rückzugsweg des Smaragdhengstes führte zu einem schmaleren, unsichereren Serpentinenpfad den Blutgipfel hinauf. Unser Ziel war die Spitze des Berges, aber ich bemerkte, dass Eirene die von der Herde hinterlassenen Spuren sehr genau im Auge behielt. Zu ihrer Enttäuschung bogen sie keine Viertelmeile vom Haus entfernt ab, zogen sich einen steilen Felsabhang hinab und verloren sich an seinem Fuß in der Weite der Landschaft.

»Eirene, es tut mir wirklich Leid, dass dein Pferd mit dem Smaragdhengst auf und davon ist. Ich …«

»Lass gut sein, Locke.« Sie hatte ihr langes Haar zu

einem dicken Zopf geflochten. »Ich hätte es besser wissen müssen. Diese Mission, dieser Ort. Ich hätte mich nie von Roarke dazu überreden lassen dürfen.«

Dadurch dass ich hinter ihr ritt, hörte ich sie nicht fluchen, aber ich sah ihren Körper unter der Vehemenz ihres Ausbruchs zucken. Sie trug einen kombinierten Ketten- und Plattenpanzer mit einem stumpfgrauen Glanz. Es schien mir, dass die Geweihdornen an ihren Ellbogen und Fersen länger und schärfer geworden waren. Sie benutzte die Fersendornen wie Sporen, um ihr neues Pferd den steilen Pfad hinaufzutreiben.

Ich wusste, dass der Verlust ihres Reittiers ihr nahe ging, und obwohl sie die Neigung hatte, sich abzusondern, hielt ich es für hilfreich, sie darüber reden zu lassen. »Wie hieß dein Pferd eigentlich? Ich kann mich nicht erinnern, dass du es irgendwann erwähnt hättest.«

Sie zuckte zusammen, als wäre meine Frage ein mit Widerhaken besetzter Pfeil gewesen, der sie geradewegs ins Rückgrat getroffen hatte. »Er hatte keinen Namen. Wenn du einem Tier einen Namen gibst, baust du eine zu enge Bindung zu ihm auf, und du wirst es verlieren. Es heißt, der Smaragdhengst nehme nur Pferde mit Namen in seine Herde auf.« Eirene drehte sich im Sattel um und grinste mich breit an. »Dasselbe hat man über die Kühnen Lanzenreiter deines Vaters erzählt. Die einzigen Reiter, die er aufgenommen hat, waren solche, die sich schon einen Namen gemacht hatten.«

Ich überging ihren Versuch, durch die Erwähnung meines Vaters das Thema zu wechseln. »Du hast deinem Pferd keinen Namen gegeben, weil du Angst hattest, der Smaragdhengst würde ihn dir sonst stehlen?«

»Vor sechs Jahren, als ich eine Reiterin wurde, war der Smaragdhengst dafür bekannt, dass er in Reiterlagern Pferde stahl, aber ich glaubte nicht daran.«

»Hattest du ihn jemals vorher gesehen?« Ich brachte

Hang auch ohne Sporen auf den Serpentinenpfad. »Er war erstaunlich letzte Nacht.«

»Das sagen alle, die noch kein Pferd an ihn verloren haben.« In ihrer Stimme lagen Verbitterung und Wut. »Ich habe den Smaragdhengst einmal vorher gesehen. Es ist schon lange her. Damals hat er einer meiner Kameradinnen das Pferd gestohlen.«

»Was ist geschehen?«

»Die Drasacor waren hinter uns her. Sie sind ein Stamm, der auch die Dunstdämonen genannt wird. Sie lauerten uns in einem Hinterhalt auf. Meine Freundin starb, weil sie nicht glaubte, dass mein Pferd stark genug war, uns beide in Sicherheit zu bringen. Sie brachte mich dazu davonzureiten und blieb selbst als Rückendeckung zurück.« Sie schüttelte den Kopf. »Das Chaos ist kein schöner Ort.«

»Habe ich auch schon bemerkt.«

»Ja, aber weißt du das nur, oder *weißt* du es wirklich?« Sie drehte sich im Sattel um und deutete hinaus über die endlosen Ebenen des Chaos. »Irgendetwas da draußen hat deinen Vater umgebracht. Es hat Kits Vater umgebracht. Macht dir das keine Angst?«

Ich nickte. »Doch. Es macht mir sogar ganz fürchterliche Angst. Aber es macht mir noch mehr Angst, was geschehen wird, wenn wir *nicht* tun, weshalb wir hier sind. Ich habe gar keine Wahl.«

»Herzlichen Glückwunsch. Jetzt bist du ein Chaosreiter.« Eirene zügelte ihr Pferd, dann saß sie ab. Sie legte die Zügel um einen Felsvorsprung und winkte mir, es ihr nachzumachen. Ich tat es, und als ich zu ihr trat, sah ich, was sie schon ein Stück eher ausgemacht hatte.

»Bei allen Göttern!« Ich sank auf die Knie. »Ist es das?«

»Das ist es. Das ist Fialchars Residenz.« Sie legte mir die Hand auf die linke Schulter. »Das ist Kastell Shmertz.«

Wie eine in der Ferne drohende, entschieden düstere, brütende Gewitterfront hing eine turmgekrönte Burg hoch über dem Grund. Durch den grobklotzigen, kegelförmigen Erdklumpen, der unter ihm hing, wirkte das Kastell, als sei es von der Hand eines überdimensionalen Gärtners aus dem Boden gerissen worden. Und tatsächlich sah die Außenmauer aus, als wäre sie von außen eingedrückt. Selbst Erster Halt war in besserem Zustand als Kastell Shmertz' Außenmauern.

Aber die Burg in ihrem Innern schien unangetastet. Die äußeren Türme glitzerten und funkelten, als hätte sie ein Juwelier aus Meerwasser gearbeitet, das in einem gewaltigen Eisblock grün gefroren war. Das ganze Schloss war von der komplexen Transparenz eines Smaragds mit der Farbe milchiger Jade. Die Kastellmauern wiesen weder Zinnen noch irgendwelche anderen martialischen Aufbauten aus, die den Anschein hätten erwecken können, dass es als Festung gebaut worden war. Das Sonnenlicht blitzte auf glasharten Kanten, die ohne Zweifel scharf wie Rasiermesser waren.

Aber so wundervoll Kastell Shmertz dem Auge auch erschien, so sehr brannte in meiner Seele das Wissen um die Verdorbenheit und das Böse, dessen Zuflucht es war. Unter diesen juwelengleichen Türmen lauerte eine Natter. Ich erinnerte mich an den Bärenabendball und an die Leichtigkeit, mit der er uns alle zu Marionetten hatte werden lassen. Meine Hände ballten sich zu Fäusten und ich spie in Richtung der schwebenden Festung aus.

»Wird ein bisschen mehr als Spucke brauchen, sie runterzuholen, schätze ich, Locke.«

Ich nickte, dann lachte ich. »Es ist ein Anfang.«

»Stimmt.« Ihre Miene verdüsterte sich, als ich zu ihr hochblickte. »Aber das ist gar nicht gut.«

Ich runzelte die Stirn. »Wie meinst du das, ›gar nicht gut‹? Sein Schloss liegt näher, als wir zu hoffen gewagt haben, und es scheint auf uns zuzukommen.«

»Wir wussten, dass es nicht weit entfernt sein konnte, sonst hätte er sich nicht in den Palast versetzen können, oder zumindest hast du uns erzählt, dass die Experten des Imperators dieser Meinung waren.«

»Stimmt.«

»Aber sie haben erwartet, dass er sich von den Bannmauern entfernt.«

Ich sah, worauf sie hinauswollte. »Also: Was bedeutet es, dass er stattdessen in diese Richtung kommt?«

Ihre Augen glichen Opalsplittern. »Ich bin mir nicht sicher, aber es gefällt mir ganz und gar nicht, was mir auf Anhieb dazu einfällt.«

»Und das wäre?«

»Er weiß, dass wir hier sind, und dass die Bharashadi es auf uns abgesehen haben.« Sie starrte auf Kastell Shmertz. »Wenn er weiter hier herüber driftet, ist er heute Abend in ausgezeichneter Stellung, um zuzusehen, wie die Schwarzen Schatten uns den Garaus machen.«

Ich pfiff Hang und wir saßen auf. Eirene und ich redeten nicht viel, während wir zurück nach Erster Halt ritten. Unser ursprünglicher Plan hatte vorgesehen, Kastell Shmertz zu finden und so dicht wie möglich unter das schwebende Schloss zu reiten. Nagrendra und Taci waren beide geschickt genug in Transportzauberei, um die Hälfte von uns hinaufzutragen. Dort konnten wir mit Fürst Unheil reden und ihm erklären, dass er damit rechnen durfte, in Kürze jede Menge Schwarzer Schatten durch das Chaos marodieren zu sehen. Er würde uns Emeterios Stab aushändigen, und wir würden losziehen und das Necroleum vernichten.

Das Problem bei diesem Plan war, dass wir, wenn

wir ihn jetzt umsetzten, sechs Leute am Boden würden zurücklassen müssen, während der Rest hinauf ins Kastell Shmertz levitierte. Was denen bevorstand, die diesen Flug auf sich nahmen, um Fialchar in seinem Bau eine Nase zu drehen, ließ sich nicht vorhersagen, aber es war ziemlich offensichtlich, was aus denen werden würde, die unten blieben. Ein im Koma liegender Roarke war den anderen keine Hilfe. Es hätte fünf Mann gegen hundert Bharashadi geheißen.

Niemand konnte große Lust haben, sich auf derartige Chancen einzulassen, und nach der Staubwolke zu schließen, die Eirene und ich am Horizont sahen, bestand eine nicht allzu geringe Chance, dass die Bharashadi mehr Krieger aufgeboten hatten, als Tyrchon geschätzt hatte. Mit oder ohne Verstärkungen, die Bedrohung durch die Schwarzen Schatten bedeutete, dass wir es uns schlichtweg nicht leisten konnten, auch nur einen unserer Zauberer darauf zu verwenden, mich oder Kit zu einem Gespräch mit Fürst Unheil zu bringen.

»Kurz gesagt«, erklärte ich den anderen, als wir zu einem frühen Abendessen aus Bohnen-und-Reis-Brei zusammenkamen. »Wenn wir heute Nacht überleben, können wir versuchen, Kastell Shmertz zu erreichen.«

»Wir müssen überleben«, meinte Hansen und stellte seinen Holzteller ab. Er wartete, bis alle Augen auf ihm ruhten, dann grinste er. »Ich möchte nicht glauben müssen, dass *das* meine Henkersmahlzeit gewesen sein soll.«

Nach dem Essen schlossen wir die Vorbereitungen für den Bharashadi-Angriff ab. Die Bogenschützen unter uns nahmen ihre Stellungen an den Fenstern im Frontbereich des Hauses oder – in Aleix' Fall – im ersten Stockwerk des Nordturms ein. Osane und Donla versteckten sich im einzigen unbeschädigten Raum auf der Nordseite des Hauptkorridors, während Kit,

Eirene und Hansen den linken Flügel bewachten. Tyrchon und ich warteten im Gang, bereit, die Seite zu verstärken, auf der die Bharashadi zuerst durchbrachen. Weil ihre opalenen Augen ihnen bessere Nachtsichtfähigkeiten verliehen, würde Osane Donlas Schüsse dirigieren und Eirene mochte dasselbe für Kit und Hansen versuchen.

Ich ging davon aus, dass ich die Bharashadi, Opalaugen hin oder her, mehr als deutlich würde sehen können, wenn sie nahe genug heran waren, um mir Gelegenheit zu geben einzugreifen.

Taci kontrollierte unsere Rückzugsposition. Wir hatten unsere Reservepferde ins Innere des Berges gebracht, aber unsere eigenen Tiere gesattelt im Innenhof, für den Fall, wir kämen zu dem Schluss, dass unser einziges Heil in der Flucht lag. Ich war mir bewusst, dass wir alle diesen Fall zu vermeiden suchten, unter anderem, weil er Roarkes Tod bedeutet hätte.

Nagrendra hatte Taci eingewiesen, wie sie mit den Steinen verfahren sollte, die er aus den Fenstern und der Tür gebrochen hatte. Wir hofften darauf, dass, was immer er ihr gesagt hatte, uns die notwendige Zeit für den Rückzug verschaffen würde, falls wir überrannt wurden. Sie war mit ihm einer Meinung, dass es genügen würde.

Nagrendra selbst hatte den besonders gefährdeten Posten an der Spitze des Nordturms übernommen und weigerte sich, Aleix dort mitzunehmen. »Er wäre mir nur im Weg. Das kann ich nicht gebrauchen«, erklärte er.

Xoayya tippte ihm auf die Schulter. »Ich werde dir nicht im Weg stehen.«

Der Reptiad schüttelte den Kopf. »Ich werde dich nicht mit hinauf nehmen. Du solltest bei Roarke bleiben.«

»Mein Platz ist nicht bei Roarke.«

»Dein Platz ist nicht bei mir.« Nagrendras Lidmembranen zuckten über seine opalisierenden Augen. »Locke, rede mit ihr.«

Xoayya sah Nagrendra fest in die Augen. »Und wenn ich Locke überzeugen kann, dass ich mit dir kommen sollte?«

Das überraschte den Reptiaden sichtlich. Seine Zunge zuckte zweimal aus dem Mund, dann nickte er. »Ich werde seine Entscheidung tragen.«

Ich sah Xoayya stirnrunzelnd an. »Es wäre bei ihm zu gefährlich für dich.«

Sie packte meine Hand und zog mich beiseite. »Hör mich an, Locke. Wenn du dich weigerst, nachdem du meine Erklärung gehört hast, werde ich tun, was du verlangst, aber höre mich zuerst an.« Ihre Stimme war leise, aber ihre Leidenschaft und Überzeugung waren deutlich herauszuhören.

»Ich höre.«

»Denke zurück an die Nacht des Bärenabendballs. Erinnerst du dich an den Zauber, den Fialchar eingesetzt hat?«

Ich schüttelte mich. »Nur zu gut.«

»Ich auch.« Sie legte die Arme um ihren Körper. »Ich weiß nicht, was du gefühlt hast, aber ich nehme an, es war dasselbe wie ich. Ich habe es in deinen Augen gesehen, als ich an dir vorbeigewirbelt bin. Fialchars Zauber reichte tief in mein Innerstes. Er berührte etwas tief Verborgenes, Urzeitliches.«

»Ich weiß.« Ich wurde rot, als ich mich daran erinnerte, was ich gefühlt hatte. »Lust und Wut. Ich war mehr Tier als Mensch.«

»Ja, ja, das ist es.« Ihre blauen Augen funkelten, und ich glaubte, eine Spur von Chaosfeuer in ihnen zu sehen. »Zum ersten Mal in meinem Leben habe ich in jener Nacht etwas gefühlt, etwas erfahren, das *ich selbst* war. Bis dahin war ich immer jemandes Tochter oder eine tragische Gestalt, die umhegt und beschützt werden musste, und wenn das nicht so war, hatte ich Visionen über anderer Leute Zukunft. Dein Vorschlag mit den Liedern hat mir erlaubt, eine gewisse Kontrolle über meinen Geist zu erlangen, aber Fialchars Zauber zeigte mir, wohin ich es bringen kann, wenn ich meinen Geist und meine Kräfte meistere.« Sie breitete die Arme aus und ihre Hände ballten sich zu Fäusten. »Zum ersten Mal in meinem Leben habe ich für mich selbst gelebt.«

Meine Miene wurde hart. »Wenn du versuchst, mir Angst zu machen, dann gelingt dir das.«

»Nein, Locke, ganz und gar nicht.« Sie kam näher und legte mir die Hände auf die Schultern. »Es ist nur so, dass ich mich wieder lebendig fühle, seit ich ins Chaos gekommen bin. Aber was noch wichtiger ist, ich sehe weniger, was geschehen wird, als dass ich es fühle. Ich sehe mich nicht mit Nagrendra im Turm, aber ich weiß, dass ich dorthin gehöre.«

»Ich fühle mich noch immer nicht gedrängt, dich dieser Gefahr auszusetzen.«

»Betrachte es so: Wie du meiner Großmutter erklärt hast und sie mir, kommt es, wenn es mehrere mögliche Zukünfte für mich gibt, nur an seltenen und wichtigen Entscheidungspunkten zu einem Wechsel zwischen ihnen.« Sie deutete hinter sich zum Nordturm. »Ob ich heute Nacht dort stehe, ist einer dieser Punkte. So wie jede Entscheidung, die du getroffen hast, ausdrückt, wer und was du bist, wird diese Entscheidung mir helfen zu erklären, wer und was ich bin.«

Ich sah zu ihr hinab. »Du gibst deinen Glauben an das Schicksal auf?«

»Nein, ich erkläre dir die Dinge nur in Begriffen, die du verstehst.« Sie lächelte. »Genau wie du nicht anders kannst, als ins Chaos zu reiten und dein Leben bei einem Unternehmen aufs Spiel zu setzen, das dein Vater nicht bewältigt hat, genauso muss ich in diesen Turm hinein. Der einzige Weg in meine Zukunft ist dieser Turm.«

Ihre letzte Bemerkung ließ es mir eiskalt den Rücken hinunterlaufen. Ich erinnerte mich an Jasras Feststellung, dass sie keine Zukünfte für Xoayya sah, falls sie nicht ins Chaos zog. Konnte es sein, dass ihr Leben an einem Engpass angelangt war, der ihr nur noch eine Wahl ließ? Wenn ich mich weigerte, sie in den Turm zu lassen, würde ich sie damit töten?

Wenn du sie in den Turm lässt, wirst du sie mit Sicherheit töten.

Ein stechender Schmerz bohrte sich von einer Schläfe zur anderen quer durch meinen Schädel. Ich wollte ihr den Platz im Turm verweigern, aber ich konnte es ebenso wenig, wie ich die Erlaubnis hätte verweigern können, uns zu begleiten. Und es war ebenso eine Tatsache, dass unsere Überlebenschancen so gering waren, dass ich ihr, wenn ich sie zwang, im Haus zu bleiben, höchstens ein um Minuten längeres Leben erkauft hätte.

Wenn sie sich entscheidet, im Turm zu sterben, kann ich ihr diese Wahl verweigern?

Ich seufzte. »Du kannst Nagrendra im Turm Gesellschaft leisten. Störe ihn nicht, oder du könntest unser aller Überleben gefährden.«

Sie stellte sich auf die Zehenspitzen und gab mir einen schnellen Kuss. »Du wirst es nicht bereuen.«

»Das sagst du. Ich weiß, dass ich es bereuen werde.«

»Es ist mein Schicksal, Locke, nicht deine Schuld.« Sie zwinkerte mir zu. »Mach dir keine Vorwürfe wegen dem, was geschehen muss.«

Als es Nacht wurde, trafen wir die letzten Vorbereitungen für die Schlacht. Taci setzte mehrere Zauber zur Herstellung von Lichtquellen ein, die den Bharashadi ihre Vorteile im Dunkeln nahmen. Sie platzierte sie an der Fassade des Hauses, einen guten halben Schritt über den Fenstern und der Tür. Die Lichter waren hell genug, um den Burghof bis zu den Steinplatten der ersten Verteidigungslinie Nagrendras zu beleuchten, und durch die Platzierung der glühenden weißen Kugeln warfen sie lange Schatten über die Fenster, die halfen, unsere dort wartenden Bogenschützen zu verbergen.

In der Dunkelheit hörten wir Jaulen und Schreie. Wildes Heulen zerriss die Nacht, und ich fühlte, wie es mir kalt den Rücken hinablief. Tyrchon grinste mich von der anderen Seite des Korridors an. »Keine Bange, Locke. Das sind Bharashadi, keine Jodlinaro. Die Kreischer können dich mit ihren Schreien verletzen, aber die hier nicht.«

Ich warf einen Blick aus der Tür hinaus ins Freie und sah goldene Punkte in der Nacht. Erst wirkten sie wie Glühwürmchen, dann bemerkte ich, dass sie sich paarweise bewegten und erkannte: Es waren Bharashadi-Augen. Sie wirkten hier um nichts weniger gespenstisch auf mich als in der Kanalisation unter Herakopolis. »Ich erinnere mich gar nicht daran, dass der Bharashadi-Zauberer so groß war.«

»Uralter Trick. Ein Chadämon, der auf den Schultern eines anderen sitzt. Der Untermann hat die Augen geschlossen.« Tyrchon schloss halb die Augen und nickte. »Sie machen sich einen Spaß daraus, weil sie wissen, dass ein Teil von uns keine Reiter sind. Aber die Krieger sind größer als dein Zauberer.«

»Sie werden beim ersten Angriff noch keine Zauberkundigen einsetzen, oder?«

»Unwahrscheinlich, aber man weiß nie. In aller Regel besteht ihre erste Angriffswelle auf welches Ziel auch immer aus Kriegern. Zauberei kommt später. Denk daran, wenn du rote Zauber siehst, sind sie das. Erledige den Zauberer – und du ersparst uns einigen Ärger.«

Als sie kamen, glichen sie einer Flutwelle, die langsam auf unsere Stellungen zurollte. Sie waren sehr groß und wirkten mit ihren an den Seiten des Kopfes abrasierten Mähnen ausgesprochen Angst einflößend. Ihre Muskeln spielten unter dem kurzen schwarzen Fell und ihre Schwänze zuckten in Vorfreude auf den Kampf. Sie schlichen sich durch die Dunkelheit, kamen langsam auf den Rand des beleuchteten Bereichs zu, vorsichtig, aber zugleich voller nervöser Energie. Als sie Nagrendras vorderste Verteidigungslinie erreichten, beschleunigte sich mein Puls. »Pass auf.«

Der erste Bharashadi trat über die Linie hinaus und nichts geschah. Dann kam ein zweiter und ein dritter über die Linie, die ich abgegangen war. »Was …?«

Tyrchon knurrte mir zu: »Nagrendra weiß, was er tut.«

Unsere Bogenschützen eröffneten aus beiden Flügeln des Hauses das Feuer. Auf so kurze Entfernung trafen ihre Pfeile mit tödlicher Sicherheit. Fünf Bharashadi gingen zu Boden, aber drei standen wieder auf und humpelten davon. Die beiden anderen hinterließen Blutspuren auf dem Boden, als andere Chadämonen sie an den Knöcheln wegzerrten. Einem hatte sich Osanes vergoldeter Pfeil in den Hals gebohrt.

Tyrchon schob sich rückwärts an die Tür zu den vorderen Zimmern. »In den Bauch schießen! Ein einzelner Pfeil bringt sie nicht um, es sei denn, ihr habt gewaltiges Glück oder der Sonnenvogel steht euch bei. Trefft sie da, wo's weh tut.« Er sah mich an und nickte in Richtung meines Schwerts. »Mach dich bereit. Du bist vielleicht erst ein Anwärter mit dem Ding, aber heute Nacht musst du eine Gesellenarbeit leisten. Diesmal kommen sie schnell.«

Die Bharashadi brachen aus den Schatten und stürmten wie Wahnsinnige auf uns ein. Sie schrien und kreischten und schwangen Schwerter und Äxte wie mächtige

Talismane. Sie stürmten über Nagrendras erste Verteidigungslinie, und ich fasste das Schwert fester.

Das wird deine erste Chance zu beweisen, dass du das Zeug zum Helden hast, Locke!

Plötzlich explodierte zwischen uns und den Chadämonen die Welt. Gewaltige blaue Flammenzungen brachen aus dem Boden. Sie fraßen sich durch die vorderen Linien der Bharashadi. Mehrere Chadämonen lösten sich vor meinen Augen in den magischen Flammen auf. Der bittere Gestank von verbranntem Fleisch und verkohltem Fell drohte mich zu übermannen und meine Augen tränten von dem beißenden Qualm.

Ich blinzelte die Tränen fort und stählte mich, als die Flammen plötzlich erstarben. Viele der Schwarzen Schatten ergriffen brennend die Flucht oder waren von den Detonationen zu Boden geschleudert worden. Aber schon sprangen andere über die verkohlten Leichen und rannten auf uns zu. Bogensehnen schnalzten, Bharashadi sanken zu Boden, aber drei stürmten weiter heran.

Ich kam in das Nordflügelzimmer, als ein Bharashadi-Krieger durch eines der Fenster hechtete und Donla umwarf. Er griff sie an, hob das Schwert, um ihr den Schädel zu spalten, aber ich sprang von der Seite heran, parierte den Schlag und ließ den Chadämonen mein Schwert mit seinem eigenen Schwung weiter in seinen linken Oberschenkel treiben. Der Bharashadi brüllte vor Schmerz auf, als ich meine Waffe freizog.

Er wirbelte auf dem verletzten Bein herum und schlug aus der Rückhand nach meinem Leib. Ich drehte mich weg, riss das Schwert nach links hoch und schaffte es gerade noch, den Hieb abzufangen. Ich parierte ihn nach oben über meinen Kopf weg, duckte mich, verlagerte den Griff und schlug nach seinem Schwertarm. Ich trennte die linke Hand des Bharashadi ab und sein Schwert flog davon.

Ich hatte erwartet, dass der Schwarze Schatten nach einer so furchtbaren Verletzung den Rückzug antrat, aber stattdessen griff er an. Mit einem ausholenden Schlag der rechten Hand riss er mir die Panzermaske vom Gesicht – und mit einer seiner Krallen die rechte Wange auf. Ich stolperte nach hinten und hob erst verspätet das Schwert zur Parade. Bevor er sich auf mich stürzen und meine Verwirrung ausnutzen konnte, bohrte sich ein goldener Pfeil durch seine Brust und nagelte ihn an die Wand. Der Chadämon schlug nach dem Pfeilschaft und zerschmetterte ihn, starb aber bei dem Versuch, sich freizustemmen.

Ich starrte den Bharashadi an. Blutend und verletzt, eine Hand abgeschlagen und einen Pfeil in der Brust hatte er immer noch gekämpft. »Er hätte schon zweimal tot sein müssen.«

Osane legte einen neuen Pfeil auf die Sehne und schüttelte den Kopf. »Bharashadi sind zähe Burschen.« Sie deutete auf die abgeschlagene Hand, die immer noch das Schwert umklammerte. »Brich mit deinem Schwert die Finger, dann wirf die Hand auf eine der brennenden Leichen. Die schwarzen Dämonen müssen komplett sein, damit sie wiedererweckt werden können, und ich glaube nicht, dass Asche ausreicht.«

Ich tat, was sie mir aufgetragen hatte. Dann hob ich meine Gesichtsmaske wieder auf und kehrte in den Korridor zurück. Tyrchon sah auf mein blutiges Schwert und nickte. Ich band die Maske wieder um, rückte den Helm zurecht und wartete. »Was kommt jetzt, Tyrchon?«

»Die Zauberei hat sie überrascht. Sie werden warten und uns zwingen, es ebenfalls zu tun.«

Und wir warteten. Die Bharashadi nahmen ihre ›Serenade‹ wieder auf und allmählich wurden die Pferde nervös. Das machte wiederum uns unruhig. Meine Hände zitterten, aber Tyrchon erklärte mir, dass es sich dabei nur um Nachwirkungen der Erregung handelte, die der Kampf in uns ausgelöst hatte. Er hob seine Rechte. Sie zitterte wie ein Blatt im Wind.

»Du hast dich gut gehalten, Locke. Beim nächsten Mal wirst du dich noch besser schlagen.«

Als sie nach zwei Stunden erneut angriffen, blieb mir gar keine andere Wahl, als mich besser zu schlagen. Wieder stürmten sie auf uns zu, und Nagrendra setzte seinen Zauber ein, diesmal an der äußeren Kette der Steinplatten. Innerhalb eines Lidschlags baute sich eine gewaltige himmelblaue Wand auf, die sich lückenlos von einem Ende des Hofs zum anderen zog. Die vorderste Reihe der anstürmenden Chadämonen traf auf die Wand und brach hindurch, aber im nächsten Schritt stürzten sie und wanden sich am Boden, während blaue Blitze um ihre Körper zuckten. Ihre Leiber qualmten, dann, als die Blitze erstarben, loderten sie hell auf. Danach regten sie sich nicht mehr.

Dann geschah plötzlich zweierlei. Ein Teil der magischen Wand brach zusammen, und eine sechs Schritt breite Bresche in unserer Abwehr klaffte auf. Von meiner Warte sah es aus, als könnte das Blut eines der von den Pfeilen erlegten Schwarzen Schatten über einen der Ankersteine geflossen sein. Was immer der Grund war, die betreffende Sektion der Wand blitzte zweimal auf, dann fiel sie in sich zusammen.

Bharashadi strömten durch die Bresche.

Schlimmer noch, hinter ihnen zogen sich rotgoldene Bahnen magischer Energie aus der Dunkelheit zu den Pflastersteinen und hinauf zum Turm. Sie wanden sich wie Efeu an den Mauern empor, dann zogen sie sich wie eine Schlinge um die Turmspitze zusammen. Ein goldener Lichtblitz zuckte die Zauberader hinauf und zermalmte die Spitze des Nordturms zu Staub und Kies. Trümmer stürzten in den Burghof herab und schlugen einige der Bharashadi nieder, aber als die blauen Wände einstürzten, nahmen andere ihren Platz ein.

»Zauberer!«, bellte Tyrchon. »Federt sie, oder wir sind verloren.«

Die Bogenschützen feuerten zwei Salven auf die anstürmenden Dämonen ab, dann zogen sie sich auf Tyrchons neue Befehle hin zurück. Sie hasteten links und rechts der wütend vorrückenden Taci auf den Innenhof. Tyrchon und ich traten in die Zimmer, die von den Bogenschützen aufgegeben worden waren, und Tacis Hände ballten sich zu Fäusten.

Der Spruch, den sie auslöste, ließ Fenster- und Türrahmen auf den Burghof explodieren. Tausende von Steinsplittern schossen über den Hof und zerfetzten die vordere Angriffslinie der Chaosdämonen. Blutüberströmte Leichen stürzten nach hinten, andere fielen über sie. Der Donnerschlag der Explosion verschluckte zunächst die meisten Schmerzensschreie, aber nachdem er verklungen war, hallten sie immer noch durch das ganze Haus.

Die Bharashadi kamen weiter heran. Taci zog sich durch den Hauptflur zurück und eine Pfeilsalve empfing die Bharashadi, die durch die Eingangstür strömten. Einer, der mit einer Axt bewaffnet war, sprang in das Zimmer, in dem ich stand, und griff mich mit einem mörderischen Hieb an. Ich wich dem schrägen Axtschlag seitlich aus, dann sprang ich vor und schlug nach seinem Unterleib. Er versuchte auszuweichen, aber ich schnitt seine Seite auf.

Als er, eine Pranke auf der Wunde, zurückwich, sprang ein anderer Bharashadi durch das Fenster herein und prallte mit ihm zusammen. Mein erster Gegner wurde umgeworfen und schlug gegen die Mauer, während der andere mit dem Gesicht voraus auf den Boden fiel. Er prallte ab, und es sah aus, als hätte er sich das Genick gebrochen, aber um sicherzugehen, dass er wirklich tot war, schlug ich ihm mit einem kräftigen senkrechten Schwertschlag den Schädel ein. Dann brachte ich mein Schwert wieder herum, schlug die Axt des ersten Bharashadi beiseite und spaltete seinen Schädel waagerecht.

Um mich herum tönte die grausame Kakophonie der Schlacht, eine ebenso erregende und obszöne Melodie, wie sie Fialchar für den Imperator angestimmt hatte. Irgendjemand im Innenhof rief etwas wegen der Pferde, ein anderer schrie: »Da oben!« Ich hörte das feuchte Klatschen eines einschlagenden Pfeils, Cruachs dumpfes Bellen und das entsetzte Wiehern der Rösser. Ein in einem Gurgeln endender Aufschrei markierte Aleix' Ende, bevor er vom Triumphgebrüll eines Bharashadi verschluckt wurde. Bharashadistimmen heulten in Freude und Schmerz, und durch das ganze Gebäude hallte das Klingen von Stahl auf Stahl.

Ich sah Bharashadi den Hauptflur hinabrennen, dann sprang einer über Aleix' Leiche in den Raum, in dem ich stand. Er hielt ein schwarzes Schwert, das leicht sechs Finger länger war als meines. Kristalline Fänge glänzten in einem verwelkt grauen Maul, als er mich anlächelte. Ich ging abwehrend in die Hocke, und er lachte mit demselben erstickten Knurrgeräusch, das ich aus hundert Albträumen kannte. Größer und stärker als ich, war er eine Kreatur, die nur in bösen Träumen hätte existieren dürfen, aber jetzt stand ich ihr gegenüber und nur drei Schritt geschärfter Stahl trennten uns.

Der Bharashadi-Krieger zischte mich an und wirbelte das Schwert in einem diagonalen Hieb herum. Ich blockte den Schlag ab. Die Wucht, mit der er geführt war, ließ mich schwanken, aber ich blieb auf den Beinen. Er zog das Schwert zurück an die rechte Schulter, dann zuckte es wieder auf meine linke Schulter herab. Diesmal hatte ich den Schlag kommen sehen und parierte ihn höher als zuvor, aber ich hatte keine Zeit zum Gegenangriff, bevor er denselben Hieb ein drittes Mal versuchte.

Ich parierte hoch rechts, dann glitt ich nach vorne und versetzte ihm einen Tritt gegen das rechte Knie. Er wich nach hinten aus und mein Absatz verfehlte sein Bein, aber der Sporn schnitt quer über sein Knie. Die Verletzung überraschte ihn. Er zögerte nur einen Augenblick. Ich täuschte eine Attacke auf sein Gesicht an und er parierte quer über den Leib. Ich sprang nach links, gegen die Richtung seiner Parade und löste mein Schwert von dem seinen. Dann stieß ich die Klinge nach vorne, hob die Spitze unter seine rechte Achsel, stieß zu und riss die Waffe frei.

Dampfendes violettes Blut spritzte pulsierend aus der Wunde. Jeder menschliche Gegner wäre nach dieser Verletzung zurückgewichen, um die Wunde zu stillen, bevor er verblutete. Aber inzwischen wusste ich es besser, als dass ich von einem dieser Monster eine derartige Reaktion erwartete. Ich duckte mich unter seinem Gegenangiff weg, dann schlug ich das Schwert von links unten nach rechts oben und trennte ihm von hinten das rechte Bein in Kniehöhe beinahe vom Leib. Sein Bein knickte seltsam weg und er ging zu Boden, knurrte mich aber weiter herausfordernd an.

Noch zwei Bharashadi kamen durch die Fenster und mir war klar, dass ich verloren war. Dann hörte ich unsere Pferde durch den Flur in Richtung Burghof galoppieren. In meiner Verzweiflung pfiff ich laut und lange nach Hang, dann hob ich das Schwert, um zu versuchen, die beiden axtschwingenden Chadämonen zu töten, die auf mich eindrangen. Audins Ermahnungen hallten durch meine Gedanken. *Versuchen heißt sterben. Tun heißt überleben!*

Hang brach durch die Tür zum Hauptflur. Der Bharashadi auf dem Rücken des Wallachs schlug gegen den Türpfosten und sein Kopf flog nach hinten. Er wurde in einem Salto nach hinten aus dem Sattel über den Rücken des Tiers geschleudert und knallte auf den Boden. Das aus mehreren Wunden blutende Pferd donnerte in einen der beiden Chadämonen, die mich angriffen und schleuderte ihn nach vorne. Ich wich nach links aus, dann schlug ich mit aller Macht zu und schlug dem Bharashadi den Kopf ab.

Als die Leiche neben mir zu Boden stürzte, stieß der Schwarze Schatten, dem ich das Schwert in die Armbeuge gestoßen hatte, seine Waffe vom Boden aus nach oben in Hangs Brust. Das Pferd schrie auf und schlug beide Vorderhufe durch den Brustkorb des Chadämons. Blut strömte aus Hangs Nüstern und rötlicher Schaum trat aus seinem Mund, als er auf die Seite fiel und den letzten der Chadämonen gegen die Wand drückte. Ich hörte beide Beine des Bharashadi brechen, dann löschte mein Schwerthieb das Licht in seinen Augen.

Ich war nicht mehr in der Lage, einen klaren Gedanken zu fassen. Ich rannte aus dem Zimmer und den Korridor hinab in den Innenhof. Ich sah Osane und Tyrchon in einer Halteaktion. Hinter ihnen zogen sich die anderen in den besser zu verteidigenden Teil des Hauses im Innern des Blutgipfels zurück. Ich bezweifle, dass irgendeiner von ihnen mich sah, denn rund ein Dutzend Bharashadi standen zwischen uns, aber selbst wenn, hätten sie nichts tun können. Ich war ebenso weit außerhalb ihrer Reichweite, wie Kastell Shmertz sich außerhalb meiner befand.

Ich hörte ein Zischen hinter mir und wirbelte herum. Vor mir stand der größte Bharashadi, den ich je gesehen hatte. Er sah mich an und lachte, dann zischte er etwas, was ich als Befehl auslegte. Die Chadämonen brachen den Angriff auf meine Begleiter ab und kreisten mich ein, während die anderen Chadämonen im Korridor diesen Fluchtweg abschnitten. Ich hielt mein Schwert abwehrbereit und beobachtete den Bharashadi-Krieger, der das dampfende Blut studierte, das von der Klinge auf den Hof tropfte.

Hinter mir schlossen und verriegelten meine Gefährten die Türen zu ihrer Zuflucht. Als ich mich langsam im Kreis drehte, um die Chadämonen abzuhalten, sah ich, dass die Tür zu Roarkes Krankenzimmer noch geschlossen war, aber zwei kleinere Bharashadi befanden sich auf dem Weg dorthin. Soweit ich wusste, war Cruach im Innern des Zimmers und bewachte den Chaosreiter. Den ersten Zauberer, der durch die Tür trat, erwartete eine böse Überraschung.

Der riesige Bharashadi krächz-zischte: »Du bist ein Neuankömmling aus Wandfern. Dein Fleisch wird süß schmecken.«

Ich drehte mich zu ihm um. »Ich werde dein Blut trinken, bevor du mein Fleisch schmeckst.« Ich hob die linke Hand und zog meine Gesichtsmaske ab. »Bevor diese Nacht vorbei ist, wirst du dir wünschen, mein Gesicht auf einem Vindictxvara zu haben.« Ich sah mich unter den anderen Bharashadi um und sie starrten mich mit einem Ausdruck auf ihren Mienen an, den ich nur als Staunen über die Waghalsigkeit meiner Prahlerei auslegen konnte.

Ihre Verblüffung schenkte mir ein paar zusätzliche Augenblicke, in denen ich beobachten konnte, wie die beiden Bharashadi-Zauberer die Tür zu Roarkes Krankenzimmer öffneten. Cruach warf den vorderen Zauberer um und ich sah violettes Blut in einer Fontäne über die Mauer spritzen, als der Hund ihm die Kehle herausriss. Dann jagte Cruach zurück ins Zimmer, hinter dem zweiten Zauberer her. Ich hörte einen Aufschrei, dann brach donnernd ein wabernder rotgoldener Feuerball aus der Tür und durch das Dach.

Als brennende Balkensplitter und scharfkantige Dachziegeltrümmer herabregneten, griff ich meine abgelenkten Feinde an. Mein erster Schwerthieb zerfetzte einen Chadämonenbauch. Ich riss die Klinge in einem Kreuzhieb frei, der einen zweiten Dämon ausweidete und hoffte, sogar noch einen dritten erledigen zu können, bevor einer der anderen seine Axt in meinem Schädel versenkte.

Ich wirbelte herum und brachte die im Kreis der Bharashadi aufgerissene Lücke hinter meinem Rücken, um einen der Chadämonen abfangen zu können, die von hinten auf mich einstürmten. Einer flog tatsächlich auf mich zu, aber nicht aus eigener Kraft.

Er stolperte, und sein Brustkorb war nur noch blutiger Matsch. Der Smaragdhuf hatte ihn eingetreten wie morsches Holz.

Der Smaragdhengst bäumte sich auf und wieherte herausfordernd, dann krachten seine Vorderhufe herab und zertrümmerten das Pflaster unter ihnen. Hinter ihm war der Korridor übersät mit toten und sterbenden Bharashadi, aber das einzige Blut auf dem Körper des Smaragdhengstes war das der Chaosdämonen. Die Schwarzen Schatten im Innenhof flohen vor ihm wie die Nacht vor dem anbrechenden Morgen.

Ohne eine Sekunde des Nachdenkens fassten die Finger meiner linken Hand seine Mähne und ich schwang mich auf seinen breiten Rücken. Sein Leib war warm und weich wie lebendes Gewebe, ganz und gar nicht wie Stein. Ich stählte mich gegen seinen Versuch, mich abzuschütteln, wusste, dass es meinen Tod bedeuten würde, abgeworfen zu werden. Aber zu meiner Überraschung unternahm der Smaragdhengst keinen Versuch, mich loszuwerden.

Um genau zu sein, unternahm er überhaupt nichts. Er stand völlig still, als hätte er sich in ein Standbild verwandelt.

Ich gab ihm einen leichten Stoß mit den Fersen. »Los.«

Er regte keinen Muskel.

Die Chadämonen erholten sich langsam von ihrem Schreck.

»Setz dich in Bewegung.« Ich brachte die Knie nach innen und setzte zögernd die Sporen ein.

Die Chadämonen kamen näher.

»Los, flieg!« Ich schlug mit der linken Hand auf seinen Hals. »Flieg, du blödes Vieh, flieg wie der Wind, verdammt!«

Ohne Vorwarnung bäumte er sich auf und drehte sich in Richtung Korridor. Ich konnte mich kaum noch rechtzeitig an seiner Mähne festhalten, als er vor den anrückenden Bharashadi-Kriegern davonrannte. Seine Ohren waren flach angelegt, und ich presste mich so gut es ging an seinen Hals, als er durch das Haus donnerte. Seine Hufe schlugen Funken auf den Pflastersteinen, als er hinaus in den Burghof galoppierte. Immer schneller rannte er, schneller als je ein Pferd vor ihm gerannt war. Der Wind ließ meine Augen tränen, und die zerschmetterten Körper, brennenden Dämonen und zerborstenen Steintrümmer außerhalb des Hauses verschwammen in meinem Blick.

Immer weiter rannte er, gehorchte meinem Befehl aufs Wort. Seine langen Sätze trugen uns über den Burghof und ließen die letzten Schwarzen Schatten sich entsetzt beiseite werfen. Ich lachte sie laut und höhnisch aus, dann erstarb mir das Lachen im Halse.

Das Pferd wurde noch schneller.

Die Entfernung zum Rand des Plateaus wurde immer kleiner.

Ich zerrte an seiner Mähne. »Brrr! Halt!«

Mit einem trotzigen Wiehern machte mein Reittier mir eindeutig klar, wer in dieser Beziehung der Herr war. Es war zu gleichen Teilen atembenehmend und angsteinjagend, wie der Smaragdhengst über den Rand des Felsplateaus galoppierte und mich mit sich in die Nacht trug.

24

Ich erkannte, dass wir tatsächlich flogen, als ich keine Hufschläge mehr hörte. Der Smaragdhengst galoppierte immer weiter, aber mit jeder Bewegung stiegen wir höher und höher, als liefe er auf der Luft. Ich klammerte mich an seinen Rücken und versuchte vorsichtig, ihn mit Schenkeldruck zu lenken. Er reagierte, und langsam drehten wir in einer trägen Kurve um, die uns zurück über Erster Halt trug.

Der Feuerball, der Roarke getötet hatte, hatte den gesamten Südflügel in Brand gesetzt. In seinem Licht konnte ich die langen Schatten der um den Springbrunnen versammelten Bharashadi erkennen und es machte mir Mut, dass ich nur verdammt wenige Schatten sah.

Im Nordturm loderte ebenfalls ein Feuer, und wie nach allen Seiten fortgeschleuderte Funken lagen die brennenden Bharashadileichen um ihn verstreut, die wir Nagrendras Zauber zu verdanken hatten.

Sein Verlust war ein schwerer Schlag für unsere Mission, auch wenn der Tod Aleix' oder Xoayyas ihm an Tragik in nichts nachstand. Jetzt blieb uns mit Taci nur noch eine einzige Zauberkundige, und da sie bloß eine andere Person mit hinauf zum Kastell Shmertz levitieren konnte, hatten wir kaum eine Chance, es überhaupt noch zu Fialchar zu schaffen. *Und nachdem sie in der Blutgipfelfestung eingeschlossen ist, können wir nicht einmal daran denken, Kastell Shmertz zu erreichen, bevor die Sonne aufgeht.*

Dann wurde mir plötzlich klar, wo ich mich befand. Ich presste die Knie zusammen und zupfte vorsichtig an der Mähne des Smaragdhengstes. »Da rauf, Junge. Bring mich zum Kastell Shmertz.«

Die Nüstern des Pferdes blähten sich, dann streckte er die Vorderbeine hoch, als klettere er einen Hügel hinauf. Wir stiegen in einem steilen Winkel höher. Die Hufe des Smaragdhengstes schlugen Funken auf der Spitze des Blutgipfels, dann sprang er hinaus ins Leere und wir segelten hinauf zu dem schwebenden Schloss.

Fast hätte ich ihn unterwegs wieder abdrehen lassen. Es war eine unglaubliche Dummheit von mir zu versuchen, Fialchar allein zu stellen. Ich hatte immer damit gerechnet, Teil der Gruppe zu sein, die ihn besuchte, aber in meiner Vorstellung waren es stets Kit oder Roarke gewesen, die in den sauren Apfel gebissen und tatsächlich mit Fürst Unheil verhandelt hatten.

»Aber sie sind nicht hier, also ist das keine realistische Möglichkeit mehr.« Der Gedanke, Fialchar gegenübertreten zu müssen, entsetzte mich, aber nicht annähernd so sehr wie die Vorstellung der Schwarzen Schatten, die ihre Toten wiedererweckten. Wenn die Geschichten stimmten, in denen mein Vater mit Fialchar einen Waffenstillstand ausgehandelt hatte, damit er die Bharashadi zerstören konnte – und ich glaubte fest daran – so war der Versuch, ihm eine Fortsetzung dieser pragmatischen Allianz vorzuschlagen, mit Sicherheit der beste Weg, Rudelmörder aufzuhalten.

Wir landeten innerhalb der Belagerungsmauern und ich ließ mich vor dem juwelenglänzenden Schloss vom Rücken des Hengstes gleiten. Als meine Füße den Boden berührten, knickten mir fast die Beine weg, und das Böse, das ich schon beim ersten Anblick des Kastells gespürt hatte, brach wie eine Tonne Ziegel über mich herein. Mir war speiübel, aber ich weigerte mich, meinem Magen nachzugeben. Ich lehnte mich an den Smaragdhengst, bis ich mich wieder in der Gewalt hatte, dann tätschelte ich liebevoll seinen Hals. »Bitte warte hier auf mich.«

Das Pferd nickte einmal mit dem Kopf, dann verwandelte es sich in ein Standbild, das ein Musterbeispiel von pferdischem Stolz und Hochmut war. Trotz meiner dazu ganz und gar nicht einladenden Umgebung musste ich lachen. In der breiten Facette seiner Schulter sah ich mein Spiegelbild. Ich rieb etwas von dem eingetrockneten Blut an der Wange ab, die der Bharashadi mir beim Abreißen der Gesichtsmaske aufgekratzt hatte, dann schob ich das Schwert in die Scheide und stieg die Stufen zu Fialchars Bau hinauf.

Ich wusste nicht einmal annähernd, was mich erwartete. Mehr als genug Barden liebten es, davon zu singen, wie Jhesti, der Verlorene Prinz, seinen Schwur wahrgemacht und ein Haar aus dem Bart Fürst Unheils gezupft hatte, aber keiner von ihnen beschrieb Kastell Shmertz je näher. Sicher, sie erzählten davon, dass es hoch in der Luft schwebte und wie ein Juwel funkelte, aber das wusste ohnehin jeder. Irgendwie glaube ich, selbst wenn sie die Einzelheiten des Schlossinneren erfunden hätten, wäre es ihnen unmöglich gewesen, sie sich so grauenhaft auszudenken, wie ich sie vorfand.

Das Schloss selbst erinnerte mich in vielerlei Hinsicht an den Palast des Imperators. Die beiden Gebäude hatten grundverschiedene Baupläne, aber beide waren ein Beispiel für die erstaunliche Vollkommenheit, die nur den Bauherren zugänglich ist, die es sich leisten können, niemand außer den Besten zu beschäftigen. In manchen Aspekten übertraf Kastell Shmertz den Palast an Schönheit, weil es aus gewaltigen Kristallblöcken errichtet war, und Lichtblitze zuckten aus den Einschlüssen im Innern der Steine. Diese Einschlüsse erschufen versteckte Bilder, die jeweils nur von einem bestimmten Standort aus sichtbar waren.

Andererseits waren es gerade diese Bilder, die Kastell Shmertz so obszön machten. Auf dem Weg durch den ersten Korridor sah ich Tausende von entsetzt verzerrten Gesichtern. Die Juwelen offenbarten im Kern unverhüllte Szenen der Folter, Perversion und Verbrechen, die ich mir in meinen schlimmsten Albträumen nicht hätte ausdenken können. Was es noch schlimmer machte, war das Wissen tief in meinem Inneren, dass nicht eine der Szenen, die ich sah, der verdorbenen Phantasie eines wahnsinnigen Künstlers entsprungen war, sondern dass sie alle wahrheitsgetreue Darstellungen tatsächlicher Ereignisse waren.

Ich erreichte die erste Gangkreuzung und erkannte, dass ich nicht die geringste Ahnung hatte, wohin ich musste oder wie ich Fialchar finden sollte. Ich überquerte die Kreuzung, um geradeaus weiterzugehen, und spürte augenblicklich ein wunderbares Gefühl der Erleichterung. Zusammen mit der Art und Weise, wie dieses ganze Gebäude mir eine Gänsehaut bescherte, machte mir das deutlich klar, dass ich die falsche Entscheidung getroffen hatte. Ich drehte um und drang tiefer in das Schloss ein, während in meinem Hinterkopf eine leise Stimme gellte und mich als Narren beschimpfte.

Ich schüttelte den Kopf. *Wenn diese Aufgabe leicht gewesen wäre, hätte man sie nicht jemandem übergeben, der das Zeug zum Helden haben soll.*

Der Prunkkorridor, den ich nun betrat, hatte selbst im Imperialen Palast nicht seinesgleichen. Die Bögen der Deckenkuppel über mir reichten so hoch hinauf, dass das Funkeln der Einschlüsse in ihren Kristallblöcken an Sterne erinnerte. Das andere Ende des Ganges schien eine Tagesreise entfernt, und trotzdem fühlte ich mich von den Seitenwänden unangenehm eingezwängt. Auch mit ausgestreckten Armen konnte ich sie nicht berühren, und dennoch schienen sie sich mir langsam von beiden Seiten zu nähern, um mich zwischen sich zu erdrücken.

Als ich den Flur hinabging – und mit jedem Schritt von neuem gegen den Drang ankämpfen musste, schreiend das Weite zu suchen – schien es mir, dass Fialchar diesen Raum als ein Denkmal für sich selbst angelegt haben musste. Ringsum sah ich Trophäen, die grotesk genug wirkten, um einen Geier kotzen zu lassen. Eine Statue zeigte ein nacktes Ælfenmädchen, das fröhlich über eine Wiese lief. Ich kannte kein Beispiel für die Kunstfertigkeit, die notwendig gewesen sein musste, die Freude am Leben in ihren Augen einzufangen. Die Statue feierte ihre jungfräuliche Unschuld, und meine Brust zog sich zusammen, wie ich es gespürt hatte, als ich hörte, dass Nobs Enkel Marija zum Markt begleitet hatte.

Die Statue wäre makellos gewesen, hätte der Künstler ein anderes Material für ihre Ausführung gewählt. Seine Arbeit war aus Fleisch. Es war eine Tatsache, die dem Betrachter verborgen blieb, bis man nahe genug herankam, um die Millionen von Fliegen aufzuschrecken, die es bedeckten. Der saure Gestank des verwesenden Fleisches allerdings war unverwechselbar und von einer Aufdringlichkeit, vor der es kein Entkommen gab.

Noch entsetzlicher waren die riesigen, aus einem einzigen Block gehauenen Reliefs zwischen den Säulen an beiden Wänden. Sie waren aus unnatürlich großen Blöcken eines milchigen, durchscheinenden Materials gefertigt und zeigten ganze Gruppen von Personen. Zuerst hielt ich das Material für Opal und eine Verspottung der Bannmauern. Diese Vermutung erklärte sich daraus, dass unter der steinernen Haut der detailliert ausgeformten Figuren Farbschimmer ihrer Haut, Haare und Kleider erkennbar waren. Alle Gestalten reckten die Arme in den Gang, als flehten sie mich an, sie zu befreien. Eine schien mitten im Sprung eingefangen und ich hätte schwören können, dass eine andere sich bewegte, als ich näher kam.

Ich wusste, dass all diese Ablenkungen es mir nur noch schwerer machen konnten weiterzugehen. Ich konzentrierte mich ganz auf den dunklen Türbogen am jenseitigen Ende des Gangs und marschierte schnurstracks darauf zu. Je näher ich ihm kam, desto schwerer fiel es mir, mich zu bewegen. Ich fühlte mich, als wäre ich in einem Schneesturm gefangen und kämpfte gegen hüfthohe Schneewehen und einen gnadenlosen Gegenwind an. Ich biss die Zähne zusammen und zwang mich weiter, entschlossen, jetzt nicht zu scheitern, nicht, nachdem ich so weit gekommen war.

Schließlich fiel der Druck von mir ab, als ich den Türbogen erreichte. Ich erlebte einen Augenblick der Erholung, ungeachtet des erdrückenden Gefühls des Unheils, das weiter auf mir lag, und es stieg sogar eine gewisse Freude darüber in mir auf, dass ich es bis hierher geschafft hatte. Dann traf mich plötzlich wieder die ganze Gewalt des übermächtigen Bösen. Wahrscheinlich war es auch jetzt nicht stärker als zuvor, aber der Kontrast zu meinem jetzigen Augenblick der Freude drohte, mich ins Verderben zu reißen.

Ich streckte die Hand aus und berührte die glitzernde Wand. Ihre kalte Festigkeit gab mir neue Kraft, und ich richtete mich auf. *Ich bin nicht soweit gekommen, um mich jetzt verjagen zu lassen.* Ich ließ mich von meiner Wut vorantreiben. Ich rückte meinen Brustharnisch zurecht und machte mich darauf gefasst, das Schwert zu ziehen.

Dann trat ich in Fialchars Domizil.

Eine dünne Staubschicht bedeckte alles im Innern des schummrig beleuchteten Raums. Doppelte Säulenreihen stützten eine kreisrunde Galerie. Die Wände des Hauptraums ebenso wie die der Galerie waren mit Regalen bedeckt, die Reihen über Reihen von Büchern enthielten. Auch standen dort offenbar zusammengehörige Sets mit gleichem Rücken gerade in Reih und Glied nebeneinander, die ganze Bretter in Beschlag nahmen, während andere, ältere Bände, schräg an ihren Nachbarn lehnten und so die Lücken ausfüllten. Manche übergroßen Bücher lagen flach im Regal, und kleinere waren auf ihnen gestapelt, bis sich das Regalbrett unter dem Gewicht bog.

Zwischen den Säulen sah ich mehrere kleine Tische mit all den Gegenständen, die ich in den Bibliotheken der vornehmsten imperialen Häuser zu finden erwartet hätte. Zu meiner Linken war eine beinahe zu Ende gespielte Schachpartie aufgebaut. Dahinter stand ein Satz Kristallgläser und Karaffen, denen beiden man ansah, dass der Wein, den sie einmal enthalten hatten, verdunstet war, denn er hatte einen braunen Belag auf dem Kristall zurückgelassen. Rechts sah ich einen niedrigen Schrank, auf dem ein Käserad und ein Laib Brot zu liegen schienen, soweit ich das unter dem dicken Schimmelpelz erkennen konnte. Haarige, vertrocknete Trauben lagen daneben auf einem Tablett, das möglicherweise silbern geglänzt hätte, wäre es kräftig poliert worden. Dahinter lagen mehrere offene Bücher auf anderen Tischen und ein Federkiel auf einer halb beschriebenen Seite.

All das nahm ich in mich auf, aber es verblasste zur Bedeutungslosigkeit im Vergleich zu dem wichtigsten Einrichtungsstück des Kuppelsaals. Eine gewaltige, vollendet polierte Kristallkugel hing von unsichtbaren Kräften getragen etwa sechs Finger über dem Boden in der Luft. Unter ihr bemerkte ich ein Loch im Boden, das ohne Zweifel durch alle daruntergelegenen Stockwerke und den Erdboden unter dem Schloss bis ins

Freie reichte. Die Kugel wurde von einer zu einem Hohlring geformten Goldscheibe umrahmt, die auf acht eineinviertel Schritt hohen, ebenfalls goldenen Beinen ruhte. Die Beine krallten sich mit Drachentatzen in den Boden und auf dem Ring verwoben sich arkane Symbole in einem bizarren Tanz miteinander.

In der Kristallkugel erblickte ich sich konstant verändernde Szenen des Chaos. Regenbogenzyklone wirbelten über die Landschaft und hinterließen Vernichtung und ein grundlegend verändertes Gelände. Irgendwo brannte und brodelte ein schwarzer See, auf dem trotzdem riesige steinerne Schiffe ihre Bahn zogen. Seltsame Kreaturen, von deresgleichen ich noch nie gehört hatte, schlichen durch fremdartige Dschungel, und irgendwo kämpften zwei Chadämonenstämme inmitten eines tobenden Gewitters gegeneinander.

Hinter der Kugel stand Fialchar auf den goldenen Hohlring gestützt und starrte hinein. Ich konnte seine gebeugten Schultern und die Schädeldecke hinter der Kugel hervorschauen sehen. Die Ärmel seiner Robe verbargen seine Hände, aber ich legte das Zucken des Stoffs als einen Hinweis auf die Konzentration aus, mit der er die Bilder in der Kugel betrachtete. Deshalb hatte er mir keine Aufmerksamkeit geschenkt, und vermutlich hatte ich es dadurch so weit geschafft.

Ich zwang mein plötzlich bis zum Hals schlagendes Herz zurück in den Brustkorb und verschränkte die Hände im Rücken. Mit meiner tiefsten Stimme sagte ich in die Stille: »Mein Name ist Lachlan, Cardews Sohn. Ich komme in einer Mission für Seine Imperiale Majestät, Thetys V. Er hat mir aufgetragen …«

Fialchar sah auf, und die schwarze Leere seiner Augen bohrte sich durch mein Gehirn. Innerhalb eines Augenblicks fühlte ich erst Angst, dann unerträgliche Schmerzen, als wäre ich in Abermillionen Fetzen zerrissen worden. Höllenfeuer verbrannte jeden einzelnen dieser Fetzen, dann zwang eine andere Gewalt sie wieder zusammen. Ich fühlte, wie ich fiel, dann landete ich auf einem seltsam weichen, matschigen Stein.

Ich fand mich in einem winzigen Raum wieder, der völlig aus dem milchigen Material bestand, das ich im Prunkkorridor gesehen hatte. Ich drückte mit der rechten Hand nach unten und stellte fest, dass der Stein unter meiner Hand nachgab. Er bot einen gewissen Widerstand, floss aber unter meinen Fingern beiseite wie eine Art geschmolzenes Kissen. Er fühlte sich nicht ganz wie lebendes Gewebe an, außer durch seine körperwarme Temperatur, aber er kam dem nahe genug, um unangenehm zu sein.

Beinahe augenblicklich erkannte ich, dass ich in einem der Blöcke in der Wand des Prunkkorridors gefangen war. Ich rollte die Schultern, um die Nachwehen der Verbannung in dieses Gefängnis zu lindern. »Kein Wunder, dass Fialchar auf dem Ball so übel drauf war, wenn ein Transport dermaßen schmerzhaft ist.«

Ich lachte über meinen eigenen Witz und zog ein wenig Befriedigung daraus, ihn von den Wänden meines Gefängnisses zurückhallen zu hören. Ich blickte zur Vorderseite des Kastens und hatte klare Sicht auf den Prunkkorridor. Sofort stand ich auf und ging – watete wäre wahrscheinlich der passendere Ausdruck – darauf zu. Ich streckte die rechte Hand aus, und obwohl ich nichts sah, konnte ich denselben schwammigen Widerstand fühlen, den mir Wände und Boden leisteten.

Da ich bereits von außen gesehen hatte, wie unmöglich es den anderen Gefangenen gewesen war, die Wand zu durchbrechen, zog ich stattdessen mein Schwert. Ich drückte die Schneide gegen die transparente Wand und versuchte, einen Span abzuschaben. Die Klinge rutschte von der Oberfläche ab, ohne dass sie selbst oder die Wand den geringsten Schaden nahmen.

Als Nächstes drehte ich die Waffe und versuchte, sie in die klare Wand zu stoßen. Ich traf auf Widerstand, und die Spitze schien nicht in der Lage, die unsichtbare Barriere zu durchstechen. Ich fühlte den Gegendruck der Wand und erkannte, dass ich meinen Druck nicht lange aufrecht erhalten konnte. Ich sank auf ein Knie und klemmte den Schwertgriff in den Boden. Dadurch war meine Waffe zwischen Boden und Wand eingeklemmt, und ich überließ es meinem Gefängnis, die Klinge gegen die klare Wand zu drücken.

Ich war mir nicht sicher, was ich davon erwarten sollte – aber zugleich doch recht zufrieden mit meiner Leistung. Ich zog mich in die hintere Ecke meines Kerkers zurück, denn ich hielt es für durchaus möglich, dass sich der Druck als zu stark erwies und mein Schwert zerbarst, was zur Folge gehabt hätte, dass Metallsplitter durch die ganze Kammer geschleudert worden wären. Also rollte ich mich zu einer Kugel ein, hielt die rechte Hand über den Knien und schützte mit der Rüstung mein Gesicht.

Ich schaute zwischen den Fingern hindurch, konnte aber keine wirkliche Veränderung in der Stellung des Schwertes ausmachen. Dafür stellte ich jedoch fest, dass der Prunkkorridor heller zu werden schien. Sonnenlicht durchflutete den Gang und die Schatten bewegten sich schneller, als es üblich gewesen wäre. Ich erkannte, dass Fialchars Kerkerzellen vermutlich den Zeitablauf verlangsamten und so das Leben seiner Gefangenen erhielten.

Das war eine Erkenntnis, die nicht im Geringsten dazu beitrug, dass ich mich besser fühlte, erst recht nicht, als ich mich an einige der Folterszenen erinnerte, die in den Kristallblöcken des Kastells verewigt waren. Aber immerhin hatte Fialchar mich nur gefangen genommen statt mich zu töten, wozu er durchaus in der Lage gewesen wäre, also würde er sich mir irgendwann widmen wollen. Solange ich keine Möglichkeit der Flucht fand, blieb mir nichts als zu warten.

Warten, so wie Roarke. Das Bild meines Freundes, der von einem Feuerball verzehrt wurde, traf mich mit der Wucht eines Fausthiebs. Ich fragte mich, ob sein Tod leichter gewesen war als der Nagrendras oder Xoayyas. Ich konnte mir nicht vorstellen, wie es gewesen sein mochte, pulverisiert zu werden, als das oberste Turmgeschoss so plötzlich zusammenbrach. Mit etwas Glück und der Gnade der Götter waren sie alle so schnell gestorben, dass sie sich gar nicht bewusst geworden waren, was geschah.

Dann fiel mir ein, dass dies zwar für Nagrendra und Roarke denkbar war, aber für Xoayya musste sich die Lage grundlegend anders dargestellt haben. Hatte sie in einer Vision gesehen, was ihr bevorstand, eine oder zwei Sekunden, bevor die Steinblöcke Knochen und Gewebe zu Brei zermahlen hatten? Oder hatte sie gar nichts gesehen und erkannt, dass sie keine Zukunft mehr hatte, als die rotgoldenen Tentakel sich um den Turm schlangen?

Ich schnaubte wütend und erinnerte mich an all die Gelegenheiten, bei denen sie mir erzählt hatte, dass was immer mit ihr geschah ihr Schicksal war, ein Schicksal, für das ich keine Verantwortung trug. Mit einem Lachen und ein paar Worten hatte sie mich von jeder Komplizenschaft an ihrem Tod freigesprochen, aber das war leicht für sie. Sie war tot, ich hatte überlebt. Ohne mich wäre sie nie so ums Leben gekommen. Es mochte ihr Schicksal gewesen sein, im Chaos zu sterben, aber ich blieb mit der Überzeugung zurück, dass sie nicht hätte sterben müssen.

Ich fragte mich, was anders gelaufen wäre, wenn Geoff die Reise nach Herakopolis angetreten hätte, oder selbst, wenn Dalt statt meiner losgezogen wäre. Hätten sie Xoayya mitkommen lassen? Hätten sie ihr erlaubt, den Turm zu betreten? Wie viele meiner gefallenen Begleiter wären noch am Leben, hätte ein anderer die Entscheidungen gefällt?

Als meine Gedanken mich immer weiter eine düstere Spirale hinabführten, Fehler und daraus entstehende Schuldgefühle sich anhäuften, wurde mir klar, dass ich bei einer Prüfung versagt hatte, für die es keine richtigen Antworten gab. Ich konnte mir sicherlich vorstellen, dass meine Brüder anders gehandelt hätten, und zum Teil bessere Ergebnisse erzielt hätten, aber zugleich musste ich eingestehen, dass andere Irrtümer noch furchtbarere Folgen gehabt haben könnten. Ich war nicht darüber verzweifelt, was ich getan oder unterlassen hatte, sondern über meine Unfähigkeit, jedes Detail meiner Umwelt zu kontrollieren. Ich wollte, dass alles vollkommen war und sich genau so abspielte, wie ich es mir wünschte, aber gleichzeitig wusste ich, dass das völlig unerreichbar war.

Ich musste mich diesem Dunst der Selbstvorwürfe entziehen und zwang mich dazu, an etwas anderes zu denken. Ich leerte meinen Geist und stellte mir ein Schachbrett vor, so, wie ich es schon vor Jahren gelernt hatte. Ich stellte die Figuren auf ihre Anfangspositionen. Geoffs Forderung fiel mir ein, wenigstens aufs Brett zu sehen, wenn ich gegen ihn spielte, und ich musste grinsen. Langsam ging ich unsere letzte Partie in Gedanken durch und korrigierte seine Fehler, um sie auszudehnen.

Ich hatte Schwierigkeiten, mich zu konzentrieren. Möglicherweise lag ein Zauber über diesen Kerkern, um hier festgesetzte Zauberer am Ausbruch zu hindern. Ich schloss die Augen, zwang meinen Geist auf das Schachbrett, rezitierte sogar den Vers, der mich auf dem Ball vor Fialchar gerettet hatte, aber er hatte keine Wirkung. Dann erkannte ich, dass mein Problem darin lag, mein letztes Spiel gegen Nob sich in das Spiel gegen Geoff einmischen zu lassen.

Ich ließ die beiden Partien zu einer werden und ertappte mich dabei, zu einer Aufstellung abzudriften, von der ich wusste, dass ich sie nie gespielt hatte. Doch ich hatte sie irgendwo gesehen. Ich schüttelte den Kopf, als mir einfiel, wo. *In Fürst Unheils Bibliothek! Es ist ein Wunder, dass du soweit gekommen bist, Locke.*

Die Partie war langweilig. Der Imperiumsspieler, der nach der Position des Zugsteins am Zug war, stand vor dem sicheren Sieg. Er brauchte nur seine Imperatrix zwei Felder vorzuschieben – und Fialchar war schachmatt. Ohne Zweifel war die Partie auf dem Weg zu dieser Aufstellung spektakulär gewesen, aber jetzt blieb nur noch der Gnadenstoß, um sie zu beenden. Hätte ich Chaos gespielt, ich hätte aufgegeben.

Eine plötzliche Hitzewoge vor meinem Gefängnis ließ mich den Kopf heben und die Augen öffnen. Ein blaues Leuchten, durchzogen von roten Blitzen, breitete sich über die transparente Wand aus. Die Energie in ihr knisterte und ich fühlte meinen ganzen Körper kribbeln. Die quadratische Wandfläche löste sich langsam aber sicher von den Rändern her auf. Dann schrumpfte sie jäh zu einer kreisrunden Scheibe, ein rotgoldener Glanz überzog sie, und sie wurde zu einer stecknadelkopfgroßen Kugel komprimiert, die in einem weißen Lichtblitz verpuffte.

Ich blinzelte geblendet und hörte mein Schwert zu Boden scheppern. Ich sah ein Profil, dann rieb ich mir die Augen: »Roarke? Du bist tot!«

Der Chaosreiter schüttelte den Kopf, ohne die linke Seite seines Gesichts zu zeigen. »Ich fühle mich tot, aber ich bin es nicht. Nicht einmal zur Hälfte. Machen wir, dass wir hier rauskommen.«

Irgendetwas stimmte nicht mit ihm. »Deine Augenklappe. Wo ist sie?«

Er drehte sich zu mir um. »Ich brauche sie nicht mehr.«

Sein rechtes Auge war polarblau mit Chaosfeuereinschlag, so wie immer. Aber sein linkes Auge, das unter der Klappe verborgen gewesen war, solange ich ihn kannte, war einfarbig golden, wie ich es bisher nur in Bharashadi-Gesichtern gesehen hatte. »Dein Auge! Was ist geschehen?« Ich schob mich aus meinem Gefängnis und trat neben ihn. »Wie hast du mich befreit?«

»Es gibt Verschiedenes, wofür ich mich bei dir entschuldigen muss, Locke, unter anderem, dass ich dich belogen habe.« Er legte mir beide Hände auf die Schultern. »Ich wollte es nicht tun, aber aus Gründen, die dir bald einleuchten werden, hatte ich keine andere Wahl. Was mein Auge betrifft, nun, ich habe deinen Vater auf seiner letzten Expedition ins Chaos begleitet. Seitdem trage ich dieses Auge mit mir herum.«

»Du warst bei meinem Vater? Was ist aus ihm geworden?«

»Das ist eine zu lange Geschichte, um sie dir jetzt zu erzählen, Locke, und wir haben anderes zu tun.« Er deutete zum Ende des Flurs. »Holen wir uns den Stab und verschwinden wir von hier. Sieh es als das, was dein Vater getan hätte.«

Ich zitterte, konnte nicht entscheiden, ob ich ihm vertrauen sollte. Wut brandete in mir auf, aber als sie wieder verebbte, machte ich mir klar, dass er nicht hätte nach Kastell Shmertz kommen oder mich aus meinem Kerker befreien müssen. *Die Mission hat Vorrang. Das hat er ganz eindeutig nicht vergessen. Ebensowenig, wie mein Vater es vergessen hätte.*

Ich hob mein Schwert auf und folgte ihm zu Fialchars Bibliothek. »Sag mir wenigstens, wie mein Vater gestorben ist, Roarke.«

»Das kann ich nicht, Locke, weil ich es nicht weiß.« Er schüttelte sich. »Ich habe deinen Vater nicht zu Boden gehen sehen. Das Letzte, woran ich mich erinnere, ist, dass wir Hunderten von Bharashadi gegenüberstanden und ich einen Spruch nach dem anderen geschleudert habe. Es war der letzte große Kreuzzug gegen Kothvir und ich habe Zauber gesprochen, bis ich nicht mehr konnte.«

Wir marschierten in Fürst Unheils Domizil. »Am Ende der Schlacht stand ich dem tödlich verwundeten Kothvir gegenüber. Dein Vater hatte ihn erledigt, aber noch wusste der Bharashadi es nicht. Ich stieß ihm einen Dolch in den Leib und er riss mir das linke Auge aus.« Roarke hob die linke Hand ans Gesicht und berührte die Narben auf seiner Wange. »Kothvir brach über mir zusammen; und ich war es zufrieden, in dem Wissen zu sterben, dass er endlich tot war.«

»Aber es gefiel mir, dir diese Ruhe zu verweigern!« Fialchar stand zwischen uns und der Kristallkugel. Seine Arme hingen herab und hielten Emeterios Stab waagerecht vor sich.

Roarke blieb stehen und betrachtete den Zauberer mit dem Knochen-und-Metall-Gesicht ohne Furcht. »Unser Gastgeber hier hielt es für amüsant, mir eines von Kothvirs Augen in den Schädel zu stopfen.«

»Es ist lange her, Zephaniah. Ich habe mich gefragt, was aus dir geworden ist, nachdem du dir nie wieder die Mühe gemacht hast, mein Reich zu besuchen.«

»Deine Besorgnis um mein Wohlergehen rührt mich zutiefst.« Roarke verschränkte die Arme vor der Brust. »Nachdem du mich mit Kothvirs Auge ausstaffiert hattest, waren meine Brüder in der Stadt der Zauberer nicht mehr sonderlich angetan von dem Gedanken, dass ich magische Kräfte einsetzen könnte.«

»Der Gedanke, dass ich dir möglicherweise Unannehmlichkeiten bereitet habe, schmerzt mich.«

»Genau wie es dich geschmerzt hat zu wissen, dass Kothvir dir nie mehr zur Last fallen konnte, solange ich mich mit dem Auge deines Feindes auf der anderen Seite der Bannmauern befand.«

Der alte Zauberer nickte gemächlich. »Das war in der Tat ein interessanter Nebeneffekt meiner Großzügigkeit.«

»In diesem Falle wüsste ich eine andere Großzügigkeit, an der du interessiert sein solltest.« Roarke warf mir einen kurzen Blick zu. »Locke ist wegen Emeterios Stab hier. Gib ihn ihm.«

Fürst Unheil schüttelte langsam den Kopf. »Selbst ein Zauberer deiner kümmerlichen Fähigkeiten sollte verstehen können, warum ich ihm diesen Stab sicher nicht aushändigen werde. Ich glaube mich allerdings zu erinnern, dass Cardews Sohn bereits angesetzt hatte, seine Bitte auf eine weit manierlichere Weise vorzutragen als du. Haben die Jahre dich dermaßen verrohen lassen?«

»Ich habe keine Lust auf derartige Spielchen, Fialchar. Diese Scharade ist unser beider unwürdig. Du weißt, dass ich vom Necroleum der Bharashadi weiß. Du solltest auch wissen, dass die Schwarzen Schatten sich darauf vorbereiten, ihre Toten zu erwecken.«

Fürst Unheil stieß sein madiges Lachen aus. »Vrasha sucht schon lange nach einer Möglichkeit, das Übereinkommen der Bharashadi mit ihrem düsteren Gott Kinruquel zu erfüllen. Aber da er keine Möglichkeit hat, die Bannmauern zu durchbrechen, und da diejenigen meiner Schwarzkirchler, die ich ihm zu meiner Belustigung zur Verfügung zu stellen bereit bin, sämtlich unfähige Trottel sind, wird er niemals Erfolg haben.«

»Dann würde es dich vielleicht *belustigen* zu erfahren, dass während du mit den Damen des Imperiums ein Tänzchen aufgeführt hast, Vrasha damit beschäftigt war, unter deinen Füßen das Faustfeuerszepter zu entwenden!« Roarke ahmte Fialchars Tonfall vollendet nach. »Während du den Imperator bedrohst und dir hier ins Fäustchen gelacht hast, hat er das Szepter ins Chaos gebracht.«

Diese Neuigkeit schockte Fialchar sichtlich. »Das ist unmöglich! Ich hätte es erfahren.«

»Es sei denn, der Besitz des Szepters schirmt ihn vor Zaubern ab, die du durch den Stab schickst.«

Fürst Unheils Blick wurde glasig und ich ahnte, dass ein ausufernder Streit über magische Details bevorstand. Ich drehte mich um und betrachtete noch einmal das Schachbrett. »Welche Seite spielt Ihr?«

Der hagere Untote starrte verächtlich auf mich herab. »Das fragst du? Chaos natürlich, und in meinem Reich zieht Chaos zuerst.«

»Oh.« Ich streckte die Hand aus und schob die Imperatrix zwei Felder vor. »Schachmatt.«

»Was hast du *getan?!*« Fürst Unheil stampfte auf mich zu. Den Stab ließ er an der Kristallkugel in der Luft hängen. Er packte mit jeder Hand eine Säule und drückte so fest zu, dass der Stein bröckelte. Ich sah goldene Flammen wie Sonnenprotuberanzen aus seinen Augen schlagen, als er auf das Brett hinabsah. »Ist dir klar, was du getan hast?«

Ich nickte. »Ich habe gewonnen.«

Er sah mich mit immer noch lodernden Augen an, dann schnaubte er. »Cardews Sohn? Wirst du dich als ein ebenso großes Hindernis erweisen, wie er es war?« Er richtete sich zu voller Größe auf, verschränkte die Arme und schob die Hände in die Ärmel seiner Robe. Der Stab trieb zu ihm hinüber. »Ich habe keine angenehmen Erinnerungen an deinen Vater.«

»Das dürfte auf Gegenseitigkeit beruht haben.« Ich stemmte die Hände auf die Hüften. »Ich bin gekommen, um Emeterios Stab zu holen, weil ich den Bharashadi entgegentreten will. Ich werde ihr Necroleum vernichten und ich werde Vrasha Rudelmörder daran hindern, ins Imperium einzufallen. Gib mir den Stab.«

Die Vehemenz und der befehlende Ton meiner Stimme überraschten mich selbst und schienen Fürst Unheil zu schockieren. Ich stählte mich dagegen, zurück in meinen Kerker gesandt zu werden. Seine brandigen Augen verengten sich, und die Haut, die sie umgab, kreischte unter der Spannung. Eine krallenartige Hand zuckte aus dem Ärmel auf meine Kehle zu, aber er fasste sich wieder und seine Miene lockerte sich.

»So herrisch. So jung. So dumm.« Er breitete in einer Geste der Offenheit langsam die Hände aus. »Ich leihe dir diesen Stab aus meiner freien Entscheidung, und weil es meinen Wünschen entspricht. Du darfst mich im Gegenzug von dem Ärgernis befreien, zu dem sich Vrasha entwickelt hat.«

Ich streckte den Arm aus und Emeterios Stab schwebte in meine offene Hand. Der kühle Ebenholzschaft erwärmte sich unter meiner Berührung und das Gefühl ließ mich an Marija denken, daran, wie ihre Haut sich unter einer Liebkosung anfühlen musste. Ich dachte an sie so wie in der Nacht des Balls, aber die Erinnerung brachte genug Wut und Abscheu mit sich, dass ich unwillkürlich zurück in die Wirklichkeit geschleudert wurde. Ich sah hoch und bemerkte, dass Fialchar mich beobachtete.

»Ja, Lachlan, dieser Stab steckt voller Gefahren.« Mit einiger Mühe gelang ihm ein beinahe gütiges Lächeln. »Er ist in deinen Händen ganz und gar nicht sicher. Er könnte dich verderben.«

»Während du sicher davor bist, verdorben zu werden?«

»Nein, liebes Kind, ich *bin* die Verderbnis.«

Roarke packte meinen Arm und zerrte mich zur Tür. »Dann wollen wir Euch nicht länger aufhalten, Herzog der Verwesung. Wenn wir mit deinem Spielzeug fertig sind, werden wir es irgendwo liegen lassen, wo du es dir zurückholen kannst.« Er drückte meinen Arm. »Verabschiede dich von unserem Gastgeber, Locke.«

»Adieu.«

»Wie förmlich und endgültig, Zephaniah. So würde es dir wohl behagen, aber nein, ich denke nicht, dass es so kommen wird.« Fialchar blieb an seinem Platz stehen und sah uns auf dem Weg durch den Prunkkorridor nach. »Sagen wir lieber: ›Lebt wohl, bis wir uns wiedersehen‹, denn wir *werden* uns wiedersehen. Denke daran. In Furcht.«

25

Roarke zerrte mich geradezu gewaltsam aus Kastell Shmertz. Als ich mich einmal außerhalb seiner Mauern befand, klärten sich meine Gedanken, aber vorher hatte ich das Gefühl, schon oft hier gewesen zu sein. Es war ähnlich der Erfahrung, einen Ort im Traum gesehen zu haben und ihn danach im Wachen wiederzusehen. Meine Verwirrung machte mir Sorgen, bis mir klar wurde, dass ich mindestens einen ganzen Tag lang keinen Schlaf bekommen hatte.

»Roarke, wie hast du mich gefunden?«

Der Chaosreiter zuckte die Achseln. »Nachdem ich aus dem Südflügel des Hauses kam, sah ich die Spuren, die der Smaragdhengst von seinem Besuch hinterlassen hatte. Da ich dich nicht unter den Toten fand und wusste, dass wir den Stab von Fialchar bekommen mussten, entschloss ich mich, Kastell Shmertz einen Besuch abzustatten. Als ich den Smaragdhengst hier fand, ging ich davon aus, dass auch du hier warst. Wie sich herausstellte, hat Fialchar dir dieselbe Unterbringung angedeihen lassen wie mir bei meinem vorigen Besuch.«

Ich ging über den Hof zum Smaragdhengst. »Du warst schon einmal hier?«

»Nachdem Fialchar mir Kothvirs Auge verehrt hatte, entschied er, mich in seiner Residenz zu behalten, um zu beobachten, welche Resultate sein Experiment zeitigen würde. Ich wäre wahrscheinlich immer noch hier, aber kurz nach meiner Gefangennahme hat Jhesti mich befreit.«

Ich runzelte die Stirn. »Jhesti? Der ist doch nur eine Legende.« Als ich den Hals des Smaragdhengstes tätschelte, verwandelte er sich von einem Standbild zurück in ein lebendiges Wesen.

»Nur eine Legende, ja?« Roarke kicherte. »Der Smaragdhengst ist auch nur eine Legende.«

»Mit dem ersten Hieb ins Schwarze.« Ich zog mich auf den Rücken des Hengstes. »Und er hat dir zurück ins Imperium geholfen?«

»Den ganzen Weg bis in die Hauptstadt, mir und Cruach. Ich habe die damalige Durchquerung der Mauer um nichts besser überstanden als die letzte.«

»Ja, was war los mit dir?«

Der Zauberer schüttelte den Kopf. »Ich bin mir nicht sicher, aber ich weiß, dass Kothvirs Auge durch das Geschäft, das die Bharashadi mit ihrem Gott geschlossen haben, noch immer in Verbindung mit seinem Körper steht. Kothvir ist tot, aber ich lebe, und ich bin hier. Im Chaos weiß ich, was er wusste, und ich kann sehen, was er sah. Abgesehen davon, dass es sich anfühlte, als würde mir ein weißglühendes Eisen ins Auge gestoßen, als ich durch die Mauer kam, wurde ich vermutlich ohnmächtig, um meinem Geist Gelegenheit zu geben, alles zu verarbeiten. Du kennst doch sicher den Spruch, dass man erst eine Meile in den Stiefeln eines anderen zurücklegen sollte, bevor man ein Urteil über ihn fällt? Nun, mit diesem Auge laufe ich in zwei Paar Stiefeln gleichzeitig, und das ist gar nicht einfach.«

Ich nickte. »Ich denke, ich verstehe, was du meinst.«

Ich blickte zum Horizont und sah die Sonne langsam untergehen. »Es ist später, als ich dachte.«

»Die Zeit verläuft hier in Kastell Shmertz ein wenig schneller.« Roarke kniff die Augen zusammen. »Wenn wir sofort aufbrechen, müssten wir das Haus erreichen können, bevor die zweite Welle der Bharashadi-Krieger angreift.«

Ich presste dem Smaragdhengst die Knie in die Seiten. »Zurück nach Erster Halt. Los. Flieg!«

Das Pferd regte sich nicht.

Roarke, der auf einer halbdurchsichtigen roten Lichtscheibe in die Höhe stieg, die er mit einem Zauber erschaffen hatte, lachte. »Manche Pferde nehmen ihren Herrn nicht allzu ernst.«

Ich grub die Fersen in die Rippen des Smaragdhengstes. »Los! Fliegen sollst du, verdammt!«

Er sprang in die Luft und galoppierte, bis wir knapp vor Roarke lagen. Während meiner Gefangenschaft hatte sich Kastell Shmertz ein beachtliches Stück von Erster Halt entfernt. Ich trieb den Smaragdhengst an, aber ich wusste doch, dass wir es nicht bis zum Haus schaffen würden, bevor es dunkel war.

Ich sah zu Roarke hinüber. Ein blaues Leuchten lag wie eine Maske vor seinem Gesicht. »Was ist das?«

»Ein Zauber. Damit kann ich besser sehen. Die Bharashadi sammeln sich. Der Südflügel des Hauses liegt bereits in Trümmern, aber die Tür ins Berginnere hält noch. Sieht aus, als ob die Bharashadi versuchen, aus den Balken des Nordturms einen Rammbock zu zimmern.«

»Irgendein Zeichen von unseren Leuten?«

»Nein, aber die Bharashadi scheinen doppelt so zahlreich wie letzte Nacht.«

Ich zitterte, und das lag nicht nur an der Kälte der Nacht. »Wie können wir sie aufhalten?«

Roarke trieb näher. »Gib mir den Wunderstock, den

Fialchar dir überließ. Ich werde das Necroleum im Handumdrehen füllen, bis es aus den Angeln platzt.«

Ich setzte an, ihm Emeterios Stab zu geben, aber dann zögerte ich. Ich kannte Roarke erst kurze Zeit. Es stimmte zwar, dass er mich in dieser Zeit nie enttäuscht hatte, aber er *hatte* mich belogen. Fialchar hatte mich davor gewarnt, wie mächtig der Stab sein konnte. Konnte er Roarke verderben? Gierte er nach seiner Macht? Würde er ihn zurückgeben, damit ich ihn benutzen konnte, um das Necroleum zu zerstören?

Das blaue Leuchten vor Roarkes Gesicht verblasste. »Ich verstehe deine Verwirrung und dein Zögern, Locke, aber vergiss eines nicht: Dein Vater hat mich mit auf die gefährlichste Mission genommen, auf die er sich jemals eingelassen hat.«

»Und jetzt ist er tot.«

»So ist es, also lass uns dafür sorgen, dass es deinem Vetter und den anderen besser ergeht.«

Ich erinnerte mich an meine Überlegungen in Kastell Shmertz, nachdem er mich befreit hatte, und nickte. Ich reichte ihm den Stab. »Ich vertraue dir, Roarke. Nicht, weil mein Vater es getan hat. *Ich* vertraue dir.«

»Du wirst es nicht bereuen.«

Roarkes Hände schlossen sich um den Stab, und für einen Augenblick erstarrte er. Dann breitete sich ein Grinsen auf seinen Zügen aus. Die Flugscheibe veränderte ihre Farbe allmählich von Rot zu Gold, dann wurde sie grün. Die Farbe stieg in das Rauchquarz an der Spitze des Stabes hoch. »Das ist besser als warme Decken in einer kalten Nacht.« Er sah hinab auf den Boden und ging in einen langsamen, spiralförmigen Sinkflug über. »Kannst du pfeifen?«

»Pfeifen?« Ich schürzte die Lippen und blies ein paar Noten. »Klar. Warum?«

»Pfeif mir ein Tänzchen.« Er wies mit dem Kopf zurück zu Kastell Shmertz. »Fürst Scheußlich sieht mit

Sicherheit zu, und ich will ihm zeigen, wie man einen Tanz unter seinen Feinden richtig anpackt.«

Roarkes Flugscheibe senkte sich in der Mitte des äußeren Burghofs zu Boden. Grelle Funken setzten ein halbes Dutzend Bharashadi in Brand, auf denen er gelandet war und schlug sie als lodernde Fackeln in eine panische Flucht. Roarke stieß das Fußende des Stabes auf die auf dem Boden ruhende Scheibe. Sie schrumpfte zusammen und das grüne Leuchten in der Quarzkugel verstärkte sich. Es schien, als hätte Emeterios Stab die magische Energie des Flugzaubers ausgesaugt wie eine Mücke Blut.

Roarke sagte etwas, das ich nicht genau verstand, und schlug mit dem Ende des Stabes auf das Pflaster. Augenblicklich schoss ein dickes Büschel leuchtend grüner Tentakel aus der Spitze und saugte alle Farbe aus dem Kristall. Jeder der Lichtfäden traf einen anderen Bharashadi-Krieger an der Stirn. Wieder schlug Roarke den Stab auf den Boden und alle Bharashadi standen langsam auf und drehten sich zu ihm um.

Er ließ die Bharashadi im Takt der Melodie tanzen, die ich für ihn pfiff. Als der Smaragdhengst tiefer flog, hörte ich Roarke singen:

Gold'ne Augen leuchten hell
Kalt der Geist, schwarz wie die Nacht.
Holt die Schwerter vor jetzt schnell
Denn jetzt wird Garaus gemacht!

Auf seinen Befehl zogen die Bharashadi ihre Waffen blank. Es waren grausame Schwerter, mit Dornen und Widerhaken besetzt, und im grünen Licht des Stabes wirkten sie sogar noch bösartiger. Die gebannten Bharashadi bewegten sich in einem weiten Kreis um Roarke herum. Viele von ihnen starrten wütend zu ihm hinüber, außer sich vor Zorn darüber, dass er sie in seiner Gewalt hatte, aber ohne Möglichkeit, etwas dagegen zu unternehmen.

Such dir einen Kamerad,
Der wohl in den Kampf mitzieht,
Sein Blut ströme im Verrat
Heute Nacht zum Mörderlied.

Der Smaragdhengst setzte außerhalb des Mordkreises die Hufe auf festen Boden. Eine nach der anderen erloschen die grünen Leuchtfäden, als die Bharashadi-Krieger einander erschlugen. Die anderen verwoben sich zu einem vielschichtigen Muster, als die Sieger sich gegeneinander kehrten, bis auch dieses Lichtgewebe sich allmählich auflöste. Violettes Blut strömte in einer derartigen Flut über den Burghof, dass sich ein lavendelfarbener Dunst erhob, der die meisten der zerhackten und zerfetzten Leichen verbarg.

Schließlich stand nur noch ein einziger Bharashadi auf den Beinen. Roarke sah ihn an, dann drehte er den Stab und riss die Kraftlinie aus seinem Schädel. Der Kopf des Chadämonen flog herum, als hätte ihn ein Fausthieb getroffen. Er schüttelte sich, wie, um klar zu werden, dann betrachtete er das Schlachtfeld, das sich um ihn herum ausbreitete.

Mit lautem Wutgebrüll hob er das blutige Schwert und stürmte auf Roarke zu. Der Zauberer streckte ihm die offene rechte Hand entgegen, die Finger weit gespreizt, wie in einer Aufforderung an den Bharashadi, stehen zu bleiben. Rotes Leuchten lag um seine Hand. Dann ballte der Zauberer die Hand zur Faust. Der Bharashadi brach zusammen und krallte die Hände in die Brust. Violettes Blut trat aus seinem Mund – und er starb.

Roarke suchte sich einen Weg zwischen den Leichen und hielt mir Emeterios Stab entgegen. »Ein sehr wirksames Werkzeug, aber ich habe kein Interesse an der Verantwortung, die seine Macht mir auferlegen würde.«

Ich nahm den Stab und ließ mich vom Rücken des Smaragdhengstes gleiten. Wieder wurde der Stab unter meiner Berührung warm, aber ich beachtete seine Botschaft nicht. »Sehen wir nach unseren Gefährten.«

Wir liefen durch den Korridor auf den Innenhof. Ich wäre geradewegs weiter an die Tür ins Innere des Berges gerannt, aber Roarke hielt mich fest. Bevor ich ihn fragen konnte, weshalb, gestikulierte er kurz und ich sah ein nebulöses blaues Leuchten vor der Tür. »Was ist das?«

»Ein Auslöserfeld. Es ähnelt einem Saugzauber, aber es ist größer, und man braucht nichts Bestimmtes zu tun, um es auszulösen. Es saugt jedem, der es betritt, genug Energie ab, um einen Zauber damit zu speisen. Ich bezweifle, dass Taci dabei etwas sonderlich Angenehmes im Sinn hatte.« Er deutete mit dem rechten Zeigefinger auf die Türflügel. Ich sah ein blaues Halo um seinen Finger aufleuchten, als er die Hand durch die Luft bewegte.

Blaues Feuer lief von rechts nach links über die Tür und folgte den arkanen Symbolen, die Roarke in die Luft zeichnete. Ich brauchte eine ganze Minute, um zu erkennen, dass er in Spiegelschrift eine Botschaft zeichnete, woraus ich schloss, dass die leuchtenden Buchstaben auch auf der anderen Seite des Tores sichtbar sein mussten. Seine Botschaft lautete: »Alles in Ordnung. Locke und ich haben uns um unsere Gäste gekümmert.« Dies war in sechs Finger großen Buchstaben abgefasst. Als das letzte Wort geschrieben war, verblasste das erste bereits wieder, ohne irgendwelche Spuren zu hinterlassen.

»Ein interessanter Trick, Roarke, aber sie wissen nicht, dass du ein Zauberer bist. Wie sollen sie das ›ich‹ in deiner Botschaft auslegen?«

»Taci wird es wissen. Und wenn nicht sie, dann Nagrendra.«

Ich schüttelte den Kopf. »Nagrendra ist tot.«

»Was?«

»Die Bharashadi-Zauberer, die du getötet hast, hatten ihn vorher umgebracht. Sie haben den Turm zermalmt.«

»Was ist mit Xoayya?«

Meine Schultern sackten. »Auch tot. Sie hatte keine Chance.«

»Stimmt, aber dem Gemetzel nach, das ich sah, haben sie ihr Leben teuer verkauft. Sie sind gestorben, wie es sich für Reiter gehört.« Er lächelte dünn, dann schaute er zur Tür. »Das Auslöserfeld ist verschwunden. Sie kommen raus.«

Ich hörte, wie auf der anderen Seite ein Riegel gelöst wurde, dann öffnete sich die Tür. Als Erster kam Cruach heraus, der einmal fröhlich aufbellte und geradewegs auf uns zuschoss. Roarke sank auf ein Knie, um ihn zu begrüßen, aber der Hund sprang über ihn hinweg und mich an. Völlig unvorbereitet auf eine derart wilde Begrüßung stürzte ich nach hinten, und eine große, nasse Zunge wischte mir quer übers Gesicht.

Roarke und ich mussten beide lachen, als Cruach sich umdrehte und ihm auch übers Gesicht leckte, aber unser Lachen erstarb, als die Überlebenden aus dem Berg traten. Sie wirkten übermüdet – besonders Taci –, und immer noch besorgt über die mögliche Anwesenheit von Bharashadi. Alle hatten Rußflecken auf dem Gesicht und an der Kleidung, und mehr als ein blutiger Fetzen war als Verband um verschiedene Schnitt- und Stichwunden gelegt. Sie alle hielten die Waffen in der Hand, mit Ausnahme von Kit und Eirene, die eine notdürftige Bahre trugen.

Ich sprang auf und rannte zu der Stelle hinüber, an der sie Tyrchon absetzten. Mit der rechten Hand umklammerte er einen Dolch, der große Ähnlichkeit mit denen hatte, die an meiner Wand in Herakopolis hingen. Er hatte denselben Widerhaken auf dem Rücken des Blatts, und es sah aus, als wäre ein Stück abgebrochen. Außerdem war eine Strichzeichnung auf der Klinge zu sehen, die unzweifelhaft Tyrchon darstellte.

Roarke kniete sich neben ihn und hob vorsichtig den linken Arm des verletzten Reiters in die Höhe. Er zog das Lederwams auf und ich sah ein schwarzes Loch in Tyrchons Brust, knapp unterhalb der Armbeuge. Mir wurde fast übel, als mir der Geruch der schwärenden Wunde in die Nase stieg. Unwillkürlich musste ich an die Statue in Kastell Shmertz denken.

Dunkler Eiter gärte in der Wunde und floss dick und zäh aus ihr heraus. »Roarke, was kann so etwas anrichten?«

Er klopfte auf den Dolch. »Vindictxvara.« Er sah zu Kit hoch. »Was ist geschehen, Leutnant?«

Kit ließ den Kopf hängen. »Nach der ersten Nacht und der Explosion, die wir gehört hatten, entschieden wir, dass es nötig war, das Gebiet auszukundschaften. Wir hatten fünf Leute verloren. Euch beide, Nagrendra, Xoayya und Aleix. Sechs, wenn man Cruach mitzählt. Wir mussten versuchen, euch zu finden, bevor Taci unsere Abwehr aufbauen konnte, aber ...«

Ich unterbrach ihn. »Du hast völlig richtig gehandelt, Kit. Ihr hättet uns nicht helfen können.«

Kit schenkte mir ein dünnes Lächeln. »Danke. Als wir die Tür wieder öffneten, meldeten Tyrchon und Hansen sich freiwillig als Kundschafter. Soweit wir das feststellen konnten, sind sie auf einen Trupp Bharashadi gestoßen und mussten kämpfen. Tyrchon kehrte mit Cruach und diesem Loch in der Seite zurück. Hansen hat es nicht zurück geschafft.«

»Wir haben versucht, Nagrendra und Xoayya zu finden.« Eirene schüttelte den Kopf. »Die Bharashadi haben am Nordturm hervorragende Arbeit geleistet. Es ist keine Spur von ihnen zurückgeblieben.«

Ich hockte mich neben die Bahre und sah mir Tyrchons Verletzung und das Messer, das sie verursacht hatte, genau an. »Roarke, dieser Dolch hätte einen Schnitt verursachen können, der zu dieser Wunde passt, aber er hätte keinen derartigen Schaden anrichten können. Das sieht aus wie seit Wochen entzündet.«

»Bist du schon einmal in Giftefeu getreten?«

»Ja.«

»Vindictxvara funktionieren ähnlich. Sie sind auf magische Weise zur Antithese der Person geworden, gegen die sie geschmiedet wurden. Wenn derjenige, der sie hergestellt hat, mit ihnen denjenigen verletzt, dessen Bild sie tragen, wird der Hass des Angreifers zu Gift. Die Waffe zersetzt Körper und Geist ihres Opfers gleichzeitig.« Er tippte auf die Dolchklinge. »Wenigstens haben wir das Vindictxvara, das die Wunde verursacht hat. Ich nehme an, sein Besitzer ist tot?«

Kit nickte. »So viel konnte Tyrchon uns noch sagen, bevor er zusammenbrach.«

Taci zuckte die Schultern. »Ich weiß, dass das eine Heilung erleichtert, aber ich habe nicht die nötigen Kenntnisse in Heilzauberei.«

»Ich auch nicht.« Roarke schüttelte den Kopf. »Wir bekommen ihn unmöglich rechtzeitig zurück ins Imperium. Er hat bestenfalls anderthalb Tage, meiner Schätzung nach.«

»Augenblick, Roarke.« Ich grinste. »Erinnerst du dich, was du mir über das erzählt hast, was mein Vater auf einer Expedition mit einem seiner Männer getan hat?«

»Nein ...«

»Du hast mir erzählt, dass er den Mann in eine der langsamen Zeitzonen des Chaos brachte. Wenn ich mich richtig an die Karte erinnere, liegt zwei Stunden von hier eine mit zweiunddreißigfacher Verlangsamung. Dort können wir ihn unterbringen, bis wir mit Hilfe zurück sind, und wir hätten anderthalb Monate Zeit, die Hilfe zu besorgen.«

Osane runzelte die Stirn. »Der Ritt brächte ihn um. Das Gelände ist zu zerklüftet. Die Erschütterungen wären zu stark.«

»Kein Problem, Heiligkeit.« Ich pfiff, und der Smaragdhengst trottete mit wehender Mähne und hoch erhobenem Kopf auf den Innenhof.

Eirenes Miene verdüsterte sich. »Was macht dieses *Ding* hier?«

»Ruhig, Eirene. Er gehört zu mir.« Ich drehte mich zu dem Hengst um.

Roarke stand auf. »Gute Idee, Locke, aber du kannst Tyrchon nicht mit deinem Pferd hinfliegen.« Eine rote Flugscheibe formte sich um Roarkes Füße und schob sich unter die Bahre. »Ich bringe ihn hin und stoße unterwegs wieder zu euch.«

Taci sprang zurück. »Chaosmagie! Wer bist du? Was bist du?« Sie hob die Arme und schien bereit, einen Abwehrzauber zu schleudern.

Roarke sah sie an und ich stellte fest, dass auch der Rest unserer Gruppe vor dem roten Kreis zurückgewichen war. Eirene schaffte es irgendwie, ihre Miene nüchtern zu halten, aber Osane und Kit musterten Roarke mit unverhohlenem Misstrauen. Cruach schnupperte an der Flugscheibe.

»Ich bin jetzt Roarke, und immer noch der, den ihr gekannt und, hoffe ich, auf dieser Reise als Gefährten kennen gelernt habt. Aber ich war nicht immer Roarke, und das ist das Problem.« Er öffnete die Hände zum Beweis, dass er unbewaffnet war, aber das beruhigte Taci nicht im Mindesten.

»Vor zwanzig Jahren hörte ich auf den Namen Zephaniah. Ich war in der Stadt der Zauberer dafür bekannt, dass ich schnell handelte und keinen Wert auf Zeremonie legte. Meine Meister erkannten in mir schon früh den Unruhestifter. Sie warteten nur darauf, dass ich ins Chaos aufbrach und dort umkam. Ich wusste davon und beschränkte mich darauf, in Menal und Tarris Kreaturen zu jagen.«

Die Sonnenvogelbischöfin nickte zögernd. »Ich habe gehört, wie andere Mitglieder der Kirche Kopfgeldzauberer als ›Zefs‹ bezeichnen.«

»Ah, ewiger Ruhm.« Roarke lachte und Taci schien sich langsam zu beruhigen. »Cardew und Driscoll hatten von mir gehört und baten mich, mich ihrer letzten Expedition anzuschließen. Sie mussten davon ausgehen, dass die Bharashadi-Krieger für alle Zauberer der Kühnen Lanzenreiter Vindictxvaraspeere gefertigt hatten, deshalb brauchten sie frisches Blut, um sie zu überraschen. Ich erklärte mich einverstanden. Der Jubel in der Stadt der Zauberer war so laut, dass man ihn noch in Herakopolis hörte. Die Kämpfe waren furchtbar, und es war auch nicht allzu angenehm, sie zu überleben. Fialchar setzte mir Kothvirs Auge als Ersatz für das ein, das der Bharashadi-Häuptling mir ausgerissen hatte. Er hielt es für einen großartigen Scherz. Ich stellte fest, dass danach all meine Magie von Chaosspuren durchsetzt war. Ihr wisst ja, wie paranoid man in der Stadt der Zauberer ist, was das Chaos betrifft. Man verbot mir, dort oder irgendwo sonst im Imperium zu zaubern. Ihr habt gesehen, was geschah, als ich durch die Bannmauer kam. Dadurch hatte ich keine wirkliche Möglichkeit, zurück ins Chaos zu gehen.«

Kit nickte. »Also hast du dir eine Axt gegriffen und bist zu Roarke, der Karawanenwache, geworden.«

»Eine Axt ist eine schöne Waffe. Erfordert keinerlei Können, nur rohe Kraft.« Er grinste breit. »Und da Kothvirs Auge durch die Augenklappe sehen konnte, die ich tragen musste, hatte ich nicht einmal einen toten Winkel. Es hat auch einen ausgesprochen leichten Schlaf, was sehr günstig ist angesichts der Umgebungen, in denen ich meine Freizeit verbringe. Es könnte euch allen nicht schaden, etwas zu schlafen, während ich Tyrchon in die langsame Zone bringe. Wir sind einen halben Tag vom Necroleum entfernt und haben morgen früh einen anstrengenden Ritt vor uns.«

Donla schüttelte den Kopf. »Ich dachte, wir müssten das Necroleum erst noch suchen. Woher weißt du, wie weit es dorthin ist?«

Roarke schloss das rechte Auge und sah sie mit dem Goldauge an. »Ich weiß es, weil Kothvir es weiß. Er kann nicht wiedererweckt werden, bis er sein Auge zurückbekommt, und er wartet seit sechzehn Jahren auf meine Rückkehr. Er ist so versessen darauf, dass er mir seit dem Augenblick, in dem wir ins Chaos gekommen sind, den Weg zum Necroleum zeigt. Das Koma war die Folge eines Zweikampfs zwischen uns um die Herrschaft über meinen Körper auf dieser Seite der Bannmauern. Ich habe gewonnen, und wir haben den Stab. Es wird Zeit, seine Einladung ins Necroleum anzunehmen und zu Ende zu bringen, was wir bei meinem letzten Besuch im Chaos anfingen.«

26

Eine kurze Geste Roarkes, und die rote Scheibe schwebte empor und nahm den Zauberer und den auf der Bahre liegenden Tyrchon mit. Sie stieg über den Innenhof auf, dann neigte sie sich und segelte in einer weiten, langsamen Kurve nach Süden. Als sie außer Sicht war, kam das einzige Licht im Innenhof vom grünen Leuchten des Smaragdhengstes.

Eirene sah Roarke stirnrunzelnd hinterher. »Ich hoffe nur, diese Scheibe kann mehr als zwei tragen. Wenn nicht, werden wir mindestens zwei Tage bis zum Necroleum brauchen.«

»Warum denn das?« Ich sah zur offenen Tür im Berg. »Wir haben die Reservepferde doch da rein gebracht. Sie hätten dort drinnen sicher sein müssen.«

Kit nickte. »›Hätten sein müssen‹ ist richtig. Eines von ihnen ist in ein Nest blinder Ghastvipern – oder ihres chaotischen Gegenstücks – getreten. Die Herde hat vier Tiere an Schlangenbiss verloren und zwei andere, als sie sich bei der wilden Flucht durch die Dunkelheit die Beine brach. Was aus den anderen geworden ist, wissen wir nicht, aber diejenigen, die wir wieder einfangen konnten, weigern sich, auf einen Hof voller Bharashadileichen und Blutlachen herauszukommen.«

»Lässt sich da denn gar nichts machen?«

Osane stieß mit dem rechten Fuß einen toten Bharashadi an. »Wir können die Leichen verbrennen und den Pferden kein Futter geben. Wenn sie hungrig genug sind, werden sie schon herauskommen.«

»Aber das dauert zu lange, und außerdem wären sie danach zu schwach, als dass sie uns etwas nützen würden.« Kit sah Eirene an und schüttelte den Kopf. »Entweder Roarke bringt uns mit Zauberei zum Necroleum, oder uns steht ein langer Fußweg bevor.«

Ich tätschelte die rechte Schulter des Smaragdhengstes. »Es gibt noch eine andere Lösung, glaube ich.« Ich hob den Arm und streichelte seinen Hals. »Ruf deine Herde. Meine Freunde brauchen Reittiere. Sie werden auf dem Rücken deiner Herde in die Schlacht reiten.«

Der Smaragdhengst sah zu mir herab und blähte trotzig die Nüstern, dann nickte er. Ich trat zurück, als er sich auf die Hinterbeine stellte und ein Wiehern ausstieß, das für unsere Ohren nahezu unhörbar war, aber wie Donner durch meine Brust hämmerte. Es hallte vom Blutgipfel zurück wie ein geisterhaftes Flüstern. Seine Vorderbeine wirbelten durch die Luft, und wieder rief er seine Herde. Seine Vorderhufe schlugen zurück auf den Boden und zertrümmerten weitere Pflastersteine, dann stieß er mich mit dem Kopf an, und ich tätschelte seinen Hals.

Alles sah sich um, und Stille senkte sich über den Hof, als wir angestrengt auf ein Zeichen lauschten, dass sein Ruf gehört worden war. Eirenes Stirn glättete sich zunächst etwas, aber als wir nichts hörten, wurden ihre Falten schnell tiefer als zuvor. Sie verschränkte die Arme vor der Brust und spuckte in Richtung des Smaragdhengstes. »Diebe bringen nie zurück, was sie gestohlen haben.«

Der Kopf des Hengstes hob sich und begegnete ihrem opalenen Blick. Sein Schweif zuckte durch die Luft und schlug schneller, als sich Eirenes Kiefermuskeln verkrampften. Der Smaragdhengst schnaubte einmal kurz, dann hob er den Kopf und rannte durch den Korridor hinaus auf den vorderen Burghof.

Eirene lachte triumphierend. »Scheint, dass du auch zu Fuß gehen musst, Locke.«

Meine Wangen schienen in Flammen zu stehen, aber ich stellte mich ihrem Blick. »Wir werden sehen.«

»Allerdings, wenn unsere Stiefel verschlissen und unsere Füße mit Blasen übersät sind.« Sie schüttelte den Kopf. »Es war ein hübscher Traum, Locke, aber die Wirklichkeit im Chaos ist selten so angenehm.«

Kit legte die linke Hand auf ihren Arm. »Warte mal, Eirene. Ich höre etwas.«

Donla lächelte. »Ich auch. Ein trockenes Donnern.«

Zunächst waren die Hufschläge nur als fernes, rhythmisches Hämmern wahrzunehmen. Ich hörte es weniger als dass ich es fühlte, und der Eindruck wurde immer stärker, je näher die Herde kam. Wie ein Seemann, der vom Lied einer Sirene auf die Klippen gelockt wird, setzte ich mich in Richtung Burghof in Bewegung. Die anderen drängten sich hinter mir, aber Eirene brach durch unsere Reihen und erreichte den Hof als Erste.

Dort, am entfernten Rand der Ebene tauchte die Herde des Smaragdhengstes auf und stellte sich vor Erster Halt zu einer Schlachtreihe auf. Als ich mit meinen Gefährten aus dem Haus trat, nahmen wir ebenfalls in einer Reihe Aufstellung. In der Mitte zwischen uns stand wartend der Smaragdhengst, zwischen blutigen, zerschmetterten Bharashadi-Leichen. Er warf Eirene einen verächtlichen Blick zu, dann hob und senkte er mehrmals den Kopf. Er wieherte und sah zu Kit hin.

Ich verstand, was er sagen wollte. »Kit, tritt vor.«

Auf meine Aufforderung tat mein Vetter wie geheißen. Der Smaragdhengst stampfte zweimal mit dem Huf auf. Aus den Reihen der Herde kam eine Kreatur mit hellbraunem Fell und Chaosfeueraugen auf uns zu. Aus ihrem Kopf wuchsen zwei eingerollte Hörner, die jeden Widder neidisch gemacht hätten, abgesehen davon, dass sie in Flammen zu stehen schienen. Als das Pferd näherkam, bemerkte ich, dass seine Vorderbeine kräftiger gebaut waren als die hinteren, und seine Hufe ebenso brannten wie die Hörner. Es schien sich auf halbem Wege in der Verwandlung von einem Pferd in einen riesigen Widder zu befinden, auf eine Weise, wie sie nur das Chaos möglich machte.

Das Tier trat zu Kit, und mein Cousin zögerte keinen Augenblick aufzusteigen. Die Kreatur wollte ihn abwerfen, aber ein Wiehern und angedeuteter Biss des Smaragdhengstes machten ihrem Widerstand ein schnelles Ende. Kit tätschelte ihren Hals, dann lächelte er. »Ich kann es nicht erklären, aber ich weiß, dass er Curadh heißt.«

Der Smaragdhengst wieherte wieder und sah Donla an. So wie vor ihr Kit trat sie aus unserer Reihe vor und wartete. Der Hengst stampfte einmal auf, und ein anderes Mitglied ihrer Herde trottete auf den Hof. Dieses Pferd war von grauer Farbe und von einem Chitinpanzer eingehüllt. Die Haken, Beulen und Segmentierungen erinnerten mich an ein Tsoerit oder eine Krabbe. Es kam bereitwillig auf Donla zu, und vor unseren Augen formte sich der Panzer zu einem Sattel mit hoher Hinterpausche und Steigbügeln um, die mit Beinschienen versehen waren, die die Beine seiner Reiterin beschützten.

Sie zögerte kurz, dann saß sie auf. »Es ist wahr«, lachte sie. Ich sah, wie die Farbe des Panzers von Grau zu Blau wechselte, als sie ihrem neuen Ross den Hals rieb. Dann verschwand der Farbfleck wieder. »Darf ich vorstellen: das ist Gliomach.«

Das Ritual wiederholte sich noch zweimal. Osane erhielt ein Pferd, das wie eine von einem Schmied aus Goldplatten zusammengehämmerte Konstruktion wirkte. Seine Augen hatten Lampenlinsen Platz gemacht, aber sie glühten vor Chaosfeuer – wie die Augen der anderen Pferde. Es wirkte schlaksig und auf den ersten Blick unbeholfen, aber bei genauem Hinsehen stellte ich fest, dass es sich recht flüssig bewegte, und ich hörte keinerlei metallisches Scheppern, als es zu der Bischöfin tänzelte. Sie begrüßte es freundlich und teilte uns mit, dass sein Name Grian lautete.

Taci wurde bleich, als auf die Aufforderung des Smaragdhengstes bei ihrem Vortreten ein riesiger weißer Charge antwortete. Erst schien er mir ganz gewöhnlich auszusehen, aber als er näher kam, erkannte ich, dass Mähne und Schweif aus Kettchen bestanden, die zwar weiß waren, mich aber an einen Kettenpanzer erinnerten. Ich betrachtete das Tier genauer und sah, dass seine ganze Haut das Aussehen eines Kettenpanzers besaß und diesem ohne Zweifel auch an Schutzwirkung nicht nachstand. Ich war mir sicher, dass ich es schon einmal gesehen hatte, als der Smaragdhengst Eirenes Pferd geholt hatte, aber ich hatte keine Erklärung dafür, warum ich mich gerade an dieses Pferd erinnerte.

Taci zog sich auf den breiten Rücken des Tieres. Der Größenunterschied zu dem gewaltigen Ross ließ sie geradezu winzig erscheinen. Langsam breitete sich ein Lächeln auf ihrem Gesicht aus, und die Farbe kehrte in ihre Wangen zurück. »Dieses Pferd heißt Seilide.«

Ich nickte bedächtig. »Sie hat früher einmal Nagrendra gehört.« Während ich es noch sagte, fragte ich mich, ob mein Vater jemals ein Pferd an den Smaragdhengst verloren hatte.

Eirene drehte sich zu mir um. »Ich vermute, für meine Frechheit darf ich zum Necroleum laufen.«

Der Smaragdhengst wieherte hochmütig.

Ich sah ihn streng an. »Ich würde meinen, dass eine so großartige Kreatur auch verzeihen kann. Tritt vor.«

Eirene tat es, aber der Smaragdhengst wieherte weder, noch stampfte er auf. Er regte keinen Muskel. Mit einem Auge beobachtete er Eirene, mit dem anderen seine Herde. Keines der Tiere in der vordersten Reihe regte sich, und für einen winzigen Augenblick fürchtete ich, dass sie mit ihrer Einschätzung Recht gehabt hatte.

Dann sprang ein Pferd aus den hinteren Reihen und segelte über die zwischen ihm und dem Hof stehenden Tiere hinweg. Es landete sicher auf den staubigen Steinplatten, dann bäumte es sich auf, als der Widerschein über seine ledrige Haut wusch. Die fleckig schwarzorangenen Streifen hatten sich vergrößert, und die Reißzähne in seinem Maul wirkten etwas länger, aber trotzdem hatte ich keine Mühe, Eirenes Pferd wiederzuerkennen, ebenso wenig wie sie.

Eirene lief zu dem Tier und zog sich auf seinen Rücken. Er ruckte den Kopf auf und ab, dann tänzelte es stolz an den anderen Pferden vorbei. Eirene umarmte seinen Hals, dann grinste sie so breit wie ich es nie zuvor gesehen hatte. Sie sah zu mir herüber und zwinkerte. »Das ist mein Pferd, und ich weiß, sein Name ist Trothgard.«

Der Smaragdhengst drehte sich zum Rest seiner Herde um. Er wieherte und stürmte auf sie zu. Die anderen Tiere gaben nach und flohen. Ein paar von ihnen blieben stehen und sahen sich zu ihm um, aber ein zweiter Angriff genügte, auch sie in der Nacht verschwinden zu lassen. Er bäumte sich auf, wieherte noch einmal, dann fiel er auf alle vier Hufe und kam zu mir zurück.

Ich schaute zum Rest unserer Truppe. »Gut, dann können wir morgen früh aufbrechen.« Ich sah Eirene ihr Pferd neben das Kits führen, und die beiden ritten gemeinsam los. »Roarke hat vorgeschlagen, dass wir uns Ruhe gönnen. Wir sollten einen Wachplan aufstellen.«

Kit nickte. »Eirene und ich übernehmen die erste Wache. Wir wecken Taci und Donla zur zweiten. Du und Osane könnt die letzte Wache übernehmen. Roarke soll sich ausschlafen, wenn er zurückkommt, damit er morgen bei Kräften ist.«

Das hörte sich vernünftig an. Der Smaragdhengst stellte sich in Positur und erstarrte zum Standbild. Ich folgte den anderen ins Innere des Bergs und rollte auf einem freien Stück Boden meine Decke aus. Als ich mich hinlegte, spürte ich die Erschöpfung eines langen, ereignisreichen Tages erst richtig. Meine Knochen schienen aus Blei zu sein. Ich war eingeschlafen, noch bevor mein Kopf auf den eingerollten Mantel fiel, den ich als Kissen benutzte.

* * *

So müde, wie ich bin, müsste ich traumlos schlafen, aber dem ist nicht so. Ich finde mich in einem Traum von solcher Kristallklarheit wieder, dass mir augenblicklich klar ist: Es muss sich um einen Albtraum handeln. In der Sekunde, in der ich in jener Traumwelt die Augen aufschlage, weiß ich, dass ich sie wieder verlassen will, und spüre gleichzeitig die Unmöglichkeit. Die Verzweiflung und die Unheilsahnung, die ich in Kastell Shmertz empfunden habe, packen mich erneut. Ich bin unfähig, mich zu widersetzen und ergebe mich dem Traum.

Hinter mir und um mich herum sehe ich Chaosreiter aller Rassen und aus allen Provinzen. Sie sitzen auf Rössern so seltsam und einzigartig wie alle, die der Smaragdhengst in seiner Herde vereint hat. Außerdem sehe ich Dutzende von Hunden, darunter auch Cruach. Ich sehe mich nach Roarke um, aber niemand hier erinnert mich an ihn. Dafür sehe ich einen Mann mit dunklem Haar und Chaosfeueraugen, der Seoirse sein muss, Marijas Vater.

Alle sind wir vom Chaos auf die eine oder andere Weise verändert worden. Meine Wangenknochen sind breiter geworden, und meine Augen liegen tiefer in ihren Höhlen. Ich sehe auf meine Hände und stelle fest, dass ich knochige Dornenauswüchse an den Hand- und Fingergelenken habe. Außerdem überziehen unzählige Narben meine Hände und Unterarme.

Ein Mann zügelt vor mir sein Pferd. Ich sehe hoch. Er sieht mich über zwei flammende Hörner hinweg an, und im ersten Augenblick halte ich ihn für Kit. Die Ähnlichkeit zwischen den beiden ist erstaunlich, aber dieser Mann ist größer und breiter gebaut als Kit. *Der Traum hat ihn genauso verändert wie mich.*

»Hast du einen Bericht?«

»Unsere Scouts melden, dass die Bharashadi sich zu einem Heer zusammengezogen haben, das groß genug ist, unsere Aufmerksamkeit zu erregen, aber nicht ausreicht, um uns zu besiegen.«

Ich spüre, dass ich lächle. »Kothvir versucht also, uns in eine Schlacht gegen seine Armee zu verwickeln und dann mit anderen Kräften über uns herzufallen.«

»Wie du es vohergesehen hast, Bruderherz.« Driscoll grinst, und plötzlich erkenne ich, dass er mein schon seit langem toter Onkel ist oder zumindest mein Bild von ihm. Das bedeutet, dass ich in diesem Albtraum in der Rolle meines Vaters stecke. »Die Schlucht, nach der du gefragt hast, ist leicht bewacht, und wenn es uns gelingt, sie zu erreichen, wird es den Bharashadi schwer fallen, uns zu besiegen.«

»Gut, dann machen wir uns die Schlucht zum Ziel. Wir täuschen einen Angriff auf ihre Hauptstreitmacht vor, dann biegen wir zur Schlucht ab. Es war schlau von Kothvir, sie nicht zu heftig zu verteidigen, um unsere Aufmerksamkeit nicht zu erregen, aber sein Versuch, uns fortzulocken, macht sie zu einem zu guten Ziel.« Ich hebe die rechte Hand. »Vorwärts, Kühne Lanzenreiter! Heute sterben die Bharashadi.«

Wir reiten los und ich stelle fest, dass ich trotz des Traums auf dem Smaragdhengst sitze. Dann biege ich in einem der plötzlichen Szenenwechsel, die für die Logik eines Albtraums charakteristisch sind, um eine Ecke des Weges und finde mich inmitten einer sich in alle Richtungen erstreckenden Schlacht wieder. Von allen Seiten dringen Bharashadi auf uns ein, und alle meine Gefährten sind vor mir in den Kampf verwickelt, obwohl ich niemanden habe an mir vorbeireiten sehen.

Links von mir werden Driscoll und sein Pferd von einer Lawine von Bharashadi-Kriegern von einem Sims und aus meiner Sicht gefegt. Ich rufe nach ihm, aber ich weiß, dass er mich über dem Kreischen der Schwarzen Schatten nicht hören kann. Gleichzeitig weiß ich, dass sie ihn getötet haben, und es ist meine Schuld.

Dann brüllt vor mir jemand eine Herausforderung zu. Ich drehe mich um und sehe einen hünenhaften Bharashadi-Krieger durch seine Truppen auf mich zukommen. Er hält ein Schwert in der Hand, und ich erkenne, dass es ein Vindictxvara ist, das mir gilt. Ich konzentriere mich auf das Muster, aber der Traum vereitelt meinen Versuch. Es reicht, dass ich weiß: Die bloße Berührung dieser Klinge wird mein Fleisch schmelzen lassen.

Ich beuge mich aus dem Sattel und ziehe einen Speer aus einem Chadämonenleichnam. Kothvir bricht durch die eigenen Linien und fasst mit beiden Pranken das Schwert, das er geschmiedet hat, damit es von meinem Blut trinkt. Er hebt die Arme und das Schwert über den Kopf und brüllt mir entgegen: »Cardew, deine Zeit ist gekommen. Du hast mir lange genug Schwierigkeiten gemacht. Heute vernichte ich dich.«

»Niemals!«, brülle ich zurück und schleudere den Speer.

Er segelt durch die Luft und bohrt sich mit ganzer Wucht in Kothvirs Brustkorb. Er lacht lauthals über mich, aber ich sehe, wie violettes Blut aus seinem Mund tritt. Er reißt sich den Speer aus der Brust und wirft ihn verächtlich beiseite. Er tastet nicht einmal nach der Wunde. Er macht einen Schritt auf mich zu, schwankt, stürzt.

Etwas trifft den Smaragdhengst schwer und hart. Ich schüttelte die Steigbügel ab, als wir fallen. Ich schlage hart auf, pralle einmal ab, dann bleibe ich reglos liegen. Ich rieche Blut in meiner Nase und schmecke Staub in meinem Mund. Ich versuche aufzustehen, schaffe es nicht. Dann stemme ich mich mühsam hoch und blinzle.

In den wenigen Sekunden, die ich das Schlachtfeld nicht mehr gesehen habe, hat es sich in eine morbide Einöde verwandelt. Menschen und Bharashadi liegen zerbrochen über das Feld verstreut, vom Tod in groteske Stellungen verbogen. Die Aasfresser haben sie schon bis auf die Knochen abgenagt, und sie sind nur noch Skelette: Von vereinzelten Hautfetzen und zerfetzter Kleidung bedeckt. Elfenbeinweiße Knochen ragen aus dem roten Sand, der sie halb bedeckt. Leblose Schädel atmen roten Staub aus, wenn der Wind über sie hinweht.

Ich blicke auf meine eigenen Beine. Haut und Muskeln sind verschwunden. Entsetzt reiße ich die Hände vors Gesicht, aber nur knochige Finger klappern gegen meinen Schädel. Ich erhebe mich unsicher auf meine Beine und sehe mich um. Die Skelettzeugen der großen Schlacht umgeben mich wie ein Burggraben.

Dann höre ich die Stimme hinter mir. »Du hast Kothvir also besiegt, wie es vorhergesagt war. Zu schade, dass die *Kristallseherchronik* nichts darüber sagt, was ich mit dir machen werde!«

Ich wirble herum und brülle, als Fürst Unheil mich an den Schultern packt. Ich kämpfe gegen ihn an, aber ich kann seinem Griff nicht entkommen. »Lachlan, Lachlan!«, ruft er, und ich frage mich, weshalb er mich bei dem Namen nennt, den ich meinem nächsten Sohn geben will.

Ich schreckte hoch und blickte in Kits Gesicht, der mich an den Schultern hielt und schüttelte. »Lachlan, wach auf! Du hast im Schlaf geschrien.«

Ich schauderte, dann ließ ich seine Arme los, die ich mit aller Gewalt umklammert hatte. »Verzeih mir, Kit.«

Mein Vetter starrte mich an. »Was war los? Hattest du einen Albtraum?«

Ich nickte, als die Bilder des Traums verblassten und aus meinen Gedanken verschwanden. »Ich will hoffen, dass es nicht mehr war. Falls es ein Omen dafür gewesen sein sollte, was uns morgen bevorsteht, schlitze ich mir heute Nacht noch die Pulsadern auf.«

27

Wir waren eine erstaunliche Truppe, wie wir beim Morgengrauen von Erster Halt losritten. Roarke schwebte uns auf seiner roten Flugscheibe voraus. Deren Farbe machte Taci sichtbar zu schaffen, weil sie auf Chaosmagie hinwies. Sie nahm widerspruchslos eine Stellung am Ende unserer Formation ein, wo sie zusammen mit Osane und Donla die Nachhut bildete. Ich ritt an der Spitze, weniger aus irgendeinem Wunsch, die Truppe anzuführen, als auf Grund der Tatsache, dass der Smaragdhengst sich weigerte, irgendeinen Konkurrenten anzuerkennen, sodass Kit und Eirene hinter mir blieben.

Roarke, Kit und ich hatten unsere Route schon vorher abgesprochen. Während Roarkes Finger einen Weg auf der Karte nachgezeichnet hatte, hatte ich den schmalen Pfad vor mir gesehen, der sich auf der Modellkarte auf einem Sims entlang einer der Gebirgsschluchten hinzog. Es war ein leichterer Weg als der oberhalb der Klippen, und solange Roarke vorausflog, brauchten wir uns um Hinterhalte keine Sorgen zu machen.

Trotzdem erinnerte ich mich daran, wie dieser Ort im Palastmodell ausgesehen hatte, und mir lief es eiskalt den Rücken hinab. Ich hob den Kopf und bemerkte, wie ähnlich Kit dem Driscoll meines Traums war. Ich konnte das Gefühl nicht abschütteln, dass wir ebenso zum Untergang verdammt schienen, wie unsere Väter es gewesen waren. Sie waren bei der Jagd auf Kothvir gestorben, und die Chancen standen gut, dass wir bei der Jagd auf Kothvirs Nachkommen den Tod fänden.

Jetzt hatte ich besonders schwer an Xoayyas Verlust

zu tragen, denn ich hätte gern ihre Erklärung meines Traums hören mögen. Sie war es gewohnt gewesen, mit derartigen Visionen anderer Orte und Zeiten umzugehen. Was für sie alltäglich gewesen war, verstörte mich.

Ich hatte den Traum Roarke gegenüber erwähnt, aber der hatte ihm nicht viel Bedeutung beigemessen. »Du wärst nicht der Erste, der sich im Traum als sein eigener Vater sieht, Locke. Träume dieser Art können gelegentlich prophetisch sein, aber meistens sind sie nur Widerspiegelungen der Ängste, die in unserem Herzen eingeschlossen sind. Du hast Angst, dass diese Mission dir ebenso den Tod bringt wie deinem Vater. Das ist eine Angst, die wir alle teilen, aber für dich steht dabei viel mehr auf dem Spiel als für uns andere. Du hoffst, der Herausforderung gewachsen zu sein, aber gleichzeitig hast du wahrscheinlich auch eine gewisse Furcht davor, Erfolg zu haben, wo dein Vater scheiterte.«

»Was?«

»Denk darüber nach, Junge. Dein Vater war ein großer Held. Wenn du und Kit schaffen, was euren Vätern nicht gelungen ist, übertrefft ihr sie. Das wird den Rest deines Lebens erschweren, denn dann müsst ihr euch diesem Erbe gewachsen zeigen. Du bist klug genug, von dieser Aussicht eingeschüchtert zu sein. Ich wäre es bestimmt.«

Ich war verärgert, weniger, weil ich anderer Meinung gewesen wäre, als vielmehr, weil ich mich dem Problem nicht stellen wollte, das er angesprochen hatte. Für jeden Mann ist sein Vater ein Held, und mir war es erspart geblieben, meinen Vater alt und schwach werden zu sehen, sodass dieses Heldenbild in meiner Vorstellung nie zerbrach. Aber es war so, wie Roarke es angedeutet hatte: Durch einen Erfolg bei dieser Mission würde ich es selbst zerschlagen. Danach bliebe mir kein Ziel mehr, das ich in meinem Leben anstreben konnte, und das war eine so einschüchternde Aussicht, dass ich zurück in den Schoß wollte.

Mit einem Erfolg würde ich eine ebenso grundlegende Veränderung meiner persönlichen Wirklichkeit auslösen, wie durch das Wissen ausgelöst worden war, dass ein Schwarzer Schatten die Bannmauern durchquert hatte. Ich konnte nur hoffen, die Kraft zu besitzen, mit einer Veränderung dieser Größenordnung fertig zu werden. Ob es wirklich so war, wusste ich nicht. *Aber das ist ein Problem, mit dem du dich erst auseinander setzen musst, wenn es tatsächlich Realität wird, Locke.*

Ich schaute zu Roarke auf. »Was – schlägst du vor – soll ich mit diesem Problem machen?«

»Es anerkennen.« Er lächelte mich an. »Es ist ein bedauernswertes Kind, das es nicht weiter bringt als seine Eltern, besonders, wenn sie ihm die Ziele und die Unterstützung geben, die es benötigt. Gut, einen Teil davon hast du vermissen müssen, aber das spielt keine Rolle. Mach deine Eltern stolz auf dich. Tu, was ihnen verwehrt geblieben ist.«

Ich nickte. »Das ergibt Sinn.«

»Ach, und noch etwas.«

»Ja?«

»Bring alle verdammten Bharashadi um, die dir vor Augen kommen.«

Unterwegs fand ich zwei Mitglieder unserer Truppe, denen dieser Teil der Reise nicht die geringsten Sorgen zu machen schien. Cruach trottete schnellen Schritts voran, kreuzte immer wieder von einer Seite des Wegs zur anderen und schnupperte an verschiedenen Gegenständen, die für mich keinerlei Anlass dazu boten. Auf typische Hundeart markierte er unseren Weg ausgiebig und lief gelegentlich voraus, um im Schatten liegend zu warten, bis wir ihn eingeholt hatten.

Auch der Smaragdhengst schien von unserer Mission geradezu beflügelt und besonders stolz darauf, dass ich Emeterios Stab auf dem Rücken trug. Es fiel mir schwer, ihn zurückzuhalten, damit die anderen Pferde mitkamen. Mehr als einmal machte er Anstalten, durch die Luft zu traben, statt den langen Serpentinen des Weges zu folgen. Er gestattete mir zwar, ihn auf dem Weg zu halten, lief jedoch stets gute sechs Finger über dem Boden, nur um mir zu zeigen, dass er es konnte.

Die Landschaft, durch die wir uns bewegten, bot kaum Abwechslung, abgesehen davon, dass sie zunehmend abweisender und lebensfeindlicher wurde. Saurer Regen hatte alle Erde von den roten Felsen gespült, auf denen wir ritten. Auf irgendeine für mich unerklärliche Weise klammerten sich trotzdem noch verkrümmte und dornenbesetzte Pflanzen in dieser öden Wildnis ans Leben, und ihr spärlicher Schatten bot Skorpionen und anderen giftigen Kreaturen Versteck und Unterschlupf.

Nach einer Weile ging im Osten die Sonne auf und brannte wütend rot vom Himmel. Es wurde grausam heiß und ich geriet unter der Rüstung ins Schwitzen. Wir hatten Wasserflaschen und Schläuche in Erster Halt nachgefüllt, deshalb brauchten wir uns beim Trinken nicht sonderlich zurückzuhalten. Wahrscheinlich waren wir uns alle unterbewusst darüber im Klaren, dass angesichts des Ziels unseres Ritts der Durst wahrlich das geringste unserer Probleme war.

Das einzige Tierleben, das ich zu Gesicht bekam, waren geduldig am Himmel kreisende Geier. Sie kreisten nicht über uns, sondern über einem Ort, der, wie mir plötzlich deutlich wurde, unser Ziel sein musste. Es war einleuchtend, dass Geier vom Necroleum angezogen wurden, aber für mich bedeutete ihre Anwesenheit ein übles Vorzeichen. Nach den Visionen der vergangenen Nacht erwartete ich unwillkürlich, hinter der nächsten Biegung des Gebirgspfads ein Knochenmeer vorzufinden.

Kurz nach Mittag erkannte ich verschiedene Geländemerkmale wieder, die mir zeigten, dass wir unserem Ziel sehr nahe waren. Knapp vor der letzten Kurve in die Schlucht, in die wir unterwegs waren, hob ich die linke Hand als Zeichen für die anderen anzuhalten. In der Ferne sah ich Roarkes Flugscheibe steil in die Höhe schießen. Ein Quader, dessen Kanten von dicken roten Lichtbahnen beschrieben wurden, schloss ihn ein und drehte sich mit hoher Geschwindigkeit, um ihn gefangen zu halten. Er versuchte, seine Plattform höher und höher zu ziehen, um der Gefahr auszuweichen, aber es gelang ihm nicht, ihr zu entkommen.

Ich grub die Fersen in die Rippen des Smaragdhengstes, und er reagierte, indem er hoch in die Luft sprang. Sein Kopf verdeckte Roarke für eine Sekunde, als wir die steile Klippenwand hinaufstiegen, dann segelten wir hoch über den Rand der Schlucht. Der gestreckte Galopp des Smaragdhengstes verschlang die zwischen uns liegende Entfernung.

Als ich Roarke wieder zu sehen bekam, bot sich mir ein erschreckendes Schauspiel. Die acht Ecken des magischen Quaders bewegten sich auf ihren gegenüberliegenden Positionen durch das Zentrum des Würfels, dann rasteten sie an ihren neuen Standorten ein. Der Quader hatte sein Inneres nach außen gestülpt, während Roarke in ihm gefangen war. Ich hörte ihn aufschreien, als die Lichtbalken durch seinen Körper drangen. Dann verschwand die Flugscheibe. Roarkes schlaff im Innern des Quaders hängender Körper sank hinab in die Schlucht.

Der Smaragdhengst schien meine Gedanken gelesen zu haben. Er sprang über einen großen Felsblock und segelte hinab ans Ende des Weges, dem wir gefolgt waren. Dort unten auf dem Boden der Schlucht sah ich

Vrasha Rudelmörder, der das Faustfeuerszepter hoch über den Kopf erhoben hatte. Er wirbelte es herum und stieß es in meine Richtung. Ein wirbelndes rotes Dreieck stieg aus der schwarzen Perle auf und schoss auf mich zu. Der Smaragdhengst brach hart nach rechts aus, aber noch während er dem magischen Angriff auswich, bog der Spruch ab und zuckte knisternd an uns vorbei.

Ich drehte mich um und sah dem Feuerdreieck nach, das im Flug größer wurde, bis jede seiner Kanten mannshoch war. Ständig um seine Achse wirbelnd, schnitt es in die Felswand der Schlucht und schleuderte Steinbrocken durch die Luft. Der Spruch bohrte sich in den Berg, schien einen Herzschlag lang verschwunden, dann brach er wie ein eruptierender Vulkan ins Freie.

Die Klippenwand zerbarst wie Kristall unter einem Schmiedehammer, gerade als Kit und Eirene in Sicht kamen. Ich erhaschte einen kurzen Blick auf sie, dann wurden sie von einem Vorhang aus Staub und Fels verschlungen. Ich glaubte, Schreie zu hören, bevor das Donnern der Steinlawine sie verschlang. Wie ich es in meinem Traum gesehen hatte, war Kit davongerissen worden, ohne eine Chance zu haben, ohne auch nur zu wissen, was ihn umgebracht hatte.

Ich zog blank und trieb den Smaragdhengst geradewegs auf den Bharashadi-Zauberer hinab. Ringsum sah ich meinen Traum bruchstückhaft neue Gestalt annehmen. Die Geister derer, die mit meinem Vater umgekommen waren, kehrten zurück, um zu sehen, ob ich mein Leben ebenso teuer verkaufen würde wie er. Mit einem unartikulierten Aufschrei entschied ich, sie nicht zu enttäuschen.

Die Bharashadi-Krieger rund um Vrasha suchten das Weite, aber der Zauberer hielt die Stellung. Ich knirschte mit den Zähnen und zog den Arm zu dem Hieb zurück, mit dem ich ihm den Schädel spalten würde. Es kümmerte mich nicht, dass er seinen Stab auf mich richtete. Ich sah den roten Funken in der Perle aufglühen, aber ich achtete nicht auf ihn. Nichts konnte mich aufhalten. Nichts konnte mir meine Rache nehmen.

Drei Schritt vor meinem Ziel traf der rote Funken den Smaragdhengst voll in die Brust. Ich spürte, wie mein Reittier steif und kalt wurde, dann stoppte es jäh, als verweigere es ein Hindernis. Ohne Sattel und ohne Vorwarnung konnte ich nichts dagegen tun, dass ich von meinem Schwung nach vorne geschleudert wurde. Ich schlug gegen den versteinerten Pferdekopf, dann taumelte ich mich überschlagend durch die Luft.

Mein Flug fand ein jähes Ende, als meine flache Flugbahn auf den Talboden traf. Ich landete hart auf dem Becken. Der Aufschlag ließ meine Beine taub werden. Es fühlte sich an, als wäre ich in der Mitte durchgebrochen. Ich fiel nach hinten, das Schwert flog aus meiner Hand. Mein Helm riss sich los und polterte davon. Ich starrte senkrecht in den Himmel.

Der Bharashadi-Zauberer tauchte über mir auf. Ich sah ihn grinsen, dann krachte das untere Ende des Faustfeuerszepters auf meine Gesichtsmaske herab, und alles wurde schwarz.

28

Ich hörte ein infernalisches Donnern, als ich wieder erwachte, und nahm zunächst an, dass es von dem Hämmern in meinem Schädel herrührte. Ich fühlte einen pulsierenden Schmerz hinter meiner Stirn, wo Vrasha mich mit dem Faustfeuerszepter getroffen hatte. Aber meine gepanzerte Maske hatte die Wucht des Schlages abgemildert. Mein Schädel war nicht zerborsten. Er fühlte sich nur so an.

Ich öffnete die Augen und sah nichts. Panik stieg in mir auf. Ich hatte Angst, durch die Verletzung blind geworden zu sein. Ich suchte in der Dunkelheit nach irgendetwas, das mir helfen konnte festzustellen, ob meine Sehfähigkeit tatsächlich zerstört war, aber ich fand nichts. Allerdings fühlten sich meine Augen ganz vertraut an, und abgesehen von den brutalen Schmerzen im Becken und Kopf hatte ich keinen Hinweis auf eine ernste Verletzung. Ich entschied, dass ich wahrscheinlich nur deshalb nichts sehen konnte, weil es dunkel war.

Nachdem ich diese Sorge fürs Erste ad acta gelegt hatte, konnte ich etwas klarer nachdenken. Ich versuchte, mich zu bewegen und machte bei dem vergeblichen Versuch zwei Entdeckungen. Erstens war ich an eine Art Stuhl gefesselt, wahrscheinlich durch Zauberei, denn ich konnte keine Riemen oder Seile spüren. Zweitens, und das war wichtiger als die erste Feststellung, hatte man mir meine Rüstung abgenommen. So weit ich das sagen konnte, trug ich nur noch einen Lendenschurz, meine Stiefel und den Ring meines Vaters.

Das Trommeln drang mit unverminderter Lautstärke aus der schwarzen Leere vor mir. Indem ich den Kopf erst zur einen, dann zur anderen Seite drehte, konnte ich feststellen, dass die Trommeln, wie viele es auch sein mochten, in mindestens drei Gruppen aufgeteilt waren. Eine befand sich in gerader Linie vor mir und etwas erhöht, die beiden anderen links und rechts der ersten und noch ein Stück höher. Außerdem ließ das Echo der Trommeln darauf schließen, dass wir uns in einem geschlossenen Raum befanden. Dabei variierte der Klang ausreichend, um mich vermuten zu lassen, dass es sich um eine Art natürliche Höhle handelte.

Die Luft in meinem Gefängnis war schwer und still. Ich konnte meinen Angstschweiß riechen, aber darunter glaubte ich auch den süßlichen Duft vertrockneter Blumen und staubigen, ausgetrockneten Mülls wahrzunehmen. Der Geruch erinnerte mich an das Öffnen eines lange nicht mehr benutzten Teils von Großvaters Fechtschule, aus der Zeit, da ich noch ein Kind gewesen war. Als ich damals in den über ein Jahrzehnt unbenutzten Raum getreten war, war mir derselbe muffige, tote Geruch in die Nase gestiegen.

In diesem Augenblick wurde mir bewusst, was ich in meinem Innersten schon die ganze Zeit geahnt hatte. Ich befand mich im Innern des Necroleums. Vrasha hatte große Anstrengungen auf sich genommen, um Kothvir und die anderen Bharashadi erwecken zu können. Es war eine unglaubliche Ironie des Schicksals, die es Vrasha Rudelmörder gestattet hatte, mich, Cardews Sohn, ins Necroleum zu bringen, damit ich aus erster Hand die Folgen meines Versagens und des Scheiterns meines Vaters erleben konnte.

Ich würde ein Opfer dieses Versagens werden. Sie würden mich aufschneiden und aus meinen Eingeweiden die Omen für ihre bevorstehende Invasion des Imperiums lesen. Mein Tod würde der erste von Millionen werden, wenn die Bharashadi sich an den Bewohnern des Imperiums rächten.

Das Trommeln wurde schneller, als hoch über mir auf der rechten Seite ein rötlicher Lichtschein einen Tunnel erhellte. Er näherte sich in gleichmäßiger Geschwindigkeit, kam alle vier Trommelschläge einen Schritt näher. Immer näher kam das Licht, gemessen, langsam, als würde es von einem Priester in einem äonenalten Ritual getragen. So weit hergeholt war der Vergleich wahrscheinlich gar nicht einmal, denn wenn die Vermutungen des Imperiums stimmten, besiegelten die Bharashadi jetzt tatsächlich einen Bund mit ihrem Gott.

Der vollmähnige Zauberer erschien in der Öffnung des Tunnels und offenbarte die Quelle des roten Lichts: das Faustfeuerszepter. An seinen Handgelenken sah ich goldene Armreife. Der rote Lichtschein funkelte auf seinem goldenen Brustschild, und der Rubin in seinem goldenen Stirnreif glitzerte im Glühen des Szepters. Er hob das Szepter mit beiden Händen über seinen Kopf und zischte ein Wort, das ich nicht verstand.

Rote Strahlen schossen aus der dunklen Perle zur Höhlendecke. Die blutroten Lichtbahnen verwoben sich zu einem komplexen Netz aus Energie. Zunächst breiteten sich konzentrische Lichtkreise um das Szepter aus. Nachdem sie sich, im Takt der Trommeln größer werdend, in gleichmäßigem Abstand verteilt hatten, löste sich das ganze Netz vom Szepter. Sein Ausgangspunkt, eine rotgoldene Kugel, die wie eine winzige Sonne loderte, trieb ins Herz der Kreisbahnen und ging über der Empore, auf der ich saß, in Stellung. An ihrem Ziel angekommen, wurde sie langsam heller und füllte den gesamten Raum mit ihrem Licht.

Plötzlich wünschte ich mir, meine Verletzungen hätten mir das Augenlicht genommen.

Als es um mich herum hell wurde, fand ich mich im Auge eines Horrororkans wieder. Ich saß auf einem Stuhl auf einer Empore am Fuß einer in längst vergangenen Zeiten von einem Fluss in den Fels geschnittenen Schneise. Rings um mich herum ragten Stalagmiten und Stalagtiten wie Reißzähne vor, die nur darauf warteten, einer hilflosen Beute gewaltige Fetzen Fleisch aus dem Körper zu reißen. Gefrorener Stein breitete sich in sanften Terrassen von so nuancenreich variierter Farbe aus, dass dieser Ort einen Betrachter unter anderen Umständen mit seiner Schönheit hätte verzaubern können.

Aber nicht jetzt, denn jetzt war diese Kaverne Teil des Bharashadi-Necroleums. Auf allen Terrassen lagen zerfetzte und zerschlagene Bharashadi-Leichen aufgetürmt. Hautfetzen hingen herab und gaben den Blick auf zerborstene Rippen und dunkle Organe im Innern der Leiber frei. Schädel klafften offen, weil die Fasern, die sie zusammengehalten hatten, längst verrottet waren. Abgetrennte Gliedmaßen, manche nicht mehr als nackte Knochen, lagen so dicht und ordentlich wie möglich neben den Leichen der Krieger, die sie verloren hatten. Vollständigere Leichen, die nur Schnitt- oder Stichwunden aufwiesen, oder aus deren Leibern noch abgebrochene Pfeilschäfte ragten, hingen an dünnen Seilen von der Decke.

Das wäre sicher schon scheußlich genug gewesen, aber ich empfand den Anblick dadurch als noch obszöner, dass ein unermesslicher Reichtum über die ganze Höhle verstreut war. Bharashadi-Leichen lagen auf Bergen von Gold. Ströme von Juwelen ergossen sich über die Kadaver wie Samen, die ein schwachsinniger Bauer über einen Felsboden verschüttet hatte. Ich wusste, dass all dieser Reichtum aus den Städten und Reichen stammte, die untergegangen waren, als das Chaos in die Welt eingebrochen war. Ich nahm an, dass sie die Opfer ängstlicher Verwandten waren, die sich damit die Gnade der Empfänger bei deren Rückkehr in die Welt der Lebenden erkaufen wollten.

Auf einem zweiten Stuhl links neben mir sah ich Roarke. Er war ebenfalls bis auf einen Lendenschurz nackt. Sein Kopf war auf die Brust gesackt, aber ich sah diese Brust sich heben und senken, und das zeigte mir, dass er noch lebte.

Dann blickte ich zu dem einzigen anderen Sitzplatz auf der Empore hin, und das Herz blieb mir im Halse stecken. Der riesenhaft monströse Bharashadi vor mir saß auf einem Thron, der aus einem einzigen Granitblock gehauen war. Die Bilder, die ihn verzierten, wirkten ebenso widerwärtig wie die in Kastell Shmertz. Links von ihm war eine Schwertscheide am Thron befestigt, in der ein Schwert von fast zwei Schritt Länge steckte, dessen Heft lang genug war, dass er beide seiner riesigen Pranken gleichzeitig darum legen konnte.

Zu seinen Füßen, fast in der Mitte der Empore, lag Emeterios Stab.

Das Erstaunlichste an ihm war, dass sein linkes Auge offen stand und einen Opal von beträchtlicher Größe enthielt. Er war offensichtlich tot, denn er bewegte sich nicht nur mit keinem Muskel, in seinem Brustkorb klafften auch zwei tiefe Löcher – aber er starrte mich mit seinem künstlichen Auge an, das genauso aussah wie das eines Chaosreiters. Obwohl er völlig reglos war, durchlief mich ein ängstliches Schaudern, als ich ihn betrachtete.

Das also ist Kothvir. Als ich ihn so anstarrte, konnte ich mir nicht erklären, wie mein Vater, der dieser Kreatur mehr als einmal begegnet war, sich ihm wieder und wieder freiwillig gestellt hatte. Wenn von Helden ein derartiger Mut erwartet wurde, wäre ich freudig ins Imperium zurückgekehrt, um dort den Rest meines Lebens in Schande zu verbringen.

Noch während ich diesen Gedanken formulierte, war mir klar, dass er so nicht stimmte. Die Begegnungen meines Vaters mit diesem Albtraum waren von etwas Stärkerem begründet gewesen als seinen privaten Ängsten. Er hatte Kothvir als die größte lebende Bedrohung für das Imperium und seine Familie angesehen. Sein persönliches Schicksal war angesichts der Notwendigkeit zur Bedeutungslosigkeit herabgesunken, Kothvir von einem Angriff auf das Imperium abzuhalten.

Vrasha kam die gewundenen Stufen herab, die aus dem Tunnel auf die Empore führten. Ich bemerkte mit wachsendem Unbehagen, dass eine zweite Treppe auf der gegenüberliegenden Seite der Höhle zum Eingang eines anderen Tunnels führte. Ganz offenbar war diese nur eine in einer Abfolge ähnlicher Höhlen, in denen Abertausende Bharashadi auf das Ritual warteten, das Vrasha nun durchführen würde.

Im schummrigen Licht sah ich die auf drei Gruppen verteilten Trommler. Es waren zwölf, allesamt Krieger, wie ich an den teilweise rasierten Köpfen zu erkennen glaubte. Sie hämmerten im Gleichklang auf ihre Trommeln und stellten einen hypnotischen Rhythmus mit einer martialischen Botschaft her, die mein Blut zum Kochen brachte. Die Musik forderte mich auf, aufzustehen und meine Feinde zu zermalmen, was mit meinen Absichten ganz und gar übereinstimmte. Ich kämpfte gegen meine unsichtbaren Fesseln an, konnte sie aber nicht abschütteln und knurrte wütend vor Verzweiflung.

Bei meinem vergeblichen Kampf bemerkte ich etwas, das mich aus Gründen beunruhigte, die mir nicht sofort klar waren. Die Stiefel an meinen Füßen gehörten mir nicht. Sie waren alt und an den Fersen abgetreten. Sie waren in einem Stil zusammengeschustert, der vor etwa zwanzig Jahren modern gewesen war. Und trotzdem passten sie vollkommen. Ich bekam eine Gänsehaut.

Auch der Lendenschurz aus schwarzem Samt um meine Hüften war bemerkenswert. Seine Enden waren lang genug, in meiner sitzenden Haltung bis zum Boden zu reichen. Ich sah, dass die Rangabzeichen, die ich unter der Rüstung auf meinem Hemd getragen hatte, auf das Tuch genäht worden waren. Ein Blick hinüber zu Roarke bestätigte mir, dass die Bharashadi auch seine Rangaufnäher auf den Lendenschurz übertragen hatten. *Warum machen sich Chadämonen mit ihren Gefangenen derartige Umstände?*

Vrashas Ankunft auf der Empore ließ mir keine Zeit, darüber nachzudenken, warum ein altes Paar Stiefel oder ein paar Lendenschurzverzierungen mir so nahe gingen. Ein hünenhafter Krieger folgte dem Zauberer und blieb eine Stufe unter der Empore stehen. Er beobachtete Vrasha sehr genau, aber seine Hände befanden sich dabei nicht einmal in der Nähe seiner Bewaffnung aus Schwert und Dolch. Als er in meine Richtung blickte, las ich Verachtung in seinen Augen.

Der Zauberer trat in die Mitte der Empore und hob das Szepter. Ein Kegel aus rotem Licht schoss aus dem Herz des über uns schwebenden Energienetzes, dann breitete er sich an der Oberkante aus und wurde zu einem Zylinder, der die ganze Empore umschloss. Die dünnen, in einem Kreuzmuster verwobenen Lichtfäden, aus denen er zusammengesetzt war, formten einen halb durchsichtigen Vorhang um uns, und meine Haut juckte in der Nähe so viel magischer Energie. Der bei der Herstellung des Vorhangs ausgeschlossene Krieger trat ohne Schaden hindurch und auf die Empore.

Die parallel zum Boden verlaufenden Lichtfäden waren nur etwa sechs Finger voneinander entfernt, und als Vrasha das Szepter bewegte, breiteten sie sich langsam aus wie Ton auf einer Töpferscheibe. Dabei zogen sie einen Teil der senkrechten Fäden mit wie ein Rad, das durch Speichen mit der Nabe verbunden war. Sie breiteten sich schrittweise aus, bis sie ein Spiegelbild des Netzes an der Decke beschrieben und jeder Leichnam im Innern der Höhle von dem roten Licht berührt worden war.

Vrasha hob das Faustfeuerszepter senkrecht zur Decke und rief wortlos eine dünne Säule roten Lichts herab. Sie sank aus dem Zentrum des Netzes und befestigte sich wie ein Spinnfaden am Kopf des Szepters. Dann drehte der Zauberer sich langsam um und berührte damit Kothvirs Stirn.

Der lange tote Bharashadi-Kriegsherr zuckte wild. Sekunden später schüttelten sich alle übrigen Leichen in der Höhle, als wollten sie ihren Anführer imitieren, aber da sie weiter vom Kern der Zauberwirkung entfernt waren, fielen ihre Bewegungen gedämpfter aus. Vrashas Blick wanderte durch das Necroleum, und das Lächeln seiner nadelspitzen Zähne verriet ein Gefühl des Triumphes.

»Das Auge, Vrasha«, zischte der andere Bharashadi.

»Ich habe es nicht vergessen, Rindik!« Vrashas Augen wurden schmal, als er den Krieger anbellte. »Vergiss nicht, dass du es warst, Bruder, der daran gezweifelt hat, dass es ihm zurückgegeben werden würde, obwohl die *Kristallseherchronik* es prophezeit.«

Der Bharashadi-Zauberer wandte sich Roarke und mir zu, dann gestikulierte er in Richtung des Ernergienetzes. »Durch die meinem Handeln innewohnende Magie werdet ihr genau verstehen, was hier geschieht.«

Vrasha ließ es so klingen, als würde er mir eine Gnade erweisen, indem er mir ermöglichte zu verstehen, was die Bharashadi sagten, aber ich wusste es besser. Ich sollte verstehen, was geschah, damit ich mich fürchtete und an dem verzweifelte, was ich mitansehen musste. Ich blähte verächtlich die Nasenflügel und starrte ihn wortlos an.

Das Szepter in der linken Hand, trat er hinüber zu Roarke und zog den Kopf meines Freundes in den Nacken. Vrasha starrte mitleidlos auf ihn hinab, dann senkte er die rechte Hand über Roarkes Gesicht und legte die Finger auf seine Schläfe. Er hob den Daumen wie den Schwanz eines Skorpions. Ich sah eine schwarze Kralle ausfahren.

»Nein!«

Mit einem schmatzenden Geräusch zog Vrashas rechter Daumennagel das Auge in einer blitzschnellen

Bewegung aus der Höhle. Roarke schrie auf und drehte den Kopf zur Seite. Blut floss seine Wange hinab und tropfte ihm auf die Brust, als der Chadämon triumphierend den goldenen Augapfel in die Höhe hielt. Mir war schlecht – und selbst der Bharashadi-Krieger wandte sich ab.

Als Nächstes grub Vrasha den Opal aus Kothvirs Gesicht, wozu er das Szepter neben sich in der Luft stehen ließ, und stopfte das Auge, das Fialchar ihm gestohlen hatte, zurück an seine angestammte Stelle. Ich sah einen roten Lichtblitz, als Vrasha es mit einem Zauberspruch wieder befestigte. Dann drehte er sich um, machte einen Schritt nach vorne und packte Roarkes Kinn mit der linken Hand. Seine Krallen hinterließen kleine Schnittwunden in der Haut, als der Bharashadi den Kopf des Chaosreiters nach vorne riss. Mit sorgfältigen Bewegungen zog er Roarkes linkes Auge auf und drückte den Opal in die leere Augenhöhle.

Wieder knurrte Roarke vor Schmerzen. Ein blauer Lichtblitz zuckte über das Auge, und Vrasha sprang zurück. Dann grinste er, als Roarke sich vergeblich gegen die Zauberfesseln stemmte, die ihn auf dem Stuhl festhielten. Mein Freund sah zu mir herüber und zwinkerte mir mit dem Juwelenauge zu, aber es war mir kein Trost zu sehen, dass er dazu in der Lage war.

Meine Welt hatte auf eine Weise zu verschwimmen und sich zu verändern begonnen, dass ich mich schon fast fragte, ob ich in einem neuen Albtraum gefangen war. Rings um mich herum im Necroleum sah ich Bharashadi-Krieger, und ich wusste, wo und wie sie gestorben waren. Ich brauchte nur einen Leichnam anzublicken, und ich sah vor mir, wie er getötet wurde. Ich hätte das alles einer Verbindung wie der zuschreiben können, die es den anderen gestattet hatte, die Namen ihrer Pferde zu erfahren, als sie diese am Abend zuvor erhalten hatten. Doch der Chaoszauber, der all diese untoten Chadämonen verband, hatte mich nicht berührt.

Wieder hob Vrasha das Szepter, und erneut schoss ein roter Lichtstrahl zu ihm hinab. Als er das Szepter an Kothvirs Brust drückte, geschah mehrererlei. Der Leichnam zuckte wieder, als hätte ein Wagen ihn überrollt. Sekunden später zuckte dieselbe Bewegung durch die Leichenmenge um uns herum. Dann zog das rote Licht eine Spur um die beiden Wunden in seiner Brust. Ich sah ein blutrotes Licht tief in den Verletzungen aufleuchten, dann erreichte es die Haut, und die Wunden schlossen sich nahtlos.

Um uns herum geschah dasselbe mit den übrigen toten Bharashadi. Das rote Licht brannte die Pfeile weg, die noch in manchen Körpern steckten, und brennende Holzschäfte fielen auf den Boden herab. Das rote Licht setzte zerschmetterte Schädel wie Puzzlestücke zusammen. Blanke Knochen wurden von glutrotem Licht umhüllt, das sich zu Muskeln und Haut verfestigte und sie völlig wiederherstellte. Abgerissene Gliedmaßen krochen über die Terrassen zu ihren früheren Körpern. Sobald sie angekommen waren, schweißte das rote Licht sie wieder zusammen.

Schließlich kroch das rote Licht an Kothvirs Brust hoch und vereinigte sich mit der ersten dünnen Lichtbahn. Die wuchs von der Dicke eines Strohhalms zu der meines Daumens, angefangen an Kothvirs Stirn und von dort allmählich hinauf zum Deckennetz. Als kröche ein Wurm durch die Verbindung und dehne sie, bewegte sich die Energie durch das gesamte Netzwerk. Wo sie die von der Decke hängenden Bharashadi berührte, brannten die Seile, an denen sie hingen, weg, aber die Leichen stürzten nicht herab.

Vrasha drückte das Faustfeuerszepter mit beiden Händen an die Brust und legte das Kinn auf die schwarze Perle. Er schloss die Augen, und die Muskeln seiner Unterarme spannten sich, als er die Fäuste fester ballte. Das Netz leuchtete heller auf, dann schwankte sein Lichtausstoß mit der Stimme des Zauberers.

»Es ist geschehen, wie du es verlangt hast, o Kinruquel. Wie es vereinbart wurde, als wir, die Bharashadi, durch dein Reich in diese Welt kamen, haben wir diesen Ort geheiligt gehalten. Hier im Necroleum haben wir unsere Toten und die Beute dieser Welt versammelt. Wir haben sie gepflegt und ihre Wunden versorgt. Wir haben sie wieder zu ganzen Gestalten gemacht. Sie sind bereit, deine Gnade zu empfangen.«

Ich fühlte die Erde unter meinen Füßen beben. Der Bharashadi-Krieger streckte die Arme aus, um sein Gleichgewicht zu halten. Roarke runzelte die Stirn, und mein Mund war wie ausgetrocknet. Ich hatte noch nie in irgendeiner Heldengeschichte oder den Aufzählungen eines imperialen Pantheons von Kinruquel gehört, aber wenn seine Anrufung genügte, den Boden erzittern zu lassen, brauchte ich keinen weiteren Beweis seiner Macht.

Vrasha berührte den Boden mit dem Fußende des Szepters. »Komm zu uns, Kinruquel. Gib diesen deinen Kindern, meinen Brüdern, zurück, was ihnen so grausam gestohlen wurde. Das fordere ich im Einklang mit dem Bund, den die Bharashadi mit dir eingegangen sind!«

Wieder bewegte sich der Boden, aber diesmal schien seine Bewegung weder so stark noch so jäh wie zuvor. Sie ließ die ganze Höhle aufbrummen, und die roten Energiefäden verschwammen. Sie vibrierten wie Lautensaiten unter den Händen eines Barden und vertieften den Ton, der von allen Seiten auf mich eindrang. Als der Lärm immer lauter wurde, biss ich die Zähne zusammen, um sie am Klappern zu hindern.

Ich bemerkte, wie ein neuer, dunklerer Farbton aus dem Boden in das Energienetz aufstieg, das Vrasha erschaffen hatte. Wieder wurden die Lichtfäden dicker, und diesmal war es, als würde ein schwarzer, aschiger Lehm an ihnen aufsteigen und sie überziehen. Diese neue Energie erdrückte den Zauber nicht, den Vrasha gesprochen hatte, ersetzte ihn auch nicht, sondern sie vereinigte sich mit ihm. In ihren Rissen und unter Schichten von Staub sah ich das grellrote Feuer weiter brennen.

Die knisternde neue Energie kletterte an dem Zylinder empor, breitete sich aber nicht zu den Scheiben aus, mit denen die toten Bharashadi mit der Empore in Verbindung standen. Ich fragte mich, ob irgendetwas schief gegangen war, aber Vrashas Miene bot keinerlei Hinweis auf irgendwelche Probleme. Stattdessen beobachtete er gefesselt, wie Kinruquels Macht sein wundervolles Netz langsam und unaufhaltsam verschandelte.

In diesem Augenblick kam mir der Gedanke, dass Vrashas Vorstellung von Schönheit möglicherweise auf einer anderen Ebene der Wirklichkeit beruhte als meine.

Als die dunkle Macht die Spitze des Kegels erreicht hatte, schoss sie geradewegs die dicke Leitung zu Kothvir herab. Ich sah dessen Kopf wie von einem Fausthieb nach hinten fliegen. Dann breitete die Energie sich durch den Rest des Netzes aus. Sie bewegte sich unterschiedlich schnell durch die verschiedenen Kreise, gerade so, dass die schwarze Macht jeden der Bharashadi ungefähr gleichzeitig erreichte. Als es soweit war, veränderte sich der Ton, den sie herstellte. Er wurde stetiger und geordneter.

Der Ton verwandelte sich in ein hämmerndes Wummern, das schnell zu einem zweiteiligen Rhythmus aus Impuls und Gegenimpuls wurde. Die beiden Schläge folgten etwa eine halbe Sekunde hintereinander. Allmählich wurden sie langsamer. Ich kannte das

Geräusch, aber ich hatte Mühe, es einzuordnen. Als ich es schließlich als einen Herzschlag erkannte, machte das, was sich meinen Augen darbot, diese Entdeckung unwichtig.

Kothvir bewegte sich.

Erst hielt ich es für eine durch die abnehmende Helligkeit hervorgerufene Sinnestäuschung, aber seine Brust hob und senkte sich. Zunächst atmete er so flach, dass ich mich weigerte zu glauben, was ich sah. Als seine Lungen sich wieder daran gewöhnten zu atmen, hörte ich seine Luftzüge. Meine Ohren bestätigten, was meine Augen mir mitteilten. Kothvir lebte wieder.

Seine Hände zuckten und seine Krallen fuhren aus. Ich zuckte zusammen, als ich sie sah, und Roarke rutschte unruhig auf seinem Stuhl hin und her. Die Muskeln in den Schenkeln des Monsters spannten sich, und seine Zehen krümmten sich. Seine Schultern senkten sich nach links und rechts, als er seine Rückenmuskulatur lockerte. Seine riesigen Brustmuskeln wogten, als er die Hände in den Schoß hob, dann beugte er die Arme.

Die magische Energieschnur zerfiel, als Kothvir schließlich den Kopf hob. Seine struppige Mähne war nach Kriegerart an den Schläfen rasiert. Rote Glanzlichter spielten über die scharfen Kanten seiner Wangenknochen und das starke Kinn. Seine Nüstern blähten sich mit jedem Atemzug, und sein Mund öffnete sich gerade weit genug, um seine Zähne im Lichtschein aufblitzen zu lassen.

Er öffnete die goldenen Augen und zwinkerte einen Tropfen von Roarkes Blut weg. Er starrte auf mich und Roarke, aber sein Blick schien geradewegs durch uns hindurch zu gehen. Er drehte den Kopf nach links, und als er Vrasha sah, bewegte sich langsam sein Kiefer, als spräche er. Er stoppte, dann versuchte er es erneut. Seine Stimme war ein hartes, heiseres Krächzen.

»Du hast das getan?«

Vrasha nickte ernst und hob mit der rechten Hand das Szepter. »Wie es geschrieben steht.«

»Du bist?« Kothvir stierte ihn aus zusammengekniffenen Augen an, ohne sich um die anderen Bharashadi-Krieger zu kümmern, die ringsum langsam erwachten.

»Vrasha, Vater.«

»Vrasha.« Kothvir schloss die Augen und schnupperte. »Du warst die winselnde Zwerggeburt einer Hexe. Ich habe deine Mutter genommen, weil es mir gefiel, sie zu quälen. Ich wollte dich gleich nach der Geburt ersäufen.«

So sehr ich Vrasha Rudelmörder auch hasste, in diesem Augenblick fühlte ich Mitleid mit ihm. Ich konnte mir nicht vorstellen, jemals meinem Sohn gegenüber so etwas auszusprechen, und ich glaube kaum, dass ich es überlebt hätte, etwas Derartiges von meinem Vater zu hören. Ich sah zu Vrasha, weil ich wissen wollte, wie er auf Kothvirs Worte reagierte, aber es gelang ihm, seinen Schmerz zu verbergen.

Der Bharashadi-Zauberer hob den Kopf. »Ich glaubte, du hättest mich am Leben gelassen, damit ich Großes erreiche.«

»Ich habe dich am Leben gelassen, weil deiner Mutter dein Tod lieber gewesen wäre.« Kothvirs Blick wanderte zu dem zweiten Bharashadi auf der Empore. »Du bist?«

»Der Platzhalter deines Throns, Vater. Ich bin Rindik.«

Kothvir grinste. »Also hast du deinen ältesten Halbbruder getötet, um meinen Platz einzunehmen.«

»In Wahrheit, mein Fürst, hat meine Mutter deine Hauptfrau und deren Brut vergiftet, bevor du zwei Wochen tot warst. Seitdem habe ich äußerst sorgfältig regiert und unser Reich gegen Vorstöße der Tsvortu verteidigt.«

»Und du hast Vrasha hier seinen Versuch gestattet, uns wiederzubeleben?« Kothvirs Augen wurden zu Schlitzen.

Rindik zuckte mit keinem Muskel. »Ich habe ihn ermutigt. Der Zeitpunkt entsprach nicht meinen Wünschen, aber das Ergebnis schon.«

»Ja, das Ergebnis.« Kothvir drehte sich wieder zu Roarke und mir um. »Es ist lange her, dass ich dich sah. Selbst als ich hier saß, in Tod gehüllt, habe ich dich nicht vergessen. Was du mir gestohlen hast, verursachte mir solchen Schmerz, dass ich es selbst nach dem Tode nicht aufgeben konnte. Du hast nicht nur mich ermordet, sondern meinen Traum, das Chaos zu einen und das Imperium zu vernichten. Das ist ein Verbrechen, für das du und all deine Nachfahren bezahlen sollen.«

Roarke grinste ihn an. »Wenn das ein Verbrechen ist, dann wäre Rückfälligkeit eine Tugend.« Er stemmte sich gegen die magischen Fesseln, die ihn an seinen Stuhl banden. »Sag deinem Schoßhund, er soll mich freigeben, und ich werde es gleich noch einmal tun.«

Kothvir stand unsicher auf, dann drückte er die linke Hand auf seine Brust, dort, wo die Verletzungen gewesen waren. »Selbst nach so langer Zeit fühle ich die Schmerzen noch. Sie sind erkaltet, aber sie haben sich eingenistet, damit ich sie nicht vergesse. Die Jahre haben dich verändert, aber das ist ohne Bedeutung. Ich werde vollenden, was ich vor Jahren begann.«

Mit der Linken griff er hinter sich nach dem Schwert an seinem Thron. »Ich habe dieses Vindictxvara im Herzen eines Vulkans geschmiedet, unter einem vollen Mond, und es in dem Fluss gekühlt, der durch die dürrsten Ödlande des Chaos strömt. Niemals hat es eine Klinge wie diese gegeben. Ihre bloße Berührung wird dich in Flammen aufgehen lassen.«

Roarke lachte umso lauter. »Der Tod hat dich gelähmt. Nicht einmal ein gerechter Kampf? Na los, schlachte mich ab, zu deinem Ruf wird das nichts beitragen.«

Kothvir drehte sich zu ihm um, das Schwert noch in der Scheide. »Was faselst du vor dich hin, Zauberer? Ich erinnere mich an dein Messer. Ein Splitter im Vergleich zu dem Baumstamm, der mich an jenem Tag durchbohrt hat. Dieses Schwert wird dich mit einem Hieb erledigen, aber erst werde ich es gegen den einsetzen, für dessen Ende es geschmiedet wurde.«

Mit einem metallischen Zischen zog Kothvir das Vindictxvara blank und hob es zur Höhlendecke. Rotes Licht floss wie Blut über den rasiermesserscharfen Stahl. Mein Mund fiel auf vor Überraschung, denn dort, zwischen der schwarzen Ziselierung, mit der die Klinge verziert war, starrte mich mein Gesicht an.

29

Wie ist es möglich, dass diese Klinge für *mich gedacht ist?* Als Kothvir diese Waffe geschmiedet hatte, war ich nicht mehr als ein Säugling. Er hätte unmöglich wissen können, wie ich aussehen würde, wenn ich erst erwachsen wäre. Er konnte meine Reise ins Chaos nicht vorausgesehen haben. Es war ganz unmöglich, dass er dieses Vindictxvara geschmiedet haben konnte, um es gegen mich einzusetzen.

Aber noch während ich mit einem Teil meines Bewusstseins Zuflucht in dem Gedanken suchte, dass die Zeit, die Kothvir hier im Necroleum verbracht hatte, sein Hirn zersetzt hatte, stiegen Szenen aus meinem letzten Albtraum und anderen vor ihm in mein Bewusstsein. Ich hatte diesen Chadämon schon früher gesehen. Ich hatte mich ihm entgegengestellt und ihn besiegt. Niemals zuvor durch Waffengewalt, immer durch taktische Überlegenheit. Ich hatte schon immer gewusst, dass es meinen Tod bedeuten würde, mich ihm zum Zweikampf zu stellen. Als ich in unserem letzten Gefecht den Speer nach ihm geschleudert hatte, war ich ihm näher gekommen als jemals zuvor.

Kothvir trat einen Schritt auf mich zu – sein Schwanz zuckte. »Die *Kristallseherchronik* hat meinen Tod von deiner Hand vorhergesagt, und so ist es geschehen. Jetzt kehre ich zurück, um den Gefallen zu erwidern.« Er legte beide Hände um den Griff des Schwerts und hob es über den Kopf. Dann kam er auf Schlagweite heran.

Ich schüttelte den Kopf, um klar zu werden. Er sprach mit mir, als wäre ich mein Vater. Und ich war ein Komplize seines Wahns, indem ich meinen Albträumen gestattete, sich mit Erinnerungen zu vermischen. Wie konnte er mich für meinen Vater halten, wo Cardew ein Held gewesen – und ich vor Entsetzen zu gelähmt – war, um ihm den geringsten Widerstand zu leisten?

Als die Klinge herabzuckte, schoss ein verschwommen silberner Lichtblitz durch mein Sichtfeld und warf Kothvir um. Völlig aus dem Gleichgewicht geraten, hatte der Bharashadi-Krieger Mühe, wieder hochzukommen. Während er mit dem durch sein stählernes Fell geschützten Hund kämpfte, der wie wild auf ihn einbiss, trat er Emeterios Stab über die Empore. Entsetzen trat auf Vrashas Züge, als der Stab in Roarkes Richtung rollte und gegen unsere Stühle prallte. Augenblicklich verpuffte der mit dem Faustfeuerszepter gewobene Zauber, der uns an unsere Plätze gefesselt hatte.

Ich sprang auf und hechtete zu einem Beutehaufen,

um eine Waffe für den Kampf gegen Kothvir zu finden. Links von mir brüllte der Bharashadi vor Schmerzen auf und kam auf die Füße. Er hielt Cruach mit ausgestrecktem Arm bei der Kehle. Ein Fetzen Chadämonenfell hing von Kothvirs rechter Schulter, und Cruachs Maul war violett von Bharashadiblut. Der Hund bellte und biss nach Kothvirs Handgelenk, aber der Bharashadi schloss die Hand und erstickte Cruachs Stimme.

Mit einem Blick in meine Richtung, um sich zu überzeugen, dass ich zusah, drückte Kothvir die Spitze des Vindictxvara gegen Cruachs Bauch, dann stieß er das Schwert durch den Leib des Hundes. Cruach wand sich im Griff des Bharashadi und presste ein ersticktes Wimmern durch die zugedrückte Kehle. Er sah mich an, die opalenen Augen voller Schmerz, aber ich war machtlos, ihn zu retten.

Kothvir drehte die Klinge in der Wunde, dann riss er sie frei. Mit Cruach fertig, schleuderte der Chadämon ihn beiseite wie einen dreckigen Lappen. Cruach verschwand hinter der Empore aus meiner Sicht, aber sein Wimmern drang laut an meine Ohren.

Der Bharashadi peitschte das Vindictxvara durch die Luft und zeichnete mit Cruachs warmem Blut eine Spur quer über meine Brust. »Jetzt werde ich mit dir machen, was ich mit deinem verdammten Hund getan habe. Und danach werde ich dein geliebtes Imperium vernichten!«

Mein Hund. Ungebeten und unkontrollierbar füllte die Erinnerung an Nob, einen sehr viel jüngeren und stärkeren Nob, mein Bewusstsein. »Für Euch, Meister Cardew, ein Hund, um für Euch zu wachen und zur Jagd auf die Chadämonen, die nach Euch jagen.« Cruach, der Hund, der mich bei meinen Expeditionen ins Chaos beschützt hatte. Der Hund, der mich augenblicklich angenommen hatte, obwohl Roarke gesagt hatte, er sei Fremden gegenüber äußerst misstrauisch.

Der Hund, der zu mir gerannt gekommen war, nicht zu Roarke, als wir aus Kastell Shmertz zurückgekehrt waren.

Mein Hund. Und der Smaragdhengst, *mein* Hengst. Ich schleuderte ein Vermögen an Goldmünzen durch die Luft, als mein Leben und das meines Vaters sich zu einem Epos verbanden, das unmöglich war, obwohl ich mit vollkommener Sicherheit wusste, dass es wahr war. Wahnsinn nagte an meinem Sichtfeld und ließ mich in einen dunklen Tunnel starren.

Ich bin mein Sohn. Ich bin mein Vater. Die Worte hallten ohne Ende durch meine Gedanken.

»Locke, Vorsicht!«

Roarkes Schrei befreite mich aus meinem Wahn. Ich duckte mich nach links, als Kothvirs senkrechter Schwerthieb auf mich herabzuckte. Die Klinge schleuderte Münzen und juwelenbesetzten Schmuck nach allen Seiten davon, dann zertrümmerte sein Rückhandschlag den Stuhl, auf dem ich gefangen gewesen war. Die Wucht des Hiebes schleuderte den halben Stuhl auf wilder Flugbahn wirbelnd über die Empore. Er traf Rindik am Kopf und stieß ihn über den Rand aus meinem Sichtfeld.

Ich sprang zu einem anderen der über die ganze Höhle verteilten Schatzhaufen, und meine rechte Hand schloss sich um einen Schwertgriff. Ich hatte auf etwas Starkes, Schweres und Gerades gehofft, aber was ich bekam, war ein juwelenbesetzter Säbel. Kothvir hüpfte von der Empore zu mir herab und wirbelte das Vindictxvara im Takt seines zuckenden Schwanzes. Ich packte den Säbel so gut es ging mit beiden Händen – der Griff war etwas zu klein, und ich konnte ihn mit der Linken nur halb fassen – und äffte seine geduckte Haltung nach.

»Du kannst es dir ruhig schwerer machen, wenn du willst, Cardew, aber wir wissen beide, wie dieser

Kampf ausgehen wird.« Er deutete mit der Spitze seiner Klinge auf meinen Lendenschurz und die aufgenähten Rangabzeichen. »Während ich hier lag, hast du dich zurückentwickelt. Du hättest mich schon früher nicht im Zweikampf bezwingen können. Wie kannst du jetzt noch irgendeine Hoffnung haben?«

Ich grinste ihn weit zuversichtlicher an, als ich mich fühlte. »Die sechzehn Jahre im Grab haben dich nicht gerade klüger gemacht, was? Du bist derjenige von uns beiden, der blutet. Die *Kristallseherchronik* sagt voraus, dass ich dich töten werde, und wenn du das vorige Mal nicht gelten lassen willst, bin ich gerne bereit, dir diesen Gefallen noch einmal zu erweisen.«

Hinter ihm sah ich Vrasha und Roarke beim Duell. Von seiner Seite der Empore aus stieß Vrasha das Szepter in Roarkes Richtung und schleuderte einen Schwarm aus vier roten Kugeln nach ihm – wie Steine aus einer Schleuder. Roarke murmelte, Emeterios Stab in der Linken, einen Zauber, der blaues Licht über den Schaft spielen ließ. Er schwenkte ihn durch die Flugbahn der Kugeln, und die Energie folgte dem Stab wie eine Fahne, die alle vier verschluckte, bevor sie verblasste.

Kothvir kam vorsichtig näher, dann schlug er meine Klinge nach rechts beiseite. Er stieß mit einem Ausfallschritt zu, aber ich duckte mich unter seiner Waffe weg und sprang nach rechts, meinem Säbel hinterher. Er drehte sich auf der Ferse in meine Richtung und versuchte mich mit einem waagerechten Hieb zu erwischen, der mich in zwei Hälften geteilt hätte. Ich parierte den Hieb mit dem Säbel in der Rechten und drehte meinen Körper davon. Ich war darauf vorbereitet, dass er seine Klinge zurückzog, aber er überraschte mich, indem er sie an meinem Schwert ließ.

Eigentlich hätte mich das nicht überraschen dürfen. Er zog das Vindictxvara in die Höhe und zwang mein

Schwert mit. Wie bei meinen Kämpfen gegen Dalt wollte er seine überlegene Muskelkraft dazu verwenden, mich in die Stellung zu zwingen, die er für mich vorgesehen hatte.

Aber ich hatte aus den Kämpfen gegen meinen Bruder gelernt. Ich sprang weg, bevor er mich auf den Rücken zwingen konnte, und schaffte es, außer Reichweite seiner Klinge zu kommen. Dalt wäre in dieser Lage auf mich losgestürmt und hätte mir damit ermöglicht, ihm auszuweichen und mein Schwert in seiner Wade zu versenken.

Kothvir tat nichts dergleichen. Er griff mit einem steilen Schräghieb ab, den ich mit dem Säbel abfing. Danach glitt er nach rechts, änderte die Richtung seiner Attacke, sodass sie von mir wegführte, und schlug gegen meine Klinge. Der Schlag, mit dem mein Säbel flach auf der Empore landete, ging mir durch Mark und Bein. Jetzt steckte ich in ernsten Schwierigkeiten. Kothvirs Schultermuskulatur spannte sich, dann stieß er das Vindictxvara mit aller Macht herab.

Die Klinge meiner Waffe zerbrach mit einem lauten Knacken, und plötzlich hielt ich nur noch eine halbe Spanne Schwert mit einem wunderschönen goldenen Griff in der Hand.

»Du bist erledigt, Cardew.«

»Verwechsele mich nicht mit diesem Schwert.« Ich peitschte die rechte Hand vor und schleuderte den Schwertstumpf auf Kothvirs Bein.

Ich traf ihn am rechten Knie. Das Geschoss prallte ab, ohne irgendeinen erkennbaren Schaden anzurichten. Der Bharashadi knurrte und stieß sein Schwert in meine Richtung. Die Geste schleuderte Tropfen von seinem und Cruachs Blut über den Boden. »Du wirst mehr brauchen als das, Cardew.«

»Du wirst mehr bekommen, sobald ich das richtige Werkzeug für die Arbeit finde.« Ich nahm zwei Schritte

Anlauf und sprang auf die erste der Höhlenterrassen hinauf. Nach der Landung schlitterte ich in einen Haufen Goldmünzen, dann zog ich mich zur nächsten Ebene hoch, als das Vindictxvara unter mir Funken aus dem Fels schlug.

»Lauf, Cardew, lauf. Du kannst diesem Schwert nicht ewig entkommen!« Kothvir streckte die Zunge aus und leckte etwas von Cruachs Blut von der Klinge. »Eine Berührung. Ein Kratzer, und du wirst qualvoll verenden! Ich habe zu lange im Grab auf diesen Augenblick gewartet, um jetzt noch enttäuscht zu werden!«

Auf der Empore setzten Vrasha und Roarke ihr magisches Duell fort. Mit einem Wink des Stabes materialisierte ein lodernder blauer Falke. Er stürzte sich auf Vrasha, aber der Chadämon zeichnete mit dem Szepter hastig ein Quadrat in die Luft. Ein roter Würfel formte sich um den Vogel und fiel zu Boden. Beide Zauber verpufften in einem violetten Lichtblitz, aber Roarke beschwor eine Schlange vor den Füßen seines Gegners, die nach Vrasha schnappte.

Als Vrasha einen seiner Dreieckszauber schleuderte, um das von Roarke erschaffene Reptil zu verbrennen, ging ich in die Knie und fand ein neues Schwert. Es war einen guten Finger länger, als mir lieb war, wirkte aber robust genug, um einem von Kothvirs Hieben standzuhalten. Zugleich schien es mir leicht und gut genug ausbalanciert, um mir gute Dienste gegen ihn zu leisten. Meine neue Waffe hatte eine gute Schneide. Die würde ich auch brauchen, denn im Gegensatz zum Vindictxvara würde mein Schwert mehr als einen Kratzer hinterlassen müssen, um Kothvir zu töten.

Ich sprang auf den Boden der Höhle und duckte mich unter einem waagerechten Schwerthieb weg. Ich blieb unten und stieß mit der Waffe nach Kothvor, trieb ihn zurück. Ich stand in einer Rechtsdrehung auf und lenkte einen senkrechten Schlag nach links ab. Ich löste die Klinge von seinem Vindictxvara und zog die Spitze zu einer schwachen Attacke hoch, die ihn an der linken Schulter erwischte und einen kleinen Schnitt hinterließ.

Kothvir wich zurück und betastete die Verletzung mit dem linken Daumen. Er schnupperte an dem Blut, dann leckte er es ab. Er grinste mich an. »Nach so langer Zeit ist selbst dieses Gefühl ein Vergnügen.« Er wischte sich die Hand auf der Brust ab. »Danke für die Erinnerung daran, dass selbst das kümmerlichste Ungeziefer einem Schwierigkeiten machen kann.«

Der Chadämon stürmte auf mich ein. Seine Hiebe hagelten von rechts und links auf mich herab. Ich parierte diejenigen, denen ich nicht ausweichen konnte und sprang sogar einmal über einen tiefen Schlag hinweg. Als ich wieder aufkam, griff ich mit einem weiten Ausfallschritt an und stieß ihm das Schwert in den rechten Oberschenkel. Er schrie wütend auf. Ich zog meine Waffe frei und wich zurück, aber nicht schnell genug.

Sein rechter Arm flog in einem Rückhandschlag herum, der mich mehr mit der Breitseite als der Schneide des Schwerts erwischte. Trotz der nachlässigen Ausführung des Hiebes schnitt die Waffe durch Haut und Muskeln meines Brustkorbs. Zusätzlich zu der Wunde in meiner rechten Seite traf der Hieb hart genug, um mich von den Füßen zu fegen und meine Rippen krachen zu lassen. Ich musste kämpfen, damit ich im Fallen das Schwert nicht verlor. Ich wusste, wenn das geschah, war ich tot.

Er hat mich mit einem Vindictxvara verwundet. Ich bin ohnehin schon tot.

Ich kam in sitzender Haltung zum Stillstand und presste den rechten Arm auf die Verletzung. Mein Schweiß stach und brannte in der Wunde. Ich schob die linke Hand unter den Schwertarm und zuckte zusammen, als ich warmes Blut zwischen meinen Fingern hindurchsickern spürte. Ich konnte zerfetzte Muskel und Knochensplitter spüren. Die gebrochenen Rippen machten das Atmen schmerzhaft, aber das war ohne Bedeutung. Ich war von einem Vindictxvara getroffen worden, das eigens dazu angefertigt worden war, mich zu töten! Ich hatte gesehen, was ein simpler Dolch Tyrchon angetan hatte. Kothvir hatte mir versprochen, dass sein Schwert mich in Flammen aufgehen lassen würde. Meine Hand suchte nach einem Funken, einer Spur künstlicher Hitzeentwicklung in meiner Brust. *Vielleicht kann ich es ersticken.*

Kothvir hatte sich zurückgezogen und sah auf die Wunde hinab, aus der Blut über sein rechtes Bein rann. Er presste die rechte Hand auf die Verletzung, als könne ein Segen mit dem Blut seiner Schulter sie heilen. Als das nicht geschah, wischte er sich mit der Hand über den Bauch. Dann sah er zu mir hoch. »Dein letzter Schlag war beachtlich. Du kämpfst besser, als ich erwartet habe. Schade. Ich rieche dein Blut bis hierher. Ich habe dich verletzt. Damit endet die Geschichte des Cardew, Geißel der Schwarzen Schatten.«

Er starrte mich mit einer Dringlichkeit an, als reiche sein bloßer Wille, mich in Brand zu setzen. Ich erwiderte seinen Blick und legte allen Hass hinein, den ich aufbieten konnte. Ich war entschlossen, keine Furcht zu zeigen, ihm diese Genugtuung nicht zu geben. Es spielte keine Rolle, wer ich war, oder wer ich zu sein glaubte ... Ich würde sterben wie ein Mann.

Als ich mich für den Abgang stählte, wurde mir klar, dass ich keineswegs starb. Ich fühlte kein Brennen in der Wunde. Ich fühlte nichts außer dem gewöhnlichen Stechen einer Schnittwunde und den scharfen Schmerzen der gebrochenen Rippen. Beides hatte ich schon früher gespürt, und ich hatte es schon früher überlebt.

Kann sein, dass ich sterben werde, aber noch ist es nicht so weit.

Ich streckte die linke Hand aus und packte die Kante der Terrasse hinter mir. Obwohl meine Finger glitschig vom Blut waren, bekam ich sie gut zu fassen und zog mich auf die Füße. »Da irrst du dich. Ich kämpfe besser, als du dir je hast erträumen lassen. Und ich bin *nicht* Cardew.« Ich winkte ihn mit meiner blutigen Hand näher. »Komm, Kothvir, wir haben unsere Rivalität beide überlebt. Lass uns ein Ende machen.«

Er starrte mich an. Verwirrung zuckte durch seinen Blick. Er verzog sein Gesicht zu einer wütenden Grimasse. Ich wischte die linke Hand am Lendenschurz ab und pirschte mich vor. Ich konnte Blut aus meiner Verletzung an meiner Seite hinabrinnen spüren, aber die Wunde machte mir keine Angst. Ich zeigte sie ihm sogar, reizte ihn mit ihr, dann griff ich ihn an, wie ich Dalt und Geoff und selbst Großvater attackiert hatte, stahl ihm die Rolle des Henkers und zwang ihn in die des Opfers.

Ich täuschte hoch an, dann stieß ich tief zu. Kothvirs Schwert peitschte in einer Zirkelparade herum. Ich zog mein Schwert zurück, befreite es mit einem metallischen Zischen aus seiner Parade, dann stach ich zu, als seine Klinge fort war. Die Schwertspitze traf ihn rechts oben in die Brust, daraufhin sprang ich zurück, aber nicht allzu weit, als er seine Waffe in einer verspäteten Parade zurückbrachte.

Bist du verletzt und blutend immer noch so stark wie Dalt?

Kothvir warf grunzend einen Blick auf die Wunde, dann trat er einen halben Schritt vor, kam damit gut in Reichweite. Er griff an, ich parierte. Ich ließ das Schwert an seiner Klinge entlanggleiten und verkantete die Griffe. Mit einem Aufwärtsstoß trieb ich beide Schwerter nach oben, dann drehte ich meinen ganzen Körper und tauchte in einer Pirouette unter seinen rechten Arm. Seine vom Blut glitschige Hand verlor das Schwert, und es wirbelte durch die Luft davon. Bevor es den Boden erreichte, und bevor er sich, durch das verwundete Bein behindert, nach seiner Attacke wieder fangen konnte, stieß ich mein Schwert durch seine Armbeuge und trieb es durch Lunge und Herz.

Ich ließ das Schwert los und wollte davonspringen, aber er wirbelte herum und schleuderte mich mit einem Hieb seiner rechten Pranke über die Empore. Ich schlug hart auf, rollte ab und kam auf den Knien zum Halt, die ich dabei ebenso aufscheuerte, wie seine Krallen meine Brust aufgerissen hatten. Da ich unbewaffnet war, blieb mir nur, die Fäuste zu ballen und auf den Angriff des Bharashadi zu warten.

Kothvir führte einen entschiedenen Schritt in meine Richtung, dann schwankte er und sank zurück. Er rutschte auf seinem eigenen violetten Blut aus und stürzte auf die Stufen zur Empore. Ein furchtbarer Hustenanfall schüttelte seine Brust und seine letzten Worte brachten lavendelfarbenen Schaum auf seine Lippen. Was immer er sagte, der Zauberer übersetzte es mir nicht. Aber das war auch nicht nötig. Seine brechenden Augen waren hasserfüllt, und ich verstand die Botschaft auch so.

Zwischen uns auf der Empore tobte noch immer das Duell der Zauberer. Vrasha drehte das Szepter im Kreis und formte einen Schild als Abwehr gegen den blauen Blitzschlag, den Roarke durch den Stab in seiner Linken schleuderte. Die beiden Sprüche lösten sich in einem grellweißen Lichtgewitter auf. Vrasha bereitete sich auf Roarkes nächsten Angriff vor und lächelte, als Roarke mit der rechten Hand gestikulierte und eine blaue Fledermaus gegen den Bharashadi-Zauberer auf den Weg schickte.

Verächtlich hob der Bharashadi das Szepter zur selben quadratischen Bewegung, mit der er Roarkes Zaubervogel aufgehalten hatte. Der Quaderkäfig flammte auf, aber die Fledermaus segelte durch das rotleuchtende Hindernis und schlug ihre Krallen in Vrashas Gesicht. Er schrie auf und schlug mit dem Szepter nach dem geflügelten Nager. Die Zauberkreatur schlug die Fänge in Vrashas rechte Hand und riss einen blutigen Fellstreifen ab. Der Schwarze Schatten schrie auf und das Faustfeuerszepter fiel aus seiner Hand.

Als es zu Boden stürzte, richtete Roarke den Stab auf Vrasha Rudelmörder und murmelte: »Ich will sein Herz.« An einem dünnen Faden mit dem Stab verbunden, schoss eine leuchtend blaue Kralle von der Größe meiner Hand über die Entfernung zwischen den beiden Zauberern. Sie bohrte sich in die Brust des Schwarzen Schattens, dann zog sie sich wieder zurück. Ungläubig sah der Bharashadi hinunter, tastete mit beiden Händen nach der klaffenden Wunde in seiner Brust. Seine Augen zuckten hoch, dann griff er nach seinem noch schlagenden Herzen.

Roarke lächelte. »Aber selbstverständlich.«

Das Herz ging in Flammen auf, eine Sekunde bevor Roarke es zurück in Vrashas Brust stopfte. Der Aufschrei des Bharashadi endete in Flammenzungen, die ihm aus Mund und Nase schlugen. Rauch stieg Vrasha aus Gesicht und Brust, als er nach hinten kippte und auf die Empore krachte.

Hinter ihm erhob sich wankend Rindik und stieg mit erhobenem Schwert auf die Empore. Bevor ich mich bewegen oder Roarke einen Zauberspruch auf ihn schleudern konnte, senkten sich zwei Pfeile bis zur Fiederung in die Brust des Bharashadi-Kriegers. Ich schaute zu dem Tunnel hinauf, durch den Vrasha in die Höhle gekommen war. Kit und Osane hatten bereits neue Pfeile auf die Sehne gelegt, während Eirene und Donla die anderen Bharashadi in der Höhle unter Beschuss nahmen. Zwei der zwölf Trommler fielen von ihren Plattformen, und die anderen starben nicht weniger schnell, als der Rest unserer Gruppe sie aus den langsam erwachenden Bharashadi-Toten herauspickte.

Nachdem sie die lebende Gefahr beseitigt hatten, setzten unsere Gefährten an, zur Empore herabzusteigen. Ich hob die Hand, um sie aufzuhalten. »Nein, bleibt oben. Wir kommen zu euch. Sichert den Weg.«

Ich drehte mich zu Roarke um, der atemlos auf der Empore kniete. »Du hast es gewusst, oder?«

Er grinste mich an. »Du meinst, dass kein Zauber des Stabs durch die Abwehr des Szepters dringen konnte? Sicher. Deshalb habe ich es ständig versucht, um Vrasha unvorsichtig werden zu lassen. Er wählte Abwehrzauber, die in keinerlei Bezug zu den Angriffen standen, die ich gegen ihn schleuderte, weil die Art des Abwehrzaubers keine Rolle spielte. Als ich meine Kampffledermaus schleuderte, habe ich den Stab nicht benutzt, und seine Abwehr hat versagt.«

»Nicht das, Roarke. Du hast von Cruach gewusst, gewusst, dass Cruach *mein* Hund war. Und vom Smaragdhengst, und woher ich wusste, wo das Umbra liegt.« Ich schluckte mühsam. »Du hast die ganze Zeit gewusst, dass ich Cardew bin.«

Roarke nickte äußerst bedächtig. »Als Jhesti mich aus der Gefangenschaft Fialchars befreit hatte, brachte er mich zu der Stelle, an der Cruach über dir Wache hielt. Er sagte, dass Fialchar dich in eine Zone gelockt hatte, in der die Zeit rückwärts läuft, und dass du nur noch etwa zwei Jahre alt wärst. Wir haben dich mit zurück ins Imperium genommen und nur die Stiefel dagelassen, damit die Bharashadi etwas hatten, woran sie sich festbeißen konnten. Wir haben nur einer ausgewählten Gruppe von Personen erzählt, was dir zugestoßen ist: Audin, Evadne, deiner Frau Merle, Ethelin und dem Imperator. Ich denke, dass er seitdem noch den Heerfürst eingeweiht hat. Du musstest noch einmal zu Cardew werden, deshalb haben wir versucht, deine Ausbildung und dein Leben so genau nachzustellen, wie wir nur konnten.«

Ich starrte ihn sprachlos an. »Warum?«

»Damit du die Prophezeiung in der *Kristallseherchronik* erfüllen konntest.«

»Aber ich hatte Kothvir schon getötet.«

Der Zauberer schüttelte den Kopf. »Nicht diese Prophezeiung. Eine andere, nach der Kothvirs Bezwinger das Necroleum zerstören wird.«

Plötzlich ergaben zahllose Zufälle und Seltsamkeiten einen Sinn. Cardew und ich waren beide nach Herakopolis gereist, um am Bärenabend den Ball des Imperators zu besuchen. Wir hatten beide denselben Fechtmeister, aber diesmal war meine Ausbildung anders verlaufen, weil Kit abgehauen war und Audin keine zwei Töchter gehabt hatte, die mich von meinen Studien hätten ablenken können. Ich war gezwungen worden, alle Bücher zu lesen, die mein Vater besessen hatte, nur seine Tagebücher hatte ich nie sehen dürfen. Als Kind hatte ich mein Holzpferd in grüne Farbe getaucht, weil ich mich an den Smaragdhengst erinnert hatte, auf dem ich durchs Chaos geritten war. Und das Pfeifsignal, mit dem ich ihn gerufen hatte, war dasselbe, das ich Hang beigebracht hatte.

Es war eine unmögliche Aufgabe. Mich wieder zu dem zu machen, der ich vierzig Jahre vorher gewesen war, bevor ich das erste Mal nach Herakopolis kam. Aber sie haben sich darauf eingelassen, weil es so wichtig war.

»Ich verstehe.« Ich streckte den Arm aus und nahm ihm Emeterios Stab aus der Hand. »Bring sie hier raus.«

Roarke zögerte, dann stand er auf. Er hob das Faustfeuerszepter auf und stieg die Treppe zum Ausgangstunnel hinauf. Ich sah ihm nach und beobachtete, wie er bei den anderen stehenblieb und mit ihnen sprach.

Dann begleiteten sie ihn und ließen mich allein in der Halle der Toten zurück.

Ich ging und hob das Vindictxvara auf, das Kothvir so hingebungsvoll geschmiedet hatte, um mich damit zu vernichten. Ich wischte es an seinem Fell ab, dann schob ich es durch den Gürtel des Lendenschurzes. Den Stab in der Linken, trat ich an Kothvirs Leichnam vorbei und sank neben Cruach auf ein Knie.

Der Hund sah zu mir auf, und ich musste mir auf die Unterlippe beißen, um sie am Zittern zu hindern. Ich streckte die Hand aus und kraulte ihn hinterm linken Ohr. »Kein Chaosreiter hat je einen treueren Gefährten gehabt als dich, Cruach. Die Bharashadi werden dich in ihren Albträumen sehen. Danke, dass du auf mich gewartet hast.«

Er drehte den Kopf und leckte meine Hand. Seine Zunge war seidenweich, aber selbst diese kleine Bewegung erschöpfte ihn schon. Sein Kopf sank zurück und er sah mich an, als wolle er mich um Verzeihung bitten, dass er versagt hatte.

»Du hast nicht versagt, Cruach.« Ich stand auf und fasste den Stab mit beiden Händen. »Wir zwei, wir haben gerade erst angefangen. Die Bharashadi werden uns beide in ihren Albträumen sehen, in Albträumen, die sie in alle Ewigkeit verfolgen werden. Was auch immer von hier entkommen will, muss erst einmal an uns beiden vorbei. Und an uns beiden, mein Freund, kommt nichts und niemand vorbei.«

Ich schloss die Augen und fühlte die verführerische Liebkosung dessen, was Emeterio als Intelligenz in seinen Stab gebannt hatte. Wie schon zuvor bot er mir eine unfassbare Macht. Er würde für mich tun, was immer ich verlangte. Er lebte nur, um zu dienen, und er erkannte mich als seinen Herrn an. *Ich habe getan, was nötig war, um das Szepter aufzuhalten. Was soll ich für dich tun, Meister?*

Ich hob den Stab waagerecht bis in Hüfthöhe und legte die rechte Hand um seinen Schaft. Ich ließ mir von ihm eine vollständige Karte des Necroleums zeigen. Der Stab gehorchte augenblicklich, und ich sah eine Höhlenetage um die andere, jede aus Dutzenden von Kavernen wie dieser bestehend, die sich tief in den Berg zogen. Jede Höhle hatte eine Vielzahl von Verbindungen zu anderen gleicher Art. Der ganze Berg war so etwas wie ein gigantisches Wespennest für tote Bharashadi. Unsere Schätzung von hunderttausend toten Bharashadi, die auf ihre Erweckung warteten, war ebenso hoffnungsvoll wie falsch gewesen.

»Uns steht eine grandiose Wacht bevor, Cruach.« Ich dachte an Evadne, meine *Mutter,* nicht meine Großmutter, und daran, dass ich mein Versprechen an sie brechen würde: zurückzukehren. Ebenso wie die Versprechen, die Cardew und Lachlan Marija gegeben hatten. »Verzeih mir.«

Ich hob Emeterios Stab über den Kopf und packte ihn fester. Ich ließ Zorn in mir aufsteigen. Ich ließ meine Wut auf die Bharashadi und meine Trauer über so viele Tote durch meinen Körper pulsieren. Ich sammelte jeden Fluch, jede Erniedrigung, jeden Schrecken, die ich in meinen beiden Leben gekannt hatte, und benutzte ihr Gift, um ein Feuer in meinem Innern zu schüren.

Ich speiste den Stab mit purem Gefühl und setzte ihn mit der ganzen gedankenlosen Rücksichtslosigkeit eines von den Gesetzen der Zauberei ganz und gar Ahnungslosen ein. Ich zwang ihn, seine ganze Kraft abzustrahlen. Die Härchen an meiner Haut stellten sich auf, als rote und blaue Energien sich zu einem wabernden violetten Feuerball vereinten. Er breitete sich immer weiter aus, verzehrte die Bharashadi und saugte ihre Energie auf, um damit noch weiter zu wachsen.

Innerhalb weniger Pulsschläge füllte er die ganze Höhle. Ich fühlte Widerstand, als könnte der Zauber sich nicht weiter ausdehnen, aber der bloße Gedanke an ein Scheitern machte mich noch wütender. *Es wird geschehen!* Ich biss die Zähne zusammen und *drückte.*

Mit der Kraft meines Zorns und meines Willens wollte ich den Berg über dem Necroleum zum Einsturz bringen. Die Erde widersetzte sich, aber ich blieb unerbittlich. Meine Arme zitterten, doch ich hielt sie ausgestreckt. *Ich werde mich nicht ergeben.*

Erst hörte ich es nur, dann öffnete ich die Augen. Ich sah hoch, hoch durch das violette Feuer. Durch die Risse im Fels über mir sah ich Tageslicht.

»Ich habe gewonnen!«

Die Risse wurden breiter und Felsen stürzten herab, als der Zauber seine Aufgabe zu Ende brachte. Dann erdrückte mich der sterbende Berg.

30 0000000000

Das ist der Tod?

Die Frage stellte sich mir, weil die Erfahrung ganz und gar nicht meiner Erwartung entsprach. Zugegeben, angesichts meiner Todesart hatte ich unendliche Schmerzen erwartet, aber es war die falsche Art Schmerz. *Wenn einem ein ganzer Berg auf den Kopf fällt und einen erschlägt, sollte man doch wohl einen erstickenden Druck fühlen.* Stattdessen schien mir, dass das Energienetz, das Vrasha erschaffen hatte, zurückgekehrt war. Es schien aus rasiermesserscharfen Klingen zu bestehen, die mich in abertausend winzige Stücke zerschnitten.

Ich entschied, dass es auf eine seltsame Art Sinn ergab, dass Schmerzen dieser Größenordnung nicht abklangen, und machte mich auf eine Ewigkeit der Folter gefasst. Unerklärlicherweise verblasste mein Unbehagen daraufhin, abgesehen von den Schmerzen in meinen Schultern und dem Stechen in der Seite. Ich hatte das Gefühl zu schweben, aber meine Hände schmerzten, weil ich Emeterios Stab so krampfhaft umklammert gehalten hatte. Das verwirrte mich und ich wünschte, ich hätte meine Hände sehen können. Aber die Dunkelheit war so undurchdringlich, dass ich nichts erkennen konnte.

Dann fühlte ich einen heißen Atem im Nacken und öffnete die Augen. Ich stellte fest, dass ich an den Händen von Emeterios Stab hing. Neben meinen Händen sah ich andere, sehr viel größere und erheblich fremdartigere Hände. Ich ließ los, schlug auf und rollte nach vorne. Wieder auf den Beinen, drehte ich mich um und stand vor Fialchar.

Die schwarzen Augenhöhlen des Zauberers verschluckten meine Blicke. »Ich habe dir Erlaubnis gegeben, meinen Stab auszuleihen, nicht, ihn zu verschütten.«

»Das hast du.« Ich sah hinüber zu der gewaltigen Kristallkugel, die in der Mitte des Raums schwebte. In ihr sah ich eine gewaltige Staubwolke sich in der Region des Necroleums legen. Schwarze Punkte – Geier – kreisten und sanken langsam herab, um Aas aufzupicken, das bei dem Einsturz freigelegt worden war. »Du hast ihn mich ausleihen lassen, aber damit hast du die Vereinbarung gebrochen, die wir vor über zwanzig Jahren trafen.«

Fialchars Quecksilberlippen flossen zwischen seinen Zähnen davon. »Diese Vereinbarung bestand zwischen deinem Vater und mir.«

»Bitte. Verwechsle meine Verwirrung bei unserer letzten Begegnung nicht mit Dummheit. Du weißt, dass ich Cardew bin. Du hast dafür gesorgt, dass ich jünger wurde, indem du mich zu einem Ort im Chaos brachtest, an dem die Zeit rückwärts läuft. Wahrscheinlich hattest du vor, mich aufzunehmen und nach deinem Ebenbild aufzuziehen. Du hättest mich gegen das Imperium benutzt, und in deinen Augen wäre das der ultimative Sieg gewesen. Jhesti hat deinen Plan durchkreuzt, als er Roarke und mich befreite.« Ich lächelte. »Die Erinnerungen kehren nur langsam zurück, aber ich entsinne mich des Geschäfts, das wir abgeschlossen haben. Wir wollten eine Partie Schach gegeneinander spielen, einen Zug im Monat, und der Gewinner sollte vom Verlierer einen Gewinn erhalten, den er sich frei aussuchen konnte. Du hast mir schon sehr früh mitgeteilt, dass du meinen Sohn Geoff von mir verlangen würdest. Ich habe dir nie verraten, was ich nach einem Sieg verlangen würde, und deine Neugier hat dich dazu gebracht, die Partie fortzusetzen, bis du einen Zug vor dem Schachmatt standest. Danach hast du dich geweigert, mich noch einmal in deinen Bau zu lassen, weil du gewusst hast, dass du mit dem nächsten Zug verlieren würdest. Mir war das ganz recht, denn so hast du mich und meine Leute beim Kampf gegen Kothvir und seine Bharashadi nicht behindert.«

»Es käme mir nicht in den Sinn, einen Mann zu behindern, der damit beschäftigt ist, Ungeziefer zu vernichten.« Fialchars Augen glühten auf. »Deine Forderung nach Emeterios Stab kann wohl kaum unter die Vereinbarung fallen, die wir bezüglich dieser Partie getroffen haben. Ich habe ihn in meinen Besitz gebracht, lange nachdem die Partie beendet war.«

»Nein, Fialchar, die Partie endete erst vor zwei Tagen, als ich den letzten Zug gemacht habe. Emeterios Stab wäre mein, würde ich ihn verlangen. Dein großzügiges Angebot, ihn mir zu leihen, hat meine Forderung unnötig gemacht *und* mir gezeigt, wie viel dir an ihm liegt.« Ich ging zu dem goldenen Metallband, das die Kristallkugel umgab und legte die rechte Hand auf sie. Die Szenerie veränderte sich etwas und zeigte meine Gefährten, die hinter einer von Roarke und Taci errichteten blauen Zauberwand sicher vor herabstürzenden Trümmern im Innern des Tales warteten. »Ich habe die Partie gewonnen und verlange meinen Preis.«

Fialchar schwang lässig den Stab in meine Richtung. »Und wenn ich diesen Preis dazu benutze, dich zu vernichten?«

»Das wirst du nicht.«

»Und wie kannst du dir da so sicher sein?«

»Wie ich bereits sagte, meine Erinnerung kehrt langsam zurück. Du hättest mich schon töten können, nachdem ich Kothvir getötet hatte, aber du hast es nicht getan. Du hast mich ihm entzogen, um seinen Wunsch zu vereiteln, meinem Leben ein Ende zu setzen. Das hast du getan, weil du entschieden hast, dass er unwürdig war, mein Henker zu werden.«

Kleine Flammenzungen sengten seine Brauen an. »Du schmeichelst dir.«

»Wirklich? Damals genausowenig wie heute konntest du die Vorstellung ertragen, dass ich dich bei einer Schachpartie besiege. Ich habe sogar mit dem Imperium gespielt, was dir den ersten Zug ließ. Du hast mich zurück in meine Kindheit befördert, um mich neu zu formen, sodass es die Person, die dich besiegt hat, nie gegeben hätte. Aber mich gibt es, und ich habe dich besiegt.«

Während ich mit ihm redete, wurde mir klar, dass ich tatsächlich als mein eigenes Ebenbild wiedererstanden war. Die Verschwörung des Imperators, mich in derselben Umgebung, die mich ursprünglich hervorgebracht hatte, noch einmal aufwachsen zu lassen, war im Prinzip gelungen. Sie hatte mich in dieselben Richtungen gedrängt, die ich zuvor eingeschlagen hatte, und sie hätte ihr Ziel durchaus erreichen können, wäre da nicht ein Fehler in den Berechnungen gewesen.

Die anderen Verschwörer hatten Audin zu sehr vertraut.

Er war tief in seinem Innern überzeugt, bei Driscoll und mir versagt zu haben. Er hatte zugesagt, dass ich mit denselben Rangabzeichen in die Hauptstadt kommen würde, die ich bei meinem ursprünglichen Besuch Jahrzehnte zuvor besessen hatte, aber er konnte nicht zulassen, dass ich ihn mit demselben Keim meines Untergangs verließ wie zuvor. Er hatte mich nur bis zum Anwärter geprüft, aber bis zum Fechter ausgebildet. Und auch meine Fähigkeiten im Schachspiel lagen weit über denen, die ein ungeprüfter Spieler hätte besitzen dürfen.

Evadne hatte es gesehen, als ich schlanker als zuvor bei ihr eingetroffen war. Sie hatte gewusst, dass Audin die Vereinbarung gebrochen, sich nicht an den Plan gehalten hatte, aber sie hatte nichts gesagt. Vermutlich hatte auch sie darauf gehofft, dass ich so bezwingen konnte, was mich zuvor besiegt hatte. Sie hatte ihre Rolle gespielt, aber mich auch die Rolle spielen lassen, die meine neue Ausbildung mir vorgegeben hatte.

Langsam machte sich ein Lächeln auf meinen Zügen breit, als ich begriff, wie wahr die Worte gewesen waren, die ich zu Kothvir gesprochen hatte, nachdem er mich mit dem Vindictxvara getroffen hatte. Dank meines Großvaters, weil Kit nicht Driscoll war, und durch tausende andere Faktoren war ich körperlich möglicherweise Cardew, aber nicht geistig. Das Vindictxvara war geschmiedet worden, um die Essenz von Cardews Wesen gefangen zu nehmen und zu vernichten. Aber es hatte sie nicht gefunden. Cardew hatte Lachlan Platz gemacht.

Ich breitete die Hände aus und sah den Zauberer an.

»Ich biete dir eine Wahl. Wenn du willst, kannst du mir Emeterios Stab aushändigen. Oder du heilst meinen Begleiter Tyrchon von der Wunde, die er durch das Vindictxvara erlitten hat und gewährst meinen Begleitern und mir sicheres Geleit zurück ins Imperium.«

Fialchar ließ den Stab vor sich in der Luft schweben. »Du verlangst zwei Dinge, aber unsere Vereinbarung umfasst nur eines. Dein sicheres Geleit mit dem Faustfeuerszepter *oder* Tyrchons Gesundung, aber nicht beides.«

»Sicheres Geleit oder den Stab, deine Wahl.« Ich verschränkte die Arme vor der Brust. »Für Tyrchon biete ich dir etwas anderes.«

»Du hast nichts, was ich will.«

Ich grinste. »Du verzichtest auf eine Revanchepartie?«

Emeterios Stab sackte ein wenig ab, als Fialchars Konzentration nachließ. »Zu denselben Bedingungen wie zuvor?«

Ich kniff die Augen zusammen. »Geoff ist viel zu alt, um deinen Plänen noch zu nutzen.«

»Das weiß ich, aber ich weiß auch, dass du noch einen Sohn haben wirst.« Der Stab trieb zurück in seine brandige Hand. »Ist Lachlan heute so tapfer wie Cardew damals?«

»Tapferer. Wenn ich verliere, kannst du mich zurück an den Ort bringen, an dem ich jünger werde, und mich zu deinem Spielzeug machen.«

»Das ist zufriedenstellend. Dein Freund wird geheilt werden, aber ob er und deine übrigen Gefährten es zurück in den Schoß schaffen, liegt ausschließlich bei ihnen selbst.«

»Gefährten?« Die Bilder Xoayyas und Nagrendras zuckten durch meine Gedanken. »Wer noch?«

»Du hast zahlreiche Begleiter, die in den letzten vierzig Jahren im Chaos zurückgeblieben sind. Ich könnte sie nicht alle aufzählen, hauptsächlich deshalb, weil sie mich nicht interessieren.« Fialchars Gesicht, ganz Silber und Elfenbein, nahm einen annähernd wohlwollenden Ausdruck an. »Was wirst du von mir verlangen, falls du unser kleines Spiel gewinnst?«

Wenn du meine Frage nicht beantwortest, warum sollte ich deine beantworten?

»Und die Spannung verderben? Nein, das würde dir nicht gefallen. Ich werde mir im Verlauf der Partie etwas einfallen lassen.« Ich verneigte mich lächelnd vor ihm. »Ich verabschiede mich, Edelachtbarer Fialchar. Ich werde dem Imperator übermitteln, wie hilfreich Ihr Euch in dieser Angelegenheit gezeigt habt.«

Ich verließ sein Domizil rückwärts und er sah mir von der Tür aus nach. »Wie eingebildet du bist, kleiner Sterblicher. Du verlässt mich, weil ich gewillt bin, dich gehen zu lassen. Von nun an wirst du nicht mehr sein als eine Fliege in meinem Netz.«

Ich nickte ernst. »Ich hoffe, der Netzmeister ist sich bewusst, dass das Brummen im Netz manchmal das einer Spinnfalkenwespe ist. Wenn nicht, könnte ihm eine Überraschung bevorstehen, und er scheint mir nicht der Typ, der Überraschungen liebt.«

Der Smaragdhengst, immer noch so stur, stolz und hochmütig wie eh und je, kam auf meinen Pfiff und trug mich aus dem Kastell Shmertz. Ich befahl ihm, Roarke und die anderen zu finden, und er gehorchte ohne Zögern. Wir flogen über sie hinweg und senkten uns in einem langsamen Spiralflug auf die rote Erde, als sie um eine Kurve des Weges kamen.

»Hallo. Schön euch zu sehen, meine Freunde.«

Roarke, der auf seiner Flugscheibe die Vorhut bildete, lachte laut und winkte den anderen mit dem Faustfeuerszepter zu. »Seht ihr, ich habe euch doch gesagt, dass er nicht tot ist.«

Das Lachen und Grinsen meiner Gefährten tat mir in

der Seele wohl. Kit ritt auf seinem Teufelswidder zu mir herüber. Er sah etwas mitgenommen aus und hatte eine Narbe auf der Stirn, wirkte davon abgesehen aber gesund.

»Ich war froh zu sehen, dass Vrashas Zauber dich nicht umgebracht hat, Kit.«

»Eirene und ich wären sicher gestorben, aber unsere Rösser sind bestens für zerklüftetes Gelände und das Ausweichen vor Steinschlägen geeignet.« Kit schluckte schwer. »Roarke hat uns einige sehr seltsame Dinge erzählt. Bist du nun mein Onkel oder mein Cousin?«

Ich klopfte ihm auf die Schulter. »Abstammungs- und verwandtschaftsmäßig bin ich dein Onkel, aber in Wahrheit bin ich Lachlan. Ich bin wirklich nicht mehr Cardew, als ein Schauspieler es wäre, der ihn auf der Bühne darstellt. Ich erinnere mich an vieles, was er getan hat, aber ich bin nicht er.« Ich schenkte ihm ein tapferes Lächeln. »Aber wenn du möchtest, werde ich dir alles erzählen, was mir von deinem Vater in Erinnerung ist.«

Kit packte meinen Unterarm und drückte ihn. »Das würde mir gefallen, Locke. Das würde mir sehr gefallen.«

Wir lösten den Griff und Kit ritt vorbei. Eirene folgte ihm dichtauf, und die beiden ritten nebeneinander, wo der Weg es erlaubte. Hinter ihnen folgten Bischof Osane, Donla und schließlich Taci. Die gesamte Truppe wirkte ermattet, aber auf allen Gesichtern lag ein Siegerlächeln.

Roarke schwebte zu mir herüber. »Fürst Unheil hat seinen Stab also zurück?«

»Und wir haben freies Geleit nach Wandfern.«

Eirene drehte sich um. »Wir müssen einen Umweg einlegen, um Tyrchon zu holen.«

Ich schüttelte den Kopf. »Fürst Fialchar und ich sind zu einer Übereinkunft gekommen, was ihn betrifft. Es bedeutet, dass Tyrchon wieder allein durchs Chaos ziehen wird, aber das ist ein Zustand, für den er einzigartig begabt ist.«

Roarke runzelte die Stirn. »Was hat Fialchar dir für dieses Zugeständnis abverlangt?«

»Nichts, was ich ihm nicht schon vorher gewährt hatte.« Ich zuckte die Schultern. »Das Geschäft erscheint mir gerecht. Wir haben das Faustfeuerszepter, und die Bharashadi-Bedrohung ist stark eingeschränkt, wenn nicht sogar beendet.«

Der Zauberer nickte. »Wir scheinen tatsächlich ein gutes Geschäft gemacht zu haben.«

»Selbst wenn man berücksichtigt, dass Hansen, Xoayya, Nagrendra und Aleix gefallen sind?«

»Und Cruach.«

Ich nickte, als ein plötzlicher Kloß in meiner Kehle mir die Stimme abschnitt. *Und Cruach.*

Roarke zwang ein tapferes Lächeln auf seine Züge. »Ich denke schon, Locke. Diese ganze Mission war ein Glücksspiel, aber wir haben uns darauf eingelassen. Ein Teil von uns hat das letzte Hemd verwürfelt, und die anderen gehen als Gewinner nach Hause.«

Ich trat dem Smaragdhengst sanft in die Seiten und lenkte ihn hinter den anderen her. »Ein Glücksspiel war es wirklich, und mit miserablen Chancen. Ich habe nicht erwartet, dass wir es überleben würden, geschweige denn gewinnen. Du etwa?«

Roarke schnitt ein schelmisches Gesicht. »Überleben, ganz sicher. Gewinnen, da hatte ich nie einen Zweifel.«

»Was?« Ich kniff die Augen zusammen und starrte ihn an. »Wir hatten die Bharashadi im Nacken. Wir mussten Fürst Unheil sein mächtigstes Werkzeug entwenden. Wir mussten den Ort finden, der den Bharashadi der heiligste von allen ist, und ihn in Schutt und Asche legen, während sie eine Armee aus Millionen

Untoten erweckten. Und du hattest nie einen Zweifel am Ausgang?«

»Natürlich nicht, Locke.« Er lachte und hob triumphierend das Faustfeuerszepter. »So etwas kommt vor im Chaos.«

Der Autor möchte den folgenden Personen seinen besonderen Dank ausdrücken, denn ohne ihre Mithilfe wäre dieses Buch nie zustande gekommen: Liz Danforth, für die Geduld, mit der sie meinem irren Gebrabbel über diese Geschichte zugehört hat. Dr. William F. Wu für Fragen, die mich zum Denken anregten, und aus demselben Grund David M. Honigsberg. Dennis L. McKiernan und Jennifer Roberson für die Hilfe im Hinblick auf Pferde und ähnliche Paradoxa der Fantasyliteratur. Ricia Mainhardt und Christopher Schelling, die diesem Projekt wechselnde Heimaten beschafften, und Caitlin Blaisell für ihre Geduld, während der Text den verfügbaren Zeitrahmen mehr als vollständig ausfüllte. Und schließlich Rick Loomis, dem Präsidenten von Flying Buffalo, Inc., für die Erlaubnis, diese Welt zu erschaffen und zu benutzen.

Chaos begann seine Existenz 1984 als Postspielexperiment für Flying Buffalo Inc. (P.O. Box 1467, Scottsdale, AZ 85252, USA oder http://www.flyingbuffalo.com). Drei Monate lang war ich ganz damit beschäftigt, diese Welt zu erschaffen, und dem Dutzend Spieler, die in ihr auf Abenteuer auszogen, dabei nie mehr als eine Nasenlänge voraus, denn ihre Aktionen zwangen mir die Richtung meiner Arbeit auf. Es war für alle Beteiligten ein enormes Vergnügen, und die Erfahrung, jeden Tag neu gefordert zu werden, hat mir für meine weitere Laufbahn sehr geholfen. Aber trotzdem endete das Spiel nach dem Bärenabendball. Rick und ich waren uns einig, dass wir nicht in der Lage waren, Autoren so gut zu bezahlen, dass sich das Schreiben von Abenteuern für sie lohnte, und den Kunden andererseits nicht den Preis abzuverlangen, den es tatsächlich gekostet hätte, ausreichend Abenteuermaterial vorzubereiten.

Die an diesem Spieltest beteiligten Spieler waren Phil Murnane, Liz Danforth, Scott Hagen, Steve MacGregor, Jay Dunkelberger, Mark O'Green, Chris Lancaster, Dave Pettit, Rick Shaffstall, Jim Walker, William Paxton, Jeffrey Martis und E. L. Fredrick. Ihnen gebührt mein Dank dafür, dass sie es äußerst interessant und zu einer echten Herausforderung gemacht haben, das Spiel zu leiten. Es ist nichts Ungewöhnliches, wenn die Figuren ein Spiel übernehmen, und genau so war es auch hier. Keine ihrer Figuren tritt in diesem Buch auf, aber ihr Einfluss ist überall spürbar.